HEYNE <

JEFFREY ARCHER

TRAUM DES LEBENS

ROMAN

Aus dem Englischen
von Martin Ruf

WILHELM HEYNE VERLAG
MÜNCHEN

Die Originalausgabe erschien unter dem Titel
HEADS YOU WIN
bei Pan Macmillan.

MIX
Papier aus verantwortungsvollen Quellen
FSC® C014496

Verlagsgruppe Random House FSC® N001967

Vollständige deutsche Taschenbuchausgabe 02/2020

Redaktion: Thomas Brill
Printed in Germany
Umschlaggestaltung: Johannes Wiebel/punchdesign, München,
unter Verwendung von Motiven von © shutterstock.com
(EML, happykanppy, pisaphotography)
Satz: Schaber Datentechnik, Austria
Druck und Bindung: GGP Media GmbH, Pößneck

ISBN: 978-3-453-42359-6

www.heyne.de

Für Boris Nemtsow

Ich wünschte, ich hätte seinen Mut

ERSTES BUCH

I

Alexander

Leningrad: 1968

»Was willst du machen, wenn du mit der Schule fertig bist?«, fragte Alexander.

»Ich möchte zum KGB«, erwiderte Wladimir, »aber sie werden mich nicht mal in Erwägung ziehen, wenn ich keinen Platz an der staatlichen Universität bekomme. Und was ist mit dir?«

»Das Außenministerium«, sagte Alexander. »Wenn sie mich wollen.«

»Die würden dich mit offenen Armen aufnehmen«, sagte Wladimir. »Bei den Verbindungen, die dein Vater hat.«

»Ich halte nichts von Vetternwirtschaft«, entgegnete Alexander, während sie über den Schulhof in Richtung Straße schlenderten.

»Vetternwirtschaft?«, sagte Wladimir, nachdem sie die Straße überquert und den Heimweg eingeschlagen hatten.

»Das ursprüngliche lateinische Wort spricht eigentlich von Neffen und geht auf die Päpste im fünfzehnten Jahrhundert zurück, die ihren Verwandten und engen Freunden oft Vergünstigungen zukommen ließen.«

»Was soll daran falsch sein?«, sagte Wladimir. »Man ersetzt die Päpste einfach nur durch den KGB.«

»Gehst du am Samstag zum Spiel?«, fragte Alexander, indem er das Thema wechselte.

»Nein. Seit Zenit Leningrad das Halbfinale erreicht hat, gibt es wirklich keine Chance mehr, an eine Eintrittskarte zu kommen. Aber weil dein Vater Hafenverwalter ist, bekommst du automatisch ein paar reservierte Plätze auf der Tribüne.«

»Nicht solange er sich weigert, in die Kommunistische Partei einzutreten«, sagte Alexander. »Und als ich ihn das letzte Mal gefragt habe, klang er nicht besonders optimistisch, was Karten angeht. Deshalb ist Onkel Kolja meine letzte Hoffnung.«

Während sie ihren Weg nach Hause fortsetzten, begriff Alexander, dass sie genau jenes Thema vermieden, an das sie beide fast unablässig denken mussten.

»Wann werden wir es wohl erfahren, was meinst du?«

»Ich habe keine Ahnung«, sagte Alexander. »Vermutlich genießen es die Lehrer, uns leiden zu sehen, denn es ist das letzte Mal, dass sie irgendwelche reale Macht über uns haben. Und das wissen sie natürlich.«

»Du brauchst dir darüber keine Sorgen zu machen«, sagte Wladimir. »Bei dir gibt es nur einen Punkt, der noch offen ist: Bekommst du das Lenin-Stipendium für das Fremdspracheninstitut in Moskau, oder bieten sie dir einfach so einen Platz an? Ich kann nicht einmal sicher sein, ob ich einen Platz an der staatlichen Universität bekomme, und wenn nicht, dann war's das mit meinen Chancen, zum KGB zu gehen.« Wladimir seufzte. »Wahrscheinlich werde ich am

Ende für den Rest meines Lebens in den Docks arbeiten, mit deinem Vater als meinem Chef.«

Alexander äußerte sich nicht dazu, als sie das Mietshaus betraten, in dem sie beide wohnten, und die abgetretenen Stufen zu ihren Wohnungen hinaufstiegen.

»Ich würde lieber im ersten Stock wohnen anstatt im neunten.«

»Du weißt genauso gut wie ich, dass die Wohnungen in den ersten drei Stockwerken für Parteimitglieder reserviert sind, Wladimir. Aber ich bin sicher, dass du ganz schön tief sinken wirst, wenn du erst mal beim KGB bist.«

»Wir sehen uns morgen«, sagte Wladimir, ohne auf die schnippische Bemerkung seines Freundes einzugehen, und trat seinen Weg weitere vier Stockwerke hinauf an.

Alexander öffnete die Tür zu der winzigen Wohnung der Familie im fünften Stock, während er über einen Artikel nachdachte, den er kürzlich in einem staatlichen Magazin gelesen hatte. Dort wurde darüber berichtet, dass die Kriminalität in Amerika so sehr überhandgenommen hatte, dass jeder mindestens zwei und manchmal sogar drei Schlösser an seiner Wohnungstür angebracht hatte. Der einzige Grund, warum das in Russland nicht so war, vermutete Alexander, bestand wahrscheinlich darin, dass niemand etwas besaß, das zu stehlen sich gelohnt hätte.

Er ging auf direktem Weg in sein Zimmer, denn er wusste, dass seine Mutter erst nach Beendigung ihrer Arbeit zurückkommen würde. Er nahm mehrere Blätter liniertes Papier, einen Bleistift und ein abgegriffenes Buch aus seiner Schultasche und legte alles auf den winzigen Tisch in einer Ecke seines Zimmers. Dann schlug er *Krieg und Frieden* auf Seite 179 auf und fuhr fort, Tolstois Worte ins Englische zu übersetzen. *Als die Familie Rostow sich zum Abendessen versammelte, schien Leo nicht ganz bei der Sache zu sein, und das nicht nur, weil …*

Alexander sah gerade jeden Absatz noch einmal auf Rechtschreibfehler durch und dachte gleichzeitig darüber nach, ob er an einigen Stellen ein angemesseneres englisches Wort finden könnte, als er hörte, wie die Wohnungstür geöffnet wurde. Sein Magen begann zu knurren, und er fragte sich, ob es seiner Mutter gelungen war, einen Happen aus der Offiziersmesse zu schmuggeln, wo sie als Köchin arbeitete. Er schloss das Buch, verließ sein Zimmer und ging zu ihr in die Küche.

Elena begrüßte ihren Sohn mit einem warmherzigen Lächeln, als er sich auf die Holzbank am Tisch setzte.

»Gibt es heute Abend irgendetwas Besonderes, Mama?«, fragte Alexander hoffnungsvoll. Sie lächelte und begann, ihre Taschen zu leeren; zum Vorschein kamen dabei eine große Kartoffel, zwei Pastinaken, ein halber Laib altbackenes Brot sowie – als Höhepunkt dieses Abends – ein Stück Fleisch, das ein Offizier wahrscheinlich nach dem Mittagessen auf seinem Teller hatte liegen lassen. Ein wahres Fest, dachte Alexander, verglichen mit dem, was sein Freund Wladimir heute Abend essen würde. Es gab immer jemanden, dem es schlechter ging als einem selbst – seine Mutter wurde nicht müde, ihn daran zu erinnern.

»Irgendwelche Neuigkeiten?«, fragte seine Mutter, während sie begann, die Kartoffel zu schälen.

»Jeden Abend stellst du mir dieselbe Frage, Mama«, erwiderte Alexander, »und ich erkläre dir immer wieder, dass es mindestens noch einen Monat oder vielleicht sogar noch länger dauern wird, bis ich es erfahren werde.«

»Es ist ja nur, weil dein Vater so stolz wäre, wenn du das Lenin-Stipendium gewinnen würdest.« Sie legte die Kartoffel auf den Tisch und schob die Schalen zusammen. Nichts würde verschwendet werden. »Du weißt, dass dein Vater studiert hätte, wenn der Krieg nicht dazwischengekommen wäre.«

In der Tat, Alexander wusste das nur zu gut. Aber er hörte immer wieder gern, wie sein Vater als junger Gefreiter während der Belagerung von Leningrad direkt an der Front stationiert worden war und seinen Posten erst verlassen hatte, als die Deutschen abgedrängt worden waren und sich in ihr eigenes Land zurückgezogen hatten, obwohl eine Elite-Panzerdivision den betreffenden Frontabschnitt über dreiundneunzig Tage hinweg immer wieder angegriffen hatte.

»Wofür ihm der Orden der Verteidiger von Leningrad verliehen wurde«, sagte Alexander wie aufs Stichwort.

Seine Mutter musste ihm die Geschichte schon mindestens einhundert Mal erzählt haben, doch Alexander wurde ihrer niemals überdrüssig, auch wenn sein Vater sie von sich aus nie erwähnte. Und jetzt, fast fünfundzwanzig Jahre nach seiner Rückkehr zu den Docks, war er zum Genossen Hafenverwalter aufgestiegen und hatte die Oberaufsicht über dreitausend Arbeiter inne. Obwohl er kein Parteimitglied war, musste sogar der KGB anerkennen, dass er genau der Richtige für diese Arbeit war.

Die Wohnungstür wurde geöffnet und mit einem recht lauten Knall wieder geschlossen, was bedeutete, dass Alexanders Vater eingetroffen war. Alexander lächelte, als sein Vater in die Küche kam. Konstantin Karpenko war ein großer, kräftig gebauter Mann, der noch immer so gut aussah, dass manche junge Frau sich bis heute nach ihm umdrehte, um sich einen zweiten Blick zu gönnen. Sein wettergegerbtes Gesicht wurde von einem buschigen Schnurrbart beherrscht, den Alexander als Kind oft gestreichelt hatte. Inzwischen wagte er es schon seit mehreren Jahren nicht mehr. Konstantin ließ sich seinem Sohn gegenüber auf einen Stuhl sinken.

»Es dauert noch eine halbe Stunde, bis das Abendessen fertig ist«, sagte Elena, während sie die Kartoffel in Würfel schnitt.

»Wenn wir unter uns sind, sollten wir uns ausschließlich auf Englisch unterhalten«, sagte Konstantin.

»Warum?«, fragte Elena in ihrer Muttersprache. »Ich habe noch nie in meinem Leben einen Engländer getroffen, und vermutlich werde ich das auch nie.«

»Weil Alexander die Sprache unserer Feinde flüssig sprechen sollte, wenn er dieses Stipendium gewinnen und nach Moskau gehen wird.«

»Aber haben die Briten und die Amerikaner im letzten Krieg nicht auf derselben Seite wie wir gekämpft, Papa?«

»Auf derselben Seite, ja«, erwiderte sein Vater. »Aber nur, weil wir für sie von zwei Übeln das kleinere waren.« Alexander dachte darüber nach, während sein Vater aufstand. »Sollen wir eine Runde Schach spielen, solange wir warten?«, fragte er. Alexander nickte. Das war immer der schönste Teil des Tages für ihn. »Du stellst die Figuren auf, während ich mir die Hände wasche.«

Nachdem Alexanders Vater die Küche verlassen hatte, flüsterte Elena: »Warum lässt du ihn heute nicht ausnahmsweise gewinnen?«

»Niemals«, sagte Alexander. »Er würde ohnehin merken, wenn ich es versuchen würde, und das würde mir nicht gut bekommen.« Er zog die Schublade des Küchentischs auf und nahm ein hölzernes Schachbrett und eine kleine Kiste heraus, in der sich die Figuren befanden. Eine Figur fehlte, weshalb der Plastiksalzstreuer jeden Abend als Läufer dienen musste.

Alexander rückte seinen Königsbauern zwei Felder nach vorn, bevor sein Vater wieder zurück war. Konstantin reagierte sofort und zog mit seinem Königinnenbauern ein Feld nach vorn.

»Wie ist euer Match gelaufen?«, fragte er.

»Wir haben 3 : 0 gewonnen«, sagte Alexander und zog mit dem Turm auf der Seite seiner Königin.

»Du hast wieder mal keinen reingelassen, sehr gut«, sagte Konstantin. »Aber noch wichtiger ist, dass du dieses Stipendium bekommst. Wahrscheinlich hast du immer noch nichts gehört?«

»Nichts«, bestätigte Alexander, während er seinen nächsten Zug machte. Es dauerte einige Augenblicke, bis sein Vater ebenfalls zog. »Papa, darf ich dich etwas fragen? Hast du es geschafft, für das Spiel am Samstag eine Karte zu bekommen?«

»Nein«, gestand sein Vater, wobei er den Blick nicht vom Brett hob. »Die Karten sind seltener als eine Jungfrau auf dem Newski-Prospekt.«

»Konstantin!«, sagte Elena. »Du kannst dich bei der Arbeit wie ein Hafenarbeiter benehmen, aber nicht zu Hause.«

Konstantin grinste über den Tisch hinweg seinen Sohn an. »Aber man hat deinem Onkel Kolja ein paar Karten für die Ränge versprochen, und da ich nicht die Absicht habe hinzugehen …« Alexander sprang auf, während sein Vater den nächsten Zug machte; dieser freute sich, dass es ihm gelungen war, seinen Sohn abzulenken.

»Du hättest problemlos ein paar Karten bekommen«, sagte Elena, »wenn du nur bereit wärst, in die Partei einzutreten.«

»Genau das werde ich nicht tun, wie du sehr wohl weißt. *Quid pro quo*, diesen Ausdruck hast du mir beigebracht«, sagte Konstantin, wobei er seinem Sohn direkt ins Gesicht sah. »Vergiss nie, dass diese Bande immer eine Gegenleistung erwartet, und ich werde meine Freunde nicht für ein paar Fußball-Karten verraten.«

»Aber seit über zwanzig Jahren haben wir beim Kampf um die Meisterschaft das Halbfinale nicht mehr erreicht«, sagte Alexander.

»Und wir werden es wahrscheinlich auch nicht mehr erreichen, solange ich lebe. Aber es braucht schon sehr viel mehr dazu, dass ich in die Kommunistische Partei eintrete.«

»Wladimir ist bereits Pionier und hat erklärt, dass er in den Komsomol eintreten will«, sagte Alexander, nachdem er seinen nächsten Zug gemacht hatte.

»Das ist keine große Überraschung«, sagte Konstantin, »denn sonst hätte er keine großen Aussichten, vom KGB genommen zu werden – und dabei ist der doch das natürliche Habitat für diese ganz besondere Art von im Schlamm hausender Lebensform.«

Wieder war Alexander abgelenkt. »Warum bist du immer so hart zu ihm, Papa?«

»Weil er ein verschlagener kleiner Bastard ist, genau wie sein Vater. Du solltest ihm niemals ein Geheimnis anvertrauen, denn sonst landet es beim KGB, noch bevor du wieder zu Hause bist.«

»Er ist nicht besonders helle«, sagte Alexander. »Ehrlich gesagt, kann er schon froh sein, wenn er einen Platz an der staatlichen Universität angeboten bekommt.«

»Er mag zwar nicht allzu viel im Kopf haben«, sagte Konstantin, »aber er ist gerissen und rücksichtslos, und das ist eine viel gefährlichere Kombination. Glaub mir, für eine Karte zum Pokalendspiel würde er seine Mutter verkaufen. Vielleicht sogar schon für eine Karte zum Halbfinale.«

»Das Abendessen ist fertig«, sagte Elena.

»Sollen wir uns auf ein Remis einigen?«, fragte Konstantin und starrte das Brett an.

»Nein, Papa. Ich brauche noch sechs Züge bis zum Schachmatt, und das weißt du ganz genau.«

»Hört auf, euch zu streiten«, sagte Elena. »Deckt lieber den Tisch.«

»Wann habe ich dich das letzte Mal besiegt?«, fragte Konstantin und kippte seinen König um.

»Am 19. November 1967«, sagte Alexander. Beide standen auf und gaben einander die Hand.

Alexander stellte den Salzstreuer zurück auf den Tisch und packte die Schachfiguren in die Kiste, während sein Vater drei Teller vom Regal über der Spüle nahm. Nachdem er sie auf den Tisch gestellt hatte, öffnete Alexander eine Schublade des Küchenschranks und holte Messer und Gabeln heraus, die allesamt aus verschiedenen Gedecken stammten. Er dachte an den Abschnitt aus *Krieg und Frieden*, den er gerade übersetzt hatte. Die Rostows genossen regelmäßig ein fünfgängiges Dinner – ein besseres Wort als *Abendessen*, er würde es korrigieren, wenn er wieder in seinem Zimmer war –, und für jeden Gang benutzten sie besonderes Besteck. Überdies hatte die Familie ein Dutzend Diener in Livree, die hinter den Stühlen der Gäste standen, um die Mahlzeiten zu servieren, die von drei Köchinnen, welche niemals die Küche verließen, zubereitet worden waren. Alexander war überzeugt, dass die

Rostows keine bessere Köchin als seine Mutter gehabt haben konnten, denn sonst hätte Elena nicht in der Offiziersmesse gearbeitet.

Eines Tages …, sagte er sich, nachdem er den Tisch gedeckt und seinem Vater gegenüber Platz genommen hatte. Elena setzte sich mit ihrer neuesten Köstlichkeit zu ihnen, die sie in drei Portionen teilte, aber nicht jede Portion war gleich groß. Das Fleisch hatte sie in drei Stücke geschnitten, die Kartoffel gewürfelt und die Schale angebraten, sodass sie wie eine Delikatesse aussah. Dieses Mahl hatte Elena nach eigenen Angaben von den Tellern diverser Offiziere »repatriiert«. »Repatriiert« war ein Wort, das sie von Alexander übernommen hatte. Für beide Männer gab es überdies je eine Pastinake und eine dicke Scheibe Schwarzbrot mit Schweineschmalz.

»Ich habe heute Abend ein Kirchentreffen«, sagte Konstantin und griff nach seiner Gabel.

Alexander schnitt seine Wurstportion in vier Stücke und kaute jedes einzelne Stück sorgfältig, wobei er zwischendurch immer wieder von seinem Schwarzbrot aß und Wasser trank. Die Pastinake hob er sich bis zuletzt auf, und der fade Geschmack blieb ihm noch lange im Mund. Er war nicht einmal sicher, ob er sie wirklich mochte. In *Krieg und Frieden* aß nur die Dienerschaft Pastinaken. Während der Mahlzeit unterhielt sich die Familie weiter auf Englisch.

Konstantin leerte sein Glas Wasser, wischte sich den Mund mit dem Jackenärmel ab, stand auf und verließ die Küche ohne ein weiteres Wort.

»Du kannst zurück an deine Bücher gehen, Alexander. Für das hier werde ich nicht allzu lange brauchen«, sagte Elena und machte eine wegwerfende Handbewegung.

Glücklich folgte Alexander der Erlaubnis seiner Mutter und ging wieder in sein Zimmer. Er ersetzte das Wort *Abendessen* durch das Wort *Dinner*, bevor er sich der nächsten Seite zuwandte und seine Übersetzung von Tolstois Meisterwerk fortsetzte. *Die Franzosen rückten auf Moskau vor …*

Als Konstantin aus dem Mietshaus auf die Straße trat, war er sich nicht bewusst, dass ein Augenpaar auf ihn herabstarrte.

Unfähig, sich auf seine Schularbeiten zu konzentrieren, hatte Wladimir ziellos aus dem Fenster gesehen, als er plötzlich bemerkte, wie Genosse Karpenko aus dem Gebäude kam. Es war schon das dritte Mal diese Woche. Wo ging er so spät noch hin? Vielleicht sollte Wladimir das herausfinden. Rasch verließ Wladimir sein Zimmer und schlich auf Zehenspitzen durch den Flur. Er konnte das laute Schnarchen hören, das aus dem vorderen Zimmer kam, spähte hinein und sah seinen Vater zusammengesunken in einem Rosshaarsessel sitzen, eine leere Wodkaflasche neben sich. Wladimir schloss leise die Tür. Dann eilte er die Treppe hinab und hinaus auf die Straße. Er sah nach links und erkannte, wie Genosse Karpenko gerade um die Ecke bog. Er rannte ihm nach, ging jedoch langsamer, bevor er das Ende der Straße erreichte. Er spähte um die Ecke und sah, wie Genosse Karpenko in der Andreaskirche verschwand. Was für eine Zeitverschwendung, dachte Wladimir. Der KGB schätzte die Christlich-Orthodoxe Kirche zwar nicht gerade, aber sie war auch nicht verboten. Er wollte gerade wieder nach Hause gehen, als ein weiterer Mann sich aus dem Schatten löste, den er sonntags noch nie in der Kirche gesehen hatte.

Wladimir achtete darauf, von niemandem beobachtet zu werden, während er sich langsam der Kirche näherte. Er sah, wie zwei weitere Männer, die aus der anderen Richtung kamen, ebenfalls in die Kirche gingen. Wladimir erstarrte, als er Schritte hinter sich hörte. Sofort sprang er über die Mauer des Kirchhofs und blieb regungslos liegen. Er wartete, bis der Mann vorbeigegangen war, bevor er über den Kirchhof zur Rückseite des Gebäudes kroch, wo sich ein Eingang befand, der nur von den Chorknaben benutzt wurde. Er drehte den Knauf und fluchte, als die Tür sich nicht öffnen ließ.

Er schaute sich um und entdeckte ein halb geöffnetes Fenster über sich. Er konnte es nicht ganz erreichen, weshalb er eine grobe Steinplatte als Stufe benutzte. Mit ihrer Hilfe drückte er sich nach oben. Beim dritten Versuch gelang es ihm, den Fenstersims zu packen. Mit größter Anstrengung zog er sich hoch, schob seinen schmalen Körper durch den Fensterspalt und ließ sich auf der anderen Seite zu Boden fallen.

Leise schlich sich Wladimir vom hinteren Bereich der Kirche in den Chorraum, wo er sich hinter dem Altar versteckte. Nachdem sich sein Herzschlag fast wieder normalisiert hatte, spähte er um den Altar und erkannte ein Dutzend Männer, die ins Gespräch vertieft im Chorgestühl saßen.

»Wann wirst du mit den anderen Arbeitern über deine Vorstellungen sprechen?«, fragte einer von ihnen.

»Am nächsten Samstag, Stefan«, sagte Konstantin, »bei der monatlichen Mitarbeiterversammlung. Ich werde nie eine bessere Gelegenheit bekommen, wenn ich sie davon überzeugen will, sich uns anzuschließen.«

»Nicht einmal gegenüber den ältesten Arbeitern eine Andeutung über das, was du vorhast?«, fragte ein anderer.

»Nein. Das Überraschungsmoment ist unsere einzige Aussicht auf Erfolg. Bei dem, was wir planen, sollten wir den KGB lieber nicht aufscheuchen.«

»Aber bei der Versammlung werden sie ihre Spione haben, die genau auf jedes deiner Worte achten werden.«

»Das denke ich auch, Michail. Aber die werden ihren Vorgesetzten dann nur noch berichten können, wie groß die Unterstützung für uns ist, wenn wir eine unabhängige Gewerkschaft bilden wollen.«

»Ich zweifle nicht daran, dass die Männer dich unterstützen werden«, sagte eine vierte Stimme, »aber selbst das mitreißendste Rednertalent kann den Flug einer Kugel nicht aufhalten.« Mehrere Männer nickten mit düsteren Mienen.

»Sobald ich am Samstag meine Rede gehalten habe«, sagte Konstantin, »wird sich der KGB hüten, etwas so Unüberlegtes zu tun. Denn sollten sie so vorgehen, würden sich die Arbeiter wie *ein* Mann erheben, und der KGB bekäme den Geist, der einmal aus der Flasche ist, nie wieder hinein. Und doch«, fuhr er fort, »hat Juri recht. Ihr alle geht ein großes Risiko ein für eine Sache, an die ich selbst schon lange glaube. Wenn sich also irgendjemand anders entscheiden und die Gruppe verlassen möchte, dann wäre jetzt die Zeit gekommen, es zu tun.«

»Unter uns wirst du keinen Judas finden«, sagte eine weitere Stimme, gerade als Wladimir ein Husten unterdrückte. Und dann standen alle auf, um zu zeigen, dass sie Karpenko als ihren Anführer anerkannten.

»Dann sehen wir uns also am Samstagmorgen wieder, aber bis dahin muss jeder strengstes Stillschweigen bewahren.«

Wladimirs Herz hämmerte heftig, als die Männer einander die Hand reichten und die Kirche verließen. Er bewegte sich erst wieder, als er hörte, wie das große Westtor geschlossen und verriegelt wurde. Dann eilte er zurück in die Sakristei und schob sich aus dem Fenster, indem er einen Hocker benutzte. Er hielt sich einen Augenblick lang am Sims fest, bevor er sich wie ein erfahrener Ringer zu Boden fallen ließ – die einzige Disziplin, in der Alexander ihm nicht das Wasser reichen konnte.

Weil Wladimir wusste, dass er keine Sekunde zu verlieren hatte, rannte er in die entgegengesetzte Richtung zu der, die Genosse Karpenko eingeschlagen hatte, und hielt dabei auf eine Straße zu, die kein »Zutritt verboten«-Schild nötig hatte, denn nur Parteimitglieder betraten jemals den Tereschkowa-Prospekt. Er wusste genau, wo Major Poljakow wohnte, doch auch jetzt noch fragte er sich, ob er den Mut haben würde, so spät an dessen Tür zu klopfen. Doch genau genommen wäre es zu jeder Tages- oder Nachtzeit eine Herausforderung gewesen.

Als er die Straße mit ihren dicht belaubten Bäumen und dem hübschen Kopfsteinpflaster erreicht hatte, blieb er stehen und starrte das Haus an. Mit jedem Augenblick sank seine Entschlossenheit. Schließlich nahm er all seinen Mut zusammen und ging langsam auf die Haustür zu. Doch gerade als er anklopfen wollte, wurde die Tür von einem Mann aufgerissen, der offensichtlich keine Überraschungen mochte.

»Was willst du, Junge?«, fragte der Major und packte seinen unerwünschten Besucher am Ohr.

»Ich habe Informationen«, erwiderte Wladimir. »Als Sie letztes Jahr bei uns in der Schule waren, um Rekruten anzuwerben, haben Sie uns gesagt, Informationen seien Gold wert.«

»Ich hoffe, du hast mir wirklich etwas anzubieten«, sagte Poljakow, der Wladimirs Ohr nicht losließ, als er seinen unwillkommenen Besucher ins Haus zog und die Tür hinter sich zuwarf. »Rede.«

Wladimir berichtete ihm genau, was er in der Kirche gehört hatte, und als er fertig war, hatte Poljakow endlich sein Ohr losgelassen und ihm den Arm auf die Schulter gelegt.

»Hast du noch jemand anderen außer Karpenko erkannt?«, fragte Poljakow.

»Nein, Genosse Major, aber er hat die Namen Juri, Michail und Stefan erwähnt.«

Poljakow notierte sich die Namen und sagte dann: »Wirst du dir am Samstag das Fußballspiel ansehen?«

»Nein, Genosse Major. Es ist ausverkauft, und mein Vater hat es nicht geschafft ...«

Wie ein Bühnenzauberer ließ der KGB-Chef eine Eintrittskarte aus einer seiner Innentaschen erscheinen und reichte sie seinem neuesten Rekruten.

Leise schloss Konstantin die Schlafzimmertür, denn er wollte seine Frau nicht wecken. Er zog seine schweren Stiefel aus, stellte sie auf den Boden und kroch ins Bett. Wenn er früh genug aufbrach, würde er Elena nicht erklären müssen, was er und seine Anhänger besprochen hatten und, was noch wichtiger war, was er am Samstagmorgen vorhatte. Es war besser, wenn sie dachte, er sei mit seinen Freunden etwas trinken gegangen, oder sogar, er habe eine Geliebte, als ihr die Wahrheit zu sagen. Denn Konstantin wusste, dass seine Frau versuchen würde, ihn davon abzubringen, seine geplante Rede zu halten.

Er konnte geradezu hören, wie sie ihn daran erinnerte, dass sie schließlich kein allzu schlechtes Leben hatten. Sie wohnten in einem Mietshaus, das über elektrischen Strom und fließend Wasser verfügte. Sie hatte Arbeit als Köchin im Hafen, und ihr Sohn erwartete die baldige Mitteilung, dass er ein Stipendium für das renommierte Fremdsprachen-institut erhalten würde. Was konnten sie mehr verlangen?

Dass eines Tages diese Privilegien für jeden etwas ganz Selbstverständliches seien, würde Konstantin auf ihre Frage antworten.

Er lag wach in jener Nacht und schrieb seine Rede im Kopf, denn er konnte nicht riskieren, sie zu Papier zu bringen, bevor er den dreitausend Dockarbeitern am Samstagmorgen seine Botschaft verkündet hatte.

Er stand um halb sechs auf, und wieder bemühte er sich, seine Frau nicht zu wecken. Er spritzte sich etwas eiskaltes Wasser ins Gesicht, rasierte sich jedoch nicht. Dann zog er seinen Overall und ein grobes, kragenloses Hemd an, bevor er schließlich seine abgenutzten Stiefel mit der genagelten Sohle überstreifte. Er schlich sich aus dem Schlafzimmer und holte seine Brotdose aus der Küche: ein Würstchen, ein hart gekochtes Ei, zwei Scheiben Brot und Käse. Nur die Leute vom KGB würden besser essen.

Er schloss die Wohnungstür hinter sich und ging langsam die abgewetzten Steinstufen der Treppe hinab, bevor er schließlich auf die leere Straße hinaustrat. Die sechs Kilometer zur Arbeit ging er immer zu Fuß. Er mied den überfüllten Bus, der die Arbeiter zwischen den Docks und der Stadt hin und her transportierte. Wenn er darauf hoffen wollte, den nächsten Samstag zu überleben, musste er so fit bleiben wie ein gut ausgebildeter Soldat im Fronteinsatz.

Jedes Mal, wenn Konstantin auf der Straße an einem Arbeitskollegen vorbeikam, grüßte er den Mann, indem er spöttisch salutierte. Manchmal wurde sein Salutieren erwidert, einige andere nickten, während wiederum andere wie schlechte Samariter wegsahen. Letztere hätten genauso gut die Nummer ihres Parteiausweises auf die Stirn tätowiert tragen können.

Eine Stunde später erreichte Konstantin das Tor zum Hafen und schob seine Karte unverzüglich in die Stechuhr. Da er für die Arbeit im Hafen verantwortlich war, war er gerne der Erste, der kam, und der Letzte, der ging. Er folgte der Kaimauer, während er über den ersten Auftrag des Tages nachdachte. Ein U-Boot mit Zielhafen Odessa am Schwarzen Meer war vor Kurzem in Dock 11 eingelaufen, um Treibstoff und Proviant aufzunehmen, bevor es seine Fahrt fortsetzen würde. Aber bis dahin würde es noch mindestens eine Stunde dauern. Nur die vertrauenswürdigsten Arbeiter durften sich an jenem Morgen in der Nähe von Dock 11 aufhalten.

Konstantins Gedanken schweiften zurück zum Treffen am Abend zuvor. Irgendetwas stimmte nicht, aber er hätte es nicht genauer benennen können. War es vielleicht eher *jemand* und nicht *etwas*?, fragte er sich gerade, als ein gewaltiger Kran am anderen Ende des Docks seine schwere Last hob und langsam und schwankend in Richtung des wartenden U-Bootes in Dock 11 hievte.

Der Kranführer war sorgfältig ausgewählt worden. Er konnte einen Tank auch dann noch sicher in einem Frachtraum platzieren, wenn er rechts und links nur wenige Zentimeter Spielraum hatte. Doch heute war das nicht seine Aufgabe. Vielmehr würde er Ölfässer in ein U-Boot verladen, das mehrere Tage am Stück unter Wasser bleiben musste. Auch das war natürlich eine Arbeit, die größte Genauigkeit erforderte. Immerhin hatte er in einer Hinsicht Glück: Heute Morgen wehte kein Wind.

Konstantin versuchte, sich zu konzentrieren, als er seine Rede noch einmal durchging. Wenn seine Kollegen lange genug den Mund hielten, würde alles perfekt ablaufen. Er war voller Zuversicht und lächelte still vor sich hin.

Der Kranführer stellte zufrieden fest, dass er alles bis auf wenige Zentimeter genau berechnet hatte. Die Ladung war perfekt ausbalanciert und hing vollkommen ruhig in der Luft. Behutsam schob er einen schweren Hebel nach vorn und sah zu, wie sich die große Haltevorrichtung öffnete und die drei Ölfässer freigab. Die Fässer fielen mit einem lauten Knall auf die Kaimauer. Auf den Zentimeter genau. Konstantin Karpenko hatte noch aufgesehen, aber es war zu spät. Er wurde sofort getötet. Ein schrecklicher Unfall, an dem niemand Schuld hatte. Dem Kranführer war klar, dass er schnell verschwinden musste, bevor die Arbeiter der Frühschicht eintrafen. Rasch schwang er den Arm des Krans wieder zurück, schaltete den Motor ab, stieg aus dem Führerhäuschen und kletterte über die Leiter nach unten. Drei Arbeitskollegen erwarteten ihn, als er auf die Kaimauer trat. Er lächelte seinen Genossen zu. Die fünfzehn Zentimeter lange gezähnte Klinge bemerkte er erst, als sie sich in seinen Magen bohrte und mehrmals umgedreht wurde. Die beiden anderen Männer hielten ihn fest, bis sein Wimmern verklungen war. Dann banden sie seine Arme und Beine zusammen und warfen ihn von der Kaimauer ins Wasser. Er tauchte noch drei Mal auf, bevor er schließlich unter der Wasseroberfläche versank. Der Kranführer hatte an diesem Morgen seine Karte nicht gestempelt, weshalb es einige Zeit dauern würde, bis irgendjemand ihn vermisste.

Konstantin Karpenkos Beerdigung fand in der Kirche des Apostels Andreas statt, und der Andrang war so groß, dass die Trauernden bereits bis auf die Straße standen, noch bevor der Chor eingetroffen war.

Der Bischof, der die Trauerrede hielt, nannte Konstantins Tod einen tragischen Unfall; wahrscheinlich war er einer der wenigen, die allen Ernstes dem offiziellen Kommuniqué glaubten – und auch das nur, nachdem es von Moskau abgesegnet worden war.

In der ersten Reihe der überfüllten Bänke saßen elf Männer, die wussten, dass es kein Unfall gewesen war. Sie wussten auch, dass das Versprechen einer gründlichen Untersuchung durch den KGB ihrer Sache nicht helfen würde, denn staatliche Untersuchungskommissionen benötigten regelmäßig mehrere Jahre, bis sie ihre Ergebnisse vortragen würden, und dann wäre der geeignete Zeitpunkt für ihre Aktion längst vorüber.

Nur Familienmitglieder und enge Freunde versammelten sich am Grab, um dem Toten die letzte Ehre zu erweisen. Elena weinte, als der Leichnam ihres Mannes langsam in die Erde gesenkt wurde, und hielt die Hand Alexanders, was sie schon seit vielen Jahren nicht mehr getan hatte. Er wurde sich plötzlich bewusst, dass nun er, trotz seiner Jugend, das Familienoberhaupt war.

Er hob den Kopf und sah Wladimir, mit dem er seit dem Tod seines Vaters nicht mehr gesprochen hatte und der jetzt halb verborgen im hinteren Bereich der Trauergemeinde stand. Als sich ihre Blicke trafen, wandte sich sein bester Freund rasch ab. In diesem Augenblick fielen Alexander die Worte seines Vaters wieder ein: *Er ist ein verschlagener kleiner Bastard, und für eine Karte zum Pokalendspiel würde er seine Mutter verkaufen. Vielleicht sogar schon für eine Karte zum Halbfinale.* Wladimir hatte der Versuchung nicht widerstehen können und Alexander erzählt, dass er eine Karte für einen Stehplatz am Samstag bekommen hatte, auch wenn er nicht sagen wollte, von wem sie war oder was er hatte tun müssen, um sie zu bekommen.

Alexander konnte sich nur fragen, wie weit Wladimir gehen würde, um vom KGB rekrutiert zu werden. In jenem Augenblick begriff er, dass er nicht mehr sein Freund war. Er beobachtete, wie Wladimir sich davonschlich wie Judas in der Nacht. Wladimir hatte alles getan, außer Alexanders Vater auf die Wange zu küssen.

Nachdem alle gegangen waren, knieten Elena und Alexander noch eine Weile am Grab. Als Elena schließlich aufstand, musste sie sich unweigerlich fragen, was der Grund dafür gewesen war, dass Konstantin einen solchen Zorn auf sich gezogen hatte. Nur diejenigen Parteimitglieder, bei denen die Gehirnwäsche besonders erfolgreich gewesen war, glaubten die Geschichte, die der KGB überall verbreitete und die besagte, der Kranführer habe nach dem schrecklichen Unfall Selbstmord begangen. Sogar Leonid Breschnew, der Generalsekretär der Kommunistischen Partei, hatte in die Täuschung eingestimmt, indem er einen Sprecher des Kreml verkünden ließ, dass Konstantin Karpenko posthum zum Helden der Sowjetunion erklärt und seine Witwe die volle staatliche Pension erhalten würde.

Elena hatte ihre Aufmerksamkeit bereits dem anderen Mann in ihrem Leben zugewandt. Sie würde, so hatte sie zunächst geplant, nach Moskau ziehen, sich eine Arbeit suchen und alles in ihrer Macht Stehende tun, um die Karriere ihres Sohnes zu fördern. Doch nach einer langen Diskussion mit ihrem Bruder Kolja hatte Elena widerwillig akzeptiert, dass sie in Leningrad bleiben würde und wie bisher mit ihrem Leben weitermachen musste, als sei nichts geschehen. Sie konnte bereits von Glück reden, wenn sie ihre gegenwärtige Arbeit behalten durfte, denn die Tentakel des KGB reichten bis weit über ihre bedeutungslose Existenz hinaus.

Beim Halbfinalspiel um die russische Meisterschaft schlug Zenit Leningrad Odessa am Samstag mit 2 : 1 und würde nun im Endspiel gegen Torpedo Moskau antreten.

Wladimir versuchte bereits, eine Möglichkeit zu finden, eine Eintrittskarte zu bekommen.

2

Alexander

Elena erwachte früh. Sie hatte sich noch immer nicht daran gewöhnt, alleine zu schlafen. Nachdem sie Alexander sein Frühstück zubereitet und ihn in die Schule geschickt hatte, putzte sie die Wohnung, zog ihren Mantel an und machte sich auf den Weg zur Arbeit. Wie Konstantin ging sie ohnehin am liebsten zu Fuß zu den Docks, und heute besonders, denn so musste sie sich nicht ständig bei einem der Kondolierenden bedanken.

Sie dachte über den Tod des einzigen Mannes nach, den sie je geliebt hatte. Was verbargen die anderen vor ihr? Warum wollte ihr niemand die Wahrheit sagen? Sie würde den richtigen Augenblick abwarten und ihren Bruder fragen müssen, der, dessen war sie sich sicher, mehr wusste, als er preiszugeben bereit war. Und dann dachte Elena über ihren Sohn nach. Inzwischen fragte sie ihn nicht mehr nach den Ergebnissen seiner Prüfungen, obwohl diese jetzt zweifellos jeden Tag eintreffen mussten.

Schließlich dachte sie an die Arbeit und an ihre Stelle. Sie konnte sich nicht erlauben, sie zu verlieren, solange Alexander noch in der Schule war. War die staatliche Pension ein Hinweis darauf, dass man sie nicht mehr an ihrem Arbeitsplatz sehen wollte? Erinnerte ihre Anwesenheit die anderen ständig daran, wie ihr Mann gestorben war? Aber sie machte ihre Arbeit gut, und genau deshalb war sie in der Offiziersmesse und nicht in der Kantine der Hafenarbeiter beschäftigt.

»Willkommen zurück, Genossin Karpenko«, sagte der Wachmann am Hafentor, als sie ihre Karte stempelte.

»Vielen Dank«, sagte Elena.

Als sie über das Hafengelände ging, zogen mehrere Arbeiter ihre Mützen vor ihr und begrüßten sie mit einem »Guten Morgen«, was sie erneut daran erinnerte, wie beliebt Konstantin gewesen war.

Nachdem Elena die Offiziersmesse durch die Hintertür betreten hatte, hängte sie ihren Mantel auf, zog eine Schürze an und ging direkt in die Küche. Sie warf einen Blick auf die Speisekarte mit dem heutigen Mittagessen, wie sie es jeden Morgen als Erstes tat. Gemüsesuppe und Kaninchenpastete. Es musste Freitag sein. Zunächst inspizierte sie das Fleisch, drei Kaninchen, denen das Fell abgezogen werden musste. Dann musste das Gemüse in kleine Stücke geschnitten und die Kartoffeln geschält werden.

Sanft legte sich eine Hand auf ihre Schulter. Sie drehte sich um und sah den Genossen Akimow mit einem verständnisvollen Lächeln im Gesicht.

»Es war ein wunderschöner Gottesdienst«, sagte Elenas Vorgesetzter. »Aber schließlich hatte Konstantin auch nichts Geringeres verdient.« Jemand, der offensichtlich ebenfalls die Wahrheit wusste, aber nicht bereit war, sie auszusprechen.

Elena bedankte sich bei ihm und arbeitete dann ununterbrochen weiter, bis die Sirene erklang, welche die Vormittagspause verkündete. Sie hängte ihre Schürze auf und trat zu Olga in den Hof. Ihre Freundin genoss gerade die zweite Hälfte ihrer gestrigen Zigarette und reichte Elena den Stummel. Elena nahm einen Zug und gab ihr den Stummel zurück.

»Es war eine absolut furchtbare Woche«, sagte Olga. »Aber jeder von uns hat dazu beigetragen, dass du deine Stelle behältst. Ich persönlich war verantwortlich dafür, dass das Mittagessen gestern eine Katastrophe war«, fuhr sie fort, nachdem sie tief inhaliert hatte. »Die Suppe war kalt, das Fleisch völlig zerkocht, das Gemüse matschig, und irgendjemand hat vergessen, Soße zu machen. Schon lange bevor die Offiziere wieder zur Arbeit gingen, haben sie gefragt, wann du wiederkommst.«

»Vielen Dank«, sagte Elena und wollte ihre Freundin umarmen, doch da erklang die Sirene erneut.

Elena hatte ihren Sohn bisher nur ein Mal weinen sehen, und das war bei der Beerdigung seines Vaters gewesen. Deshalb wusste sie, dass es nur um eine Sache gehen konnte, als sie an jenem Abend nach Hause kam und ihren Sohn schluchzend vorfand.

Sie setzte sich auf die Küchenbank neben ihn und legte ihm einen Arm um die Schulter.

»Es kam nie wirklich darauf an, dass du das Stipendium gewinnst«, sagte sie. »Auch nur einen Platz am Fremdspracheninstitut angeboten zu bekommen ist für sich genommen schon eine große Ehre.«

»Aber sie haben mir überhaupt keinen Platz angeboten. Nirgendwo«, erwiderte Alexander. Elena war so verblüfft, dass sie schwieg. Es war ein ungläubiges Schweigen. »Ich habe Anweisung, mich am Montagmorgen im Hafen zu melden, wo man mich einem Arbeitstrupp zuteilen wird.«

»Niemals!«, sagte Elena. »Ich werde protestieren.«

»Dein Protest würde auf taube Ohren stoßen, Mama. Sie haben bereits klargemacht, dass ich keine andere Wahl habe.«

»Und was ist mit deinem Freund Wladimir? Soll er auch wie du im Hafen arbeiten?«

»Nein. Man hat ihm einen Platz an der staatlichen Universität angeboten. Er fängt im September an.«

»Aber du warst in jedem Fach besser als er.«

»Außer in Verrat«, sagte Alexander.

Als Major Poljakow am Tag darauf kurz vor dem Mittagessen in die Küche schlenderte, starrte er Elena so gierig an, als stünde sie auf der Speisekarte. Der Major war nicht größer als sie, wog aber gewiss doppelt so viel, was, wie Olga betonte, ein Beweis für Elenas Kochkünste war. Der Russe führte den vollmundigen Titel des Sicherheitschefs, doch jeder wusste, dass er dem KGB angehörte und sich nicht darum kümmerte, dem Hafenkommandanten Bericht zu erstatten, sondern etwaige Vorfälle direkt nach Moskau meldete, weshalb sogar seine Offizierskollegen ihm gegenüber auf der Hut waren.

Es dauerte nicht lange, und sein Starren hatte sich in eine gründliche Inspektion der von ihr vorbereiteten Mahlzeiten verwandelt, und während andere Offiziere gelegentlich irgendeinen kleinen Happen vorab zu sich nahmen, strichen seine Hände über ihren Rücken, bis sie ihren Hintern erreicht hatten, und wenige Augenblicke später drückte er sich an sie. »Wir sehen uns nach dem Mittagessen«, flüsterte er, bevor er die Küche verließ und sich zu seinen Offizierskollegen im Speisesaal begab. Eine Stunde später sah Elena mit Erleichterung, wie er aus dem Gebäude eilte, und er kam nicht wieder zurück, bis sie ausgestempelt hatte. Sie fürchtete jedoch, dass es nur noch eine Frage der Zeit war.

Als Kolja in die Küche kam, um am Ende des Tages nach seiner Schwester zu sehen, berichtete sie ihm in allen Einzelheiten, was sie um die Mittagszeit hatte ertragen müssen.

»Es gibt nichts, was irgendeiner von uns gegen Poljakow unternehmen kann«, sagte Kolja. »Jedenfalls dann, wenn wir unseren Arbeitsplatz behalten wollen. Als Konstantin noch gelebt hat, hätte Poljakow es nie gewagt, dir gegenüber zudringlich zu werden, aber jetzt … Nichts wird ihn aufhalten, dich seiner langen Liste von Eroberungen hinzuzufügen, die es niemals wagen würden, sich zu beschweren. Frag nur mal deine Freundin Olga.«

»Das muss ich nicht. Aber Olga hat heute etwas angedeutet, wodurch ich begriffen habe, dass sie weiß, warum Konstantin umgebracht wurde. Da sie offensichtlich zu verängstigt ist, um irgendetwas zu verraten, wäre es vielleicht an der Zeit, dass du mir die Wahrheit sagst.«

»Es war ein tragischer Unfall«, sagte Kolja und deutete zur Decke hoch.

Elena flüsterte: »Ist dein Leben ebenfalls in Gefahr?« Ihr Bruder nickte und verließ wortlos die Küche.

In jener Nacht lag Elena wach im Bett und dachte über ihren Mann nach. Ein Teil von ihr konnte sich immer noch nicht damit abfinden, dass er nicht mehr am Leben war. Es war auch keine große Hilfe, dass Alexander seinen Vater geradezu verehrt und sich immer die größte Mühe gegeben hatte, seinen unvergleichlich hohen Ansprüchen gerecht zu werden. Ansprüche, die der Grund gewesen sein mussten, warum Konstantin sein Leben geopfert hatte, und die gleichzeitig dafür verantwortlich waren, dass sein Sohn nun den Rest seines Lebens als Hafenarbeiter würde zubringen müssen.

Elena hatte gehofft, dass ihr Sohn eines Tages für das Außenministerium arbeiten und sie lange genug leben würde, um noch mitzuerleben, wie man ihn zum Botschafter ernannte. Aber es sollte nicht sein. *Wenn mutige Menschen nicht bereit sind, für die Dinge, an die sie glauben, Risiken einzugehen,* hatte Konstantin ihr einmal gesagt, *dann wird sich nie etwas ändern.* Elena wäre es lieber gewesen, wenn ihr Mann sich als ein größerer Feigling erwiesen hätte. Aber andererseits hätte sie sich vielleicht nie unsterblich in ihn verliebt, wenn er ein Feigling gewesen wäre.

Nach Konstantin stand sein Schwager an zweiter Stelle, was die Verantwortung für die Docks anging, aber ganz offensichtlich betrachtete Poljakow ihn nun wohl doch nicht als Bedrohung, denn nach Konstantins angeblichem tragischen Unfall behielt er seinen Posten als Chef der Verladeabteilung. Poljakow konnte jedoch nicht wissen, dass Kolja den KGB sogar noch mehr hasste als sein Schwager, und obwohl er sich rasch der offiziellen Linie anzupassen schien, plante er bereits, sich auf seine ganz eigene Weise zu rächen. Und obwohl dazu keine leidenschaftlichen Reden gehörten, war dabei genauso viel Mut gefordert.

Als sie am folgenden Nachmittag ausstempelte, sah Elena überrascht, dass ihr Bruder außerhalb des Hafentors auf sie wartete.

»Das ist aber mal eine angenehme Überraschung«, sagte Elena, als die beiden den Heimweg antraten.

»Vielleicht findest du das nicht mehr, wenn du dir angehört hast, was ich zu sagen habe.«

»Geht es um Alexander?«, fragte Elena besorgt.

»Ich fürchte, ja. Er hatte einen sehr schlechten Start. Er weigert sich, Anweisungen anzunehmen, und zeigt unverblümt seine Verachtung für den KGB. Zu einem jungen Offizier – und die sind immer die Schlimmsten – hat er heute gesagt, er solle sich verpissen.« Elena schauderte. »Du musst ihm sagen, dass er sich zusammennehmen soll, denn sonst kann ich ihn nicht mehr lange decken.«

»Ich fürchte, diesen heftigen Drang nach Unabhängigkeit hat er von seinem Vater«, sagte Elena. »Aber ihm fehlen noch Konstantins Diskretion und Klugheit.«

»Und es ist auch nicht gerade eine Hilfe, dass er klüger ist als alle um ihn herum, einschließlich der Leute vom KGB«, sagte Kolja. »Und das wissen die genau.«

»Aber was soll ich tun? Er hört nicht mehr auf mich.«

Schweigend gingen sie eine Weile weiter, bevor Kolja erneut zu reden begann. Er sprach jedoch erst wieder, als er sicher sein konnte, dass kein zufälliger Passant etwas von seinen Worten mitbekommen würde. »Es könnte sein, dass ich eine Lösung gefunden habe«, sagte Kolja. »Aber die Sache lässt sich nur durchziehen, wenn ich deine volle Unterstützung habe.« Er hielt inne. »Und die von Alexander.«

Als hätte Elena nicht schon genügend Probleme zu Hause gehabt, wurden ihre Schwierigkeiten bei der Arbeit immer größer, denn die Annäherungsversuche des Majors wurden immer weniger subtil. Sie hatte schon daran gedacht, ihm kochendes Wasser über seine Hände zu schütten, die sich regelmäßig auf Wanderschaft begaben, doch an die Folgen wagte sie nicht einmal zu denken.

Es war etwa eine Woche später. Elena reinigte die Küche, bevor sie sich auf ihren Nachhauseweg begeben würde, als Poljakow offensichtlich betrunken hereinstolperte. Schon während er sich auf sie zuschob, begann er, sich die Hose aufzuknöpfen. Gerade als er ihr eine seiner verschwitzten Hände auf die Brust legen wollte, eilte ein jüngerer Offizier herein und meldete, dass der Kommandant ihn dringend sprechen wolle. Poljakow konnte seine Verärgerung nicht verbergen, und als er ging, zischte er Elena zu: »Bleib hier. Ich komme gleich wieder zurück.« Elena war so eingeschüchtert, dass sie sich über eine Stunde lang nicht von der Stelle rühren konnte, doch sobald die Sirene erklang, zog sie ihren Mantel an und war unter den Ersten, die ausstempelten.

Als ihr Bruder an jenem Abend zu Elena zum Essen kam, bat sie ihn, ihr in allen Einzelheiten von seinem Plan zu berichten.

»Ich hatte gedacht, du bist skeptisch. Und dass du es für ein viel zu großes Risiko hältst.«

»Das habe ich auch getan«, sagte Elena. »Aber das war, bevor mir klar wurde, dass ich mich Poljakows Annäherungsversuchen nicht entziehen kann.«

»Du hast mir gesagt, dass du sogar das ertragen würdest, solange nur Alexander nie etwas davon erfährt.«

»Aber *falls* er davon erfährt«, sagte Elena leise. »Kannst du dir die Konsequenzen vorstellen? Also, sag mir, was dir vorschwebt. Ich bin bereit, alles in Erwägung zu ziehen.«

Kolja beugte sich vor und schenkte sich einen kleinen Schluck Wodka ein. Dann erklärte er ihr Schritt für Schritt seinen Plan. »Wie du weißt, entladen jede Woche mehrere ausländische Schiffe ihre Fracht in unseren Docks, und wir müssen dafür sorgen, dass sie in der Lage sind, so schnell wie möglich wieder in See zu stechen, damit andere Schiffe, die bereits auf das Löschen ihrer Ladung warten, ihren Platz einnehmen können. Das ist meine Aufgabe.«

»Aber wie sollte uns das helfen?«, fragte Elena.

»Sobald das Schiff seine Fracht gelöscht hat, beginnt der Beladungsprozess. Und weil nicht jeder säckeweise Salz und kistenweise Wodka aufnehmen will, verlassen zahlreiche Schiffe den Hafen ohne neue Fracht.« Elena schwieg, während ihr Bruder fortfuhr. »Am Freitag erwarten wir zwei Schiffe, die uns, nachdem sie ihre Ladung gelöscht haben, am Samstagnachmittag mit Einsetzen der Flut wieder verlassen und beide dann über freien Laderaum verfügen werden. Du und Alexander, ihr könntet euch in einem dieser beiden Schiffe verstecken.«

»Aber wenn wir bei unserem Fluchtversuch erwischt werden, könnten wir uns beide gleich darauf in einem Viehtransport nach Sibirien wiederfinden.«

»Genau deshalb ist dieser Samstag so wichtig«, sagte Kolja. »Denn ausnahmsweise stehen die Zeichen mal für uns günstig.«

»Warum?«, fragte Elena.

»Zenit Leningrad steht im Pokalendspiel gegen Torpedo Moskau. Das Spiel findet im Nationalstadion statt, und fast alle Offiziere werden in ihren Logen sitzen und Moskau anfeuern, während viele meiner Arbeitskollegen auf den Stehplätzen die Heimmannschaft unterstützen werden. Uns bleiben drei Stunden, die wir nutzen können. Wenn der Schlusspfiff erklingt, könntet ihr bereits auf dem Weg in ein neues Leben in London oder New York sein.«

»Oder in Sibirien?«

3

Alexander

Nie brachen Kolja und Elena am Morgen zur selben Zeit in Richtung Hafen auf, und nie kehrten sie am Nachmittag gemeinsam zurück. Bei der Arbeit gab es keinen Grund, warum ihre Wege sich kreuzen sollten, und sie sorgten dafür, dass es auch so blieb. Jeden Abend kam Kolja aus seiner Wohnung, die im sechsten Stockwerk lag, zu Elena herunter, aber sie unterhielten sich erst über ihre Pläne, wenn Alexander zu Bett gegangen war. Dann jedoch sprachen sie über wenig anderes.

Bis Freitagabend waren sie immer wieder alles durchgegangen, was möglicherweise schiefgehen konnte, obwohl Elena davon überzeugt war, dass irgendetwas sie im letzten Moment zu Fall bringen würde. In jener Nacht machte sie kein Auge zu, doch schon während des zurückliegenden Monats hatte sie jede Nacht nicht mehr als ein paar Stunden geschlafen.

Kolja erklärte ihr, dass sich fast alle Hafenarbeiter wegen des Pokalendspiels für die Frühschicht gemeldet hatten, die von sechs bis zwölf ging; sobald die Mittagssirene verklungen war, wäre nur noch die Notbesetzung in den Docks.

»Und ich habe Alexander klargemacht, dass ich ihm keine Eintrittskarte würde besorgen können, weshalb er sich widerwillig für die Nachmittagsschicht eingetragen hat.«

»Wann wirst du es ihm sagen?«, fragte Elena.

»Erst im letzten Augenblick. Du musst wie die Leute vom KGB denken. Die sagen es nicht mal sich selbst.«

Genosse Akimow hatte bereits zugesagt, dass Elena am Samstag freinehmen könne, denn er bezweifelte, dass irgendein Offizier sich die Mühe machen würde, zum Mittagessen in den Hafen zu kommen, da gewiss keiner den Anstoß verpassen wollte.

»Ich werde am Vormittag mal kurz vorbeischauen«, hatte sie zu ihrem Vorgesetzten gesagt. »Es könnte doch sein, dass nicht alle Fußballfans sind. Aber ich werde so gegen Mittag wieder gehen, wenn niemand auftaucht.«

Kolja war es zwar gelungen, Karten für ein paar Stehplätze zu bekommen, aber er verriet Alexander nicht, dass er diese bereits dafür geopfert hatte, dass sein Verladechef und der leitende Kranführer am Samstagnachmittag nicht im Hafen waren.

Als Alexander am folgenden Morgen zum Frühstück in die Küche kam, hatte er nur eine Sache im Kopf, und noch bevor er sich setzte, fragte er Kolja, ob es ihm nicht doch noch im letzten Moment gelungen war, eine Karte zu bekommen. Die Antwort seines Onkels verblüffte ihn.

»Du wirst heute Nachmittag vielleicht zu einem weitaus wichtigeren Spiel antreten«, sagte Kolja. »Auch dabei geht es gegen Moskau, und dabei kannst du dir keine Niederlage erlauben.«

Der junge Mann saß schweigend am Küchentisch, während sein Onkel ihm Punkt für Punkt darlegte, was er und Alexanders Mutter während des letzten Monats geplant hatten. Elena hatte sich bereits mit ihrem Bruder darauf geeinigt, dass sie das ganze Unternehmen abblasen würden, sollte Alexander aus welchem Grund auch immer nicht mitmachen wollen. Ihr Sohn, so verlangte Elena, musste unmissverständlich begriffen haben, welches Risiko sie alle eingehen würden, bevor sie bereit wäre, den Plan in die Tat umzusetzen. Kolja versuchte sogar, seinen Neffen zu bestechen, um herauszufinden, ob dieser wirklich ganz hinter dieser Sache stand.

»Ich habe es geschafft, noch eine Karte für das Spiel zu bekommen«, sagte er und wedelte damit in der Luft herum. »Wenn du also lieber ...«

Beide musterten den jungen Mann sorgfältig, um zu sehen, wie er reagieren würde. »Zur Hölle mit diesem Spiel«, sagte er.

»Aber es würde bedeuten, dass du Russland verlassen musst und vielleicht nie wieder zurückkehren kannst«, sagte Kolja.

»Dadurch höre ich ja nicht auf, Russe zu sein. Und vielleicht bekommen wir nie wieder eine bessere Chance, diesen Bastarden zu entkommen, die meinen Vater umgebracht haben.«

»Dann wäre das geklärt«, sagte Kolja. »Aber dir muss klar sein, dass ich nicht mit euch kommen werde.«

»Dann werden wir nicht gehen«, sagte Alexander und sprang von dem alten Stuhl seines Vaters auf. »Ich würde niemals riskieren, dich zurückzulassen, nur damit du die ganzen Folgen zu spüren bekommst.«

»Ich fürchte, genau das werdet ihr tun müssen«, sagte Kolja. »Wenn du und deine Mutter überhaupt eine Chance haben wollt, von hier zu verschwinden, muss einer von uns zurückbleiben und eure Spuren verwischen. Dein Vater hätte es nicht anders gewollt.«

»Aber …«, begann Alexander.

»Es gibt kein *Aber*. Wenn die Sache gelingen soll, muss ich los und zur Frühschicht erscheinen, damit jeder annimmt, dass ich wie alle anderen am Nachmittag im Stadion bin.«

»Aber werden sie nicht Verdacht schöpfen, wenn sich hinterher niemand daran erinnern kann, dich beim Spiel gesehen zu haben?«

»Nicht, wenn ich die zeitlichen Abläufe richtig hinbekomme«, erwiderte Kolja. »Die zweite Halbzeit dürfte gegen vier anfangen. Bis dahin sollte ich bereits auf der Tribüne stehen und die Heimmannschaft anfeuern, und mit etwas Glück seid ihr dann bereits weit außerhalb unserer Hoheitsgewässer. Du musst nur unbedingt pünktlich zur Nachmittagsschicht erscheinen und ausnahmsweise das tun, was deine Vorgesetzten dir sagen.« Alexander grinste, als sein Onkel aufstand, ihn umarmte und fest an sich drückte. »Sorg dafür, dass dein Vater stolz auf dich wäre«, sagte er, bevor er ging.

Als Kolja aus der Wohnung trat, sah er, wie Alexanders Freund die Treppe herunterkam.

»Haben Sie eine Karte für das Spiel, Genosse Obolski?«, fragte Wladimir, während er mit seiner eigenen Karte hin und her wedelte.

»Ja, ich habe eine«, antwortete Kolja. »Für die Nordtribüne. Wie die übrigen Jungs. Dann sehen wir uns dort.«

»Ich glaube nicht«, sagte Wladimir. »Ich habe eine Karte für die Westtribüne.«

»Glückspilz«, sagte Kolja, und obwohl er in Versuchung war, fragte er nicht, was der junge Mann getan hatte, um an seine Karte zu kommen.

»Was ist mit Alexander? Hat er auch eine?«

»Leider nein. Er muss heute die Nachmittagsschicht übernehmen, und wie du dir denken kannst, ist er ziemlich sauer.«

»Sagen Sie ihm, ich komme heute Abend vorbei und erzähle ihm in allen Einzelheiten, wie es gewesen ist.«

»Das ist nett von dir, Wladimir. Ich bin sicher, er weiß das zu schätzen. Viel Spaß beim Spiel«, fügte er hinzu, und dann ging jeder von ihnen seines Weges.

Nachdem Kolja in Richtung Hafen aufgebrochen war, hatte Alexander noch immer mehrere Fragen an seine Mutter, von denen sie einige nicht beantworten konnte, darunter diejenige, in welches Land sie kommen würden.

»Zwei Schiffe legen heute Nachmittag gegen drei mit Einsetzen der Flut ab«, sagte Elena, »aber wir werden erst im letzten Augenblick erfahren, für welches Kolja sich entschieden hat.«

Schnell wurde Elena klar, dass Alexander das Fußballspiel bereits vergessen hatte, denn er begann, aufgeregt in der Küche hin und her zu gehen, mit nichts anderem als dem Gedanken an ihre Flucht beschäftigt. Seine Mutter musterte ihn besorgt. »Das ist kein Spiel, Alexander«, sagte sie mit fester Stimme. »Wenn sie uns erwischen, wird man deinen Onkel erschießen, und wir werden im Gulag verschwinden, wo du dir für den Rest deines Lebens wünschen wirst, du wärst zu diesem Spiel gegangen. Es ist noch nicht zu spät, wenn du deine Meinung ändern möchtest.«

»Ich weiß, was mein Vater getan hätte«, sagte Alexander.

»Dann wäre es besser, wenn du alles vorbereitest«, sagte seine Mutter.

Ohne ein weiteres Wort zu verlieren, ging Alexander in sein Zimmer zurück, während Elena die Brotdose packte, die er jeden Morgen mitnahm. Diesmal jedoch enthielt sie nichts zu essen, sondern alle Banknoten und Münzen, die sie und Konstantin über die Jahre hinweg zusammengekratzt hatten, sowie etwas Schmuck, der bis auf den Verlobungsring ihrer Mutter nur geringen Wert besaß, und dazu noch ein russisch-englisches Wörterbuch. Wie sehr wünschte sich Elena jetzt, sie hätte sich besser konzentriert, wenn Konstantin und Alexander an den Abenden Englisch gesprochen hatten. Schließlich packte sie ihren kleinen Koffer, der, wie sie hoffte, nicht zu auffällig wäre, wenn sie später an jenem Vormittag zur Arbeit erscheinen würde. Das Problem bestand darin, zu entscheiden, was sie mitnehmen und was sie zurücklassen würde. Ihre Fotos von Konstantin und der Familie hatten Priorität, danach folgten eine Garnitur Kleider zum Wechseln und ein Stück Seife. Darüber hinaus gelang es ihr, eine Bürste und einen Kamm hineinzuquetschen, bevor sie den Deckel schloss. Alexander hatte sein Exemplar von *Krieg und Frieden* mitnehmen wollen, doch seine Mutter hatte ihm versichert, dass er dieses Buch überall auf der Welt bekäme, wo immer sie auch hinkommen würden.

Nachdem Alexander sich angezogen hatte, wollte er sich unbedingt sofort auf den Weg machen, doch seine Mutter war nicht bereit, auch nur einen Augenblick zu früh aufzubrechen; Kolja hatte ihr eingeschärft, dass sie es sich nicht leisten konnten, irgendjemandes Aufmerksamkeit dadurch zu erregen, dass sie am Hafentor erschienen, bevor die Zwölf-Uhr-Sirene erklang. Schließlich verließen sie die Wohnung kurz nach elf. Elena schlug einen Zickzackkurs ein, auf dem sie wahrscheinlich nicht allzu vielen Leuten begegnen würden. Wenige Minuten nach zwölf erreichten sie das Hafentor und sahen sich einer wahren Stampede von Arbeitern gegenüber, welche die entgegengesetzte Richtung eingeschlagen hatten.

Alexander bahnte sich einen Weg wie durch eine vorrückende Armee, während sich seine Mutter mit gesenktem Kopf dicht in seinem Rücken hielt. Nachdem sie ihre Karten gestempelt hatten und das Tor hinter ihnen lag, ermahnte Elena ihren Sohn: »Um zwei geht die Sirene für die Nachmittagspause. Dann haben wir zwanzig Minuten, mehr nicht. Also sieh zu, dass du so rasch wie möglich zu mir in die Offiziersmesse kommst.«

Alexander nickte, und dann ging jeder seines Weges. Er machte sich auf zu Dock 6, um die Nachmittagsschicht zu beginnen, während seine Mutter sich in die entgegengesetzte Richtung wandte. Nachdem Elena die Offiziersmesse erreicht hatte, öffnete sie vorsichtig die Tür, schob den Kopf hinein und lauschte aufmerksam. Alles war vollkommen still.

Elena hängte ihren Mantel auf und ging in die Küche. Überrascht sah sie Olga am Tisch sitzen und eine Zigarette rauchen, was die junge Frau niemals getan hätte, wenn ein Offizier im Gebäude gewesen wäre. Elena lächelte. Olga berichtete ihr, dass sogar Genosse Akimow nach dem Erklingen der Mittagssirene unverzüglich aufgebrochen war. Sie stieß eine Rauchwolke aus – ihre Vorstellung von Rebellion.

»Ich könnte uns ja etwas kochen«, sagte Elena und zog ihre Schürze an. »Dann können wir uns ausnahmsweise mal zum Mittagessen hinsetzen, so als seien wir die Offiziere.«

»Und vom Essen gestern ist noch eine halbe Flasche bulgarischer Rotwein übrig«, sagte Olga. »Was bedeutet, dass wir sogar auf die Gesundheit dieser Bastarde trinken können.«

Zum ersten Mal an jenem Morgen lachte Elena, und sogleich machte sie sich daran, eine Mahlzeit vorzubereiten, die, wie sie hoffte, auch ihre letzte in Leningrad sein würde.

Um eins gingen Olga und Elena in den Speisesaal und deckten einen der Offizierstische, wobei sie das beste Besteck und zwei Leinenservietten auslegten. Dann schenkte Olga zwei Gläser Rotwein ein und nahm einen kleinen Schluck. Elena wollte gerade nach ihrem Glas greifen, als die Tür aufflog und Major Poljakow hereinmarschierte.

»Ihr Essen ist vorbereitet, Genosse Major«, sagte Olga, ohne auch nur einen Augenblick lang zu zögern. Misstrauisch musterte er die beiden Weingläser. »Wird jemand mit Ihnen zusammen speisen?«, fügte sie rasch hinzu.

»Nein, sie sind alle beim Spiel. Ich werde alleine essen«, sagte Poljakow, bevor er sich zur Seite wandte und Elena ansah. »Und kommen Sie bloß nicht auf die Idee zu gehen, bevor ich meine Mahlzeit beendet habe, Genossin Karpenkowa.«

»Natürlich nicht, Genosse Major«, erwiderte Elena. Dann verließen die beiden Frauen den Speisesaal und gingen wieder in die Küche.

»Das kann nur eines bedeuten«, sagte Olga, als Elena nach einer Schale heißer Fischsuppe griff.

Elena nickte, und ihre Freundin trug den ersten Gang zu Major Poljakow, ohne dass ein weiteres Wort zwischen ihnen gefallen wäre. Olga stellte die Schale auf den Tisch vor den Major, und als sie wieder gehen wollte, sagte er: »Wenn du den Hauptgang serviert hast, kannst du dir den Rest des Tages freinehmen.«

»Vielen Dank, Genosse Major. Aber wenn Sie Ihre Mahlzeit beendet haben, besteht eine meiner Pflichten darin …«

»Unverzüglich, nachdem du den Hauptgang serviert hast«, wiederholte er und griff nach seinem Suppenlöffel. »Habe ich mich klar ausgedrückt?«

»Absolut, Genosse Major.« Olga kehrte in die Küche zurück, und nachdem sie die Tür geschlossen hatte, berichtete sie ihrer Freundin, was Poljakow verlangt hatte. »Ich würde alles tun, was ich kann, um dir zu helfen«, fügte sie hinzu, »aber ich wage es nicht, diesen Bastard wütend zu machen.« Elena winkte mit ruhiger Geste ab und füllte den Teller des Majors mit Kanincheneintopf, Rüben und Kartoffelbrei. »Aber du könntest immer noch nach Hause gehen«, fuhr Olga fort, »und ich würde ihm sagen, dass du dich nicht gut gefühlt hast.«

»Das kann ich nicht«, erwiderte Elena, ohne zu erklären, warum, als sie sah, wie Olga die obersten beiden Knöpfe ihrer Bluse löste. »Danke«, fügte sie hinzu. »Du bist eine gute Freundin, aber ich fürchte, diesmal möchte er ein neues Gericht versuchen.« Sie reichte Olga den Teller.

»Ich würde ihn liebend gerne umbringen«, sagte Olga, bevor sie in den Speisesaal zurückkehrte.

Der Major hatte seine Suppenschale bereits zur Seite geschoben, als Olga den Teller mit dem heißen Eintopf vor ihn stellte.

»Wenn ich dich hier immer noch sehe, sobald ich fertig bin«, sagte er, »bedienst du ab Montag den Abschaum in der Arbeiterkantine.«

Schnell verschwand Olga wieder in der Küche, wo sie überrascht feststellte, wie ruhig ihre Freundin war, obwohl sie doch an dem, was geschehen würde, nicht zweifeln konnte. Elena ihrerseits konnte Olga natürlich nicht erklären, warum sie bereit war, auch das noch zu ertragen, wenn es bedeutete, dass sie und ihr Sohn schließlich den Klauen des Majors entkommen würden.

»Es tut mir so leid«, sagte Olga, als sie ihren Mantel überstreifte. »Aber es gibt nichts, was ich dagegen tun kann. Wir sehen uns am Montag«, fügte sie hinzu, bevor sie Elena länger als üblich umarmte.

»Hoffentlich nicht.« Lautlos formten Elenas Lippen diese Worte, nachdem Olga die Tür hinter sich geschlossen hatte. Sie wollte gerade den Herd abschalten, als sie hörte, wie in ihrem Rücken die Tür zum Speisesaal geöffnet wurde. Sie drehte sich um und sah, wie der Major langsam auf sie zukam, wobei er immer noch an seinem letzten Bissen Eintopf kaute. Er wischte sich den Mund am Ärmel ab und öffnete seine Uniformjacke, welche mit Orden bedeckt war, die noch nie ein Schlachtfeld gesehen hatten. Er löste seinen Gürtel und legte ihn zusammen mit seiner Pistole auf den Tisch. Dann trat er sich die Stiefel von den Füßen und knöpfte sich die Hose auf, die sogleich zu Boden fiel. Wie er jetzt so vor ihr stand, ließen sich seine zusätzlichen Speckrollen nicht mehr verbergen, die unter seiner gut geschnittenen Uniform üblicherweise nicht zu erkennen waren.

»Es gibt zwei Arten, wie wir das tun können«, sagte der KGB-Chef, indem er weiter auf sie zuschritt, bis sich ihre beiden Körper fast berührten. »Aber ich überlasse dir die Wahl.«

Elena rang sich ein Lächeln ab. Sie wollte das Ganze so schnell wie möglich hinter sich bringen, und das musste sie auch, wenn sie weiterhin darauf hoffen wollte, kurz nach zwei am Dock zu sein. Sie zog die Schürze aus und begann, ihre Bluse aufzuknöpfen.

Poljakow grinste schief und begrapschte ungeschickt ihre Brüste. »Du bist genau wie alle anderen«, sagte er und drückte sie gegen den Tisch, während er gleichzeitig versuchte, sie zu küssen. Elena konnte seinen stinkenden Atem riechen und drehte den Kopf zur Seite, sodass ihre Lippen sich nicht berührten. Sie spürte, wie seine kleinen Stummelfinger sie unter dem Rock befummelten, doch diesmal wehrte sie sich nicht, sondern starrte mit ausdruckslosem Blick über seine Schulter hinweg, während eine verschwitzte Hand die Innenseite ihres Oberschenkels hinaufglitt.

Er hob sie auf den Tisch, schob ihren Rock nach oben und drückte ihre Beine auseinander. Elena schloss die Augen und biss die Zähne zusammen. Sie fühlte seinen keuchenden Atem an ihrem Hals und betete darum, dass alles bald vorbei wäre.

Die Zwei-Uhr-Sirene erklang.

Elena sah auf, als sie hörte, wie die Tür am anderen Ende der Küche geöffnet wurde. Voller Entsetzen erkannte sie, wie ihr Sohn auf sie beide zustürmte. Poljakow drehte sich um, drückte Elena blitzschnell zur Seite und griff nach seiner Pistole, doch der junge Mann war jetzt nur noch einen Meter entfernt. Poljakow zog gerade die Pistole aus dem Holster, als Alexander den Topf vom Herd riss und ihm die Reste des heißen Eintopfs ins Gesicht schüttete. Der Major stolperte nach hinten und stürzte zu Boden, während ein Schwall von Flüchen aus seinem Mund strömte, den man, so fürchtete Elena, noch auf der anderen Seite des Hofes hören konnte.

»Dafür wirst du hängen!«, schrie Poljakow, während er die Tischkante umklammerte und versuchte, sich hochzuziehen. Doch bevor er noch ein Wort sagen konnte, rammte

Alexander ihm den Eisentopf direkt ins Gesicht. Poljakow brach auf dem Boden zusammen wie eine Marionette, die plötzlich ihre Fäden verloren hatte, und Blut floss ihm aus Nase und Mund. Einige Augenblicke lang waren Mutter und Sohn vollkommen erstarrt, während sie ihren zu Fall gekommenen Gegner musterten.

Alexander war der Erste, der die Fassung wiedererlangte. Er griff nach der auf dem Boden liegenden Krawatte des Majors und fesselte ihm die Hände hinter dem Rücken. Dann nahm er eine Serviette vom Tisch und stopfte sie ihm in den Mund. Er wandte sich seiner Mutter zu, die sich immer noch nicht bewegt hatte. Wie gelähmt starrte sie vor sich hin.

»Mach dich bereit, mit mir zu gehen, wenn ich zurückkomme«, sagte er und packte Poljakow bei den Fußknöcheln. Er zog ihn aus der Küche und blieb erst stehen, nachdem er die Waschräume erreicht hatte. Er öffnete die Tür zur letzten Toilette, und dann musste er seine ganze Kraft aufwenden, um den Major auf die Schüssel zu hieven und dessen Hände an ein Rohr zu binden. Nachdem Alexander davon überzeugt war, dass der Major nicht ohne Hilfe würde entkommen können, schloss er die Tür von innen, stieg auf die Beine des Majors, kletterte über die Seitenwand der Toilette und ließ sich vorsichtig auf den Boden hinab. Dann rannte er in die Küche zurück, wo er seine Mutter schluchzend und auf dem Boden kniend vorfand.

Er kniete sich neben sie. »Keine Zeit für Tränen, Mama«, sagte er sanft. »Wir müssen los, bevor dieser Bastard uns verfolgen kann.« Vorsichtig half er ihr auf die Beine, und während sie ihren Mantel anzog und den kleinen Koffer aus der Speisekammer holte, sammelte er die Uniform, den Gürtel und die Pistole des Majors zusammen und warf alles in den nächsten Mülleimer. Dann nahm er seine Mutter fest bei der Hand und führte sie aus der Küche zum Hintereingang des Gebäudes. Versuchsweise öffnete er die Tür, trat ins Freie und spähte in alle Richtungen, bevor er einen Schritt zur Seite machte, sodass sie neben ihn treten konnte.

»Wo sollen wir uns mit Kolja treffen?«, fragte er, und damit fiel die Verantwortung wieder in ihre Hände.

»Wir müssen in Richtung der beiden Kräne gehen«, sagte sie und deutete auf das andere Ende des Docks. »Aber du darfst deinem Onkel gegenüber unter keinen Umständen erwähnen, was gerade passiert ist, Alexander. Es ist besser, wenn er nichts davon erfährt. Denn solange alle davon überzeugt sind, dass er beim Fußballspiel war, gibt es keine Möglichkeit, ihn mit uns heute in Verbindung zu bringen.«

Während ihr Sohn sie in Richtung von Dock 3 führte, fühlten sich ihre Beine so schwach an, dass sie kaum einen Fuß vor den anderen setzen konnte. Selbst wenn sie im letzten Augenblick ihre Meinung geändert hätte, begriff sie, dass sie inzwischen nur noch versuchen konnte zu fliehen. An die Alternative mochte sie lieber gar nicht erst denken. Sie hielt ihren Blick unverwandt auf die beiden bewegungslosen Kräne gerichtet, die, wie Kolja ihr gesagt hatte, ihnen zur Orientierung dienen würden, und als sie näher kamen, sah Elena, wie eine einsame Gestalt am Eingang einer verlassenen Lagerhalle zwischen zwei großen Kisten nach vorne trat.

»Was hat euch aufgehalten?«, fragte Kolja besorgt, und wie bei einem in die Enge getriebenen Tier schien sein Blick gleichzeitig in alle Richtungen zu huschen.

»Wir sind so schnell wie möglich gekommen«, erwiderte Elena, ohne sich auf eine Erklärung einzulassen.

Alexander starrte auf die beiden großen Holzkisten herab und erkannte, dass auf dem Boden einer jeden fein säuberlich ein halbes Dutzend kleiner Wodkakisten angeordnet war. Die vereinbarte Gebühr für eine Reise ohne Wiederkehr nach …

»Jetzt müsst ihr nur noch entscheiden«, sagte Kolja, »ob ihr nach Amerika oder England wollt.«

»Warum lassen wir nicht das Schicksal entscheiden?«, erwiderte Alexander und nahm eine Fünf-Kopeken-Münze aus der Tasche. Er balancierte sie einen Augenblick lang auf seinem Daumen. »Kopf Amerika, Zahl England«, sagte er und schnippte sie hoch in die Luft. Die Münze hüpfte über den Asphalt, bevor sie schließlich direkt vor seinen Füßen liegen blieb. Alexander beugte sich nach vorn und betrachtete die Prägung. Dann nahm er den Koffer seiner Mutter und seine Brotdose und stellte sie auf den Boden der gewählten Kiste. Schließlich kletterte er hinein und wartete, bis seine Mutter sich ihm anschloss.

Die beiden kauerten sich zusammen und hielten einander fest, während Kolja den Deckel auf die Kiste legte. Obwohl er nur wenige Augenblicke benötigte, um ein Dutzend Nägel ins Holz zu hämmern, lauschte Elena bereits auf andere Geräusche: auf herbeieilende Stiefel, auf das Herunterreißen des Deckels und auf den Lärm, der entstünde, wenn sie und Alexander ins Freie gezerrt und sich einem triumphierenden Major Poljakow gegenübersehen würden.

Kolja klopfte mit der flachen Hand an die Seite der Kiste, und plötzlich wurden sie hochgehoben. Die Kiste schwang sanft von einer Seite zur anderen, während sie höher und höher in die Luft stiegen. Genauso plötzlich begann sich die Kiste langsam in den Frachtraum eines der Schiffe zu senken. Und dann wurden die beiden ohne Warnung mit einem dumpfen Aufschlag abgesetzt.

Unweigerlich fragte sich Elena, ob sie es für den Rest ihres Lebens bedauern würden, nicht in die andere Kiste gestiegen zu sein.

ZWEITES BUCH

4

Sascha

Unterwegs nach Southampton

Sascha hörte, wie heftig gegen die Kiste geklopft wurde. »Ist da irgendjemand drin?«, fragte eine raue Stimme.

»Ja«, antworteten beide gleichzeitig in zwei verschiedenen Sprachen.

»Ich komme wieder, wenn wir die Hoheitsgewässer verlassen haben«, sagte die Stimme.

»Danke«, sagte Sascha. Dann hörten sie, wie sich jemand entfernte, der schwere Stiefel trug, und kurz darauf erklang ein lauter Knall.

»Ich frage mich …«

»Nicht reden«, flüsterte Elena. »Wir sollten so wenig Energie wie möglich verschwenden.« Sascha nickte, obwohl seine Mutter ihn in der Dunkelheit kaum sehen konnte.

Das nächste Geräusch, das sie hörten, war das Dröhnen eines gewaltigen Kolbens, der sich irgendwo unter ihnen drehte. Und gleich darauf spürten sie die Bewegung, mit der das Schiff sich vom Dock löste und aus dem Hafen zu gleiten begann. Sascha hatte keine Ahnung, wie lange es dauern würde, bis sie jene unsichtbare Grenze überquert hätten, jenseits derer laut Seerecht die internationalen Gewässer lagen.

»Sechs Seemeilen, dann sind wir in Sicherheit«, beantwortete Elena seine unausgesprochene Frage. »Onkel Kolja hat mir gesagt, dass es eine gute Stunde dauern würde.«

Was ist der Unterschied zwischen einer gewöhnlichen Meile und einer Seemeile?, hätte Sascha am liebsten gefragt, doch er schwieg. Er dachte an Onkel Kolja und konnte nur hoffen, dass dieser in Sicherheit war. Ob man Poljakow inzwischen gefunden und er schon begonnen hatte, sich zu rächen? Sascha hatte seinem Onkel geraten, das Gerücht in die Welt zu setzen, Wladimir stecke hinter seiner Flucht, womit er dessen Chancen auf eine Karriere beim KGB zunichtemachen wollte. Dann dachte Sascha an seine Heimat und fragte sich, was er wohl am meisten vermissen würde, und er fragte sich sogar, ob Zenit Leningrad Torpedo Moskau besiegt und den Pokal geholt hatte. Es sollten noch viele Jahre vergehen, bevor er eine Antwort auf diese Frage bekommen würde.

Es fühlte sich viel länger als eine Stunde an, bis die schweren Schritte zurückkehrten. Wieder wurde gegen die Kiste geklopft.

»Wir holen Sie sofort da raus«, sagte dieselbe raue Stimme.

Sascha nahm seine Mutter in die Arme, als sie hörten, wie ein Nagel nach dem anderen aus dem Holz gezogen wurde. Schließlich löste jemand den Deckel. Die beiden holten tief Luft, hoben den Kopf und sahen einen kleinen, zerzausten Mann vor sich, der einen schmuddeligen Overall trug und zu ihnen herabgrinste.

»Willkommen an Bord«, sagte er, nachdem er sich mit einem kurzen Blick davon überzeugt hatte, dass die sechs

Kisten Wodka an Ort und Stelle waren. »Ich heiße Matthews«, fügte er hinzu und reichte Elena den Arm. Einen Augenblick lang reckte sie sich steif, dann griff sie nach seinem Arm und stieg unsicher aus der Kiste. Sascha reichte Matthews den kleinen Koffer und seine Brotdose und stieg ebenfalls aus der Kiste.

»Ich soll Sie beide auf die Brücke bringen, damit Sie Captain Peterson kennenlernen«, sagte Matthews und führte sie zu einer rostigen Leiter an der Innenwand des Laderaums.

Sascha folgte den beiden. Mit jeder Sprosse schien die Sonne heller, und schließlich hatte er nur noch den wolkenlosen blauen Himmel über sich. Als er an Deck trat, hielt er kurz inne und warf einen Blick zurück in Richtung seiner Geburtsstadt. Er hoffte und fürchtete zugleich, dass er sie in diesem Augenblick das letzte Mal sehen würde.

»Folgen Sie mir«, sagte Matthews, als zwei Seeleute in den Laderaum stiegen, um der Besatzung den Lohn für ihren Einsatz zu sichern.

Elena und Sascha folgten Matthews zu einer Wendeltreppe, die er bestieg, ohne sich nach ihnen umzusehen. Wie zwei gehorsame Hündchen blieben ihm die beiden auf den Fersen, und gleich darauf betraten sie die Brücke. Ihnen war ein wenig schwindelig.

Der Steuermann, der hinter seinem Rad stand, sah sich nicht nach ihnen um, doch ein älterer Mann in einer dunkelblauen Uniform mit drei goldenen Streifen an den Ärmeln seiner zweireihigen Jacke wandte sich seiner menschlichen Fracht zu.

»Willkommen an Bord, Mrs. Karpenko«, sagte er. »Wie heißt Ihr Junge?«

»Sascha, Sir«, erwiderte er an ihrer Stelle.

»Nennen Sie mich bitte nicht ›Sir‹. Mr. Peterson oder ›Skipper‹ ist völlig in Ordnung. Nun, Mrs. Karpenko, Ihr Bruder hat mir versichert, dass Sie eine hervorragende Köchin sind. Dann wollen wir mal herausfinden, ob er übertrieben hat.«

»Sie ist die beste Köchin in Leningrad«, sagte Sascha.

»Tatsächlich? Und was haben Sie anzubieten, junger Mann? Denn das hier ist keine Vergnügungsfahrt. Jeder an Bord muss seinen Beitrag leisten.«

»Er kann bei Tisch bedienen«, warf Elena ein, bevor Sascha eine Gelegenheit zur Antwort hatte.

»Damit wäre er der Erste auf diesem Schiff«, sagte der Kapitän.

Und nicht nur auf diesem Schiff, dachte Sascha, der noch nie in seinem Leben in einem Restaurant gewesen war und den man bisher nur selten in der Küche hatte finden können, wenn er nicht gerade den Tisch abdeckte oder nach dem Mittagessen das Geschirr spülte.

»Ist die Kajüte neben der von Fergal frei, Matthews?«, fragte der Kapitän.

»Ja, Skipper, aber sie ist kaum groß genug für zwei.«

»Dann quartieren Sie den Jungen bei Fergal ein. Er kann in der oberen Koje schlafen. Seine Mutter bekommt die freie Kajüte. Führen Sie die beiden in die Kombüse und stellen Sie sie dem Koch vor«, fügte er hinzu und warf einen Blick auf den kleinen Koffer. »Sobald sie ausgepackt haben.«

Sascha bemerkte, dass diese Anweisung dem Steuermann ein Lächeln entlockte, obwohl der Mann den Blick nicht vom Ozean vor sich abwandte.

»Aye, aye, Captain«, sagte Matthews. Ohne ein weiteres Wort zu verlieren, führte er seine beiden Schutzbefohlenen die Wendeltreppe hinab auf das Hauptdeck. Wieder starrte Sascha in Richtung des fernen Horizonts, doch inzwischen war von Leningrad nichts mehr zu sehen.

Die beiden folgten Matthews zurück über das Deck, und dann stiegen sie eine noch schmalere Treppe in die Tiefen des Schiffes hinab. Ihr Führer ging ihnen voraus durch einen spärlich erleuchteten Korridor und blieb dann vor zwei nebeneinanderliegenden Kajüten stehen.

»Hier werden Sie während der Reise schlafen.«

Elena öffnete die Tür zu ihrer Kajüte und sah auf zu einer nackten Glühbirne, die einen schmalen Lichtstrahl auf eine enge Koje warf. Das rhythmische Hämmern des Schiffsmotors würde dafür sorgen, dass sie in der nächsten Woche nur wenig Schlaf finden würde, obwohl sie bereits in der Woche zuvor kaum geschlafen hatte.

Matthews öffnete die Tür der danebenliegenden Kajüte. Sascha trat ein und hatte ein doppelstöckiges Bett vor sich, das fast den gesamten Raum einnahm.

»Sie schlafen oben«, sagte Matthews. »Ich bin in einer halben Stunde zurück. Dann zeige ich Ihnen die Kombüse.«

»Danke«, sagte Sascha, der sofort in die obere Koje kletterte. Sie war nicht besser als sein Bett in Leningrad. Er musste sich unweigerlich fragen, ob er die richtige Kiste gewählt hatte.

»Und jetzt sollte jeder genau zuhören«, rief eine Stimme, »denn ich werde das nur ein Mal sagen.«

Alle hielten mit ihrer Arbeit inne und wandten sich dem Koch zu, der, die Hände in die Hüften gestemmt, mitten in der Kombüse stand.

»Wir haben eine Dame an Bord, und sie wird bei uns arbeiten. Mrs. Karpenko ist eine ausgebildete Köchin, die über viel Erfahrung verfügt, weshalb jeder sie mit dem Respekt behandeln wird, der ihr gebührt. Sollte irgendjemand ihr gegenüber eine bestimmte Grenze überschreiten, dann hacke ich ihm den Fuß ab, mit dem er das tut, und verfüttere ihn an die Möwen. Habe ich mich klar ausgedrückt?«

Das nervöse Gelächter, das seinen Worten folgte, ließ darauf schließen, dass es sich in der Tat so verhielt.

»Ihr Sohn Sascha«, fuhr der Koch fort, »der ebenfalls mit uns fährt, wird Fergal im Speisesaal zur Hand gehen. Gut, und jetzt wollen wir uns alle wieder an die Arbeit machen. In ein paar Stunden wird das Abendessen serviert.«

Ein dünner, bleicher junger Mann mit einem dichten roten Haarschopf ging quer durch die Kombüse und blieb vor Sascha stehen.

»Ich bin Fergal«, erklärte er. Sascha nickte, sagte jedoch nichts. »Und jetzt hör zu«, fuhr er fort, indem er die Hände auf die Hüften legte, »denn ich werde das nur ein Mal sagen. Ich bin der Chefsteward, und du wirst mich ›Sir‹ nennen.«

»Ja, Sir«, sagte Sascha mit schüchterner Stimme.

Fergal brach in lautes Gelächter aus, schüttelte seinem neuesten Mitarbeiter die Hand und sagte: »Komm mit, Sascha.«

Die beiden verließen die Kombüse, und Sascha folgte Fergal die nächstgelegene Treppe hinauf. »Was wird von mir erwartet?«, fragte er, nachdem er Fergal eingeholt hatte.

»Genau das, was der Koch eben gesagt hat«, antwortete Fergal, als er die oberste Stufe erreicht hatte. »Unsere Aufgabe besteht darin, den Passagieren im Speisesaal das Essen zu servieren.«

»Es sind Passagiere auf dem Schiff?«

»Nur ein Dutzend. Wir sind ein Frachtschiff, und wenn man mehr als zwölf Passagiere hat, gilt man offiziell als Kreuzfahrtschiff. Unsere Gesellschaft hat tatsächlich ein paar Kreuzfahrtschiffe, aber wir gehören zu ihrer Frachterflotte«, fügte er hinzu, als er eine Tür aufschob und einen Raum mit drei großen runden Tischen betrat, an denen jeweils sechs Stühle standen.

»Aber das sind achtzehn Plätze. Du hast doch gesagt …«

»Dir entgeht doch wirklich nichts«, sagte Fergal grinsend. »Zusammen mit den zwölf Passagieren nehmen auch sechs Offiziere im Speisesaal ihre Mahlzeiten zu sich, aber sie sitzen an ihrem eigenen Tisch. Unsere erste Aufgabe«, erläuterte er, während er die Schublade eines großen Sideboards aufzog und drei Tischtücher herausnahm, »besteht darin, die Tische für das Abendessen zu decken.«

Sascha hatte noch nie zuvor ein Tischtuch gesehen, und deswegen beobachtete er genau, wie Fergal die Tücher geschickt über den drei Tischen ausbreitete. Dann ging Fergal zum Sideboard zurück, nahm das passende Besteck heraus und begann, jeden Platz einzudecken.

»Steh nicht einfach nur mit offenem Mund herum. Du bist mein Assistent, kein Passagier.«

Sascha holte sich einige Messer, Gabeln und Löffel und begann, seinem Mentor nachzueifern, der seinerseits jedes Gedeck noch einmal überprüfte, damit alles auch tatsächlich dort lag, wo es hingehörte.

»Und jetzt kommt die wichtigste Aufgabe, für die du verantwortlich bist«, sagte Fergal, nachdem er neben jedem Gedeck zwei Gläser platziert und jeweils einen Salz- und einen Pfefferstreuer in die Mitte der drei Tische gestellt hatte. »Du musst dich um den stummen Diener kümmern.«

»Was ist ein stummer Diener?«

»Du bist einer. Aber glücklicherweise haben wir noch ein nützlicheres Exemplar. Ein stummer Diener ist im Englischen ein Speisenaufzug.« Er ging zur gegenüberliegenden Seite des Speisesaals und öffnete eine kleine Luke in der Wand. Dahinter kam ein quadratischer Kasten mit zwei Regalbrettern und einem dicken Seil an der Seite zum Vorschein. »Das hier geht hinab in die Küche«, sagte Fergal. Er zog am Seil, und der Kasten verschwand. »Wenn der Koch fertig ist, schickt er es mit dem ersten Gang wieder hinauf. Du wirst ihn auf das Sideboard stellen, und ich werde servieren. Du redest mit niemandem, es sei denn, jemand spricht dich an – und das auch nur dann, wenn er dir eine Frage stellt. Und du wirst unsere Gäste stets ›Sir‹ oder ›Madam‹ nennen.« Sascha nickte mehrmals. »So, und jetzt müssen wir für dich ein weißes Jackett und eine Hose finden, die dir passt. Wir können doch nicht zulassen, dass du wie ein Seeigel aussiehst, der irgendwo an Land gespült wurde, oder?«

»Darf ich eine Frage stellen?«, sagte Sascha.

»Wenn's sein muss.«

»Wo kommst du her?«

»Von der Grünen Insel«, sagte Fergal. Aber damit war Sascha genauso klug wie zuvor.

Der Koch sah hinüber zu Elena, die aus einigen Resten eine Soße zubereitete. »Das haben Sie offensichtlich schon früher getan«, sagte er. »Wenn Sie fertig sind, sollten Sie sich um das Gemüse kümmern, während ich mich dem Hauptgang widme.« Er warf einen Blick auf die Speisekarte, die an der Wand befestigt war. »Lammkoteletts.«

»Gewiss, Sir«, sagte Elena.

»Nennen Sie mich Eddie«, sagte er. Dann ging er zum Kühlschrank und nahm ein Tablett mit Lammkoteletts heraus.

Nachdem Elena das Gemüse vorbereitet und verteilt hatte, sah sich Eddie die Teller an. »Es ist gut, dass Sie uns verlassen, wenn wir in Southampton anlegen«, sagte er. »Sonst könnte es sein, dass ich mich nach einer neuen Arbeit umsehen muss.«

Ich bin es, die sich nach einer Arbeit umsehen muss, hätte Elena gerne zu ihm gesagt, doch stattdessen beschränkte sie sich auf ein: »Was soll ich als Nächstes machen?«

»Holen Sie den Räucherlachs aus dem Kühlschrank und bereiten Sie achtzehn Portionen zu. Stellen Sie ihn in den stummen Diener, wenn Sie fertig sind, drücken Sie auf die Klingel und schicken Sie ihn zu Fergal hoch.«

»In den stummen Diener?«, sagte Elena mit verwirrter Miene.

»Ah, endlich etwas, mit dem Sie sich nicht auskennen.« Er lächelte und ging zu einer quadratischen Öffnung in der Wand.

Ein Summen erklang.

»Der erste Gang ist auf dem Weg nach oben«, sagte Fergal, und wenige Augenblicke später erschienen sechs Teller mit Räucherlachs. Sascha stellte sie auf das Sideboard und schickte den Speisenaufzug wieder nach unten. Er entnahm dem Kasten gerade die letzten drei Teller mit Lachs, als zwei elegant gekleidete Offiziere eintraten.

»Mr. Reynolds, der leitende Ingenieur«, flüsterte Fergal, »und der Zahlmeister, Mr. Hallett.«

»Und wer ist das?«, fragte Mr. Reynolds.

»Sascha, mein neuer Assistent«, erwiderte Fergal.

»Guten Abend, Sascha. Ich glaube, wir müssen uns bei Ihnen für die sechs Kisten Wodka bedanken. Ich kann Ihnen versichern, dass unsere Matrosen sie schätzen werden.«

»Ja, Sir«, sagte Sascha.

Die Tür öffnete sich erneut, und die Passagiere kamen einer nach dem anderen herein und setzten sich auf ihre Plätze.

Immer wieder zog Sascha am Seil, beförderte den Speisenaufzug auf und ab und stellte den neu eingetroffenen Inhalt des Kastens auf das Sideboard. Fergal bediente die fünfzehn Männer und drei Frauen mit einem lässigen Charme, welcher, wie der Koch Elena versicherte, daher kam, dass Fergal regelmäßig den Blarney-Stein küsste. Auch diesen Kommentar musste er seiner neuen Mitarbeiterin erklären.

Eine Stunde später, nachdem der letzte Gast gegangen war, sank Sascha auf dem nächstgelegenen Stuhl zusammen und sagte: »Ich bin völlig erschöpft.«

»Nein, das bist du nicht. Noch nicht«, erwiderte Fergal lachend. »Jetzt müssen wir sauber machen und dann die Tische für das Frühstück decken. Du kannst damit anfangen, dass du den Teppich hooverst.«

»Den Teppich hoovern?«

Fergal zeigte ihm kurz, wie man mit der seltsamen Maschine umging, bevor er damit fortfuhr, die Tische zu decken. Der Staubsauger faszinierte Sascha, doch er wollte nicht zugeben, dass er noch nie zuvor einen gesehen hatte, obwohl das vollkommen offensichtlich war, denn er stieß immer wieder gegen Tisch- und Stuhlbeine. Fergal gab ihm Zeit, sich mit dem Gerät vertraut zu machen, während er sich um die achtzehn Frühstücksgedecke kümmerte.

»Das wär's für heute«, sagte Fergal. »Du kannst jetzt abziehen.«

Sascha ging zurück in den Teil des Schiffes, in dem die Kojen lagen, und klopfte an die Tür seiner Mutter. Er wartete geduldig, bis er ihr »Herein!« hörte. Als er eintrat, bemerkte er sogleich, dass sie ihren Koffer und seine Brotdose ausgepackt hatte. Und der Raum wirkte viel ordentlicher auf ihn, als er es in Erinnerung gehabt hatte.

»Wie ist die Arbeit als Kellner?«, war ihre erste Frage.

»Man ist ständig auf den Beinen«, sagte Sascha. »Aber es macht großen Spaß. Fergal scheint alle unter Kontrolle zu haben, sogar den Kapitän.«

Elena lachte. »Ja, der Koch hat mir erzählt, dass er über die Jahre hinweg mehrere Herzen gebrochen hat und nur deshalb damit durchkommt, weil die Passagiere selten länger als zwei Wochen auf dem Schiff sind.«

»Wie ist der Koch?«

»Ein alter Profi und so gut, dass ich nicht verstehe, was er auf einem so kleinen Schiff verloren hat. Ich hätte eigentlich gedacht, dass Barrington Line eine weitaus bessere Verwendung auf einem ihrer Kreuzfahrtschiffe für ihn haben würde. Es muss einen Grund geben, warum das nicht so ist.«

»Wenn es einen Grund gibt«, sagte Sascha, »dann dürfte Fergal ihn zweifellos kennen. Und damit werde auch ich ihn erfahren, und zwar lange bevor wir in Southampton ankommen.«

5

Alex

Unterwegs nach New York

Als Alex hörte, wie sich die Frachtluke schloss, hämmerte er mit geballten Fäusten gegen die Kistenwand. »Wir sind hier drin«, rief er.

»Sie können dich nicht hören«, sagte Elena. »Onkel Kolja hat mir gesagt, dass der Laderaum erst wieder geöffnet wird, wenn wir uns außerhalb der sowjetischen Hoheitsgewässer befinden.«

»Aber …«, begann Alex, doch dann nickte er nur, obwohl er zu begreifen begann, wie es sein musste, wenn man lebendig begraben wurde. Seine Gedanken wurden unterbrochen durch das unregelmäßige Dröhnen einer Maschine, die sich irgendwo unter ihnen befinden musste. Gleich darauf bewegte sich das Schiff. Er nahm an, dass sie endlich den Hafen verließen, aber er wusste nicht, wie lange es dauern mochte, bis man sie aus ihrem selbst gewählten Gefängnis entlassen würde.

Alex hatte gehofft, an jenem Nachmittag zusammen mit seinem Onkel ein Fußballspiel zu besuchen, doch stattdessen war er mit seiner Mutter in dieser Frachtkiste gelandet. Zu jedem Gott, der ihn erhören mochte, betete er dafür, dass sein Onkel in Sicherheit war. Vermutlich hatte man Poljakow inzwischen gefunden. Versuchte der Offizier vielleicht sogar, das Schiff zur Umkehr zu zwingen? Alex hatte seinen Onkel gebeten, das Gerücht in Umlauf zu bringen, sein Freund Wladimir habe ihm bei seiner Flucht geholfen, was, so hoffte er, dessen Chancen auf eine Karriere beim KGB zunichtemachen würde. Er dachte an die Dinge, die er zurückließ. Es waren nicht viele, so schien es ihm. Aber er hätte gerne gewusst, wie das Spiel zwischen Zenit Leningrad und Torpedo Moskau ausgegangen war, und er fragte sich, ob er es jemals erfahren würde.

Schließlich verfiel er in eine Art Halbschlaf, aus dem ihn der Knall riss, mit dem die Tür zum Laderaum geöffnet wurde. Gleich darauf erklang ein Geräusch, das sich so anhörte, als klopfe jemand gegen eine Kiste in der Nähe. Wieder ballte er die Fäuste zusammen, hämmerte gegen seine Seite der gemeinsamen Gefängniszelle und rief: »Wir sind hier drin!« Diesmal versuchte seine Mutter nicht, ihn aufzuhalten.

Wenige Augenblicke später konnte er zwei oder vielleicht sogar auch drei Stimmen hören, die sich in einer Sprache unterhielten, die er verstand. Er wartete ungeduldig, und als der Deckel der Kiste endlich entfernt wurde, sah er drei Männer über sich aufragen.

»Ihr könnt jetzt rauskommen«, sagte einer von ihnen auf Russisch.

Alex stand auf und half seiner Mutter, die ihren steifen Körper reckte. Er hielt sie bei der Hand, während sie vorsichtig aus der Kiste stieg. Dann griff er nach ihrem kleinen Koffer und seiner Brotdose und kletterte selbst nach draußen.

Die drei Matrosen, allesamt einfache Deckshelfer, die marineblaue, ölverschmierte Overalls trugen, spähten in die Kiste, um sich davon zu überzeugen, dass sich die Belohnung, die ihnen versprochen worden war, an Ort und Stelle befand.

»Ihr beide kommt mit mir«, sagte einer von ihnen, während die beiden anderen begannen, den Wodka aus der Kiste zu holen. Gehorsam folgten Alex und Elena dem Mann, der ihnen diese Anweisung gegeben hatte und sich jetzt zwischen mehreren anderen Kisten hindurchwand, bis sie eine Leiter erreichten, die an der Innenseite des Laderaums angebracht war. Alex sah nach oben, von wo aus der offene Himmel ihn zu rufen schien, und konnte zum ersten Mal glauben, dass sie tatsächlich in Sicherheit waren. Langsam folgte er dem Matrosen die Leiter hinauf, den Koffer in der einen Hand, während seine Mutter seine Brotdose unter den Arm geklemmt hatte.

Alex trat hinaus aufs Deck, wo er tief Luft holte, um die frische Meeresluft einzuatmen. Er warf einen Blick zurück in Richtung Leningrad. Die Stadt wirkte wie ein kleines Dorf, das in der frühen Abendsonne verschwamm.

»Steh hier nicht so rum«, sagte der Matrose mit bellender Stimme, als seine beiden Begleiter an ihm vorbeieilten, von denen jeder eine Kiste Wodka trug. »Der Koch mag es nicht, wenn man ihn warten lässt.« Er führte sie über das Deck und dann eine Wendeltreppe hinab, die bis in die Tiefen des Schiffes reichte. Alex und Elena waren einigermaßen benommen, als sie im Unterdeck ankamen, wo ihr Führer vor einer Tür stehen blieb, welche die verblichenen Worte »Mr. Strelnikow, Küchenchef« trug.

Der Matrose zog die schwere Tür auf. Dahinter lag die kleinste Küche, die Elena jemals gesehen hatte. Sie traten ein und sahen sich einem Riesen von Mann gegenüber, der eine schmuddelige weiße Jacke trug, an der mehrere Knöpfe fehlten, und dazu eine blau gestreifte Hose, die aussah, als hätte er erst kürzlich darin geschlafen. Er war bereits damit beschäftigt, eine Wodkaflasche aufzuschrauben. Er nahm einen Schluck, bevor er in schroffem Ton sagte: »Dein Bruder hat mir erzählt, dass du eine gute Köchin bist. Hoffentlich stimmt das, denn sonst werfen wir euch beide über Bord, und dann könnt ihr nach Hause schwimmen, wo, wie ich vermute, schon einige Leute an den Docks warten, um euch in Empfang zu nehmen.«

Elena hätte am liebsten gelacht, doch sie war unsicher, ob der Koch das nicht ernst meinte. Nachdem der Mann noch einen Schluck genommen hatte, wandte er sich Alex zu. »Und was hast du vorzuweisen?«, wollte er wissen.

»Er ist ausgebildeter Kellner«, sagte Elena, bevor Alex antworten konnte.

»Brauchen wir nicht«, sagte der Koch. »Er kann das Geschirr waschen und Kartoffeln schälen. Wenn er den Mund hält, könnte es sogar sein, dass er von mir irgendwann ein paar Krümel zu essen bekommt.« Alex wollte gerade protestieren, als der Koch hinzufügte: »Wenn dir das nicht passt, Hoheit, kannst du immer noch im Maschinenraum arbeiten und für den Rest deines Lebens Kohle in einen glühend heißen Ofen schaufeln. Die Entscheidung liegt ganz bei dir.« Die Worte »für den Rest deines Lebens« klangen auf gespenstische Weise überzeugend. »Zeig ihnen, wo sie schlafen werden, Karl, und sorg dafür, dass sie früh genug wieder zurück sind, um mir bei der Vorbereitung des Abendessens zu helfen.«

Der Matrose nickte. Dann führte er sie aus der Kombüse und über die schmale Treppe wieder zurück auf das Deck.

Er blieb erst stehen, als sie ein einsames Rettungsboot erreicht hatten, das im Meereswind hin und her schwankte.

»Das ist die königliche Suite«, sagte er ohne eine Andeutung von Ironie. »Wenn sie euch nicht gefällt, könnt ihr jederzeit an Deck schlafen.«

Elena sah zurück in Richtung ihres Heimatlandes, das schon fast unter dem Horizont verschwunden war. Sie ertappte sich dabei, wie sie bereits jetzt den bescheidenen Komfort in der Chruschtschowka vermisste. »Und lasst den Koch nicht warten, oder wir alle werden es bereuen.«

Die meisten Köche kosteten gelegentlich von ihren Mahlzeiten, während andere eine kleine Probe von jedem Gang nahmen, doch Elena begriff rasch, dass der Schiffskoch zwischen zwei Schlucken Wodka ganze Portionen in sich hineinzuschlingen pflegte. Sie war überrascht, dass die Offiziere jemals satt wurden, von den einfachen Matrosen ganz zu schweigen.

Die Küche, die, wie Elena schnell gelernt hatte, auf einem Schiff »Kombüse« hieß, war so klein, dass es sich fast unmöglich vermeiden ließ, gegen jemanden oder etwas zu stoßen, wenn man sich in irgendeine Richtung bewegte, und es war so heiß, dass ihr der Schweiß aus allen Poren rann, kaum dass sie eine nicht besonders weiße Jacke angezogen hatte, die ihr nicht passte.

Strelnikow war ein Mann weniger Worte, und denjenigen, die er tatsächlich benutzte, ging üblicherweise dasselbe Adjektiv voraus. Er sah aus wie fünfzig, doch Elena nahm an, dass er eher um die vierzig war. Er wog etwa einhundertvierzig Kilo und hatte offensichtlich einen beträchtlichen Teil seiner Heuer in Tätowierungen investiert. Elena sah zu, wie er über einem gewaltigen Herd stand und seine

Arbeit begutachtete, während sein Gehilfe, ein winziger Chinese unbestimmbaren Alters, mit gesenktem Kopf in einer Ecke kauerte und unablässig Kartoffeln schälte.

»Du«, bellte der Koch, der Alex' Namen schon wieder vergessen hatte, »wirst Mr. Ling helfen, während du«, fuhr er fort, indem er auf Elena deutete, »die Suppe zubereiten wirst. Dann werden wir ja sehen, ob du so gut bist, wie dein Bruder behauptet.«

Elena musterte die Zutaten. Einige waren zweifellos von Tellern mit früheren Mahlzeiten gekratzt worden. Außerdem schwamm der eine oder andere Tierknochen, den sie nicht sogleich identifizieren konnte, in der schmierigen Pfanne, aber sie tat ihr Bestes, um die bescheidene Menge an Fleisch, die noch vorhanden war, von den Knochen zu lösen. Den Rest kippte sie in den Müll, woraufhin Strelnikow die Stirn runzelte, denn er war es nicht gewohnt, irgendetwas wegzuwerfen.

»Für einige Deckshelfer sind Knochen ein richtiger Luxus«, sagte er.

»Nur Hunde betrachten Knochen als einen Luxus«, murmelte Elena.

»Und alte Seebären«, blaffte Strelnikow.

Strelnikow konzentrierte sich darauf, das Tagesgericht zuzubereiten, das, wie Elena schon bald herausfinden sollte, das Gericht *jeden* Tages war: Fish and Chips. Drei Fische wurden gleichzeitig in einer großen, runden und geschwärzten Pfanne gebraten, während Mr. Ling mit geschickten Bewegungen jede Kartoffel in dünne Scheiben schnitt, sobald Alex sie geschält hatte. Elena fiel auf, dass nur drei Suppenschalen und drei Teller verschiedener Größe auf der Theke standen, obwohl die Besatzung aus mindestens zwanzig Mann bestehen musste. Strelnikow unterbrach das

Braten der Fische, um von der Suppe zu kosten, und da er keinen Kommentar abgab, nahm Elena an, dass sie die erste Prüfung bestanden hatte. Dann schöpfte er eine große Portion in jede der drei Suppenschalen, die Mr. Ling auf ein Tablett stellte, um sie in die Offiziersmesse zu bringen. Als er die Tür öffnete, sah Elena eine lange Schlange mürrischer Gestalten, die, mit dem Blechgeschirr in der Hand, darauf warteten, ihr Essen zu bekommen.

»Nur eine Kelle voll für jeden«, grunzte Strelnikow, als der erste Deckshelfer sein Blechgeschirr hochhielt.

Elena befolgte seine Anweisung und bemühte sich, nicht zu zeigen, wie entsetzt sie war, als Strelnikow jeweils einen gebratenen Fisch in dasselbe Blechgeschirr fallen ließ, in dem sich bereits die Suppe befand. Nur ein Besatzungsmitglied schenkte ihr ein herzliches Lächeln und bedankte sich sogar in ihrer Muttersprache.

Nachdem sie ihre Aufgabe erledigt hatte – insgesamt waren es dreiundzwanzig Matrosen –, kehrte der Koch an seinen Herd zurück und begann, nacheinander die drei größten Fische zu braten, bevor er sie auf die Teller der Offiziere legte. Mr. Ling suchte als Beilage nur die dünnsten Kartoffelscheiben aus, stellte dann die Teller auf sein Tablett und verließ erneut die Kombüse.

»Und jetzt räumt auf!«, bellte Strelnikow, ließ sich auf den einzigen Stuhl im Raum fallen und begann, an einer halb leeren Flasche Wodka zu nippen.

Nachdem Mr. Ling mit den leeren Suppenschalen zurückgekehrt war, machte er sich sofort daran, die großen Töpfe und die beiden Bratpfannen zu schrubben. Als er Strelnikow schnarchen hörte, grinste er Alex an und deutete auf eine Pfanne mit unberührten Kartoffelscheiben. Alex verschlang jede einzelne davon, während Elena weiter

Töpfe spülte. Als sie fertig war, sah sie zu Strelnikow hinüber. Er schlief tief und fest, sodass sie und Alex sich aus der Kombüse schleichen und über die Wendeltreppe hinauf an Deck steigen konnten.

Elena war gerade dabei, ihren kleinen Koffer auszupacken und jedes einzelne Stück fein säuberlich aufs Deck zu legen, als sie hinter sich Schritte hörte. Rasch drehte sie sich um und sah, wie ein großer, kräftig gebauter Mann auf sie zukam. Alex legte sein Wörterbuch weg, sprang auf und trat zwischen seine Mutter und den näher kommenden Riesen. Obwohl er wusste, dass es ein ungleicher Kampf werden würde, war er entschlossen, nicht ohne Gegenwehr aufzugeben. Doch was der Mann als Nächstes tat, überraschte sie beide. Er setzte sich mit untergeschlagenen Beinen aufs Deck und lächelte zu ihnen hoch.

»Ich heiße Dimitri Balantschuk«, sagte er. »Und genau wie ihr beide bin ich ein Russe im Exil.«

Elena sah sich Dimitri genauer an, und dabei fiel ihr auf, dass er der Mann gewesen war, der sich für seine Mahlzeit bedankt hatte. Sie erwiderte sein Lächeln und setzte sich ihm gegenüber. Alex verschränkte die Arme und blieb stehen.

»Wir werden in etwa zehn Tagen New York erreichen«, sagte Dimitri mit leiser, sanfter Stimme.

»Warst du schon einmal in New York?«, fragte Elena.

»Ich wohne dort. Aber für mich ist meine Heimat immer noch Leningrad. Ich war an Deck, als ihr in die Kiste gestiegen seid. Ich habe versucht, euch ein Zeichen zu geben, dass ihr die andere nehmen sollt.«

»Warum?«, fragte Alex. »Ich habe viel über New York gelesen, und obwohl es voller Verbrecher ist, hört es sich ziemlich aufregend an.«

»Es ist tatsächlich aufregend«, sagte Dimitri. »Obwohl es in Moskau genauso viele Verbrecher gibt wie in New York«, fügte er mit schiefem Lächeln hinzu. »Aber ich bin nicht sicher, ob ihr ohne meine Hilfe jemals von diesem Schiff runterkommt.«

»Werden sie uns zurück nach Leningrad schicken?«, fragte Elena. Der bloße Gedanke daran ließ sie zittern.

»Nein. Die Yankees würden euch mit offenen Armen empfangen, besonders weil ihr vor den Kommunisten geflohen seid.«

»Aber wir kennen niemanden in Amerika«, sagte Alex.

»Jetzt schon«, sagte Dimitri, »denn ich würde alles tun, um meinen Landsleuten dabei zu helfen, diesem üblen Regime zu entkommen. Nein, nicht die Amerikaner sind euer Problem, sondern Strelnikow. Ihr habt ihm die halbe Arbeit abgenommen, weshalb er alles tun wird, um zu verhindern, dass ihr das Schiff verlasst.«

»Aber wie könnte er uns daran hindern?«

»Genauso, wie er Mr. Ling daran hindert, der vor mehr als sechs Jahren auf den Philippinen zu unserer Besatzung gestoßen ist. Jedes Mal, wenn wir uns einem Hafen nähern, schließt Strelnikow ihn in der Kombüse ein und lässt ihn erst wieder nach draußen, wenn wir zurück auf offenem Meer sind. Ich vermute, genau das hat er auch mit euch vor.«

»Dann müssen wir einem der Offiziere Bescheid geben«, sagte Elena.

»Die wissen gar nicht, dass ihr an Bord seid«, erwiderte Dimitri. »Und selbst wenn sie es wüssten, schätzen sie ihr Leben viel zu sehr, als dass sie Strelnikow in die Quere kommen würden. Aber keine Panik. Ich habe eine Idee, und wenn die funktioniert, ist es am Ende der Koch, der in seiner eigenen Kombüse eingeschlossen wird.«

Obwohl Elena erschöpft war, dauerte es eine ganze Weile, bis sie einschlief, denn sie konnte sich nicht an das Schaukeln und Schwanken des Rettungsboots gewöhnen. Als sie schließlich nach ein, zwei Stunden, in denen sie ein wenig Ruhe gefunden hatte, die Augen wieder aufschlug, sah sie, dass Mr. Ling neben ihr stand. Sie kletterte aus dem Boot und schüttelte Alex, der in tiefem Schlaf versunken auf dem Deck lag. Nur das Mondlicht wies ihnen den Weg, als sie Mr. Ling zurück in die Kombüse begleiteten. Es war offensichtlich, dass sie während der nächsten zehn Tage die Sonne nicht zu Gesicht bekommen würden.

Das Frühstück bestand aus zwei Spiegeleiern mit Bohnen auf Toast für die Offiziere und wurde auf denselben Tellern wie vom Abend zuvor serviert; dazu gab es eine Tasse schwarzen Kaffee. Die Matrosen erhielten zwei Scheiben Brot mit ein wenig Bratenfett und einen Becher Tee ohne Zucker. Elena, Alex und Mr. Ling waren mit dem Aufräumen nach dem Frühstück kaum fertig, als sie auch schon mit den Vorbereitungen für das Mittagessen beginnen mussten, während Strelnikow seine Vormittagssiesta genoss. Alleine dabei bekam er mehr Schlaf als Elena in der gesamten zurückliegenden Nacht.

Nach dem Mittagessen durften Elena und Alex kurz Pause machen, doch Strelnikow erlaubte ihnen nicht, zurück an Deck zu gehen, denn er wollte nicht, dass die Offiziere über ihre Anwesenheit auf dem Schiff Bescheid wussten. Also saßen sie alleine gegen eine Wand gelehnt auf dem Gang und fragten sich, ob die Dinge wohl anders gelaufen wären, wenn sie die andere Kiste genommen hätten.

6

Sascha

Unterwegs nach Southampton

Am Ende ihrer ersten Woche an Bord kam Sascha mit dem Speisenaufzug so gut zurecht, dass er sogar die Zeit fand, Fergal beim Bedienen der Passagiere zu helfen, obwohl es ihm nicht erlaubt war, sich dem Tisch des Kapitäns zu nähern. Wenn sie abends die Tische für das Frühstück gedeckt hatten, kam Sascha in die Kabine seiner Mutter, um ihr davon zu erzählen, worüber er die Passagiere hatte sprechen hören und was er zu ihnen gesagt hatte.

»Aber ich dachte, du darfst nicht mit den Passagieren sprechen.«

»Das darf ich tatsächlich nicht, es sei denn, jemand stellt mir eine Frage. Deshalb wissen jetzt alle, dass du in der Küche arbeitest und in England eine Anstellung suchst. Und wenn du keine gefunden hast, bis wir in Southampton anlegen, werden sie dich nicht ins Land lassen, und du musst an Bord bleiben. Und jetzt kommt die wirklich schlechte Nachricht. Sobald die Ladung gelöscht ist und die neuen Passagiere an Bord gekommen sind, geht es direkt zurück nach Leningrad.«

»Das können wir auf keinen Fall riskieren. Hat irgendeiner der Passagiere bisher auch nur das leiseste Interesse an unserer Lage erkennen lassen?«

»*Not a dicky bird*.«

»Was heißt das?«

»Das ist Cockney-Slang und reimt sich auf *word*. Die Antwort lautet also: mit keinem Wort.«

»Was ist ein Cockney?«

»Jemand, der in einem Gebiet geboren wurde, in dem der Klang der Bow Bells zu hören ist.«

»Wo befinden sich diese Bow Bells?«

»Keine Ahnung. Aber Fergal wird das sicher wissen.«

»Sind irgendwelche englischen Passagiere an Bord?«, fragte Elena.

»Nur vier, und die reden kaum miteinander, ganz zu schweigen davon, dass sie sich an jemanden wenden würden, der so tief unter ihnen steht wie ein Kellner. Sie sind *standoffish*.«

»Ich habe dieses Wort noch nie gehört.«

»Fergal benutzt es andauernd, besonders wenn er über Engländer spricht. Ich habe es im Wörterbuch nachgeschlagen. Es bedeutet distanziert, kühl auftretend, unfreundlich.«

»Vielleicht sind sie ja einfach nur schüchtern«, sagte Elena in fragendem Ton.

Drei Tage bevor das Schiff in Southampton anlegen sollte, teilte der Koch Elena mit, dass Mr. Hallett, der Zahlmeister, sie sprechen wolle, sobald ihr Dienst beendet sei.

»Was habe ich falsch gemacht?«, fragte sie besorgt.

»Überhaupt nichts. Ehrlich gesagt glaube ich, dass es um das genaue Gegenteil gehen wird.«

Nachdem der Koch das Küchenpersonal in den Nachmittag entlassen hatte, ging Elena unverzüglich zum Büro des Zahlmeisters. Sie klopfte an die Tür, und als sie hörte, wie eine Stimme »Herein!« sagte, trat sie ein und sah zwei Männer zu beiden Seiten eines großen Schreibtischs sitzen. Die beiden standen auf, und der Zahlmeister, der eine elegante weiße Uniform mit zwei goldenen Streifen auf den Ärmeln trug, wartete, bis sie sich gesetzt hatte, dann stellte er ihr Mr. Moretti vor. Er erklärte, es handele sich bei ihm um den Passagier, der sie zu sprechen wünsche.

Elena musterte den älteren Herrn in dem dreiteiligen Anzug genauer. Er sprach sie auf Englisch an, und sie hörte, dass er einen leichten Akzent hatte, konnte diesen jedoch nicht einordnen. Er stellte ihr Fragen zu ihrer Arbeit in Leningrad und wollte wissen, wie es dazu gekommen war, dass sie sich schließlich an Bord des Schiffes befand. Sie berichtete ihm fast alles, was sich während des vergangenen Monats zugetragen hatte, einschließlich der Tatsache, dass ihr Mann gestorben war; sie verzichtete nur darauf zu erwähnen, dass ihr Sohn fast den örtlichen KGB-Chef umgebracht hätte. Auch nachdem Mr. Moretti alle seine Fragen gestellt hatte, wusste Elena nicht, welchen Eindruck sie auf ihn machte, obwohl er sie warmherzig anlächelte.

»Vielen Dank, Mrs. Karpenko«, sagte Mr. Hallett. »Das wäre vorerst alles.« Beide Männer standen auf, als sie das Büro verließ.

Benommen ging sie in ihre Kajüte zurück, wo Sascha auf sie wartete. Nachdem sie ihm alles über ihr Gespräch mit Mr. Moretti erzählt hatte, sagte er: »Das muss dieser italienische Herr sein, der an einem Ort namens Fulham ein Restaurant besitzt. Ich weiß, dass er auch darum gebeten hat, mit dem Koch und Fergal zu sprechen, also heißt es Daumen drücken, Mama.«

»Warum Fergal?«

»Er möchte wahrscheinlich wissen, wie ich mich im Speisesaal mache. Vermutlich will er zwei Mitarbeiter zum Preis von einem bekommen. Also wird Fergal ihm erklären, dass ich der beste Gehilfe bin, den er jemals hatte.«

»Du bist der einzige Gehilfe, den er je hatte.«

»Eine unbedeutende Kleinigkeit, die Fergal nicht erwähnen wird.«

Die Gespräche mit dem Koch und Fergal mussten gut gelaufen sein, denn Mr. Moretti bat darum, ein zweites Mal mit Elena sprechen zu dürfen, und bot ihr und Sascha bei dieser Gelegenheit eine Stelle in seinem Restaurant in Fulham an.

»Zehn Pfund die Woche, samt Unterkunft direkt im Haus«, sagte er.

Elena hatte keine Ahnung, wo Fulham lag oder ob das eine gute Bezahlung war, aber sie akzeptierte ohne zu zögern das einzige Angebot, das sie wahrscheinlich bekommen würde, denn schließlich wollten sie keinesfalls wieder auf direktem Weg zurück nach Leningrad.

Dann stellte ihr der Zahlmeister einige weitere Fragen; unter anderem erkundigte er sich, warum sie um Asyl bat, während er ein umfangreiches Formular der Einwanderungsbehörde ausfüllte. Nachdem er jeden Eintrag noch einmal überprüft hatte, unterschrieben er und Mr. Moretti die Papiere, womit sie sich bereit erklärten, als Elenas und Saschas Bürgen aufzutreten.

»Viel Glück, Mrs. Karpenko«, sagte der Zahlmeister und reichte Mr. Moretti das ausgefüllte Formular. »Wir alle werden Sie vermissen, und wenn das hier nicht klappt, können Sie immer noch bei der Barrington Line anfangen.«

»Das ist sehr freundlich von Ihnen«, erwiderte Elena.

»Aber wir wollen um Ihretwillen hoffen, dass es gar nicht erst so weit kommt, Mrs. Karpenko. Und bevor Sie gehen, sollten Sie nicht vergessen, Ihren Lohn entgegenzunehmen.«

»Sie wollen mich auch noch bezahlen?«, fragte Elena ungläubig.

»Selbstverständlich.« Der Zahlmeister reichte ihr zwei kleine braune Umschläge. Dann trat er an die Tür, öffnete sie und sagte: »Wir wollen hoffen, dass wir Sie nie wiedersehen, Mrs. Karpenko.«

»Vielen Dank, Mr. Hallett«, sagte Elena, stellte sich auf die Zehenspitzen und küsste ihn auf beide Wangen, was den Zahlmeister sprachlos machte.

Sie ging direkt in ihre Kajüte, denn Sascha sollte unbedingt erfahren, was geschehen war. Als sie die Tür öffnete, war sie zugleich erfreut und überrascht. Erfreut, weil ihr Sohn auf sie wartete, und überrascht, weil ein großes Paket auf ihrem Bett lag.

»Was ist das?«, fragte sie und betrachtete das sich nach allen Seiten wölbende Etwas, das in braunes Packpapier eingeschlagen und mit einem Faden zugebunden war.

»Ich habe keine Ahnung«, sagte Sascha. »Es war schon hier, als ich von der Arbeit kam.«

Elena löste den Faden und schlug vorsichtig das Papier zurück. Sie musste tief Luft holen, als sie all die Kleider sah, die sich über ihre Koje ergossen. Dabei befand sich eine Karte, auf der stand: »Vielen Dank Ihnen beiden und viel Glück«. Die Karte war von allen Besatzungsmitgliedern unterschrieben worden, einschließlich des Kapitäns. Elena brach in Tränen aus. »Wie können wir ihnen das jemals zurückzahlen?«

»Indem wir vorbildliche Bürger dieses Landes werden, wenn ich mich noch recht an den Ausdruck erinnere, den der Kapitän benutzt hat«, sagte Sascha.

»Aber wir sind doch noch nicht einmal Bürger dieses Landes, und wir werden so lange staatenlos bleiben, bis die Einwanderungsbehörde davon überzeugt ist, dass wir tatsächlich politische Flüchtlinge sind und ich eine richtige Arbeit habe.«

»Dann hoffen wir mal, dass sie im Amt ein wenig freundlicher sind als die englischen Passagiere an Bord, denn wenn sie das nicht sind, werden wir in Kürze die wahre Bedeutung des Wortes *standoffish* erfahren.«

»Der Koch ist auch Engländer«, sagte Elena, »und er hätte nicht freundlicher sein können. Er hat sich sogar dafür entschuldigt, dass er nicht als einer meiner Bürgen auftreten kann.«

»Das kann er tatsächlich nicht riskieren«, sagte Sascha. »Er wird per Haftbefehl gesucht. Jedes Mal, wenn das Schiff in Southampton anlegt, muss er an Bord bleiben. Fergal hat mir erzählt, dass er sich in der Küche einschließt und erst wieder auftaucht, wenn sie den Hafen verlassen haben.«

»Der arme Mann«, sagte Elena.

Sascha beschloss, ihr nicht zu sagen, warum die britische Polizei Eddie verhaften wollte.

Am folgenden Morgen schlossen sich Elena und Sascha Mr. Moretti auf dem Passagierdeck an – aber erst, nachdem

Sascha im Speisesaal Staub gesaugt und Elena die Küche in makellosem Zustand zurückgelassen hatte.

»*Magnifico*«, sagte Moretti, als er Elena in ihrem neuen Kleid sah. »Wann haben Sie nur die Zeit gefunden einzukaufen?«, neckte er sie.

»Die Besatzung war so großzügig«, sagte Elena. »Aber sagen Sie bloß nichts wegen Saschas Jeans«, fuhr sie flüsternd fort. »Fergal ist nicht ganz so groß wie er, und dabei wächst er noch.«

Mr. Moretti lächelte, als Sascha sich über die Reling beugte und zusah, wie zwei Hafenarbeiter eines der schweren Taue des Schiffes um einen Poller wickelten und festbanden. »Hoffen wir, dass die Einwanderungsbehörde genauso verständnisvoll ist«, sagte er, als er nach seinen Reisetaschen griff und mit Elena und Sascha im Schlepptau auf die Gangway zuging. »Aber Sie haben etwas, das für Sie spricht: Die Briten hassen die Kommunisten genauso sehr wie Sie.«

»Glauben Sie, dass sie uns ins Land lassen?«, fragte Elena besorgt, als sie hinaus auf das Dock traten.

»Dank des Zahlmeisters können wir davon ausgehen, dass alle notwendigen Formulare korrekt ausgefüllt wurden, also müssen wir einfach nur die Daumen drücken. Aber denk immer daran, Sascha«, fügte er hinzu, »sprich nur, wenn dich jemand anspricht, und wenn dir der Einwanderungsbeamte eine Frage stellt, sag einfach: Ja, Sir, nein, Sir, drei Säcke voll, Sir.«

Elena brach in lautes Gelächter aus. Sascha konnte nicht damit aufhören, sich umzusehen, als sie die Kaimauer entlanggingen. Einige Gebäude sahen aus, als seien sie erst kürzlich errichtet worden, während andere gerade eben so den Krieg überstanden hatten. Die Menschen wirkten entspannt, und niemand hielt den Kopf gesenkt. Die Frauen trugen farbenfrohe Kleider und plauderten als absolut gleichrangige Gesprächspartner mit den Männern. Sascha war bereits zu dem Schluss gekommen, dass er in diesem Land leben wollte.

Mr. Moretti hielt auf ein großes Backsteingebäude zu. Im Stein über der Tür war als einziges Wort EINWANDERUNG eingemeißelt.

Als sie eintraten, sahen sie zwei Schilder vor sich: BRITEN und NICHT-UK-BÜRGER. Elena drückte beide Daumen, als sie sich in der längeren Schlange anstellten, und immer wieder fragte sie sich, ob man sie bereits zurück auf den Weg nach Leningrad geschickt hätte, noch bevor die Sonne über jenen Ländern untergegangen wäre, welche die Reste des britischen Empire bildeten.

Sascha sah, wie jene Menschen, die einen britischen Pass vorweisen konnten, nur kurz gemustert und dann mit einem Lächeln begrüßt wurden. Sogar Touristen wurden nicht länger als ein paar Augenblicke aufgehalten. Die Karpenkos waren im Begriff herauszufinden, wie die Briten mit jenen Menschen umgingen, die keinen Pass besaßen.

»Der Nächste«, sagte eine Stimme.

Mr. Moretti trat vor und reichte dem Einwanderungsbeamten seinen Pass. Der Beamte sah sich den Pass genau an und gab ihn dann zurück. Dann reichte Mr. Moretti dem Beamten mehrere Blatt Papier und zwei Fotos, bevor er seinen Mündeln zunickte. Der Beamte lächelte nicht, während er langsam die Seiten umblätterte, und schließlich verglich er die beiden Fotos mit der Frau und dem Jungen, die vor ihm standen. Moretti war zuversichtlich, dass, wie der Zahlmeister sich ausgedrückt hatte, »alles makellos in Ordnung war«, doch er musste sich unweigerlich fragen, ob das ausreichen würde.

Elena wurde von Minute zu Minute nervöser, während es so schien, als sei Sascha nur deswegen ungeduldig, weil er herausfinden wollte, was hinter der Absperrung lag. Schließlich sah der Beamte auf und winkte die beiden Einwanderungswilligen zu sich heran. Elena war froh, dass sie nicht ihre alten Kleider trugen.

»Sprechen Sie Englisch?«, fragte der Beamte.

»Ein wenig, Sir«, erwiderte sie nervös.

»Und besitzen Sie einen Pass, Mrs. Karpenko?«

»Nein, Sir. Die Kommunisten erlauben niemandem, das Land zu verlassen, nicht einmal um Verwandte zu besuchen, weshalb mein Sohn und ich ohne Papiere geflohen sind.«

»Ich bedauere, Ihnen mitteilen zu müssen«, begann der Beamte, und Elena sank das Herz, »dass ich Ihnen unter den gegebenen Umständen nur zeitlich begrenzte Visa ausstellen kann, während Sie sich bei der Einwanderungsbehörde um Ihre Anerkennung als Flüchtlinge bemühen müssen, und ich kann Ihnen nicht garantieren, dass man Ihnen diesen Status gewähren wird. Darüber hinaus«, fuhr der Beamte fort, »haben Sie mehrere Auflagen zu erfüllen, solange sich Ihr Antrag auf Einbürgerung in Bearbeitung befindet. Sollten Sie gegen eine dieser Auflagen verstoßen, wird man Sie ausweisen und …« – er warf einen Blick auf die Papiere – »… nach Leningrad zurückschicken.«

»Wo man sie für den Rest ihres Lebens ins Gefängnis stecken wird«, sagte Moretti. »Wenn nicht Schlimmeres.«

»Seien Sie versichert«, erwiderte der Beamte, »dass man das in Betracht ziehen wird, wenn Ihr Antrag vor die Einwanderungsbehörde kommt.« Er lächelte Elena und Sascha zum ersten Mal offen an und sagte: »Willkommen in Britannien.«

»Vielen Dank«, sagte Mr. Moretti, bevor Elena etwas erwidern konnte. »Aber dürften wir erfahren, um welche Auflagen es sich handelt?«

»Mrs. Karpenko und ihr Sohn haben sich während der nächsten sechs Monate einmal wöchentlich in der nächstgelegenen Polizeidienststelle zu melden. Sollten sie dies versäumen, wird man einen Haftbefehl ausstellen, und nach ihrer Festnahme wird man sie in eine Strafanstalt verbringen. Darüber hinaus müssen die beiden damit rechnen, dass ihr Antrag auf Einbürgerung abgelehnt wird. Außerdem möchte ich noch hinzufügen, dass Sie, Mr. Moretti, als ihr Bürge zu jeder Zeit für die beiden verantwortlich sind, und sollten Mutter oder Sohn den Versuch unternehmen unterzutauchen, würden Sie nicht nur eine außerordentlich hohe Strafe bezahlen, sondern möglicherweise auch eine Haftstrafe von nicht unter sechs Monaten antreten müssen.«

»Ich verstehe vollkommen«, sagte Moretti.

»Und sollte sich irgendeine Angabe auf dem Antragsformular als Schwindel herausstellen …«

»Schwindel? Wie Schwindelgefühle?«, fragte Elena.

»Nein, als unzutreffend. Sollte dies der Fall sein, wird man Ihren Antrag automatisch ablehnen.«

»Aber ich habe nichts als die Wahrheit gesagt«, protestierte sie.

»Dann haben Sie nichts zu befürchten, Mrs. Karpenko.« Er reichte Moretti eine kleine Broschüre. »Darin finden Sie alles, was Sie wissen müssen.«

Elena schauderte und fragte sich, ob sie in die richtige Kiste gestiegen waren.

»Ich kann Ihnen versichern«, sagte Moretti, »dass Mrs. Karpenko und ihr Sohn vorbildliche Bürger dieses Landes sein werden.«

»Wird der junge Mann ebenfalls in Ihrem Restaurant arbeiten, Mr. Moretti?«, fragte der Beamte, ohne Sascha auch nur anzusehen.

»Nein, Sir«, sagte Elena mit fester Stimme. »Ich will, dass er die Schule fortsetzt.«

»Dann werden Sie den Jungen bei der nächstgelegenen Schule anmelden müssen.« Elena nickte, obwohl sie nicht im Geringsten verstand, wovon er sprach. Jetzt endlich wandte der Beamte seine Aufmerksamkeit zum ersten Mal Sascha zu, indem er einen Blick auf dessen Fußknöchel warf. »Wie ich sehe, wachsen Sie schnell«, sagte er. Sascha dachte an Mr. Morettis Worte und schwieg. »Sie werden hart arbeiten müssen, wenn Sie Ihre neue Schule besuchen werden und in diesem Land Erfolg haben wollen«, sagte der Beamte und schenkte dem jungen Einwanderer ein warmes Lächeln.

Sascha erwiderte das Lächeln und sagte: »Ja, Sir, nein, Sir, drei Säcke voll, Sir.«

7

Alex

Unterwegs nach New York

Alex starrte hinaus auf die schier endlose, von nichts und niemandem unterbrochene, spiegelglatte Fläche des Meeres und fragte sich, ob er je wieder Land sehen würde, während seine Mutter einfach nur die Arbeit fortzuführen schien, die sie schon immer gemacht hatte. Die Speisekarte blieb Tag für Tag gleich, sodass Elena schnell mit den einfachen Abläufen zurechtkam und immer mehr Verantwortung übernahm, während Strelnikows Siestas immer länger wurden.

Sie und Alex freuten sich jedes Mal, wenn ihre Arbeit beendet war und Dimitri am Abend zu ihnen kam, um vom Leben im »Big Apple« und seiner kleinen Wohnung in Brighton Beach, Brooklyn, zu erzählen.

Elena ihrerseits erzählte Dimitri von ihrem Mann und ihrem Bruder Kolja und berichtete ihm, warum Major Poljakow der Grund dafür war, dass sie hatten fliehen müssen. Alex beobachtete Dimitri aufmerksam und hatte das Gefühl, dass der freundliche Russe genau wusste, wer Poljakow war, und er fragte sich sogar, ob sie seinen Onkel in Gefahr brachten. Doch das Thema, das ihn noch viel mehr beschäftigte, war die Frage, wie er und seine Mutter es schaffen sollten, nach dem Anlegen in New York das Schiff zu verlassen. Alex musste sich zähneknirschend eingestehen, dass sie es ohne Dimitris Hilfe niemals schaffen würden.

»Was sollen wir tun, wenn Strelnikow uns in die Kombüse einschließt, solange die Ladung des Schiffes gelöscht wird?«, fragte Elena.

»Es sind immer noch ein paar Flaschen Wodka übrig, von denen er nichts weiß«, sagte Dimitri. »Und es könnte doch sein, dass sie einen Tag, bevor wir in New York ankommen, auf wundersame Weise in der Kombüse auftauchen. Mit etwas Glück sind wir alle auf dem Weg nach Brooklyn, bevor er aufwacht.«

Während der nächsten Woche arbeiteten Elena und Alex zahllose Stunden, doch sie beklagten sich nie, auch wenn der Koch nur selten seinen Stuhl verließ.

Wenige Tage vor dem Anlegen ging Strelnikow der Wodka aus, was bedeutete, dass er nicht mehr so leicht einschlief, weshalb sie unter seiner üblen Laune zu leiden hatten.

Doch genau wie Dimitri versprochen hatte, erschienen einen Tag vor der Ankunft in New York während Strelnikows Vormittagssiesta einige weitere Flaschen. Elena musste die Zubereitung des Mittagessens übernehmen, denn als Strelnikow erwachte und die Flaschen neben sich sah, öffnete er unverzüglich die erste und fragte: »Wo kommen die denn her?«

Mr. Ling zuckte mit den Schultern und fuhr damit fort, seine Kartoffeln in Scheiben zu schneiden, während Elena von der Suppe kostete. Strelnikow zeigte mehr Interesse daran, die erste Flasche zu leeren, als die Mahlzeit vorzubereiten. Elena fragte sich, wie viel dieser Mann wohl trinken konnte, ohne zusammenzubrechen, und sie mussten schließlich bis nach dem Abendessen darauf warten, dass er auf seinem Stuhl zusammensackte und in einen tiefen Schlaf fiel.

Elena und Alex schlichen sich aus der Kombüse und hinauf aufs Deck, doch sie konnten nicht schlafen. Stattdessen sahen sie hinaus aufs offene Meer und versuchten gleichsam durch bloße Willenskraft, die Skyline von Manhattan aus den Wogen auftauchen zu lassen, während ihre Zuversicht, dass Dimitris Plan funktionieren würde, von Minute zu Minute wuchs. Doch gerade als sich die Sonne langsam über den Horizont schob, rief eine bellende Stimme hinter ihnen: »Ihr habt wohl gedacht, dass ihr damit durchkommt, was?«

Sie drehten sich um und sahen, wie Strelnikow mit einem Fleischerbeil in der Hand über ihnen aufragte. Alex sprang auf und starrte ihn herausfordernd an.

»Nur zu«, sagte der Koch. »Du wärst nicht der Erste. Und nachdem die Möwen erst einmal deine Knochen abgenagt haben, wird dich außer deiner Mutter niemand mehr vermissen, das verspreche ich dir.«

Alex rührte sich nicht von der Stelle. Hinter ihm erschienen die Wolkenkratzer New Yorks am Horizont. Strelnikow bemerkte es nicht, da sein Blick im selben Moment auf Alex' Brotdose fiel. Er beugte sich nach vorn, öffnete sie und steckte sich alles Geld in die Taschen, das Elena im Laufe ihres gesamten Lebens zusammengespart hatte. Dann griff er nach Elenas Koffer, und nachdem er diesen flüchtig durchgesehen hatte, schleuderte er den Inhalt über Bord. »Das braucht ihr jetzt nicht mehr«, knurrte er.

Noch immer stand Alex regungslos da, doch dann packte Strelnikow Elena am Arm, legte ihr die Klinge seines Fleischerbeils an den Hals und begann, sie nach unten zu zerren. Jetzt blieb Alex keine andere Wahl mehr, als seiner Mutter zu folgen.

Als sie das Unterdeck erreicht hatten, trat Strelnikow beiseite und befahl Alex, die Tür zur Kombüse zu öffnen. Dann schob er Elena und ihn hinein und warf die Tür hinter ihnen zu. Elena brach in Tränen aus, als sie hörte, wie der Schlüssel im Schloss umgedreht wurde.

Mr. Ling saß auf dem Stuhl des Kochs und hielt die bisher noch übrig gebliebene Wodkaflasche umklammert. Er sah nicht einmal in die Richtung von Mutter und Sohn, als er den letzten Tropfen leerte. Gleich darauf schlief er ein.

Das Nebelhorn des Schiffes erklang, als sie in den Hafen von New York einliefen. Der mächtige Ton hallte in der Kombüse nach, doch Elena und Alex hatten keine Möglichkeit, darauf zu reagieren. Sie spürten, wie das Schiff langsamer wurde, bis es schließlich mit einem letzten Ruck anlegte. Mr. Ling schnarchte so friedlich wie zuvor, während Elena und Alex hilflos auf dem Boden saßen. Sie wussten, dass Strelnikow sie nicht einmal würde weiter einschließen müssen, sobald das Schiff wieder auf dem Weg nach Leningrad wäre.

Vielleicht nach einer, möglicherweise aber auch erst nach zwei Stunden begann Mr. Ling, sich zu rühren. Er streckte sich, erhob sich langsam aus dem Stuhl des Kochs und trat an seine Arbeitsbank. Doch anstatt einen weiteren Eimer Kartoffeln zu schälen, kniete er nieder, löste eine der Bodendielen und tastete in der Öffnung herum. Gleich darauf erschien ein breites Grinsen auf seinem Gesicht. Ohne irgendwelche Eile erkennen zu lassen, ging er durch die Kombüse, schob einen Schlüssel ins Schloss, drehte ihn herum und drückte die Tür auf.

Elena und Alex standen auf und starrten ihn an. Schließlich sagte Alex: »Sie müssen mit uns kommen.«

Mr. Ling machte eine tiefe Verbeugung. »Nein. Nicht möglich. Dies mein Zuhause.« Es waren die ersten Worte, die Mutter und Sohn ihn je sagen hörten. Er schloss die Tür hinter ihnen, und dann hörten sie, wie sich der Schlüssel erneut im Schloss drehte.

Vorsichtig stieg Alex die Treppe hinauf. Sobald er die oberste Stufe erreicht hatte, sah er sich um wie ein U-Boot-Kommandant, der durch das Periskop Ausschau nach dem Feind hält. Er wartete eine Weile, bis er sich davon überzeugt hatte, dass Strelnikow wie auch der Rest der Besatzung an Land gegangen und nur eine Kernmannschaft auf dem Schiff zurückgeblieben war.

Dann beugte er sich nach unten und flüsterte seiner Mutter zu: »Ich kann die Gangway sehen, die auf das Dock führt. Komm nach, wenn ich *jetzt* sage, und bleib unter keinen Umständen stehen.«

Alex wartete noch ein paar Sekunden, und als immer noch niemand zu sehen war, sagte er leise »Jetzt«, stieg hinaus aufs Deck und ging rasch, aber ohne zu rennen, auf die Gangway zu. Dabei warf er nur noch einmal kurz einen Blick zurück, um sicher zu sein, dass Elena nur einen Schritt weit hinter ihm war. Doch kaum dass er die Gangway erreicht hatte, hörte er, wie jemand hinter ihnen etwas rief.

»Haltet die beiden auf!«

Seine Mutter rannte an ihm vorbei.

Er sah hinauf zur Brücke und erkannte, wie ein Offizier hektisch zwei Deckshelfern, die gerade eine Kiste aus dem Frachtraum holten, ein Zeichen gab. Sofort stellten sie ihre Arbeit ein, doch Alex hatte bereits die Hälfte der Gangway hinter sich gebracht. Als er das Dock erreichte, drehte er sich um und sah, wie die beiden Matrosen auf ihn zueilten, während Elena wie erstarrt neben ihm stand. Dann hörte er Schritte hinter sich und ballte die Fäuste, obwohl er wusste, dass er jetzt wohl kaum mehr eine Chance hätte.

Doch es war Dimitri, der neben Alex trat und leise sagte: »Die beiden werden uns keine Schwierigkeiten machen.« Die Matrosen blieben abrupt stehen, als sie Dimitri sahen. Sie zögerten noch einige Augenblicke, doch dann zogen sie sich die Gangway hinauf zurück. »Das sind zwei gute Jungs«, sagte Dimitri. »Ganz abgesehen davon, dass sie natürlich lieber die Heuer für ein paar Tage verlieren als ein paar Zähne.«

»Was nun?«, fragte Alex.

»Mir nach«, sagte Dimitri und marschierte sofort los. Offensichtlich wusste er genau, wo er hinwollte. Elena nahm Alex' Hand. Er konnte kaum verbergen, wie aufgeregt er war angesichts der Aussicht, in Amerika zu leben.

Alex fiel auf, dass mehrere Passagiere von anderen Schiffen in die entgegengesetzte Richtung gingen. Manche von ihnen trugen Ledertaschen, andere schoben schwer beladene Gepäckwagen, und ein oder zwei ließen sich sogar von Trägern helfen. Elena und Alex hatten kein Gepäck mehr. Alles, was sie besessen hatten, war entweder gestohlen oder von Strelnikow über Bord geworfen worden.

Mutter und Sohn folgten Dimitri auf dem Fuße, während dieser auf ein beeindruckendes Steingebäude zuging, das über dem Eingang in mächtigen weißen Buchstaben EINWANDERUNG verkündete.

Elena hatte das Gebäude kaum betreten, als sie auch schon wie erstarrt stehen blieb und ungläubig die langen Schlangen staatenloser Immigranten anstarrte, die zwar in zahllosen Sprachen durcheinanderredeten, aber allesamt ein und dasselbe Ziel hatten: hinter die Absperrung treten zu dürfen, um in einer neuen Welt Einlass zu finden.

Dimitri stellte sich in der kürzesten Schlange an und winkte Elena und Alex zu sich. Alex kam unverzüglich zu ihm, doch Elena blieb weiterhin wie angewurzelt stehen. Sie war so bewegungslos wie eine Statue.

»Du bleibst hier«, sagte Dimitri. »Ich hole deine Mutter.«

»Elena«, sagte er und trat neben sie. »Willst du zurück nach Russland?«

»Nein, aber …«

»Dann stell dich an«, sagte Dimitri, wobei er zum ersten Mal seine Stimme erhob. Elena wirkte immer noch unentschlossen; es war, als versuche sie, sich für das kleinere von zwei Übeln zu entscheiden. Schließlich sagte Dimitri: »Wenn du es nicht tust, wirst du deinen Sohn nie wiedersehen, denn er wird ganz gewiss nicht zurück nach Leningrad gehen.« Zögernd ging sie hinüber zu Alex an das Ende der Schlange.

Alex konnte es gar nicht erwarten voranzukommen, doch er musste zusehen, wie der große, schwarze Minutenzeiger der mächtigen Uhr dreimal seine Runden zog, bevor sie endlich die Spitze der Schlange erreicht hatten.

Bis es so weit war, verbrachte er die Zeit damit, Dimitri mit Fragen nach all den Dingen zu bombardieren, die wohl geschehen würden, nachdem sie die weiße Linie überschritten hätten. Aber Dimitri war mehr daran interessiert, dass sie die vereinbarte Geschichte parat hatten, wenn sie von einem Einwanderungsbeamten, der schon alles auf der Welt gehört hatte, befragt würden. Elena war überzeugt davon, dass man sie unverzüglich aufs Schiff zurückführen würde, wenn der Beamte ihre so unwahrscheinlich klingende Geschichte gehört hätte. Dort würde man sie Strelnikow übergeben, das Schiff würde sich auf eine Reise ohne Wiederkehr nach Leningrad machen, und im Hafen würde bereits Major Poljakow auf sie warten.

»Ihr beide müsst euch unbedingt an die Geschichte halten, auf die wir uns geeinigt haben«, flüsterte Dimitri.

»Der Nächste«, rief eine Stimme.

Unsicher trat Elena einen Schritt nach vorn. Dabei ließ sie für keine Sekunde den Mann aus den Augen, der auf einem hohen Hocker hinter einem Holztisch saß und eine dunkelblaue Uniform mit drei Sternen auf dem Revers trug. Bisher hatten Uniformen für Elena immer nur Schwierigkeiten bedeutet. Je mehr Sterne, umso größere Schwierigkeiten. Als sie sich dem Tisch näherte, folgte ihr Alex und bedachte den Beamten mit einem breiten Grinsen, was dieser mit einem Stirnrunzeln erwiderte. Dimitri zog den Jungen wieder nach hinten.

»Gehören Sie alle zu einer Familie?«, fragte der Beamte.

»Nein, Sir«, erwiderte Dimitri. »Ich bin seit acht Jahren amerikanischer Bürger«, sagte er und reichte dem Beamten seinen Pass.

Der Mann blätterte sorgfältig die Seiten um, sah sich Daten und Stempel genau an und reichte den Pass wieder zurück. Dann öffnete er eine Schublade in seinem Schreibtisch, nahm ein langes Formular heraus, legte es vor sich und griff nach seinem Füllfederhalter, bevor er seine ganze Aufmerksamkeit der Frau vor sich zuwandte. Sie schien zu zittern.

»Wie lautet Ihr vollständiger Name?«

»Alexander Konstantinowitsch Karpenko.«

»Nicht deiner«, sagte der Beamte mit fester Stimme. Dann deutete er mit seinem Stift auf Elena.

»Elena Ivanowa Karpenko.«

»Sprechen Sie Englisch?«

»Ein bisschen, Sir.«

»Wo kommen Sie her?«

»Aus Leningrad, in der Sowjetunion.«

Der Beamte füllte einige freie Zeilen aus, bevor er fortfuhr. »Sind Sie der Ehemann dieser Frau?«, fragte er Dimitri.

»Nein, Sir. Mrs. Karpenko ist meine Cousine, und ihr Sohn Alex ist mein Neffe.«

Elena hielt sich an Dimitris Anweisungen und schwieg, denn sie wollte nicht lügen.

»Wo ist dann Ihr Ehemann?«, fragte der Beamte, und sein Füllfederhalter schwebte über dem Formular.

»Er wurde …«

»Meine Frage war an Mrs. Karpenko gerichtet, nicht an Sie«, sagte der Beamte mit derselben festen Stimme wie zuvor.

»Der KGB hat meinen Mann umgebracht«, sagte Elena, die ihre Tränen nicht mehr zurückhalten konnte.

»Warum?«, fragte der Beamte. »War er ein Krimineller?«

»Nein!«, sagte Elena und hob herausfordernd den Kopf. »Konstantin war ein sehr guter Mensch. Er hatte die Aufsicht über die Arbeiten im Hafen von Leningrad, und er wurde umgebracht, weil er vorhatte, eine Gewerkschaft zu gründen.«

»Für so etwas wird man in der Sowjetunion umgebracht?«, fragte der Beamte ungläubig.

»Ja«, erwiderte Elena und senkte erneut den Kopf.

»Wie haben Ihr Sohn und Sie es geschafft zu fliehen?«

»Mein Bruder, der ebenfalls im Hafen gearbeitet hat, konnte uns in ein Schiff schmuggeln, das nach Amerika ging.«

»Wobei ihm Ihr Cousin vermutlich geholfen hat«, sagte der Beamte und hob eine Augenbraue.

»Ja«, sagte Dimitri. »Ihr Bruder Kolja ist ein tapferer Mann, und mit Gottes Hilfe werden wir ihn ebenfalls rausholen, denn er hasst die Kommunisten genauso sehr wie wir.«

Dass Dimitri Gottes Hilfe und den Hass auf die Kommunisten erwähnt hatte, zauberte ein Lächeln auf das Gesicht des Beamten. Er füllte mehrere weitere freie Zeilen in seinem Formular aus.

»Sind Sie bereit, sich als Bürge für Mrs. Karpenko und ihren Sohn zur Verfügung zu stellen?«, fragte der Beamte.

»Ja, Sir«, antwortete Dimitri, ohne zu zögern. »Die beiden werden bei mir in Brighton Beach wohnen, und da Elena eine ausgezeichnete Köchin ist, sollte es ihr nicht schwerfallen, Arbeit zu finden.«

»Und der Junge?«

»Ich möchte, dass er weiter auf die Schule geht«, sagte Elena.

»Gut«, sagte der Beamte und wandte sich schließlich Alex zu. »Wie ist dein Name?«

»Alexander Konstantinowitsch Karpenko«, erklärte er stolz.

»Warst du fleißig in der Schule?«

»Ja, Sir. Ich war einer der Besten in meiner Klasse.«

»Dann wirst du mir sicher sagen können, wer Präsident der Vereinigten Staaten ist.«

Elena und Dimitri wirkten besorgt.

»Lyndon B. Johnson«, sagte Alex, ohne zu zögern. Wie hätte er auch den Namen des Mannes vergessen können, den Wladimir den größten Feind der Sowjetunion genannt hatte? Dann musste er einfach ein guter Mensch sein, schien es Alex.

Der Beamte nickte, füllte die letzte freie Stelle auf dem Formular aus und fügte seine Unterschrift hinzu. Dann sah er auf, lächelte Alex an und sagte: »Ich habe so das Gefühl, dass du in Amerika ganz gut zurechtkommen wirst, Alex.«

8

Sascha

Unterwegs nach London

Sascha saß in einer Ecke des Abteils, als der Zug um 15:35 Uhr Southampton in Richtung London verließ. Er sah aus dem Fenster, seine Gedanken waren weit weg in seiner Heimat. Er fragte sich, ob er und seine Mutter nicht einen schrecklichen Fehler begangen hatten.

Seit sie eingestiegen waren, hatte er kein Wort mehr gesprochen, während Elena sich mit Mr. Moretti über dessen Restaurant unterhielt und der Zug ratternd durch das offene Land in Richtung Hauptstadt fuhr.

Sascha wusste nicht, wie viel Zeit vergangen war, als sie schließlich langsamer wurden und in einen Bahnhof namens Waterloo rollten. Sogleich dachte Sascha an Wellington, und er fragte sich, wo wohl die Trafalgar Station liegen würde. Als sie anhielten, nahm Sascha Mr. Morettis Taschen aus dem Gepäcknetz und folgte seiner Mutter auf den Bahnsteig.

Das Erste, was Sascha auffiel, waren die vielen Männer, die Hüte trugen. Er sah flache Mützen, Homburgs und

Melonen, die allesamt, wie sein Lehrer zu Hause behauptet hatte, jeden an seine gesellschaftliche Position erinnern sollten. Und er stellte überrascht fest, wie viele Frauen ohne Begleiter den Bahnsteig entlanggingen. In Leningrad, so hatte er seine Mutter einmal sagen hören, waren nur leichte Mädchen alleine unterwegs. Später hatte er seinen Vater fragen müssen, was ein leichtes Mädchen ist.

An der Schranke reichte Mr. Moretti dem Bahnbeamten die drei Tickets, dann führte er seine beiden Schützlinge vor den Bahnhof, wo sie sich in einer langen Reihe anstellten. Eine weitere Eigenheit, für welche die Briten bekannt waren. Sascha riss den Mund auf, als er zum ersten Mal einen roten Doppeldeckerbus sah. Bevor Moretti ihn aufhalten konnte, rannte er die Wendeltreppe nach oben und setzte sich auf die vorderste Bank. Der Panoramablick über die Stadt, die sich unter ihm dahinzog, so weit das Auge reichte, faszinierte ihn. So viele Autos in allen Größen, Formen und Farben, die jedes Mal anhielten, sobald eine Ampel auf Rot schaltete. In Leningrad gab es nicht so viele Ampeln. Aber auch nicht so viele Autos.

Der Bus hielt immer wieder, sodass Passagiere ein- und aussteigen konnten, doch es lagen noch eine ganze Reihe von Haltestellen vor ihnen, bevor Mr. Moretti schließlich aufstand und über die Wendeltreppe nach unten ging. Nachdem sie den Bürgersteig betreten hatten, blieb Sascha alle paar Augenblicke stehen, um einen Blick in die Schaufenster zu werfen. Ein Tabakladen verkaufte zahlreiche verschiedene Zigaretten und Zigarren und dazu auch noch Pfeifen, was ihn an seinen Vater erinnerte. In einem anderen Laden saß ein Mann auf einem großen Lederstuhl und ließ sich die Haare schneiden. Zu Hause hatte ihm seine Mutter die Haare geschnitten. Besaß dieser Mann etwa keine

Mutter? Ein Kuchengeschäft hätte er sich gerne genauer angesehen, doch er musste sich beeilen, um mit Mr. Moretti Schritt zu halten. Ein weiteres Geschäft bot nichts als Uhren an. Warum sollte jemand eine Armbanduhr benötigen, da es doch überall Kirchturmuhren gab? Vor einer Damenboutique blieb Sascha fasziniert stehen, denn hier sah er zum ersten Mal einen Minirock. Elena packte ihn mit fester Hand am Arm und zog ihn weiter. Er hatte keine Gelegenheit, noch einmal stehen zu bleiben, bis er ein Schild sah, das, in einer leichten Brise hin und her schwingend, MORETTI'S verkündete.

Diesmal war es Elena, die in das Innere des Gebäudes spähte und die fein säuberlich gedeckten Tische mit ihren makellosen rot-weiß gemusterten Tischdecken, den gefalteten Servietten und dem edlen Porzellan bewunderte. Überall waren Kellner in eleganten weißen Jacken auf den Beinen und kümmerten sich aufmerksam um ihre Gäste. Doch Mr. Moretti ging immer weiter, bis er eine Seitentür erreicht hatte. Er schloss sie auf und gab Mutter und Sohn ein Zeichen, ihm zu folgen. Sie stiegen eine nur spärlich beleuchtete Treppe ins erste Obergeschoss hinauf, wo Moretti eine weitere Tür aufschloss.

»Die Wohnung ist sehr klein«, gestand er, indem er einen Schritt beiseite trat, um die beiden einzulassen. »Meine Frau und ich haben nach unserer Hochzeit hier gewohnt.«

Elena erwähnte nicht, dass die Wohnung größer und weitaus schöner möbliert war als ihre ehemalige Unterkunft in Leningrad. Sie ging in das vordere Zimmer, von dem aus man einen Blick auf die Hauptstraße des Viertels hatte, wo genau in diesem Moment dröhnend ein Motorrad vorbeifuhr. Noch nie zuvor hatte sie Verkehrslärm und Staus erlebt. Sie inspizierte die kleine Küche, das Bad und die beiden Schlafzimmer. Sascha hatte sofort das kleinere bezogen. Er ließ sich aufs Bett fallen, schloss die Augen und schlief ein.

»Es wird Zeit, dass Sie den Küchenchef kennenlernen«, flüsterte Moretti.

Die beiden ließen Sascha schlafend zurück und stiegen die Treppe hinab. Dann führte Moretti Elena durch das Restaurant in die Küche. Elena kam es so vor, als sei sie im Himmel. Alles, worum sie in Leningrad immer wieder gebeten hatte, lag jetzt direkt vor ihr – und noch viel mehr.

Moretti stellte sie dem Küchenchef vor und erklärte, wie er Elena auf der Rückfahrt nach England kennengelernt hatte. Der Koch hörte aufmerksam zu, schien aber nicht überzeugt.

»Vielleicht sollten Sie sich einfach ein paar Tage Zeit nehmen, um zu sehen, wie hier alles abläuft, Mrs. Karpenko«, sagte der Koch. »Danach können wir versuchen, einen geeigneten Platz für Sie zu finden.«

Elena benötigte nur wenige Stunden, dann assistierte sie bereits dem Souschef, und lange bevor der letzte Gast das Restaurant verlassen hatte, zeigte die Miene des Küchenchefs keine Herablassung mehr, sondern Respekt für die Dame aus Leningrad.

Kurz nach Mitternacht kehrte Elena vollkommen erschöpft in ihre neue Wohnung zurück. Sie sah nach Sascha, der immer noch vollständig angekleidet auf seinem Bett lag und tief und fest schlief. Sie zog ihm die Schuhe aus und deckte ihn zu. Am nächsten Morgen würde sie unverzüglich eine geeignete Schule für ihn finden müssen.

Auch darüber hatte Mr. Moretti bereits nachgedacht.

Elena versuchte sich zu konzentrieren und nicht darüber nachzudenken, was im Speisesaal vor sich ging, obwohl Saschas

Zukunft davon abhängen konnte. Lange bevor Mr. Quilter eintraf, begann sie bereits, seine Lieblingsmahlzeit vorzubereiten.

Mr. Moretti führte den Gentleman und seine Gattin an einen Ecktisch, der üblicherweise für Stammgäste und bedeutende Besucher reserviert war.

Mr. und Mrs. Quilter waren keine Stammgäste. Sie kamen nur an ihrem Hochzeitstag oder zu anderen besonderen Anlässen. Trotzdem hatte Mr. Moretti seine Mitarbeiter angewiesen, sie als VIPs zu behandeln.

Er reichte jedem von ihnen eine Speisekarte. »Darf ich Ihnen bereits etwas zu trinken bringen?«, fragte er Mr. Quilter.

»Vorerst nur ein Glas Wasser. Ich werde den Wein aussuchen, sobald wir uns für das Essen entschieden haben.«

»Gewiss, Sir«, sagte Moretti. Er zog sich zurück, sodass die beiden die Speisekarte studieren konnten, und ging in die Küche. Dort verkündete er: »Sie sind da. Ich habe ihnen Tisch elf gegeben.«

Der Koch nickte. Er sprach wenig; es sei denn, es ging darum, einen seiner Souschefs zu kritisieren, obwohl er zugeben musste, dass das Leben seit dem Eintreffen der neuesten Mitarbeiterin sehr viel einfacher geworden war. Auch Elena sagte nur selten etwas, während sie damit beschäftigt war, jede Mahlzeit mit Geschick und Stolz zuzubereiten. Es hatte nicht einmal eine Woche gedauert, bis der üblicherweise skeptische Küchenchef gestand, dass im Moretti's ein Talent erschienen war, wie man es nur selten finden konnte, und er warnte seinen Arbeitgeber davor, dass es nicht lange dauern mochte, bis Elena weiterziehen und ihre eigene Küche leiten würde.

Mr. Moretti ging zurück in den Speisesaal und flüsterte dem Oberkellner zu: »Ich werde die Bestellung von

Tisch elf entgegennehmen, Gino.« Als er sah, dass seine besonderen Gäste die Speisekarten zuklappten, trat er rasch an ihren Tisch. »Haben Sie sich schon für ein Gericht entschieden, Madam?«, fragte er Mrs. Quilter und zog einen kleinen Notizblock und einen Stift aus seiner Jackentasche.

»Ja, vielen Dank. Ich werde mit dem Avocadosalat beginnen, und weil heute ein ganz besonderer Tag ist, nehme ich danach die Seezunge.«

»Eine ausgezeichnete Wahl, Madam. Und für Sie, Sir?«

»Parmaschinken mit Melone, und danach ebenfalls Seezunge. Und vielleicht könnten Sie mir einen Wein empfehlen, der zum Fisch passt?«

»Vielleicht der Pouilly-Fuissé?«, sagte Moretti und deutete auf den dritten Wein auf einer langen Liste.

»Der scheint ganz in Ordnung zu sein«, sagte Quilter, nachdem er einen Blick auf den Preis geworfen hatte.

Moretti eilte davon und erklärte seinem Sommelier, dass Tisch elf um den Pouilly-Fuissé gebeten hatte. »Premier Cru«, fügte er hinzu.

»Premier Cru?«, wiederholte der Sommelier, woraufhin er ein knappes Nicken als Antwort erhielt.

Moretti zog sich in eine Nische zurück und sah zu, wie der Sommelier die Flasche entkorkte und etwas Wein in ein Glas schenkte, damit ihr Gast davon kosten konnte. Mr. Quilter nippte an seinem Glas.

»Großartig«, sagte er und schien ein wenig verwirrt. »Ich glaube, der wird dir schmecken, Liebling«, fügte er hinzu, als der Sommelier das Glas seiner Frau füllte.

Obwohl das Restaurant an jenem Abend bis auf den letzten Platz besetzt war, ließ Mr. Moretti seine Gäste an Tisch elf kaum einmal aus den Augen, und sobald der Hauptgang abgetragen war, kehrte er zurück, um zu fragen, ob sie ein Dessert wünschten.

Das Lächeln, das auf Mr. Quilters Gesicht erschien, nachdem er den ersten Löffel von Elenas Crème brûlée gegessen hatte, ließ keinen Zweifel mehr daran, wie sehr er die Mahlzeit genossen hatte. »Des Trinitys wert«, murmelte er, als die leeren Schalen abgetragen wurden – ein Kommentar, der Moretti ratlos zurückließ.

Mr. Moretti blieb in seiner Nische, bis sein besonderer Gast einen vorbeikommenden Kellner um die Rechnung bat, woraufhin er wieder zu Tisch elf ging.

»Was für ein wunderbares Essen«, sagte Mr. Quilter, als er mit einem Finger die Rechnung entlangfuhr. Er holte sein Scheckbuch heraus und trug, um ein großzügiges Trinkgeld ergänzt, die entsprechende Summe ein. Dann reichte er Mr. Moretti den Scheck, welcher ihn durchriss.

Mr. und Mrs. Quilter gelang es nicht, ihre Überraschung zu verbergen. »Das verstehe ich nicht«, sagte Mr. Quilter schließlich.

»Ich möchte Sie um einen Gefallen bitten, Sir«, sagte Moretti.

Elena strich Saschas Krawatte glatt, trat einen Schritt zurück und musterte ihren Sohn sorgfältig. Er trug seine beste Sonntagskleidung; Elena hatte sie kürzlich bei einem Wohltätigkeitsbasar in der Kirche des Stadtteils gekauft. Der Anzug mochte zwar zunächst ein wenig groß gewesen sein, doch das war nichts, das sich nicht mit Nadel und Faden hatte in Ordnung bringen lassen.

Mr. Moretti hatte Elena an diesem Vormittag freigegeben, obwohl er genauso nervös wie sie darauf wartete, was der Tag bringen mochte. Ein roter Doppeldeckerbus brachte Mutter und Sohn in den angrenzenden Stadtbezirk, wo sie sich nach dem Aussteigen einem mächtigen, zweiflügeligen Tor aus Gusseisen gegenübersahen. Die beiden gingen in den Schulhof, wo Elena einen der Jungen nach dem Büro des Rektors fragte.

»Ich freue mich, Sie beide kennenzulernen«, sagte Mr. Quilter, als seine Sekretärin Mutter und Sohn in sein Büro führte. »Nun, ich weiß, dass Mr. Sutton uns erwartet, deshalb sollten wir lieber keine Zeit verlieren.«

Gehorsam folgten Elena und Sascha Mr. Quilter aus dem Zimmer auf einen Flur, in dem sich mehrere ebenso elegant gekleidete wie ausgelassene Jungen drängten, die sofort beiseitetraten, als sie sahen, dass der Rektor auf sie zukam. Die schönen blauen, mit einem Monogramm verzierten Schuluniformen erfüllten Elena zugleich mit Bewunderung und Bestürzung.

Der Rektor blieb vor der Tür eines der Klassenzimmer stehen, auf deren Milchglasscheibe die Worte MR. SUTTON, MA (OXON) standen. Er klopfte an, öffnete die Tür und führte den Kandidaten hinein.

Ein Mann in einem langen, schwarzen Talar erhob sich hinter seinem Tisch, als sie den Raum betraten.

»Guten Morgen, Mrs. Karpenko«, sagte der Mathematiklehrer. »Mein Name ist Arnold Sutton, und ich freue mich, dass Sie beide heute zu uns kommen konnten. Ich werde die Prüfung durchführen.«

»Schön, Sie zu sehen, Mr. Sutton«, sagte Elena, während sie ihm die Hand schüttelte.

»Und Sie müssen Sascha sein«, sagte er und schenkte dem Jungen ein warmherziges Lächeln. »Bitte, nehmen Sie Platz. Ich werde Ihnen kurz erklären, was wir vorhaben.«

»Während wir, Mrs. Karpenko«, sagte der Rektor, »vielleicht in mein Büro zurückkehren könnten, solange die Prüfung stattfindet.«

Nachdem der Rektor und Elena das Zimmer verlassen hatten, wandte Mr. Sutton seine Aufmerksamkeit dem jungen Bewerber zu.

»Sascha«, sagte er und schlug eine Mappe auf, in der sich drei Blätter befanden, »das ist die Mathematikprüfung, die von den Schülern abgelegt wurde, die sich um einen Platz in der Abschlussklasse der Latymer Upper beworben haben.« Er legte die drei Blätter vor Sascha auf den Tisch. »Sie haben eine Stunde Zeit, weshalb ich vorschlagen würde, dass Sie jede Frage sorgfältig durchlesen, bevor Sie sie beantworten. Haben Sie irgendwelche Fragen?«

»Nein, Sir.«

»Gut.« Der Lehrer sah auf die Uhr. »Ich werde Ihnen Bescheid geben, wenn die letzte Viertelstunde anfängt.«

»Sie müssen wissen, Mrs. Karpenko«, sagte Mr. Quilter, als sie erneut das Büro des Rektors betraten, »dass die Prüfung, die Ihr Sohn gerade ablegt, nicht nur für Schüler gedacht ist, die hier in der Latymer die Abschlussklasse besuchen wollen, sondern auch für all diejenigen, die an einer Universität studieren möchten.«

»Genau das würde ich mir auch für Sascha wünschen«, sagte Elena.

»Gewiss, Mrs. Karpenko. Aber ich muss Sie warnen. Ihr Sohn muss mindestens fünfundsechzig Prozent der möglichen Punkte bekommen, um zu bestehen. Wenn ihm das gelingt, sind wir gerne bereit, ihm einen Platz in der Latymer Upper anzubieten.«

»Dann muss ich Sie meinerseits warnen, Mr. Quilter. Ich könnte mir niemals die Schuluniform für meinen Sohn leisten, ganz zu schweigen von den Schulgebühren.«

Der Rektor zögerte. »Wir bieten auch Plätze für Schüler in … wie soll ich mich ausdrücken … finanziell angespannten Verhältnissen an. Und selbstverständlich«, fügte er hinzu, »gibt es bei uns Stipendien für außerordentlich begabte Kinder.« Elena schien nicht überzeugt. »Darf ich Ihnen einen Kaffee anbieten?«

»Nein danke, Mr. Quilter. Ich bin sicher, Sie haben sehr viel zu tun. Meinetwegen dürfen Sie sich gerne wieder Ihrer Arbeit widmen. Ich hätte nichts dagegen, einfach nur eine Zeitschrift zu lesen, während ich warte.«

»Das ist höchst aufmerksam von Ihnen«, erwiderte der Rektor mit einem Blick auf die Uhr. »Ich bin in etwa vierzig Minuten wieder zurück.«

Er wollte gerade gehen, als die Tür aufflog und Mr. Sutton hereinstürmte. Rasch trat der Mathematiklehrer an Mr. Quilter heran und flüsterte ihm etwas ins Ohr.

»Würden Sie bitte so freundlich sein und hier warten, Mrs. Karpenko?«, sagte der Rektor. »Ich bin gleich wieder zurück.«

»Gibt es ein Problem?«, fragte Elena besorgt, doch die beiden hatten den Raum bereits verlassen.

»Und Sie behaupten, er hat die Prüfung in nur zwanzig Minuten abgelegt? Das hört sich fast unmöglich an.«

»Aber was noch unglaublicher ist«, sagte Mr. Sutton, der inzwischen fast rannte, »er hat die vollen einhundert Prozent erreicht, und ehrlich gesagt, wirkte er dabei fast ein wenig gelangweilt.« Er öffnete die Tür zu seinem Klassenzimmer, machte einen Schritt beiseite und ließ den Rektor zuerst eintreten.

»Karpenko«, sagte Quilter, nachdem er einen Blick auf die vielen Häkchen geworfen hatte, welche die richtigen Antworten bestätigten, »ich möchte Sie fragen: Haben Sie diese Blätter je zuvor gesehen?«

»Nein, Sir.«

Der Rektor lächelte, musterte die Antworten des Schülers genauer und sagte dann: »Wären Sie bereit, eine Reihe mündlicher Fragen zu beantworten?«

»Ja, natürlich, Sir.«

Der Rektor nickte Mr. Sutton zu.

»Karpenko, wenn ich drei Würfel werfe«, sagte Mr. Sutton, »wie hoch ist dann die Wahrscheinlichkeit, dass das Ergebnis eine Zehn ist?«

Der angehende Gelehrte griff noch einmal nach seinem Stift und notierte die verschiedenen Kombinationen der drei Würfel. Vier Minuten später legte er den Stift weg und sagte: »Eins zu acht, Sir.«

»Bemerkenswert«, sagte Sutton. Er lächelte den Rektor an, der als Fachmann für klassische Sprachen die Bedeutung der Antwort nicht einschätzen konnte. »Meine zweite Frage lautet: Wenn man Ihnen mit einem Einsatz von zehn zu eins die Wette anbieten würde, dass Sie mit den drei Würfeln *keine* Zehn werfen würden, würden Sie die Wette annehmen?«

»Natürlich, Sir«, antwortete Sascha, ohne zu zögern, »denn im Durchschnitt würde ich von jeweils acht Würfen einen gewinnen. Aber ich würde verlangen, dass die Wette mindestens einhundert Mal wiederholt wird, denn erst dann wäre das Ergebnis meiner Ansicht nach statistisch zuverlässig.«

Mr. Sutton wandte sich an Mr. Quilter und sagte: »Bitte lassen Sie unter keinen Umständen zu, dass dieser Junge auf eine andere Schule geht.«

9

Alex

Unterwegs nach Brooklyn

Alex starrte in das schwarze Loch, auf das eine gewaltige Menschenmasse zueilte. »Kommt mit«, sagte Dimitri und führte seine zögernden Schützlinge eine schmale Treppe hinab, bis sie eine Absperrung erreicht hatten, an der Tickets verkauft wurden. Er besorgte drei Fahrkarten, und dann traten sie alle auf einen langen, schmutzigen Bahnsteig.

Alex hörte ein tiefes Grollen in der Ferne, das wie das Vorspiel zu einem Gewitter klang, und dann erschien in der gewaltigen Höhle am anderen Ende des Bahnsteigs ein Zug, wie er noch nie einen gesehen hatte. Es gab keine Lok und keinen Dampf. Der Zug blieb mit kreischenden Rädern stehen, und die Türen öffneten sich, ohne dass jemand sie berührt hätte. Dimitri stieg ein. Alex hielt sich einen Schritt hinter ihm, während Elena ihrem Sohn nur widerwillig folgte und sich sogleich zwischen die beiden setzte.

Dimitri erklärte, dass der Zug elektrisch betrieben werde und sie auf Gleisen, die unter der Erde lagen, in den Teil

Brooklyns bringen würde, wo er wohnte. »Zehn Haltestellen, dann sind wir da.« Aber weder Mutter noch Sohn hörten ihm zu, denn beide hingen ihren eigenen Gedanken nach.

Alex sah sich im Abteil um, und ihm fiel auf, dass keine zwei Menschen gleich aussahen und alle sich in verschiedenen Sprachen unterhielten. In Leningrad sprachen Passagiere in einem Zug nur selten miteinander, und wenn sie es taten, so geschah das auf Russisch. Er war fasziniert. Elena wirkte geradezu überwältigt.

Alex verfolgte die Haltestellen mithilfe einer kleinen Karte, die über der Waggontür hing: Bowling Green, Borough Hall, Atlantic Avenue und Prospect Park kamen und gingen, und nie hörte Alex damit auf, seine Mitreisenden beim Aus- und Einsteigen zu beobachten. Als der Zug Brighton Beach erreicht hatte, führte Dimitri seine beiden Schützlinge auf den Bahnsteig. Eine Rolltreppe brachte die drei nach oben, wo ihnen Dimitri am Drehkreuz zeigte, wie man die Token in den Schlitz schob.

Dann traten sie hinaus in die Sonne, und Alex stellte überrascht fest, wie viele Menschen auf dem Bürgersteig unterwegs waren; sie alle bewegten sich in einem Tempo, das er noch nie zuvor erlebt hatte. Auf der Straße herrschte großer Verkehr, und Autos in der Größe von Panzern hupten jeden an, der es wagte, ihnen in die Quere zu kommen. Dimitri schien den Lärm überhaupt nicht zu hören. Auch die grellen Farben, mit denen Wände und selbst Haustüren bemalt waren, wirkten geradezu hypnotisch auf Alex. Graffiti, erklärte Dimitri. Noch so etwas, das Alex in Leningrad nie gesehen hatte. Ein Dröhnen ließ ihn aufblicken, und er sah ein Flugzeug, das aus dem Himmel zu fallen schien. Starr vor Schreck blieb er stehen, bis Dimitri in lautes Gelächter ausbrach.

»Das ist ein Passagierflugzeug«, sagte er. »Es landet auf dem JFK, der nur ein paar Meilen entfernt ist.« Ein zweites Flugzeug erschien. Für Alex sah es so aus, als verfolge es das erste. »Hier sieht man alle paar Minuten eins«, sagte Dimitri.

Elena war eher daran interessiert, sich alle Cafés und Restaurants, an denen sie vorbeikamen, genauer anzusehen. Sie konnte nicht glauben, wie viele Menschen dort frühstückten. Wie konnten sie sich das nur leisten? Sie fragte sich, was ein McDonald's war und wer Colonel Sanders sein mochte. Der einzige Oberst, den sie bisher in ihrem Leben kennengelernt hatte, war der Hafenkommandant, und der besaß ganz entschieden kein Restaurant. Und was war Coke? Dasselbe wie Koks? Das war doch etwas, mit dem man Feuer machte, damit man es schön warm hatte, oder?

Nach einigen Blocks kamen sie an einen Straßenmarkt, wo Dimitri stehen blieb, um mit Händlern zu plaudern, die er ganz offensichtlich kannte. Er kaufte Kartoffeln, ein paar Karotten und einen Kohlkopf, die er bar bezahlte. Einen Stand weiter griff Elena nach einigen Früchten und etwas Gemüse, die sie nie zuvor gesehen hatte. Sie roch daran und versuchte, sich die Namen einzuprägen.

»Wie viele hätten Sie gerne?«, fragte der Mann am Stand.

Elena legte eine Avocado zurück und ging rasch weiter.

Dimitri trat an einen weiteren Stand, wo er sich gerne von Elena beraten ließ, bevor er sich für ein Huhn entschied, das der Mann am Stand in eine braune Papiertüte schob.

Als sie den Markt verließen, reichte Dimitri einem kleinen Jungen, der so laut schrie, dass Alex ihn nicht verstehen konnte, eine Münze.

»Noch mehr Yankees in Vietnam getötet.«

Alex war überrascht, dass der Junge, der Zeitungen verkaufte, jünger war als er selbst und dass man ihm nicht nur gestattete, mit Geld umzugehen, sondern auch, ganz alleine zu arbeiten.

Sie bogen um die Ecke in eine Seitenstraße, in der es nicht ganz so geschäftig und lärmend zuging. Zu beiden Seiten erhoben sich große Häuser. Konnte es sein, dass Dimitri in einem von ihnen wohnte?

»Ich wohne in Nummer 47«, sagte er. Alex war beeindruckt, doch dann fuhr Dimitri fort: »Meine Zimmer liegen im Untergeschoss.« Nach wenigen Schritten führte er sie eine kleine Treppe hinab. Er schob einen Schlüssel ins Schloss, drehte ihn herum und trat ein.

Elena folgte ihm in das spärlich möblierte vordere Zimmer und hatte keinen Zweifel daran, dass Dimitri Junggeselle war.

»Wo werden wir wohnen?«, fragte sie, nachdem Dimitri ihnen seine Unterkunft gezeigt hatte.

»Ihr könntet bei mir wohnen, bis ihr eine eigene Wohnung gefunden habt«, sagte Dimitri. Elena schien nicht überzeugt. »Ich habe eine zusätzliche Matratze, auf der du in meinem freien Zimmer schlafen kannst. Alex kann das Sofa haben. Wenn er die Stiefel auszieht.«

»Danke«, sagte Alex, dem im Vergleich zu dem schwankenden und schaukelnden Holzdeck fast alles als eine Verbesserung erschienen wäre.

Schließlich nahm Dimitri Elena mit in die Küche. Elena legte Huhn und Gemüse, die sie auf dem Markt gekauft hatten, auf den Küchentisch und begann schließlich, die Mahlzeit vorzubereiten. Die Spüle hatte zwei Wasserhähne, und sie verbrannte sich die Hand, als sie den ersten aufdrehte. Ihre Überraschung war sogar noch größer, als Alex einen kleinen weißen Kasten öffnete und hineinspähte.

»Das ist ein Kühlschrank«, erklärte Dimitri. »Damit kann man die unterschiedlichsten Speisen mehrere Tage lang frisch halten.«

»Ich habe schon einmal einen Kühlschrank gesehen«, sagte Elena. »Aber noch nie bei jemandem zu Hause.«

Elena rollte die Ärmel hoch, und eine Stunde später stellte sie drei gut gefüllte Teller auf den Küchentisch, als arbeite sie noch immer für eine Reihe von Offizieren. Nachdem sie sich gesetzt hatte, konnte sie kaum damit aufhören, über das Leben in Russland zu sprechen. Schnell wurde klar, wie sehr sie ihre Heimat vermisste.

»Das war die beste Mahlzeit, die ich seit Jahren gegessen habe«, sagte Dimitri und leckte sich die Lippen. »Es wird dir wahrscheinlich nicht schwerfallen, in dieser Stadt Arbeit zu finden.«

»Aber wo soll ich mit der Suche anfangen?«, fragte Elena, während Alex die Spüle mit warmem Wasser füllte und die Teller zu waschen begann.

»In der *Post*«, sagte Dimitri auf Englisch.

»Der Post?«, erwiderte Elena. »Aber ich erwarte doch überhaupt keine Briefe.«

»In der *Brighton Beach Post*«, erklärte Dimitri und griff nach der Zeitung, die er bei dem Jungen auf der Straße gekauft hatte. »Sie haben jeden Tag ein paar Seiten, wo man Arbeit finden kann«, sagte er und schlug die Stellenanzeigen auf. Er ignorierte die Abschnitte, in denen Buchhalter oder Autoverkäufer gesucht und angeblich einmalige Geschäftsideen angepriesen wurden, und hielt erst inne, als er die Anzeigen von Restaurants erreicht hatte. Er fuhr mit seinem Finger die Spalte entlang, bis er auf das Wort »Köche« stieß.

»Koch in einem chinesischen Restaurant gesucht«, las er vor. »Muss Mandarin sprechen.« Alle drei lachten. »Koch für Teigzubereitung in italienischem Restaurant gesucht« klang schon vielversprechender. Doch dann fügte Dimitri hinzu: »Muss Souschef mit abgeschlossener Ausbildung sein. Italiener bevorzugt.« Er ging weiter zur nächsten Anzeige. »Pizzabäcker …«

»Was ist eine Pizza?«, fragte Elena, als Alex das Wasser aus der Spüle ablaufen ließ und sich wieder zu ihnen an den Tisch setzte.

»Der neueste Schrei«, sagte Dimitri. »Ein Teigboden mit verschiedenen Auflagen, damit man ein wenig Abwechslung hat.« Er warf einen Blick auf die Adresse. »Das Restaurant ist nur ein paar Blocks entfernt, also könnten wir morgen früh vorbeischauen. Sie bieten einen Dollar pro Stunde, das heißt, du könntest vierzig Dollar pro Woche verdienen, während du dich gleichzeitig nach etwas Besserem umsiehst. Die haben Glück, dich zu bekommen«, fügte er hinzu.

Elena sagte nichts dazu, denn ihr Kopf lag auf dem Tisch und rührte sich nicht mehr. Sie schlief tief und fest.

»Zuallererst geht es darum«, sagte Dimitri nach dem Frühstück, »dir ein paar neue Kleider zu besorgen. Mit dem, was du jetzt anhast, würde dir niemand Arbeit geben.«

»Aber wir haben überhaupt kein Geld«, protestierte Elena.

»Das ist kein Problem. An den meisten Ständen bekommst du ohne Weiteres Kredit.«

»Kredit?«, sagte Elena.

»Kaufe jetzt, zahle später. In Amerika macht das jeder.«

»Ich nicht«, erwiderte Elena nachdrücklich und stemmte die Hände in die Hüften. »Verdiene jetzt und kaufe nur, wenn du es dir leisten kannst.«

»Dann werden wir in den Goodwill Store am Hudson gehen müssen, wo Kleider aus zweiter Hand verkauft werden. Vielleicht sind die bereit, dir etwas umsonst zu geben.«

»Wohltätigkeiten sind für Menschen da, die wirklich in Not sind, und nicht für jemanden, der in der Lage ist, jeden Tag einer Arbeit nachzugehen«, sagte Elena, wobei sie in ihre Muttersprache zurückfiel.

»Ich fürchte, dass man dir nicht einmal in einer Pizzabude eine Stelle geben wird, wenn du wie ein russischer Flüchtling aussiehst, der eben erst vom Boot an Land gegangen ist«, sagte Dimitri.

Alex nickte zustimmend.

Das brachte Elena schließlich zum Schweigen.

Dimitri holte eine Fünf-Dollar-Note aus der Tasche und reichte sie Elena.

»Danke«, sagte sie und nahm sie widerwillig an. »Ich werde es zurückzahlen, sobald ich Arbeit habe.«

»Der Goodwill Store öffnet um neun«, sagte Dimitri. »Wir müssen eine Minute vor neun vor der Tür stehen.«

»Warum so früh?«, fragte Alex, der entschlossen war, nur noch Englisch zu sprechen.

»Viele Leute misten übers Wochenende ihre Schränke aus, weshalb es am Montagmorgen immer die besten Angebote gibt.«

»Dann mal los«, sagte Alex, der es gar nicht erwarten konnte, wieder auf die Straße zu kommen. Er wollte sehen, ob der Junge immer noch an der Ecke stand und Zeitungen verkaufte, denn er hoffte, seine Mutter würde ihm erlauben, sich ebenfalls eine Arbeit zu suchen, vielleicht als Verkäufer an einem der Marktstände.

»Und dann müssen wir uns noch um eine gute Schule kümmern, auf die Alex gehen kann«, sagte Elena, womit sie die Hoffnungen ihres Sohnes vorerst zunichtemachte.

»Aber ich will anfangen zu arbeiten«, beschwor Alex seine Mutter. »Dann können wir beide Geld verdienen.«

»Wenn du dir Hoffnungen machen willst, dass du irgendwann einmal eine wirklich gute Position findest, wo du richtiges Geld verdienen wirst«, sagte Elena, »dann wirst du wieder zur Schule gehen und dafür sorgen müssen, dass man dir einen Platz an einer Universität anbietet.«

Alex konnte seine Enttäuschung nicht verbergen, doch er wusste, dass sich seine Mutter in diesem einen Punkt auf keine Kompromisse einlassen würde.

»Du wirst einen Termin mit dem für Schulfragen zuständigen Beamten im Bürgermeisteramt machen müssen«, sagte Dimitri. »Aber erst, nachdem ihr beide euch ein paar neue Kleider besorgt habt und Elena die Stelle in diesem Pizzarestaurant sicher ist. Also, los geht's.«

Kaum dass sie wieder auf der Straße waren, versuchte Alex, alles in sich aufzunehmen, was um ihn herum vorging. Er fragte sich, wie lange es dauern würde, bevor er genau wie Dimitri nicht mehr auffallen und mit seiner Umgebung geradezu verschmelzen würde.

Eines der ersten Dinge, die Alex auffielen, war die Tatsache, dass keineswegs alle Männer Anzug und Hut trugen, während viele Frauen in farbenfrohe Stoffe gekleidet waren, die manchmal kaum ihre Knie bedeckten. Der Zeitungsjunge stand immer noch an derselben Straßenecke, nur rief er jetzt eine andere Schlagzeile aus.

»Bobby Kennedy ermordet!«

Alex fragte sich, ob Bobby Kennedy möglicherweise mit dem früheren Präsidenten verwandt war, der ebenfalls ermordet worden war. Hätte er zehn Cent besessen, hätte er sich die Zeitung gekauft. Als sie den Markt erreicht hatten, wäre Elena am liebsten stehen geblieben und hätte sich das frisch gebackene Brot, die Äpfel, die Orangen und allerlei verschiedenes Gemüse angesehen und sich über die Stücke erkundigt, die sie nicht kannte. Wie schmeckte eine Avocado?, fragte sie sich. Und konnte man die Schale essen?

Alex konnte nicht widerstehen und starrte fast unablässig in die Schaufenster von Läden, die Uhren, Radios, Fernseher und Schallplatten anboten. Immer wieder ließ er sich ablenken, und dann musste er sich beeilen, um Dimitri und Elena einzuholen.

Schließlich erreichten sie den Goodwill Store am Hudson genau in dem Augenblick, als eine junge Frau das GESCHLOSSEN-Schild umdrehte, sodass man jetzt GEÖFFNET lesen konnte. Dimitri führte seine beiden Schützlinge hinein, denn noch immer musste er bei jedem Schritt für sie da sein.

Elena ließ sich Zeit, die Regale und Kleiderständer durchzusehen, bevor sie sich für ein weißes Hemd und eine dunkelblaue Krawatte für Alex entschied. Dann wandte sie sich einer Reihe von Anzügen zu, während Dimitri mit der Verkäuferin plauderte. Alex war enttäuscht, als seine Mutter sich für einen einfachen grauen Anzug entschied, den sie gegen ihn hielt, um die Größe zu überprüfen. Der Anzug war ein wenig zu groß, aber sie wusste, dass es nicht lange dauern würde, bis Alex hineingewachsen wäre. Sie bat ihn, den Anzug anzuprobieren.

Als Alex neu eingekleidet aus der Umkleidekabine kam, fiel ihm auf, dass die junge Frau hinter der Verkaufstheke ihn plötzlich genauer ansah. Verlegen wandte er sich ab. Elena tat, als habe sie nichts bemerkt, und begann, etwas für sich selbst auszusuchen, wobei sie sich für ein einfaches blaues Kleid entschied. Besorgt fragte sie sich, ob ihr Geld noch ausreichen würde, als sie ein paar schwarze Lederschuhe sah, die perfekt zu Alex' Anzug passen würden.

»Ein Mann hat sie am Samstagnachmittag vorbeigebracht«, sagte die junge Frau. »Er hat behauptet, dass heutzutage niemand mehr Schuhe mit Schnürsenkeln trägt.«

»Perfekt«, sagte Elena, nachdem Alex die Schuhe anprobiert hatte und ein paarmal im Laden auf und ab gegangen war.

»Wie viel?«, fragte Elena, indem sie in ihrem neuen blauen Kleid an die Verkaufstheke trat.

»Fünf Dollar«, sagte die junge Frau.

Elena reichte ihr das Geld, trat einen Schritt zurück und musterte bewundernd ihren Sohn, der nicht mehr wie ein Kind wirkte. Sie bemerkte nicht, wie Dimitri der jungen Frau einen Zehn-Dollar-Schein gab, Alex zublinzelte und »Vielen Dank« sagte, als die Verkäuferin ihm eine Tüte mit ihren alten Kleidern reichte.

»Ich hoffe, Sie kommen bald wieder«, sagte Addie (wie die junge Frau hieß), als die drei den Laden verließen. »Wir bekommen jeden Tag neue Sachen rein.«

»Jetzt sollten wir so schnell wie möglich in dieses Pizzarestaurant gehen«, sagte Dimitri, als er auf den Bürgersteig trat und die Tüte mit den alten Kleidern in die nächste Mülltonne warf. »Wir können es uns nicht leisten, dass wir zu spät kommen und ein anderer dir die Stelle wegschnappt.«

Elena wollte die Tüte gerade wieder aus dem Müll holen, als Alex sagte: »Nein, Mutter.« Zögernd schloss sie sich ihrem Sohn an, und so setzten die drei ihren Weg in einem Tempo fort, das jeder auf dem Bürgersteig für normal zu halten schien. Sie gingen erst wieder langsamer, als Dimitri ein rot-weißes Schild entdeckte, das in einer leichten Brise hin und her wehte. Er überquerte die Straße, indem er geschickt dem Verkehr auswich. Elena und Alex folgten ihm, zeigten jedoch weitaus weniger Selbstvertrauen, als zahllose Autos mit plärrenden Hupen an ihnen vorbeischossen.

»Überlasst das Reden mir«, sagte Dimitri, als er die Tür aufschob und das Restaurant betrat. Er ging direkt auf den Mann hinter dem Tresen zu und sagte: »Ich möchte den Geschäftsführer sprechen.«

»Der bin ich«, sagte der Mann und sah von seinem Buch mit den Reservierungen auf.

»Wir kommen wegen der Anzeige. In der *Post* steht, dass Sie einen Pizzabäcker suchen«, sagte Dimitri. »Die Stelle ist nicht für mich, sondern für diese Dame, und Sie haben Glück, dass Sie sie bekommen können.«

»Haben Sie schon einmal in einem Pizzarestaurant gearbeitet?«, fragte der Mann an Elena gewandt.

»Nein, Sir.«

»Dann kann ich Ihnen nur einen Job als Tellerwäscher anbieten.«

»Aber sie ist eine ausgebildete Köchin«, sagte Dimitri.

»Wo haben Sie zuletzt gearbeitet?«, fragte der Geschäftsführer.

»Ich war leitende Köchin in einer Offiziersmesse in Leningrad.«

»In Queens?«

»Nein, in Russland.«

»Wir stellen keine Kommies ein«, sagte der Geschäftsführer, wobei er die Worte geradezu ausspuckte.

»Ich bin keine Kommunistin«, empörte sich Elena. »Ehrlich gesagt, ich hasse sie. Ich wäre immer noch dort, wenn … ich hatte keine andere Wahl.«

»Aber ich«, sagte der Geschäftsführer. »Der einzige Job, den ich einer Kommie anzubieten habe, ist Tellerwäscher. Die Bezahlung liegt bei fünfzig Cent die Stunde.«

»Fünfundsiebzig«, sagte Dimitri.

»Sie sind wohl kaum in der Position, zu verhandeln«, sagte der Geschäftsführer. »Sie kann annehmen oder es lassen.«

»Wir lassen es«, sagte Dimitri und ging in Richtung Tür. Doch diesmal kam Elena nicht mit ihm.

»Wo ist die Küche?«, fragte sie und rollte die Ärmel hoch.

Da Elena im Pizzarestaurant nicht vor zehn anfangen musste, ging sie am nächsten Morgen unverzüglich ins Bürgermeisteramt. Nachdem sie auf der Anzeigetafel in der Lobby nachgesehen hatte, nahm sie den Aufzug in den dritten Stock. Als sie ein paar Stunden später wieder nach unten kam, wusste sie, welches die einzige Schule war, auf die sie Alex schicken wollte.

Sie machte keinen Termin aus, um den Rektor zu sprechen, sondern setzte sich in ihrer Pause am Nachmittag einfach auf einen Stuhl im Flur vor seinem Büro, bis er nachgab und bereit war, mit ihr zu sprechen.

Nur widerwillig erschien Alex am folgenden Montag in seiner Klasse – der letzten vor der Abschlussklasse – in der Franklin High, aber es dauerte nicht lange, bis der Rektor sich eingestehen musste, dass Mrs. Karpenko nicht übertrieben hatte, als sie behauptete, ihr Sohn gehöre zu den Besten in Mathematik und Russisch. Und das waren nicht einmal die einzigen Fächer, in denen Alex dominierte, obwohl er weitaus interessierter daran war, bei mehreren lukrativen Aktivitäten voranzukommen, die nicht auf dem offiziellen Lehrplan der Schule standen.

10

Sascha

London

Es dauerte mindestens eine Woche, bevor die anderen Jungen aufhörten, Sascha anzustarren. Obwohl es in der vorletzten Schulklasse mehrere Schüler aus Übersee gab, war er der erste Russe, den die anderen Jungen jemals zu Gesicht bekommen hatten. Was, so fragte sich Sascha, sollte ihrer Meinung nach denn so anders an ihm sein?

Da Englisch nicht seine Muttersprache war, gingen die meisten davon aus, dass er Schwierigkeiten hätte, mit den übrigen Schülern mitzuhalten. Doch nach einem Monat hatten mehrere seiner Klassenkameraden bereits den Versuch aufgegeben, mit dem »Russki« mitzuhalten, und was Saschas dritte Sprache, die Mathematik, anging, so hatte Mr. Sutton dem Rektor bereits gestanden: »Es wird nicht mehr lange dauern, bis er begreift, dass ich ihm nicht mehr viel beibringen kann.«

Doch obwohl Saschas akademische Fähigkeiten von vielen bewundert wurden, war es eine andere Eigenschaft, die Sascha bei seinen Mitschülern besonders beliebt machte: Er sorgte für ein *clean sheet*.

»Ein sauberes Bettlaken?«, sagte Elena. »Du schläfst doch zu Hause. Woher wollen die anderen Jungs dann wissen, ob deine Laken sauber sind?«

»Nein, Mutter. Ich bin Torhüter der ersten Fußballmannschaft der Schule geworden und habe in den letzten drei Spielen verhindert, dass unsere Gegner ein Tor geschossen haben. Ich habe den Kasten sauber gehalten.« Er sagte ihr jedoch nicht, dass Maurice Tremlett, der Junge, den er als Torhüter ersetzt hatte, seinen Ärger nicht verbergen konnte, seit er in der zweiten Elf spielen musste. Und es war auch keine große Hilfe, dass Tremlett Schülersprecher war.

Gegen Ende des ersten Halbjahres hatte Sascha den Eindruck, dass die meisten seiner Klassenkameraden ihn akzeptierten. Doch das war vor jenem Ereignis, das ihn über Nacht zum beliebtesten Jungen der ganzen Schule machte und durch das er einen Freund fürs Leben fand.

Alles geschah eines Vormittags während einer spielerischen Kickerei auf dem Sportplatz in der großen Pause. Ben Goldsmith, ein anderer Junge aus der vorletzten Schulklasse, der als Mittelstürmer für die zweite Elf spielte, rannte auf das Tor zu. Er schien vollkommen überzeugt, den Ball sicher im Netz platzieren zu können, als Tremlett aus dem Tor stürmte, sodass Goldsmith den Ball an einen anderen Jungen abgeben musste, der ihn in das leer stehende Tor schoss.

Goldsmith hob triumphierend die Arme, doch Tremlett rannte einfach weiter, ohne innezuhalten, krachte mit voller Wucht gegen ihn und schleuderte ihn zu Boden. »Wenn du das noch einmal machst«, schrie er, »breche ich dir den Hals.«

Nachdem sie eine Weile weitergespielt hatten, stand Goldsmith wieder kurz vor einem Schuss, als er sah, dass Tremlett wiederum aus dem Tor auf ihn zustürmte. Er wich aus, und der Ball rollte Tremlett vor die Füße. Dann rannte Tremlett mit dem Ball direkt auf Saschas Tor auf der gegenüberliegenden Seite des Spielfelds zu. Da alle anderen Spieler ihm auswichen, kam Sascha aus dem Tor, um den Winkel zu verkürzen, und als Tremlett den Strafraum erreicht hatte, warf sich Sascha zu Boden und zog den Ball sicher an seine Brust. Auch jetzt hielt Tremlett nicht inne, sondern trat Sascha mit voller Wucht in den Rücken, als sei er der Ball.

Sascha blieb bewegungslos auf dem Boden liegen, während der Ball aus seinen Händen rollte. Tremlett sprang über Sascha hinweg und drosch den Ball ins leere Tor. Er riss triumphierend die Arme hoch, doch niemand jubelte ihm zu.

Goldsmith rannte quer über das Spielfeld, um Sascha auf die Beine zu helfen. Tremlett blieb vor den beiden stehen und rührte sich nicht von der Stelle.

»Du bist wohl doch nicht so gut, wie du gedacht hast, Russki.«

»Vielleicht nicht«, sagte Sascha. »Aber wenn du nächste Woche einen Blick auf die Aufstellung der Spieler wirfst, wirst du sehen, wer noch in der zweiten Elf ist.« Tremlett ballte die Faust und holte aus, doch Sascha duckte sich zur Seite, und der Schlag streifte nur seine Schulter. »Ich fürchte, zum Mitglied der Boxmannschaft reicht's auch nicht.«

Tremlett wurde rot und hob erneut die Faust, doch Sascha war zu schnell für ihn und landete einen Schlag auf seiner Nase, der ihn nach hinten taumeln und zu Boden gehen ließ. Sascha setzte gerade zu einem zweiten Schlag an, als die Schulglocke, die alle in ihre Klassenzimmer zurückrief, Tremlett rettete.

»Nicht schlecht«, sagte Goldsmith, als sie den Sportplatz verließen. »Aber du solltest in Zukunft die Augen offen halten. Tremlett bedeutet Schwierigkeiten.«

»Er macht keine Schwierigkeiten. Schwierigkeiten hast du, wenn ein KGB-Offizier eine Waffe auf deinen Kopf richtet.«

Als Sascha an jenem Abend nach Hause kam, erzählte er seiner Mutter nichts von dem, was vorgefallen war, denn er hielt es nicht für wichtig. Er widmete sich gerade einem Teller Spaghetti, als es an der Tür klopfte.

Elena legte die Gabel nieder, rührte sich jedoch nicht. Ein Klopfen an der Tür konnte nur eines bedeuten. Sascha sprang vom Tisch auf, bevor sie ihn daran hindern konnte. Er öffnete die Wohnungstür und sah einen schlanken, elegant gekleideten Mann, der einen langen schwarzen Mantel mit Samtkragen und einen Filzhut trug, vor sich auf dem Flur stehen.

»Guten Abend, Sascha«, sagte der Mann und reichte ihm seine Karte.

»Guten Abend, Sir«, sagte Sascha, wobei er sich fragte, woher der Fremde wusste, wie er hieß. Er warf einen Blick auf die Karte, und es schien ihm, als kenne er den Namen von irgendwoher. Auf jeden Fall kannte er die Adresse.

»Ich hatte gehofft, ein Wort mit Ihrer Mutter wechseln zu können«, sagte Mr. Agnelli, dessen Akzent verriet, woher er kam.

»Bitte, treten Sie ein«, sagte Sascha und führte Mr. Agnelli in die Küche.

»Guten Abend, Mrs. Karpenko«, sagte er und nahm den Hut ab. »Mein Name ist Tony Agnelli, und ich bin …«

»Ich weiß, wer Sie sind, Mr. Agnelli.«

Der Mann lächelte. »Es tut mir leid, Sie beim Abendessen zu stören, weshalb ich gleich zur Sache kommen möchte. Mein Küchenchef hat gekündigt, denn er möchte zu seiner Familie nach Neapel zurückkehren, und es ist mir nicht gelungen, einen angemessenen Ersatz zu finden. Deshalb würde ich diese Position gerne Ihnen anbieten.«

Elena konnte ihre Überraschung nicht verbergen. Sie arbeitete erst seit ein paar Monaten für Mr. Moretti und hätte sich nie vorstellen können, dass dessen größter Rivale auch nur ahnte, dass es sie gab. Bevor sie antworten konnte, löste Mr. Agnelli das Rätsel.

»Einer meiner Stammgäste hat mir gestanden, dass er kürzlich das Moretti's besucht hat und die dort angebotenen Speisen so viel besser geworden sind, dass man sie kaum mehr wiedererkennt. Deshalb beschloss ich, den Grund dafür herauszufinden. Letzte Woche habe ich meinen Oberkellner gebeten, in Ihrem Restaurant zu Mittag zu essen, und danach warnte er mich davor, dass wir jetzt direkt gegenüber einen echten Konkurrenten hätten. Deshalb möchte ich Ihnen die Position als Küchenchefin in der Osteria Romana anbieten.«

»Aber …«, begann Elena.

»Ich kann Ihnen keine Wohnung über dem Restaurant bieten, aber ich bin bereit, Ihr Gehalt zu verdoppeln, sodass Sie eine eigene Wohnung mieten könnten.« Sascha begann mit immer größerem Interesse zuzuhören. »Natürlich wäre es eine große Herausforderung, denn wir haben doppelt so viele Tische wie das Moretti's. Aber nach allem, was ich bisher über Sie gehört habe, scheinen Sie Herausforderungen zu lieben.«

»Ich fühle mich wirklich geschmeichelt, Mr. Agnelli, aber ich fürchte, ich stehe tief in Mr. Morettis Schuld, denn er hat …«

»Und wenn ich bereit wäre, diese Schulden zu übernehmen, Mrs. Karpenko?«

»Es handelt sich nicht um eine finanzielle Verpflichtung«, sagte Elena, »sondern um eine persönliche. Es war Mr. Moretti, der es Sascha und mir überhaupt erst ermöglicht hat, in dieses Land zu kommen. Es ist nicht einfach für mich, so etwas zurückzuzahlen.«

»Das verstehe ich natürlich. Wie sehr wünschte ich mir, ich wäre Passagier auf diesem Schiff aus Leningrad gewesen.« Mr. Agnelli reichte nun auch Elena seine Karte. »Aber sollten Sie Ihre Meinung jemals ändern …«

»Nicht, solange Mr. Moretti noch am Leben ist«, sagte Elena.

»Entgegen allem, was man von meinen Landsleuten behauptet, hatte ich eigentlich nicht die Absicht, so weit zu gehen«, sagte Agnelli. »Aber wenn Sie darauf bestehen …« Alle drei brachen in Gelächter aus.

»Es war mir ein Vergnügen, Sie kennenzulernen«, sagte Elena, stand auf und begleitete Mr. Agnelli zur Tür.

»Wirst du Mr. Moretti von seinem Angebot erzählen?«, fragte Sascha, als sie wieder in die Küche zurückkehrte.

»Auf keinen Fall. Er hat im Augenblick genügend Probleme, auch ohne dass ich drohe, bei ihm aufzuhören.«

»Aber wenn er von dem Angebot wüsste, würde er dir vielleicht eine Gehaltserhöhung geben oder sogar einen gewissen Prozentsatz vom Gewinn.«

»Wir machen keinen Gewinn«, sagte Elena. »Das Restaurant kommt gerade so über die Runden.«

»Noch ein Grund mehr, Mr. Agnellis Angebot ernsthaft in Betracht zu ziehen. Es könnte immerhin sein, dass sich dir nie wieder so eine Möglichkeit bietet.«

»Vielleicht hast du recht, Sascha, aber Loyalität ist nichts, das man kaufen kann. Man muss sie sich verdienen. Aber wie auch immer, Mr. Moretti hat etwas Besseres verdient.« Sascha wirkte immer noch nicht überzeugt. »Wenn du jemals in einem ähnlichen Dilemma steckst«, sagte Elena, »dann denk einfach daran, was dein Vater getan hätte, und du kannst nicht viel falsch machen.«

»Der Rektor möchte Sie sprechen, Karpenko«, sagte Mr. Sutton, als er am folgenden Morgen das Klassenzimmer betrat. »Sie sollen sich unverzüglich in seinem Büro melden.«

Der Tonfall seines Lehrers verriet, dass es sich um nichts anderes als um eine strikte Anweisung handeln konnte. Sascha stand auf und verließ das Klassenzimmer. Er spürte, wie die Blicke der anderen ihm folgten, und das schmerzte sehr. Als er durch den Flur ging, fragte er sich, was der alte Herr wohl von ihm wollen konnte. Er klopfte an die Tür des Rektors.

»Herein!«, sagte eine unverkennbare Stimme.

Sascha betrat das Büro, wo Mr. Quilter mit grimmiger Miene hinter seinem Schreibtisch saß. Ein Mann saß ihm gegenüber.

»Karpenko, das ist Mr. Tremlett«, sagte der Rektor. Ein großer Mann mit schütterem rotem Haar, dessen beträchtlicher Bauch verhinderte, dass er alle Knöpfe an seinem zweireihigen Anzug schließen konnte, drehte sich um. Sein selbstgefälliger Gesichtsausdruck hätte jedem Pokerspieler verraten, dass er ein Full House hatte. »Mr. Tremlett hat mir berichtet, dass Sie seinen Sohn beim gestrigen Fußballspiel geschlagen und ihm die Nase gebrochen haben. Ist das korrekt?«

»Ja, Sir.«

»Mr. Tremlett hat mir versichert, dass sein Sohn nichts getan hat, um Sie zu provozieren. Er hat nichts weiter als ein Tor geschossen. Ist das der Fall?«

Schon während der ersten Woche in der Latymer Upper hatten seine Mitschüler Sascha erklärt, was das Wort »petzen« bedeutete und welche Konsequenzen es hatte, wenn man so etwas tat.

»In der Sowjetunion heißt das Kollaboration«, hatte Sascha zu seinem Freund Ben Goldsmith gesagt. »Doch die Konsequenzen sind ein wenig gravierender, als nur ›geschnitten‹ zu werden.«

Der Rektor wartete auf eine Erklärung, und seine Miene schien anzudeuten, dass er sogar darauf hoffte, doch Sascha machte keinen Versuch, sich zu verteidigen.

»Unter diesen Umständen«, sagte Mr. Quilter schließlich, »bleibt mir keine andere Wahl, als die entsprechende Strafe anzuordnen.«

Sascha erwartete, nachsitzen und eine Strafarbeit schreiben zu müssen – oder vielleicht würde er sogar sechs Schläge mit dem Lederriemen bekommen. Doch er war schockiert, als er hörte, welche Strafe der Rektor tatsächlich verhängte, denn sie würde der Schule genauso schaden wie ihm selbst. Was Mr. Tremlett, so vermutete er, allerdings nicht kümmern würde. Weder den Vater noch den Sohn.

»Und sollte sich ein solches Vorkommnis jemals wiederholen, Karpenko, bliebe mir keine andere Wahl, als Ihnen das Stipendium zu entziehen.« Sascha wusste, dass er dann die Latymer Upper würde verlassen müssen, denn seine Mutter konnte sich die Schulgebühren gewiss nicht leisten.

»Hoffen wir, dass die Angelegenheit damit beendet ist«, waren die letzten Worte des Rektors.

»Warum hast du nicht die Wahrheit gesagt?«, fragte Ben Goldsmith, als Sascha erklärte, warum er für den Rest des Schuljahres in der zweiten Mannschaft spielen würde.

»Tremletts Vater sitzt im Schulbeirat, und er ist einer der Bezirksstadträte. Wem also würde Quilter wohl glauben?«

»Das ist nicht die Sowjetunion«, sagte Ben. »Und Mr. Quilter ist ein fairer Mann. Ich muss das wissen.«

»Was meinst du damit?«

»Mein Vater ist ein jüdischer Einwanderer, und mehrere andere Schulen haben mich abgelehnt, bevor ich einen Platz an der Latymer bekam.«

»Ich hatte dich immer für einen Engländer gehalten«, sagte Sascha.

»Das bezweifle ich nicht«, erwiderte Goldsmith. »Aber die Tremletts dieser Welt sehen das nicht so, und sie werden ihre Einstellung auch niemals ändern.«

Sascha erzählte seiner Mutter nicht, warum er nicht mehr für die erste Mannschaft im Tor stand. Den anderen Schülern wurde jedoch schmerzlich bewusst, woran es lag, dass die Mannschaft kein Spiel mehr gewann, während die zweite Elf ein besonders gutes Jahr hatte.

Als der Rektor Sascha gegen Ende des Schuljahres zu sich bat, konnte sich der junge Mann nicht vorstellen, was er diesmal falsch gemacht hatte, doch er war sicher, dass er es schon bald herausfinden würde. Zaghaft klopfte er an Mr. Quilters Tür und wartete auf das »Herein!«. Als er das Büro betrat, empfing ihn der Rektor mit einem warmherzigen Lächeln.

»Setzen Sie sich.« Sascha war erleichtert. Wenn man stehen bleiben musste, bekam man Probleme; wenn man sich setzen durfte, war alles in Ordnung. »Es gibt da etwas, worüber ich gerne ganz im Vertrauen mit Ihnen sprechen würde, Sascha.« Es war das erste Mal, dass der Rektor ihn bei seinem Vornamen nannte. »Ich habe mir die Tests angesehen, die Sie als Probe für die Abschlussprüfung durchgeführt haben, und ich denke, Sie sollten in Erwägung ziehen, sich um den Isaac-Barrow-Preis für Mathematik in Cambridge zu bewerben.«

Sascha schwieg. Er wusste nicht, wovon der Rektor sprach.

»Der Isaac-Barrow-Preis ist eine der angesehensten Auszeichnungen in Cambridge, und der Gewinner erhält ein Stipendium für das Trinity«, fuhr Mr. Quilter fort. Langsam lichtete sich der Nebel, aber noch war nicht alles klar. »Da das Trinity meine Alma Mater ist, wäre es mir eine besondere Freude, wenn Sie diesen Preis gewinnen würden. Doch ich muss Sie warnen. Sie würden gegen Schüler aus dem ganzen Land antreten, weshalb Sie mit starker Konkurrenz zu rechnen hätten. Wenn Sie überhaupt eine Chance haben wollen, müssten Sie fast alles andere opfern.«

»Sogar die Möglichkeit, im nächsten Schuljahr für die erste Elf zu spielen?«

»Ich hatte so das Gefühl, dass Sie mich das fragen würden«, sagte Quilter. »Deshalb habe ich das Problem mit Mr. Sutton besprochen, und er war der Ansicht, dass man Ihnen gestatten sollte, sich wenigstens *ein* Vergnügen zu gönnen – besonders da es niemandem gelungen ist, Sie für Kricket zu begeistern, und Ihre Verpflichtungen als Kapitän unserer Schachmannschaft keine größere Herausforderungen für Sie darstellen.«

»Ich bin sicher«, erwiderte Sascha, »Sie wissen bereits, dass man mir einen Platz an der London School of Economics angeboten hat, sofern meine Noten in der Abschlussprüfung entsprechend ausfallen.«

»Ein Angebot, das Sie immer noch wahrnehmen könnten, wenn Sie das Isaac-Barrow-Stipendium nicht gewinnen. Vielleicht sollten Sie die Möglichkeit mit Ihrer Mutter besprechen und mir dann mitteilen, was sie davon hält.«

»Ich kann Ihnen schon jetzt sagen, wie meine Mutter darüber denkt«, sagte Sascha. Der Rektor hob eine Augenbraue. »Sie wird wollen, dass ich mich um den Preis bewerbe. Aber wenn es um mich geht, ist sie ohnehin viel ehrgeiziger als bei allen Dingen, die sie selbst betreffen.«

»Nun, Sie müssen erst zu Beginn des nächsten Schuljahres eine Entscheidung treffen. Es könnte jedoch sinnvoll sein, gründlich über die Angelegenheit nachzudenken, bevor Sie ein abschließendes Urteil fällen. Denken Sie immer an das Motto unserer Schule: *Paulatim ergo certe.*«

»Lieber nicht«, erklärte Sascha in nicht ganz ernst gemeintem Ton gegenüber dem Rektor.

»Und wenn wir schon beim Thema sind: Sie sollten Ihre Mutter lieber vorwarnen, dass ich meine Frau am Samstagabend zum Dinner ins Moretti's ausführen werde. Wir wollen unseren Hochzeitstag feiern, und ich hoffe, dass sie nicht ausgerechnet da freihat.«

Sascha lächelte, stand auf und sagte: »Ich werde ihr Bescheid sagen, Sir.«

Er beschloss, einen kleinen Spaziergang um das Schulgelände zu machen, bevor er seiner Mutter davon berichten würde, warum der Rektor ihn hatte sprechen wollen. Er schlenderte hinüber zu den Sportplätzen und sah, dass gerade ein Kricketspiel stattfand. Die Schule lag bei

146 Punkten in drei Innings, und obwohl Zahlen ihn schon immer faszinierten, würde er die Feinheiten dieses Spiels nie begreifen. Nur Engländer konnten ein Spiel erfinden, bei dem man mithilfe von Logik nicht erkennen konnte, welche Seite gewann.

Er ging die Boundary entlang und sah gelegentlich auf, wenn er hörte, wie Leder gegen Weidengeflecht klatschte. Als er die gegenüberliegende Seite des Spielfelds erreicht hatte, beschloss er, seinen Weg hinter den Umkleidekabinen fortzusetzen, um die Spieler nicht abzulenken. Er war erst ein paar Schritte gegangen, als er durch die Stimme eines Mädchens, die aus einer kleinen Baumgruppe herüberklang, aus seinen Tagträumereien gerissen wurde. Er blieb stehen und lauschte. Die nächste Stimme, die er hörte, erkannte er sofort.

»Ich weiß, du willst es auch. Warum zierst du dich dann plötzlich?«

»Ich wollte nie so weit gehen«, protestierte das Mädchen, das offensichtlich weinte.

»Es ist ein bisschen spät, um mir das zu sagen.«

»Runter von mir, oder ich schreie.«

»Nur zu. Niemand wird dich hören.«

Kurz darauf erklang ein lauter Schrei, der die Sperlinge auf dem Dach der Umkleidekabine aufscheuchte, sodass sie hoch in die Luft flogen. Sascha rannte zu der Baumgruppe, wo er Tremlett fand, der auf einem Mädchen lag, das sich wehrte. Ihr Rock war bis über die Hüfte hochgeschoben, ihre Bluse und ihr Höschen lagen neben ihr auf dem Boden.

Tremlett sah auf und sagte: »Kümmere dich um deinen eigenen Kram, Russki. Das ist nur eine Nutte hier aus der Gegend, also verpiss dich.«

Sascha packte Tremlett bei den Schultern und zog ihn von dem Mädchen herunter, das jetzt sogar einen noch lauteren Schrei ausstieß. Tremlett knurrte Sascha fluchend an, nahm seine Schuhe und zog sich durch die Baumgruppe zurück.

Sascha kniete neben dem Mädchen. Er reichte ihr die Bluse, als der Kricketlehrer und drei der Jungen hinter die Umkleidekabine gerannt kamen.

»Das war ich nicht«, sagte Sascha, indem er zu ihnen aufblickte. Er drehte sich wieder um in der Hoffnung, das Mädchen würde seine Geschichte bestätigen. Doch es rannte bereits barfuß über den Rasen davon, ohne sich noch einmal umzusehen.

»Das war ich nicht«, wiederholte Sascha, nachdem ihn der Kricketlehrer in das Büro des Rektors geführt und die Szene beschrieben hatte, deren Zeuge er geworden war.

»Wer könnte es dann gewesen sein?«, wollte der Rektor wissen. »Mr. Leigh hat nur Sie und das Mädchen, das gleich darauf schreiend davonlief, vorgefunden. Niemand sonst war da.«

»Doch, es war noch jemand da«, sagte Sascha, »aber ich habe ihn nicht erkannt.«

»Karpenko, Sie scheinen nicht zu begreifen, wie ernst diese Angelegenheit ist. So wie es aussieht, bleibt mir keine Wahl, als Sie vorübergehend vom Unterricht auszuschließen und die ganze Sache der Polizei zu übergeben.«

Sascha starrte den Rektor ungerührt an. »Er ist davongerannt.«

»Wer?«

»Ich habe ihn nicht erkannt.«

»Dann müssen Sie unverzüglich nach Hause zurückkehren. Ich rate Ihnen dringend, Ihrer Mutter ganz genau zu berichten, was passiert ist. Hoffen wir, dass sie Sie wieder zur Vernunft bringt.«

Sascha verließ das Büro des Rektors und ging langsam nach Hause. An das Trinity oder die LSE dachte er dabei ganz gewiss nicht.

»Du siehst aus, als hättest du einen Geist gesehen«, sagte seine Mutter, als er in die Küche kam.

Er setzte sich an den Tisch, legte den Kopf in die Hände und erklärte ihr, warum er an diesem Nachmittag früher nach Hause gekommen war. Als er zu »Ich kniete gerade neben ihr …« kam, wurde laut gegen die Wohnungstür gehämmert.

Elena öffnete sie, und zwei uniformierte Polizisten ragten über ihr auf. »Sind Sie Mrs. Karpenko?«, fragte der erste Beamte.

»Ja.«

»Ist Ihr Sohn Sascha bei Ihnen?«

»Ja, das ist er.«

»Ich möchte, dass er mich aufs Revier begleitet, Madam.«

»Warum?«, fragte Elena und blockierte den Zugang zur Wohnung. »Er hat nichts Unrechtes getan.«

»Wenn das der Fall ist, Madam, dann hat er nichts zu befürchten«, sagte der zweite Beamte. »Und natürlich können Sie gerne mit ihm kommen.«

Sascha und Elena saßen schweigend im Fond des Einsatzfahrzeugs, während sie auf das nächste Polizeirevier gebracht wurden. Nachdem sich Sascha beim diensthabenden Sergeant eingetragen hatte, wurden die beiden in ein kleines Verhörzimmer im Untergeschoss geführt und gebeten zu warten.

»Sag nichts«, wies Elena ihren Sohn an, nachdem sich die Tür geschlossen hatte. »Es ist eine Sache, wenn du vorerst die Schule nicht mehr besuchen darfst, aber es ist etwas ganz anderes, wieder zurück in die Sowjetunion geschickt zu werden.«

»Aber das hier ist nicht die Sowjetunion, Mutter. In England gilt jemand so lange als unschuldig, bis seine Schuld bewiesen ist.«

Die Tür schwang auf, und ein Mann mittleren Alters in einem dunkelgrauen Anzug betrat den Raum und setzte sich den beiden gegenüber.

»Guten Morgen, Mrs. Karpenko. Ich bin Detective Inspector Maddox. Ich bin der verantwortliche Beamte in diesem Fall.«

»Mein Sohn ist unschuldig und …«

»Und wir geben ihm die Chance, genau das zu beweisen«, führte Maddox ihren Satz zu Ende. »Wir möchten, dass Ihr Sohn an einer Gegenüberstellung teilnimmt, doch da er noch minderjährig ist, können wir das nur tun, wenn Sie uns Ihre schriftliche Genehmigung dazu geben.«

»Und wenn ich mich weigere?«

»Dann werden wir ihn festnehmen, und er wird über Nacht in Gewahrsam bleiben, während wir unsere Ermittlungen fortführen. Aber wenn Sie davon überzeugt sind, dass er nichts zu verbergen hat …«

»Ich habe nichts zu verbergen«, sagte Sascha. »Also bitte, unterschreib die Genehmigung, Mutter.«

Der Inspector legte ein zweiseitiges Formular vor Elena auf den Tisch und reichte ihr einen Kugelschreiber. Sie nahm sich Zeit, jedes Wort genau zu lesen, bevor sie schließlich ihre Unterschrift daruntersetzte.

»Bitte kommen Sie mit, junger Mann«, sagte der Inspector. Er stand auf und führte Sascha aus dem Zimmer und den Flur hinab. Dann trat er beiseite, sodass Sascha in einen langen, schmalen Raum gehen konnte, in dem sich auf der einen Seite ein niedriges Podest befand. Auf dem Podest standen bereits fünf junge Männer, die ungefähr so alt waren wie Sascha und offensichtlich auf ihn warteten.

»Sie können selbst entscheiden, wo Sie gerne stehen möchten«, sagte der Inspector.

Sascha trat auf das Podest und nahm seinen Platz als Zweiter von links zwischen zwei jungen Männern ein, die er nie zuvor gesehen hatte.

»Würden Sie sich nun alle dem Spiegel vor sich zuwenden.«

Der Inspector ging und betrat den eine Tür weiter gelegenen Raum, wo ein verängstigtes junges Mädchen, dessen Mutter und eine Polizeibeamtin auf ihn warteten.

»Nun, Miss Allen«, sagte Detective Inspector Maddox, als er den Vorhang zurückzog, der bisher eine Wand des Raums verhüllt hatte, »denken Sie bitte daran, dass Sie die Herren zwar sehen können, die Herren aber nicht Sie.« Das Mädchen sah nicht gerade überzeugt aus. Doch als ihre Mutter nickte, begann sie, die sechs jungen Männer intensiv zu mustern. Sie brauchte nur wenige Sekunden, bis sie auf den Zweiten von links deutete.

»Können Sie bestätigen, dass dies der junge Mann ist, der Sie angegriffen hat, Miss Allen?«, fragte Maddox.

»Nein«, sagte das Mädchen. Ihre Stimme war kaum mehr als ein Flüstern. »Das ist der Junge, der mir zu Hilfe kam.«

Zweimal drückte sie auf die Türklingel. Sie wusste, dass er zu Hause war, denn sie hatte während der letzten zwei Stunden auf seine Rückkehr gewartet. Als er an die Tür kam, sah er zu ihr hinab und fragte: »Was wollen Sie?«

»Ich bin gekommen, um mit Ihnen über Ihren Sohn zu sprechen.«

»Was ist mit meinem Sohn?«, erwiderte er, ohne sich auch nur einen Schritt von der Stelle zu rühren.

»Vielleicht wäre es sinnvoller, wenn wir uns drinnen unterhalten, Councillor«, sagte sie und warf einen Blick in Richtung einer älteren Dame, die eine Tür weiter zwischen den Vorhängen hindurch aus ihrem Fenster spähte.

»Na schön«, sagte er widerwillig und führte sie in sein Arbeitszimmer.

»Also, worum geht's hier eigentlich?«, fragte er, nachdem er die Tür geschlossen hatte.

»Ihr Sohn hat versucht, meine Tochter zu vergewaltigen«, sagte sie.

»Ich weiß Bescheid über diese Sache«, sagte der Mann, »aber Sie wenden sich an den Falschen. Soweit mir bekannt ist, hat die Polizei den Täter bereits festgenommen.«

»Soweit *mir* bekannt ist, hat die Polizei ihn längst wieder nach Hause geschickt, ohne Anklage zu erheben.«

»Wie kommen Sie auf die Idee, dass mein Sohn etwas damit zu tun haben könnte?«

Mrs. Allen öffnete ihre Handtasche, nahm eine graue Socke heraus und reichte sie dem Stadtrat.

»Die könnte jedem gehören«, sagte er und reichte ihr die Socke zurück.

»Aber sie gehört nicht jedem. Eine fürsorgliche Mutter hat sich die Mühe gemacht, einen Namen innen auf ein Stück Stoff zu nähen. Vielleicht möchten Sie erneut einen Blick darauf werfen?«

Widerwillig nahm er die Socke noch einmal entgegen und warf einen Blick hinein, wo er den Namen TREMLETT fein säuberlich mit rotem Faden auf ein dünnes Stück Stoff genäht sah.

»Ich vermute, Sie haben die andere ebenfalls.«

»Natürlich habe ich sie. Aber ich weiß einfach nicht, ob ich zur Polizei gehen und den Beamten die Socke aushändigen soll oder ob …«

»Eine Socke ist kein Beweis.«

»Vielleicht nicht. Aber wenn Ihr Sohn unschuldig ist, dürfte meine Tochter auch nicht in der Lage sein, ihn bei einer Gegenüberstellung wiederzuerkennen, oder? Es sei denn natürlich, alle anderen haben rotes Haar.«

»Wie viel?«, fragte Tremlett.

11

Alex

Brooklyn

Ein Klopfen an der Tür um diese Zeit konnte für Elena nur eines bedeuten.

»Wer mag das wohl sein?«, fragte Dimitri und stand auf.

Alex wandte den Blick nicht vom Fernseher ab, als Dimitri aufstand und das Zimmer verließ, sodass keiner von ihnen bemerkte, wie Elena zitterte.

Dimitri warf einen Blick durch den Türspion und erkannte zwei elegant gekleidete Männer in identischen grauen Anzügen, weißen Hemden mit Button-down-Kragen und blauen Krawatten; beide hielten ihren Hut in der Hand. Er entriegelte die Tür, öffnete sie und sagte: »Guten Abend. Wie kann ich Ihnen helfen?«

»Guten Abend, Sir«, sagte der Ältere der beiden. »Mein Name ist Hammond, und ich bin Mitarbeiter der US Border Patrol. Das ist mein Kollege Ross Travis.« Er zog seinen Dienstausweis aus der Tasche und hielt ihn hoch, sodass Dimitri ihn sehen konnte. Dimitri schwieg. »Unseres Wissens wohnt eine gewisse Mrs. Karpenko unter dieser Adresse.«

»Sie ist hier registriert«, sagte Dimitri, ohne sich jedoch von der Stelle zu rühren.

»Dessen sind wir uns bewusst«, sagte Travis. »Wir glauben, dass sie über gewisse Informationen verfügt, die nützlich für uns sein könnten.«

»Dann kommen Sie wohl besser rein«, sagte Dimitri. Er führte sie in das vordere Zimmer, ging zum Fernseher und schaltete ihn aus.

Alex musterte die Eindringlinge mit düsterer Miene. Er hätte gerne gesehen, ob es James Cagney gelingen würde, mithilfe seiner Mutter aus einem Haus zu fliehen, ohne vom FBI festgenommen zu werden. Warum hatte er nicht so eine Mutter?

»Diese Herren sind von der US Border Patrol«, sagte Dimitri zu Elena auf Russisch. »Du bist nicht verpflichtet, Englisch zu sprechen, wenn du nicht willst.«

»Ich habe nichts zu verbergen«, sagte Elena. »Was wünschen Sie?«, fragte sie und wandte sich den beiden Männern zu. Sie hoffte, dass ihre Frage entspannt klang.

»Sind Sie Mrs. Elena Karpenko?«, fragte Hammond.

»Ja«, sagte Elena mit einem leichten Zittern in der Stimme.

Die beiden Männer stellten sich noch einmal vor, und inzwischen konnte Alex seinen Blick nicht mehr von ihnen abwenden. Sie sahen aus, als seien sie aus dem Fernseher direkt in das vordere Zimmer ihrer Wohnung getreten.

»Es gibt nichts, worüber Sie sich Sorgen machen müssten, Mrs. Karpenko«, sagte Hammond lächelnd. Elena wirkte nicht überzeugt. »Wir würden Ihnen einfach nur gerne ein paar Fragen stellen.«

»Bitte, setzen Sie sich«, sagte Elena. Sie tat es nicht zuletzt deshalb, um nicht mehr zu den beiden Männern aufschauen zu müssen.

»Soweit wir wissen, sind Sie und Ihr Sohn aus Leningrad geflohen. Wir fragen uns, wie das möglich war angesichts der umfangreichen Grenzsicherungsmaßnahmen in der Sowjetunion.«

»Er glaubt, dass du eine Spionin sein könntest«, sagte Dimitri auf Russisch.

Elena lachte, was die beiden Männer zu verwirren schien. »Mein Mann wurde vom KGB ermordet«, sagte sie, als Travis ein Notizbuch aufschlug und jedes ihrer Worte mitzuschreiben begann. Daraufhin stellte Hammond ihr eine Reihe von Fragen, die er offensichtlich sorgfältig vorbereitet hatte.

»Können Sie sich an den Namen und den Rang irgendeines der KGB-Offiziere erinnern, für die Sie gekocht haben, und daran, wofür der Betreffende verantwortlich war?«

»Ich könnte sie nie vergessen«, antwortete Elena. »Besonders nicht Major Poljakow. Er war der Leiter der Sicherheitsabteilung im Hafen, obwohl er, wie mein Mann mir einmal erklärt hat, alles an den KGB nach Moskau meldete.«

Travis schlug eine Seite um, nachdem er »KGB« und »Moskau« unterstrichen hatte. Dann notierte er sich Namen und Rang jedes Offiziers, an den sich Elena erinnern konnte.

»Ich habe nur noch einige wenige Fragen«, sagte Hammond. Er öffnete seine Aktentasche, nahm eine Karte der Docks in Leningrad heraus und legte sie auf den Tisch. »Können Sie uns zeigen, wo Sie gearbeitet haben?«

Elena legte ihren Finger auf die Offiziersmesse.

»Dann waren Sie also nicht in der Nähe der U-Boot-Basis?«, sagte Hammond und deutete auf das andere Ende des Hafens.

»Nein. Man musste eine besondere Sicherheitsprüfung durchlaufen, wenn man dort arbeiten wollte.«

»Vielen Dank«, sagte Hammond. »Sie waren überaus kooperativ.« Travis schloss sein Notizbuch, und Elena nahm an, dass die Befragung vorüber war. »Und das ist Ihr Sohn?«, fragte Hammond und wandte sich Alex zu. »Wie ich höre, warst du gut in der Schule und hattest vor, am Fremdspracheninstitut in Moskau zu studieren.«

»Ja, das stimmt«, sagte Alex auf Russisch, wobei er hoffte, wie James Cagney zu klingen.

»Wärst du vielleicht bereit, dich von einem Special Agent aus Langley befragen zu lassen?«, entgegnete Hammond auf Russisch.

»Darauf können Sie wetten«, sagte Alex, der diese Erfahrung genauso sehr genoss, wie seine Mutter sie verabscheute. »Besonders wenn es dabei hilft, denjenigen zu finden, der meinen Vater umgebracht hat.«

»Ich wollte, es wäre so einfach«, sagte Hammond. »Aber ich fürchte, es ist nicht wie im Fernsehen, wo sie jeden Abend zwischen den Werbeblöcken in knapp einer Stunde alle Probleme der Welt lösen.«

Elena lächelte. »Wir möchten alles tun, um Ihnen zu helfen.«

»Hat jemand von Ihnen eine Frage an uns?«, fragte Hammond.

»Ja«, sagte Alex. »Wie wird man ein G-Man?«

»Die arbeiten für das FBI«, sagte Travis. »Wenn du zu uns zur Border Patrol kommen willst, musst du fleißig in der Schule arbeiten, damit du alle Prüfungen bestehst.«

Hammond stand auf und gab Elena die Hand. »Noch einmal vielen Dank für Ihre Mitarbeit, Mrs. Karpenko. Wir werden uns zu gegebener Zeit bei Ihrem Sohn melden.«

Sofort schaltete Alex den Fernseher wieder an, während Dimitri, der kaum ein Wort gesagt hatte, die beiden Männer aus dem Zimmer in den Flur begleitete. Alex fand es zwar seltsam, dass Dimitri sich nicht genauer danach erkundigt hatte, wer die Männer waren, doch gleich darauf konzentrierte er sich wieder auf den Film.

»Sie hatten recht, Dimitri«, sagte Travis, als die drei draußen auf dem Bürgersteig standen. »Elena Karpenko ist pures Gold. Und obwohl ihr Sohn noch jung ist, könnte er ein idealer Kandidat sein.«

»Das sehe ich genauso«, sagte Hammond. »Vielleicht ist es an der Zeit, ihm vom Players' Square zu erzählen.«

»Das habe ich schon«, sagte Dimitri. »Deshalb sollten Sie am Samstagmorgen einen Ihrer eigenen Leute vor Ort haben.«

»Dafür sorgen wir schon«, sagte Hammond. »Wir müssen allerdings erst noch abwarten, ob Alex und unser Kunde, ein Meisterschachspieler, zueinanderfinden.«

»Die werden einander nicht verpassen, glauben Sie mir. Die sind wie ein Magnet und Eisenspäne.«

Hammond lächelte. »Wann werden Sie wieder nach Leningrad fahren?«

»Sobald ich ein Schiff gefunden habe, das einen dritten Offizier braucht. Machen Sie sich keine Sorgen, ich halte Sie auf dem Laufenden. Und jetzt sollte ich wohl besser mal los, bevor sie da drin misstrauisch werden.« Dimitri gab den beiden Männern die Hand, schloss die Wohnungstür hinter sich und ging ins vordere Zimmer zurück. Er sah, dass Elena zu Bett gegangen war und Alex den Blick nicht von James Cagney wenden konnte.

Ruhig betrachtete er den jungen Mann und fragte sich, ob das Risiko nicht zu groß war.

Am folgenden Morgen waren Elena und Dimitri bereits um sechs Uhr auf den Beinen, und es dauerte nicht lange, bis sie über ihre Besucher vom Vorabend sprachen.

»Kann man ihnen vertrauen?«, fragte Elena, die mehrere Drei-Minuten-Eier aus einem Topf mit kochendem Wasser hob.

»Verglichen mit dem KGB sind sie geradezu Engel. Aber vergiss nicht, dass sie deine Chancen auf Einbürgerung entscheidend fördern oder zunichtemachen können«, sagte Dimitri, als Alex in die Küche stürmte.

»Okay, Leute, ich bin Agent Karpenko, und ich nehme euch beide fest.«

»Aufgrund welcher Anklage?«

»Wegen der Herstellung von illegalem Alkohol im Keller dieses Etablissements.«

Elena und Dimitri brachen in Gelächter aus.

»Du solltest jetzt besser deine Milch trinken, Alex, bevor du zur Schule gehst. Und auch ich muss los, wenn ich meine Stelle nicht verlieren will.«

»Diese Arbeit ist nicht gut genug für dich, Mutter. Du solltest in einem echten Restaurant arbeiten, nicht in einer Pizzabude.«

»Im Augenblick ist das ganz gut so«, sagte Elena. »Und außerdem ist es keine Bude. Die Bezahlung ist nicht schlecht, und gestern durfte ich meine erste Pizza machen.«

»Echte Köchinnen machen keine Pizza.«

»Doch. Wenn das der einzige freie Job in der Stadt ist.«

Alex konnte es gar nicht erwarten, von einem Special Agent der CIA befragt zu werden. Am nächsten Morgen lieh er sich in der Bibliothek ein Buch mit dem Titel *Die CIA und ihre Rolle in der modernen Welt* aus und las es zweimal von vorne bis hinten durch. Es gab so viele Fragen, die er einem echten Agenten stellen wollte.

Am Samstagmorgen war er gerade auf dem Weg zum Markt, als er die Spieler zum ersten Mal sah. Sie waren eine bunte Mischung aus Männern und Frauen unterschiedlichen Alters und unterschiedlicher Nationalität, die allesamt eines gemeinsam hatten: ihre Liebe zum Schach. Er erinnerte sich daran, dass Dimitri ihm vom Players' Square erzählt hatte, und er beschloss, sein Glück zu versuchen. Die Köpfe der Spieler waren nach vorne gebeugt, während sie die Bretter studierten. Es mussten ein Dutzend oder vielleicht noch mehr sein, die auf den nächsten Zug ihres Gegners warteten.

Seit seiner Ankunft in Amerika hatte Alex kein Schach mehr gespielt, und wie ein Drogensüchtiger, dem man seinen nächsten Schuss genommen hatte, mischte er sich unter die Zuschauer, wobei er rasch von Spiel zu Spiel ging, bis er einen stämmigen Mann mittleren Alters in Jeans und Pullover erreicht hatte, der alleine vor seinem Brett saß. Keiner der anderen Spieler schien bereit, ihm gegenüber Platz zu nehmen. Alex kam zu dem Schluss, dass es nur einen Weg gab, um herauszufinden, warum das so war.

»Alex«, sagte er und trat einen Schritt nach vorn.

»Iwan«, erwiderte der Mann. »Aber bevor du dich hinsetzt, würde ich gerne wissen, ob du einen Dollar dabeihast. Denn so viel kostet es dich, wenn ich gewinne.«

Alex hatte nicht nur einen, sondern sogar zwei Dollar. Elena hatte ihm das Geld mitsamt einer Einkaufsliste für das Wochenende gegeben.

Er setzte sich, zog den Schein aus seiner Tasche und hielt ihn hoch. »Und jetzt will ich deinen sehen.«

Der Mann kicherte. »Meinen siehst du nur, wenn du mich schlägst.« Er zog mit dem Bauern vor seinem linken Läufer zwei Felder nach vorn.

Alex kannte diese Eröffnung, die Boris Spasski häufig benutzte, und rückte mit seinem Königinnenbauern ein Feld nach vorn.

Mit einem kurzen Blick musterte der unangefochtene Champion von Brighton Beach seinen Gegner und zog dann mit seinem linken Springer vor die Reihe seiner Bauern. Danach dauerte es nur noch wenige Züge, bis Iwan begriff, dass er sich ernsthaft konzentrieren musste, wenn er seinen jungen Herausforderer schlagen wollte.

Keiner der beiden achtete darauf, dass sich nach und nach eine kleine Gruppe um sie versammelte, die sich fragte, ob es tatsächlich so weit kommen konnte, dass der Champion zum ersten Mal seit vielen Monaten geschlagen würde. Es dauerte weitere vierzig Minuten, bis Alex unter allgemeinem Applaus das Wort »Schachmatt« aussprach.

»Sollen wir herausfinden, wer bei drei Runden besser abschneidet?«, fragte der ältere Mann und reichte Alex einen Dollar.

»Es tut mir leid«, erwiderte Alex, »aber ich muss los. Ich muss einige Einkäufe für meine Mutter erledigen.«

Die Art, wie er das Wort »Mutter« aussprach, veranlasste Iwan, ihm den nächsten Vorschlag auf Russisch zu unterbreiten. »Vielleicht könntest du ja morgen gegen Mittag vorbeikommen, um mir die Chance zu geben, meinen Dollar zurückzugewinnen.«

»Ich freue mich schon darauf«, sagte Alex, stand auf und schüttelte einem Mann die Hand, der gewiss kein zweites Mal nur aufgrund des Überraschungsmoments ein Spiel verlieren würde.

Alex wusste zwar nicht, wie spät es war, doch seine Mutter wäre inzwischen wahrscheinlich zu Hause. Deshalb verließ er rasch den Platz der Schachspieler und ging ohne weitere Umwege direkt zum Markt, wo er das Gemüse und die Schweinekoteletts besorgte, um die ihn seine Mutter gebeten hatte. Er hatte längst herausgefunden, welche Stände das beste Fleisch und das frischeste Gemüse anboten, doch das hielt ihn nicht davon ab, mit den Verkäufern zu feilschen, bevor er seinem Gegenüber irgendwelches Geld gab. Seiner Mutter wäre das nie in den Sinn gekommen.

»Niemand feilscht in Russland«, hatte Elena ihn ermahnt.

»Niemand verzichtet darauf in Amerika«, hatte er erwidert.

Nachdem er mehrere Pfund Kartoffeln bezahlt hatte – der letzte Punkt auf seiner Liste –, machte er sich auf den Heimweg. Er wäre nicht stehen geblieben, hätte er nicht bemerkt, wie *sie* ihm durch das Schaufenster nachsah.

Nach kurzem Zögern betrat er den Laden mit einer Miene, als hätte er nie etwas anderes vorgehabt.

»Ich brauche einen Gürtel«, sagte Alex. Es war das erste Kleidungsstück, das ihm einfiel.

»Das ist nicht das Einzige, was du brauchst«, sagte die junge Frau, während sie einen fast neuen, braunen Ledergürtel aussuchte und ihm reichte. Er hielt ihr sein gewonnenes Geld hin. »Nicht nötig«, sagte sie. »Aber dafür könntest du morgen Abend mit mir ins Kino gehen.«

Alex wusste nicht, was er sagen sollte. Noch nie hatte er eine junge Frau gefragt, ob sie mit ihm ausgehen wollte, und jetzt war es eine junge Frau, die ihn gefragt hatte. Cagney hätte das gar nicht gefallen.

»Henry Fonda in *Spiel mir das Lied vom Tod*«, sagte sie. Er hatte noch nie von Henry Fonda gehört.

»Ah, ja«, sagte Alex. »Ich habe mich selbst schon darauf gefreut, diesen Film zu sehen.«

»Nun, dann ist es jetzt ja so weit. Wir treffen uns um halb sieben vor dem Roxy. Komm nicht zu spät.«

»Keine Angst«, sagte er, während er sich noch fragte, wo das Roxy war. Als er das Geschäft verlassen wollte, sagte sie: »Vergiss deinen Gürtel nicht.«

Alex griff danach, warf ihn in eine der Tüten und ging möglichst lässig nach draußen. Kaum dass er um die Ecke war, rannte er den ganzen Weg bis nach Hause.

»Wo warst du?«, fragte seine Mutter, als er in die Küche kam. »Es ist schon nach sechs.«

Er fragte sich, ob er ihr von Iwan und dem Schachspiel erzählen sollte (das würde sie gutheißen), dem Dollar, den er gewonnen hatte (das würde sie nicht gutheißen), seiner zweiten Begegnung mit dem Mädchen aus dem Second-Hand-Shop (er war nicht sicher) und dem Kinobesuch (er war sicher). Elena öffnete die braune Papiertüte, zog den Ledergürtel heraus und fragte: »Woher hast du den?«

Alex hätte es ihr gerne gesagt, doch er konnte sich nicht mehr an den Namen der jungen Frau erinnern.

Am folgenden Morgen kehrte Alex zum Players' Square zurück – jedoch erst, nachdem seine Mutter zur Arbeit gegangen war.

Iwan saß bereits vor einem der Bretter, und seine Finger trommelten ungeduldig auf den Tisch. Noch bevor Alex sich gesetzt hatte, hielt er ihm seine beiden geschlossenen Fäuste hin. Alex tippte auf die rechte Hand, und Iwan öffnete sie. Ein weißer Bauer lag darin. Er drehte das Brett um und wartete darauf, dass Alex seinen ersten Zug machte.

Nach einer Stunde konnten die Zuschauer, die sich um das Brett versammelt hatten, um das Spiel zu beobachten, eindeutig erkennen, wer das Match dominierte. Iwan gewann das erste Spiel, und Alex musste seinen schwer verdienten Dollar zurückgeben, bevor die Figuren für die entscheidende Partie aufgestellt wurden. Dieses dritte Spiel wurde das bei Weitem längste.

Schließlich einigten sich Iwan und Alex auf ein Remis. Sie gaben einander die Hand, was die gewöhnlichen Sterblichen um sie herum spontan in Beifall ausbrechen ließ.

»Hast du Lust, echtes Geld zu verdienen, mein Junge?«, fragte Iwan, nachdem die Menge sich zerstreut hatte.

»Nur wenn es legal ist«, antwortete Alex. »Meine Einbürgerung ist immer noch nicht abgeschlossen, weshalb man mich in die Sowjetunion zurückschicken könnte, sollte ich bei einem Verbrechen erwischt werden.«

»Und das würden wir doch nicht wollen, oder?«, sagte Iwan mit einem breiten Grinsen. »Komm mit, wir trinken einen Kaffee, und dann erkläre ich dir, was ich mir so vorstelle.«

Iwan führte seinen Schützling zur gegenüberliegenden Seite des Platzes, wo sie eine Straße überquerten und ein kleiner Diner vor ihnen lag. Iwan trat ein, sagte »Hi, Lou« zu dem Mann hinter der Theke und steuerte eine Nische an, in der er offensichtlich häufig zu finden war. Alex setzte sich auf die Bank ihm gegenüber.

»Was hättest du gerne?«, fragte Iwan.

»Ich nehme dasselbe wie du«, sagte Alex, der hoffte, es wäre nicht zu offensichtlich, dass er noch nie zuvor in einem Diner gewesen war.

»Zwei Kaffee«, sagte Iwan zu der Kellnerin. Dann nahm er sich Zeit, um Alex zu erklären, wie sie am folgenden Wochenende ein wenig zusätzliches Geld verdienen konnten.

»Und welche Rolle würde ich dabei spielen?«, fragte Alex.

»Du würdest blind spielen, und ich würde dir sagen, welche Züge dein jeweiliger Gegner gemacht hat.«

»Aber du bist ein genauso guter Spieler wie ich. Vielleicht sogar noch besser.«

»Ich werd's nicht mehr sein, wenn ich mit deiner Ausbildung fertig bin. Außerdem bist du immer noch siebzehn.«

»Fast achtzehn.«

»Aber du siehst aus wie fünfzehn, was diese Schwachköpfe nur umso sicherer machen wird, dass sie dich besiegen können.«

»Wann fangen wir an?«, fragte Alex.

»Nächsten Samstagvormittag, Punkt elf.«

»Kann ich dich um einen Gefallen bitten?«

»Natürlich. Wir sind jetzt Partner.«

»Kann ich meinen Dollar zurückhaben?«

»Warum?«

»Ich gehe heute Abend mit einem Mädchen ins Kino, und das Geld war eigentlich für unsere Tickets gedacht.«

Fünfzehn Minuten vor der vereinbarten Zeit wartete Alex bereits vor dem Kino. Nervös ging er auf dem Bürgersteig auf und ab, wobei er gelegentlich stehen blieb, um sich das Filmplakat anzusehen. Er fragte sich gerade, wie man wohl jemals jemanden kennenlernen würde, der so schön war wie Claudia Cardinale, als ihm jemand auf die Schulter klopfte.

Er wirbelte herum und sah Addie vor sich, die ihn anlächelte. Sie nahm seine Hand und führte ihn zur Kasse.

»Zweimal *Spiel mir das Lied vom Tod*«, sagte sie und trat beiseite, um ihn die Karten bezahlen zu lassen. Lektion Nummer eins im Handbuch, wie man um jemanden wirbt.

Dann griff sie erneut nach seiner Hand und führte ihn in den spärlich beleuchteten Vorführungssaal.

Obwohl der Film keine große Rolle zu spielen schien bei dem, was Addie eigentlich vorhatte, war es nicht Claudia Cardinale, sondern Henry Fonda, von dem Alex den Blick nicht mehr abwenden konnte. Er wollte so gehen, so reden und sich sogar so kleiden wie Fonda, und er beschloss, sich den Film unter der Woche noch einmal anzusehen, wenn er nicht mehr abgelenkt wäre. James Cagney war kein Vorbild mehr für ihn.

Addie, so hatte Alex beschlossen, sollte nicht bemerken, dass er zum ersten Mal in einem Kino war. Als daher der Mann vor ihm seiner Begleiterin den Arm um die Schulter legte, legte Alex seinerseits Addie den Arm um die Schultern. Er genoss den Film, als Addie die Hand nach ihm ausstreckte und ihn an sich zog, woraufhin er eine ganz neue Erfahrung machte: seinen ersten Kuss. Zeit für einen zweiten hatten die beiden nicht, denn wenige Augenblicke später erschien das Wort ENDE auf der Leinwand, und die Lichter gingen an.

»Gehen wir eine Coke trinken«, schlug Alex vor. »Ich kenne nicht weit von hier einen kleinen Diner.«

»Klingt gut«, sagte Addie.

Diesmal nahm Alex Addies Hand und führte sie über den Platz zu dem Diner, in den Iwan ihn ein paar Stunden zuvor mitgenommen hatte. Alex trat ein, winkte dem Mann hinter der Theke und sagte »Hi, Lou«, bevor er ohne zu zögern auf Iwans Tisch zuging, als sei er hier Stammgast.

»Zwei Coke bitte«, sagte Alex, als die Kellnerin kam.

Während der nächsten halben Stunde erfuhr Alex viel mehr über Addie als sie über ihn. Eigentlich kannte er bereits ihre gesamte Lebensgeschichte, als die Kellnerin wiederkam und fragte, ob sie noch zwei Coke wollten. Er hätte gerne bejaht, aber er hatte kein Geld mehr.

Die ganze Zeit über, während Alex Addie nach Hause brachte, hörte sie nicht mehr auf zu reden. Als sie ihre Haustür erreicht hatten, stellte sie sich auf die Zehenspitzen, legte ihm die Arme um den Hals und küsste ihn. Ein zweiter Kuss. Der völlig anders war.

Benommen ging Alex nach Hause, schlich sich leise in die Wohnung und ließ sich, ohne Lärm zu machen, auf sein Schlafsofa sinken, denn er wollte seine Mutter nicht wecken.

»Ich habe schon wieder eine Lohnerhöhung erhalten«, sagte Elena in triumphierendem Ton, als Alex am folgenden Morgen zum Frühstück kam. »Ich bekomme jetzt einen Dollar fünfzig die Stunde, und ich möchte Dimitri vorschlagen, dass wir ab jetzt zur Miete beitragen. Es ist an der Zeit.«

»Wir?«, erwiderte Alex. »Ich trage überhaupt nichts bei, wie du sehr wohl weißt. Aber das könnte sich ändern, wenn du mir erlaubst, am Wochenende ein wenig dazuzuverdienen.«

»Und wie willst du das tun?«

»Auf dem Markt gibt es immer irgendwelche Gelegenheitsarbeiten«, sagte Alex, »besonders an den Wochenenden.«

»Ich würde dir erlauben, dich nach einem Job umzusehen, aber nur wenn du mir versprichst, dass das keinen Einfluss auf deine Leistung in der Schule hat. Ich würde es mir nie verzeihen, wenn du keinen Platz an der NYU bekommen würdest.«

»Mein Vater ist auch ohne …«

»Dein Vater hätte genauso sehr gewollt, dass du aufs College gehst, wie ich es will«, sagte sie, indem sie seinen

Einwurf ignorierte. »Und wer weiß, was du alles erreichen kannst, wenn du deinen Abschluss erst in der Tasche hast, besonders in Amerika.« Alex kam zu dem Schluss, dass das nicht der geeignete Zeitpunkt für eine Auseinandersetzung mit seiner Mutter war. »Spülst du ab?«, fragte Elena und zog ihren Mantel an. »Ich will nicht zu spät zur Arbeit kommen.«

Nachdem Alex das Geschirr abgetrocknet hatte, ging auch er zur Arbeit. Er war erleichtert, dass er sich keine weiteren Erklärungen mehr ausdenken musste, warum er in Zukunft stets ein wenig Geld in der Tasche haben würde. Als er sich dem Players' Square näherte, konnte er bereits die Neckereien und die Rufe der Basketballspieler hören, die sich auf den nahe gelegenen Plätzen mehrere Matches lieferten. Er blieb stehen und sah ihnen ein paar Minuten lang bewundernd zu. Warum spielten die Amerikaner nur keinen Fußball? Das war noch so eine Sache, die er nicht bedacht hatte, als er in die Kiste geklettert war. Dass es im American Football keine Torhüter gab, hatte er damals nicht gewusst. Er schob den Gedanken beiseite und ging über den Rasenstreifen, der für die Schachspieler reserviert war.

Das Erste, was er sah, war Iwan, der mit gespreizten Beinen, die Hände in die Hüften gestemmt, auf ihn wartete. Er trug einen fadenscheinigen Pullover und ausgebleichte Jeans und hatte sich einen schwarzen Schal um den Hals geschlungen.

»Du bist spät dran«, sagte Iwan auf Russisch und fixierte ihn verärgert.

»Es ist nur ein Spiel«, erwiderte Alex. »Was kann es schon schaden, sie ein wenig warten zu lassen?«

»Es ist kein Spiel«, zischte Iwan. »Es ist ein Geschäft. Komm nie zu spät, wenn es um Geschäfte geht, denn das verschafft deinem Gegner einen Vorteil.« Ohne ein weiteres Wort zu verlieren, ging er zu einer Reihe von sechs Tischen, auf denen sechs Schachbretter lagen. An jedem der Tische stand nur ein Stuhl.

Iwan klatschte in die Hände, und nachdem er sicher sein konnte, dass ihm Zuschauer und Spieler ihre ungeteilte Aufmerksamkeit schenkten, verkündete er mit lauter, klarer Stimme: »Dieser junge Mann möchte sechs von euch zu einem Spiel herausfordern.« Der eine oder andere mögliche Gegner sah interessiert aus. »Und um die ganze Sache ein bisschen spannender zu machen, wird er mit verbundenen Augen spielen. Ich werde ihm die Züge seiner Gegner mitteilen und dann seine Anweisungen entgegennehmen.«

»Welchen Einsatz hast du anzubieten?«, erkundigte sich eine Stimme aus der Menge.

»Drei zu eins. Jeder Spieler setzt einen Dollar, und wenn er gewinnt, gebe ich ihm drei.«

Sofort traten mehrere Herausforderer nach vorn. Iwan nahm ihr Geld entgegen und trug ihre Namen in ein kleines Notizbuch ein, bevor er jedem einen Stuhl zuteilte. Mehrere Männer schienen enttäuscht zu sein, dass die Wahl nicht auf sie gefallen war, und einer von ihnen rief: »Gibt es auch so etwas wie Zusatzwetten für Leute, die nicht spielen?«

»Aber sicher. Der Einsatz ist für alle gleich. Drei zu eins. Ihr müsst mir nur sagen, auf welchen Spieler ihr setzt.« Zahlreiche weitere Namen fanden ihren Weg in das kleine Notizbuch. »Und damit ist der Schalter geschlossen«, sagte Iwan, nachdem der letzte Zuschauer seinen Einsatz platziert hatte. Dann ging er zu Alex, der die sechs Bretter anstarrte, zog sich den Schal vom Hals, verband

Alex die Augen und sicherte den Schal mit einem festen Knoten.

»Er soll sich umdrehen, damit er die Spielbretter nicht mehr direkt vor sich hat«, verlangte ein Zuschauer, der der Sache nicht recht traute.

Alex wandte sich um, bevor Iwan widersprechen konnte.

»Du fängst an«, sagte Iwan schließlich und deutete auf einen nervös wirkenden jungen Mann, der vor Brett Nummer eins saß. »Bauer vor rechtem Läufer zwei Felder vor«, sagte Iwan auf Englisch und wartete auf Alex' Anweisung.

»Königinnenbauer ein Feld vor.«

Iwan nickte einem älteren Mann zu, der durch eine Brille mit breiter Fassung auf Brett zwei starrte. »Königsbauer ein Feld vor«, sagte Iwan und ging weiter zum dritten Brett, nachdem Alex ihm seinen eigenen Zug mitgeteilt hatte.

Die Menge versammelte sich um die Spieler und musterte unter eifrigem Flüstern alle sechs Bretter mit großer Aufmerksamkeit. Brett Nummer vier gab sich bereits nach dreißig Minuten geschlagen, und nach einer weiteren halben Stunde war nur noch ein Brett im Spiel.

Lauter Beifall erhob sich, als der Spieler an Brett Nummer drei seinen König umkippte. Iwan nahm Alex den Schal von den Augen. Der junge Mann drehte sich in Richtung der Zuschauer und verbeugte sich.

»Gibst du uns eine Chance, unser Geld zurückzubekommen?«, wollte einer der Spieler wissen, die heute verloren hatten.

»Natürlich«, sagte Iwan. »Komm in ein paar Stunden wieder, dann werden wir es sogar noch ein wenig interessanter machen. Mein Partner wird dann nämlich zehn Bretter spielen.« Alex versuchte, sich nicht anmerken zu lassen, wie besorgt er war. »Komm mit, mein Junge«, sagte Iwan, nachdem die Zuschauer sich zerstreut hatten. »Jetzt kannst du so viel Pizza essen, wie du willst.«

Als sie Mario's Pizzarestaurant betraten, konnte niemand mehr daran zweifeln, dass Elena keine Teller mehr abwusch. Sie stand an einem großen Holztisch und knetete einen Klumpen frischen Teigs, bis dieser flach und eben war. Sie machte diese Arbeit so geschickt, dass alle neunzig Sekunden eine neue Pizzaunterlage fertig wurde.

Dann nahm sich ein weiterer Pizzabäcker der Sache an. Er sah die Bestellungen durch und garnierte den Teig mit denjenigen Zutaten, welche der jeweils nächste Gast bestellt hatte. Gleich darauf wurde etwas, das für Alex wie eine flache Holzschaufel aussah, unter den Teig geschoben und von einem dritten Pizzabäcker in einen offenen Holzofen gehoben. Dieser dritte Mitarbeiter war es auch, der die Pizza drei Minuten später wieder aus dem Ofen nahm und auf einen bereitgestellten Teller legte. Alex rechnete aus, dass das Restaurant alle sechs Minuten eine dampfend heiße Pizza produzierte. Keine Frage, Amerikaner warteten nicht gerne.

Elena lächelte, als sie den Kopf hob und ihren Sohn sah.

»Das ist Iwan«, sagte Alex. »Wir arbeiten zusammen auf dem Markt.«

Elena deutete auf einen der wenigen freien Tische.

»Wie viel haben wir eingenommen?«, fragte Alex, nachdem sie sich gesetzt hatten.

Iwan sah in seinem Notizbuch nach. »Neunzehn Dollar«, flüsterte er.

»Dann schuldest du mir neun Dollar und fünfzig Cent«, sagte Alex.

»Nicht so schnell, mein Junge. Vergiss nicht, dass heute Nachmittag eine noch größere Herausforderung vor dir liegt. Wir rechnen heute Abend ab.«

»Wenn irgendeiner von denen so gut ist wie vorhin der Kerl an Brett drei, könnten wir das eine oder andere Spiel verlieren.«

»Was gar nicht so schlecht wäre«, sagte Iwan, als eine Kellnerin zwei Pizzen und mehrere Cokes vor die beiden auf den Tisch stellte.

»Warum das denn?«

»Wenn du gelegentlich ein Spiel verlierst, wird die Sache für diese Schwachköpfe nur umso faszinierender. Eine typische Spielerschwäche. Wenn sie sehen, wie einer aus ihren Reihen gewinnt, sind sie davon überzeugt, dass sie beim nächsten Mal genauso viel Glück haben werden«, sagte Iwan, bevor er ein großes Stück Pizza verschlang. »Erinnere mich daran, deiner Mutter zu ihren hervorragenden Kochkünsten zu gratulieren«, fügte er hinzu und warf einen Blick auf seine Uhr.

Alex sah hinüber zu Elena, die keinen Augenblick damit aufgehört hatte, einen perfekten Pizzaboden nach dem anderen fertigzustellen, seit er und Iwan das Restaurant betreten hatten. Er fragte sich, wie lange es wohl dauern würde, bevor sie diejenige wäre, die in der Küche die Anweisungen gab.

»Na schön«, sagte Iwan. »Und jetzt wieder an die Arbeit.«

Als Alex an jenem Abend nach Hause kam, sah er überrascht, dass Dimitri nicht an seinem gewohnten Platz saß.

»Er hat eine Stelle auf einem Handelsschiff gefunden, das nach Leningrad fährt«, erklärte Elena. »Sie mussten mit der ersten Flut auslaufen.«

»Fragst du dich nicht manchmal auch, ob die Begegnung mit Dimitri nicht in die Kategorie ›Zu schön, um wahr zu sein‹ fällt?«

»Ich beurteile Menschen nach dem, was sie tun«, sagte Elena und hob eine Augenbraue. »Und er hätte uns gegenüber nicht hilfsbereiter sein können.«

»Das sehe ich genauso. Aber woher kam bei ihm nur dieses große Interesse an zwei Russen, die er nicht kannte und die genauso gut hätten Kriminelle sein können?«

»Wir sind keine Kriminellen.«

»Schon, doch das konnte er unmöglich wissen, oder? Und war es wirklich nur Zufall, dass er in unserer ersten Nacht an Bord zu uns aufs Deck kam?«

»Aber er ist doch Russe, genau wie wir«, protestierte Elena.

»Nicht genau wie wir, Mutter. Er wurde nicht in Russland geboren, sondern in New York. Und ich verrate dir noch etwas: Seine Eltern sind gesund und munter.«

Elena sah Alex direkt in die Augen. »Woher willst du das wissen?«

»Manchmal, wenn er mit dem Abwasch hilft, zieht er seine Uhr aus, und auf der Rückseite sind die Worte eingraviert: ›Alles Gute zum 30., in Liebe Mom und Dad‹, und dazu das Datum 2-14-68. Das war erst letztes Jahr. Vielleicht …«

»Vielleicht solltest du dich daran erinnern, dass wir ohne Dimitris Hilfe kein Dach über dem Kopf hätten und du nicht schon bald an einer Universität studieren könntest«, sagte sie, und ihre Stimme wurde mit jedem Wort lauter. »Ich werde das nur ein einziges Mal sagen. Du wirst aufhören, Dimitri hinterherzuspionieren, denn wenn du das nicht tust, könntest du wie dein Freund Wladimir als ein einsames, krankes Individuum ohne Moral und ohne Freunde enden.«

Alex schwieg eine ganze Weile. Die Worte seiner Mutter hatten ihn schockiert. Er senkte den Kopf, entschuldigte sich und versicherte ihr, nie wieder auf das Thema zu sprechen zu kommen. Doch nachdem sie am nächsten Morgen zur Arbeit gegangen war, dachte er erneut über ihren heftigen Ausbruch nach. Sie hatte recht. Dimitri war ihnen gegenüber außerordentlich hilfsbereit gewesen, doch es gab etwas, das Alex seiner Mutter nicht gesagt hatte. Er fürchtete, dass Dimitri für den KGB arbeitete.

12

Sascha

London

Obwohl Sascha seit Beginn des letzten Schuljahres ohnehin besonders fleißig war, hielt er sich, nachdem er das letzte Match gespielt und seine Torwarthandschuhe an den Nagel gehängt hatte, an einen strikten Tagesablauf, der sogar seine Mutter beeindruckte.

Er stand um sechs Uhr auf, und wenn er um acht Uhr frühstückte, lagen bereits zwei Stunden harter Arbeit hinter ihm. Den Weg zur Schule und wieder nach Hause rannte er, was fast die einzige Art von Sport darstellte, die er jetzt noch machte. Und während die anderen Jungen auf dem Spielfeld eine Runde French Kricket genossen, blieb er im Klassenzimmer und schlug die nächste Seite eines weiteren Buches auf.

Nachdem die Schulglocke zum letzten Mal am Tag geläutet hatte und alle anderen nach Hause gingen, blieb er an seinem Tisch sitzen und nahm, unterstützt von Mr. Sutton, eine weitere Prüfungsfrage aus einem der früheren Wettbewerbe um den Isaac-Barrow-Preis in Angriff. Schließlich rannte er nach Hause, nahm ein leichtes Abendessen zu sich, ging in sein Zimmer und machte sich an seine Hausaufgaben, wobei er häufig an seinem Schreibtisch einschlief.

Während der Tag der Prüfung näher rückte, gelang es ihm irgendwie, noch mehr zu arbeiten, wozu er Stunden nutzte, an die seine Mutter in einem solchen Zusammenhang nie gedacht hätte.

»Die Prüfung wird in der Great Hall im Trinity durchgeführt«, teilte ihm der Rektor mit. »Es wäre vielleicht sinnvoll, wenn Sie schon am Tag zuvor nach Cambridge fahren würden, damit Sie nicht zur Eile gezwungen und dadurch einer unnötigen Belastung ausgesetzt wären.«

»Aber wo soll ich übernachten?«, sagte Sascha. »Ich kenne niemanden in Cambridge.«

»Ich habe dafür gesorgt, dass Sie die Nacht in meinem alten College verbringen können.«

»Vielleicht sollte ich mir einen Tag freinehmen und mit dir nach Cambridge kommen«, schlug Elena vor.

Sascha gelang es, seiner Mutter diese Idee auszureden, doch er schaffte es nicht, sie davon abzuhalten, ihm einen neuen Anzug zu kaufen, obwohl er wusste, dass sie sich das eigentlich nicht leisten konnten. »Ich möchte, dass du so elegant aussiehst wie deine Konkurrenten«, sagte sie.

»Ich möchte nur die Aufgaben eleganter lösen als meine Konkurrenten«, erwiderte er.

Ben Goldsmith, der gerade seine Führerscheinprüfung bestanden hatte, fuhr Sascha zum Bahnhof King's Cross. Unterwegs erzählte er ihm von seiner neuesten Freundin. Dass es die »neueste« war, verriet Sascha, wie viel er während des vergangenen Jahres verpasst hatte.

»Und mein Dad kauft mir einen Triumph TR-6, wenn ich nach Cambridge komme.«

»Ich beneide dich.«

»Ich würde meinen Wagen jederzeit gegen deinen Grips tauschen«, sagte Ben, als er von der Euston Road abfuhr und auf einer gelben Linie parkte.

Sascha stieg aus dem Auto, und Ben sagte: »Viel Glück, und hol mindestens drei Mal so viele Punkte wie beim Fußball.«

Sascha saß in der Ecke eines Abteils voller Reisender und starrte hinaus auf die vorüberziehende Landschaft. Er wollte sich nicht eingestehen, dass er es lieber gehabt hätte, wäre seine Mutter mit ihm gekommen. Abgesehen von den Fahrten zu den Matches der Schule war es seine erste Reise an einen Ort außerhalb Londons, und er wurde immer nervöser.

Elena hatte ihm für mögliche Ausgaben eine Ein-Pfund-Note mitgegeben, doch da es ein schöner, klarer Tag war, als der Zug in den Bahnhof von Cambridge einlief, beschloss Sascha, zu Fuß zum Trinity zu gehen. Er lernte rasch, nur solche Menschen nach dem Weg zum College zu fragen, die einen Talar trugen, und blieb immer wieder stehen, um einzelne Gebäude zu bewundern, die auf seinem Weg lagen. Doch erst als er die großen Tore sah, durch die Heinrich VIII. einst gegangen war, fühlte er sich in eine andere Welt versetzt – eine Welt, der er, wie ihm plötzlich klar wurde, unbedingt angehören wollte. Er wünschte sich, er hätte härter gearbeitet.

Ein ältlicher Pförtner begleitete ihn über den Collegehof und eine Steintreppe hinauf, deren Stufen die Jahrhunderte abgewetzt hatten. Im obersten Stockwerk sagte der Pförtner: »Das ist Mr. Quilters altes Zimmer, Mr. Karpenko.

Vielleicht werden Sie ja der nächste Bewohner sein.« Sascha lächelte stumm in sich hinein. Es war das erste Mal, dass ihn jemand »Mr. Karpenko« genannt hatte. »Das Abendessen wird um sieben im Speisesaal auf der anderen Seite des Hofes serviert«, sagte der Pförtner und ließ Sascha in einem kleinen Arbeitszimmer zurück, das nicht viel größer war als sein Zimmer über dem Restaurant. Doch als er aus dem mit einem kleinen Zwischenpfosten unterteilten Fenster sah, lag eine Welt vor ihm, an der, so schien es, fast vierhundert Jahre spurlos vorübergegangen waren. Konnte ein solcher Ort für einen Jungen aus Leningrad zur Heimat werden?

Er setzte sich an den Schreibtisch und ging noch einmal eine der Aufgaben durch, die Mr. Suttons Ansicht nach möglicherweise in der Prüfung gestellt würden. Gerade als er sich die nächste Frage vornehmen wollte, schlug es sieben Uhr. Er eilte die Steintreppe hinab in den Hof, wo er sich einem Strom plaudernder und lachender junger Männer anschloss, die eine sorgfältig gestutzte Rasenfläche umrundeten, auf die kein einziger von ihnen einen Schritt zu setzen wagte.

Als Sascha den Speisesaal erreichte, blieb er stehen und warf einen kurzen Blick hinein. Zahlreiche Studienanfänger, die sich hier anscheinend vollkommen zu Hause fühlten, saßen auf mehreren Bänken an langen, reich gedeckten Holztischen. Plötzlich fühlte er sich eingeschüchtert, und weil er es nicht wagte, sich vermeintlich so erfahrenen jungen Leuten anzuschließen, machte er kehrt und trat durch die Collegetore hinaus auf die King's Parade. Er hielt erst wieder inne, als er eine lange Warteschlange vor einem Fish-and-Chips-Laden sah.

Etwas später aß er sein Abendessen aus einer Zeitung, und obwohl er sich bewusst war, dass seine Mutter das nicht gutgeheißen hätte, musste er unwillkürlich lächeln. Als die Straßenlaternen flackernd zum Leben erwachten, kehrte er in sein kleines Zimmer zurück, um sich zwei, drei weitere mögliche Prüfungsfragen anzusehen, und es war bereits kurz nach Mitternacht, als er zu Bett ging. Er schlief unruhig und erwachte voller Schrecken, als er hörte, wie die Uhr im Collegehof acht Mal schlug, und er war froh und dankbar, dass er keinen neunten Schlag hörte. Sogleich sprang er aus dem Bett, wusch sich, zog sich an und sprintete den ganzen Weg hinüber zum Speisesaal.

Zwanzig Minuten später war er wieder in seinem Zimmer. Während der nächsten Stunde ging er vier Mal auf die Toilette am Ende des Flurs und war dann trotzdem dreißig Minuten zu früh vor dem Saal, in dem die Prüfung stattfinden sollte. Während sich die Minuten dahinzogen, stellten sich nach und nach immer mehr Kandidaten an. Einige sprachen zu viel, andere sagten überhaupt nichts, doch jeder verriet auf irgendeine Weise ungewollt, wie nervös er war. Um Viertel vor zehn erschienen zwei Männer in langen, schwarzen Talaren, die Sascha zunächst für sogenannte »Master« hielt. Erst später erfuhr er, dass es sich um Tutoren handelte; der Titel »Master« war Dozenten vorbehalten, die für eines der Häuser des College verantwortlich waren. Es gab so viele neue Begriffe zu lernen, dass er sich fragte, ob das College über ein eigenes Wörterbuch verfügte.

Einer der Tutoren schloss die Tür auf, und eine bunt durcheinandergewürfelte Herde folgte ihrem Hirten in den Prüfungssaal. »Sie finden Ihre Namen auf den Tischen«, sagte der Tutor. »Sie sind alphabetisch angeordnet.« Dann trat er an einen Tisch, der ganz vorn im Saal stand. Sascha fand KARPENKO in der Mitte der fünften Reihe.

»Mein Kollege und ich werden nun die Prüfungsbögen verteilen«, sagte der Tutor. »Es gibt zwölf Fragen, von denen Sie drei beantworten müssen. Sie haben neunzig Minuten. Wenn Sie allzu lange darüber nachdenken müssen, wie viel Zeit Sie damit für jede Frage haben, sollten Sie nicht hier sein.« Nervöses Gelächter erfüllte den Saal. »Sie werden erst beginnen, wenn ich Ihnen mit meiner Pfeife das Zeichen dazu gebe.« Sogleich dachte Sascha an Mr. Suttons erste Regel bezüglich Prüfungen: *Derjenige, der zuerst abgibt, ist nicht unbedingt der Gewinner.*

Nachdem die Tutoren vor jeden Kandidaten einen Prüfungsbogen gelegt hatten – die Rückseite zeigte nach oben –, wartete Sascha ungeduldig auf das Pfeifsignal. Der schrille, durchdringende Ton jagte ihm einen Schauer über den Rücken, als er das Blatt endlich umdrehen durfte. Rasch las er die zwölf Fragen durch; hinter fünf von ihnen machte er schon beim ersten Durchgang ein Häkchen. Nachdem er sich die Fragen ein zweites Mal angesehen hatte, schränkte er seine Auswahl auf drei Aufgaben ein. Eine davon ähnelte einer Frage, die vor sieben Jahren schon einmal gestellt worden war, und eine weitere betraf sein Lieblingsthema. Doch der eigentliche Trumpf war Frage 11, die inzwischen zwei Häkchen trug, denn sie war eine derjenigen, die er letzte Nacht in Angriff genommen hatte. Zeit für Mr. Suttons zweite Regel bezüglich Prüfungen: *Konzentriere dich.*

Sascha begann zu schreiben. Vierundzwanzig Minuten später legte er seinen Stift beiseite und las seine Antwort sorgfältig durch. Er konnte fast hören, wie Mr. Quilter sagte: *Denken Sie immer daran, sich Zeit zu nehmen, um Ihre Antworten durchzusehen, damit Sie mögliche Fehler noch korrigieren können.* Er brachte einige kleinere Änderungen an und wandte sich dann Frage 6 zu. Diesmal brauchte er fünfundzwanzig Minuten, woraufhin er seine Antwort ebenfalls noch einmal in Ruhe durchlas, bevor er sich Frage 11 – der Aufgabe mit dem doppelten Häkchen – zuwandte. Er schrieb an seinem letzten Absatz, als der Pfeifton erklang, und er schaffte es gerade noch, seine Antwort abzuschließen, bevor die Blätter eingesammelt wurden. So war er sich schmerzlich bewusst, dass es ihm nicht gelungen war, genügend Zeit zu erübrigen, um seine Antwort noch einmal durchzusehen. Er stieß einen leisen Fluch aus.

Nachdem die Kandidaten entlassen worden waren, kehrte Sascha in sein Zimmer zurück, packte seinen kleinen Koffer, ging nach unten und machte sich unverzüglich auf den Weg zum Bahnhof. Er drehte sich nicht um, denn er fürchtete, das College nie wieder zu betreten.

Auf der Fahrt nach London tat er alles, um sich davon zu überzeugen, dass er die Aufgaben gar nicht besser hätte lösen können, doch als der Zug in den Bahnhof King's Cross einfuhr, war er davon überzeugt, es wäre ihm gar nicht möglich gewesen, noch schlechter zu antworten.

»Wie ist es gelaufen? Was meinst du?«, fragte Elena, noch bevor er die Wohnungstür hinter sich geschlossen hatte.

»Es hätte nicht besser gehen können«, sagte er, denn er wollte sie beruhigen. Er gab ihr elf Shilling und sechs Pennys zurück, die sie in ihren Geldbeutel tat.

Als er am nächsten Morgen wieder in der Schule war, zeigte sich Mr. Sutton mehr daran interessiert, die Prüfungsaufgaben durchzusehen, als herauszufinden, wie sein Schüler sich geschlagen hatte, und obwohl er lächelte, als er die Häkchen bemerkte, wies er Sascha nicht darauf hin, dass dieser eine Frage zu einem Theorem übersehen hatte, über das sie erst vor wenigen Tagen ausführlich gesprochen hatten.

»Wie lange werde ich auf das Ergebnis warten müssen?«, fragte Sascha.

»Nur ein paar Wochen«, antwortete Sutton. »Aber vergessen Sie nicht, dass Sie immer noch Ihren Schulabschluss machen müssen, und wie Sie dabei abschneiden, könnte sich als genauso wichtig erweisen.«

Die Worte »könnte sich als genauso wichtig erweisen« gefielen Sascha gar nicht, doch er kehrte zu seiner anspruchsvollen Routine zurück. Er war besorgt darüber, dass ihm die Prüfungen ein wenig zu einfach vorkamen; es war, als fordere man einen Marathonläufer auf, sechs Meilen zu joggen. Ben gegenüber erwähnte er das jedoch nicht, denn seinem Freund kamen sie viel schlimmer als ein Marathon vor, und er rechnete auch nicht mehr damit, schon bald stolzer Besitzer eines TR-6 zu sein.

»Du könntest immer noch Busfahrer werden«, sagte Sascha. »Schließlich ist die Bezahlung gar nicht so schlecht, und du hast jede Menge Urlaub.«

»Wenn man nach Cambridge geht, hat man viel mehr Urlaub«, erwiderte Ben, womit er zum Ausdruck brachte, was ihm wirklich vorschwebte. »Übrigens, am Samstagabend gibt es bei mir zum Prüfungsabschluss eine Party. Mum und Dad sind das Wochenende über nicht da, also sieh zu, dass du die Feier nicht verpasst.«

Sascha zog ein frisch gebügeltes weißes Hemd, seine Schulkrawatte und seinen neuen Anzug an. Doch kaum dass er das Haus von Bens Eltern erreicht hatte, begriff er, dass er einen schrecklichen Fehler gemacht hatte. Sein Irrtum war allerdings verständlich, denn er hatte damit gerechnet, nur ein paar Klassenkameraden anzutreffen, die ein Glas Bier nach dem anderen trinken würden, bis sie umfielen oder einschliefen oder beides.

Dass er einen zweiten Fehler gemacht hatte, wurde ihm klar, als er einen Flur betrat, der größer war als die Wohnung von ihm und seiner Mutter. Es waren genauso viele Mädchen wie Jungen auf der Party, und niemand trug eine Schuluniform, weshalb er, lange bevor er bis zum Salon vorgedrungen war, seine Krawatte abgelegt und seine obersten Hemdknöpfe geöffnet hatte. Er sah sich lächelnd um und war sich nicht bewusst, dass jeder zu wissen schien, wer er war. Doch erst als mehr als eine Stunde vergangen war, sprach er mit einem Mädchen, und die junge Dame war ebenso schnell wieder verschwunden, wie sie aufgetaucht war.

Er hörte, wie sie zu Ben sagte: »Er ist von einem anderen Planeten.«

»*Ich* würde gerne auf diesem Planeten leben«, erwiderte sein Freund.

Sascha hätte sich gerne so lässig mit Mädchen unterhalten wie Ben, und er wünschte sich, er könne genau wie sein Freund jeder Frau, mit der er sprach, das Gefühl geben, sie sei das einzige weibliche Wesen im Raum. Er setzte sich in einen bequemen Sessel, von wo aus er die Szene überblicken konnte, als sei er Zuschauer bei einem Spiel, dessen Regeln er nicht kannte.

Als eine besonders attraktive junge Frau auf ihn zukam, erstarrte er. Wie lange würde es dauern, bis auch sie wieder verschwand?

»Hi«, sagte sie. »Ich heiße Charlotte Dangerfield, aber meine Freunde nennen mich Charlie.« Sie hatte das Eis gebrochen, aber er saß immer noch da wie vor Kälte erstarrt.

Sie unternahm einen zweiten Versuch. »Ich hoffe, dass ich im September nach Cambridge gehen werde.«

»Um Mathematik zu studieren?«, fragte Sascha hoffnungsvoll.

Sie lachte. Es war ein sanftes Lachen, gefolgt von einem gewinnenden Lächeln. »Nein. Ich bin Kunsthistorikerin. Oder genauer gesagt: Ich wäre gerne eine.« Wie lautet meine nächste Zeile?, dachte Sascha, während er versuchte, nicht allzu offensichtlich auf ihre Beine zu starren, nachdem sie sich auf die Armlehne seines Sessels gesetzt hatte.

»Alle sagen, dass du den Isaac-Barrow-Preis gewinnen wirst, und da es bei mir ganz schön knapp steht, drücke ich mir selbst nicht nur die Daumen, sondern auch die Zehen.«

Sascha bemühte sich verzweifelt, die Unterhaltung nicht abreißen zu lassen, doch weil er in seinem ganzen Leben noch nie eine Kunstgalerie besucht hatte, brachte er nichts weiter heraus als: »Wer ist dein Lieblingskünstler?«

»Rubens«, sagte sie, ohne zu zögern. »Besonders die frühen Werke, die er in Antwerpen gemalt hat, denn bei ihnen können wir sicher sein, dass er alleine für die gesamte Leinwand verantwortlich ist.«

»Soll das etwa heißen, jemand anderes hat seine späteren Bilder gemalt?«

»Nein«, erwiderte sie. »Aber sobald er berühmt war und sogar Aufträge vom Papst bekam, ließ er es manchmal zu, dass ihm seine begabteren Schüler assistierten. Wer ist dein Lieblingskünstler?«

»Meiner?«

»Ja.«

»Leonardo da Vinci.« Das war der erste Name, der ihm eingefallen war.

Sie lächelte. »Das ist kaum überraschend. Schließlich war er Mathematiker, genau wie du. Welches seiner Bilder magst du am liebsten?«

»Die *Mona Lisa*«, sagte Sascha. Es war das einzige Bild von da Vinci, das er kannte.

»Ich werde im Sommer mit meinen Eltern nach Paris fahren«, sagte Charlie. »Ich freue mich schon darauf, das Original zu sehen.«

»Das Original?«

»Im Louvre.«

Sascha dachte noch darüber nach, was er als Nächstes sagen sollte, als sie auf den Sessel neben ihm rutschte, sich zu ihm beugte und ihm einen vorsichtigen Kuss gab. Während der nächsten Stunde sagte keiner von ihnen allzu viel, und obwohl Sascha für *dieses* Fach keinen Tutor besaß, behandelte Charlie ihn nicht, als käme er von einem anderen Planeten.

Als einige seiner Freunde kurz nach Mitternacht aufbrachen, nahm Sascha seinen ganzen Mut zusammen und fragte: »Darf ich dich nach Hause bringen?« Seine Mutter hatte ihm erklärt, dass ein Gentleman so etwas fragte, wenn er ein Mädchen wirklich mochte. *Auf dem Nachhauseweg darfst du ihre Hand halten, aber wenn du ihre Wohnungstür erreicht hast, solltest du sie nur auf die Wange küssen und zu ihr sagen: »Ich hoffe, wir sehen uns wieder.« Dann weiß sie, dass sie dir etwas bedeutet. Und wenn es wirklich gut gelaufen ist, kannst du sie nach ihrer Telefonnummer fragen.*

»Danke, ja«, sagte sie.

Als Charlie den Schlüssel aus ihrer Handtasche nahm, beugte er sich zu ihr, um den Rat seiner Mutter zu befolgen. Ihre Lippen öffneten sich, und es kam ihm so vor, als flöge die Welt in die Luft.

»Wenn du möchtest, kannst du mich am nächsten Samstagmorgen gegen neun abholen«, sagte Charlie und schloss die Tür auf. »Dann gehen wir in die National Gallery, und ich zeige dir die Werke von Rubens«, fügte sie hinzu, bevor sie im Inneren des Gebäudes verschwand.

Als Sascha nach Hause ging, war er zweifellos auf einem anderen Planeten, und es war keiner, für den Newtons Gesetze galten.

Während sie mit der U-Bahn vom Fulham Broadway zum Trafalgar Square fuhren, war es vor allem Charlie, die redete, und nachdem sie die Stufen zur National Gallery hinaufgestiegen waren, galt das sogar noch viel mehr.

Was Sascha zunächst nur für einen Vorwand gehalten hatte, um ein wenig Zeit mit Charlie zu verbringen, erwies sich als der Beginn einer Liebesaffäre. Die Holländer umwarben ihn, die Spanier verführten ihn, die Italiener faszinierten ihn, und Charlie bezauberte ihn.

»Gibt es auch noch andere Galerien in London?«, fragte er, als sie die Treppe wieder hinabgingen und zu den Tauben auf dem Trafalgar Square traten.

Charlie lachte nicht, denn sie wusste, es konnte nicht mehr allzu lange dauern, bis Sascha ihr Fragen stellen würde, auf die sie keine Antwort hatte.

Als sie wieder in Fulham waren, hätte Sascha sie gerne zum Lunch ins Moretti's eingeladen, doch die Tatsache, dass er sich das nicht leisten konnte, war nicht der einzige Grund, warum sie schließlich in ein Café gingen. Es würde noch ein wenig dauern, bis er Charlie seiner Mutter vorstellen konnte.

Noch immer dachte Sascha fast ständig an Charlie, als der Rektor ihn am Montagmorgen zu Hause anrief und ihn bat, bei ihm vorbeizuschauen. Beim Wort »vorbeischauen« musste Sascha lachen.

Er hatte das Gefühl, seine Beine würden ihm wegsacken, als er durch die Schultore und den Flur zum Büro des Rektors ging, und kam sich vor wie ein von mehreren Treffern benommener Boxer, der zur letzten Runde antritt.

Mr. Quilter antwortete auf sein Anklopfen mit dem üblichen »Herein!« Sascha öffnete die Tür, doch er konnte die Miene des Rektors nicht deuten. Das Angebot, sich zu setzen, lehnte er ab, denn er wollte lieber stehen bleiben, bis er das Ergebnis gehört hatte.

»Proxime accessit«, sagte Quilter. »Herzlichen Glückwunsch.« Sascha sank das Herz. Seiner Ansicht nach hatte ein zweiter Platz kein Lob verdient. »Nur ein Junge aus der Manchester Grammar School war besser als Sie. Er hat einhundert Punkte erreicht, Sie achtundneunzig. Natürlich«, fuhr der Rektor fort, »sind Sie jetzt enttäuscht. Ich verstehe das. Aber die gute Nachricht ist, dass das Trinity noch immer bereit ist, Ihnen ein Stipendium zu geben, sobald Sie Ihren Schulabschluss in der Tasche haben.«

»Aber Sie sagten doch gerade, ich hätte nur den zweiten Platz geschafft.«

»In Mathematik, ja. Aber niemand kann Ihnen das Wasser reichen, wenn es um Russisch geht.«

Sein erster Gedanke war: Ich hoffe, dass Charlie …

13

Alex

Brooklyn

Iwan reichte Alex dreiundzwanzig Dollar und sagte: »Wieder ein guter Tag. Ich sehe nicht, warum wir diese besondere Kuh nicht noch ein bisschen länger melken sollten. Wir treffen uns nächsten Samstag Punkt elf.«

»Warum so lange warten?«, fragte Alex. »Wo wir doch jeden Tag so viel Geld machen könnten?«

»Weil wir die Kuh dann leer melken würden. Außerdem würde es deine Mutter herausfinden, wenn du noch mehr Unterricht verpasst, und dann wäre die ganze Sache zu Ende.«

Alex schob die zerknitterten Geldscheine in die Gesäßtasche seiner Jeans, gab seinem Geschäftspartner die Hand und sagte: »Bis nächsten Samstag.«

»Du solltest versuchen, ausnahmsweise mal pünktlich zu sein«, sagte Iwan.

Als er in Richtung Markt ging, begann Alex zu pfeifen. Er fühlte sich wie ein Millionär – und er würde, wie er seiner Mutter bereits versichert hatte, mit dreißig tatsächlich einer sein. Jeden Sonntagabend gab er ihr zehn Dollar und erklärte ihr, dass das Geld von verschiedenen Gelegenheitsjobs kam, die er über das Wochenende auf dem Markt hatte. Eigentlich war der Markt seine zweite Heimat geworden, und am Nachmittag nach der Schule, während Elena noch bei der Arbeit war, trieb er sich bei den Marktständen herum und beobachtete die Händler. Schnell hatte er herausgefunden, wem man vertrauen konnte und, wichtiger noch, wem nicht. Obst und Gemüse kaufte er immer von Bernie Kaufman, der seinen Kunden nie zu wenig Wechselgeld gab oder ihnen Waren vom Vortag verkaufte.

»Ich brauche zwei Pfund Tomaten, Bernie, eine Handvoll Stangenbohnen und ein paar Orangen«, sagte Alex nach einem kurzen Blick auf die Einkaufsliste seiner Mutter. »Oh ja, und noch eine Rote Bete.«

»Drei Dollar, Mr. Rockefeller«, sagte Bernie und reichte ihm zwei Papiertüten. »Ich muss Ihnen gestehen, Alex, wie sehr es mir ein Vergnügen war, Sie als Kunden zu haben. Ich zweifle nicht daran, dass Sie an der NYU sehr gut zurechtkommen werden.«

»Warum sollte ich irgendwo anders Obst und Gemüse kaufen?«

»In Zukunft werden Sie das wohl müssen, denn in ein paar Wochen werde ich meinen Stand aufgeben.«

»Warum?«, fragte Alex, der Bernie immer für eine feste Institution auf dem Markt gehalten hatte.

»Ende des Monats muss ich meine Lizenz erneuern, und der Besitzer verlangt achtzig Dollar pro Woche. Bei einem solchen Preis muss ich froh sein, wenn ich gerade so über die Runden komme. Ganz abgesehen davon, dass ich fast sechzig bin und mir die langen Stunden im Freien zusetzen, besonders im Winter.« Alex wusste, dass Bernie jeden Morgen um vier aufstand, um zum Markt zu fahren, und nur selten vor fünf Uhr nachmittags nach Hause ging.

Alex konnte nicht akzeptieren, dass sein Freund gleichsam über Nacht verschwinden würde. Es gab noch ein Dutzend Dinge, die er Bernie am liebsten gefragt hätte, doch er brauchte Zeit, um nachzudenken. Er bedankte sich und machte sich auf den Heimweg.

Er kam gerade am Second-Hand-Laden vorbei, als Addie die Tür öffnete und ihm nachrief: »Komm zurück, Alex, ich habe etwas Besonderes für dich.«

Als Alex zu ihr in den Laden trat, nahm sie einen Anzug vom Bügel, der brandneu aussah, und sagte: »Du solltest ihn gleich anprobieren.«

»Wie hast du den bekommen?«, fragte Alex und streifte das Jackett über.

»Ein Stammkunde, der gerne mal auf Einkaufstour geht, gibt uns oft ein paar Tage später das eine oder andere Stück, das ihm nicht mehr gefällt.«

Alex versuchte, sich vorzustellen, wie es wohl war, so reich zu sein. »Woraus besteht er?«, fragte er, während er den Stoff betastete.

»Kaschmir. Gefällt er dir?«

»Ob er mir gefällt, ist nicht die Frage. Aber kann ich ihn mir leisten?«

»Er gehört dir für zehn Dollar«, flüsterte sie.

»Wie das?«

»Ich verkaufe ihn so schnell wieder, dass mein Chef ihn überhaupt nicht zu Gesicht bekommt.«

Alex zog die Jeans aus und die Anzughose an – sie hatte sogar einen Reißverschluss. Dann musterte er sich in einem mannshohen Spiegel. Beige wäre zwar nicht seine erste Wahl gewesen, doch der Anzug sah trotzdem so aus, als hätte er einhundert Dollar gekostet.

»Genau wie ich mir gedacht habe«, sagte Addie. »Er sitzt perfekt. Als sei er nur für dich angefertigt worden.«

»Danke«, sagte Alex und gab ihr die zehn Dollar.

»Gilt das noch? Gehen wir nächsten Samstag wieder ins Kino?«, fragte Addie, als Alex seine Jeans wieder anzog.

»Steve McQueen in *Bullitt*. Ich freue mich schon darauf«, sagte er, während sie den Anzug faltete und in eine Tüte schob. »Ich weiß gar nicht, wie ich dir danken soll«, fügte er hinzu.

»Mir würden da schon ein paar Möglichkeiten einfallen«, sagte Addie, als er den Laden verließ.

Auf dem Nachhauseweg dachte Alex darüber nach, wie es ihm gelingen könnte, achtzig Dollar pro Woche zu besorgen, um Bernies Stand zu mieten. Mit Schach verdiente er zwanzig Dollar pro Wochenende, aber er hatte keine Ahnung, wie er die Summe besorgen sollte, die ihm noch fehlte. Er wusste, dass seine Mutter nicht so viel Geld besaß, obwohl sie erst kürzlich eine weitere Lohnerhöhung bekommen hatte. Aber galt das auch für Dimitri, der eben erst von seiner letzten Fahrt zurückgekehrt war? Dimitri besaß doch gewiss etwas Geld, das er nicht unbedingt benötigte.

Lange bevor er nach Hause kam, hatte er seine kleine Rede bereits vorbereitet, und als er die Wohnungstür öffnete, hörte er Dimitri ebenso laut wie falsch singen. Er ging zu ihm in die Küche, um zu erfahren, was Dimitri von seiner Reise nach Moskau zu berichten hatte.

»Eine faszinierende Stadt«, sagte Dimitri. »Der Rote Platz, der Kreml, das Lenin-Mausoleum. Irgendwann solltest du Moskau mal selbst besuchen, Alex.«

»Niemals«, erwiderte Alex mit fester Stimme. »Das Lenin-Mausoleum interessiert mich nicht. Ich bin jetzt Amerikaner. Und irgendwann werde ich Millionär sein.«

Dimitri wirkte nicht überrascht, was kein Wunder war, denn er hatte diese Ankündigung schon oft gehört. Doch bei dieser Gelegenheit fügte Alex noch einen Satz hinzu, und *das* war wirklich eine Überraschung. »Und du könntest mein Partner sein.«

»Wie meinst du das?«, fragte Dimitri.

»Wie viel Geld hast du, das du im Augenblick nicht unbedingt brauchst?«, fragte Alex.

Dimitri antwortete nicht sofort. Schließlich sagte er: »So um die dreihundert Dollar. Wenn du auf See bist, gibt es nicht viele Möglichkeiten, dein Geld auszugeben.«

»Was würdest du davon halten, es zu investieren?«

»In was?«

»Nicht in was, in wen«, sagte Alex. Er ließ warmes Wasser in das Spülbecken laufen, und als sie beide mit dem Abwasch fertig waren, hatte er Dimitri erklärt, wozu er dreihundertzwanzig Dollar brauchte und warum seine Mutter schon bald um vier Uhr morgens würde aufstehen müssen.

»Was meint sie dazu?«, war Dimitris einziger Kommentar.

»Ich hab's ihr noch nicht gesagt.«

Am folgenden Morgen konnte sich Alex im Unterricht kaum konzentrieren, doch da es ohnehin nur ein halbes Dutzend Jungen gab, die mit ihm mithalten konnten, fiel das niemandem auf außer seinem Lehrer.

Als um vier Uhr nachmittags die Schulglocke läutete, war Alex der Erste, der aus dem Klassenzimmer eilte. Er rannte den ganzen Weg bis zum Markt. Dort ging er direkt zu Bernies Stand. Nachdem er wieder zu Atem gekommen war, begann er, seine Fragen auf den alten Händler abzufeuern, während dieser seine Kunden bediente.

»Wenn ich den Stand mieten würde«, sagte Alex, »wären Sie dann bereit, weiter zu arbeiten?«

»Ich versuche gerade, aus dieser Tretmühle abzuspringen, und Sie erhöhen das Tempo«, erwiderte Bernie grinsend.

»Aber wenn ich morgens auf den Markt käme, würden Sie erst um acht anfangen müssen, und ich könnte nach der Schule wieder übernehmen.«

Bernie antwortete nicht.

»Ich würde Ihnen vierzig Dollar die Woche zahlen«, sagte Alex, als Bernie einem Kunden eine Tüte Trauben reichte.

»Darüber muss ich erst nachdenken«, sagte Bernie schließlich. »Aber selbst wenn ich einverstanden wäre, hätten Sie immer noch ein Problem.«

»Welches?«

»Nicht welches, sondern wer. Es gibt zwei weitere Menschen, die bei Ihrem Plan mitmachen müssen.«

»Wer?«, wollte Alex wissen. »Denn ich werde erst mit meiner Mutter sprechen, wenn Sie zugesagt haben.«

»Es ist nicht Ihre Mutter, die mir Sorgen macht.«

»Sondern?«

»Der Mann, dem mein Stand und die meisten anderen Stände auf diesem Markt gehören. Sie werden Mr. Wolfe davon überzeugen müssen, dass Sie das Geld aufbringen können, denn nur dann wird er Ihnen eine Lizenz geben.«

»Und wo finde ich diesen Mr. Wolfe?«

»Sein Büro liegt am Ocean Parkway 3039. Er fängt jeden Morgen um sechs an und geht nie vor acht Uhr abends nach Hause. Und ich muss Sie warnen, Alex, dieser Mann ist ein übler Hurensohn.«

»Wir treffen uns morgen Nachmittag um dieselbe Zeit«, sagte Alex, bevor er sich auf den Heimweg machte. »Und bis dahin gehört mir Ihr Stand.«

Dimitri blinzelte Alex zu, als dieser sich zu ihm an den Küchentisch setzte. Sie plauderten über alles Mögliche, nur nicht über das, was Alex wirklich beschäftigte, und er wartete ungeduldig darauf, dass seine Mutter zur Arbeit gehen würde.

»Du hast kaum etwas gegessen«, sagte Elena und warf einen Blick auf ihre Uhr.

»Ich habe keinen großen Hunger.«

»Arbeitest du heute Abend?«, fragte sie. Für einen kurzen Moment dachte Alex, sie hätte alles herausgefunden, doch dann begriff er, was sie meinte.

»Ja, ich muss einen Aufsatz über die Gründerväter schreiben. Im Augenblick beschäftigen wir uns mit Hamilton und Jefferson und damit, wie sie gemeinsam die Verfassung entwarfen.«

»Das hört sich interessant an. Vielleicht lese ich ihn, wenn ich nach Hause komme«, sagte Elena, als sie ihren Mantel anzog.

»Deine Mutter ist nicht dumm«, sagte Dimitri, nachdem sich die Haustür hinter Elena geschlossen hatte. »Wenn sie herausfindet, dass dir Rockefeller und Ford wichtiger sind als Hamilton und Jefferson, könnte es wirklich schwierig für dich werden.«

»Dann wäre es besser, wenn sie es nicht herausfindet.«

Als er dem Ocean Parkway folgte, ging Alex noch einmal alles durch, was er zu Mr. Wolfe sagen wollte, während er gleichzeitig versuchte, die Fragen dieses Mannes vorwegzunehmen. Er konnte nur hoffen, dass er selbst wie jemand wirkte, dem es gelingen würde, regelmäßig achtzig Dollar pro Woche aufzubringen. Er war so in Gedanken vertieft, dass er an Nummer 3039 vorbeiging und umkehren musste. Als er vor der Tür zu Mr. Wolfes Büro stand, holte er tief Luft, bevor er eintrat. Hinter der Empfangstheke saß eine abweisend wirkende Frau mittleren Alters an ihrem Schreibtisch. Sie konnte ihre Überraschung nicht verbergen, als sie den jungen Mann sah.

»Ich möchte Mr. Wolfe sprechen«, sagte Alex, bevor sie eine Bemerkung machen konnte.

»Haben Sie einen Termin?«

»Nein, aber ich bin sicher, dass er mich empfangen wird.«

»Wie heißen Sie?«

»Alex Karpenko.«

»Ich sehe mal nach, ob er da ist.« Sie erhob sich von ihrem Schreibtisch und ging in das dahinterliegende Zimmer.

»Natürlich ist er da«, murmelte Alex. »Wenn nicht, hätten Sie mir das einfach gesagt.« Wie ein Tiger in der Manege ging er im Vorzimmer auf und ab, als warte er darauf, dass der Dompteur wiederkäme.

Schließlich öffnete sich die Tür, und die Sekretärin erschien. »Zehn Minuten kann er für Sie erübrigen, Mr. Karpenko.« Sie war der erste Mensch, der ihn jemals »Mr. Karpenko« genannt hatte. War das ein gutes Zeichen? »Aber keine Minute länger«, fügte sie nachdrücklich hinzu. Dann machte sie einen Schritt beiseite, um ihn eintreten zu lassen.

Alex rückte seine Krawatte gerade und ging in Mr. Wolfes Büro, wobei er hoffte, älter zu wirken, als er tatsächlich war. Der Besitzer der Marktstände sah von seinem Schreibtisch auf, welcher unter der Last zahlloser Papiere fast verschwand. »Was kann ich für dich tun, mein Junge?«, fragte er. Eine zur Hälfte aufgerauchte Zigarre wippte in seinem

Mund auf und ab. Wolfe trug einen olivgrünen Dreiteiler und ein kragenloses braunes Hemd. Er hatte sich einige dünne Strähnen quer über den Kopf gekämmt, um seine Kahlheit zu verstecken, und sein ausgeprägtes Doppelkinn verriet, dass er das Büro nur selten verließ, es sei denn, um etwas zu essen.

»Ich möchte den Marktstand von Bernie Kaufman übernehmen, wenn seine Lizenz ausläuft.«

»Und woher gedenkst du das Geld zu nehmen, das du dazu brauchst?«, fragte Wolfe. »Meine Stände sind nicht billig.«

»Mein Partner wird das Geld aufbringen, wenn Sie und ich uns über den Preis einigen können.«

»Ich habe den Preis bereits festgelegt«, sagte Wolfe. »Also reden wir hier nur darüber, ob du ihn dir leisten kannst.«

»Wie lange würde die Lizenz laufen?«, fragte Alex im Versuch, erneut die Initiative zu übernehmen.

»Fünf Jahre. Und der Vertrag müsste von jemandem unterschrieben werden, der nicht mehr minderjährig ist.«

»Zweihundertfünfzig Dollar pro Monat, bar im Voraus«, sagte Alex, »und wir sind uns einig.«

»Dreihundertzwanzig im Monat, mein Junge.« Die Zigarre verließ Mr. Wolfes Mund keinen einzigen Augenblick. »Und das auch nur dann, wenn ich Bargeld sehe.«

Alex wusste, dass er sich die Summe nicht leisten konnte und besser gehen sollte. Doch wie ein besessener Spieler war er immer noch davon überzeugt, das Geld irgendwie auftreiben zu können, weshalb er nickte.

Jetzt erst nahm Wolfe die Zigarre aus dem Mund, öffnete eine Schreibtischschublade, nahm einen Vertrag heraus und reichte ihn Alex. »Lies ihn sorgfältig durch, bevor du ihn unterschreibst, mein Junge, denn bisher ist es keinem Schlaumeier von Anwalt gelungen, irgendeinen Punkt darin für ungültig zu erklären. Und wie du sehen wirst, sind alle Strafklauseln zu meinen Gunsten formuliert.«

Die Zigarre kehrte in Wolfes Mund zurück. Er inhalierte tief, stieß eine Rauchwolke aus und sagte: »Sieh zu, dass du morgen so früh wie möglich mit dem Geld in der Hand hier erscheinst, mein Junge. Wir wollen doch nicht, dass du zu spät zur Schule kommst.«

Wenn die Szene in einem Gangsterfilm gespielt hätte, hätte James Cagney Wolfe eine Ladung Blei in den Leib gejagt und dessen Reich übernommen. Doch in der wirklichen Welt schlich sich Alex aus dem Büro und machte sich langsam auf den Weg nach Hause. Die ganze Zeit über fragte er sich, woher er die Pacht für den zweiten Monat bekommen sollte, wenn der Stand nicht genügend Gewinn abwarf.

Obwohl ihm Dimitri bereits dreihundertzwanzig Dollar als Pachtgebühr für den ersten Monat gegeben hatte, fehlte Alex immer noch die Zustimmung seiner Mutter, und er wusste genau, was sie als Gegenleistung verlangen würde. Er war sich nur allzu bewusst, dass er während der letzten Monate nicht hart genug für die Schule gearbeitet und nur das Allernötigste getan hatte, obwohl er noch immer zum halben Dutzend der Klassenbesten zählte. Doch weil er die meisten Nachmittage mit Bernie verbrachte, um die Feinheiten des Geschäfts zu lernen, und die Wochenenden für Iwan reserviert waren, um so viel zusätzliches Geld zu verdienen, dass er über die Runden kam, war er nicht überrascht, als der Rektor ihn einige Wochen später um ein vertrauliches Gespräch bat.

Eine Minute vor zehn trat Alex vor das Büro des Rektors, nachdem er bereits um vier Uhr morgens mit seiner Mutter auf dem Markt gewesen war und eine Stunde am

Stand gearbeitet hatte, bevor Bernie um acht übernahm. Er klopfte an die Tür und wartete darauf, hereingebeten zu werden.

»Hoffen Sie immer noch darauf, es an die NYU zu schaffen, Karpenko?«, fragte der Rektor, noch bevor Alex sich gesetzt hatte.

Alex hätte am liebsten geantwortet: *Nein, ich habe die Absicht, ein Unternehmen aufzubauen, das einmal Sears Konkurrenz machen wird, weshalb ich keine Zeit habe, an eine Universität zu gehen.* Doch stattdessen sagte er einfach nur: »Ja, Sir.« Alex hatte seiner Mutter versprochen, in der Schule fleißiger zu sein, um so gute Noten zu bekommen, dass er die Universität würde besuchen können.

»Dann müssen Sie viel mehr Zeit in die Arbeit für Ihre einzelnen Fächer investieren«, sagte der Rektor, »denn in letzter Zeit waren Ihre Bemühungen nicht besonders beeindruckend. Ich brauche Sie ja wohl nicht daran zu erinnern, dass es bis zur Zulassungsprüfung nicht einmal mehr sechs Monate sind.«

»Ich werde mir mehr Mühe geben«, sagte Alex.

Der Rektor schien nicht überzeugt, gab Alex aber mit einem Nicken zu verstehen, dass er gehen dürfe.

»Danke, Sir«, sagte Alex. Nachdem er das Büro des Rektors verlassen hatte, rannte er den ganzen Weg bis zum Players' Square. Er begriff, dass er fünf Minuten zu spät war, als er Iwan auf und ab gehen und auf seine Uhr blicken sah. Fünf Spieler saßen bereits an ihren Brettern und warteten ungeduldig darauf, ihren ersten Zug zu machen.

»Welche Entschuldigung hast du diesmal?«, fragte Iwan.

Jedes Mal, wenn eines von Dimitris Schiffen in Leningrad anlegte, begab er sich auf direktem Weg in die nächstgelegene Hafenkneipe, wo man an den meisten Abenden Kolja antreffen konnte.

Sobald die beiden Augenkontakt aufgenommen hatten, ging Dimitri wieder nach draußen und in Richtung Stadt bis zum Moskauer Bahnhof. Dort kaufte er sich eine Fahrkarte für einen Nahverkehrszug und suchte dann den Wartesaal zwischen den Bahnsteigen 16 und 17 auf. Bis Kolja eintraf, hatte er sich bereits einen Platz in der Ecke gesichert, weitab vom Fenster und vor neugierigen Blicken geschützt. Von gelegentlichen Obdachlosen abgesehen, hielten sich nur wenige Menschen länger als eine Viertelstunde dort auf; danach wurde man ohnehin aufgefordert, den Wartesaal zu verlassen.

Auch Kolja und Dimitri beschränkten sich auf fünfzehn Minuten, um zu verhindern, dass sie einem wachsamen Gepäckträger oder, schlimmer noch, einem KGB-Offizier auffielen, der gerade nicht im Dienst war – denn genau genommen waren diese Herren immer im Dienst –, sodass dieser Verdacht schöpfen würde. Gleich bei ihrer ersten Zusammenkunft hatten die beiden die Regeln für ihre weiteren Treffen festgelegt. Beide hätten sie bei jeder Begegnung ihre Fragen bereits vorbereitet – und überdies auch noch mehrere Antworten. Dimitri wusste, dass Kolja diesmal unbedingt etwas darüber erfahren wollte, wie seine Schwester und sein Neffe in der Neuen Welt zurechtkamen.

Als Kolja eintraf, setzte er sich sogleich neben Dimitri und schlug seine Zeitung auf. Sie gaben sich nie die Hand und verschwendeten nie irgendwelche Zeit mit unverbindlichen Plaudereien oder den in anderen Situationen üblichen Höflichkeiten.

»Elena arbeitet in einem Pizzarestaurant namens Mario's«, sagte Dimitri. »Sie wurde inzwischen schon drei Mal befördert und ist jetzt stellvertretende Geschäftsführerin. Sogar Mario wird langsam nervös. Ihrer Ansicht nach gibt es nur ein einziges Problem in ihrem Leben: Sie nimmt ständig zu. Darüber musste sie sich anscheinend nie Gedanken machen, als sie noch in der Offiziersmesse gearbeitet hat.«

»Gibt es irgendwelche Männer in ihrem Leben?«

»Nicht dass ich wüsste. Außer Alex natürlich.«

»Alex?«

»Alexander. Er besteht darauf, dass man ihn Alex nennt. Das sei cool, hat er mir versichert.«

»Und wie macht er sich in der Schule?«

»Ganz gut, aber nicht so gut, wie er könnte. Man hat ihm bereits für *fall*, Verzeihung, *autumn* – für den Herbst also, einen Platz an der New York University angeboten, und zwar im Fach Wirtschaftswissenschaften. Doch sollte er den Eindruck haben, es biete sich ihm eine günstige Gelegenheit, wird er auf das College verzichten und gleich zu arbeiten anfangen. Er sieht sich als der nächste John D. Rockefeller.«

»Rockefeller?«

»Ein amerikanischer Großindustrieller. Man hat sogar ein Gebäude nach ihm benannt«, sagte Dimitri.

Kolja lächelte und schlug eine Zeitungsseite um. »So wie ich Elena kenne, wird sie trotzdem wollen, dass der Junge aufs College geht und sich danach das besorgt, was sie wohl einen ordentlichen Beruf nennen würde.«

»Zweifellos«, sagte Dimitri. »Aber er ist wild entschlossen, Millionär zu werden. Er hat mich sogar überredet, dreihundertzwanzig Dollar in sein jüngstes Unternehmen zu investieren.«

»Weiß er, warum du dir das leisten kannst?«

»Nein. Ich habe ihm einfach gesagt, dass man nicht allzu viele Möglichkeiten hat, sein Geld auszugeben, wenn man fast immer auf See ist.«

»Er wird's rausfinden. Es ist nur noch eine Frage der Zeit. Aber ich muss zugeben, ich würde selbst in den Jungen investieren, wenn ich das Geld dazu hätte«, sagte Kolja. »Er besitzt das Selbstbewusstsein seines Vaters und den gesunden Menschenverstand seiner Mutter. Dieser Rockefeller sollte auf der Hut sein – wer immer er auch sein mag.«

Dimitri lachte. »Ich werde dich auf dem Laufenden halten, was meine Investition angeht.«

»Ich kann's gar nicht erwarten«, sagte Kolja. »Grüß die beiden von mir.«

»Klar. Und gibt es irgendetwas, das du meinen Freunden mitteilen möchtest?«

»Ja. Wir haben endlich unsere Schlacht gewonnen und können eine unabhängige Hafenarbeitergewerkschaft gründen. Es sieht so aus, als würde ich zum ersten Vorsitzenden gewählt.«

»Meinen Glückwunsch.«

»Den habe ich noch nicht verdient. Es gibt immer noch ein paar Probleme, und eines davon ist nicht zuletzt Poljakow, der einen eigenen Kandidaten ins Rennen schicken will. Ein linientreues Parteimitglied, das ihm über alles persönlich Bericht erstatten würde.«

»Dann hat Poljakow es also geschafft, seinen Posten zu behalten, obwohl er im Hafen und somit direkt vor Ort war, als Elena und Alex außer Landes geflohen sind?«

»Genau genommen hat er das, was eigentlich eine Katastrophe für ihn hätte sein müssen, zu seinem Vorteil genutzt«, erwiderte Kolja. »Er hat dem Hafenkommandanten erzählt, er sei nur deshalb nicht zum Spiel ins Stadion gegangen, weil er den Tipp bekommen hätte, dass irgendjemand versuchen würde, illegal das Land zu verlassen.«

»Warum hat er den Betreffenden dann nicht einfach verhaftet?«

»Er hat behauptet, ein Dutzend Männer hätten ihn überrascht, und ohne seinen Einsatz wäre noch viel mehr Dissidenten die Flucht gelungen.«

»Und das war schon genug, damit er seinen Posten nicht verloren hat?«

»Ja, gerade eben so. Aber ich glaube nicht, dass er in nächster Zukunft befördert werden wird.«

»Hat er versucht, dir irgendetwas anzuhängen?«

»Nein, das konnte er nicht. Ich war so früh wieder im Stadion, dass ich mir die zweite Hälfte des Spiels ansehen konnte. Ich habe mich in der darauffolgenden Stunde überall in der Nordkurve herumgetrieben, sodass beim Schlusspfiff mehr als eintausend meiner Arbeitskollegen bestätigen konnten, dass sie mich gesehen hatten. Damit war ich aus der Sache raus.«

»Das ist wirklich eine Erleichterung.«

»Nur zum Teil«, sagte Kolja. »Poljakow ist nach wie vor nicht überzeugt, und das ist ein weiterer Grund, warum er so entschlossen zu verhindern versucht, dass ich Vorsitzender der neuen Gewerkschaft werde.«

»Und wer hat gewonnen?«

»Was gewonnen?«

»Den Pokal. Alex hat mich gebeten, ich solle versuchen, es herauszufinden.«

»Wir haben Moskau 2:1 geschlagen, obwohl der Schiedsrichter ein KGB-Offizier war.«

Dimitri lachte. »Soll ich ihm sonst noch etwas mitteilen?«, fragte er. Er wusste, dass ihnen nur noch wenig Zeit blieb.

»Ja«, sagte Kolja und schlug eine weitere Zeitungsseite um. »Es interessiert Alexander vielleicht, dass sein alter

Schulfreund Wladimir in das Komitee des Komsomol der Universität gewählt wurde. Es würde mich nicht überraschen, wenn er es bis zu unserem nächsten Treffen zum Vorsitzenden gebracht hätte.«

»Nur eine Sache noch«, sagte Dimitri. »Elena möchte wissen, ob du bereit wärst, nach New York zu kommen und bei den beiden zu leben, wenn ich es schaffen würde, dir ein Visum zu besorgen.«

»Das ist sehr freundlich von ihr. Sag ihr das bitte und danke ihr dafür. Aber Poljakow würde dafür sorgen, dass ich nie ein Visum bekomme. Vielleicht könntest du auch versuchen, meiner Schwester zu erklären, dass hier immer noch wichtige Arbeit auf mich wartet.« Er faltete seine Zeitung zum Zeichen, dass es von ihm aus nichts mehr zu sagen gab, als ein Zug auf Bahnsteig 17 einfuhr und mit kreischenden Rädern anhielt.

Dimitri stand auf, mischte sich unter das dichte Gedränge der Passagiere, die auf den Bahnsteig strömten, und begann seinen langen Weg zurück zum Schiff, wobei er gelegentlich einen Umweg einlegte, um sicher zu sein, dass ihm niemand folgte. Er machte sich Sorgen wegen Kolja angesichts des Risikos, das Elenas Bruder aus Hass auf das kommunistische Regime einging. Im Gegensatz zu Dimitris meisten anderen Kontakten hatte Kolja ihn nie um Geld gebeten. Manche Menschen konnte man einfach nicht kaufen.

14

Sascha

Cambridge University

Nachdem Sascha seinen Aufsatz durchgelesen und einige kleinere Änderungen angebracht hatte, warf er einen Blick auf seine Uhr, streifte hastig seine Studentenrobe über und eilte die Treppe hinab über den Hof. An dessen Ende stürmte er eine andere Treppe hinauf und blieb schließlich vor einer Tür im dritten Stock stehen, als er den ersten von zehn Glockenschlägen hörte.

Er konnte sich nicht erlauben, auch nur eine Minute zum Tutoriat von Dr. Streator zu spät zu kommen, der seinen Unterricht mit dem Glockenschlag um zehn Uhr begann und genau eine Stunde später beendete, wenn die große Uhr über dem Collegehof erneut die Stunde schlug. Sascha holte tief Luft, klopfte an und trat mit dem zehnten Glockenschlag ein. Zwei andere Studenten saßen bereits vor dem Kaminfeuer und genossen das typische englische Buttergebäck, getoastete Crumpets.

»Guten Morgen, Dr. Streator«, sagte Sascha und reichte dem Dozenten seinen Aufsatz.

»Guten Morgen, Karpenko«, sagte Streator auf Russisch. »Sie haben die Crumpets verpasst, aber Pünktlichkeit scheint ja ohnehin keine Ihrer Stärken zu sein. Ich kann Ihnen jedoch noch eine Tasse Tee anbieten.«

»Danke, Sir.«

Streator goss eine vierte Tasse Tee ein, bevor er begann. »Heute möchte ich über das Verhältnis von Lenin und Stalin sprechen. Lenin hatte Stalin gegenüber nicht nur keinerlei Respekt, er verachtete diesen Menschen geradezu. Er war jedoch davon überzeugt, dass die Revolution nur dann gelingen könnte, wenn den Revolutionären genügend Geld zur Verfügung stünde und seine politischen Gegner auf die eine oder andere Weise aus dem Weg geräumt würden. Auftritt eines jungen Gangsters aus Georgien, der nur allzu gerne bereit war, beide Aufgaben zu übernehmen. Er überfiel Banken und hatte nie irgendwelche Skrupel, jeden zu ermorden, der ihm in die Quere kam, und seien es auch nur unschuldige Passanten.«

Sascha machte sich Notizen, während Dr. Streator seinen Vortrag fortführte. Er hatte sehr schnell herausgefunden, wie wenig er sich in russischer Geschichte auskannte und dass seine Lehrer in Leningrad nichts weiter getan hatten, als die Ausführungen eines Buches zu wiederholen, das vom KGB in Auftrag gegeben worden war, der damit versuchte, die Tatsachen der russischen Geschichte in eklatanter Weise zu verfälschen.

»Für mich zählen nur Tatsachen«, sagte Streator, »für die sich belastbare Beweise vorlegen lassen, keine Propaganda, die man einfach so lange wiederholt, bis jeder, der leichtgläubig genug ist, sie für die Wahrheit hält. So ist es Stalin zum Beispiel gelungen, eine ganze Nation davon zu überzeugen, dass er sich 1941 in Moskau aufhielt, um die russische Armee von der vordersten Verteidigungslinie aus zu befehligen, als die Deutschen zwanzig Meilen vor der Stadt standen. Dabei ist es weitaus wahrscheinlicher, dass er in Wahrheit nach Kuibyschew geflohen war und erst nach dem Rückzug der Deutschen wieder nach Moskau kam. Warum sage ich ›weitaus wahrscheinlicher‹? Weil ich keinen unwiderleglichen Beweis besitze, und für einen Historiker sollten neunzig Prozent Wahrscheinlichkeit nicht genug sein.«

Sascha genoss seine Tutoriate, die zweimal pro Woche stattfanden, und er verpasste keine einzige Stunde, obwohl Ben Goldsmith ihn immer wieder davon zu überzeugen versuchte, dass es auch noch ein Leben außerhalb der akademischen Verpflichtungen gab. Erst kürzlich war Ben der Students' Union beigetreten und hatte angefangen, sich für Politik zu interessieren. Nach einigem Hin und Her hatte Sascha sich bereit erklärt, ihn zur nächsten Diskussion zu begleiten, obwohl er nur selten die heiligen Hallen des Trinity verließ, wenn er nicht gerade ein wenig Zeit mit Charlie im Newnham College verbrachte. Schließlich hatte Dr. Streator nicht umsonst schon bei seinem ersten Tutoriat erklärt, er erwarte von seinen drei Studenten, dass sie ihr Examen mit »sehr gut« abschlössen. Kein anderes Ergebnis sei akzeptabel. Während andere sich auf dem Spielfeld auszeichneten, betrachtete es Streator als seine Aufgabe, das Gehirn seiner Studenten zu trainieren anstatt ihrer Muskeln. Trotzdem hatte Sascha den Eindruck, ein Kurzbesuch bei der Students' Union könne nicht schaden.

Dr. Streators Stunde ging so rasch vorbei, dass Sascha beim nächsten Glockenschlag nur zögernd seinen Collegeblock schloss und seine Papiere einsammelte. Er wollte gerade gehen, als Streator sagte: »Können Sie einen Augenblick für mich erübrigen, Karpenko?«

»Ja, Sir, natürlich.«

»Haben Sie heute Abend schon etwas vor?«

»Ich wollte eigentlich zur Union.«

»Dieses Haus würde nicht für Königin und Vaterland kämpfen.«

»Genau, Sir. Werden Sie auch da sein?«

»Nein, ich habe genug vom Krieg«, sagte Streator, ohne seine Bemerkung weiter auszuführen. »Aber wenn Sie mal einen freien Abend haben, könnten Sie sich mir nach dem Essen vielleicht auf eine Partie Schach anschließen, wo Könige, Königinnen und andere tapfere Kämpfer nicht ins Gefängnis geworfen und hingerichtet werden oder einem Attentat zum Opfer fallen, sondern einfach nur über ein gemustertes Brett bewegt und gelegentlich aus dem Spiel genommen werden.« Sascha lächelte. »Aber ich muss Sie warnen, Karpenko, ich habe auch noch einen Hintergedanken dabei. Ich bin verantwortlich für die Schachmannschaft der Universität, und ich möchte herausfinden, ob Sie so gut sind, dass wir Sie für das Spiel gegen Oxford aufstellen können.«

»Hast du schon mit ihr geschlafen?«

»Ben, ich bin noch nie einem derberen Menschen als dir begegnet.«

»Das liegt nur daran, dass du bisher ein so behütetes Leben geführt hast. Und jetzt beantworte meine Frage. Hast du schon mit ihr geschlafen?«

»Nein, das habe ich nicht. Ich bin mir, ehrlich gesagt, nicht einmal sicher, was sie für mich empfindet.«

»Wie kannst du gleichzeitig so klug und so dumm sein, Sascha? Charlie betet dich geradezu an, und du bist so ziemlich der einzige Mensch, der nichts davon mitbekommt.«

»Es wäre trotzdem nicht einfach«, sagte Sascha, »denn das Newnham erlaubt nach sechs keinen Mann mehr im Zimmer einer Studentin, und selbst vor sechs muss er, wenn ich die Regel noch richtig im Kopf habe, beide Füße stets auf dem Boden lassen.«

»Es mag dich überraschen, Sascha, aber es soll schon vorgekommen sein, dass Menschen vor sechs Sex hatten, und das sogar mit beiden Füßen auf dem Boden.« Sascha sah nicht überzeugt aus. »Doch das ist nicht der Grund, warum ich mit dir sprechen wollte. Hast du immer noch vor, am Donnerstagabend mit zur Diskussion zu kommen?«

»Dieses Haus würde nicht für Königin und Vaterland kämpfen«, sagte Sascha. »Ja, ich komme mit, obwohl es eine lächerliche Idee ist, die, so vermute ich, mit überwältigender Mehrheit zurückgewiesen werden wird.«

»Da wäre ich mir nicht so sicher. Es gibt hier schrecklich viele Kommies, die den Antrag, dass die Queen in einem Sozialbau wohnen sollte, energisch unterstützen würden. Aber es gibt noch einen Grund, warum ich wollte, dass du mitkommst. So kannst du nämlich meine neueste Freundin kennenlernen.«

»Hast du schon mit ihr geschlafen?«, fragte Sascha grinsend.

»Nein, aber bis dahin sollte es eigentlich nicht mehr lange dauern, denn ich weiß, dass sie scharf auf mich ist.«

»Ben«, sagte Sascha pikiert, »Englisch ist die Sprache von Keats, Shelley und Shakespeare, falls dir das noch nicht aufgefallen ist.«

»Offensichtlich hast du noch nie Harold Robbins gelesen.«

»Nein, hab ich nicht«, sagte Sascha und seufzte verzweifelt. »Doch wie gesagt, ich werde mitkommen. Und wenn es nur wäre, um jene glücklose Dame kennenzulernen, die, wie du das so elegant formuliert hast, scharf auf dich ist.«

»Ehrlich gesagt, hat sie verdammt viel im Kopf.«

»So viel kann sie nicht im Kopf haben, Ben. Denk mal drüber nach.«

»Und sie ist die einzige Frau im Komitee der Union«, sagte Ben, indem er die kleine Stichelei ignorierte.

»Dann spielt sie in einer ganz anderen Liga als du.«

»Es gibt keine Liga mehr, sobald man es geschafft hat, die betreffende Dame ins Bett zu bekommen.«

»Ben, du denkst immer nur an das eine.«

»Du solltest Charlie einladen, dann könnten wir hinterher alle zusammen etwas essen gehen.«

»Okay, ich gebe mich geschlagen. Und jetzt verschwinde. Ich habe in einer Stunde ein Tutoriat, und ich muss meinen Aufsatz noch durchsehen.«

»Ich hab meinen noch nicht mal angefangen.«

»Ich wusste nicht, dass man schreiben können muss, wenn man politische Ökonomie studiert.«

Es war Saschas erster Besuch bei der Students' Union, doch als die beiden den Debattensaal betraten, war sofort klar, dass Ben sich hier wie zu Hause fühlte. Er sicherte ihnen zwei Plätze auf einer der vorderen Bänke und mischte sich sofort in die angeregte Unterhaltung, die auf den Bänken um sie herum geführt wurde. Es wurde erst leiser, als die Vorstandsmitglieder der Union hereinkamen und auf den drei hochlehnigen Stühlen Platz nahmen, die vorne im Saal auf einem Podium standen.

»Der in der Mitte«, flüsterte Ben, »ist Carey. Er ist momentan der Vorsitzende. Eines Tages werde ich auf diesem Stuhl sitzen.« Sascha lächelte, als Carey aufstand und sagte: »Ich möchte den stellvertretenden Vorsitzenden bitten, das Protokoll der letzten Sitzung zu verlesen.«

Während Chris Smith das Protokoll vortrug, sah sich Sascha im gut besuchten Saal um und warf einen Blick zur Galerie hinauf, wo sich zahlreiche Studenten über das Geländer beugten und ungeduldig darauf warteten, dass die Diskussion begann.

Nachdem das Protokoll verlesen war und der stellvertretende Vorsitzende wieder Platz genommen hatte, stand der Vorsitzende erneut auf. »Ladys und Gentlemen, ich werde nun den ehrenwerten Parlamentsabgeordneten Mr. Anthony Wedgwood Benn bitten, den Antrag zu stellen, dass dieses Haus nicht für Königin und Vaterland kämpfen würde.«

Als Mr. Benn sich von seinem Platz erhob, wurde er lautstark mit begeisterten Jubelrufen begrüßt. Sascha konnte sehen, dass die Mehrheit der anwesenden Studenten auf seiner Seite war.

»Sehr geehrter Vorsitzender, ich möchte Ihnen herzlich für Ihre Einladung danken, die es mir ermöglicht, diesen Antrag vorzubringen«, begann Benn. »Und zwar nicht zuletzt deshalb, weil, wie wir alle wissen, Britannien keine Demokratie ist. Wie könnte irgendjemand behaupten, dass es sich anders verhält, wo wir doch keine Möglichkeit haben, unser Staatsoberhaupt selbst zu wählen? Wie können wir der Vorstellung anhängen, bei uns seien alle Männer und Frauen vor dem Gesetz gleich, wo doch unsere zweite Kammer von siebenhundert Männern vom ererbten Peersrang beherrscht wird, von denen die meisten keinen einzigen Tag in ihrem Leben gearbeitet haben und deren einziger Beitrag für die Gemeinschaft darin besteht, immer dann aufzutauchen und ihre Stimme abzugeben, wenn sie ihr Geburtsrecht in Gefahr sehen? Und doch sind das genau die Menschen, die darüber entscheiden, ob irgendeiner von Ihnen oder Sie alle hier in einen Krieg gegen jedwedes beliebige Volk ziehen sollen, nur weil diese Herren es als ihren Feind betrachten.«

Immer wieder unterbrachen Rufe wie »Hört, hört!« oder »Eine Schande!«, die mit gleichem Nachdruck vorgebracht wurden, Benns Rede, und obwohl Sascha in keinem Punkt zustimmte, konnte niemand daran zweifeln, dass der Redner die ungeteilte Aufmerksamkeit des ganzen Hauses gewonnen hatte. Als er wieder Platz nahm, vibrierte der Saal unter dem lauten Jubel und den »Schande!«-Rufen noch heftiger als zuvor.

Admiral Sir Hugh Munro, ein konservativer Abgeordneter, erhob sich, um seine Argumente gegen den Antrag vorzubringen. Der tapfere Gentleman wies schlicht darauf hin, dass inzwischen Adolf Hitler und nicht Queen Elizabeth II. im Buckingham-Palast sitzen würde, wenn Britannien im Zweiten Weltkrieg nicht für König und Vaterland gekämpft hätte. Daraufhin erklangen einige »Hört, hört!«-Rufe aus jenem Teil des Publikums, der bei Mr. Benns Rede stumm geblieben war. Nachdem der Admiral wieder Platz genommen hatte, meldeten sich ein weiterer Befürworter und ein weiterer Gegner zu Wort, die mit gleicher Leidenschaft sprachen, doch Sascha hatte den Eindruck, dass die Befürworter an diesem Tag den Sieg davontragen würden.

Er hatte sich alle vier Reden aufmerksam angehört und war immer noch überrascht, wie viele unterschiedliche Meinungen man in diesem Land äußern durfte, ohne negative Folgen befürchten zu müssen. In Leningrad hätte man inzwischen die Hälfte der Studenten verhaftet, und wenigstens zwei der Sprecher wären ins Gefängnis geworfen, wenn nicht gar erschossen worden.

Der Vorsitzende stand erneut auf und forderte die Zuhörer im Saal auf, ihre Ansichten vorzutragen, bevor man zur Wahl schreiten würde. »Aber jeder nur zwei Minuten«, sagte er nachdrücklich.

Daraufhin meldeten sich nacheinander eine ganze Reihe von Studienanfängern zu Wort. Die einen erklärten, dass sie niemals für Königin und Vaterland kämpfen würden, während die anderen versicherten, dass sie eher auf dem Schlachtfeld sterben würden, als sich einer fremden Herrschaft zu unterwerfen. Nach der Rede eines gewissen Mr. Tariq Ali, eines früheren Vorsitzenden der Oxford Union, hielt es Sascha nicht mehr auf seinem Platz. Ohne nachzudenken, sprang er auf, als der Vorsitzende um den nächsten Beitrag bat, und er war schockiert, als Mr. Carey auf ihn deutete.

Sascha bereute seinen Entschluss bereits, als er langsam zum Podium ging. Im Saal wurde es deutlich stiller, denn niemand wusste, welche Seite Sascha unterstützen würde. Er hielt sich am Rednerpult fest, um sein Zittern unter Kontrolle zu bekommen.

»Ladys und Gentlemen«, begann Sascha, und am Anfang war seine Stimme kaum mehr als ein Flüstern. »Mein Name ist Sascha Karpenko. Ich wurde in Leningrad geboren, wo ich die ersten sechzehn Jahre meines Lebens verbracht habe, bis mein Vater von den Kommunisten ermordet wurde.« Jetzt herrschte zum ersten Mal vollkommene Stille unter den Anwesenden, und alle Blicke richteten sich unverwandt auf Sascha. »Sein Verbrechen«, fuhr er fort, »bestand einzig und alleine darin, dass er die Absicht hatte, eine Gewerkschaft zu gründen, die es den Hafenarbeitern ermöglichen sollte, sich für jene Rechte einzusetzen, die Sie in Britannien für selbstverständlich halten. Das ist eines der Privilegien, wenn man in einer Demokratie lebt, denn, wie Winston Churchill jedermann zu erinnern pflegte: *Demokratie ist die schlechteste Regierungsform, mit Ausnahme aller anderen.* Ich werde mich nicht dafür entschuldigen, dass ich nicht in diesem Land geboren wurde, aber ich bin dankbar dafür, dass ich der kommunistischen Tyrannei entronnen bin, sodass ich, unter anderem, an dieser Debatte teilnehmen kann, die in Russland unmöglich wäre. Denn wäre dort eine vergleichbare Diskussion organisiert worden, hätte man Mr. Wedgwood Benn längst erschossen, und Mr. Tariq Ali wäre bereits auf dem Weg in die Salzminen in Sibirien.«

Einige »Hört, hört!«- und »Gute Idee!«-Rufe erklangen, von ausgelassenem Gelächter begleitet. Sascha wartete, bis es im Saal wieder still war. »Sie mögen lachen, aber wenn wir in der Sowjetunion wären, hätte man jeden festgenommen, der sich heute Abend für diesen Antrag ausgesprochen hätte, und jeder Student, der an dieser Debatte auch nur teilgenommen hätte, wäre der Universität verwiesen und gezwungen worden, sein Leben als Hafenarbeiter zu fristen. Ich weiß das deshalb, weil mir etwas ganz Ähnliches passiert ist.« Sascha war sich nicht bewusst, welche Wirkung seine Worte auf seine Mitstudenten hatten.

»Meiner Mutter und mir gelang es, aus diesem totalitären Staat zu fliehen, und glücklicherweise führte uns unser Weg nach England, wo wir als Flüchtlinge Aufnahme fanden. Doch ich möchte allen hier Anwesenden versichern, dass ich schon morgen bereit wäre, in die Sowjetunion zurückzukehren, um gegen dieses despotische Regime zu kämpfen und, wenn es sein muss, auch zu sterben, sollte ich auch nur die geringste Möglichkeit sehen, die Kommunisten aus dem Land zu treiben und einen demokratischen Staat aufzubauen, in dem jeder meiner Landsleute frei zur Wahl gehen kann.«

Der Jubel, der auf seine Worte folgte, gab Sascha die Möglichkeit, seine Gedanken zu ordnen. Er sprach jedoch erst weiter, als wieder vollkommene Stille im Saal herrschte. »Es ist eine schöne Sache, frei von allen Bedenken über diesen Antrag sprechen zu können, abstimmen zu dürfen und dann das Recht zu haben, sich mit Freunden an der Bar zu treffen. Aber wenn ich diese Rede in meinem Land gehalten hätte, säße ich jetzt im Gefängnis und müsste viele Jahre, wenn nicht sogar mein ganzes Leben, in einem Arbeitslager zubringen. Deshalb fordere ich Sie auf, diesen Antrag abzulehnen, denn ihn zu unterstützen hieße, Wasser auf die Mühlen von Despoten in aller Welt zu leiten, die behaupten, Diktaturen seien ein besseres Regierungssystem als Demokratien, vorausgesetzt, dass sie die Diktatoren sind. Lassen Sie zusammen mit mir von diesem Saal heute die Botschaft ausgehen, dass wir lieber bei der Verteidigung dieses Landes und seiner Werte sterben würden, als uns der Tyrannei zu unterwerfen.«

Als Sascha zurück zu seiner Bank ging, erhoben sich alle Anwesenden von ihren Plätzen und applaudierten ihm. Er war gerührt, als er sah, dass Mr. Wedgwood Benn und Mr. Ali den Beifall anführten. Als schließlich alle wieder Platz genommen hatten, erhob sich der Vorsitzende ein weiteres Mal und bat die Anwesenden abzustimmen.

Zwanzig Minuten später stand der stellvertretende Vorsitzende auf und erklärte, dass der Antrag mit 312 zu 297 Stimmen abgelehnt worden war. Sofort war Sascha von einer Gruppe Studenten umringt, die ihm gratulieren und die Hand schütteln wollten, während Ben sich zurücklehnte und seinen Triumph genoss. Ein Vorstandsmitglied beugte sich zu ihm und flüsterte ihm ins Ohr: »Der Vorsitzende lässt fragen, ob du und dein Freund auf ein Glas in unser Büro kommen möchtet.«

»Darauf kannst du wetten«, sagte Ben. Er führte Sascha aus dem Saal und eine breite Treppe hinauf zur Party des Vorsitzenden.

Der Erste, der auf ihn zutrat, um ihm zu gratulieren, war Mr. Wedgwood Benn.

»Ein großartiger Beitrag«, sagte er. »Ich kann nur hoffen, dass Sie eine Karriere in der Politik in Erwägung ziehen. Sie haben viel zu bieten.«

»Aber es könnte sein, dass ich im Parlament nicht auf Ihrer Seite sitze, Sir«, sagte Sascha.

»Dann dürfte ich Sie als einen würdigen Gegner betrachten, Sir.«

Sascha wollte gerade antworten, als eine junge Frau auf sie zutrat, die ihm ebenfalls gratulieren wollte.

»Das ist Fiona«, sagte Ben. »Eines der wenigen weiblichen Mitglieder im Vorstand der Union.«

Sascha war beeindruckt, und das nicht nur von ihrer Position, sondern ebenso von ihrer strahlenden Schönheit, auf die niemand erst hinweisen musste.

»Ich bin überrascht, dass wir uns bisher noch nicht über den Weg gelaufen sind, Sascha«, sagte sie und streifte ihm mit der Hand über den Arm.

»Er verlässt nur selten seine Bücher, um sich mit uns gewöhnlichen Sterblichen abzugeben«, sagte Ben, der nicht bemerkte, dass Sascha seinen Blick nicht von Fiona abwenden konnte.

»Eigentlich würde ich dich gerne davon überzeugen, der CUCA beizutreten.«

»CUCA?«, wiederholte Sascha.

»Der Konservativenclub der Universität«, erklärte Ben. »Fiona hat auch mich rekrutiert.«

»Wie ich höre, ist Ihre Rede bei der Union ziemlich gut angekommen«, sagte Streator und machte einen Zug mit seinem Turm, um seine Königin zu schützen.

»Die Briten sind so ein zivilisiertes Volk«, sagte Sascha, während er das Brett musterte. »Sie gestatten jedem, seine Meinung frei zu äußern, gleichgültig wie lächerlich oder uninformiert sie auch immer sein mag. Es wird Sie zweifellos nicht überraschen, Sir, dass wir in meiner Schule in Leningrad keinen Club hatten, in dem wir irgendwelche Debatten austragen konnten.«

»Diktatoren kümmern sich nicht besonders um die Meinung anderer. Aber Vorsicht. Auch bei uns musste der Herzog von Wellington in seiner ersten Kabinettssitzung als Premierminister erst noch lernen, dass seine Kollegen nicht bereit waren, seine Anweisungen widerspruchslos hinzunehmen, sondern ernsthaft über Alternativen diskutieren wollten. Es dauerte eine gewisse Zeit, bis der Eiserne Herzog akzeptieren konnte, dass seine Minister eine eigene Meinung hatten.«

Sascha lachte und machte einen Zug mit seinem Läufer.

»Ich muss Sie wirklich warnen, Sascha. Die Briten mögen zwar zivilisiert sein, doch Sie sollten niemals annehmen, dass meine Landsleute Sie als einen der Ihren akzeptieren werden, nur weil Sie Grips haben. Bei vielen weckt ein kluger Kopf nichts als Misstrauen, und andere werden nicht aufgrund Ihrer Worte über Sie urteilen, sondern aufgrund Ihres Akzents; und wieder anderen wird es genügen, Ihren Namen zu hören, um gegen Sie zu sein. Sollten Sie sich jedoch dafür entscheiden, nach Ihrem Abschluss am

Trinity zu bleiben, werden Sie solchen Vorurteilen nur dann begegnen, wenn Sie vorhaben, sich gelegentlich ein wenig außerhalb unserer heiligen Hallen zu bewegen.«

Es war Sascha bisher nie in den Sinn gekommen, dass er am Trinity bleiben könnte, um irgendwann einmal die nächste Studentengeneration zu unterrichten. Erst wenige Tage zuvor hatte ihn ein Kabinettsmitglied ermutigt, eine politische Karriere in Erwägung zu ziehen, und jetzt deutete sein Tutor an, dass er in Cambridge bleiben sollte. Er zog mit einem Bauern.

»Sie sind ein Naturtalent«, sagte Streator, »und ich bin sicher, dass das College versuchen wird, Sie zu halten.« Er machte einen weiteren Zug mit seinem Turm. »Aber vermutlich halten Sie uns für einen ziemlich langweiligen Haufen und sind der Ansicht, dass es da draußen eine viel aufregendere Welt zu erobern gilt.«

»Ich fühle mich geschmeichelt, dass es Ihnen überhaupt in den Sinn gekommen ist, sich Gedanken über meine Zukunft zu machen«, sagte Sascha und griff nach seiner Königin.

»Halten Sie mich doch einfach auf dem Laufenden darüber, wie Sie sich entscheiden«, sagte Streator. »Ob nun so oder so.«

»Im Augenblick beschäftigt mich nur eine einzige Entscheidung, Sir. Schachmatt.«

Das Telefon auf Dr. Streators Schreibtisch klingelte, doch er ignorierte es.

»Der Beschluss der Alliierten, Berlin nach dem Zweiten Weltkrieg in vier Sektoren zu unterteilen, war nichts weiter als ein politischer Kompromiss.« Das Telefon hörte auf zu klingeln. »Und ab 1949 begannen die Menschen, in Scharen aus dem Teil der Stadt, der in jenem Jahr Ostdeutschland zugeschlagen wurde, in den Westen zu fliehen. Die Regierung geriet in Panik und beschloss, eine elf Fuß – also über drei Meter – hohe Grenzbefestigung zu errichten, die unter der Bezeichnung ›Berliner Mauer‹ bekannt wurde. Diese mit Stacheldraht gekrönte Betonmonstrosität ist über neunzig Meilen – also über einhundertvierzig Kilometer – lang und hat nur einen Zweck: Sie soll die Bürger im Osten Deutschlands daran hindern, in den Westen zu fliehen.«

Das Telefon begann erneut zu klingeln.

»Mehr als einhundert Menschen haben bisher ihr Leben bei dem Versuch verloren, die Mauer zu überwinden. Was als Monument der Tugenden des Kommunismus gedacht war, hat sich nicht als Werbung für diesen Staat, sondern als eine Katastrophe erwiesen.«

Das Telefon hörte auf zu klingeln.

»Ich hoffe, dass ich – oder umso gewisser wenigstens Sie – es noch erleben werde«, fuhr Streator fort, »dass dieses Ding abgerissen und Deutschland als *eine* Nation wiedervereint wird. Das ist die einzige Möglichkeit, um einen dauerhaften Frieden in Europa zu gewährleisten.«

An der Tür erklang ein lautes Klopfen. Streator seufzte, erhob sich widerwillig und durchquerte langsam das Zimmer. Den ersten Satz, mit dem er den Störenfried empfangen würde, hatte er sich bereits zurechtgelegt. Er öffnete die Tür und sah sich dem Pförtner gegenüber. Der Mann war ganz rot im Gesicht und wirkte verlegen.

»Perkins, ich bin mitten in meinem Unterricht, und sollte das College nicht in Flammen stehen oder gerade von Marsmenschen erobert werden, wäre ich Ihnen sehr verbunden, wenn …«

»Sie sind schlimmer als Marsmenschen, Sir, viel schlimmer.«

»Und wer, bitte, könnte schlimmer als Marsmenschen sein, Perkins?«

»Neun Männer aus Oxford lauern in der Portiersloge darauf, in die Schlacht zu ziehen.«

»Gegen wen?«

»Gegen Sie, Sir, und die Mitglieder der Schachmannschaft von Cambridge.«

»Wie typisch für solche Gestalten, am falschen Tag aufzutauchen«, sagte Streator. Er ging zurück an seinen Schreibtisch, schlug seinen Terminplan auf und sagte: »Ach du Scheiße!«

Sascha erlebte zum ersten Mal, dass sein Dozent fluchte und um Worte verlegen war.

»So eine Scheiße«, wiederholte Streator gleich darauf noch einmal. »Ich entschuldige mich, Gentlemen«, sagte er und schlug seinen Terminplan mit einem lauten Knall zu, »aber ich muss die heutige Stunde abkürzen. Ich schulde Ihnen«, er sah auf die Uhr, »neunzehn Minuten. Als Hausaufgabe werden Sie diese Woche über die Rolle Konrad Adenauers als erster westdeutscher Kanzler nach dem Zweiten Weltkrieg schreiben. Ich empfehle Ihnen A. J. P. Taylor und Richard Hiscocks, die sich zu diesem Thema ganz unterschiedlich äußern. Ich glaube zwar, dass keiner der beiden so ganz recht hat, aber ich möchte Sie nicht beeinflussen«, sagte er und machte sich auf, das Zimmer zu verlassen. »Karpenko«, fügte er fast wie einen nachträglichen Gedanken hinzu, »da Sie Mitglied der Cambridge-Mannschaft sind, würde ich vorschlagen, dass Sie mich begleiten.«

Der Pförtner eilte in einer Geschwindigkeit die Treppe hinab, wie sie nur für den äußersten Notfall vorgesehen war, gefolgt vom Seniortutor und Sascha, der die Nachhut bildete. Als Streator die Pförtnerloge betrat, begrüßte ihn sein Pendant aus Oxford, Gareth Jenkins, ein Waliser, dem er noch nie sehr viele Gedanken gewidmet hatte, mit einem warmherzigen Lächeln, während sich acht Studenten aus Oxford eifrig bemühten, ein Grinsen zu unterdrücken.

»Es tut mir leid, Gareth«, sagte Streator. »Ich dachte, das Match sei nächste Woche.«

»Ich denke, du wirst gleich sehen, dass es für heute Nachmittag um vier angesetzt wurde, Edward«, sagte Jenkins und reichte Streator einen Brief, der dies bestätigte und unmissverständlich die hingekrakelte Unterschrift des Seniortutors trug.

»Könnten Sie mir vielleicht eine Stunde geben, alter Junge, damit ich meine übrige Mannschaft zusammentrommeln kann?«

»Ich fürchte, nein, Edward. Das Spiel ist in der offiziellen Liste der Matches für heute Nachmittag um vier verbindlich eingetragen, was uns«, sagte er und warf einen Blick auf seine Uhr, »noch genau sechzehn Minuten Zeit bis zum Beginn gibt. Ansonsten werden alle eure Partien offiziell als verloren gewertet.« Die Mannschaft aus Oxford bereitete sich in Gedanken bereits auf die Siegesfeier vor.

»Aber ich kann unmöglich in weniger als zwanzig Minuten meine gesamte Mannschaft zusammenrufen. Nehmen Sie doch Vernunft an, Gareth.«

»Können Sie sich vorstellen, wie Rommel reagiert hätte, wenn Montgomery zu ihm gesagt hätte: ›Können Sie mit der Schlacht um El Alamein noch etwa eine Stunde warten, alter Junge, ich habe irgendwie den falschen Tag erwischt?‹«

»Das ist nicht El Alamein«, erwiderte Streator.

»Für Sie eindeutig nicht«, antwortete Jenkins.

»Aber ich habe nur einen meiner Spieler bei mir«, sagte Streator, wobei er sich noch frustrierter anhörte.

»Dann wird er gegen alle acht von uns spielen müssen«, sagte Jenkins. Er hielt kurz inne und fügte dann hinzu: »Gleichzeitig.«

»Aber …«, protestierte Streator.

»Soll mir recht sein«, sagte Sascha.

»Das wird sicher amüsant«, sagte Jenkins. »Weniger El Alamein als vielmehr *Der Angriff der leichten Brigade.*«

Zögernd führte Streator die Oxford-Mannschaft aus der Pförtnerloge über den Hof in den Versammlungsraum, wo zwei Collegebedienstete rasch eine Reihe von Schachbrettern auf einem langen Tisch aus dem Speisesaal aufbauten. Streator sah immer wieder abwechselnd auf die Uhr und zur Tür in der Hoffnung, dass vielleicht doch noch ein Mitglied seiner Mannschaft auftauchen würde. Doch nur andere Studenten strömten herein, um Zeuge der unmittelbar bevorstehenden Niederlage zu werden.

Kampfbereit nahmen die acht Spieler aus Oxford ihre Plätze an den Spielbrettern ein. Sascha stand wie Horatio gleichsam alleine auf der Brücke, während Streator und Jenkins als Schiedsrichter ihre Plätze an den beiden Enden des langen Tisches einnahmen.

Als die Wanduhr vier schlug, erklärte Jenkins: »Es ist Zeit. Mögen die Spiele beginnen.«

Oxfords erster Spieler rückte mit dem Königinnenbauern zwei Felder vor. Sascha reagierte und schob seinerseits gerade den Königsbauern um ein Feld nach vorn, als der Kapitän der Cambridge-Mannschaft in den Saal stürmte.

»Tut mir leid, Sir«, sagte er nach Atem ringend. »Ich dachte, das Spiel sei erst nächste Woche.«

»Mea culpa«, gestand Streator. »Setzen Sie sich einfach an das zweite Brett. Das Match hat eben erst angefangen.«

»Ich fürchte, das wird nicht möglich sein«, sagte Jenkins. »Unser Mann hat gerade seinen ersten Zug gemacht. Damit haben die heutigen Spiele offiziell begonnen, und Ihr Kapitän ist nicht mehr berechtigt, daran teilzunehmen.«

Streator hätte sich beschwert, hätte er nicht damit rechnen müssen, dass Feldmarschall Montgomerys Name zum zweiten Mal an diesem Tag für eine solche Auseinandersetzung würde herhalten müssen.

Der zweite Oxford-Spieler machte seinen ersten Zug. Sascha reagierte sofort, während immer mehr Studenten in den Saal kamen, um zu sehen, wie der Herausforderer von einem Brett zum nächsten ging. Wenige Minuten später waren bereits zwei weitere Mitglieder der Cambridge-Mannschaft erschienen, doch auch ihnen blieb nichts anderes übrig, als dem Spiel aus der Ferne zuzusehen.

Sascha besiegte seinen ersten Gegner innerhalb von zwanzig Minuten, worauf sich herzlicher Beifall erhob. Der nächste dunkelblaue König fiel elf Minuten später. Inzwischen war die gesamte Cambridge-Mannschaft eingetroffen, doch die Zuschauer standen so dicht gedrängt im Saal, dass Saschas Teamkollegen sich die Spiele von der Empore aus ansehen mussten.

Es dauerte ein wenig länger, bis der dritte und der vierte Oxford-Spieler Saschas besonderen Fähigkeiten unterlagen, doch geschah dies, noch bevor die erste Stunde vorüber war. Zu diesem Zeitpunkt gab es nur noch im Flur freie Plätze, und auf der Empore drängten sich neben den Studenten sogar einige ältere Dozenten.

Die nächsten drei Spieler machten Sascha eine weitere halbe Stunde zu schaffen, doch schließlich gaben auch sie sich geschlagen, sodass sich nur noch der beste Oxford-Spieler weiter behaupten konnte. *Nur Geduld,* hörte Sascha seinen Vater sagen. *Irgendwann wird er einen Fehler machen.* Und zwanzig Minuten später war es tatsächlich so weit, als Sascha einen Turm opferte und der Kapitän der Oxford-Mannschaft eine Lücke in seiner Verteidigungslinie nicht schloss, sodass Sascha nach weiteren sieben Zügen zum achten Mal das entscheidende Wort aussprechen konnte: »Schachmatt.«

Oxfords bester Spieler stand auf, reichte Sascha die Hand und verbeugte sich tief. »Wir sind unwert«, sagte er, was spontanen Beifall zur Folge hatte.

»Ich denke, das war ein Sieg auf der ganzen Linie«, sagte Streator, nachdem sich der Beifall gelegt hatte. »Und ich halte es nur für fair, Sie zu warnen, Gareth. Der junge Karpenko hat gerade erst mit dem Studium begonnen, und ich werde das Datum auf keinen Fall mehr verwechseln, wenn wir euch nächstes Jahr besuchen werden.«

Sascha fragte sich, ob er sich jemals daran gewöhnen würde, dass eine Frau eine Runde Getränke bezahlte. »Hast du schon darüber nachgedacht, ob du bei der Wahl zum Vorstand der Union antreten willst?«, wollte Fiona von Sascha wissen und reichte ihm ein Lager.

Er nahm einen Schluck, was ihm Zeit gab, über eine Antwort nachzudenken. »Welchen Sinn hätte das?«, sagte er schließlich. »Ich bin mir nicht einmal sicher, welche Seite ich unterstützen soll, und wer sollte dann überhaupt auf den Gedanken kommen, für mich zu stimmen?«

»Viel mehr Leute, als du dir vorstellen kannst«, sagte Ben, bevor er einen großen Schluck nahm. »Nach deiner mitreißenden Rede zum Thema Königin und Vaterland und dem vernichtenden Sieg über die Mannschaft von Oxford, den du im Alleingang hingelegt hast, würden sie dich sogar wählen, wenn du als russischer Separatist antreten würdest.«

»Wirst du antreten, Ben?«, fragte Sascha.

»Darauf kannst du wetten. Und Fiona hat bereits deutlich gemacht, dass sie für den Posten der stellvertretenden Vorsitzenden kandidieren wird.«

»Na ja, die Stimmen deiner beiden größten Bewunderer sind dir schon mal sicher«, sagte Sascha.

»Vielen Dank«, sagte Fiona. »Aber es gibt immer noch viele Männer – und einige davon sind sogar in meiner eigenen Partei –, die glauben, dass eine Frau in die Küche gehört.«

»Schande über sie«, sagte Ben und grinste sie an.

»Ganz zu schweigen von denjenigen Mitgliedern der Labour-Partei, die meinen, ich stünde irgendwo rechts von Attila, dem Hunnen.«

Ben stellte sein leeres Glas auf den Tisch. »Noch eine Runde?«

»Nein danke«, sagte Sascha. »Ich muss früh ins Bett, wenn ich Mr. Streator morgen erklären will, warum er meiner Meinung nach unrecht hat. Er meint nämlich, dass dem russischen Volk am besten damit gedient ist, wenn es in einem totalitären Regime lebt, und sei es unter dem Zaren.«

»Ein explosives Thema«, sagte Ben. »Ich würde es nicht wagen, meinem Tutor zu widersprechen.«

»Würde er überhaupt wissen, wer du bist, wenn du jemals in einem seiner Tutorien auftauchen solltest?«

Ben ignorierte den Kommentar. »Was ist mit dir, Fiona? Trinkst du noch eine Runde mit mir?«

»Das würde ich gerne, Ben, aber auch ich muss ins Bett. Ich möchte morgen während Torts Vorlesung nicht einschlafen.«

»Ich würde ja mit dir kommen«, sagte Ben. »Aber ich habe gerade ein paar Liberale gesehen, bei denen ich ein bisschen für gute Stimmung sorgen muss, wenn ich in den Vorstand gewählt werden will.«

»Denk dran, auch für mich ein gutes Wort einzulegen«, sagte Fiona. »Und vergiss nicht, dass du als Kandidat ausgeschlossen werden kannst, wenn du ihnen so kurz vor der Wahl ein Bier zahlst.«

»Ben hat recht, weißt du?«, sagte sie zu Sascha, als sie die Bar der Union verließen und über einen kopfsteingepflasterten Weg in Richtung King's Parade gingen.

»Womit hat er recht?«

»Du solltest dich um einen Sitz im Vorstand bewerben«, sagte Fiona. »Mag sein, dass du beim ersten Mal nicht gewählt wirst, aber du würdest dich schon mal empfehlen.«

»Mich empfehlen? Wofür?«

»Für ein höheres Amt.«

»Das will ich gar nicht. Das überlasse ich dir.«

»Du solltest wenigstens darüber nachdenken. Denn wenn du dich für eine Seite entschieden hast, könntest du am Ende sogar noch Vorsitzender werden.«

»Ich dachte, du hättest es auf diesen Posten abgesehen?«

»Stimmt. Aber da der Vorsitz jedes Semester neu gewählt wird, könnte es doch sein, dass wir beide unser Ziel erreichen.«

»Es ist mir noch gar nicht in den Sinn gekommen, mich für den Vorstand zu bewerben«, sagte Sascha. »Vom Posten des Vorsitzenden ganz zu schweigen.«

»Dann wird es Zeit. Begleitest du mich zum College zurück?«

»Natürlich.«

»Du bist so wunderbar altmodisch«, neckte ihn Fiona und nahm seine Hand.

Wieder war Sascha überrascht, dass es eine Frau war, die den ersten Schritt machte. Der Königinnenbauer rückte ein Feld vor.

Während sie Hand in Hand zu Fionas College gingen, musste er unweigerlich an Charlie denken. Er wusste, dass Charlie nicht viel an der Students' Union lag, und an Fiona noch weniger.

»Findest du alleine nach Hause, Sascha?«, fragte Fiona, als sie den Eingang zum Newnham erreicht hatten. Doch noch bevor er antworten konnte, fügte sie hinzu: »Möchtest du noch auf einen Schluck zu mir hochkommen?«

»Und wie soll ich es an der Portiersloge vorbeischaffen?«, fragte Sascha, der offensichtlich einen Ausweg aus dieser Situation suchte.

Fiona lachte. »Komm mit.« Wieder nahm sie seine Hand und führte ihn auf die Rückseite des Gebäudes. »Siehst du die Feuertreppe? Das Fenster im dritten Stock gehört zu meinem Zimmer. Komm hoch, wenn das Licht angeht.« Ohne ein weiteres Wort zu verlieren, ging sie davon.

Sascha versuchte, einen klaren Kopf zu bekommen. Er dachte bereits daran, wieder hinüber ins Trinity zu gehen, als das Licht im dritten Stock anging. Fiona öffnete das Fenster und lächelte zu ihrem unfreiwilligen Romeo herab.

Sascha kletterte auf die Feuertreppe und stieg in den dritten Stock hinauf. Er stolperte ins Zimmer und sah, dass Fiona neben dem Bett stand und dabei war, ihre Bluse zu öffnen. Sie trat auf ihn zu, streifte ihm die Jacke von den Schultern und begann, seinen Hals, seine Wangen und seine Lippen zu küssen. Als er einen Schritt zurücktrat, sah er, dass sie ihre Bluse bereits ausgezogen hatte.

»Ich dachte immer, dass zwischen dir und Ben etwas läuft«, sagte Sascha.

»Es passt mir ganz gut in den Kram, dass er das glaubt«, sagte Fiona und zog Sascha in Richtung Bett. »Aber mein einziges Interesse an Ben beschränkt sich auf seine Fähigkeit, uns die jüdischen Stimmen zu verschaffen.«

Abrupt schob Sascha sie von sich weg.

»Was habe ich denn Schlimmes gesagt?«

»Wenn du das nicht weißt, Fiona, kann ich es dir nicht erklären.« Er hob seine Jacke vom Boden auf und ging zum Fenster. Dort drehte er sich noch einmal um, und obwohl Fiona ihren Ärger nicht verbergen konnte, musste er sich eingestehen, dass sie immer noch wunderschön aussah. Erst als er die Feuertreppe wieder hinabgestiegen war und bereits den Weg zum Trinity eingeschlagen hatte, beschloss er, für den Vorstand der Students' Union zu kandidieren.

15

Alex

New York University

Die meisten jungen Männer, die an einer Universität studieren, gestehen sich selbst ein paar Wochen zu, um sich an die üblichen Abläufe zu gewöhnen. Doch so viel Zeit blieb Alex nicht. Inzwischen hatte er es übernommen, frühmorgens zum Großmarkt zu gehen, wo er sich mehrere Stunden Zeit nahm, die frischesten Waren auszusuchen, um sie danach in seinem eigenen Stand ordentlich herzurichten, noch bevor der erste Kunde eintraf.

Gegen acht übernahm Bernie den Stand, wodurch Alex nach Hause gehen und mit Elena frühstücken konnte. Dabei sprach er stets über seine jeweils neueste Hausarbeit und versicherte ihr, dass er aufgrund seiner guten Noten nach wie vor zur besseren Hälfte seiner Kommilitonen gehörte. Obwohl er nicht allzu ausführlich darauf einging, wie er den Rest des Tages verbrachte, hatte das, was er bis dahin äußerte, wenigstens einen Vorteil: Es stimmte.

Als Alex jedoch das Geld ausging, wusste er nicht, wer ihm bei diesem Engpass helfen konnte.

Bernies Marktstand – die Leute aus dem Viertel nannten ihn immer noch so – kam notdürftig über die Runden, und obwohl es Alex gelungen war, die Kosten zu senken, lauerte bereits ein ganz besonderer Wolf vor der Tür, der nach wie vor seine dreihundertzwanzig Dollar sehen wollte, und zwar, wie er Alex gegenüber immer wieder betonte, laut Vertrag im Voraus.

Doch im Augenblick hatte Alex keine dreihundertzwanzig Dollar zur Verfügung, und wenn es ihm nicht gelang, Wolfe das Geld bis Montagabend zu übergeben, besäße er auch schon bald keinen Marktstand mehr. Wen konnte er wohl um einen kurzfristigen Kredit bitten?

Er saß in einer der hinteren Reihen des Vorlesungssaals und machte sich eifrig Notizen. Die Studenten um ihn herum nahmen an, dass er die Ausführungen des Dozenten mitschrieb.

»Wäre der Crash an der Wall Street zu verhindern gewesen, und hätten die Finanzexperten die Zeichen früher erkennen müssen, oder waren sie alle einfach nur …«

Alex warf einen Blick auf seine Notizen und dachte über seine Möglichkeiten nach: Elena, Dimitri, Iwan. Jedem von ihnen widmete er eine kurze Überlegung. Seine Mutter kannte nur die halbe Geschichte, und zwar die bessere Hälfte. Mr. Wolfe hatte sie nie kennengelernt, und Iwan sah sie immer nur aus der Ferne, wenn er Alex zum Mittagessen im Mario's traf. Eine schattenhafte Gestalt, deren Anblick sie nicht mochte, wie sie ihrem Sohn mehr als ein Mal gesagt hatte.

Erst kürzlich hatte Alex sich zu fragen begonnen, ob ihr Eindruck vielleicht zutraf. Elena war davon ausgegangen, dass Iwan auf dem Markt arbeitete, obwohl sie ihn dort noch nie gesehen hatte. Immer wieder betonte sie ihre Hoffnung, dass ihr Sohn nicht als Verkäufer an einem der Marktstände enden, sondern Anwalt oder Buchhalter in einem klimatisierten Büro in Manhattan werden würde, der jeden Abend zu seiner Frau und seinen drei Kindern heimkehrte und in der Upper East Side und nicht in Brooklyn wohnte.

Träum weiter, hätte Alex am liebsten zu ihr gesagt. Doch er wusste, sie würde nie akzeptieren, dass er zwar Straßenhändler sein konnte, doch gleichzeitig zu einem Unternehmer wurde, wenn er einen Anzug trug. Er strich ihren Namen durch.

Dimitri? Er hatte sich bisher immer als jemand erwiesen, der gab und nicht nahm. Ein Mensch, dessen Vertrauen und Großzügigkeit grenzenlos schienen. Dank ihm hatten Alex und seine Mutter ein Dach über dem Kopf, und er hatte die allererste Miete für den Marktstand aufgebracht, welche Alex immer noch nicht zurückgezahlt hatte. Außerdem war Dimitri wieder auf See und wurde erst in zehn Tagen zurückerwartet, was die ganze Angelegenheit noch schwieriger machte.

Alex glaubte immer noch, dass Dimitri etwas vor ihnen verbarg. Aber vielleicht hatte seine Mutter ja recht, und er war einfach einer von den Guten. Zögernd strich Alex seinen Namen durch, woraufhin nur noch ein möglicher Kandidat auf seiner Liste stand.

Iwan. Ihr Verhältnis war in letzter Zeit immer angespannter geworden. Sein Partner bekam häufiger Wutanfälle, wenn Alex auch nur wenige Minuten zu spät zu einem Match kam, und seit Kurzem hatte Alex den Verdacht, dass er von den Spielen am Wochenende nicht seinen vollen Anteil bekam. Iwan zeigte ihm nie, was er in sein Notizbuch eingetragen hatte, und wenn die Zuschauer zusätzliche Wetten abgaben, waren Alex' Augen stets verbunden.

Im Laufe des ganzen letzten Jahres hatte Alex nur sehr wenig über Iwan erfahren. Er wusste zwar, dass Iwan nebenher ein kleines Import-Export-Geschäft betrieb, doch nicht, wie Iwan die Tage unter der Woche wirklich verbrachte. Trotzdem wurde schnell klar, dass er möglicherweise Alex' einzige Chance war, seine Vereinbarung mit Mr. Wolfe einzuhalten.

Langsam zog Alex einen Kreis um Iwans Namen und kam zu dem Schluss, dass, genau wie beim Schach, Angriff die beste Verteidigung wäre. In der Mittagspause am Samstag würde er Iwan wegen eines Kredits ansprechen.

»Ich möchte«, sagte der Dozent, »dass Sie über das Wochenende eine Hausarbeit schreiben, in der Sie der Frage nachgehen, ob Präsident Roosevelts erste einhundert Tage im Amt ein Wendepunkt …«

Alex hatte nicht vor, sein Wochenende *damit* zu verbringen.

»Gib mir einen Augenblick Zeit, damit ich versuchen kann, dein Problem zu verstehen«, sagte Iwan auf Russisch, als ihm eine große Pizza serviert wurde. »Du hast im Augenblick einen Stand auf dem Markt gemietet …«

»Ich habe eine Fünfjahreslizenz.«

»Für dreihundertzwanzig Dollar pro Monat, und du machst nur wenig Gewinn.«

»Es reicht nicht für die Miete nächsten Monat.«

»Aber du glaubst, das Problem ließe sich lösen, wenn du nur etwas mehr Zeit hättest?«

»Besonders, wenn ich einen zweiten Stand mieten könnte.«

»Obwohl du dir nicht mal den einen leisten kannst, den du schon hast?«

»Das stimmt. Aber wenn du und ich Partner würden, dann bin ich davon überzeugt …«

»Vergiss es«, sagte Iwan, indem er Alex mitten im Satz unterbrach. »Wenn du einen zweiten Stand mietest, würdest du nichts weiter verdoppeln als deine Verluste.«

Alex senkte seinen Kopf und sah auf seine Pizza, die er bisher noch nicht angerührt hatte.

»Wenn es jedoch«, sagte Iwan und griff nach seinem zweiten Stück, »nur darum geht, dass du kurzfristig wieder flüssig bist, kann ich dir vielleicht helfen.«

»Ich würde alles dafür tun.«

»Letzte Woche musste ich einen meiner Kuriere rausschmeißen, und im Moment suche ich einen zuverlässigen Ersatz.«

»Aber das würde bedeuten, dass ich von der NYU abgehen muss, und sollte ich das tun, würde mich meine Mutter enterben.«

»Vielleicht könntest du ja auch das Beste von beiden Seiten haben«, sagte Iwan, »denn ich brauche dich nur zwei- oder dreimal pro Woche, und auch dann nur für ein paar Stunden.«

»Aber so würde ich nie genügend verdienen, um meine Ausgaben …«

»Solange du für mich immer erreichbar bist, zahle ich dir einhundert Dollar die Woche. Das sollte jeden Wolf auf Distanz halten, und du hättest sogar noch ein paar Dollar übrig.«

»Was hätte ich für das Geld zu tun?«

»Nichts besonders Anspruchsvolles. Vergiss nicht, dass ich, Iwan Donokow, genauso ein Emigrant bin wie du«, sagte er. »Mag sein, dass ich nicht vom letzten Schiff gesprungen bin, das gerade erst angelegt hat, aber so lange bin ich auch noch nicht hier. Ich habe mir jedoch ein kleines Import-Export-Geschäft aufgebaut, das ziemlich gut läuft, und ich bin immer auf der Suche nach fähigen Mitarbeitern.«

»Mit Drogen will ich nichts zu tun haben«, sagte Alex entschieden. »Das wäre der sicherste Weg zurück in die Sowjetunion.«

»Ich genauso wenig«, sagte Iwan. »Obwohl ich zugeben muss, dass meine Geschäfte nicht ganz das sind, was die Juden *koscher* nennen, weshalb es am besten wäre, wenn du nicht allzu viel darüber weißt.«

»Geht es um gestohlene Waren?«

»Eigentlich nicht. Aber manchmal fallen ein paar Stangen Zigaretten von einem Lastwagen, der in Richtung Docks unterwegs ist, und gelegentlich taucht die eine oder andere Kiste Whisky nicht in den Frachtpapieren eines Schiffes auf, dessen Ladung gerade gelöscht wird.«

»Aber ich wäre nicht bereit …«

»Und das erwartet auch niemand von dir. Mit diesem Teil des Geschäfts hättest du nichts zu tun. Ich suche nur einen Kurier, der meinen Arbeitern draußen an der Front meine Nachrichten überbringt. Für einen jungen Mann, der so viel im Kopf hat wie du, sollte das nicht zu anspruchsvoll sein.«

»Aber warum sollte so etwas einhundert Dollar die Woche wert sein?«, fragte Alex.

»Du bist zweisprachig, und die meisten meiner Kuriere sprechen nur Russisch«, sagte Iwan. Er zog ein Bündel Einhundert-Dollar-Noten aus seiner Gesäßtasche, zählte vier ab und reichte sie Alex. Daraufhin stellte Alex keine weiteren Fragen mehr.

Von der Theke aus sah Elena zu, wie das Geld den Besitzer wechselte. Niemand bezahlte eine solche Summe, wenn es um etwas Legales ging. Noch misstrauischer wurde sie, als sie sah, dass Alex seine Lieblingspizza nicht angerührt hatte.

Zunächst war Iwan wirklich nicht besonders anspruchsvoll. Es schien, als stelle er seinen neuen Mitarbeiter auf die Probe, und bat ihn nur darum, völlig harmlose Nachrichten an seine verschiedenen Kontakte im ganzen Stadtgebiet zu überbringen. Alex' Landsleute reagierten auf diese Botschaften mit kaum mehr als einem Grunzen, und wenn einer von ihnen doch etwas sagte, so geschah das immer auf Russisch. Doch Iwan erklärte ihm, dass es sich bei allen um Einwanderer handelte, die der Tyrannei des KGB entronnen waren und niemandem vertrauten. Alex konnte nicht behaupten, dass er die Menschen mochte, mit denen er Umgang hatte. Doch immerhin hasste er den KGB sogar noch mehr, und Iwan versäumte es nie, ihm pünktlich sein Honorar zu bezahlen, was ebenso wichtig war. Das meiste Geld wurde am folgenden Morgen an Mr. Wolfe weitergereicht, der der Einzige zu sein schien, der bei dieser ganzen Angelegenheit Gewinn machte.

Alex verließ die NYU gegen vier und war pünktlich wieder auf dem Markt, um Bernie um fünf abzulösen. Nur selten schloss er den Stand vor sieben, und danach ging er ins Mario's, um mit seiner Mutter zu Abend zu essen. Er trug immer ein paar Bücher unter dem Arm, um den Eindruck zu erwecken, er sei ein fleißiger Student, der gerade aus einer Vorlesung kam. Es machte ihm allerdings nichts aus, Elena gegenüber zuzugeben, dass ihm die Kurse in Wirtschaftswissenschaft viel mehr gefielen, als er erwartet hatte.

Beim Abendessen las er ein Kapitel Galbraith oder Smith, und wenn er nach Hause kam, machte er sich ausführliche Notizen, bevor er dann zu Bett ging. Sogar ein Jesuit wäre mit seinem strengen Tagesablauf einverstanden gewesen – wenn auch nicht mit dem, was Alex zu erreichen versuchte.

Als Alex zu seinem zweiten Studienjahr an die Universität zurückkehrte, hatte er bereits drei Marktstände gemietet: Obst und Gemüse, Schmuck (zum dreifachen Preis) sowie Kleidung, die er bei Addie kaufte, die ihm alles zurücklegte, was nicht nach Second-Hand aussah, sodass Alex es am folgenden Morgen zum doppelten Preis an seinem Stand anbieten konnte. Er verbrachte jeden Samstagabend mit Addie, wobei er gelegentlich sogar bei ihr übernachtete, was nicht immer besonders sinnvoll war, denn er musste bereits um vier Uhr morgens auf dem Großmarkt sein, wenn er die beste Ware bekommen wollte. Bereits um fünf bekam man nur noch die wenig attraktiven Reste.

Am Ende seines zweiten Studienjahres hatte Alex jeden Cent seiner Schulden bei Dimitri abbezahlt und seiner Mutter einen Pelzmantel für die New Yorker Winter gekauft. Das Stück war das Angebot des Monats im Second-Hand-Laden und kostete sechzig Dollar. Er dachte sogar schon darüber nach, sich einen kleinen Transporter aus zweiter Hand zu kaufen, damit er seine Waren schneller transportieren und nicht so viel Zeit verlieren würde, beschloss jedoch, dies erst zu tun, wenn er seinen Abschluss gemacht hätte.

Obwohl Alex sechzehn Stunden am Tag arbeitete, genoss er ein Leben, das kein anderer Student an der NYU für möglich gehalten hätte. Doch für ihn bestand der wahre Vorteil darin, dass seine drei Marktstände inzwischen so viel Gewinn abwarfen, dass er einen vierten mieten konnte (allerlei Dinge aus geschliffenem Glas, der neueste Schrei).

Alles lief nach Plan. Bis er verhaftet wurde.

16

Sascha

Cambridge University

»Wann werden wir das Ergebnis erfahren? Was meinst du?«, fragte Sascha.

»Das Wahllokal hat um sechs geschlossen«, sagte Ben, »also dürften der Wahlleiter und seine Leute inzwischen bereits mit dem Auszählen der Stimmen beschäftigt sein. Ich denke, wir erfahren es in einer halben Stunde, vielleicht sogar früher.«

»Aber *wie* werden wir es erfahren?«, fragte Sascha, der nicht zugeben wollte, wie nervös er war.

»Der scheidende Vorsitzende wird die Namen der neuen Vorsitzenden und Vorstandsmitglieder verkünden, und dann werden wir entweder feiern oder unsere Niederlage in Alkohol ertränken.«

»Dann wollen wir mal hoffen, dass wir beide es in den Vorstand schaffen.«

»Bei dir ist die Sache klar«, sagte Ben. »Ich kann nur hoffen, dass ich es irgendwie auf den vierten Platz schaffe.«

»Wenn du es schaffst, wie willst du dann feiern?«

»Ich werde einen letzten Versuch unternehmen, Fiona ins Bett zu bekommen. Wenn sie stellvertretende Vorsitzende wird, müsste ich eine Chance haben.«

Sascha nippte an seinem Lagerbier.

»Und was hast du vor?«, fragte Ben.

»Ich werde auf jeden Fall zu Charlie gehen und versuchen, all die Zeit nachzuholen, die ich hier verbracht habe.«

»Sie war selbst ziemlich beschäftigt, seit sie die Bretter betreten hat, die die Welt bedeuten«, sagte Ben. »Vielleicht hättest du Schauspieler werden sollen anstatt Politiker. Dann hättest du Oberon sein können, wenn sie die Titania spielt.«

»Oberon ist zu beneiden.«

Plötzlich erfüllte Schweigen den Schankraum, als der scheidende Präsident der Students' Union eintrat. Er blieb in der Mitte des Raums stehen, räusperte sich und wartete, bis die Aufmerksamkeit aller Anwesenden nur noch ihm galt. »Das Ergebnis der Wahl für die Vorsitzenden der Union im Herbstsemester lautet wie folgt: Vorsitzender mit siebenhundertundzwölf Stimmen … Mr. Chris Smith vom Pembroke College.«

Lauter Jubel brach aus, als Smiths Anhänger die Gläser hoben. Carey sprach erst weiter, nachdem es wieder vollkommen still geworden war.

»Schatzmeister wird Mr. R. C. Andrew vom Caius College mit sechshundertsechsundneunzig Stimmen«, was den Mitgliedern des Labour Club ihrerseits Grund zum Jubel gab.

»Und die stellvertretende Vorsitzende mit vierhundertundelf Stimmen«, fuhr Carey angesichts seiner stumm lauschenden Zuhörer fort, »wird«, er hielt kurz inne, »Miss

Fiona Hunter vom Newnham College.« Der halbe Saal sprang auf; die andere Hälfte blieb allerdings sitzen.

»Sie wird die nächste Vorsitzende werden«, sagte Ben.

»Zu Mitgliedern des Vorstands wurden gewählt«, sagte Carey und wandte sich einem gesonderten Blatt zu, »Mr. Sascha Karpenko mit achthundertundelf Stimmen, Mr. Norman Davis mit fünfhundertundzweiundvierzig Stimmen, Mr. Jules Huxley mit fünfhundertundsechzehn Stimmen und Mr. Ben Goldsmith mit vierhundertundeinundvierzig Stimmen.«

»Meinen Glückwunsch«, sagte Ben und schüttelte Sascha herzlich die Hand. »Es kann nur eine Frage der Zeit sein, bis du Vorsitzender wirst. Doch jetzt sollten wir rübergehen und uns zu Füßen unserer neuen stellvertretenden Vorsitzenden niederlassen.«

Zögernd folgte Sascha seinem Freund durch den Saal. Fiona war bereits von ihren Bewunderern umgeben. Warmherzig umarmte sie Ben, doch als sie Sascha sah, drehte sie ihm den Rücken zu.

»Wir sollten feiern«, sagte Ben. »Isst du mit uns zu Abend?«

»Nein danke«, sagte Sascha. »Ich muss los zu Charlie. Ich hoffe, dass sie mir eine zweite Chance gibt.«

»Viel Glück«, sagte Ben. »Und noch einmal herzlichen Glückwunsch. Du bist in diesem tückischen Gelände weit nach oben gekommen.«

Langsam ging Sascha durch den Saal, wobei er mehrere Male stehen bleiben musste, um Kommilitonen, die ihn beglückwünschten, die Hände zu schütteln, obwohl er selbst bereits an Charlie dachte und hoffte, sie würde seinen Triumph mit ihm teilen. Er wusste, wie er am liebsten feiern würde. Das letzte Mal hatte er sie gesehen, als sie sich zum Tee in ihrem Zimmer getroffen hatten. Entsetzt hatte er festgestellt, dass Charlies Zimmer im zweiten Stock direkt unter dem von Fiona lag. Charlie war abgelenkt gewesen, vielleicht hatte sie über ihre Rolle als Titania nachgedacht, denn in wenigen Tagen sollte die Premiere sein. Oder vielleicht hatte es auch an ihm gelegen, weil er zu viel über die Union sprach.

Sascha verfiel in einen leichten Trab, als er am Trinity vorbeikam, und rannte dann den ganzen Weg bis zum Newnham, wo er zur Rückseite des Gebäudes ging.

Obwohl die Vorhänge zugezogen waren, konnte Sascha sehen, dass in Charlies Zimmer noch Licht brannte. Er griff nach der untersten Sprosse der Feuertreppe und stieg rasch in den zweiten Stock hinauf. Er wollte gerade ans Fenster klopfen, als er eine Lücke zwischen den Vorhängen bemerkte. Er spähte hindurch und sah, dass Titania mit Oberon im Bett lag.

Das mehrmalige Aufheulen einer lauten Sirene, begleitet von grellem Blaulicht, sorgte dafür, dass der Verkehr auf der Fulham Road an den Straßenrand rollte, damit der Rettungswagen seine Fahrt fortsetzen konnte.

Elena war sofort aus der Küche geeilt, als sie erfahren hatte, dass Mr. Moretti zusammengebrochen war. Unverzüglich hatte sie Gino angewiesen, den Notarzt zu rufen, während sie neben Mr. Moretti kniete und nach seinem Puls tastete. Der Puls war schwach, aber Mr. Moretti war noch am Leben.

»Sie werden jede Minute hier sein«, sagte sie und umfasste seine Hand. Sie war nicht sicher, ob er sie hören konnte, aber dann öffnete er die Augen und versuchte, ihr zuzulächeln.

Es kam ihr so vor, als seien Stunden vergangen, bis sie das überaus willkommene Geräusch des sich nähernden

Rettungswagens hörte, obwohl es in Wahrheit nur sieben Minuten gedauert hatte.

Schon einen Augenblick später knieten zwei Rettungssanitäter neben Mr. Moretti. Während der eine seinen Puls überprüfte, schnallte ihm der andere eine Sauerstoffmaske über das Gesicht. Dann hoben die beiden den älteren Herrn, der inzwischen ganz grau geworden war, auf eine Trage und brachten ihn aus dem Restaurant, während die besorgten Gäste beiseite traten, um ihnen Platz zu machen.

»Ruf seine Frau an, Gino«, sagte Elena, während sie die Sanitäter nach draußen begleitete. Noch immer hielt sie Mr. Morettis Hand. Er wurde in den Rettungswagen gehoben, die Sanitäter schnallten die Trage fest, und wenige Sekunden später fuhren sie in Richtung Krankenhaus.

Elena versuchte, ruhig zu bleiben, während sie gleichzeitig zu einem Gott betete, von dessen Existenz sie nicht mehr vollkommen überzeugt war. Der Rettungssanitäter im Heck des Krankenwagens begann mit einer Reihe von Maßnahmen, die er schon unzählige Male durchgeführt hatte. Zunächst wickelte er eine Manschette um den rechten Arm des Patienten, die über ein Kabel mit einem kleinen Monitor verbunden war, auf dem eine Linie erschien, deren Ausschläge regelmäßig kleine Täler und Hügel bildeten. Plötzlich und ohne Vorwarnung verwandelten sich die Täler und Hügel in eine flache, endlose Wüste. Ohne einen Augenblick zu zögern, drückte der Sanitäter alle paar Sekunden rhythmisch gegen die Brust des Patienten, während er gelegentlich innehielt, um einen Blick auf den Monitor zu werfen. Als sich nach mehreren Minuten noch immer keine Reaktion zeigte, gab er schließlich auf.

»Wir haben ihn verloren«, sagte er leise und sank auf seinen Sitz zurück. Er wusste, dass weitere Wiederbelebungsmaßnahmen sinnlos waren.

»Nein!«, rief Elena. Sie wollte seine Worte nicht akzeptieren. Auch das hatte der Sanitäter schon oft erlebt.

»War er Ihr Vater?«, fragte er in einfühlsamem Ton und zog ein Tuch über Mr. Morettis Gesicht.

»Nein. Aber kein Vater hätte mehr für seine Tochter tun können.«

»Hast du Charlie im *Sommernachtstraum* gesehen?«, fragte Ben, als sie an der Bar saßen.

»In allen acht Vorstellungen«, gestand Sascha. »Sogar in den Matineen.«

»Steht es so schlimm um dich?«

»Ich fürchte, ja.«

»Und was willst du dann in dieser Sache unternehmen?«

»Es gibt nicht viel, das ich unternehmen könnte, solange Oberon auch abseits der Bühne seine amouröse Vorstellung gibt. Mir bleibt vorerst nur die Rolle von Zettel, dem Weber.«

»Ich glaube, Oberon hat inzwischen schon eine neue Rolle angenommen.«

»Aber ich habe die beiden gesehen, als sie …« Sascha brach mitten im Satz ab.

»Das war, bevor die Kritiker Rory zum zukünftigen Star ausgerufen haben und Charlie kaum erwähnt wurde.«

»Ich fand sie wunderbar«, sagte Sascha. »Mindestens so gut wie er. Genau genommen sogar besser.«

»Nur schade, dass die Kritiker nicht deiner Meinung sind«, sagte Ben. »Aber schließlich wussten sie ja nicht, dass Charlie in jemand anderen verliebt ist.«

»Es gibt einen anderen?«

»Nein, du Idiot. Ich frage mich manchmal wirklich, wie jemand, der so klug ist, gleichzeitig so dumm sein kann. Jedes Mal, wenn ich Charlie sehe, spricht sie über niemand anderen als dich. Also setz dich gefälligst in Bewegung und muntere sie auf. Als Erstes solltest du ihr sagen, wie wunderbar du sie in der Rolle der Titania gefunden hast.«

»Ich glaube nicht, dass sie so etwas ausgerechnet von mir hören möchte.«

»Sascha, um Himmels willen, wach endlich auf. Heb deinen Arsch und tu etwas.«

Es dauerte weitere vierundzwanzig Stunden, bis Sascha sich in Bewegung setzte und etwas tat.

Während des vormittäglichen Tutoriums ertappte sich Sascha dabei, dass er sich nicht konzentrieren konnte. Er aß nicht zu Mittag und erschien nicht in seiner Nachmittagsvorlesung, bis er endlich Bens Rat befolgte und hinüber zum Newnham ging.

Diesmal schlich er nicht zur Rückseite des Gebäudes, als er das College erreicht hatte, und er kletterte auch nicht die Feuertreppe hinauf, sondern ging durch die Eingangstür. Er trug beim Pförtner seinen Namen ein und stieg dann langsam die Treppe hinauf in den zweiten Stock. Mehrmals war er in Versuchung umzukehren, und er hätte es wohl auch tatsächlich getan, hätte er nicht Bens Stimme im Ohr gehabt, die ständig wiederholte: »Du jämmerlicher Waschlappen!« Er zögerte noch einmal, als er vor Charlies Tür stand, doch dann holte er tief Luft und klopfte an.

Er wollte schon aufgeben, als die Tür geöffnet wurde. Eine Weile starrten die beiden einander nur an.

»*Et tu, Brute?*«, sagte Charlie schließlich.

»Das falsche Stück«, erwiderte Sascha. »Ich bin gekommen, um dir zu sagen, dass es in ganz Verona nichts Schöneres gibt.«

»Aber bevor du zu mir hochgekommen bist, bist du auf den Balkon einer anderen gestiegen.«

»Du hast mich gesehen?«, fragte Sascha und errötete.

»Beide Male. Und es war meinem Liebesleben nicht gerade förderlich, als ich aus dem Bett gesprungen und zum Fenster gerannt bin, nur um zu sehen, dass du bereits wieder verschwunden warst.«

Sascha lachte.

»Rory ist fast ebenso rasch verschwunden wie du. Aber komm rein«, sagte sie und nahm seine Hand. »Denn das damals war nur die Kostümprobe.«

Als Sascha ein paar Stunden später zu seinem College zurückkehrte, konnte niemand sein zufriedenes Grinsen übersehen, der Pförtner möglicherweise ausgenommen.

»Ein Anruf für Sie, Mr. Karpenko«, sagte dieser und reichte ihm ein Blatt Papier.

Sascha faltete es auf, las den einzelnen Satz, der dort stand, und fragte, wann seine Mutter angerufen hatte.

»Vor gut einer Stunde, Sir. Ich habe versucht, Sie in Ihrem Zimmer zu erreichen, habe Sie aber nicht angetroffen, und niemand schien zu wissen, wo Sie sich aufhielten, nachdem Sie auch nicht zu Ihrer Nachmittagsvorlesung erschienen waren.«

»Nein, ich war … falls irgendjemand fragt, sagen Sie dem Betreffenden bitte, dass ich kurzfristig nach London musste und es wohl ein paar Tage dauern wird, bis ich wieder zurück sein werde.«

»Gewiss, Sir.«

Schon eine Stunde später stand Sascha auf dem Bahnsteig von King's Cross. Als er die kleine Wohnung über dem Restaurant in Fulham betrat, wirkte seine Mutter bedrückter, als sie es jemals seit dem Tod seines Vaters gewesen war. Sie hatte sich für den Abend freigenommen, was sie, soweit er wusste, noch nie zuvor getan hatte.

Eine Woche später machte die große Anzahl der Trauergäste bei der Beerdigung in der Kirche St. Mary's in Fulham allen klar, dass Mr. Moretti weit über seine unmittelbare Umgebung hinaus bei vielen Menschen beliebt gewesen war. Saschas bewegende Trauerrede veranlasste Mr. Quilter zu der Bemerkung: »Er wäre stolz auf Sie gewesen, mein Junge, oder wie man in Yorkshire sagt: *You did him proud.*«

Nachdem die Trauerzeremonie vorüber und der Sarg in die Erde hinabgelassen worden war, begleitete Sascha seine Mutter zurück ins Restaurant, wo Familie, Freunde und Gäste zusammengekommen waren, um dem Verstorbenen noch einmal die Ehre zu erweisen. Viele Geschichten über Mr. Morettis Freundlichkeit machten die Runde, und keine war anrührender als diejenige, die Elena zu erzählen wusste.

Als der letzte Gast gegangen war, begleitete Elena die trauernde Witwe nach Hause.

»Sie sollten wieder an die Arbeit gehen, Elena«, sagte Mrs. Moretti, als es dunkel zu werden begann. »Salvatore hätte sich nichts anderes gewünscht.«

Zögernd erhob sich Elena von ihrem Stuhl, umarmte die alte Dame ein letztes Mal und zog ihren Mantel an. Sie wollte sich gerade verabschieden, als Mrs. Moretti sagte:

»Könnten Sie vielleicht morgen irgendwann vorbeischauen, meine Liebe? Ich denke, wir sollten über die Zukunft des Restaurants sprechen.«

Am folgenden Tag kehrte Sascha nicht nach Cambridge zurück, sondern fuhr in die entgegengesetzte Richtung nach Oxford, um sich im Merton pünktlich seinen Mannschaftskollegen anzuschließen, die Datum, Zeit und Ort noch einmal besonders genau überprüft hatten.

Doch die Oxford-Mannschaft hatte ihre Niederlage inzwischen überwunden und lauerte bereits auf ihren Gegner. Als Sascha endlich herausfand, was sie geplant hatte, war es bereits zu spät, und Cambridge verlor mit dreieinhalb zu viereinhalb Punkten. Sascha erklärte Dr. Streator auf dem Weg zurück in die Fens, wie Jenkins sie noch vor dem ersten Zug geschlagen hatte.

»Was soll er getan haben?«, fragte Streator.

»Mr. Jenkins hat mit der Gewohnheit gebrochen, ihren besten Spieler gegen unseren besten Spieler antreten zu lassen. Er hat ihren schlechtesten Spieler gegen mich aufgestellt, denn er war bereit, dieses Spiel zu opfern. Dadurch jedoch spielte ihr bester Spieler gegen unseren zweitbesten, und so waren sie über sieben Spiele hinweg im Vorteil.«

»Dieser walisische Bastard«, sagte Streator. »Aber Gareth Jenkins war noch nie ein Gentleman.«

»Machen Sie sich keine Sorgen, Sir. Nächstes Jahr kommen sie mit dieser Taktik nicht mehr durch, denn bis dahin werde ich dafür sorgen, dass wir auf so etwas vorbereitet sind.«

»Gut. Und Sascha, ich habe die Absicht, Sie nächstes Jahr zum Mannschaftskapitän zu machen, was dann Ihre letzte Chance auf eine Revanche wäre. Aber ich vermute, dass das wohl kaum Ihre größte Herausforderung sein wird, sofern Sie noch immer vorhaben, Vorsitzender der Union zu werden und einen Abschluss mit ›sehr gut‹ zu machen.«

»Ich frage mich manchmal, ob ich beides schaffen kann«, sagte Sascha. »Charlie beschwert sich nie, aber ich weiß, dass es ihr lieber wäre, ich würde die Union aufgeben und mich voll auf meine Arbeit konzentrieren.«

»Wie ich höre, hat sie selbst genau aus diesem Grund mit dem Theater aufgehört«, sagte Streator. Sascha ging nicht darauf ein. »Wenn Sie sich tatsächlich um den Vorsitz bewerben, wer wäre dann Ihr größter Rivale?«

»Fiona Hunter, die gegenwärtige stellvertretende Vorsitzende.«

»Wenn sie ihrem Vater ähnelt, wird sie eine beeindruckende Gegnerin sein.«

»Sie kennen Sir Max Hunter?«

»Ich *kannte* ihn, wäre die angemessenere Formulierung. Max und ich waren im selben Jahrgang im Keble. Ich habe ihn nie gemocht. Ein krummer Hund, der scharf auf Politik ist.«

»Er hat es ins Kabinett geschafft.«

»Wo er allerdings nicht lange blieb«, sagte Streator. »Er ist auf seinem Weg nach oben über zu viele Leute einfach hinweggetrampelt, sodass niemand mehr für ihn da war, als er in Ungnade fiel und den Weg nach unten antreten musste. Ich kann nur wiederholen: Wenn Fiona ihrem Vater ähnelt, sollten Sie Ihre Augen besser weit offen halten, denn dann dürfte Gareth Jenkins verglichen mit ihr wie ein Gentleman aussehen.«

»Ich kann nicht glauben, dass sie wirklich so schlimm sein soll«, sagte Sascha.

»Milch und Zucker, meine Liebe?«

»Danke«, sagte Elena. »Nur Milch, bitte.«

»Ich wollte Sie sprechen, da ich letzte Woche einen überaus fruchtbaren Termin bei meinem Buchhalter hatte«, sagte Mrs. Moretti. »Er hat ein Angebot für das Restaurant bekommen, das ihm absolut angemessen erscheint. Mehr als nur angemessen, waren wohl seine genauen Worte.«

Elena stellte ihre Tasse zurück und hörte sehr aufmerksam zu.

»Deshalb habe ich einem Gespräch mit dem Käufer in spe zugestimmt. Dabei hat mir dieser Herr berichtet, dass er ein großer Bewunderer Ihrer Arbeit ist. Er hat mir auch versichert, dass er Sie in Ihrer jetzigen Position übernehmen möchte und nichts dagegen hat, wenn Sie weiterhin in den Räumen über dem Restaurant wohnen.«

Elena konnte nicht verbergen, wie erleichtert sie war. Nicht einmal Sascha gegenüber hatte sie zugegeben, wie besorgt sie darüber war, was wohl aus dem Restaurant werden würde, nachdem Mr. Moretti nicht mehr hier war und sich um seine erweiterte Familie kümmerte.

»Dürfte ich Sie fragen, wie der neue Besitzer heißt?«, sagte Elena in der Hoffnung, es handele sich um einen Gast, den sie kannte und für den sie vielleicht schon einmal etwas zubereitet hatte.

Mrs. Moretti setzte ihre Brille auf, griff nach der kürzlich unterschriebenen Vereinbarung und warf einen Blick auf den Namen unten auf der letzten Seite. »Ein gewisser Maurice Tremlett«, sagte sie und ließ einen weiteren Zuckerwürfel in ihren Tee fallen. »Er schien ein netter junger Mann zu sein.«

Elenas Tee wurde kalt.

Maurice Tremlett marschierte in die Küche und schrie über den Lärm, den die dort geschäftig Arbeitenden machten, hinweg: »Wer von Ihnen ist Elena Karpenko?«

Elena legte ihr Tranchiermesser weg und trat hinter der langen Arbeitsplatte aus Edelstahl hervor. Tremlett starrte sie eine Zeit lang an, bevor er sagte: »Ich möchte, dass Sie meinen Besitz sofort verlassen, und ich meine *sofort*. Sie haben vierundzwanzig Stunden, um Ihre Sachen aus meiner Wohnung zu entfernen.«

»Das ist nicht fair«, sagte Betty, eine Küchenhilfe, zog ihre Gummihandschuhe aus, kam nach vorn und trat neben ihre Freundin.

»Wirklich nicht?«, sagte Tremlett. »Dann sind Sie ebenfalls entlassen. Und falls sich irgendjemand den beiden anschließen möchte … nur zu.« Obwohl ein oder zwei Mitglieder des Küchenpersonals nervös von einem Bein auf das andere traten, meldete sich niemand mehr zu Wort. »Gut. Dann wäre das erledigt. Aber ich warne Sie. Sollte einer von Ihnen noch einmal mit diesen beiden sprechen«, sagte er und deutete auf Elena und Betty, als seien sie Kriminelle, »kann auch er anfangen, sich nach einer neuen Arbeit umzusehen.« Er drehte sich um und ging ohne ein weiteres Wort davon.

Elena zog ihre weiße Schürze aus, verließ die Küche und ging nach oben in ihre Wohnung, ohne mit jemandem zu reden. Sobald sie die Tür hinter sich geschlossen hatte, suchte sie als Erstes die Nummer der Pförtnerloge des Trinity heraus. Zum zweiten Mal würde sie ihre goldene Regel brechen, Sascha während des Semesters nicht anzurufen, sofern es sich nicht um einen Notfall handelte. Doch dies hier, so kam sie zu dem Schluss, war zweifellos ein Notfall. Sie griff nach dem Hörer und wollte gerade die Nummer wählen, als sie ein lang gezogenes Summen hörte. Das Telefon war bereits abgeschaltet worden.

Ein energisches Klopfen an der Tür ließ Dr. Streator mitten im Satz innehalten.

»Entweder steht das College in Flammen«, sagte er, »oder ich habe schon wieder den Tag für unser Match gegen Oxford verwechselt.«

Die drei Studenten lachten pflichtschuldig, während sich ihr Tutor von seinem Sessel am Kamin erhob, langsam durch das Zimmer schritt und die Tür öffnete. Vor ihm standen ein streng aussehender junger Mann und ein uniformierter Polizist im Flur.

»Entschuldigen Sie bitte die Störung, Professor Streator«, sagte der Mann in Zivil. Streator genoss die schmeichelhafte Beförderung, während er den jungen Mann musterte. Dieser trug einen grauen Anzug und eine Collegekrawatte, die dem Seniortutor irgendwie bekannt vorkam. »Ich bin Detective Sergeant Warwick«, sagte er und hielt seinen Ausweis hoch. »Ist ein gewisser Mr. Sascha Karpenko bei Ihnen?«

»Ja, in der Tat. Aber dürfte ich Sie fragen, warum Sie ihn sprechen möchten?«

Warwick ignorierte die Frage und trat, gefolgt von seinem Constable, in das Zimmer des vermeintlichen Professors. Er musste nicht fragen, bei welchem der drei Studenten es sich um Mr. Karpenko handelte, denn Sascha war sofort aufgestanden.

»Ich muss Ihnen ein paar Fragen stellen, Mr. Karpenko«, sagte Warwick. »Und unter den gegebenen Umständen wäre es vielleicht klug, wenn Sie mich aufs Revier begleiten würden.«

»Wie lauten diese Umstände?«, fragte Streator.

»Es steht mir nicht frei, mich Ihnen gegenüber dazu zu äußern, Sir«, erwiderte Warwick, während der Constable Sascha am Arm packte und aus dem Zimmer führte.

Streator ließ seine verwirrten Studenten zurück und folgte Sascha und den beiden Polizisten nach draußen, die Treppe hinab, über den Hof und auf die Straße. Mehrere Studenten sahen neugierig zu, als Sascha in den wartenden Streifenwagen stieg, der sogleich davonfuhr.

DRITTES BUCH

17

Alex

Brooklyn

Alex saß alleine in einem kleinen, dunklen Zimmer an einem Tisch, den eine nackte Glühbirne in ein spärliches Licht tauchte. Zwei Stühle, die auf der anderen Seite des Tisches standen, waren die einzigen weiteren Möbelstücke im Raum. Ein großer Einwegspiegel bedeckte die Wand vor ihm, und er fragte sich, wie viele Menschen wohl dahinter standen und ihn beobachteten.

Seine Gedanken rasten. Warum hatte man ihn festgenommen? Was warf man ihm vor? Welches Gesetz hatte er gebrochen? Alex konnte sich nicht vorstellen, dass die Polizei an den Kleinbeträgen interessiert war, die er an den Wochenenden mit seinem Schachspiel einnahm, und obwohl er inzwischen fünf Marktstände besaß, die einen ordentlichen Gewinn abwarfen, war das immer noch so wenig, dass auch der bescheidenste Steuerfahnder der Summe keine Aufmerksamkeit schenken würde. Und die Beamten konnten unmöglich von den hundert Dollar wissen, die Iwan ihm jede Woche bezahlte, denn der Russe übergab ihm das Geld immer in bar. Die Festnahme konnte auch nichts mit der Universität zu tun haben, denn die verfügte über ihre eigenen Sicherheitsleute, ganz abgesehen davon, dass der Dekan ihm erst neulich vorgeschlagen hatte, er solle sich um einen Platz in der Harvard Business School bewerben. Obwohl die Vorstellung Alex schmeichelte, hoffte er, sein Leben nicht als Student fortzuführen, sondern als jemand, der selbst einmal Studienobjekt sein würde.

Seine Gedanken wurden unterbrochen, als sich die Tür plötzlich öffnete und zwei gut gekleidete Herren den Raum betraten. Er erkannte die beiden sofort, ließ sich jedoch nichts anmerken. Sie setzten sich ihm gegenüber. Nie hatte er die erste Begegnung mit ihnen vergessen, und er fragte sich, wer von ihnen den guten Cop spielen würde. Wenigstens konnte es nicht schlimmer werden als in der Sowjetunion, wo die Verhöre immer von zwei bösen Cops geführt wurden. Er wartete darauf, dass einer von ihnen etwas sagen würde.

»Mein Name ist Matt Hammond«, sagte der eine. »Und das ist mein Kollege Ross Travis. Vielleicht erinnern Sie sich daran, dass wir Sie vor etwas über einem Jahr zu Hause aufgesucht haben.«

»Bei welcher Gelegenheit Sie behaupteten, Sie würden für die Border Patrol arbeiten«, sagte Alex. Seine Stimme war ruhiger, als er sich in Wirklichkeit fühlte.

»Wir sind von der CIA«, sagte Hammond und zeigte Alex seine Marke. »Wir hatten gehofft, Sie könnten uns bei einem Auftrag unterstützen, den wir zurzeit durchführen.«

Auftrag, nicht *Ermittlung,* dachte Alex. Wenn ein Krimineller im Film in eine solche Lage kam, lautete sein erster Satz dann nicht immer: *Ich möchte meinen Anwalt spre-*

chen ...? Aber er war kein Krimineller, also schwieg er. Das Nächste, was Hammond sagte, war die bisher größte Überraschung.

»Wir hatten gehofft, Sie würden sich in der Lage sehen, mit uns zusammenzuarbeiten, Mr. Karpenko.« Alex dachte an ihre erste Begegnung zurück. »Während der letzten sechs Monate«, fuhr Hammond fort, »haben zwei unserer Agenten Sie Tag und Nacht nicht aus den Augen gelassen, während Sie als Kurier für einen Mann gearbeitet haben, der unter dem Namen Iwan Donokow bekannt ist und schon seit längerer Zeit von uns überwacht wird.«

»Aber er hat mir versichert, dass er nicht mit Drogen handelt«, sagte Alex.

»Und das tut er tatsächlich nicht«, sagte Hammond.

»Was dann?«, fragte Alex, der zum ersten Mal nervös wurde.

»Donokow ist ein führender KGB-Mitarbeiter, der im ganzen Land ein Agentennetz unterhält.«

»Aber er hasst die Kommunisten sogar noch mehr als ich.«

»Er wusste, dass Sie genau das hören wollten.«

»Aber wir haben uns zufällig beim Schachspielen getroffen.«

»Es war kein Zufall«, sagte Travis, »dass Donokow vor einem Schachbrett saß und auf der anderen Seite ein leerer Stuhl stand, als Sie zum ersten Mal auf den Players' Square kamen.«

»Woher sollte er denn gewusst haben, dass ...«

»Wir vermuten, dass Major Poljakow ihm einen Tipp gegeben hat, nachdem Sie und Ihre Mutter aus Leningrad fliehen konnten.«

»Aber damit wusste er immer noch nicht, dass ich Schach spiele und ...« Alex verstummte mitten im Satz.

»Nein, es war wahrscheinlich Ihr Freund Wladimir, der Poljakow diese Information gegeben hat«, sagte Hammond.

»Ich war ein vollkommener Idiot.«

»Um fair zu sein, Donokow ist ein alter Profi und schon lange in diesem Geschäft. Sobald Sie Schulden hatten, waren Sie, ehrlich gesagt, nur allzu bereit, alles zu glauben, was er Ihnen erzählt hat.«

»Wird man mich nach Leningrad zurückschicken?«

»Nein, das ist der letzte Ort auf der Welt, an dem wir Sie gebrauchen könnten«, sagte Hammond.

»Was erwarten Sie dann von mir?«

»Zunächst einmal nichts besonders Anspruchsvolles. Wir wollen doch nicht, dass Ihr Freund Donokow herausfindet, dass wir ihm auf der Spur sind. Übermitteln Sie weiter seine Nachrichten. Gelegentlich wird einer meiner Agenten diskret Kontakt zu Ihnen aufnehmen. Teilen Sie ihm einfach die aktuelle Nachricht mit und machen Sie ganz normal weiter.«

»Aber Iwan ist nicht dumm. Es wird nicht lange dauern, bis er herausfindet, was Sie vorhaben, und dann wird er mich wie die sprichwörtliche heiße Kartoffel fallen lassen.«

»Oder Schlimmeres«, sagte Hammond. »Denn Sie müssen verstehen, dass Ihr Leben in Gefahr wäre, sollte Donokow jemals herausfinden, dass Sie für die CIA arbeiten.«

»Aber andererseits«, fügte Travis hinzu, »könnten wir mit Ihrer Hilfe den Spionagering zerschlagen und Donokow und seine Gang für lange Zeit hinter Gitter bringen.«

»Wie kommen Sie darauf, dass ich auch nur in Erwägung ziehen würde, ein solches Risiko einzugehen?«

»Weil es Iwan Donokow war, der den Tod Ihres Vaters angeordnet hat.«

»Nein, da irren Sie sich«, sagte Alex. »Ich kann beweisen, dass es Poljakow war.«

»Poljakow ist nur ein Bauer auf dem Schachbrett des KGB. Donokow macht die Züge.«

Zunächst war Alex sprachlos. Dann, nach einer Weile, sagte er wie zu sich selbst: »Das würde erklären, warum er immer so gut informiert ist.« Wieder verging eine gewisse Zeit, bis er schließlich fragte: »Wie haben Sie ihn enttarnt?«

»Wir haben einen Agenten in Leningrad, der den KGB sogar noch mehr verabscheut als Sie.«

Noch am selben Abend kehrte Alex nach Hause zurück. Jetzt hatte er ein weiteres Geheimnis, das er nicht mit seiner Mutter und nicht einmal mit Dimitri teilen konnte. War es möglich, dass Dimitri ebenfalls für Donokow arbeitete? Oder vielleicht sogar für die CIA? Alex wusste nur, dass er es nicht riskieren konnte, ihn zu fragen.

Er versuchte, weiter für Donokow zu arbeiten, als wäre nichts geschehen, doch natürlich ging das nicht so einfach, und er wusste, dass es nur noch eine Frage der Zeit war, bis Donokow ihm auf die Schliche käme.

Etwa zwei Wochen nach seiner Unterhaltung mit den beiden CIA-Agenten kam es zum ersten Mal zu einer der erwähnten Kontaktaufnahmen. Alex stand auf dem Bahnsteig der Haltestelle Queensboro Plaza und wartete auf die U-Bahn in Richtung Lexington Avenue, als eine Stimme hinter ihm sagte: »Nicht umdrehen.«

Alex befolgte die einfache Anweisung, obwohl er am ganzen Körper zitterte. Wenige Augenblicke später flüsterte die Stimme: »Wie lautet die heutige Nachricht?«

»Am Donnerstag wird an Dock sieben ein Paket aus Odessa eintreffen. Nimm es dort in Empfang.«

Ohne ein weiteres Wort ging der Mann davon. Alex überbrachte wie üblich Donokows Nachricht.

Während der nächsten Wochen erschienen Agenten in der U-Bahn, im Bus und einmal sogar, als Alex gerade eine belebte Kreuzung überquerte. Immer gab er die Nachrichten weiter, die er für Iwan am jeweiligen Tag auszurichten hatte, und dann lösten sich die Agenten wie Morgennebel in Luft auf, und er hörte nie wieder von ihnen.

Ständig fragte sich Alex, wie lange es wohl dauern würde, bis Iwan herausgefunden hätte, dass er zwei Herren diente. Doch er musste, wenn auch niemandem sonst, so doch sich selbst eingestehen, dass er die Herausforderung genoss, einem KGB-Mann vorzumachen, dass ihm nicht im Geringsten klar wäre, was dieser in Wahrheit vorhabe. Auch wenn Alex zugeben musste, dass Iwan ein ebenso guter Schachspieler war wie er selbst und seine eigene Königin im Augenblick ohne Deckung war.

Er hätte ihn unmöglich übersehen können. Ehrlich gesagt, machte sich Alex sogar Sorgen darüber, wie auffällig der Mann war, der, mit einem schwarz-grauen Anzug, einem weißen Hemd und einer blauen Krawatte bekleidet, auf dem U-Bahnsteig stand. Er roch geradezu nach CIA.

Vielleicht war es Zufall. »Glauben Sie niemals an Zufälle«, hatte Hammond ihn gewarnt. Der Mann lächelte Alex an. Auch das hatte kein Agent zuvor getan, was Alex nur umso misstrauischer machte. Aber vielleicht irrte er sich ja, und der Mann glaubte nur, ihn von irgendwoher zu kennen.

Alex ging weiter, doch der Mann folgte ihm den Bahnsteig entlang. Sein erster Fehler. Wäre er wirklich ein CIA-Agent gewesen, wäre er sofort verschwunden, weil er davon ausgehen musste, dass er bemerkt worden war. Alex sah zu

Boden, und ihm fiel der zweite Fehler des Mannes auf. Obwohl seine Schuhe auf Hochglanz poliert waren, handelte es sich bei ihnen um Slipper, was der CIA gar nicht gefiel, die auf Schuhen mit Schnürsenkeln bestand. So ein leicht vermeidbarer Irrtum.

Alex hörte das Rattern der sich nähernden U-Bahn und beschloss, rasch ein- und ebenso rasch wieder auszusteigen, um zu sehen, ob er seinen Verfolger abhängen konnte. Als die Bahn im Tunnel erschien, trat Alex an den Rand des Bahnsteigs und wartete. Plötzlich und ohne Vorwarnung spürte er zwei kräftige Hände in seinem Kreuz, die ihn mit voller Wucht in Richtung Schienen stießen.

Er hatte keine Chance, einen Sturz vor die U-Bahn zu vermeiden. Wenn er in diesem Augenblick an überhaupt etwas dachte, so daran, dass er jetzt sterben und sein Tod nicht angenehm werden würde. Er bemerkte den jungen Schwarzen nicht, der auf ihn zurannte und ihn in letzter Sekunde seitlich zu Boden riss, als versuche er, beim Football einen Touchdown zu verhindern.

Der junge CIA-Agent ließ Alex mit ausgestreckten Armen und Beinen auf dem Bahnsteig liegen und begann, den Angreifer zu verfolgen. Ein weiterer Sprung, und er warf den Mann auf halber Höhe der Treppe zu Boden. Gleich darauf erschien ein zweiter Agent, der den Mann auf die Stufen drückte und ihm Handschellen anlegte. Der Angreifer drehte den Kopf zur Seite und sah hinüber zu Alex, der sich langsam vom Bahnsteig erhob. Trotz des Lärms der sich öffnenden U-Bahn-Türen und der ins Freie strömenden Fahrgäste konnte Alex die Worte des auf der Treppe liegenden Mannes verstehen: »Du bist tot.«

18

Sascha

London

Sascha saß alleine in einem kleinen, schlecht beleuchteten Raum im Untergeschoss des Reviers, von dem er bisher nur in einem Harry-Clifton-Roman gelesen hatte. Am liebsten hätte er eine Seite weitergeblättert, um zu erfahren, was als Nächstes passieren würde.

Die Tür schwang auf, und Detective Sergeant Warwick betrat, von einer Polizeibeamtin begleitet, den Raum. Die beiden setzten sich auf die Stühle auf der anderen Seite des Tisches.

»Ich muss Ihnen ein paar Fragen stellen«, sagte Warwick und schaltete das Tonbandgerät ein, das auf dem Tisch stand. »Gegen Sie wurde eine schwere Anschuldigung vorgebracht, aber ich möchte Ihre Seite der Geschichte hören, bevor ich darüber entscheide, wie ich weiter zu verfahren gedenke.«

Eines war Sascha aus den Harry-Clifton-Romanen im Gedächtnis geblieben: Der korrupte Anwalt Derek Matthews, dessen Mandanten sich nur allzu oft in derselben Lage wiederfanden, in der auch Sascha im Augenblick steckte, riet diesen nachdrücklich, vor seinem Eintreffen kein Wort zu sagen. Aber Sascha war kein Krimineller, und er hatte nichts zu verbergen. Er wartete ungeduldig darauf zu hören, worum es sich bei dieser »schweren Anschuldigung« handeln mochte, obwohl er sich bewusst war, dass der Detective Sergeant versuchte, ihn durch das Zurückhalten genau dieser Information zu verunsichern und nervös zu machen. Und Warwick hatte Erfolg damit.

»Eine gewisse Miss Fiona Hunter«, sagte er schließlich, »hat ausgesagt, dass Sie am Donnerstag, den neunzehnten November – also letzten Donnerstag –, die Feuertreppe im Newnham College hinaufgestiegen und durch das Fenster in ihr Zimmer eingedrungen sind und ein vertrauliches Dokument entwendet haben.« Er sah Sascha direkt ins Gesicht. »Was haben Sie zu diesem Vorwurf zu sagen?«

Sascha wusste genau, wo er in jener Donnerstagnacht gewesen war. Nach einer Debatte in der Union hatte er Charlie zurück ins Newnham begleitet, und während sie das Haus durch die Vordertür betreten hatte, war er zur Hinterseite des Gebäudes gegangen und die Feuertreppe hinaufgestiegen. Dann hatten sie die Nacht zusammen verbracht.

Am nächsten Morgen war er gegen fünf aufgewacht, und nachdem sie sich noch einmal geliebt hatten, hatte er sich angezogen, war die Feuertreppe hinabgestiegen und ins Trinity zurückgegangen. Kurz vor sechs war er wieder in seinem Zimmer gewesen und hatte die nächsten Stunden damit verbracht, seine Hausarbeit zu überarbeiten, an der noch einige letzte Ergänzungen fehlten, bevor er sie in seinem vormittäglichen Tutorium bei seinem Dozenten abgeben konnte.

Das einzige Problem bei Saschas unwiderlegbarem Alibi bestand darin, dass man Charlie, sollte sie seine Version bestätigen, entsprechend der Regel des Newnham vorübergehend vom Unterricht ausschließen und für den Rest des Semesters nach Hause schicken würde, wodurch es ihr unmöglich wäre, bis zur Beendigung einer vollständigen Untersuchung ihre Abschlussprüfung abzulegen – eine Prüfung, bei der sich dann ohnehin herausstellen würde, dass sie die Universitätsregularien gebrochen hatte. Und zwar unter anderem auch deshalb, weil Fiona nur allzu gerne bestätigen würde, was sie gesehen hatte.

»Letzten Donnerstagabend habe ich an einer Debatte in der Union teilgenommen und danach Mr. Anthony Barber ins University Arms begleitet, wo er während seines Besuchs übernachtet hat. Kurz vor elf bin ich wieder in mein College zurückgekehrt, und am nächsten Morgen gegen acht habe ich mein Zimmer verlassen, um zu frühstücken.«

»Also wird keiner der Fingerabdrücke, die wir auf der Feuertreppe des Newnham College gefunden haben, mit Ihren Abdrücken übereinstimmen?«, fragte Warwick und hob eine Augenbraue.

Plötzlich wünschte sich Sascha, er hätte sich an Derek Matthews' goldene Regel gehalten und geschwiegen. Er zog einen Schmollmund und erwiderte: »Ich habe nichts mehr zu sagen, bis ich meinen Anwalt gesprochen habe.«

Warwick schloss die Akte und sagte: »In diesem Fall, Mr. Karpenko, brauche ich Ihre Fingerabdrücke, bevor Sie gehen. Sie werden sich morgen früh um neun mit oder ohne Anwalt wieder auf diesem Revier melden.«

Sascha war überrascht, als Warwick, nachdem er das Tonband ausgeschaltet hatte, hinzufügte: »Das dürfte Ihnen mehr als genügend Zeit geben, die Dinge hier zu klären.«

Die nächste Überraschung kam, als Sascha beim Verlassen des Verhörraums sah, dass Dr. Streator auf der schmalen Holzbank im Flur saß und auf ihn wartete.

»Sagen Sie nichts«, ermahnte Streator seinen Studenten, »bis wir in meinem Wagen sind.« Er führte Sascha aus dem Revier und über die Straße, wo ein uralter Volvo parkte. »Und jetzt«, sagte er, nachdem Sascha die Beifahrertür geschlossen hatte, »erzählen Sie mir, worum es hier geht, und zwar in allen Einzelheiten.«

Sascha war fast schon am Ende seiner Geschichte angelangt, als sie auf den Parkplatz des Trinity rollten.

»Es ist offensichtlich, dass der Detective Sergeant kein Wort von dem glaubt, was Miss Hunter ihm erzählt hat, ansonsten hätte er Sie nicht laufen lassen. Ich vermute, Miss Hunter hat mitbekommen, wie Sie in Miss Dangerfields Schlafzimmer geklettert sind, und sofort ihre Chance erkannt, Ihre Kandidatur zum Vorsitzenden der Union zunichtezumachen«, sagte Streator, als sie die Stufen zu seinem Arbeitszimmer hinaufgingen.

»Könnte Fiona wirklich derart skrupellos sein?«

»Sie sollten sie nicht als Fiona betrachten, sondern als Sir Max Hunters Tochter, dann finden Sie von selbst die Antwort auf Ihre Frage. Aber noch ist nicht alles verloren. Zweifellos wird Miss Dangerfield Ihre Version bestätigen, worauf Miss Hunter außerordentlich dumm dastehen wird.« Es war offensichtlich, dass Streator diese Aussicht genoss.

»Aber ich habe Warwick bereits angelogen, um Charlie zu schützen«, sagte Sascha. »Warum sollte er mir glauben, wenn ich meine Geschichte plötzlich ändere?«

»Ich denke, er ist ein Mann von Welt und wird das verstehen«, sagte Streator und öffnete die Tür zu seinem Arbeitszimmer.

»Aber ich will nicht, dass Charlie der Universität verwiesen wird, sodass sie ihre Prüfung nicht mehr ablegen kann.«

»Dessen ist Fiona sich zweifelsohne bewusst. Wenn Sie Warwick nicht die Wahrheit sagen, sind Sie weg vom Fenster. Dann hat Fiona ihr Ziel erreicht und ihren einzigen ernst zu nehmenden Rivalen aus dem Rennen geworfen. Selbst wenn schließlich Ihre Unschuld bewiesen werden sollte, wird es immer noch genügend Leute geben, die sich nach dem Motto ›Wo Rauch ist, da ist auch Feuer‹ verhalten. Vor allem, wenn Sie eine Karriere in der Politik anstreben.«

»Aber ich muss Charlie schützen.«

»Sie sagen, Sie haben ihr Zimmer gegen halb sechs verlassen?«, fragte Streator, indem er den Einwurf ignorierte. »Und dann sind Sie auf direktem Weg in Ihr College zurückgekehrt?« Sascha nickte. »Haben Sie dabei irgendjemanden gesehen, den Sie kennen?«

»Nein. So früh am Morgen waren nicht besonders viele Menschen unterwegs.«

»Hat Mr. Perkins Sie vielleicht gesehen, als Sie sich zurück ins College geschlichen haben?«

»Ich fürchte, nein. Er hat tief und fest geschlafen, was mir in diesem Augenblick nur recht war.«

»Tatsächlich?« Das Telefon auf Streators Schreibtisch begann zu klingeln. Er hob ab und hörte kurz zu. Dann sagte er: »Es ist Perkins. Er möchte Sie sprechen.« Sascha griff nach dem Hörer wie nach einer Rettungsleine.

»Entschuldigen Sie die Störung, Mr. Karpenko«, sagte Perkins, »aber Ihre Mutter hat gerade angerufen. Sie meint, es sei dringend.«

»Die ganze Union redet darüber«, sagte Ben, als er sich auf die Bettkante in Saschas Zimmer setzte.

»Nur raus damit.«

»Du wurdest heute Morgen während deines Tutoriats festgenommen und in Handschellen aus Dr. Streators Arbeitszimmer geführt, in ein Einsatzfahrzeug gezerrt, aufs nächste Revier gefahren, des Einbruchs sowie des Diebstahls vertraulicher Dokumente angeklagt und in eine Zelle geworfen, wo du bis zu deinem Prozess vor dich hinrotten kannst.«

»Dann muss das hier die Zelle sein.«

»Guter Einwand. Und genau deshalb müssen wir zur Union gehen und uns dabei sehen lassen, wie wir an der Bar zusammen ein Bier trinken und den Eindruck machen, als gäbe es für dich nicht die geringsten Sorgen auf dieser Welt.«

»Ich denke nicht, dass das möglich sein wird.«

»Aber es muss sein, wenn du überhaupt noch irgendeine Chance haben willst, Vorsitzender der Union zu werden.«

»Es tut mir leid«, sagte Sascha, »aber ich muss nach London. Meine Mutter muss unbedingt mit mir sprechen.«

»Was könnte wichtiger sein, als Beweise dafür zu sammeln, dass du die Verbrechen, die man dir vorwirft, nicht begangen hast?«

»Ich weiß nicht einmal, worum es in London geht«, gestand Sascha. »Aber das definitiv letzte Mal, dass meine Mutter das Wort ›dringend‹ benutzt hat, war, als Mr. Moretti starb.«

»Dann solltest du mir wenigstens erlauben, Charlie zu erzählen, was passiert ist. Denn so können wir Fiona als den Menschen bloßstellen, der sie wirklich ist, und deinen Namen reinwaschen.«

»Jetzt hör mir mal gut zu, Ben. Du wirst nicht einmal in Charlies Nähe kommen, es sei denn, du willst herausfinden, wie nahe dieser KGB-Offizier damals dran war, die Kehle durchgeschnitten zu bekommen.«

Ben erstarrte, und es dauerte einige Zeit, bis er den nächsten Satz herausbrachte. »Sieh einfach nur zu, dass du morgen um neun wieder da bist, denn du kannst es dir nicht leisten, deinen Termin bei Detective Sergeant Warwick zu verpassen. Solltest du es doch tun, wirst du vielleicht der erste Vorsitzende der Union, der gewählt wird, während er im Gefängnis sitzt.«

Als Elena das Klopfen an der Tür hörte, nahm sie sogleich an, dass es sich um Sascha handelte. Sie bereute bereits, dass sie ihn während des Semesters angerufen hatte, um ihn mit ihren Problemen zu belästigen. Es war typisch für ihn, alles stehen und liegen zu lassen und zu versuchen, ihr zu helfen. Sie hörte auf zu packen, öffnete die Tür und sah, dass es Gino war.

»Es tut mir so leid«, sagte er und umarmte sie. »Ich wollte Sie nur wissen lassen, dass ich meine Kündigung eingereicht habe, und zwar zusammen mit fünf Leuten aus unserer Küchenmannschaft und drei meiner Kellner.«

»Das dürfen Sie nicht tun, Gino. Ich möchte nicht dafür verantwortlich sein, dass Sie alle Ihre Arbeit verlieren.«

»Den meisten von uns ist ohnehin klar, dass sie bei diesem Bastard Tremlett nicht lange überlebt hätten. Und was mich betrifft, meine Motive sind keineswegs so edel, denn ich habe bereits eine andere Stelle.«

»Bei wem?«

»Matteo Agnelli.«

»Dem Feind!«, sagte Elena lachend.

»Das ist er nicht mehr. Es gibt ein altes italienisches Sprichwort: *Der Feind meines Feindes ist mein Freund.* Doch

Mr. Agnelli hat mir die Stelle nur unter einer einzigen Bedingung angeboten.«

»Und die wäre?«

»Dass Sie mit mir kommen werden.«

»Und Betty?«

»Ich bin sicher, er ist damit einverstanden.«

»Aber wo soll ich wohnen?«, fragte Elena. »Denn ich weiß, es gibt keine Wohnung über Mr. Agnellis Restaurant.«

»Sie können bei mir unterkommen, bis Sie etwas Eigenes gefunden haben.«

»Aber was ist mit Ihrem Partner?«

»Er hätte nur etwas dagegen, wenn Sie ein Mann wären«, sagte Gino. »Also, sind Sie bereit, die Straße zu überqueren und mit mir in der Osteria Romana anzufangen?«

»Sie sollten eigentlich Coriolanus heißen«, sagte Elena.

»Corio was?«

Sascha musste zugeben, dass man tatsächlich von einem Notfall sprechen konnte, wenn jemand gleichzeitig seine Arbeit und sein Dach über dem Kopf verlor. Er hätte einfach nur gerne von Ginos Angebot gewusst, bevor er in den Zug stieg. Doch es war ihm nichts anderes übrig geblieben, als schließlich zu kommen, nachdem die Dame von der Vermittlung ihm erklärt hatte, dass das Telefon seiner Mutter vom Netz genommen worden war. Er verbrachte eine schlaflose Nacht auf Ginos Sofa und nahm am nächsten Morgen den ersten Zug zurück nach Cambridge. Er musste fast ein Pfund für ein Taxi aufwenden, damit er um 8:54 Uhr auf dem Polizeirevier erscheinen konnte. Ein junger Constable führte ihn direkt in Detective Sergeant Warwicks Büro anstatt in einen weiteren Verhörraum.

»Miss Hunter hat ihre Anschuldigung zurückgezogen«, sagte Warwick, nachdem Sascha sich gesetzt hatte.

»Bitte sagen Sie mir, dass sich Charlie nicht bei Ihnen gemeldet hat.«

»Welcher Charlie?«, erwiderte Warwick mit unschuldiger Miene. »Nein, es war simple Ermittlungsarbeit, die Miss Hunter dazu veranlasst hat, alles noch einmal zu überdenken. Wir waren in der Lage, ihr gegenüber deutlich zu machen, dass Ihre Fingerabdrücke nur bis zum zweiten Stock reichten, und da Miss Hunter überdies behauptet hat, Sie hätten ihr Zimmer nur Minuten nach dem Diebstahl wieder verlassen, ist es nur schwer zu erklären, warum Sie für den Weg zurück zu Ihrem College fünfeinhalb Stunden gebraucht haben sollen. Es sei denn natürlich, Sie lagen in Wahrheit ein Stockwerk tiefer wohlig eingepackt in einem anderen Bett.«

»Aber Mr. Perkins, der Pförtner meines College, hätte unmöglich bestätigen können, wann ich zurückgekehrt bin, denn er hat tief und fest geschlafen.«

»›Beide Augen zugedrückt‹ wäre wohl ein angemessenerer Ausdruck«, sagte Warwick. »Wenn Sie gesehen worden wären, wie Sie um halb sechs Uhr morgens in Ihr College zurückkehren, hätten Sie Ihren Namen in die offizielle Abwesenheitsliste eintragen müssen, denn Sie hätten damit gegen die Collegeregeln verstoßen. Außerdem wären Sie dann verpflichtet gewesen, den Vorstehern des College gegenüber erklären zu müssen, wo Sie die Nacht verbracht hatten.«

»Aber Fiona ist trotzdem fein raus aus der Sache?«

»Nicht ganz. Miss Hunter wurde verwarnt, künftig nicht unnütz Zeit und Mühen der Polizei zu verschwenden. Offen gestanden hätte ich sie über Nacht hierbehalten, wenn ihr Vater beim Chief Constable nicht ein Wort für sie eingelegt hätte. Trotzdem sollten Sie sich jetzt auf den Weg machen, denn wie ich höre, haben Sie heute noch eine ganze Menge vor.«

»Wie Sie wissen, Elena, war es schon seit längerer Zeit mein Wunsch, dass Sie zu mir kommen«, sagte Mr. Agnelli, »aber Sie haben mir unmissverständlich klargemacht, dass weitere Anfragen meinerseits sinnlos wären, solange Sie noch für Mr. Moretti arbeiteten.«

»Und vielleicht ist es jetzt auch sinnlos«, sagte Elena.

»Mein früheres Angebot steht noch. Ich möchte Ihnen die Leitung der Küche übertragen, und ich kann Ihnen versprechen, dass Sie mich dort niemals sehen werden. Ich verdopple das Gehalt, das Sie bei Mr. Moretti bekamen, und Sie erhalten zehn Prozent vom Gewinn des Restaurants. Aber Sie müssen sich eine neue Wohnung suchen.«

»Und Betty? Kann sie mit mir kommen?«

Agnelli nickte.

»Und Sie werden Gino zum Oberkellner machen?«

»Ja. Das habe ich bereits mit ihm vereinbart. Gibt es sonst noch etwas, mit dem ich Ihnen die Entscheidung leichter machen kann?«

Nachdem sich Mr. Agnelli Elenas letzte Bitte angehört hatte, sagte er: »Darüber muss ich erst noch nachdenken.«

»Damit steht und fällt unsere Abmachung«, sagte Elena, genau so, wie Sascha es ihr geraten hatte.

Nachdem Sascha das Polizeirevier verlassen hatte, rannte er den ganzen Weg bis zur Union, wo er auf den Leiter seines Wahlkampfs stieß, der gerade einem potenziellen Wähler zu erklären versuchte, wo sein Kandidat während der vergangenen achtundvierzig Stunden gewesen war.

»Die Abstimmung hat bereits begonnen«, sagte Ben, nachdem Sascha zu ihm an die Theke getreten war und ihm die neuesten Nachrichten mitgeteilt hatte. »Wir dürfen keinen Augenblick verlieren, denn Fiona erzählt bereits überall herum, dass du die letzten achtundvierzig Stunden in einer Gefängniszelle verbracht hast. Ihre Frechheit ist fast bewundernswert.«

»Ganz zu schweigen von ihrem Timing.«

»Schade, dass Warwick sie nicht für heute hinter Gitter gebracht hat. Das hätte unsere Chancen eindeutig verbessert. Aber wir können immer noch gewinnen.«

Sie begannen, eine Runde durch die Bar zu drehen. Mehrere Mitglieder der Students' Union schüttelten Sascha herzlich die Hand, doch einige drehten ihm den Rücken zu; dabei hatte er den einen oder anderen von ihnen für einen seiner Unterstützer oder sogar für einen Freund gehalten. Er versuchte, mit jedem zu sprechen, der noch nicht gewählt hatte, selbst wenn er wusste, dass der Betreffende nicht die Absicht hatte, sich auf seine Seite zu schlagen. Man konnte deutlich spüren, dass einige Studenten immer noch an Fionas Geschichte glaubten – oder sie wenigstens glauben wollten –, während andere ihm gestanden, dass man ihre eigenen Fingerabdrücke ebenso auf der Feuertreppe finden würde. Sascha zog sich erst mit Ben und Charlie an die Theke zurück, nachdem um sechs die letzte Stimme abgegeben worden war. Fionas Anhänger belegten die eine Seite des Raumes, Saschas Anhänger die andere.

»Wann werden wir das Ergebnis erfahren?«, fragte Charlie und nippte an ihrem Bier.

»Gegen sieben«, sagte Ben. »So furchtbar lange werden wir also nicht warten müssen.«

Bens Vorhersage sollte sich als falsch erweisen, denn es war fast acht, als Chris Smith, der scheidende Vorsitzende, die Bar betrat und sich mit einem einzigen Blatt Papier in der Hand in der Mitte des Saals aufstellte. Er ergriff erst das Wort, als alle schwiegen.

»Zunächst möchte ich erklären, warum wir so lange gebraucht haben, um zu einem Ergebnis zu kommen. Drei zusätzliche Auszählungen waren nötig, bis sich die Stimmenauszähler einig waren. Daher kann ich Ihnen nun mitteilen, dass der Vorsitz der Cambridge Union mit einer Mehrheit von drei Stimmen gehen wird an …«

19

Alex

Vietnam: 1972

Alex las den Brief zum zweiten Mal, bevor er ihn seiner Mutter zeigte. Elena weinte, denn sie wusste genau, was ihr Sohn tun würde.

»Wenn wir nur nach England gegangen wären, dann wäre es nie so weit gekommen«, sagte sie, und es schien ihr offensichtlich, dass sie in die falsche Kiste gestiegen waren.

Viele junge Männer, die an jenem Morgen den gleichen Brief bekommen hatten, telefonierten inzwischen mit dem Anwalt ihres Vaters oder machten sich auf zu ihrem Hausarzt, während andere schlicht den Einberufungsbescheid zerrissen und darauf hofften, das Problem würde sich von selbst lösen. Nicht so Alex.

Elena war nicht die Einzige, die ihre Tränen nicht zurückhalten konnte. Addie beschwor ihn, er solle wenigstens versuchen, einen Aufschub zu bekommen, denn da er im letzten Jahr an der NYU war, würde ihm sicher erlaubt werden, seinen Abschluss zu machen. Obwohl sie die ganze Nacht weinte, folgte Alex ihrem Rat nicht.

Er hatte jedoch ein dringendes Problem, das gelöst werden musste, bevor er packen und sein Zuhause verlassen würde. Seine elf Marktstände erzielten inzwischen einen beachtlichen Gewinn, und er hatte nicht vor, auch nur einen von ihnen zu verlieren. Aber wer sollte sich um sie kümmern, solange er nicht da war? Überraschenderweise war es seine Mutter, die die Lösung hatte.

»Ich werde meine Stelle im Mario's aufgeben und zusammen mit Dimitri die Stände übernehmen, bis du zurückkommst.«

Niemand wollte darüber sprechen, was geschehen würde, wenn er nicht zurückkäme.

Dankbar akzeptierte Alex das Angebot, und am 11. Februar 1972 nahm er den Zug nach Fort Bragg in North Carolina, um dort eine achtwöchige Grundausbildung zu beginnen, nach der man ihn nach Vietnam fliegen würde.

Die Lichter gingen an. »Auf, auf, auf!«, schrie der Staff Sergeant, so laut er konnte, während er zwischen den Betten der neuen Rekruten hindurchging und mit seinem Stock an das Fußende jeder Koje schlug. Einer nach dem anderen rieben sich die jungen Männer, die man zu ungewohnter Stunde grob aus dem Schlaf gerissen hatte, blinzelnd die Augen. Mit einer Ausnahme. Um vier Uhr morgens wäre Alex zu Hause bereits auf dem Weg zum Markt gewesen.

»Der Vietcong greift euch an«, schrie der Ausbilder, »und den, der seine Füße als Letzter auf dem Boden hat, bringt er um!«

Das Handtuch unter dem Arm, ging Alex bereits in Richtung der Duschen. Er drehte den Hahn auf, bei dem man nur die Wahl zwischen kalt und kalt hatte.

»Jeder, der nicht innerhalb von fünfzehn Minuten geduscht ist, sich rasiert und angezogen hat, bekommt vor Mittag nichts zu essen.« Plötzlich drängten sich die Rekruten auf dem Weg zu den Duschen.

Alex war der Erste, der sich auf eine der langen Holzbänke der Mannschaftsmesse setzte. Rasch wurde ihm bewusst, wie sehr ihn seine Mutter über die Jahre hinweg verwöhnt hatte. Erst am dritten Morgen war er verzweifelt genug, um ein Frühstück zu sich zu nehmen, das aus klumpigem Porridge, schmierigem Schinken, verbranntem Toast und einer heißen, schwarzen Flüssigkeit bestand, welche die Army »Kaffee« nannte.

Nach dem Antreten auf dem Exerzierplatz, mehreren Stunden in der Sporthalle, Orientierungsmärschen und dem Waten durch einen eiskalten Fluss, wobei er sein Gewehr über den Kopf halten musste, wurde ihm klar, dass er nicht ganz so fit war, wie er gedacht hatte. Trotzdem gelang es ihm, sich stets einen Vorsprung von ein oder zwei Metern vor den meisten anderen Rekruten zu sichern, die bisher davon überzeugt gewesen waren, der Samstagabend sei dazu da, um etwas trinken zu gehen, und der Sonntagmorgen, um den Rausch auszuschlafen. Auf seine unnachahmlich sanfte Art erinnerte sie der Staff Sergeant daran, dass der Vietcong das Wochenende über nicht freinahm.

Während sich Alex in der Sporthalle und bei Nachtübungen in den Bergen schon recht gut behaupten konnte, waren seine Leistungen im theoretischen Unterricht, in dem ihnen ein Education Officer zu erklären versuchte, warum Amerika überhaupt in den Krieg im Fernen Osten verwickelt worden war, sogar ausgezeichnet.

Alex war fasziniert von der Geschichte Vietnams, dessen Norden und Süden seit dem Jahr 939 vereint waren und die sich jetzt gegenseitig an die Kehle gingen.

»Aber warum opfern wir unsere Soldaten für ein kleines Land am anderen Ende der Welt?«, fragte Alex.

»Weil wir uns fragen müssen: Wenn die Kommunisten im Norden die Kontrolle über ganz Vietnam übernehmen, welches Land wird dann als nächstes fallen?«, erläuterte der Education Officer. »Laos? Kambodscha? Würde der Feind in seinem Vormarsch innehalten, wenn er Australien erreicht hätte? Das ist der Domino-Effekt. Wenn man zulässt, dass ein Stein fällt, fallen alle anderen.«

»Aber das alles geschieht immer noch am anderen Ende der Welt«, sagte Alex.

»Seien Sie sich da mal nicht so sicher«, erwiderte der Education Officer. »Jetzt, da in Kuba Fidel Castro herrscht, sind die Kommunisten nur einen Steinwurf von der amerikanischen Küste entfernt, und sobald es ihnen gelingt, sich irgendwelche anderen Waffen als Pfeil und Bogen zu verschaffen, könnte Florida als Nächstes an der Reihe sein.«

Alex stellte keine weiteren Fragen mehr, denn er war sich bewusst, wie die Rote Armee ganz Osteuropa besetzt hatte, während die Alliierten untätig zugesehen hatten.

Schnell fand Alex Freunde unter den anderen Rekruten, von denen einige genau wie er Einwanderer der ersten Generation waren. Er half ihnen, Briefe an ihre Familien und Freundinnen zu schreiben und Formulare auszufüllen. Einigen brachte er sogar bei, wie sie ihre Stiefel schnüren mussten. Einen Rekruten gab es jedoch – denn es gibt immer einen –, der vom ersten Wecksignal an etwas gegen ihn hatte.

Big Sam, auch bekannt als »der Panzer«, war eins fünfundneunzig groß, und wenn er auf der Waage stand, blieb der Zeiger erst bei einhundert Kilo stehen, wobei der größte Teil seines Gewichts durch seine gewaltigen Muskeln zustande kam. Er betrachtete den Gefreiten Karpenko ganz gewiss nicht als geborenen Anführer ihrer Einheit. Die meisten anderen Rekruten gingen ihm aus dem Weg, und sogar der eine oder andere Staff Sergeant bemühte sich, ihn stets aufmerksam im Auge zu behalten. Auch Alex blieb auf Distanz, aber er konnte Big Sam nicht ausweichen, als die beiden während einer Sporteinheit dazu eingeteilt wurden, zu einem Freundschaftskampf im Boxring gegeneinander anzutreten. Big Sam konnte mit dem Wort »Freundschaftskampf« nicht besonders viel anfangen, und alle anderen Rekruten versammelten sich, um Zeugen des unvermeidlichen Gemetzels zu werden.

»Ich bin der Größte«, flüsterte Alex ohne Überzeugung und stieg durch die Seile in den Ring. Er hoffte, die Worte von Cassius Clay würden ihn inspirieren, und es würde ihm gelingen, wenigstens die drei ersten der jeweils drei Minuten dauernden Runden zu überstehen.

In der ersten Runde tanzte er nervös durch den Ring, während sein Gegner einen Hieb nach dem anderen zu platzieren versuchte, ohne dass ihm das gelungen wäre. Irgendwie schaffte es Alex bis zum Ende der zweiten Runde, und es gelang ihm sogar, seinem Kontrahenten ein paar Treffer zu versetzen, die dieser jedoch gar nicht zu spüren schien. Es dauerte nicht lange, und Alex' Beine wurden schwer wie Blei. Das war kein langsamer Walzer in einem nahe gelegenen Tanzlokal, bei dem man eine junge Dame in den Armen hielt.

Etwa in der Mitte der dritten Runde gelang es Big Sam, Alex mit einem Schlag seitlich am Kopf zu streifen. Alex schwankte benommen, und dadurch konnte ihm sein Gegner einen zweiten Treffer am Kinn versetzen. Alex ging zu Boden. Ein klügerer Mann wäre liegen geblieben. Nicht so Alex. Er versuchte, wieder auf die Beine zu kommen, während der Schiedsrichter ihn anzählte: »Fünf, sechs, sieben …« Noch immer stützte er sich auf einem Knie ab, als ihn der nächste Schlag mitten auf die Nase traf. Jetzt hatte er nur noch Sterne und Streifen vor Augen, und zwar weitaus mehr als fünfzig. Big Sam wäre disqualifiziert worden, hätte es sich um einen Kampf in einem offiziellen Wettbewerb gehandelt, doch der Staff Sergeant erklärte, niemand habe Zeit, dem Vietcong die Queensberry-Regeln zu erklären.

Als Alex wenige Augenblicke später zu sich kam, sah er entsetzt, wie sein Kontrahent über ihm aufragte. Er wappnete sich für den nächsten Schlag, doch Big Sam – von nun an sein bester Freund – zog seinen Handschuh aus und half Alex auf die Beine.

In der zweiten Woche begannen sie, auf dem Schießstand auf unbewegliche Ziele zu feuern.

»Ab morgen werden sich die Ziele bewegen«, sagte der Staff Sergeant. »Und wenn ihr so weit seid, dass ihr damit zurechtkommt, werden sie zurückschießen.«

Im Laufe der dritten Woche wurde der Tag zur Nacht. Es gab keine Mahlzeiten mehr und keinen Schlaf, und wer noch nicht tot war, wünschte sich, er wäre es. Die vierte Woche war dem Nahkampf gewidmet, nachdem die Rekruten vierzehn Stunden nichts gegessen und nicht geschlafen hatten. Als man ihnen schließlich gestattete, erschöpft in ihre Feldbetten zu sinken, waren sie kaum eingeschlafen, als ihnen befohlen wurde, wieder aufzustehen, denn sie sollten mit der Situation zurechtkommen, dass der Vietcong genau in diesem Augenblick einen Gegenangriff gestartet hatte. »Und keiner hier sollte jemals vergessen, dass unser Gegner auf seinem eigenen Grund und Boden kämpft.«

Es überraschte niemanden, dass Alex in der fünften Woche zum Corporal befördert und ihm die Verantwortung für ein Dutzend seiner Kameraden übertragen wurde. Sofort wählte er Big Sam zu seinem Stellvertreter.

Am Ende der sechsten Woche erzielte Alex' Einheit regelmäßig bessere Ergebnisse als ihre Konkurrenten. Jeder einzelne seiner Soldaten wäre ihm überallhin gefolgt.

In der siebten Woche nahm Lieutenant Lowell, der Kommandant ihres Zuges, Alex nach dem morgendlichen Antreten beiseite.

»Karpenko, haben Sie schon einmal darüber nachgedacht, sich um eine Offiziersausbildung zu bewerben? Wenn Sie das möchten, bin ich gerne bereit, Sie bei den entsprechenden Stellen zu empfehlen.« Alex' Antwort enttäuschte ihn.

»Ich bin ein Straßenhändler, Sir. Ich habe keinerlei Interesse daran, Offizier zu werden. Wenn das für Sie in Ordnung ist, möchte ich lieber bleiben und zusammen mit meiner Einheit kämpfen.«

Während der nächsten Wochen versuchte Lieutenant Lowell mehrmals, Alex dazu zu bringen, seine Entscheidung zu überdenken, doch er erhielt immer wieder die gleiche Antwort.

Am letzten Tag in Fort Bragg erhielt Alex' Zug vom befehlshabenden Offizier der versammelten Ausbildungskompanien einen Wimpel als Ehrenzeichen. Im Namen seiner Kameraden nahm Big Sam die Auszeichnung entgegen.

»Sie sind eine der besten Einheiten, die ich je unter meinem Kommando hatte«, sagte der General, als er den Wimpel überreichte.

»Zeigen Sie mir die anderen«, sagte Big Sam. Der General lachte.

Am 5. Juni 1972 kletterten Lieutenant Lowell, Corporal Karpenko und einhundertzwanzig einfache Soldaten der 116th Infantry Unit mitten in der Nacht in ein Dutzend Lastwägen und wurden von Fort Bragg zu einem Flughafen gefahren, der auf keiner Landkarte zu finden war. Vierzehn Stunden und drei kurze Stopps später, bei denen das Flugzeug neuen Treibstoff, die Soldaten aber nichts Vergleichbares erhalten hatten, landeten die Männer schließlich auf einem schwer bewachten Flugplatz irgendwo in Südvietnam. Sie waren keine Rekruten mehr, sondern voll ausgebildete Infanteriesoldaten, bereit für den Krieg.

Nicht alle von ihnen würden zurückkehren.

Die 116th verbrachte mehrere Wochen damit, sich in ihrem notdürftig aufgebauten Stützpunkt einzurichten, und zwei weitere Wochen, um sich auf ihren ersten Einsatz vorzubereiten. Jetzt waren sie wirklich bereit. Aber wofür genau?

»Unsere Befehle sind vollkommen klar«, sagte Lieutenant Lowell bei der morgendlichen Besprechung an jenem Tag. »Wir haben den Auftrag, an der Grenze zur demilitarisierten Zone zwischen Nord- und Südvietnam zu patrouillieren. Der Vietcong dringt von Zeit zu Zeit in die DMZ ein in der Hoffnung, einen Schwachpunkt in unseren Verteidigungsanlagen ausfindig zu machen. Wenn unser Gegner verrückt genug ist, das wieder zu versuchen, ist es unsere

Aufgabe, dafür zu sorgen, dass er es bereut, und ihn auf seine Seite der Grenze zurückzutreiben.«

»Und werden wir eine Chance bekommen, in feindliches Gebiet vorzudringen?«, fragte Alex.

»Das ist unwahrscheinlich«, sagte Lowell. »So etwas bleibt üblicherweise den Profis vorbehalten – den Marines und den US Army Rangers. Uns würde man nur um Unterstützung bitten, sollten außergewöhnliche Umstände eintreten.«

»Dann sind wir also nichts weiter als eine Art Verkehrspolizisten«, sagte Big Sam.

»So etwas Ähnliches, ja«, gestand Lowell. *»Auch jene dienen, die nur ausharr'n, wo sie hinberufen.«* Alex würde das Zitat nachschlagen, wenn er das nächste Mal wieder in einer Bibliothek wäre, auch wenn es bis dahin noch ein paar Jahre dauern mochte. »Die gute Nachricht ist«, fuhr Lowell fort, »dass Sie alle sechs Monate eine Woche Urlaub bekommen, in der Sie dann nach Saigon fahren können.«

Vereinzelte Jubelrufe erklangen.

»Aber nicht einmal dort können Sie es sich erlauben, vollkommen sorglos aufzutreten. Sie müssen davon ausgehen, dass jeder, der sich Ihnen nähert, ein Agent des Vietcong ist. Besonders bei attraktiven jungen Frauen sollten Sie auf der Hut sein, denn es wäre möglich, dass man Ihnen nur deshalb Sex anbietet, um Ihnen irgendwelche wichtigen Informationen zu entlocken, die Sie selbst für vollkommen trivial halten.«

»Könnten wir dann nicht einfach Sex haben und den Mund halten?«, fragte ein Soldat.

Lowell wartete, bis das Gelächter verklungen war. »Nein, Boyle«, sagte er nachdrücklich. »Jedes Mal, wenn Sie in

Versuchung geraten, müssen Sie sich klarmachen, dass Ihre Aktion zum Tod eines Ihrer Kameraden führen könnte.«

»Ich weiß nicht, ob ich sechs Wochen lang ohne eine Frau auskommen kann«, sagte Boyle. Obwohl die übrige Einheit in Gelächter ausbrach, war es offensichtlich, dass die Soldaten einer Meinung mit ihm waren.

»Machen Sie sich keine Sorgen, Boyle«, sagte Lowell. »Die Army hat Vorsorge getroffen für Soldaten wie Sie. Wir haben unser eigenes Bordell am Rand des Lagers. Es wird von einer Dame namens Lilly geführt, und alle ihre Mädchen wurden sorgfältig überprüft. Es ist bisher nur ein einziges Mal vorgekommen, dass eines der Mädchen für den Vietcong gearbeitet hat. Nachdem Lilly das herausgefunden hatte, trieb die junge Frau am nächsten Morgen tot im Mekong. Jeder Einheit im Lager wurde eine Nacht zugeteilt, in der die Männer Lillys Etablissement besuchen können. Wir haben den Mittwoch bekommen.«

Es gab niemanden, der sich das erst noch notieren musste.

Den Patrouillendienst in der demilitarisierten Zone fand Alex bestenfalls langweilig und schlimmstenfalls sinnlos. Es dauerte fünf Wochen, bevor sie eine kleine Gruppe Vietcong entdeckten, die ins Niemandsland eingedrungen war. Sofort gab Lieutenant Lowell den Befehl zum Vorrücken und Feuern nach eigenem Ermessen, doch außer einigen Bäumen trafen seine Soldaten überhaupt nichts, und schon nach wenigen Sekunden hatte sich der Feind wieder hinter die Grenze zurückgezogen.

Als Alex den Zwischenfall in einem langen Brief an seine Mutter beschrieb, bemühte er sich, ihr zu versichern, dass er eher beim Überqueren der Brighton Beach Avenue sterben würde als auf einem Patrouillengang in der demilitarisierten Zone. Mehrere Sätze wurden von den Militärzensoren bearbeitet.

Alex erhielt regelmäßig Briefe von Elena. Bernie war schließlich in Rente gegangen, und Elena musste zugeben, dass sie gerade so über die Runden kamen, seit er aufgehört hatte. Alex musste nicht zwischen den Zeilen lesen, um zu erkennen, dass weder seine Mutter noch Dimitri geborene Kaufleute waren. Elena schrieb ihm, dass sie es gar nicht erwarten konnten, bis er zurückkäme, auch wenn sie alle akzeptieren mussten, dass dies noch mindestens ein weiteres Jahr nicht der Fall sein würde. Als die langen Wochen zu noch längeren Monaten wurden, fragte sich Alex, ob es nicht vielleicht klüger gewesen wäre, Addies Rat anzunehmen und sich um einen Aufschub zu bemühen, um seinen Abschluss an der NYU zu machen und, was noch wichtiger gewesen wäre, Addie zu fragen, ob sie ihn heiraten wolle. Er hatte sogar schon einen Ring.

20

Sascha

London: 1972

»Ich möchte Sie, Sir, um Erlaubnis bitten, um die Hand Ihrer Tochter anzuhalten.«

»Wie wunderbar altmodisch«, sagte Mr. Dangerfield. »Aber finden Sie nicht, Sascha, dass Sie noch ein wenig jung sind, um schon über eine Heirat nachzudenken? Sollten Sie nicht noch ein wenig warten, bevor Sie eine solch unwiderrufliche Entscheidung treffen?«

»Warum sollte man warten, Sir, wenn man die Frau gefunden hat, mit der man den Rest seines Lebens verbringen will?«

»Ich würde Sie fragen, ob Sie glauben, dass meine Tochter dasselbe Ihnen gegenüber empfindet, wenn ich die Antwort nicht schon wüsste.« Sascha lächelte. Er wusste, dass Charlie im Zimmer nebenan war. »Deshalb liegt es nun wohl an mir als Ihrem zukünftigen Schwiegervater, Sie eher nach Ihren beruflichen Aussichten zu fragen.«

»Es gibt bereits drei Stellen, die man mir für die Zeit nach Cambridge angeboten hat, Sir. Mein Problem ist, dass ich noch nicht weiß, für welche ich mich entscheiden soll.«

»Die typische Verlegenheit, in die einen ein überreiches Angebot bringt«, sagte Mr. Dangerfield.

»Ohne dass jedoch Reichtümer garantiert wären«, gestand Sascha. »Und was alles nur noch schlimmer macht: Keine der Möglichkeiten entspricht dem, was ich wirklich tun möchte.«

»Dann möchte ich jetzt aber Genaueres wissen.«

»Das Trinity hat mir ein Forschungsstipendium angeboten, wenn ich meinen Abschluss mit ›sehr gut‹ mache.«

»Wie überaus schmeichelhaft.«

»Das sehe ich auch so, Sir. Aber ich glaube nicht, dass ich zum Dozenten geboren bin. Ich ziehe das Schlachtfeld vor.«

»Irgendein bestimmtes Schlachtfeld?«

»Jemand aus dem Außenministerium hat mir kürzlich vorgeschlagen, die dortige Aufnahmeprüfung abzulegen. Aber ich bin nicht sicher, ob sie mich als Diplomat oder Spion haben wollen.«

»Ich wusste gar nicht, dass es da einen Unterschied gibt«, sagte Dangerfield. »Ich zweifle jedoch nicht daran, dass Sie sich bei beidem gut machen würden. Und die dritte Stelle?«

»Mr. Agnelli, der Besitzer des Restaurants, in dem meine Mutter Elena Chefköchin ist, hat mich gebeten, für ihn zu arbeiten. Er hat keine eigenen Kinder und angedeutet, dass ich das Restaurant nach einer gewissen Zeit übernehmen könnte.«

»Dozent in Cambridge, Meisterspion oder Geschäftsführer eines Restaurants. Eine Wahl zwischen noch unterschiedlicheren Dingen ist kaum vorstellbar, obwohl Geschäftsführer eines Restaurants zu sein dem Einsatz auf einem Schlachtfeld wohl am nächsten käme. Und am besten bezahlt wäre.«

»Ich würde dabei nicht nur am meisten verdienen, ich bin auch ziemlich gut vorbereitet auf eine solche Stelle. Während der letzten fünf Jahre habe ich in den Ferien immer im Restaurant gearbeitet. Ich habe als Tellerwäscher angefangen, danach Tische gedeckt und später eine Zeit lang als Barmann und Kellner gearbeitet. Manchmal kam es mir so vor, als würde ich zwei Abschlüsse gleichzeitig machen.«

»Aber Sie sagen, keines dieser drei Angebote entspricht dem, was Sie eigentlich machen wollen.«

»Nein, Sir. Wie mein Vater bin ich im Herzen Politiker, und durch meine Zeit in Cambridge bin ich nur noch entschlossener geworden, Abgeordneter zu werden.«

»Haben Sie sich schon entschieden, unter welcher Parteifarbe Sie antreten würden?«

»Nein, das habe ich nicht, Sir. Die Wahrheit ist, dass mir weder das eine noch das andere Extrem besonders zusagt. Ich bevorzuge die Mitte, denn oft ertappe ich mich dabei, wie ich die Position meines vermeintlichen Gegners teile.«

»Aber irgendwann werden Sie sich für eine Seite entscheiden müssen, wenn Sie ernsthaft vorhaben, eine politische Karriere anzustreben«, erklärte Dangerfield. »Es sei denn, Sie wollen sich den Liberalen anschließen.«

»Nein, Sir«, sagte Sascha lachend. »Ich glaube nicht an eine Sache, die von vornherein verloren ist.«

»Ich auch nicht, und doch habe ich mein ganzes Leben lang die Liberal Party gewählt.«

Sascha errötete und sagte: »Ich muss mich entschuldigen, Sir.«

»Keineswegs, mein Junge. Ich vermute, meine Frau würde Ihnen sogar zustimmen.«

»Bevor ich mich vollkommen zum Narren mache, Sir …«

»Susan war schon immer eine Konservative, obwohl sie sich manchmal die Nase zuhalten muss, wenn sie zur Wahl geht. Meine Frau ist sogar noch schlimmer als Sie. Aber ich dachte, Charlie hätte mir gesagt, Sie hätten ihr versprochen, sich nie wieder für ein Amt nominieren zu lassen, nachdem Sie bei der Wahl zum Vorsitzenden der Students' Union so knapp geschlagen wurden?«

»Dieses ›nie‹ hielt ungefähr eine Woche an, Sir. Obwohl Charlie entschieden dagegen ist, werde ich mich nächstes Semester wieder um den Vorsitz bewerben.«

»Nun lassen Sie uns mal für einen Augenblick ganz praktisch denken«, sagte Dangerfield. »Wenn Sie Mr. Agnellis Angebot annehmen, wo würden Sie und Charlie dann wohnen?«

»Meine Mutter hat kürzlich eine große Wohnung in Fulham gekauft. Darin gäbe es für uns drei mehr als genug Platz.«

»Würde der Platz auch für vier oder gar fünf Bewohner ausreichen?«, fragte Dangerfield und hob eine Augenbraue.

»Charlie und ich sind beide der Ansicht, dass wir uns erst in unsere Berufe eingelebt haben sollten, bevor es sinnvoll sein kann, sich über eine Familie Gedanken zu machen. Charlie ist überzeugt davon, dass sie, sobald sie ihren Doktortitel hat, eine Stelle finden wird, mit der wir dann beide zusammen genug für zwei, drei oder gar vier Familienmitglieder verdienen werden. Nur meine Mutter ist anderer Ansicht.«

»Ich freue mich schon darauf, sie kennenzulernen. Sie scheint ja ein wirklich beeindruckender Mensch zu sein.

Aber sagen Sie mir, was hält sie davon, dass ihr einziger Sohn vorhat, so jung zu heiraten?«

»Sie ist begeistert von Charlie, aber sie kann es gar nicht gutheißen, dass wir in Sünde leben.«

»Ah, dann haben Sie Ihre altmodischen Werte also von ihr geerbt.«

»Es wäre wirklich eine Hilfe, wenn du wüsstest, welcher Partei du dich verbunden fühlst«, sagte Ben. »Ich bin zwar überzeugt davon, dass du auch als unabhängiger Kandidat gewinnen kannst, aber es würde mein Leben bedeutend vereinfachen, wenn du entweder bei den Tories oder in die Labour Party eintreten würdest. Vorzugsweise bei den Tories.«

»Genau das ist das Problem«, sagte Sascha. »Ich weiß immer noch nicht, welche Partei ich unterstützen soll. Spontan bin ich für freies Unternehmertum und weniger staatliche Eingriffe anstatt mehr. Aber als Einwanderer sind mir die Vorstellungen der Labour Party näher. Ich weiß nur sicher, dass ich kein Liberaler bin.«

»Lass das bloß niemanden wissen, bevor die letzte Stimme abgegeben ist. Als unabhängiger Kandidat wirst du die Unterstützung von Wählern aus allen drei Lagern brauchen.«

»Hast du eigentlich überhaupt irgendwelche grundlegenden Einstellungen oder Überzeugungen?«, fragte Sascha.

»Derlei Luxus können wir uns erst leisten, wenn du die Wahl gewonnen hast.«

»Du machst den Tories alle Ehre!«

»Ich freue mich, dass wir das Wochenende bei meinen Eltern verbringen«, sagte Charlie, »denn ich weiß, dass es da eine Sache gibt, in der dich mein Vater um Rat fragen möchte.«

»Wobei sollte ich ihm wohl einen Rat geben können? Ich kenne mich mit Antiquitäten nicht aus, und er gilt als eine der führenden Autoritäten auf diesem Gebiet.«

»Das würde ich genauso gerne erfahren wie du. Aber ich habe ihn schon davor gewarnt, dass du nicht einmal den Unterschied zwischen einem Chippendale und einem bei Conran besorgten Möbelstück kennst.«

»Ich weiß, was ich mir leisten kann«, sagte Sascha.

»Du solltest mehr Oscar Wilde lesen«, sagte Charlie, »und weniger Maynard Keynes. Übrigens, kommt deine Mutter mit uns? Du weißt, wie sehr meine Eltern sie kennenlernen möchten.«

»Sie hat vor, am Samstagmorgen zu kommen. Was mir genügend Zeit verschaffen müsste, um alle darauf vorzubereiten, dass sie bereits die Namen unserer ersten drei Kinder ausgesucht hat.«

»Hast du ihr erklärt, dass das noch eine Weile dauern wird?«

Als Ted Heath am Ende der Debatte wieder Platz nahm, war Sascha der Entscheidung für eine bestimmte Partei um keinen Schritt nähergekommen. Die Rede des Premierministers war kompetent und nicht ungeschickt gewesen, doch es hatte ihr die Leidenschaft gefehlt, obwohl das Thema Mr. Heath am Herzen zu liegen schien. Trotz des jüngsten Erfolgs seiner Kampagne zum Verbleib Britanniens im Gemeinsamen Markt gelang es einigen Zuhörern kaum, ein gelegentliches Gähnen zu unterdrücken, und das galt sogar für einige Anhänger Heaths.

Michael Foot, der sich im Namen der Labour-Partei gegen den Antrag aussprach, besaß als Redner ein ganz anderes Niveau. Seine rhetorische Begabung faszinierte die

Studenten, obwohl offensichtlich war, dass er nicht über die detaillierten Kenntnisse der Unterstützer des Antrags verfügte.

Wie Heath war Sascha der Überzeugung, dass ein stärkeres Europa ein Gegengewicht zum kommunistischen Block bilden konnte, weshalb er Bens Rat ignorierte und für den Antrag, nicht für den Politiker, stimmte.

»Ich fand Heath brillant«, sagte Ben, als sie das Gebäude verließen und zum Dinner gingen, das nach der Debatte angesetzt war.

»Nein, mit Sicherheit nicht«, erwiderte Sascha. »Mag sein, dass er sich mit dem Thema vorwärts und rückwärts auskannte, aber Michael Foot war weitaus überzeugender.«

»Aber wer sollte deiner Meinung nach eher das Land regieren?«, fragte Ben. »Ein brillanter Redner oder ein …«

»Kleiner Lebensmittelhändler?«, sagte Sascha. »Die Geschworenen sind noch immer nicht zu einem Urteil gekommen, weshalb ich als unabhängiger Kandidat antreten werde.«

»Dann haben wir eine arbeitsreiche Woche vor uns.«

»In der wir *was* tun werden?«

»In der wir jedem College dein Wahlprogramm zukommen lassen, Plakate an alle Schwarzen Bretter kleben und die unserer Konkurrenten abreißen werden, wenn niemand hinsieht.«

»Vergiss es, Ben. Wie du sehr wohl weißt, wäre es gegen die Regeln, die Plakate eines Konkurrenten abzuhängen oder zu beschädigen. Wenn du dumm genug wärst, so etwas zu tun, könnte ich von der Wahl ausgeschlossen werden. Und ich würde es Fiona zutrauen, mit einem Foto aufzukreuzen, das dich in flagranti zeigt, denn nichts wäre ihr lieber, als mich ein zweites Mal scheitern zu sehen.«

»Dann müssen wir uns darauf beschränken, deine Plakate über die deiner Konkurrenten zu hängen.«

»Ben, du hörst einfach nicht zu, und was noch schlimmer ist: Ich kann nicht ständig vor Ort sein, um dich im Auge zu behalten.«

»Warum nicht?«

»Charlie und ich verbringen das Wochenende bei ihren Eltern, um unsere Verlobung zu feiern, und dabei wird meine Mutter sie zum ersten Mal treffen.«

»Und wo soll diese historische Zusammenkunft denn stattfinden?«

»Warum fragst du?«

»Weil ich bisher nur ein Mal die Kochkünste deiner Mutter genossen habe und es gar nicht erwarten kann, zu einer zweiten Gelegenheit eingeladen zu werden.«

»Da wirst du nicht lange warten müssen, denn du wirst bei unserer Hochzeit Trauzeuge sein.«

Sascha genoss einen der seltenen Augenblicke, in denen sein bester Freund nichts zu sagen wusste.

»Nenn mich Mike«, sagte Mr. Dangerfield.

»Es wird vielleicht ein bisschen dauern, bis ich mich daran gewöhnt haben werde, Sir«, sagte Sascha, während sein Gastgeber die Tür zu seinem Arbeitszimmer schloss und ihn zu einem Sessel am Kamin führte.

»Ich bin froh, dass ich mich einen Augenblick alleine mit dir unterhalten kann, Sascha, denn ich hätte gerne deinen Rat.«

»Ich hoffe, es geht nicht um Antiquitäten, Sir, denn erst kürzlich habe ich gelernt, wie alt ein Stück eigentlich sein muss, bevor man es offiziell als Antiquität bezeichnen darf.«

»Nein, es geht nicht um eine Antiquität, aber eine Kundin von mir könnte im Besitz eines Stückes sein, das wir in unserem Gewerbe eine Entdeckung nennen, wie sie nur ein Mal im Leben vorkommt.« Sascha hörte aufmerksam zu, schwieg aber vorerst. »Ich hatte kürzlich Besuch von einer russischen Gräfin, die mir anbot, ein Familienerbstück für sie zu verkaufen, das, wenn es echt ist, die Kunstwelt in helle Aufregung versetzen würde.« Mr. Dangerfield erhob sich aus seinem Sessel und ging quer durchs Zimmer zu einem großen Safe. Er beugte sich hinab und drehte die Zahlenscheibe zunächst in die eine und dann in die andere Richtung. Schließlich öffnete er die schwere Tür, griff in den Safe und nahm ein rotes Samtkästchen heraus, das er auf den Tisch zwischen den beiden Sesseln stellte. »Mach es auf, Sascha. Ich kann dir versichern, dass du keine Kenntnisse über Antiquitäten brauchst, um zu erkennen, dass du das Werk eines Genies vor dir hast.«

Vorsichtig löste Sascha den Verschluss und legte ein großes goldenes Ei frei, das mit Diamanten und Perlen besetzt war. Sein Mund klappte auf, doch keine Worte kamen heraus.

»Und das ist nur die Hülle«, sagte Mr. Dangerfield. Er beugte sich vor und klappte das Ei auf. Zum Vorschein kam ein exquisiter Jadepalast, der von einem Schlossgraben aus blauen Diamanten umgeben war.

»Wow.« Das war alles, was Sascha herausbrachte.

»Das sehe ich genauso. Aber die Frage lautet: Ist es, wie die Gräfin behauptet, ein Original von Fabergé oder eine brillante Kopie?«

»Ich habe keine Ahnung«, sagte Sascha.

»Das hatte ich auch nicht erwartet. Doch nachdem du meine Kundin kennengelernt hast, kannst du mir möglicherweise sagen, ob sie eine echte Gräfin oder eine Betrügerin ist.«

»Das Anastasia-Problem«, sagte Sascha.

»Genau. Ich war bereits im British Museum, im Victoria and Albert und in der sowjetischen Botschaft, und es kann kein Zweifel daran bestehen, dass sich das echte Ei einst im Besitz eines gewissen Grafen Molenski befunden hat. Aber ist die Gräfin wirklich seine Enkelin oder nur eine gerissene Schauspielerin, die versucht, mir eine Kopie unterzujubeln?«

»Ich kann es gar nicht erwarten, sie kennenzulernen«, sagte Sascha, der es nicht schaffte, seinen Blick von dem Ei zu lösen.

»Und selbst wenn es ihr gelingt, dich davon zu überzeugen, dass sie keine Betrügerin ist«, fuhr Dangerfield fort, »bliebe immer noch die zweite Frage: Warum hat sie mich, einen kleinen Händler aus Guildford, ausgesucht, wenn sie zu jedem führenden Spezialisten im West End hätte gehen können?«

»Ich nehme an, dass Sie ihr diese Frage bereits gestellt haben, Sir.«

»Das habe ich in der Tat. Sie meinte, den Londoner Händlern sei nicht zu trauen. Sie fürchtet, diese würden eine Art Kartell bilden, um sich gegen sie zu verschwören.«

»Ich weiß nicht, ob ich verstehe, was sie damit anzudeuten versucht«, sagte Sascha.

»In diesem besonderen Fall bedeutet ›Kartell‹, dass sich eine kleine Gruppe von Händlern bei einer Auktion zusammenschließt, um den Preis eines wertvollen Stückes möglichst gering zu halten, sodass einer von ihnen es weit unter dem realen Wert kaufen kann. Danach verkauft die Gruppe das Stück mit beträchtlichem Profit und teilt den

Gewinn unter sich auf. Manchmal spricht man dabei auch von einer ›versteckten Partei‹.«

»Aber das ist doch sicher illegal?«

»Und ob es das ist. Aber solche Fälle landen nur selten vor Gericht, besonders da es keine Zeugen gibt und die Absprache fast unmöglich zu beweisen ist.«

»Wenn das hier ein Original ist«, sagte Sascha und wandte sich wieder dem Ei zu, »wären Sie dann in der Lage, seinen Wert ungefähr abzuschätzen?«

»Das letzte Fabergé-Ei, das auf den Markt kam, wurde auf einer Auktion von Sotheby Parke Bernet in New York angeboten und dem Käufer schließlich für etwas über eine Million Dollar zugesprochen. Und das war vor zehn Jahren.«

»Und wenn es eine Fälschung ist?«

»Dann kann sie von Glück reden, wenn sie ein paar Tausend Pfund bekommt, vielleicht dreitausend.«

»Wann werde ich sie kennenlernen?«

»Sie kommt morgen zum Tee zu uns.« Mr. Dangerfield warf noch einmal einen Blick auf das Ei. »Wenn sie keine Betrügerin ist, dann wird es Zeit für mich, etwas zu tun, das so gar nicht zu mir passt.«

»Und was wäre das, Sir?«

»Ein Risiko eingehen.«

Ben verbrachte das Wochenende damit, seine WÄHLT KARPENKO-Plakate auf die Schwarzen Bretter aller siebenunddreißig Colleges zu pinnen – und das eine oder andere sogar an einen Zaun auf dem Weg, obwohl Sascha ihn gewarnt hatte, dass seine Gegner das Recht besaßen, sie an diesen nicht dafür vorgesehenen Stellen herunterzureißen.

Während er von College zu College ging, wurde er immer zuversichtlicher, dass Sascha die Wahl gewinnen würde, denn jedes Mal, wenn er stehen blieb, um sich mit einem Studenten zu unterhalten, hob dieser entweder den Daumen oder versicherte ihm, dass er bei der jetzigen Wahl Bens Kandidaten unterstützen würde. Niemand sprach über Fionas falsche Anschuldigung bei der letzten Wahl, und der eine oder andere Student gestand, dass er es inzwischen bedauerte, nicht schon beim letzten Mal für Sascha gestimmt zu haben. Schon zwei von euch hätten genügt, hätte Ben in so einem Fall gerne gesagt.

Sascha ausgenommen, musste Ben, wenn auch nicht gerade begeistert, gegenüber jedem zugeben, dass Fiona sich als eine recht gute Vorsitzende der Union erwiesen hatte. Dank der Verbindungen ihres Vaters ins Unterhaus hatte sie eine beeindruckende Liste an Gastrednern zusammenstellen können, und ihre entschlossene Leitung des Vorstands und das Einbringen einiger innovativer Ideen waren von Freund und Feind gleichermaßen anerkannt worden.

Obwohl sie und Sascha nur selten miteinander sprachen, hatte Fiona Ben kürzlich vorgeschlagen, sich zu dritt zum Dinner zu treffen und die Vergangenheit ruhen zu lassen.

»Soll das vielleicht eine Art metaphorischer Olivenzweig sein?«, hatte Ben seinen Freund gefragt.

»Wohl eher ein Feigenblatt«, hatte Sascha erwidert. »Du kannst ihr ausrichten, dass das auf keinen Fall stattfinden wird, bevor ich zum Vorsitzenden der Union gewählt wurde.«

21

Alex

Vietnam: 1972

»Was haben Sie vor, wenn Sie wieder zu Hause sind?«, fragte Lieutenant Lowell, als er und Alex zusammen in einem Schützengraben saßen und eine jener Mahlzeiten zu sich nahmen, die hierzulande als Mittagessen gelten.

»Ich will an der NYU meinen Abschluss in Wirtschaftswissenschaften machen und ein Imperium aufbauen, das Rockefeller Konkurrenz macht.«

»Mein Patenonkel«, sagte Lowell schlicht. »Ich denke, er würde Ihnen gefallen, und ich weiß, dass Sie ihm gefallen würden.«

»Arbeiten Sie für diesen großen Mann?«, fragte Alex.

»Nein, ich bin Vorstandsvorsitzender einer kleinen Bank in Boston, die den Namen meiner Familie trägt. Aber um ehrlich zu sein, Vorstandsvorsitzender bin ich nur auf dem Papier. Ich konzentriere mich lieber auf meine erste Liebe, die Politik.«

»Möchten Sie eines Tages Präsident werden?«, fragte Alex.

»Nein danke. Ich bin nicht so ehrgeizig wie Sie, Corporal, und ich bin mir meiner Grenzen durchaus bewusst. Aber ich habe vor, mich um einen Sitz im Kongress zu bewerben, wenn ich wieder in Boston bin, und eines Tages vielleicht sogar um einen Sitz im Senat.«

»Wie Ihr Großvater?« Lowell war überrascht, und mit Alex' nächster Frage hätte er nie gerechnet. »Warum haben Sie sich nicht um einen Aufschub bemüht? Ich bin sicher, jemand wie Sie hat all die richtigen Verbindungen, die dafür sorgen, dass er nicht in diesem Drecksloch endet.«

»Stimmt. Aber mein anderer Großvater war General, und er hat mich davon überzeugt, dass eine bestimmte Zeit in Vietnam meiner politischen Karriere gewiss nicht schaden würde. Besonders nicht, da die meisten meiner möglichen Konkurrenten sich irgendwie um die Einberufung drücken dürften. Aber Sie haben recht. Jeder andere aus meinem Jahrgang in Harvard hat irgendeine Möglichkeit gefunden, nicht hierherkommen zu müssen.«

Alex löffelte die letzte Bohne vom Boden seines Blechgeschirrs und aß sie so langsam, als handele es sich dabei um einen der köstlichsten Happen, die seine Mutter jemals zubereitet hatte.

»Gut, ich denke, wir machen uns mal auf die Suche nach dem Feind«, sagte Lowell.

»Sie sind ja ganz schön optimistisch«, sagte Alex.

An den Mittwochabenden, wenn sich die übrige Einheit zu Lillys Damen begab, konnte man Alex in der Kantine finden; sein einziger Begleiter war ein Buch. Er hatte bereits alle verfügbaren Romane von Tolstoi, Dickens und Dumas im Original gelesen und sich kürzlich Hemingway, Bellow und Cheever zugewandt.

Addie schrieb ihm jede Woche, und Alex war zunächst gar nicht klar gewesen, wie sehr er sie vermissen würde. Er hätte ihr gerne einen Heiratsantrag gemacht, aber nicht in einem Brief. Doch wenn er wieder zurück wäre …

Big Sam drängte ihn, sich den anderen Männern im Bordellbus anzuschließen, doch Alex lehnte stets ab. Er zeigte ihm sogar ein Foto von Addie.

»Du musst ihr ja nichts davon erzählen«, sagte Big Sam grinsend.

»Doch, ich würde es ihr sagen müssen«, gestand Alex, während im Hintergrund Elvis aus der Musikbox dröhnte: *You were always on my mind.* Ich habe immer an dich gedacht.

»Ich glaube, *Kim* würde dir gefallen«, sagte Big Sam, der sich weigerte, so schnell aufzugeben.

»Ich wusste gar nicht, dass du Kipling magst«, sagte Alex und erwiderte sein Grinsen.

»Denken Sie jemals über die Sinnlosigkeit von Kriegen nach?«, fragte Alex.

»Nicht, wenn ich's vermeiden kann«, sagte Lowell. »Es könnte meine Entschlossenheit schwächen, und das wäre keine Hilfe für die Männer unter meinem Kommando, wenn wir wirklich mal in einen Kampf geraten.«

»Aber es muss doch junge, nordvietnamesische Soldaten geben, die auf der anderen Seite der DMZ in ihrem Schützengraben sitzen und genau wie wir am liebsten nach Hause zu ihren Familien gehen würden. Lernen wir denn überhaupt nichts aus der Geschichte?«

»Nur dass Politiker sehr viel gründlicher nachdenken sollten, bevor sie die nächste Generation in den Krieg schicken. Wie kommt Ihre Mutter ohne Sie zurecht?«, fragte Lowell, der offensichtlich das Thema wechseln wollte.

»So gut oder so schlecht, wie zu erwarten war. Meine elf Marktstände werfen gerade eben so genügend ab, aber die Wahrheit ist: Sie kann es gar nicht erwarten, bis ich nach Hause komme. Ich werde schon bald meine Lizenz verlängern müssen, und meine Mutter könnte es unmöglich mit Mr. Wolfe aufnehmen.«

»Wer ist das?«

»Mein Vermieter.«

»Kann sich Dimitri nicht um ihn kümmern? Es klingt so, als sei er ziemlich geschickt.«

»Ehrlich gesagt, verliert er so langsam den Boden unter den Füßen. Dimitri ist viel glücklicher, wenn er auf hoher See sein kann.«

»Na ja, Sie haben ja nur noch ein paar Monate, bis wir demobilisiert werden, was jedem außer Big Sam nur recht sein wird.«

»Warum? Möchte er nicht wieder nach Hause?«

»Nein. Er hat vielmehr beantragt, zu den Marines zu wechseln, und ich werde sein Gesuch gerne unterstützen. Er möchte in der Army bleiben, wenn seine zwei Jahre vorbei sind. Wenn er Ihren Verstand hätte, wäre er eines Tages General.«

»Wenn es jemals zum Kampf kommt«, sagte Alex, »hätte ich lieber ihn neben mir als jeden General.«

Sobald er nur noch einhundert Tage vor sich hatte, begann Alex, die Daten im Kalender durchzustreichen: 90, 80, 70, 60, 50, 40, 30, 20 …

Die 116th war auf einer Routinepatrouille, als der Befehl durchkam. Sie hatten nur noch 17 Tage, bis man sie nach Beendigung ihres Wehrdienstes nach Amerika zurückschicken würde.

Captain Lowell bat das Hauptquartier, den Befehl zu wiederholen, bevor er den Hörer des Feldtelefons auflegte und seine Männer um sich versammelte. »Es gab ein Scharmützel auf der anderen Seite der DMZ. Eine unserer Patrouillen ist in einen Hinterhalt geraten, und wir haben den Befehl, den Männern zu Hilfe zu kommen.«

»Na endlich«, sagte Big Sam. Seine Kameraden wirkten nicht ganz so überzeugt, denn auch sie hatten begonnen, die letzten Tage im Kalender auszustreichen.

»Drei Cheyenne-Hubschrauber sind bereits auf dem Weg in die Gefechtszone mit dem Befehl, die Verwundeten zu evakuieren und die Gefallenen ins Hauptquartier zurückzutransportieren.« Der Ausdruck »die Gefallenen« machte Alex nachdrücklich klar, dass die 116th zum ersten Mal an einer ernst zu nehmenden Mission beteiligt wäre.

Sofort war Big Sam auf den Beinen, und Alex hielt sich nur einen Schritt hinter ihm, während der Rest der Einheit eine Krokodilformation bildete, wobei Private Baker die hinterste Position einnahm.

»Keiner sagt auch nur ein Wort außer mir«, erklärte Lowell, als sie das Niemandsland betraten. »Sogar ein Husten könnte den Feind alarmieren und die ganze Einheit in Gefahr bringen.«

Während der folgenden Stunde schoben sie sich langsam und vorsichtig durch das Unterholz an die feindlichen Linien heran. Alle paar Minuten bestimmte Captain Lowell mithilfe seines Kompasses und des Gittermusters auf seiner Karte ihre Position. Plötzlich machte das Geräusch von Schüssen die Karte überflüssig. Die Soldaten ließen sich auf den Boden fallen und krochen auf dem Bauch in Richtung Schlachtfeld.

Alex hob den Kopf und sah, dass der erste der drei Hubschrauber über ihnen seine Kreise zog und im dichten Urwald nach einer flachen Stelle zum Landen suchte.

Die 116th kroch immer weiter nach vorn. In seinem ganzen Leben hatte sich Alex noch nie so wach und konzentriert gefühlt; trotzdem musste er sich unweigerlich fragen, wo er wohl in einer Stunde wäre. Immerhin kam es ihm nicht mehr so vor, als hätte er zwei Jahre seines Lebens verschwendet.

Plötzlich entdeckte er den Feind etwa einhundert Meter vor sich. Der Vietcong hatte das Vorrücken der amerikanischen Einheit nicht bemerkt, denn die Kämpfer konzentrierten sich auf den Hubschrauber, zu dem ein Sanitätsteam gerade die ersten Verwundeten auf Tragen transportierte. Die Sanitätssoldaten waren sich offensichtlich nicht bewusst, dass der Vietcong im nahen Unterholz lauerte.

Lowell hob die Hand zum Zeichen, dass seine Einheit eine andere Richtung einschlagen und den Feind einkreisen sollte. Jeder der Soldaten wusste, dass das Überraschungsmoment ihre beste Waffe war. Doch während sie näher und näher rückten, kniete sich Baker auf einen am Boden liegenden Zweig. Der Zweig brach, und das Knacken war so laut wie ein Feuerwerkskörper. Der Soldat, der die Nachhut der Vietcong-Einheit bildete, wirbelte herum und starrte Lowell direkt in die Augen.

»Kê thù!«, rief er.

Der Captain sprang auf und stürmte auf den Feind zu, während er aus seinem M16 feuerte. Der Rest der Einheit folgte ihm in wenigen Schritten Entfernung. Fast die Hälfte der nordvietnamesischen Kämpfer wurde getötet, bevor einer von ihnen das Feuer erwidern konnte, doch der Captain wurde getroffen und fiel mit dem Gesicht voran auf den sumpfigen Boden. Sofort übernahm Alex mit Big Sam an seiner Seite dessen Position.

Die Schlacht – wenn man sie überhaupt so nennen konnte – dauerte nur wenige Minuten; die Vietcong-Einheit war ausgelöscht, als sich der erste Hubschrauber in die Luft erhob und zurück ins Hauptquartier flog. Der zweite Hubschrauber schwebte bereits über den Soldaten und wartete darauf, seinerseits zu landen.

Alex dachte an die vielen Stunden seiner Ausbildung zurück. Als Erstes war dafür zu sorgen, dass der Feind keine Bedrohung mehr darstellte. Alex und Big Sam sahen sich sechzehn gegnerische Kämpfer genauer an. Fünfzehn waren tot, und einer lag im Sterben. Blut strömte aus seinem Mund und seinem Bauch, und es konnte keinen Zweifel daran geben, dass sein Tod unmittelbar bevorstand. Alex dachte an die zweite Regel. Er hob seine Waffe und richtete sie direkt auf die Stirn des jungen Mannes, und obwohl das, was er tun wollte, in den Lehrbüchern »den Gnadenschuss geben« hieß, schaffte er es nicht, den Abzug zu drücken.

Die dritte Regel lautete, sich um die eigenen Männer zu kümmern und zunächst die Verwundeten zu evakuieren und dann nach den Toten zu sehen, die in die Heimat zurückzubringen und mit allen Ehren zu bestatten waren und die man nicht einfach auf einem Schlachtfeld am Ende der Welt verrotten ließ. Und dann die letzte Regel. Der befehlshabende Offizier und jegliche Unteroffiziere vor Ort hatten das Schlachtfeld als Letzte zu verlassen.

Alex ließ den sterbenden nordvietnamesischen Soldaten zurück und eilte an Lowells Seite. Der Captain war bewusstlos. Alex überprüfte den Puls und spürte ein schwaches Pochen. Vorsichtig hob Big Sam Lowell auf seine Schulter und trug ihn durch das Unterholz zu dem wartenden

Hubschrauber. Danach kam er noch einmal zurück, um die Verwundeten in Sicherheit zu bringen, die gehen konnten. Als er wieder am Ort des Gefechts war, sah er Alex über den Leichen von Baker und Boyle knien. Sie waren die Letzten, die an Bord des zweiten Hubschraubers gebracht wurden, der sogleich startete.

Der Rest der Einheit stieg einen kleinen Hügel hinauf. Auf dem Hügelkamm befand sich ein offener Bereich, wo der dritte Hubschrauber bereits landete. Alex wartete, bis alle an Bord waren. Dann drehte er sich noch einmal um und musterte ein letztes Mal das Gebiet, in dem der Kampf stattgefunden hatte.

Und dann sah er ihn. Irgendwie war es dem überlebenden Vietcong gelungen, sich auf die Knie zu drücken und die Waffe direkt auf Alex zu richten.

Big Sam sprang aus dem Hubschrauber und stürmte auf den feindlichen Soldaten zu, während er gleichzeitig ununterbrochen schoss. Alex konnte nur zusehen, wie der Kämpfer des Vietcong nach hinten gerissen wurde, während ein volles Magazin auf ihn abgefeuert wurde. Und doch gelang es dem Mann irgendwie, einmal den Abzug zu drücken.

Als würde alles in Zeitlupe ablaufen, sah Alex, wie Big Sam auf die Knie sank und neben dem toten Vietcong zu Boden sackte. Wenige Augenblicke später beugte sich Alex über seinen Freund. »Nein!«, schrie er. »Nein, nein, nein!«

Vier Mann waren nötig, um Big Sams Leiche den Hügel hinaufzutragen und in den dritten Hubschrauber zu legen. Alex kam als Letzter an Bord. Er schämte sich, weil er zugelassen hatte, dass sein bester Freund gestorben war.

22

Sascha

London

Als Gräfin Molenski den Salon betrat, hätten nur wenige daran gezweifelt, dass es sich bei dieser alten Dame um eine echte Aristokratin handelte. Ihr schwarzer und ebenso langer wie enger Rock und die Jacke mit dem hohen Kragen stammten noch aus einer anderen Zeit, aber es waren vor allem ihre Haltung und ihr ganzes Auftreten, das man nicht hätte lernen können, auch nicht in einer Schauspielklasse. Sie war von alter Schule, und sowohl Sascha als auch Mr. Dangerfield erhoben sich automatisch, als sie ins Zimmer kam. Auch Elena stand auf.

Mr. Dangerfield hatte die Begegnung in einer Weise vorbereitet, dass nichts dem Zufall überlassen blieb. Die Gräfin wurde zum einzigen noch freien Platz auf dem Sofa neben Sascha geführt, während Elena und die übrige Familie auf der anderen Seite des Tisches saßen, auf dem das Ei aufgestellt worden war. Nachdem Mrs. Dangerfield der Gräfin eine Tasse Tee eingeschenkt und ihr ein Stück Sandkuchen angeboten hatte – welches sie ablehnte –, begann

Sascha das Gespräch damit, dass er sie in ihrer Muttersprache fragte: »Wie lange leben Sie schon in England, verehrte Gräfin?«

»Länger, als ich zurückdenken kann«, erwiderte sie. »Aber es ist mir immer eine Freude, einem Landsmann zu begegnen. Dürfte ich Sie fragen, woher Sie kommen?«

»Leningrad. Und Sie?«

»Ich wurde in St. Petersburg geboren«, antwortete die Gräfin, »was unweigerlich mein Alter verrät.«

»Haben Sie in einem dieser wunderschönen Paläste auf dem Hügel gewohnt?«

»Es gibt keine Hügel in Leningrad, wie Sie sehr wohl wissen, Mr. Karpenko.«

»Wie dumm von mir«, sagte Sascha. »Ich muss um Entschuldigung bitten.«

»Dazu besteht kein Grund. Da Sie sich offensichtlich bemühen, nach Informationen zu fischen, möchte ich Sie fragen: Gibt es einen weiteren Reifen, durch den ich für Sie springen soll?«

Sascha war so verlegen, dass er nicht wusste, was er erwidern sollte.

»Soll ich Ihnen vielleicht zunächst etwas von meinem Großvater, dem Grafen Molenski, erzählen? Er war ein enger Freund des verstorbenen Zaren Nikolaus II. Sie hatten als Schüler nicht nur dieselben Privatlehrer, sie teilten sich in späteren Jahren auch mehrere Mätressen.«

Wieder fiel Sascha keine Bemerkung dazu ein.

»Was Sie aber, dessen bin ich mir sicher, wirklich wissen wollen«, fuhr die Gräfin fort, »ist, wie ich in den Besitz dieses Meisterwerks gekommen bin, das wir hier vor uns sehen, und warum ich mir so sicher sein kann, dass es von Carl Fabergé geschaffen wurde und nicht von einem Betrüger.«

»Sie haben recht. Das würde ich wirklich sehr gerne wissen, Gräfin.«

»Es gibt keinen Grund dafür, Mr. Karpenko, dass Sie mir gegenüber eine so förmliche Anrede benutzen. Ich habe mich schon lange damit abgefunden, dass jene von meinem Titel geprägten Tage vorbei sind und ich in der wirklichen Welt leben muss. Wie jeder andere auch, der durch unvorhergesehene Umstände in Armut gerät, sehe ich ein, dass ich mich von einigen Familienerbstücken zu trennen habe, wenn ich überleben will.« Sascha senkte den Kopf. »Niemand zweifelte damals daran, dass die private Kunstsammlung meines Großvaters nur von derjenigen des Zaren übertroffen wurde, obwohl Großvater nur ein Fabergé-Ei besaß, denn es hätte als respektlos gegolten, mit dem Zaren in dieser Hinsicht in einen Wettstreit zu treten.«

»Aber wie können Sie sicher sein, dass gerade dieses besondere Ei von Fabergé selbst geschaffen wurde und es sich dabei nicht, wie meines Wissens mehrere Experten behaupten, um eine Fälschung handelt?«

»Experten, die einen Grund für ihre Behauptung haben«, sagte die Gräfin. »Die Wahrheit ist, ich kann es nicht beweisen, aber ich kann Ihnen versichern, dass ich zwölf Jahre alt war, als ich dieses Ei zum ersten Mal gesehen habe. Genau genommen ist meine jugendliche Ungeschicklichkeit verantwortlich für einen winzigen Kratzer an der Basis, der mit bloßem Auge fast nicht wahrzunehmen ist.«

»Nehmen wir an, dass es sich um das Original handelt«, sagte Sascha und betrachtete das Ei. »Dann muss ich Sie fragen, warum Sie das Stück Mr. Dangerfield angeboten haben, dessen Fachwissen vor allem Kenntnisse umfasst, wie sie für einen Engländer typisch sind. Sheraton, Hepplewhite und Chippendale sind gleichsam sein täglich Brot, nicht Fabergé.«

»Einen guten Ruf erwirbt man nicht so leicht, Mr. Karpenko. Man muss ihn sich über Jahre hinweg verdienen, und man kann nicht immer und überall Ehrlichkeit erwarten. Deshalb ist dies das erste Mal seit zwanzig Jahren, dass ich das Ei aus meinem Besitz gegeben habe. Hätte ich es einem unserer Landsleute anvertraut, hätte es sicher nur wenige Tage gedauert, und mein Meisterwerk wäre durch eine Fälschung ersetzt worden. Ich bin überzeugt, dass Mr. Dangerfield niemals auf einen solchen Gedanken kommen würde, weshalb ich seinem Rat folgen werde.«

Sascha verschränkte die Arme, was das Zeichen für seine Mutter war, das Gespräch weiterzuführen, und zwar wie bisher auf Russisch. Er selbst stand auf, deutete der Gräfin gegenüber eine Verbeugung an, ging durch den Salon und setzte sich zwischen Charlie und ihren Vater.

»Nun?«, sagte Mr. Dangerfield, sobald die Gräfin in die Unterhaltung mit Elena vertieft war. »Was meinst du?«

»Ich zweifle nicht daran, dass sie genau das ist, was sie zu sein behauptet«, waren Saschas erste Worte.

»Wie kannst du dir so sicher sein?«, fragte Mr. Dangerfield, dessen Tee schon lange kalt geworden war.

»Sie spricht ein Russisch, wie es am Hof gesprochen wurde und das ehrlich gesagt noch aus einer anderen Zeit stammt. Man findet es heute nur noch selten außerhalb der Seiten von Pasternak.«

»Und das Ei? Stammt das auch aus den Seiten von Pasternak?«

Sascha schien der Einzige zu sein, der von seiner Wahl – und überdies mit einem Erdrutschsieg – zum neuen Vorsitzenden der Union überrascht wurde.

Man sah Fiona an, dass sie nicht gerade begeistert war, den dicht an dicht stehenden Studenten das Ergebnis vorlesen zu müssen. Ben wurde endlich Schatzmeister, und er und Sascha verbrachten die Weihnachtsferien damit, die Debatten für das nächste Semester zu planen. Sie waren erfreut, als es ihnen gelang, die Bildungsministerin Mrs. Thatcher als Gastrednerin für die erste Debatte zu gewinnen, in der diese die Regierungspolitik verteidigen würde, denn viele führende Politiker wären nur zu gerne bereit, gegen eine Frau in den Ring zu treten, die den Schülern die Milch stahl.

Ein Semester in Cambridge dauerte acht Wochen, und obwohl Sascha versuchte, mit so wenig Schlaf wie möglich auszukommen, konnte er nicht glauben, wie schnell seine sechsundfünfzig Tage als Vorsitzender vorbei waren. Kaum hatte er sein Amt zur Verfügung gestellt, erinnerte ihn sein Tutor auch schon daran, dass es nicht mehr lange bis zur Abschlussprüfung dauern würde.

»Und wenn Sie noch immer die Absicht haben, mit ›sehr gut‹ abzuschließen«, sagte Dr. Streator, »würde ich vorschlagen, Sie widmen ab heute Ihrem Studium genauso viel Energie wie Ihrem Bemühen, Vorsitzender der Union zu werden.«

Sascha nahm sich Dr. Streators Ermahnung zu Herzen und gestand sich auch weiterhin nur sechs Stunden Schlaf pro Nacht zu, während er jede wache Stunde damit verbrachte, neue Hausarbeiten zu schreiben, frühere Prüfungsbögen durchzugehen, lange Abschnitte von Tolstoi zu übersetzen und seine alten Aufsätze noch einmal zu lesen, und dies bis fast zu dem Augenblick, in dem er die Stufen zur Examenshalle hinaufging, wo er seine erste Prüfung schrieb.

Charlie und Ben trafen sich regelmäßig auf ein kurzes Abendessen mit Sascha, bei dem sie ihm von ihren eigenen Bemühungen und ihren Vermutungen berichteten, was wohl am folgenden Tag auf sie zukommen würde. Danach ging Sascha in sein Zimmer zurück, wo er weitere Arbeiten durchsah und oft an seinem Schreibtisch einschlief. Mit jeder Stunde, die verging, sank seine Zuversicht.

»Je mehr ich arbeite«, gestand er Ben, »umso klarer wird mir, wie wenig ich weiß.«

»Genau aus diesem Grund arbeite ich überhaupt nicht«, sagte Ben.

Als Sascha am Freitagnachmittag den Prüfern sein Blatt mit den letzten Aufgaben reichte, schoben sie alle ihre düsteren Gedanken beiseite, öffneten eine Flasche Champagner und feierten bis in die frühen Morgenstunden. Sascha endete im Bett mit Charlie, obwohl es sich als ziemlich mühevoll erweisen sollte, die Feuertreppe hinaufzuklettern. Er schlief ein, noch bevor sie das Licht ausgeschaltet hatte.

Danach folgte jene quälende Phase, in der die Studenten darauf warten mussten, welchen Rang die Prüfer ihren Abschlussarbeiten zuerkennen würden. Vierzehn Tage später gingen die drei gemeinsam zum Senatsgebäude, um ihr Schicksal zu erfahren.

Mit dem Glockenschlag um zehn betrat der leitende Prüfungsaufseher in langem, schwarzem Talar und Doktorhut den Flur, die Prüfungsergebnisse unter dem Arm. Die Studenten verstummten und wichen zur Seite, als handele es sich bei ihm um Moses, der das Rote Meer durchquerte.

Begleitet von theatralischen Gesten, befestigte er mehrere Blatt Papier mit Reißnägeln auf dem Schwarzen Brett, bevor er sich umdrehte und wieder in die Richtung davonging, aus der er gekommen war. Dabei gelang es ihm gerade noch, der Stampede auszuweichen, die seine Aktion ausgelöst hatte.

Sascha bemühte sich, Charlie einigermaßen abzuschirmen, als sie nach vorn gingen. Ben rührte sich nicht von der Stelle und hielt sich abseits des Gedränges, denn er war nicht sicher, ob er überhaupt erfahren wollte, was die Prüfer von seinen Bemühungen hielten.

Lange bevor Sascha bis ganz nach vorne durchgedrungen war, zogen mehrere graduierte Studenten, die jetzt wieder nach hinten gingen, ihre Hüte vor ihm, und ein paar applaudierten sogar. Ein »sehr gut mit Auszeichnung« war in jedem Fach selten genug, und nur ein einziger Name erschien an der Spitze der Liste des Abschlussexamens in Russisch.

Charlie schlang ihre Arme um Sascha; sie hatte sich sein Ergebnis angesehen, noch bevor sie ihr eigenes herausgesucht hatte. »Ich bin so stolz auf dich«, sagte sie.

»Und was hast du bekommen?«, fragte er.

»Eine Zwei plus, was etwa dem entspricht, worauf ich realistischerweise hoffen konnte. Damit habe ich immer noch die Chance, dass man mir einen Forschungsposten am Courtauld Institute of Art anbietet.«

Die beiden drehten sich um und sahen, dass Ben sich noch immer nicht von der Stelle gerührt hatte. Charlie wandte sich noch einmal den Prüfungsergebnissen zu und warf einen Blick auf die Liste zur politischen Ökonomie. Es dauerte eine Weile, bis sie seinen Namen fand.

»Sagst du es ihm«, fragte sie, »oder soll ich?«

Sascha ging zu seinem Freund, schüttelte ihm die Hand und sagte: »Du hast ein ›befriedigend‹.« Er erwähnte nicht, dass der Name Goldsmith, B. S., den letzten Platz auf der Liste einnahm.

Ben stieß einen Seufzer der Erleichterung aus. »Sollte irgendjemand fragen«, erwiderte er, indem er die Aufschläge seiner Robe umfasste, »werde ich ihm sagen, dass ich meinen Abschluss mit Auszeichnung gemacht habe und in Zukunft zusammen mit meinem Vater für Goldsmith and Son arbeiten werde.«

Ihr Gelächter wurde von lautem Jubel unterbrochen, der aus einer kleinen Gruppe am anderen Ende des Flurs herüberklang, wo Studenten ihre Hüte in die Luft warfen und ihrer Heldin mit Champagner zuprosteten.

»Fiona hat offensichtlich ein ›sehr gut‹ bekommen«, sagte Ben. »Ich habe so das Gefühl, dass ihr beide auch dann noch Rivalen sein werdet, wenn Cambridge längst hinter euch liegt.«

»Vor allem, weil ich beschlossen habe, in die Labour Party einzutreten«, sagte Sascha.

23

Alex

Brooklyn: 1974

Alex sah aus dem Kabinenfenster, als das Flugzeug über Manhattan zu einem langsamen Sinkflug ansetzte. Eine Lücke in den Wolken ermöglichte ihm einen kurzen Blick auf die Freiheitsstatue, und da die beiden einander noch nie ordentlich vorgestellt worden waren, begrüßte er sie, indem er ironisch salutierte.

Als er zum ersten Mal den Hudson hinaufgefahren war, war er nicht in der Lage gewesen, dieser Dame seine Aufwartung zu machen, denn man hatte ihn und seine Mutter in einer Schiffskombüse eingeschlossen. Doch weil ein Chinese noch etwas in der Hinterhand gehabt und Dimitri ihnen mutig und entschlossen geholfen hatte, war es ihnen gelungen, zu fliehen und ein neues Leben in Amerika zu beginnen.

Staff Sergeant Karpenko hatte sich in den hinteren Teil der Maschine gesetzt und den größten Teil des Heimflugs damit verbracht, über die Dinge nachzudenken, die er tun würde, sobald er wieder amerikanischen Boden unter den

Füßen hatte. Er würde sein Studium an der NYU beenden, und sei es auch nur um seiner Mutter willen. Sie hatte so viele Opfer gebracht, um ihm einen Abschluss zu ermöglichen. In Wahrheit wusste er jedoch, dass er auf dem Weg, den er einschlagen wollte, keine Abkürzungen vor oder nach seinem Namen benötigte, auch wenn er niemals in der Lage wäre, Elena das zu erklären.

Er würde sich jeden freien Augenblick seinen elf Marktständen widmen müssen, um dafür zu sorgen, dass die Geschäfte wieder gut liefen, und dann würde er sich erkundigen müssen, ob weitere Stände zu mieten waren. Als er nach Vietnam gegangen war, hatten sie einen beachtlichen Gewinn abgeworfen, und Alex war entschlossen gewesen, zu expandieren. Vielleicht wäre er eines Tages in der Lage, Mr. Wolfe auszuzahlen, sodass ihm der ganze Marktplatz gehören würde.

Und dann gab es da ja auch noch Addie. Hatte sie ihn ebenso sehr vermisst wie er sie?

Ein Truppentransporter nach dem anderen setzte auf einer Landebahn auf, von deren Existenz nicht einmal die New Yorker wussten.

Zusammen mit Tausenden Kameraden verließ die 116th Infantry Division ihre Flugzeuge, um ein letztes Mal auf dem Asphalt anzutreten. Genau wie viele seiner Kameraden sank Alex beim Betreten des Rollfelds auf die Knie und küsste die Erde voller Erleichterung, wieder zu Hause zu sein.

Es war das erste Mal, dass er Amerika als seine Heimat empfand.

Die Soldaten warteten darauf, entlassen zu werden, damit sie als Zivilisten in ihre Heimatstädte zurückkehren konnten, die über die ganzen Vereinigten Staaten verteilt lagen. Doch an jenem Morgen sollte es noch eine Überraschung geben, mit der Alex nicht gerechnet hatte.

Nachdem Colonel Haskins seine Willkommensrede beendet hatte, rief er einen Namen auf. Staff Sergeant Karpenko trat nach vorn, blieb vor dem befehlshabenden Offizier stehen und salutierte.

»Meinen Glückwunsch, Sergeant«, sagte der Colonel, als er den Silver Star an Alex' Uniform heftete.

Bevor Alex nach dem Grund für diese Ehrung fragen konnte, erklärte der Colonel vor den versammelten Soldaten, dass Staff Sergeant Karpenko bei der Schlacht von Beacon Hill den Platz des Kommandanten seiner Einheit übernommen hatte, nachdem dieser verwundet worden war, und der Staff Sergeant daraufhin den Angriff fortführte, sodass eine Patrouille des Feindes ausgelöscht werden konnte; darüber hinaus wurde dank ihm das Leben mehrerer seiner Kameraden gerettet.

Und dabei habe ich den Tod meines besten Freundes verschuldet, war Alex' einziger Gedanke, als er wieder zu den Soldaten seiner Einheit zurückging.

Am liebsten hätte er protestiert und dafür plädiert, dass die Auszeichnung posthum Big Sam zuerkannt würde, denn dieser hatte das höchste aller Opfer gebracht. So aber würde Alex immerhin den Arlington National Cemetery in Virginia besuchen und einen Kranz am Grab von Private First Class Samuel T. Burrows niederlegen.

Nachdem der Befehl zum Wegtreten gegeben worden war, wurde Alex sofort von seinen Kameraden umringt, die ihm gratulierten, und alle feierten die Freundschaften, die im Krieg entstanden waren. Alex fragte sich, ob er jemals einen dieser Männer wiedersehen würde, sobald sie erst einmal in fünfzig verschiedene Richtungen verschwunden wären.

Schließlich brachen die Männer auf und begaben sich auf die Suche nach ihren Familien und Freunden, die geduldig hinter einer Absperrung am anderen Ende des Rollfelds warteten. Alex hoffte, dass Addie gekommen wäre. In letzter Zeit hatte sie ihm nicht mehr so oft geschrieben, doch Alex zweifelte nicht daran, dass sie und seine Mutter inmitten der anderen Angehörigen den Soldaten bereits zuwinkten und zujubelten. Pflichtbewusst hatte ihm seine Mutter jede Woche einen Brief geschickt, und obwohl Elena sich nie beklagt hatte, konnte kein Zweifel daran bestehen, dass ihr und Dimitri ihre Rolle als Ersatzunternehmer nicht leichtfiel. Doch jetzt wäre es Elena möglich, zu dem zurückzukehren, was sie am besten konnte, und Dimitri stünde es frei, auf dem nächsten Schiff anzuheuern, das nach Leningrad ging.

Alex schloss sich gerade einer aufgeregten Gruppe ausgelassener junger Männer an, als die ungeduldige Menge die Absperrung durchbrach und auf die Soldaten zurannte.

Inmitten der riesigen Menge hielt er nach Addie und seiner Mutter Ausschau. Aber weil so viele Menschen auf und ab sprangen, Fahnen schwenkten und in alle möglichen Richtungen deuteten, dauerte es eine Weile, bis er Elena erspäht hatte, die sich durch die dichte Menge schob. Dimitri hielt sich einen Schritt hinter ihr, doch Addie war nirgendwo zu sehen.

Elena schlang die Arme um ihren Sohn und drückte ihn an sich, als müsse sie sich erst davon überzeugen, dass er wirklich da war. Als sie ihn schließlich losließ, schüttelte er Dimitri die Hand, dem es kaum gelang, seinen Blick vom Silver Star zu lösen.

»Willkommen daheim«, sagte er. »Wir sind so stolz auf dich.«

Es gab so viele Dinge, nach denen Alex die beiden fragen wollte, und so viele, die er seinerseits am liebsten sogleich erzählt hätte, dass er gar nicht wusste, wo er anfangen sollte. Als sie sich langsam vom Rollfeld entfernten, auf dem sich noch immer zahllose Menschen drängten, war es wegen der anhaltenden Jubelrufe schwierig, irgendetwas anderes zu verstehen.

Erst als sie im hinteren Teil eines Busses Platz genommen hatten, der sie nach Brooklyn bringen würde, bemerkte Alex, dass jegliche Freude aus dem Gesicht seiner Mutter verschwunden war und Dimitri den Kopf gesenkt hatte wie ein Schuljunge, der beim Schwänzen erwischt worden war.

Alex versuchte, die beiden aufzumuntern, und sagte: »So schlimm kann es nicht sein.«

»Es ist schlimmer«, erwiderte Elena. »Viel schlimmer, als du dir vorstellen kannst. Während du fort warst, um für dein Land zu kämpfen, haben wir fast alles verloren, was du aufgebaut hast.«

»Es kann nicht schlimmer sein, als mit ansehen zu müssen, wie dein bester Freund vor deinen Augen getötet wird. Also sag mir, was mich erwartet, wenn ich nach Hause komme.«

Elena rang sich ein schwaches Lächeln ab. »Wir haben nur noch einen Stand, und er macht kaum Gewinn.«

»Wie ist das möglich?«, fragte Alex. Er wusste aus ihren Briefen, das Elena und Dimitri eine Zeit lang große Schwierigkeiten gehabt hatten, aber ihm war nicht klar gewesen, dass die Dinge so schlecht standen.

»Es ist alles meine Schuld«, sagte Dimitri. »Ich war nicht immer zur Stelle, wenn deine Mutter mich am meisten gebraucht hätte.«

»Doch, das war er«, sagte Elena. »Ohne seine Heuer hätte ich das alles gar nicht überstanden, während du fort warst.«

»Aber das war doch sicher genug, um über die Runden zu kommen, bis ...«

»Nicht einmal ansatzweise genug für Mr. Wolfe.«

»Ja, es hat wirklich nicht ausgereicht, als ich mit Mr. Wolfe verhandeln musste«, sagte Dimitri.

»Was hat sich der alte Gauner in meiner Abwesenheit einfallen lassen?«

»Jedes Mal, wenn eine unserer Lizenzen abgelaufen ist, hat er die Gebühr verdoppelt«, sagte Elena. »Wir konnten uns das, was er verlangt hat, einfach nicht mehr leisten, weshalb wir alle Stände bis auf einen verloren haben. Die letzte Lizenz muss in ein paar Monaten erneuert werden, und kürzlich hat er den Preis verdreifacht.«

»Das galt auch für alle anderen«, sagte Dimitri. »Wenn du wieder zu Hause bist, wirst du sehen, dass sich der Markt in eine Geisterstadt verwandelt hat.«

»Aber das ergibt doch überhaupt keinen Sinn«, sagte Alex. »Mr. Wolfe bezieht fast sein gesamtes Einkommen aus diesen Ständen, weshalb sollte er dann ...« Er brachte den Satz nicht zu Ende.

»Und noch seltsamer ist«, sagte Elena, »dass er gleichzeitig die Miete für Mario's Pizzarestaurant nur mäßig erhöht hat.«

»Das ist der erste Hinweis«, sagte Alex.

»Ich verstehe kein Wort«, sagte Elena.

»Das Mario's liegt nicht auf dem Marktplatz.«

Nachdem Alex seine Uniform abgelegt, ein Bad genommen und seinen einzigen Anzug angezogen hatte, verließ er das Haus und ging auf direktem Weg zum Second-Hand-Laden.

Addie konnte nicht verbergen, wie aufgeregt sie war, als er hereinkam, obwohl sie von seinem Bürstenschnitt schockiert war.

»Willst du zuerst erzählen, oder soll ich?«, fragte Alex, während er sie umarmte.

»Ich. Deine Mutter hat mich auf dem Laufenden gehalten, was du so getrieben hast. Ich bin einfach nur froh, dass du heil zurückgekommen bist.«

»Was besser nicht hätte sein sollen«, sagte Alex, ohne seine Bemerkung zu erklären.

»Komm mit«, sagte Addie und nahm seine Hand. »Ich habe eine Überraschung für dich.« Sie führte ihn in den Lagerraum am anderen Ende des Ladens. Alex wusste nicht, was er sagen sollte, als sein Blick auf einen Ständer mit Anzügen, Jacken, einem Blazer und einem eleganten schwarzen Mantel fiel. »Ich habe die Hosen bereits ändern lassen. Sie müssten dir also perfekt passen. Aber vergiss nicht«, fügte sie hinzu, indem sie ihn genauer betrachtete, »du hast einiges an Gewicht verloren.«

»Wie soll ich dir nur dafür danken?«, sagte er. Er hoffte zwar, dass er auch eine Überraschung für sie hatte, doch die würde noch eine Weile warten müssen.

»Und das ist nur der Anfang«, sagte Addie und deutete auf ein Regal hinter dem Kleiderständer, auf dem Dutzende Hemden lagen, die noch nicht einmal aus ihrer Verpackung genommen worden waren, sowie ein dunkelgrüner Kaschmirpullover, drei Paar Lederschuhe und ein halbes Dutzend Krawatten, die aussahen, als seien sie noch nie getragen worden.

»Was könnte ein Mann mehr verlangen?«, sagte Alex.

»Warte, das ist noch nicht alles«, sagte Addie und griff nach einem brandneuen Aktenkoffer aus Leder. »Genau das, was ein aufstrebender Geschäftsmann braucht, wenn er wichtige Besprechungen besucht.«

»Wo kommt das alles her?«

»Alles stammt aus ein und derselben Quelle: von einem Mann, der, ehrlich gesagt, mehr als genug besitzt.«

»Wie viel schulde ich dir?«

»Keinen Cent. Das alles ist nicht mehr, als ein siegreicher Held verdient. Wir sind alle so stolz auf dich, nachdem dir der Silver Star verliehen wurde.«

»Nun, das Mindeste, was ich tun kann, ist, dich heute Abend zum Dinner einzuladen«, sagte Alex. Er beugte sich vor, um sie zu küssen. Doch gerade als ihre Lippen sich fast berührten, wandte sich Addie ab, und er streifte nur ihre Wange.

»Ich fürchte, ich bin heute Abend nicht frei«, sagte sie.

»Dann morgen Abend?«

»Heute Abend nicht und auch an keinem anderen Abend.« Sie begann, die Kleider zu falten und in mehrere Tüten zu legen.

»Warum nicht?«

»Weil ich den Mann mit den zu vielen Anzügen heiraten werde«, sagte Addie und hob ihre linke Hand hoch.

Alex kam gerade aus einer Vorlesung an der NYU, als er die beiden in einem Gang stehen sah. Sie bemühten sich in auffälliger Weise nicht darum, mit der Masse der Studenten zu verschmelzen. Man hätte sie aber auch ohnehin kaum übersehen können: Sie trugen dunkle, gut geschnittene Anzüge und auf Hochglanz polierte Schuhe, während die jungen Leute um sie herum Jeans, T-Shirts und abgewetzte Turnschuhe anhatten.

Den einen der beiden erkannte Alex sofort. Er war niemand, den man so leicht vergaß.

»Guten Morgen, Mr. Karpenko«, sagte Agent Hammond. »Sie werden sich gewiss noch an meinen Partner, Agent Travis, erinnern. Könnten wir uns irgendwo in Ruhe mit Ihnen unterhalten?«

»Habe ich eine Wahl?«

»Ja, natürlich«, sagte Hammond.

Alex legte die Hände auf den Rücken und flüsterte: »Nehmen Sie mich fest. Legen Sie mir Handschellen an und lesen Sie mir meine Rechte vor.«

»Wovon reden Sie?«, fragte Travis.

»So werde ich wenigstens einen Teil meines Ansehens bei meinen Kommilitonen bewahren können«, sagte Alex, als mehrere Studenten stehen blieben und die kleine Gruppe anstarrten.

»Wenn Sie nicht kooperieren, Karpenko, werden Sie mit uns kommen müssen«, sagte Travis mit donnernder Stimme. Dann packte er Alex am Arm und marschierte mit ihm unter höhnischen Jubelrufen den Flur hinab. Sie blieben vor einer Tür stehen, die in schwarzen Buchstaben auf ihrer Milchglasscheibe die Aufschrift REKTOR trug. Travis öffnete sie und schob Alex in das Zimmer.

Weder der Rektor noch seine Sekretärin waren irgendwo zu sehen. Die CIA hat wirklich das große Talent, Menschen spurlos verschwinden zu lassen, dachte Alex. Travis ließ ihn sofort wieder los, nachdem sich die Tür hinter ihnen geschlossen hatte, und dann setzten sich alle drei an einen kleinen quadratischen Tisch in der Mitte des Zimmers.

»Danke«, sagte Alex. »Jetzt besteht immerhin die Chance, dass der eine oder andere noch mit mir spricht.«

»Was für ein Problem haben die denn mit Ihnen?«, fragte Hammond.

»Wenn man in Vietnam gedient hat, keine Drogen nimmt, noch nie betrunken war und allen Ernstes hofft, diese Universität mit einem Abschluss zu verlassen, gibt es nicht viele Studenten, die sich mit einem anfreunden wollen. Na schön. Was kann ich für Sie tun, meine Herren?«

»Zunächst«, sagte Hammond und zog dabei eines seiner unvermeidlichen Dokumente aus seinem Aktenkoffer, »würden wir Sie gerne auf den neuesten Stand bringen, wie es Ihrem früheren Schachpartner Iwan Donokow ergangen ist, während Sie in Vietnam waren.«

Bei der Erwähnung von Donokows Namen wurde Alex übel, und er versuchte, ein Zittern zu unterdrücken.

»Dank Ihrer Hilfe waren wir in der Lage, ihn sowie mehrere seiner Partner festzunehmen. Sie sitzen jetzt alle sicher hinter Gittern.«

»Für wie lange?«

»In Donokows Fall neunundneunzig Jahre«, sagte Travis. »Ohne Aussicht auf vorzeitige Entlassung auf Bewährung.«

»Dann wollen wir hoffen, dass sein Zellengenosse Schachgroßmeister ist, denn sonst dürfte das eine sehr langweilige Zeit für ihn werden«, sagte Alex. Die drei lachten zum ersten Mal. »Aber das kann unmöglich der einzige Grund sein, warum Sie mich sprechen wollten.«

»So ist es in der Tat«, sagte Hammond. »Wir hatten den Eindruck, dass wir Ihnen etwas schulden. Wir wissen, dass Sie nur noch über einen einzigen Marktstand verfügen und nächsten Monat Ihre Lizenz verlängern müssen. Wir wissen auch, dass Mr. Wolfe, der Besitzer Ihres Standes, versuchen wird, einen Preis zu verlangen, den Sie sich nicht leisten können.«

»Aber was noch wichtiger wäre«, sagte Alex, »wissen Sie auch, warum?«

»Ja«, sagte Hammond. »Unsere Kollegen vom FBI haben einen ganzen Schrank voller Akten über Mr. Wolfe, aber sie konnten ihn in keiner Sache wirklich dingfest machen. Sie haben uns jedoch einige Informationen gegeben, die für Sie von Interesse sein könnten.« Er nickte Travis zu, der ausführlich zu erklären begann, warum Wolfe am 17. Juni mittags um zwölf im Besitz sämtlicher Standlizenzen auf dem Marktplatz sein musste. »Und Ihre«, schloss Travis, »ist die einzige, die ihm noch fehlt.«

»Danke«, sagte Alex. »Auch wenn ich das eigentlich selbst hätte herausfinden müssen.«

»Und übrigens«, sagte Travis, »da ist noch etwas, das Sie inzwischen wahrscheinlich selbst herausgefunden haben.«

»Dimitri ist einer von den Guten«, sagte Alex.

Alex zog einen der Anzüge an, die Addie ihm geschenkt hatte. Dazu trug er ein weißes Hemd und eine blaue Seidenkrawatte, die er sich nie hätte leisten können. Er öffnete den Aktenkoffer und überzeugte sich davon, dass alles an Ort und Stelle war. Dann warf er einen Blick auf seine Uhr. Zu der Besprechung, die vor ihm lag, würde er ganz gewiss nicht zu spät kommen.

Er konnte sich nicht beherrschen und pfiff munter vor sich hin, während er langsam die Brighton Beach Avenue entlangging. Wenige Minuten vor neun erreichte er das Gebäude am Ocean Parkway 3039, öffnete die Eingangstür und betrat den Empfangsbereich. Dort begrüßte ihn Molly, die schwer geprüfte Sekretärin, die unter den Markthändlern als Torwächterin des Teufels bekannt war.

»Nehmen Sie Platz, Mr. Karpenko. Ich werde Mr. Wolfe Bescheid sagen, dass Sie gekommen sind.«

»Machen Sie sich keine Mühe«, sagte Alex, der im selben Tempo, das er bisher angeschlagen hatte, weiterging und auch nicht innehielt, um anzuklopfen, sondern direkt in Mr. Wolfes Büro marschierte.

Wolfe sah von seinem Schreibtisch auf. Er versuchte gar nicht erst, seinen Ärger darüber zu verbergen, dass Alex ihn überrascht hatte. »Ich werde Sie zurückrufen müssen«, sagte er und rammte den Hörer auf die Telefongabel. »Guten Morgen, Mr. Karpenko«, sagte er dann und deutete auf einen Stuhl dem Schreibtisch gegenüber. Alex blieb stehen. Wolfe zuckte mit den Schultern. »Ich habe den neuen Lizenzvertrag für Ihren Marktstand vorbereitet.«

»Wie viel?«

»Eintausend Dollar die Woche für die nächsten drei Jahre«, sagte Wolfe in sachlichem Ton. »Und natürlich erwarte ich einen Monatsbetrag im Voraus. Sollten Sie, zu welchem Zeitpunkt auch immer, nicht in der Lage sein, die volle Summe zu bezahlen, wird die Lizenz automatisch an mich zurückfallen.« Er lächelte zuversichtlich, denn er war sich sicher, wie Alex' Antwort ausfallen würde.

»Das ist eine Unverschämtheit«, sagte Alex. »Ich brauche Sie gewiss nicht an den Absatz in unserem Vertrag zu erinnern, der verlangt, dass jede Mieterhöhung unter Beachtung der jeweils aktuellen Marktbedingungen zu erfolgen hat.«

»Ich bin froh, dass Sie gerade auf diesen Absatz zu sprechen kommen«, sagte Wolfe und gestattete sich ein weiteres schiefes Lächeln, »denn ein anderer Standbetreiber hat mich kürzlich vor Gericht gezerrt mit der Behauptung, ich verlange zu viel, und dabei genau diesen Punkt angeführt. Ich bin froh, Ihnen mitteilen zu können, dass der Richter zu meinen Gunsten entschieden hat. Damit hätten wir einen Präzedenzfall, Mr. Karpenko.«

»Wie viel hat Sie das gekostet?«

Wolfe ignorierte den Kommentar, schob das übliche Dokument über den Tisch, deutete auf die gepunktete Linie und sagte: »Unterzeichnen Sie hier, und der Stand gehört Ihnen für weitere drei Jahre.«

Auch diesmal wirkte er, als könne er Alex' Reaktion genau voraussehen. Doch zu seiner Überraschung setzte sich Alex und begann, den Vertrag Klausel für Klausel sorgfältig durchzulesen. Wolfe lehnte sich zurück, wählte eine Zigarre aus dem Kistchen, das vor ihm stand, zündete sie an und hatte bereits mehrere paffende Züge genommen, als Alex einen Füllfederhalter vom Schreibtisch nahm und die Vereinbarung unterzeichnete.

Wolfe fiel die Zigarre aus dem Mund und landete auf dem Boden. Rasch hob er sie auf, wischte sich etwas Asche von der Hose und sagte: »Vergessen Sie nicht, dass das viertausend Dollar im Voraus macht.«

»Wie könnte ich das je vergessen?«, sagte Alex. Er öffnete seinen Aktenkoffer und nahm vierzig Einhundert-Dollar-Scheine heraus. Jeder Cent, den er, seine Mutter und Dimitri besaßen. Er legte das Geld auf die Schreibunterlage von Mr. Wolfe, schob den Vertrag in seinen Aktenkoffer, stand auf und wandte sich um, als wolle er gehen. Er war gerade im Begriff, die Tür zu öffnen, als Wolfe herausplatzte: »Eine solche Hektik ist doch gar nicht nötig, Alex. Lassen Sie uns über die ganze Angelegenheit wie vernünftige Menschen sprechen.«

»Wir haben nichts zu besprechen, Mr. Wolfe«, sagte Alex. »Ich freue mich schon, während der nächsten drei Jahre an meinem Stand zu arbeiten, und gleichgültig, wie hoch die Summe auch immer sein mag, wenn diese Lizenz ausläuft, ich werde sie aufbringen.« Er drehte den Türknauf.

»Ich bin sicher, wir können uns einigen, Alex. Wie wäre es, wenn ich Ihnen fünfzigtausend Dollar anbieten würde, und Sie zerreißen den Vertrag? Das ist viel mehr, als Sie sogar mit einem Dutzend Marktständen verdienen könnten.«

»Aber unendlich weit von der Million Dollar entfernt, die Sie pro Jahr einstreichen würden, wenn ich den Vertrag zerreiße.« Alex öffnete die Tür.

»Wie haben Sie es herausgefunden?«, fragte Wolfe und starrte Alex' Rücken an.

»Es spielt keine Rolle, *wie* ich davon erfahren habe, dass der Stadtrat Ihnen am 17. Juni die Genehmigung zum Bau einer Shopping Mall zusprechen wird, sondern nur, *dass* ich davon erfahren habe. Gerade noch rechtzeitig, würde ich sagen.«

»Wie viel wollen Sie?«

»Ich werde mich nicht mit weniger als einer Million zufriedengeben«, sagte Alex. »Ansonsten wird für mindestens drei weitere Jahre kein Bulldozer auf dem Platz auftauchen.«

»Eine halbe Million«, sagte Wolfe.

»Siebenhundertfünfzigtausend.«

»Sechshundert.«

»Siebenhundert.«

»Sechshundertfünfzig«, platzte Wolfe heraus.

»Einverstanden.«

Wolfe brachte ein halbes Lächeln zustande, denn er hatte immer noch den Eindruck, bei diesem Handel mehr für sich herausgeholt zu haben als sein Gegenüber. »Aber nur, wenn Sie das Besitzrecht für Mario's Pizzarestaurant an der Ecke des Players' Square drauflegen«, fügte Alex hinzu.

»Das ist eine Unverschämtheit«, protestierte Wolfe.

»Das sehe ich genauso«, sagte Alex. Er setzte sich, öffnete seinen Aktenkoffer und nahm zwei Verträge heraus. »Wenn Sie hier und hier unterzeichnen«, sagte er und deutete auf zwei gepunktete Linien, »können die Bauarbeiten für die Super-Mall schon nächsten Monat beginnen. Wenn nicht …«

24

Alex

Brooklyn

Glaubst du, dass ich so etwas schaffen würde?«, fragte Elena.

»Aber natürlich, Mutter. Dein Problem ist, dass du dich dein ganzes Leben lang selbst unterschätzt hast.«

»*Dein* Problem war das sicher nie.«

»Ehrlich gesagt, du bist einfach zu gut, um in einem Pizzarestaurant zu arbeiten«, sagte Alex und ignorierte ihren versteckten Vorwurf. »Aber mit meiner Hilfe könnten wir gemeinsam eine Marke aufbauen, sie bekannt machen, dann weiterverkaufen und dir ein eigenes Restaurant besorgen.«

»Große Restaurants werden nicht von ihren Küchenchefs geführt, Alex, sondern von erstklassigen Managern. Bevor du also auch nur einen Cent deines Geldes in mich investierst, musst du einen erfahrenen Geschäftsführer suchen.«

»Gute Geschäftsführer findest du überall, Mutter. Große Köche sind etwas viel Selteneres.«

»Warum glaubst du, dass ich eine große Köchin bin?«

»Als du im Mario's angefangen hast, konnte ich zu jeder Tageszeit einen Tisch bekommen. Jetzt stehen die Leute dort ab elf Uhr morgens Schlange. Und ich kann dir versichern, sie stehen nicht wegen des Geschäftsführers an.«

»Aber es wäre ein so großes Risiko. Vielleicht wäre es klüger, wenn du dein Geld bei einer Bank anlegst.«

»Wenn ich das tun würde, würde nur einer Gewinn machen: die Bank. Nein, ich glaube, ich werde einen Teil meines neuen Reichtums für dich riskieren.«

»Aber erst, wenn du einen Geschäftsführer gefunden hast.«

»Ehrlich gesagt, habe ich sogar schon an jemanden gedacht.«

»An wen?«, fragte Elena.

»An mich.«

Elena starrte die Einladungskarte mit Goldprägung an, die Alex gut sichtbar auf dem Kaminsims platziert hatte.

»Wer ist Lawrence Lowell?«, fragte sie, als er sich an den Frühstückstisch setzte.

»Du erinnerst dich doch sicher noch an Captain Lowell. Er war der Kommandant meiner Einheit in Vietnam. Ich muss gestehen, ich bin überrascht, dass er sich überhaupt noch an meinen Namen erinnert. Ganz zu schweigen davon, dass er meine Adresse herausgefunden hat.«

»So kommt man also in der Welt herum«, sagte Elena in neckendem Ton und schenkte ihm eine Tasse Kaffee ein. »Ich nehme nicht an, dass unter seinen Gästen eine Menge Geschäftsführer von Pizzarestaurants sein werden. Wirst du die Einladung annehmen?«

»Natürlich werde ich das. Ich bin der Geschäftsführer des Elena's, des exklusivsten Pizzarestaurants in ganz New York.«

»›Exklusiv‹ bedeutet in diesem Fall, dass es nur eines von dieser Sorte gibt.«

Alex lachte. »Das wird nicht mehr lange so sein. Ich habe bereits ein Auge auf ein Grundstück zwei Blocks weiter geworfen.«

»Aber wir machen noch nicht einmal mit dem ersten Restaurant Gewinn«, sagte Elena und legte zwei Eier in kochendes Wasser.

»Wir sind bei plus/minus null, also wird es Zeit zu expandieren.«

»Aber …«

»Aber«, sagte Alex, »mein einziges Problem ist: Was soll ich einem Mann, der schon alles hat, zu seinem dreißigsten Geburtstag kaufen? Einen Rolls-Royce? Einen Privatjet?«

»Ein Paar Manschettenknöpfe«, sagte Elena. »Dein Vater hatte sich immer ein Paar Manschettenknöpfe gewünscht.«

»Ich habe so das Gefühl, dass Captain Lowell bereits mehrere Paare Manschettenknöpfe besitzt.«

»Dann sollte die Ausführung persönlich sein.«

»Wie meinst du das?«

»Lass ein Paar anfertigen, das sein Familienwappen, das Emblem seines Clubs oder vielleicht sogar das Abzeichen eures alten Regiments trägt.«

»Gute Idee, Mutter. Ich werde ein Paar aussuchen und einen Esel eingravieren lassen.«

»Warum einen Esel?«, fragte Elena, als die Eieruhr nach vier Minuten klingelte.

»Bist du sicher?«, fragte Alex, als er sich in dem bodenlangen Spiegel betrachtete.

»Ich könnte gar nicht noch sicherer sein«, sagte Addie. »Das ist der letzte Schrei. Heute in einem Jahr wird jeder breite Aufschläge und Schlaghosen tragen. Auf dem Broadway wirst du der Star sein.«

»Es ist nicht der Broadway, wegen dem ich mir Sorgen mache, sondern Boston, wo, wie ich vermute, so etwas nicht einmal übernächstes Jahr Mode sein wird.«

»Wodurch du automatisch zum Trendsetter wirst und alle anderen Gäste dich beneiden werden.«

Obwohl Alex nicht überzeugt war, kaufte er den Anzug und dazu ein hellblaues Rüschenhemd, das, wie Addie unmissverständlich erklärte, ideal dazu passen würde.

Am folgenden Morgen stand Alex früh auf, doch er nahm nicht den kürzesten Weg zum Großmarkt, um wie üblich jene Dinge zu besorgen, mit denen in seinem Restaurant die Pizzen belegt würden, sondern fuhr zur Penn Station, wo er eine Hin- und Rückfahrkarte nach Boston kaufte. Nachdem er einen freien Platz gefunden hatte, stellte er seinen kleinen Koffer in das Gepäcknetz, setzte sich und schlug die *New York Times* auf. Die Schlagzeile auf der Titelseite schrie ihm entgegen: *Nixon tritt zurück.*

Als der Zug vier Stunden später in den Bahnhof South Station rollte, fragte sich Alex, ob Präsident Ford seinen Vorgänger begnadigen würde. Kurz darauf nahm er sich ein Taxi und bat den Fahrer, ihn zu einem Hotel zu bringen, das vernünftige Preise hatte. Trotz seines neu erworbenen Reichtums betrachtete es Alex immer noch als Verschwendung, Geld für eine Suite zu bezahlen, wenn er genauso gut in einem Einzelzimmer schlafen konnte.

Nachdem er im Langham eingecheckt hatte, duschte er und probierte dann die beiden Anzüge an, die er mitgebracht hatte. In dem einen kam er sich wie Teddy Kennedy vor, im anderen sah er aus wie Elvis Presley. Doch die

Vogue, die auf seinem Nachttisch lag, zeigte auf dem Titel ein Foto von Rose Kennedy in einem hellblauen Ballkleid, und diese Farbe, so meinte das Magazin, sei dieses Jahr ganz groß im Kommen. Deshalb entschied sich Alex noch einmal um. Ein letzter Blick auf die Einladung bestätigte ihm: Eintreffen ab 19:30 Uhr, Beginn der Feier um 20:00 Uhr. Er verließ das Hotel kurz nach sieben, rief ein Taxi und gab dem Fahrer die Adresse.

Als das Taxi am Boston Common entlangfuhr, fiel ihm auf, dass die Häuser immer beeindruckender wurden, je mehr sie sich Beacon Hill näherten. Schließlich hielten sie vor der Zufahrt zu einem gewaltigen Stadthaus, wo zwei Sicherheitsbeamte Alex intensiv musterten, bevor sie ihn baten, seine Einladung vorzuzeigen.

»Vielleicht gehört er zum Unterhaltungsprogramm«, sagte der eine der beiden so laut zu seinem Kollegen, dass Alex es hören konnte, während das Taxi in die lange Zufahrt einbog und dieser bis zum Haupteingang des Hauses folgte.

Kaum dass Alex die eichengetäfelte Empfangshalle betreten und sich der langen Reihe der Gäste angeschlossen hatte, die darauf warteten, von ihrem Gastgeber begrüßt zu werden, wusste er auch schon, dass er einen Fehler gemacht hatte. Am liebsten hätte er kehrtgemacht und wäre zurück in sein Hotel gefahren, um dort den dezenteren Anzug anzuziehen, doch das war leider nicht möglich, denn dann wäre er zu spät gekommen. Er wusste nicht, worin die größere Unhöflichkeit bestand, und ihm fiel auf, dass mehrere Gäste sich nach ihm umdrehten.

»Es tut so gut, Sie wiederzusehen, Alex«, sagte Lowell, als er schließlich die Spitze der Schlange erreicht hatte. »Ich bin so froh, dass Sie es einrichten konnten.«

»Es war sehr freundlich von Ihnen, mich einzuladen, Sir.«

»Lawrence, Lawrence«, flüsterte sein Gastgeber, bevor er sich dem nächsten Gast zuwandte. »Guten Abend, Senator.«

Alex ging durch die Empfangshalle in einen großen Salon, der bereits voller Gäste war. Die meisten der Männer trugen Smoking. Er nahm sich ein Glas Champagner vom Tablett eines der vorbeikommenden Kellner und verschwand damit hinter einer großen Marmorsäule in einer der Ecken des Raumes, von wo aus er auf das Gemälde eines gewissen Pollock starrte. Er unternahm keinen Versuch, mit irgendjemandem zu sprechen, und als ein Gong erklang, achtete er darauf, der Letzte zu sein, der das Speisezimmer betrat. Überrascht sah er, dass man ihm einen Platz am vordersten Tisch zugeteilt hatte, wo er zwischen einer gewissen Evelyn zu seiner Linken und einem gewissen Todd zu seiner Rechten saß.

Rasch setzte sich Alex hin, erleichtert darüber, dass jetzt wenigstens niemand seine Schlaghosen sehen konnte.

»Woher kennen Sie Lawrence?«, sagte die junge Frau zu seiner Linken, nachdem der Kardinal-Erzbischof von Boston den Segen gesprochen hatte.

Zum ersten Mal in seinem Leben ertappte sich Alex dabei, wie er stotterte. »Ich habe … ich habe unter Captain Lowell in Vietnam gedient.«

»Ach ja, Lawrence hat erwähnt, dass er Sie eingeladen hat, aber er war nicht sicher, ob Sie kommen würden.« Alex wünschte sich bereits, er hätte es nicht getan. »Und was machen Sie jetzt, Alex?«

»Mir gehört eine Kette von Pizzarestaurants«, sagte er und bedauerte seine Worte sofort.

»Ich habe noch nie im Leben Pizza gegessen«, sagte sie, was zu glauben Alex nicht schwerfiel.

»Und woher kennen Sie Captain Lowell?«, fragte er.

»Er ist mein Bruder.« Langes Schweigen folgte, bevor Evelyn sich dem Gast zu ihrer Linken zuwandte und sich mit ihm darüber unterhielt, wann sie in ihre Villa in Südfrankreich zurückkehren würde.

Als der erste Gang serviert wurde, wusste Alex nicht, nach welcher Gabel und welchem Messer er angesichts der reichhaltigen Auswahl, die vor ihm lag, greifen sollte. Er folgte Evelyns Beispiel, bevor er sich dem Mann zu seiner Rechten zuwandte, welcher »Hi, ich bin Todd Halliday« sagte und ihm die Hand schüttelte.

»Woher kennen Sie Lawrence?«, fragte Alex in der Hoffnung, dass es sich nicht um dessen Bruder handelte.

»Wir waren zusammen auf der Choate«, sagte Todd.

»Und sind Sie auch im Bankgeschäft?«, fragte Alex, der keine Ahnung hatte, was die Choate war.

»Nein. Ich leite eine kleine Investmentgesellschaft, die auf aufstrebende Unternehmen spezialisiert ist. Und Sie?«

»Ich besitze zwei Pizzarestaurants und habe bereits ein drittes im Auge. Wir sind zwar noch nicht Pizza Hut, aber das ist nur noch eine Frage der Zeit.«

»Und sind Sie auf der Suche nach Investoren?«

»Nein«, sagte Alex. »Ich habe erst kürzlich mein vorheriges Unternehmen für über eine Million verkauft, weshalb ich keine zusätzlichen Investoren benötige.«

»Aber wenn Sie vorhaben, eines Tages Pizza Hut Konkurrenz zu machen, könnte der richtige Partner den ganzen Prozess beschleunigen, und wenn Sie Interesse hätten …«

Todd gelang es nicht, seinen Satz zu beenden, denn er wurde von einer vertrauten Gestalt unterbrochen, die Alex sofort erkannte. Der Mann hatte sich erhoben, um einen Toast auf Lawrence' Gesundheit auszubringen. Alex bewunderte die entspannte Art, in der sich der Senator aus

Massachusetts an die versammelten Gäste wandte, ohne auch nur einmal irgendwelche Notizen zu Hilfe zu nehmen, und es gelang ihm nicht, seinen Blick von der Frau abzuwenden, die neben ihm saß und deren Bild er erst kurz zuvor in seinem Hotel auf dem Titel eines Hochglanzmagazins gesehen hatte. Er wünschte sich, er würde in Hellblau auch nur halb so gut aussehen wie sie.

Als der Senator unter warmem Beifall wieder Platz nahm, erhob sich Lawrence zu einer Erwiderung. »Ich freue mich«, begann er, »dass so zahlreiche Mitglieder meiner Familie und so viele Freunde es heute Abend einrichten konnten, mit mir meinen dreißigsten Geburtstag zu feiern. Ich fühle mich besonders geehrt durch die Tatsache, dass es Teddy gelungen ist, sich von seinen zahlreichen Verpflichtungen frei zu machen, um auf meine Gesundheit anzustoßen. Ich hoffe, dass er sich eines Tages in nicht allzu ferner Zukunft als Kandidat der Demokraten bei der Wahl um das Amt des Präsidenten zur Verfügung stellen wird.«

Erneut begannen mehrere Gäste zu applaudieren, was Lawrence die Gelegenheit gab, eine Seite in seinem Redemanuskript umzublättern.

»Ebenso erfreut bin ich, dass ich den Mann in meinem Haus begrüßen darf, der dies alles ermöglicht hat, denn wenn er mir nicht das Leben gerettet hätte, würde diese Party heute zweifellos nicht stattfinden. Wie Sie alle wissen, wurde ich während meines Dienstes in Vietnam verwundet, und es hätte durchaus sein können, dass man mich für tot gehalten und zunächst lange Zeit an Ort und Stelle liegen gelassen hätte. Doch glücklicherweise nahm der mir unmittelbar im Rang folgende Soldat ohne zu zögern meine Position ein, und aufgrund seiner Führungsstärke und seines Mutes konnte eine vollständige Einheit des Vietcong ausgelöscht werden, und darüber hinaus verließ dieser Mann das Schlachtfeld erst, nachdem alle amerikanischen Soldaten geborgen worden waren. Infolge seines Einsatzes an jenem Tag wurde Staff Sergeant Alex Karpenko nicht nur der Silver Star verliehen, sondern ich erhielt überhaupt erst die Möglichkeit, heute Abend diese Rede zu halten.«

Lawrence wandte sich Alex zu, während er sein Glas hob, und jeder im Raum erhob sich und applaudierte. Nur Alex' eigene Gedanken galten Big Sam und der Tatsache, dass er das Grab seines Kameraden in Virginia immer noch nicht besucht hatte.

Noch lauterer Jubel erhob sich, als Lawrence erklärte, er werde bei der nächsten Wahl zum Kongress für die Demokraten antreten, und als er wieder Platz nahm, brachen die Gäste mit rauer Stimme in eine nicht gerade tonsichere Version von »Happy Birthday, dear Lawrence« aus.

Nachdem sich das Gelächter und der Beifall schließlich gelegt hatten, wandte sich Todd an Alex und nahm das Gespräch an der Stelle wieder auf, an der er unterbrochen worden war. »Wenn Sie vorhaben zu expandieren, sollten wir in Kontakt bleiben. Ihre Firma gehört genau zu der Sorte, die ich üblicherweise unterstütze.« Todd nahm eine Visitenkarte aus seiner Brieftasche und reichte sie Alex, der gerade fragen wollte, welche Summe sein Gegenüber im Sinn hatte, als er davon abgelenkt wurde, wie sich eine Hand auf seinen Oberschenkel legte.

»Erzählen Sie mir mehr über Ihr kleines Reich, Alex«, sagte Evelyn, ohne die Hand wegzunehmen.

Zum zweiten Mal ertappte er sich dabei, wie er um Worte rang, während er in ihre grünen Augen starrte.

»Ich habe es gerade verkauft.«

»Ich hoffe doch, zu einem guten Preis.«

»Für etwas über eine Million«, sagte er und genoss ihre Aufmerksamkeit.

»Würdest du mich bitte vorstellen, Evelyn«, sagte eine Stimme hinter ihm.

Alex sprang auf, als er sah, dass der Senator neben seinem Stuhl stand. Evelyn stellte die beiden einander vor, und Teddy Kennedy schaffte es in kürzester Zeit, dass Alex sich entspannte, während sie über Vietnam sprachen.

»Wissen Sie, Alex«, flüsterte Kennedy, »wenn Sie ein wenig Zeit erübrigen könnten, um Lawrence im Wahlkampf zu helfen, könnte das von entscheidender Bedeutung sein, und ich weiß, dass er es zu schätzen wüsste.«

Es war Alex nie in den Sinn gekommen, dass er Lawrence bei irgendetwas helfen könnte. »Ich wäre nur zu glücklich, wenn ich das tun könnte, Senator«, hörte er sich selbst sagen.

»Das ist sehr freundlich von Ihnen, Alex. Wir bleiben in Verbindung.«

Kennedys Worte gaben Alex ein wenig mehr Zuversicht, und deshalb war er umso entschlossener, Todd zu fragen, wie viel er in das Elena's investieren und was er im Gegenzug dafür verlangen würde. Doch als er sich umdrehte, sah er, dass Todd ins Gespräch mit Evelyn vertieft hinter ihm stand. Alex hatte das Gefühl, ihn besser nicht zu unterbrechen.

Als er sich wieder setzte, bemerkte er überrascht, dass sich eine Schlange aus mehreren Gästen gebildet hatte, die mit ihm sprechen und ihm die Hand schütteln wollten. Geduldig beantwortete er jede Frage, die ihm gestellt wurde, was nicht zuletzt daran lag, dass er dadurch verhindern konnte, den Tanzboden betreten zu müssen, wo er fürchtete, sich zum Narren zu machen. Als er kurz vor Mitternacht bemerkte, dass die ersten Gäste sich auf den Heimweg machten, beschloss Alex, dass auch er nach einem weiteren kurzen Gespräch mit Todd aufbrechen würde. Zunächst jedoch fragte er einen vorbeikommenden Kellner nach der Toilette.

»Komm mit«, sagte Evelyn, die aus dem Nichts aufzutauchen schien.

Alex folgte ihr gerne. Sie nahm seine Hand und führte ihn eine breite Marmortreppe hinauf ins erste Obergeschoss. Dort öffnete sie eine Doppeltür, die in ein Schlafzimmer führte, das größer war als Alex' Wohnung in Brighton Beach.

»Du kannst mein privates Bad benutzen«, sagte sie und deutete auf eine Tür am anderen Ende des Zimmers.

»Danke«, sagte Alex und verschwand in einem Raum, der sowohl über eine Badewanne als auch eine Dusche verfügte. Er lächelte, als er sich die Hände wusch und die Krawatte richtete, denn jetzt hatte er so viel Selbstvertrauen gewonnen, dass er es wagen würde, Evelyn zu fragen, ob sie ihm ein Taxi zurück ins Hotel rufen würde. Doch als er ins Schlafzimmer zurückkehrte, konnte er sie nirgendwo sehen. Er nahm an, dass sie wieder nach unten auf die Feier gegangen war, bis er eine Stimme sagen hörte: »Ich bin hier drüben, Alex.« Er drehte sich ruckartig um und sah, dass sie auf dem Bett saß. Ihr herrliches Ballkleid lag auf dem Boden. »Komm zu mir«, sagte Evelyn und klopfte auf die Decke.

Alex konnte nicht glauben, was da gerade geschah, doch nachdem er einen kurzen Augenblick gezögert hatte, zog er beglückt Anzug und Hemd aus und setzte sich neben sie auf das Bett. Sogleich nahm sie Alex in ihre Arme und fing an, ihn zu küssen, und einige Zeit später fragte Alex sich, ob Evelyn gemerkt hatte, dass sie erst die zweite Frau für ihn war. »Jetzt verstehe ich, warum der Feind keine Chance hatte«, sagte sie danach, lehnte sich zurück und stieß ein lautes Seufzen aus. Wenige Augenblicke später schlief sie in seinen Armen ein.

Als Alex am folgenden Morgen Evelyn neben sich liegen sah, konnte er immer noch nicht glauben, dass diese schöne und kultivierte Frau überhaupt einen Blick an ihn verschwendet hatte. Er fürchtete, die zauberhafte Seifenblase würde platzen, und er würde wieder in die wirkliche Welt zurückkehren müssen, sobald sie erwachte.

Er begann, ihr langes rotes Haar zu streicheln. Sie schlug langsam die Augen auf, streckte träge die Arme aus und zog ihn kurz darauf an sich. Nachdem sie sich ein zweites Mal geliebt hatten, legte Evelyn ihren Kopf an seine Schulter.

»Kann ich dich etwas fragen?«, sagte Alex.

»Alles, was du willst, Liebling«, erwiderte sie.

»Was weißt du über Todd Halliday, den Mann, der gestern Abend auf der anderen Seite neben mir saß?«

»Extrem reich, altes Geld, aber er investiert gerne in neue Unternehmen.«

»Glaubst du, er könnte wirklich daran interessiert sein, in …«

»Ich vermute, das ist der Grund, warum Lawrence ihm überhaupt den Platz neben dir gegeben hat«, sagte Evelyn.

»Aber mein Unternehmen ist so klein …«

»Todd steigt gerne am Anfang ein. Er sagt, nur so kann man tatsächlich Geld verdienen. Ich wollte, ich hätte auf ihn gehört, als er mir sagte, ich solle in Apple, Microsoft und Oracle investieren.«

»Welche Summen investiert er üblicherweise?«

»Zehn, fünfzehn Millionen. Aber ich weiß, dass er gelegentlich sogar fünfundzwanzig Millionen aufbringt, wenn er von jemandem wirklich überzeugt ist, und ich konnte sehen, dass er von dir beeindruckt war.«

»Aber was erwartet er als Gegenleistung?«

»Ich habe keine Ahnung«, sagte Evelyn. »Aber diesmal werde ich meine Chance nicht verpassen.«

»Was meinst du damit?«

»Ich werde unter den ersten Investoren sein.«

»Du wärst bereit, Geld in mein Unternehmen zu investieren?«

»Nicht in dein Unternehmen«, sagte Evelyn, »in dich. Todd sagt immer, es gibt Schwafler und Macher, und er hat keinen Zweifel daran, zu welcher Gruppe du gehörst. Deshalb habe ich ihn gebeten, mich für eine halbe Million vorzumerken. Wenn Todd dich wirklich unterstützen möchte«, fügte sie hinzu, stieg aus dem Bett und streifte einen seidenen Morgenmantel über, »dann werde ich, ehrlich gesagt, den Warhol verkaufen müssen, den mein Großvater mir in seinem Testament hinterlassen hat.« Evelyn trat vor ein Bild, das an der Wand hing. »Es ist allgemein als *Blaue Jackie* bekannt und fängt den schmerzlichen Augenblick ein, als ihr bewusst wird, dass ihr Mann tot ist.«

»Das könnte ich niemals zulassen«, sagte Alex, als er ihr ins Bad folgte.

»Mach dir keine Gedanken.« Evelyns seidener Morgenmantel sank zu Boden, und sie trat in die Dusche. »Es ist über eine Million wert, und es gibt mehrere New Yorker

Händler, die nur allzu froh wären, mir eine halbe Million oder vielleicht sogar etwas mehr dafür zu bezahlen. Und ich verrate dir ein kleines Geheimnis: Ich habe es nie besonders gemocht.«

Alex konnte sich nicht konzentrieren, als sie das Wasser aufdrehte und ihm die Seife reichte: Eine weitere Situation, die er in dieser Weise zum ersten Mal erlebte. Erst als er so weit war, sich abzutrocknen, sagte er: »Ich könnte wirklich niemals zulassen, dass du den Warhol verkaufst, nicht zuletzt deshalb, weil Lawrence mir das nie verzeihen würde.«

»Ich werd's ihm nicht verraten, wenn du's ihm nicht verrätst«, erwiderte Evelyn, während sie zurück ins Schlafzimmer schlenderte, wo sie einen begehbaren Wandschrank voller Kleider, Röcke, Blusen und Schuhe öffnete. Sie ließ sich Zeit beim Aussuchen, was sie an diesem Tag tragen wollte, und Alex gefiel es gar nicht, dass er seine Sachen vom Abend zuvor wieder anziehen musste, während er zusah, wie sie sich ankleidete.

»Warum überspringen wir die Händler nicht einfach?«

»Könntest du mir mit dem Reißverschluss helfen, Liebling?«

Alex ging durchs Zimmer, zog den Reißverschluss ihres Kleides hoch und beugte sich dabei nach vorn, um ihre Schulter zu küssen.

»Ich bin nicht sicher, ob ich dich verstehe«, sagte Evelyn.

»Ich werde die Rolle des Händlers übernehmen, aber mit einem entscheidenden Unterschied. Ich werde das Bild für eine halbe Million kaufen, damit du die Summe in mein Unternehmen investieren kannst, und ich werde dir den Warhol wiedergeben, wenn du mir das Geld zurückbezahlst.«

»Aber warum solltest du dieses Risiko eingehen?«, fragte Evelyn.

»Es gibt kein Risiko. Schließlich ist das Bild eine Million wert«, sagte Alex.

»Und du würdest Lawrence nichts verraten?«

»Kein Wort.«

»Dann sind wir uns einig«, sagte Evelyn und nahm das kleine Gemälde von der Wand.

»Nein, ich brauche es nicht, bis alles andere geklärt ist.«

»Dann wird das nichts, denn ich fahre für sechs Wochen nach Südfrankreich, und so wie ich Todd kenne, wird er das Geschäft mit dir längst abgeschlossen haben, bevor ich wieder zurück bin.« Evelyn reichte ihm das Bild. »Ich vertraue dir. Du wirst deinen Teil der Abmachung schon einhalten.«

Zögernd nahm Alex das Gemälde entgegen, setzte sich und schrieb einen Scheck über Fünfhunderttausend Dollar aus, den er ihr reichte.

»Danke!«, sagte Evelyn und legte den Scheck auf ihren Nachttisch. »Komm doch einfach nächstes Wochenende wieder nach Boston. Dann können wir segeln gehen und auf unsere neue Partnerschaft anstoßen«, fügte sie hinzu, bevor sie ihn sanft auf die Lippen küsste.

Alex konnte nicht glauben, dass sie ihn wiedersehen wollte, weshalb er einfach nur sagte: »Das würde ich gerne.«

»Ich glaube, wir beide sollten jetzt etwas frühstücken«, sagte Evelyn. »Aber kein Wort zu Lawrence über unsere kleine Abmachung.«

»So wie ich angezogen bin, würde ich lieber auf das Frühstück verzichten«, sagte Alex. »Gestern Abend war es schon peinlich genug, und beim Frühstück wäre es noch schlimmer. Aber wie auch immer, hast du nichts dagegen, dass dein Bruder erfährt, dass ich über Nacht geblieben bin?«

»Ich glaube nicht, dass das irgendeine Bedeutung für ihn haben würde.«

»Aber für mich hat es eine Bedeutung.«

»Du bist so wunderbar altmodisch«, sagte Evelyn. »Aber wenn du darauf bestehst, kannst du dich über die Hintertreppe und durch den Lieferanteneingang nach draußen schleichen. Dann sieht dich keiner.«

»Ja, ich bestehe darauf.«

Evelyn zuckte mit den Schultern und ging zur Schlafzimmertür. Sie öffnete sie, sah sich auf dem Flur um und winkte Alex zu sich her. Sie deutete auf eine Treppe am anderen Ende des Flurs. »Vergiss das Bild nicht!«, sagte Evelyn und gab ihm den Warhol. Zögernd nahm er das Gemälde. »Ich freue mich schon darauf, dich dann nächstes Wochenende zu sehen, Liebling«, sagte sie, während jeder von ihnen in eine andere Richtung davonging.

Sobald Alex außer Sichtweite war, schlenderte Evelyn die breite Treppe hinab ins Frühstückszimmer, wo sie Lawrence vorfand.

»Guten Morgen, Evelyn«, sagte ihr Bruder, als sie hereinkam. »Ich hoffe, du hast gut geschlafen.«

Im Zug zurück nach New York konnte Alex nicht widerstehen und warf gelegentlich einen Blick auf das Gemälde. Natürlich hatte er schon von Warhol gehört, aber er hatte sich nie vorstellen können, dass er eines Tages ein Werk dieses Künstlers besitzen würde, und sei es auch nur für kurze Zeit. Er fühlte sich bereits schuldig, weil er ein Bild angenommen hatte, das Evelyns Großvater ihr in seinem Testament vermacht hatte. Er konnte es gar nicht erwarten, ihr das Gemälde wiederzugeben, sobald sie ihm die halbe Million zurückgezahlt hätte.

Als er die Penn Station erreicht hatte, nahm er ein Taxi nach Brighton Beach, denn er würde ganz sicher nicht mit einem Warhol unter dem Arm die U-Bahn nehmen. Noch bevor er seiner Mutter das Kunstwerk zeigte, verkündete er ihr: »Ich habe die Frau kennengelernt, die ich heiraten werde.«

Evelyn traf kurz nach elf im Mayflower ein. Sofort erhob sich Todd aus seinem Sessel in einem der Alkoven und winkte ihr. Wie die Cheshire-Katze aus *Alice im Wunderland* konnte sie nicht aufhören zu grinsen.

»Deinem Gesichtsausdruck nach zu schließen, mein Liebling, muss ich annehmen, dass du heimlich von der Sahne genascht hast«, sagte Todd, als sie sich ihm gegenübersetzte.

»Und zwar einen mächtigen Klacks«, erwiderte Evelyn und reichte ihm den Scheck über eine halbe Million Dollar.

»Bravo«, sagte er, nachdem er ihn eingesteckt hatte. »Gab es irgendwelche Probleme?«

»Keine. Deine Vorarbeit war perfekt. Aber wir können hier nicht tatenlos rumhängen, denn wenn mein Bruder herausfindet, dass ...«

»Ich habe einen Platz in einer Maschine gebucht, die Viertel vor drei von Logan starten und morgen früh um sieben in Genf landen wird. Sobald die Bank aufmacht, werde ich den Scheck vorlegen.«

»Sorg einfach nur dafür, dass er sofort gutgeschrieben wird, und ruf mich sofort an, wenn sie das Geld auf mein Konto überwiesen haben. Danach fliege ich los und treffe dich in Monte Carlo. Dort können wir feiern.«

»Was wirst du während der nächsten paar Tage tun, während ich nicht da bin?«

»Dafür sorgen, dass ich erreichbar bin, wann immer Alex auch anruft. Wenigstens so lange, bis der Scheck gutgeschrieben ist.«

Todd beugte sich vor und küsste seine Frau. »Du bist so gerissen«, sagte er.

An jenem Nachmittag rief Alex Evelyn an, und sie plauderten fast eine Stunde. Er musste ihr mehrfach versichern, dass nichts ihn davon abhalten würde, sie am Wochenende in Boston zu besuchen.

Am Dienstagmorgen erreichte er sie gerade noch, bevor sie das Haus verließ, um shoppen zu gehen. Sie versprach, ihn zurückzurufen, und erst später fiel ihm ein, dass sie seine Nummer nicht hatte. Am Mittwoch rief er sie am Morgen als Erstes an – als Erstes für sie wenigstens, denn er war bereits auf dem Großmarkt gewesen und hatte das frischeste Gemüse und das beste Fleisch ausgesucht, das ins Elena's geliefert werden sollte.

Sie hatte jede Menge Neuigkeiten. Todd erwog, mindestens zehn, vielleicht sogar fünfzehn Millionen zu investieren, und würde sich wahrscheinlich noch diese Woche bei ihm melden. Da sie und Alex schon darüber gesprochen hatten, am Wochenende segeln zu gehen, fragte ihn Evelyn, wohin der Ausflug gehen sollte. »Wir könnten meinen Onkel Nelson in Chappaquiddick besuchen und die beste Muschelsuppe auf der ganzen Welt genießen.«

»Hört sich großartig an. Was soll ich anziehen?«, fragte er, da er nicht zugeben wollte, noch nie auf einer Jacht gewesen zu sein.

»Mach dir keine Sorgen. Ich habe dir bereits einige Sachen besorgt.«

Noch am selben Vormittag rief der Direktor von Alex' Bank an und sagte ihm, er habe einen Scheck in Höhe von fünfhunderttausend Dollar erhalten mit der Bitte, den Betrag dem Einreicher sofort gutzuschreiben. Da es sich um eine so hohe Summe handele, sagte der Direktor, müsse er sichergehen, ob Alex den Transfer des Geldes durchführen lassen wolle.

»Unverzüglich«, erwiderte Alex, ohne zu zögern.

»Auf Ihrem Konto würden sich dann nur noch 17 269 Dollar befinden«, sagte der Direktor.

Und in Kürze noch ein paar Millionen mehr, hätte Alex am liebsten zu ihm gesagt, doch er beschränkte sich auf: »Bitte überweisen Sie die Summe unverzüglich.«

Evelyn nahm den Hörer ab.

»Der Geldtransfer ist erfolgt. Ich werde das nächste Flugzeug nach Nizza nehmen. Wann kannst du bei mir sein, was meinst du?«

»Mit ein bisschen Glück pünktlich zum Dinner in Monte Carlo morgen Abend«, sagte Evelyn. »Aber zuerst muss ich meinem Bruder die traurige Nachricht mitteilen.«

»Mr. Karpenko könnte einem fast ein wenig leidtun«, sagte Todd.

»Aber nicht allzu sehr. Ich habe so das Gefühl, dass er im Gefängnis ganz gut zurechtkommen wird, und dann können wir ihn alle vergessen. Übrigens, Todd, vergiss du nicht, unseren üblichen Tisch zu reservieren.«

Der Butler hatte Evelyn nicht mehr die Treppe hinabrennen sehen, seit sie ein kleines Kind gewesen war.

»Haben Sie meinen Bruder gesehen?«, rief sie, noch bevor sie die unterste Stufe erreicht hatte.

»Er ist gerade in das Frühstückszimmer gegangen, Miss Evelyn«, antwortete Caxton und eilte durch die Halle, um ihr die Tür zu öffnen.

»Was ist los, Eve?«, fragte Lawrence, als seine Schwester ins Zimmer stürmte.

»Hast du den Warhol im Jefferson-Schlafzimmer abgehängt?«, fragte sie, noch immer außer Atem.

»Wovon redest du?«, sagte Lawrence und stellte seine Kaffeetasse ab.

»Von dem Warhol. Er ist weg. Er ist nicht mehr dort.«

Lawrence sprang auf und eilte aus dem Zimmer. Auf seinem Weg nach oben nahm er zwei Stufen auf einmal, und dann ging er rasch den Flur entlang ins Jefferson-Zimmer, wo er einen verwaisten Haken an der Wand vorfand.

»Wann hast du das Bild zum letzten Mal gesehen?«, fragte er, als Evelyn die schwachen Umrisse anstarrte, die das Werk an der Wand hinterlassen hatte.

»Ich bin mir nicht sicher. Ich habe mich so sehr daran gewöhnt, dass es einfach immer da hing. Aber ich weiß, dass es am Abend deiner Geburtstagsfeier noch an Ort und Stelle war.« Ein langes Schweigen folgte. Schließlich fuhr sie fort. »Ich schäme mich, Lawrence, denn ich glaube, ich könnte schuld daran sein.«

»Ich verstehe nicht.«

»Ich habe auf deiner Feier ein bisschen zu viel getrunken und zugelassen, dass jemand mit mir auf mein Zimmer kam.«

»Wer?«

»Dein Freund Alex Karpenko.«

»Ist er über Nacht geblieben?«

»Aber natürlich nicht! Als ich am Morgen aufgewacht bin, war er schon nicht mehr da. Ich dachte nicht, dass …«

»Das tust du nie«, sagte Lawrence. »Aber wenn irgendjemand eine Schuld trifft, dann bin das ich.«

»Vielleicht sollte ich versuchen, Kontakt zu ihm aufzunehmen, um zu sehen, ob ich das Bild zurückbekommen kann?«

»Das solltest du ganz sicher nicht tun. Niemand außer mir wird mit Alex sprechen.«

»Wirst du die Polizei informieren?«

»Mir bleibt ja wohl keine andere Wahl«, sagte Lawrence. »Wie du sehr wohl weißt, gehört das Bild nicht mir, sondern ist Teil des Nachlasses unseres Großvaters, und da es eine Million wert ist – wenn nicht mehr –, muss ich den Diebstahl der Polizei melden und ebenso der Versicherung.«

»Aber er hat dir das Leben gerettet.«

»Ja, das hat er. Deshalb werde ich, wenn er das Bild unverzüglich zurückgibt, vielleicht auf eine Anzeige verzichten.«

»Es tut mir so leid«, sagte Evelyn. »Er schien so ein netter Kerl zu sein.«

»Man kann sich bei niemandem sicher sein, nicht wahr?«, sagte Lawrence.

Als Alex an jenem Nachmittag Evelyn anrief, nahm der Butler den Hörer ab und sagte ihm, dass Miss Lowell das Haus gegen elf verlassen habe und er nicht wisse, wann sie zurückkomme. Da sie sich nicht meldete, rief Alex am Abend noch einmal an. Diesmal war Lawrence am Apparat.

»Was für eine wunderbare Geburtstagsfeier, Lawrence. Du bist ein großartiger Gastgeber, und ich freue mich schon darauf, dich und Evelyn morgen wiederzusehen.«

»Ich wusste gar nicht, dass du über das Wochenende nach Boston kommst.«

»Hat Evelyn dir nichts davon erzählt?«

»Evelyn ist heute Morgen abgereist, um einige Zeit in ihrem Haus in Südfrankreich zu verbringen, und ich besuche meine Mutter in Nantucket.«

»Aber wir hatten ausgemacht, dich am Freitagabend zum Dinner zu treffen und am Samstag segeln zu gehen.« Das Schweigen, das folgte, dauerte so lange, dass Alex sich fragte, ob die Leitung tot war. »Bist du noch dran, Lawrence?«

»Ich möchte mich für diese Frage entschuldigen, Alex, aber ich muss sie dir einfach stellen. Der Butler behauptet, du hättest etwas unter dem Arm getragen, als du am Sonntagmorgen das Haus verlassen hast.«

»Einen Warhol«, erklärte Alex, ohne zu zögern. »Einigermaßen gegen meinen Willen, wie ich gerne hinzufüge. Aber Evelyn bestand darauf, dass ich ihn als Sicherheit mitnehme.«

»Als Sicherheit wofür?«

»Ich habe ihr eine halbe Million geliehen, damit sie sie bei Todd Halliday, einem angesehenen Geschäftsmann, investieren kann, der sich an meinen Unternehmungen beteiligen möchte.«

»Todd Halliday und Evelyn sind verheiratet, und er ist definitiv kein angesehener Geschäftsmann.«

»Evelyn ist seine Frau?«

»Schon seit Jahren«, sagte Lawrence.

»Aber sie hat mir gesagt, Todd sei auf aufstrebende Unternehmen spezialisiert.«

»Todd ist eher auf Pleiten spezialisiert, und dabei ist immer das Geld anderer Leute im Spiel«, sagte Lawrence. »In diesem Fall deins.«

»Aber Evelyn hat mir versichert, er würde erwägen, zehn oder möglicherweise sogar fünfzehn Millionen in das Elena's zu investieren.«

»Ich bin nicht sicher, ob Todd irgendwo auch nur zehn Dollar investieren könnte, von zehn Millionen ganz zu schweigen. Ich hoffe, du hast ihm kein Geld gegeben.«

»Ich habe es ihr gegeben«, sagte Alex. »Mein Scheck wurde heute Vormittag eingelöst.« Lawrence war froh, dass Alex seinen Gesichtsausdruck nicht sehen konnte.

»Aber mach dir keine Sorgen, ich habe immer noch den Warhol als Sicherheit«, fügte Alex hinzu.

Wieder folgte ein langes Schweigen, bis Lawrence schließlich sagte: »Sie hatte kein Recht, dir das Bild zu geben. Es ist Teil der Lowell'schen Familiensammlung, die treuhänderisch verwaltet und jeweils dem ältesten Sohn vermacht wird, welcher sie seinerseits an die folgende Generation weitergibt. Als mein Vater vor ein paar Jahren starb, habe ich die Sammlung geerbt, und obwohl Evelyn in jeder anderen Hinsicht in der Geschwisterfolge die nächste Anwärterin ist, solange ich keinen eigenen Sohn habe, hat mein Vater in seinem Testament unmissverständlich deutlich gemacht, dass die Sammlung der Boston Fine Arts Society übertragen werden sollte, wenn ich in Vietnam fallen würde, und Evelyn hätte nicht einmal auf ein einziges Werk Anspruch.«

»Ich werde das Bild sofort zurückgeben«, sagte Alex.

»Und ich werde dir deine halbe Million Dollar zurückbezahlen.«

»Nein, das wirst du nicht«, sagte Alex entschieden. »Ich habe diese Vereinbarung mit Evelyn getroffen, nicht mit dir. Verfahren wir doch einfach nach dem Prinzip ›Im Zweifel für den Angeklagten‹ und gehen davon aus, dass sie mein Geld in ein Blue-Chip-Unternehmen gesteckt hat.«

»Die einzigen blauen Chips, in die diese Frau investiert, findet man in Casinos. Wenn sie in Zukunft zu Besuch kommt, werde ich jedes einzelne Bild an der Wand festnageln müssen. Aber das sollte dich und mich nicht daran hindern, wie früher schon zusammenzuarbeiten und zu versuchen, einen Weg zu finden, damit du dein Geld wiederbekommst.«

»Ich werde alles tun, um dir zu helfen«, sagte Alex. »Und natürlich werde ich dir dein Gemälde morgen wiederbringen. Es tut mir nur leid, dass ich dir so viele Umstände gemacht habe.«

»Du hättest mich auf dem Schlachtfeld sterben lassen sollen, Alex. Dann hättest du meine Schwester niemals kennengelernt.«

»Mea culpa«, sagte Alex. »Isebel, Lucrezia Borgia, Mata Hari und jetzt Evelyn Lowell. Sie weiß eben, wenn sie einen Trottel vor sich hat.«

»Du bist nicht der Erste, und du wirst wahrscheinlich auch nicht der Letzte sein. Aber was im Augenblick noch wichtiger ist: Ich fürchte, ich werde die nächsten Wochen nicht hier sein, denn Mutter und ich verbringen den August immer in Europa. Also könnte ich dir doch jetzt einen Scheck schicken, und du kannst das Bild zurückgeben, sobald ich wieder hier bin. Dann könnten wir zusammen segeln gehen, während Evelyn auf dem Trockenen bleiben muss.«

»Nein«, sagte Alex. »Du kannst mir den Scheck zwar geben, aber erst, wenn ich das Bild zurückgegeben habe.«

»Meinetwegen, wenn du darauf bestehst. Aber du solltest unbedingt darauf achten, es nicht zu verlieren, denn sollte es dazu kommen, würde Evelyn leugnen, es dir jemals gegeben zu haben.«

»Lawrence, darf ich dich fragen, warum du davon ausgegangen bist, dass ich unschuldig bin, und dich nicht sofort auf die Seite deiner Schwester geschlagen hast?«

»Erfahrung. Als ich neun war, hat Evelyn mir mehrmals mein Taschengeld gestohlen, und als sie dabei erwischt wurde, hat sie unserem Kindermädchen die Schuld gegeben. Die Frau wurde daraufhin entlassen. Und nach einer Reihe ähnlicher Ereignisse in der Schule musste mein guter Vater einen neuen Bibliotheksflügel bezahlen, damit sie nicht vom Unterricht ausgeschlossen wurde.«

»Aber das beweist noch nicht, dass ich unschuldig bin. Vergiss nicht, ich habe immer noch ein Gemälde, das über eine Million wert ist.«

»Stimmt. Aber Evelyn hat einen Fehler gemacht, als sie dir die Rolle des Kindermädchens in ihrem neuesten Stück zugeteilt hat.«

»Welchen?«

»Sie hat mir gesagt, dass du am Morgen nach der Geburtstagsfeier das Haus verlassen hättest, während sie noch schlief, obwohl sie gegen halb neun zum Frühstück heruntergekommen ist.«

»Ich kann dir nicht folgen.«

»Du warst noch gar nicht gegangen, denn etwa um diese Zeit hast du Caxton gebeten, dir ein Taxi zu rufen, das dich zurück ins Hotel bringen würde. Sosehr ich auch deine Nerven, deinen Mut, deine Chuzpe, oder wie immer du es auch nennen willst, bewundere, so wärst du doch nicht so abgebrüht, dich mit einem gestohlenen Warhol unter dem Arm aus dem Haus zu schleichen und dir vom Butler die Tür des Taxis aufhalten zu lassen.«

Alex lachte. »Was wirst du wegen deiner Schwester unternehmen?«

»Ich werde darauf warten, dass sie den nächsten Fehler macht«, sagte Lawrence, »was angesichts ihrer Vergangenheit nicht allzu lange dauern dürfte.«

25

Sascha

London

»Und hiermit erkläre ich euch zu Mann und Frau«, sagte der Pfarrer. »Sie dürfen die Braut jetzt küssen.«

Sascha nahm Charlie in die Arme und küsste sie, als träfen sie sich zu ihrer ersten Verabredung. Die fast einhundert Gäste brachen in spontanen Beifall aus.

Die beiden Neuvermählten gingen langsam durch den Mittelgang der Kirche und traten hinaus in den Kirchhof, wo ein Fotograf den Ständer seines Apparats bereits ausgeklappt hatte und sie erwartete. Die erste Aufnahme war Mr. und Mrs. Karpenko vorbehalten, es folgten Gruppenfotos zusammen mit den Eltern der beiden, danach mit dem Rest der Familie der Gattin und schließlich mit dem Trauzeugen und den Brautjungfern.

Dann wurde das Paar in einem Rolls-Royce zurück zum Barn Cottage gefahren. Unterwegs gestand Sascha seiner Frau, dass er wegen seiner Rede ein wenig nervös war.

»Wenn ich du wäre, wäre ich viel nervöser wegen Bens Rede«, sagte Charlie. »Als ich gehört habe, wie er sie gestern vor dem Abendessen in der Küche eingeübt hat, habe ich richtig Mitleid mit dir bekommen.«

»So schlimm?«, sagte Sascha. Als sie wieder im Haus waren, sahen sie überrascht, dass Elena bereits die Kanapees inspizierte.

»Wie hat sie es nur geschafft, vor uns hier zu sein?«, flüsterte Charlie, während sie die Krawatte ihres Mannes glatt strich und ein Haar von seinem Jackett entfernte.

»Dumme Frage«, sagte Sascha, als die Gäste einzeln und in kleinen Gruppen einzutreffen begannen und zum Lunch in Richtung Festzelt gingen.

Nachdem die Teller weggeräumt waren, der Kaffee serviert wurde und Ben sich erhoben hatte, um einige Worte zu sprechen, dachte Sascha schon gar nicht mehr an seine oder irgendeine andere Rede.

»Mylords, Ladys und Gentlemen«, begann Ben.

»Wo sind die Lords?«, rief einer der jungen Männer, die in der Kirche die Gäste zu ihren Plätzen geführt hatten.

»Ich denke nur ein wenig im Voraus«, sagte Ben und legte Sascha eine Hand auf die Schulter.

»Hört, hört!«, rief jemand aus ihrem Jahrgang, der ebenfalls in der Cambridge Union gewesen war.

»Sie werden sich gewiss fragen«, fuhr Ben fort, »wie ein erbärmlicher Einwanderer aus Leningrad es geschafft haben soll, das Herz eines wunderschönen englischen Mädchens zu erobern. Nun, das hat er gar nicht. Die Wahrheit ist, dass Charlie ein gutes Herz besitzt und sich ihm aus reinem Mitleid zugewandt hat, als sie sich zum ersten Mal bei einer Party begegneten, die ich bei mir zu Hause zur Feier unseres gemeinsamen Schulabschlusses veranstaltet habe. Weil Charlie eine Liberale ist und sich somit ohnehin für aussichtslose Fälle begeistern kann, hatte Sascha eine Chance bei ihr. Aber nicht einmal ich hätte es für möglich gehalten, dass er *so* viel Glück haben und eines Tages dieses strahlende und schöne Wesen heiraten würde.

Doch es gibt auch eine Kehrseite, vor der ich dich warnen muss, Sascha. Charlie war früher Kapitänin der Hockeymannschaft an der Fulham High School, und man hat mir glaubhaft versichert, dass sie, sobald sie einen Schläger in der Hand hatte, nie etwas dabei fand, jeden Gegner niederzumähen, der sich ihr in den Weg stellte. Also bleib lieber beim Schach, alter Freund. Und vergiss nicht, dass sich die Königin zwar frei über das Feld bewegen, der König aber immer nur ein Feld vorrücken kann.«

Ben wartete, bis das Gelächter und der Beifall verklungen waren, bevor er fortfuhr. »Es wäre eine Untertreibung, wollte ich behaupten, dass ich stolz war, als Sascha mich bat, sein Trauzeuge zu sein, denn schon seit einiger Zeit ist mir klar, dass meine Bestimmung darin besteht, im Schatten dieses Mannes zu wandeln und mich nur bei seltenen Gelegenheiten in seinem Licht zu sonnen. Geradezu ehrfürchtig habe ich miterlebt, wie er ein Stipendium für Cambridge bekam, Vorsitzender der Union und Kapitän der Schachmannschaft unserer Universität wurde und am Trinity seinen Abschluss mit Auszeichnung gemacht hat. Aber selbst wenn man alle diese Dinge zusammennimmt, sind sie nichts im Vergleich dazu, Charlie Dangerfields Herz zu erobern. Denn mit ihr an seiner Seite wird es ihm möglich sein, sogar noch höhere Gipfel zu erklimmen. Aber natürlich gilt auch hier: Hinter jedem erfolgreichen Mann steht eine … überraschte Schwiegermutter.«

Wieder wartete Ben, bis das Gelächter sich gelegt hatte, bevor er weitersprach. »Aber auch ich habe, was mich selbst betrifft, die Hoffnung noch nicht vollkommen aufgegeben, denn wie Sie alle gewiss bemerkt haben, wurde Charlie auf ihrem Gang zum Altar von vier wunderschönen Brautjungfern begleitet. Drei von ihnen habe ich bereits um eine Verabredung gebeten.«

»Und alle drei haben dir einen Korb gegeben!«, rief ein weiterer junger Mann, der die Gäste zuvor in der Kirche auf ihre Plätze geführt hatte.

»Stimmt«, sagte Ben. »Aber wie gesagt, es sind vier. Also darf ich mir immer noch Hoffnungen machen.«

»Nicht, wenn die junge Frau noch bei Verstand ist!«

»Mag sein, aber ich möchte Sie trotzdem bitten, sich zu erheben und mit mir gemeinsam auf Sascha und Charlie anzustoßen.«

Alle standen auf, hoben die Gläser und riefen: »Auf Sascha und Charlie!«

»Würden Sie bitte so freundlich sein und stehen bleiben«, fuhr Ben fort, »damit ich Sascha in all den Jahren, die noch kommen mögen, immer daran erinnern kann, dass ich für seine Rede als Trauzeuge bei seiner Hochzeit Standing Ovations erhalten habe?«

Der Applaus, der nun folgte, machte Sascha klar, wie gut die Rede seines alten Freundes, auf die er jetzt mit einer eigenen Rede würde eingehen müssen, bei den Gästen angekommen war.

Langsam erhob er sich; er war sich bewusst, wie hoch sein Freund die Latte gelegt hatte.

»Zuerst möchte ich Mr. und Mrs. Dangerfield danken, und zwar nicht nur für ihre Großzügigkeit, die sie als so wunderbare Gastgeber bewiesen haben, sondern noch weitaus mehr für die Tatsache, dass sie diesen mittellosen Flüchtling in den Kreis ihrer alten englischen Familie aufgenommen haben. Und das, obwohl ich noch nie Wimbledon, das

Lord's oder Twickenham besucht habe und nicht weiß, was ein *foot-fault* oder ein *leg-before* ist, ganz zu schweigen von einem *hooker*. Und das ist noch nicht alles. Ich könnte noch nicht einmal mit Sicherheit sagen, ob man Milch vor oder nach dem Tee in die Tasse gibt. Und werde ich mich jemals an warmes Bier, das geduldige Anstehen in einer Schlange oder den Tanz um den Maibaum gewöhnen? Wenn Sie sich all das vergegenwärtigen, dann werden Sie sich allerdings zu Recht fragen, wie ich so viel Glück haben konnte, diese unverwechselbare englische Rose, die zu jeder Jahreszeit blüht, heiraten zu können.

Die Antwort ist, dass es schon immer eine weitere, gleichermaßen bemerkenswerte Frau in meinem Leben gegeben hat. Damit meine ich natürlich meine Mutter Elena, ohne die all dies nicht möglich gewesen wäre.«

Der lang anhaltende Beifall gestattete es Sascha, seine Gedanken zu sammeln. »Ohne sie wäre ich ohne einen moralischen Kompass, einen Leitstern, einen Weg, dem immer zu folgen ist, geblieben. Ich hätte es nie für möglich gehalten, jemanden zu finden, der ihr gleichkommt, aber den Göttern« – er sah zum Himmel auf – »gefiel es, mir zu zeigen, dass ich unrecht hatte, und sie haben sich selbst übertroffen, als sie dafür sorgten, dass ich Charlie begegnet bin.«

»Das waren nicht die Götter«, unterbrach ihn Ben. »Das war ich!« Dröhnendes Gelächter erklang.

»Was mir die Gelegenheit gibt«, fuhr Sascha fort, »der vierten Brautjungfer, die eine vernünftige und bezaubernde junge Dame zu sein scheint, nachdrücklich zu raten, ihren drei Kolleginnen zu folgen und Mr. Goldsmiths Ansinnen rundweg abzuschlagen. Sie könnte es so viel besser treffen.« Überall im Festzelt erklangen »Hört, hört!«-Rufe.

»Aber ich könnte das nicht«, sagte Sascha und hob sein Glas. »Weshalb ich Sie bitten möchte, zusammen mit mir einen Toast auf die Brautjungfern auszubringen.«

»Auf die Brautjungfern!«

Es dauerte eine Weile, bis die Gäste wieder Platz genommen hatten.

Ben beugte sich zu Sascha. »Gut gemacht«, sagte er. »Besonders, da dein Vorredner kaum zu übertreffen war.« Sascha lachte, hob das Glas und trank seinem Freund zu. »Sobald du aus den Flitterwochen zurück bist«, fuhr Ben fort, wobei er plötzlich sehr viel nüchterner klang, »müssen wir anfangen, deinen nächsten Schritt auf dem Weg ins Unterhaus zu planen.«

»Was für einen mitleiderregenden Flüchtling nicht unbedingt einfach sein dürfte«, sagte Sascha.

»Ganz im Gegenteil. Besonders, wenn ich es bin, der dich als Leiter deines Wahlkampfteams unterstützt.«

»Aber Ben, nur für den Fall, dass du das vergessen hast: Du bist Mitglied der Konservativen Partei.«

»Und in jedem anderen Wahlbezirk bleibe ich das auch. Die einzige Ausnahme ist der, in dem du antrittst. Mit Charlie an deiner Seite kann dich nichts aufhalten. Und da wäre noch eine kleine Information, die ich mit dir teilen möchte, bevor du nach Venedig verschwindest. Ich weiß, dass Charlie es mir nicht danken wird, wenn ich am Tag eurer Hochzeit über derlei geschäftliche Dinge mit dir rede, aber gestern ist ein Überraschungspaket auf meinem Schreibtisch aufgetaucht, das sich noch als unerwartetes Hochzeitsgeschenk erweisen könnte.« Sascha stellte sein Glas ab. »Das Haus an der Fulham Road Nummer 154 ist wieder auf dem Markt.«

»Tremletts Restaurant? Wie kommt's?«

»Wie du wahrscheinlich weißt, hat es in den letzten Jahren ständig Geld verloren. Ich vermute, Tremletts alter Herr hatte schließlich die Nase voll, weshalb er beschlossen hat, seine Verluste zu reduzieren und zu verkaufen.«

»Wie viel?«

»Vierhunderttausend.«

Sascha nahm einen Schluck Champagner. »Das liegt weit außerhalb meiner Möglichkeiten«, brachte er schließlich heraus.

»Das ist schade, denn ich zweifle nicht daran, dass deine Mutter einfach nur die Straße überqueren müsste, um den Dingen innerhalb kürzester Zeit eine völlig neue Richtung zu geben.«

»Das sehe ich genauso, aber es ist trotzdem noch zu früh für uns.«

»Nun, du könntest wenigstens dafür dankbar sein, dass dein größter Konkurrent ins Gras gebissen hat. Und bei diesem Preis ist es unwahrscheinlich, dass dort ein neues Restaurant aufmachen würde. Hilfe«, sagte er, »ich sehe eine furchtbar einschüchternde Frau auf mich zukommen, die ganz offensichtlich nicht davon begeistert ist, dass ich ihren Ehemann so sehr in Beschlag genommen habe. Entschuldige mich, ich verschwinde.«

Sascha lachte, während sein Freund aufsprang und in der Menge der Gäste verschwand. Dann erhob er sich, denn eine ältere Dame näherte sich ihm.

»Welch wunderbare Gelegenheit«, sagte die Gräfin, indem sie sich neben Sascha setzte. »Sie sind in der Tat in einer glücklichen Lage. Danke, dass Sie mich eingeladen haben.«

»Wir haben uns sehr gefreut, dass Sie kommen konnten«, sagte Sascha. »Besonders meine Mutter war ausgesprochen froh darüber.«

»Sie ist sogar noch altmodischer als ich«, flüsterte die Gräfin. »Aber es gibt einen bestimmten Grund, warum ich mit Ihnen sprechen wollte.« Sascha verzichtete darauf, sein Glas nachzufüllen. »Wie Sie wissen, wird mein Fabergé-Ei im September auf einer Auktion von Sotheby's angeboten. Deshalb wollte ich Sie fragen, ob Sie mich freundlicherweise besuchen könnten, wenn Sie aus den Flitterwochen zurück sind, denn es gibt etwas, das ich gerne mit Ihnen besprechen würde.«

»Es wäre mir ein Vergnügen«, sagte Sascha. »Irgendein Hinweis vorab?«

»Ich glaube«, sagte die Gräfin, »dass es uns beiden gemeinsam gelingen könnte, sowohl die Engländer als auch die Russen auszustechen. Aber nur, wenn Sie sich in der Lage sehen …«

»Verdammt gute Rede, Sascha. Aber ich hätte auch gar nichts anderes erwartet«, sagte eine Stimme hinter Sascha, deren Besitzer ganz gewiss nicht darauf verzichtet hatte, *sein* Glas nachzufüllen.

»Vielen Dank«, sagte Sascha und versuchte, sich an den Namen von Charlies Onkel zu erinnern. Unterdessen war der Mann schon weitergegangen und ebenso die Gräfin. Doch ihre Anweisungen hätten nicht eindeutiger sein können.

Sascha mischte sich unter die Gäste, während seine Frau – er fragte sich, wie lange es wohl dauern würde, bis er sich an diese Bezeichnung gewöhnt haben würde – nach oben in ihr Zimmer ging, um ihre Reisekleidung anzuziehen. Als sie vierzig Minuten später wieder auf der Treppe erschien, musste er daran denken, wie er sie zum ersten Mal vor fast vier Jahren auf Bens Party gesehen hatte. Ahnte sie, wie sehr er damals darum gebetet hatte, dass sie auf ihn zukommen würde? Erst kürzlich hatte sie Ben gestanden, dass sie gehofft hatte, er würde zu jener Party nicht mit einem anderen Mädchen erscheinen.

Eine weitere halbe Stunde verging, bis sie sich verabschieden und statt in den Rolls-Royce in Saschas alten MG steigen konnten. Sie erreichten Victoria Station gerade noch rechtzeitig, um den Orient-Express nach Venedig zu erwischen.

Beide mussten lachen, als sie sahen, dass ihr Schlafwagenabteil nur über zwei schmale Einzelbetten verfügte.

»Wir sollten die Hälfte unseres Geldes zurückverlangen«, sagte Sascha, als er sich zu seiner Frau legte und das Licht ausschaltete.

»Es gibt nur eine unumstößliche Bedingung«, sagte Tremlett, nachdem sein Sohn ihn darüber informiert hatte, wie es um das Restaurant in der Fulham Road Nummer 154 stand.

»Und die wäre, Dad?«

»Du wirst unter keinen Umständen zulassen, dass der Besitz in die Hände der Karpenkos fällt.«

»Da der Preis vierhunderttausend beträgt, ist das ziemlich unwahrscheinlich.«

»Agnelli könnte das Geld aufbringen.«

»Jemand in Agnellis Alter ist eher ein Verkäufer, kein Käufer«, sagte Maurice. »Außerdem habe ich erfahren, dass er seit einiger Zeit nicht mehr wohlauf ist.«

»Das freut mich zu hören«, sagte Tremlett. »Denn du musst den Verkauf abwickeln. Ich bin im Augenblick nämlich vollauf damit beschäftigt, die Baugenehmigung für den Wohnblock in Stamford Place zu bekommen.«

»Gibt es in dieser Hinsicht irgendwelche Neuigkeiten?«

»Stadtrat Mason hat mir gesagt, dass es nächste Woche eine Ankündigung geben wird, was auch der Grund ist, warum ich ihn über das Wochenende auf unsere Jacht bei Cannes eingeladen habe.«

»Damit sollte die ganze Angelegenheit erledigt sein«, sagte Maurice.

»Besonders weil der arme Mann gerade eine ungewöhnlich hässliche Scheidung durchmacht. Zum zweiten Mal.«

Zwei Wochen später kamen Mr. und Mrs. Karpenko aus Venedig zurück, und zu den ersten Dingen, die Sascha nach seiner Ankunft in London erledigte, gehörte ein Anruf bei der Gräfin. Sie lud ihn für den folgenden Nachmittag zum Tee ein.

Kurz vor drei klopfte er an ihre Wohnungstür im Untergeschoss eines Hauses in Pimlico, wobei er nicht sicher war, was ihn erwarten würde. Die Tür wurde von einer Haushälterin geöffnet, die fast so alt war wie ihre adelige Herrin. Die Frau führte Sascha in den Salon, wo die alte Dame mit einer Decke über den Beinen in einem Ohrensessel saß.

Die Wohnung war makellos gepflegt, und auf jeder Oberfläche standen Sepia-Fotos in Bilderrahmen aus Silber, die eine Familie zeigten, die sich niemals hätte vorstellen können, in einer Kellerwohnung zu leben. Die Gräfin gab Sascha mit einer Geste zu verstehen, er möge sich in den Sessel ihr gegenüber setzen, und fragte: »Wie war Venedig?«

»Wunderbar. Aber wenn wir noch länger geblieben wären, wäre ich jetzt bankrott.«

»Als Kind war ich mehrmals dort«, sagte die Gräfin. »Damals habe ich auf dem Markusplatz oft Schokoladenkuchen und ein Glas Limonade bekommen – der vornehmste Salon Europas, wie Napoleon ihn einmal genannt hat.«

»Jetzt drängen sich dort Touristen wie ich, die davon ausgehen können, dass Napoleon nicht gerade begeistert gewesen wäre«, sagte Sascha, als die Haushälterin mit einem Tablett Tee und Keksen eintrat.

»Auch er gehört zu jenen, die die Russen unterschätzt und das bereut haben.«

Nachdem die Haushälterin den Tee eingeschenkt und sich wieder zurückgezogen hatte, wandte sich die Gräfin dem eigentlichen Thema von Saschas Besuch zu.

Aufmerksam folgte Sascha jedem Wort, das sie zu sagen hatte, und er war überzeugt, dass diese Dame heute auf jedem Gebiet, das sie sich ausgesucht hätte, eine Führungsposition einnehmen würde, wenn sie im zwanzigsten Jahrhundert geboren worden wäre. Nachdem sie ihren kühnen Vorschlag dargelegt hatte, konnte Sascha nicht mehr daran zweifeln, dass die Russen einen würdigen Gegner gefunden hatten.

»Nun, junger Mann«, sagte sie, »sind Sie bereit, mich bei meiner kleinen List zu unterstützen?«

»Ja, das bin ich«, sagte Sascha, ohne zu zögern. »Aber finden Sie nicht, dass Mr. Dangerfield weit eher in der Lage ist, so etwas zu organisieren?«

»Möglicherweise. Aber er hat eine typisch britische Schwäche: Er glaubt an *fair play*. Eine Vorstellung, bei der wir Russen nicht einmal begreifen, was damit gemeint sein könnte.«

»Mein Timing muss perfekt sein.«

»Das wird es zweifellos sein«, sagte die Gräfin. »Und zu wissen, wann Sie aufhören müssen, ist dabei die größte Herausforderung. Also wollen wir die Einzelheiten noch einmal durchgehen, und scheuen Sie sich nicht, mich zu unterbrechen, wenn Sie etwas nicht ganz verstanden oder den Eindruck haben, bei einem bestimmten Punkt noch etwas verbessern zu können. Aber haben Sie noch eine Frage, bevor ich anfange, Sascha?«

»Ja. Wo ist die nächste Telefonzelle?«

Als Mr. Dangerfield und die Gräfin ihre reservierten Sitze in der dritten Reihe einnahmen, war das Auktionshaus fast bis auf den letzten Platz besetzt.

»Ihr Ei ist Los Nummer achtzehn«, sagte Dangerfield, nachdem er mehrere Seiten des Katalogs umgeblättert hatte. »Es dürfte also noch mindestens eine halbe Stunde dauern, bis es aufgerufen wird. Dann allerdings werden wir schon wenige Sekunden später wissen, ob die Experten es für eine Fälschung oder ein Meisterwerk halten.« Er wandte sich um und warf einen Blick auf eine Gruppe von Männern, die am anderen Ende des Saals standen und die Köpfe zusammensteckten. »Wie ich sehe, haben sie bereits beschlossen, wie die Antwort auf diese Frage lauten soll«, fuhr er fort. »Was kein Wunder ist, denn es dient ihrem Zweck.«

»Da ist es nicht gerade eine Hilfe, dass der sowjetische Botschafter heute Morgen eine Presseerklärung veröffentlicht hat, in der er behauptet, bei dem Ei handele es sich um eine Fälschung, und das Original werde in der Eremitage ausgestellt«, sagte die Gräfin.

»Eine so dreiste Propagandalüge, dass selbst Goebbels in Verlegenheit geraten wäre«, sagte Mr. Dangerfield. »Und Sie werden gewiss bemerkt haben, dass Seine Exzellenz trotz der gegenteiligen Worte nur wenige Reihen hinter uns sitzt. Es würde mich nicht überraschen, wenn er versuchen würde, Ihr Ei zu einem lächerlich geringen Preis an sich zu bringen, woraufhin es sich dann nur wenig später ganz offiziell als lange verloren geglaubtes Meisterwerk herausstellen würde.«

»Die Revolution mag meinen Großvater umgebracht haben«, sagte die Gräfin, indem sie sich umdrehte und dem Botschafter einen vernichtenden Blick zuwarf, »aber ihren Erben wird es nicht gelingen, mein Ei zu stehlen.«

Der Botschafter tat, als nehme er sie überhaupt nicht wahr.

»Was bedeutet POA?«, fragte die Gräfin, nachdem sie einen Blick in ihren Katalog geworfen hatte.

»Price on application«, erklärte Dangerfield. »Und das wiederum soll heißen: Weil Sotheby's sich nicht dazu durchringen kann, eine Einschätzung des Werts zu veröffentlichen, werden sie die Entscheidung dem Markt überlassen. Ich fürchte auch, die Erklärung des Botschafters war keine große Hilfe für unsere Sache.«

»Ein Haufen Feiglinge«, sagte die Gräfin. »Hoffen wir, dass am Ende keiner von ihnen mit auch nur einem einzigen Ei dasteht.« Mr. Dangerfield hätte gerne gelacht, aber er wusste nicht, ob die Gräfin die mögliche Nebenbedeutung des Satzes beabsichtigt hatte. »Also, was passiert als Nächstes?«, fragte sie.

»Um Punkt sieben Uhr wird der Auktionator die Stufen zum Podium hinaufsteigen und die Reihe der Gebote eröffnen, indem er Los Nummer eins aufruft. Dann, so fürchte ich, wird eine lange, unruhige Wartezeit beginnen, bis er Los Nummer achtzehn erreicht hat. Von da an liegt unser Schicksal in den Händen der Götter. Oder möglicherweise«, fügte er hinzu und sah sich um, »der Ungläubigen.«

»Wer sind diese lässig gekleideten Männer hinter der Seilabsperrung beim Podium?«

»Das sind die Herren von der Presse, die mit erhobenem Stift auf eine Story hoffen. Sie, beste Gräfin, werden es entweder auf die Titelseite schaffen, oder man wird Ihnen nicht mehr als eine Fußnote im Kunstteil widmen.«

»Dann wollen wir hoffen, dass es die Titelseite wird. Und wer sind die elegant gekleideten Damen und Herren auf dem Podium zu unserer Rechten?«

»Das sind Mitarbeiter des Hauses. Ihre Aufgabe besteht darin, dem Auktionator dabei zu helfen, die einzelnen Bieter zu erkennen. Das gilt ebenso für die Assistentinnen und Assistenten an den Telefonen gleich daneben, die für Kunden bieten, welche entweder aus dem Ausland anrufen oder anonym bleiben wollen.«

Es war genau sieben Uhr, als ein elegant gekleideter Herr in Smoking und schwarzer Fliege den Saal durch eine Tür hinter dem Podium betrat. Langsam stieg er die Stufen hinauf, und es gelang ihm nicht, ein Lächeln zu unterdrücken, als er sah, wie zahlreich die Besucher gekommen waren.

»Guten Abend, meine Damen und Herren. Willkommen bei unserer russischen Auktion. Ich möchte den Abend damit beginnen, indem ich das erste Los in unserem Katalog aufrufe, *Ein Winterabend in Moskau* von Sawrassow. Das Ausgangsgebot beträgt zehntausend Pfund. Höre ich zwölf?«

Obwohl die Gräfin der Ansicht war, das Werk sei weniger bedeutend als der Sawrassow, der in der Bibliothek ihres Großvaters gehangen hatte, war sie erfreut, dass der Zuschlag erst bei vierundzwanzigtausend Pfund erfolgte, einer Summe, die weit über der ursprünglich ohnehin schon hohen Schätzung lag.

»Los Nummer zwei«, erklärte der Auktionator. »Ein Aquarell von …«

»Ich hatte gehofft, Sascha würde uns begleiten«, sagte Mr. Dangerfield. »Aber er meinte, dass im Restaurant eine größere Gruppe von Gästen Plätze gebucht habe und er nicht sicher sei, ob er es rechtzeitig schaffen würde.«

Die Gräfin kommentierte das nicht, sondern schlug im Katalog Los Nummer drei auf, ein Werk, das deutlich unter dem Schätzpreis verkauft wurde. Mr. Dangerfield drehte sich um und erkannte, dass der kleine Kreis verschworener Londoner Händler seinen ersten Sieg feierte. Er wandte sich wieder um und sah, dass die Gräfin empört mit den Fingern gegen den Katalog klopfte, was ihn überraschte, denn er hatte noch nie erlebt, dass sie sich irgendwelche Gefühle anmerken ließ.

»Das Bild gehörte einem alten Freund unserer Familie«, erklärte sie. »Er hätte das Geld gebraucht.«

Nachdem sich der Auktionator dem nächsten Bild zugewandt hatte, fiel Mr. Dangerfield auf, dass die Gräfin mit jedem Los, das man aufrief, nervöser wurde. Er glaubte sogar einen winzigen Schweißtropfen auf ihrer Stirn zu erkennen, als der Auktionator Los Nummer sechzehn erreicht hatte.

»Ein Paar russischer Puppen. Sollte ich das erste Gebot bei zehntausend festsetzen?« Niemand reagierte. Der Auktionator starrte auf ein Meer ausdrucksloser Gesichter hinab und sagte: »Zwölftausend.« Doch Mr. Dangerfield wusste, dass alle Mühe vergeblich wäre. »Vierzehntausend«, sagte der Auktionator, wobei er sich bemühte, nicht allzu verzweifelt zu klingen. Noch immer reagierte niemand, weshalb er schließlich den Zuschlag erteilte und murmelte: »Eingekauft.«

»Was bedeutet das?«, flüsterte die Gräfin.

»Zunächst einmal, dass es überhaupt nie einen Bieter gegeben hatte«, sagte Mr. Dangerfield.

»Los Nummer siebzehn«, sagte der Auktionator. »Ein bedeutendes Porträt des angesehenen russischen Künstlers Wladimir Borowikowski. Höre ich zwanzigtausend?« Niemand reagierte, bis ein Mitglied der Londoner Händlergruppe »Zehntausend!« rief.

»Höre ich zwölf?«, fragte der Auktionator, doch noch immer meldete sich niemand, weshalb er widerwillig den Hammer senkte und sagte: »Verkauft für zehntausend Pfund an den Herrn im hinteren Saalbereich.« Obwohl er nicht ganz sicher sein konnte, um welchen der Herren es sich handelte.

In Dangerfields Augen ließ das alles nichts Gutes für seine Kundin erwarten, doch er äußerte diese Einschätzung nicht.

»Los Nummer achtzehn.« Der Auktionator hielt kurz inne, damit ein Angestellter, der das Ei auf einem Samtkissen trug, den Saal betreten konnte. Der Mann legte das Kissen mit dem Ei auf einem Ständer neben dem Podium ab und zog sich zurück. Der Auktionator lächelte den faszinierten Besuchern aufmunternd zu und wollte gerade mit einem Eröffnungsgebot von fünfzigtausend Pfund beginnen, als eine Stimme am anderen Ende des Saals rief: »Eintausend Pfund.« Ungläubiges Gelächter folgte, und einige Besucher rangen hörbar nach Luft.

»Zweitausend«, sagte eine andere Stimme, noch bevor der Auktionator sich erholen konnte.

»Zehntausend«, sagte jemand zwei Reihen hinter der Gräfin. Der verwirrte Auktionator sah sich hoffnungsvoll im Saal um und wollte gerade den Hammer senken, um »Verkauft an den sowjetischen Botschafter« zu sagen, als er aus den Augenwinkeln erkannte, wie die Hand einer der Assistentinnen auf dem Podium in die Höhe schoss. Er wandte sich der jungen Frau zu, die mit fester Stimme sagte: »Zwanzigtausend.«

»Einundzwanzigtausend«, sagte die erste Stimme am anderen Ende des Saals.

Der Auktionator wandte sich wieder der jungen Frau zu, die ins Gespräch mit ihrem Kunden am Telefon vertieft schien.

»Dreißigtausend«, sagte sie ein paar Sekunden später, die sich für die Gräfin wie eine Ewigkeit anfühlten.

»Einunddreißigtausend.« Dieselbe Stimme vom anderen Ende des Saals.

»Vierzigtausend«, sagte die Assistentin am Telefon.

»Einundvierzigtausend«, lautete die sofortige Reaktion.

»Fünfzigtausend.« Die Assistentin.

»Einundfünfzigtausend.« Der Mann am Ende des Saals.

Ein weiteres langes Schweigen folgte, während sich alle Blicke auf die junge Frau am Telefon richteten.

»Einhunderttausend«, sagte sie, und sofort wurde überall durcheinandergeredet, was der erfahrene Auktionator jedoch ignorierte.

»Ich habe ein Gebot von einhunderttausend Pfund«, sagte er. »Höre ich einhundertfünfundzwanzigtausend Pfund?«, fragte er, während sein Blick sich auf den Anführer der Londoner Händlergruppe richtete, der ihn in mürrischem Schweigen anstarrte.

»Höre ich einhundertfünfundzwanzigtausend?«, fragte der Auktionator ein weiteres Mal. »Dann wird das Stück für einhunderttausend Pfund an den Bieter am Telefon gehen.« Er wollte gerade den Hammer senken, als in der fünften Reihe widerwillig eine Hand gehoben wurde. Offensichtlich hatte der sowjetische Botschafter inzwischen akzeptiert, dass seine Presseerklärung nicht den erwünschten Effekt erzielt hatte.

Rasch folgten mehrere Gebote aufeinander, nachdem der Botschafter durch sein Verhalten stillschweigend anerkannt hatte, dass das besagte Ei in der Tat eigenhändig von Carl Fabergé geschaffen worden war und es sich nicht um eine Fälschung handelte. Als der Preis bei einer halben Million stand, bemerkte Mr. Dangerfield, dass die junge Frau sich intensiv mit ihrem Kunden am Telefon unterhielt.

»Das nächste Gebot wird sechshunderttausend betragen«, flüsterte sie. »Möchten Sie, dass ich in Ihrem Namen weiter mitbiete, Sir?«

»Wie viele Bieter sind noch übrig?«, fragte der Mann am anderen Ende der Leitung.

»Der sowjetische Botschafter geht immer noch mit, und ich bin mir ziemlich sicher, dass der stellvertretende Direktor des Metropolitan Museum of Art in New York ebenfalls noch interessiert ist. Außerdem wippt ein Händler aus Asprey seit einiger Zeit unruhig mit dem rechten Fuß auf und ab, was ein sicheres Zeichen dafür ist, dass er bald einsteigen wird.«

»Gut. Dann werde ich so lange warten, bis es nur noch einen Mitbewerber gibt.«

Als die gebotene Summe bei einer Million lag, flüsterte die junge Frau ins Telefon: »Jetzt gibt es nur noch zwei: den sowjetischen Botschafter und den stellvertretenden Direktor des Met.«

»Eine Million einhunderttausend Pfund«, sagte der Auktionator und wandte seine Aufmerksamkeit erneut dem Botschafter zu, der mürrisch die Arme verschränkte und den Kopf sinken ließ.

»Es gibt nur noch einen Bieter«, flüsterte die junge Frau in den Hörer.

»Wie hoch liegt das letzte Gebot?«

»Eine Million und eins.«

»Dann bieten Sie eine Million und zwei.« Ihre rechte Hand schoss in die Höhe.

»Ich habe eine Million und zwei«, sagte der Auktionator und musterte den stellvertretenden Direktor des Met.

»Was geht da vor sich?«, fragte die Stimme am anderen Ende der Leitung. Der Kunde hörte sich einigermaßen nervös an.

»Ich glaube, es gehört Ihnen. Herzlichen Glückwunsch.«

Doch die junge Assistentin sollte sich irren, denn noch einmal hob der Vertreter des Met die Hand, wenn auch recht zögerlich.

»Nein, warten Sie. Soeben gab es ein Gebot für eine Million und drei. Aber ich bin ziemlich sicher, dass Sie es für eine Million und vier bekommen würden.«

»Ich bin sicher, dass Sie recht haben«, sagte der Mann am anderen Ende der Leitung, »aber ich fürchte, ich habe mein Limit erreicht. Trotzdem vielen Dank«, fügte er hinzu, bevor er den Hörer auflegte. Dann trat er aus der Telefonzelle und eilte geschickt durch den Verkehr auf der Bond Street.

Noch immer musterte der Auktionator voller Hoffnung die junge Assistentin, doch sie schüttelte den Kopf und legte nun auch ihrerseits den Hörer auf. Daraufhin erteilte der Auktionator den Zuschlag, indem er seinen Hammer senkte, und sagte: »Verkauft für eine Million und dreihunderttausend Pfund an das Metropolitan Museum of Art in New York.«

Die Besucher brachen in spontanen Beifall aus, und sogar die Gräfin gestattete sich ein Lächeln, als Sascha in den Auktionssaal eilte. Rasch ging er zwischen den Stuhlreihen hindurch und setzte sich auf den einzigen noch freien Platz direkt neben seinen Schwiegervater.

»Ich fürchte, du hast das ganze Drama verpasst«, sagte Mr. Dangerfield.

»Ja, ich weiß. Tut mir leid, ich wurde aufgehalten.«

Sascha beugte sich zur Seite und gratulierte der Gräfin. Sanft drückte sie seine Hand und sagte: »Vielen Dank, Sascha.« Dann schlug sie die nächste Seite in ihrem Katalog auf.

»Los Nummer neunzehn«, sagte der Auktionator, nachdem sich die Aufregung unter den Besuchern wieder etwas gelegt hatte. »Eine sehr schöne Marmorbüste von Zar Nikolaus II. Das Eröffnungsgebot liegt bei zehntausend Pfund.«

»Elf«, sagte eine inzwischen vertraute Stimme am anderen Ende des Saals. Die Gräfin erachtete es nicht der Mühe wert, sich umzudrehen, sondern hob stattdessen langsam ihre behandschuhte Hand. Als sie sich der Aufmerksamkeit des Auktionators sicher war, sagte sie fast flüsternd: »Fünfzigtausend.« Überall um sie herum schnappten die Besucher hörbar nach Luft. Sie jedoch betrachtete den Preis als ein eher bescheidenes Gebot für ein Meisterwerk, das sie zuletzt auf dem Schreibtisch im Arbeitszimmer ihres Großvaters gesehen hatte. Außerdem wusste sie, welches Familienmitglied die Büste zum Verkauf angeboten hatte. Und sie war sich im Klaren darüber, dass der Betreffende das Geld sogar noch dringender benötigte als sie.

26

Sascha

London

Du siehst richtig elegant aus, Mutter«, sagte Sascha. »Ist das ein neues Kostüm?«

Elena hob nicht einmal den Blick von dem Buch mit den Reservierungen.

»Da es jetzt drei Uhr nachmittags ist, triffst du entweder eine Freundin zum Tee oder gehst zu einem Vorstellungsgespräch.«

Elena zog ihre Handschuhe an, wobei sie ihren Sohn nach wie vor ignorierte.

»Ich hoffe, es ist kein Vorstellungsgespräch«, neckte Sascha, »denn ohne dich könnten wir das Restaurant ganz sicher nicht führen.«

»Ich werde wieder zurück sein, bevor wir heute Abend öffnen«, sagte Elena knapp. »Haben wir die Reservierungen für alle Plätze beisammen?«

»Außer für die Tische zwölf und vierzehn.«

Elena nickte. Obwohl das Restaurant oft über mehrere Tage hinweg ausgebucht war, hielt sich Sascha an Mr. Agnellis

Rat, stets zwei der besten Tische für Stammgäste frei zu halten und sie nicht vor sieben Uhr zu vergeben.

»Viel Spaß, wo immer du auch hingehen magst.« In Wahrheit war ihm bereits klar, wo sie hingehen würde.

Elena verließ das Restaurant, ohne ein weiteres Wort zu verlieren. Sie ging etwa einhundert Meter weit die Straße entlang, bevor sie nach rechts um die Ecke bog und ein Taxi rief. Sie wollte nicht, dass Sascha mitbekam, wie sie sich eine solche Extravaganz gönnte. Normalerweise hätte sie einen Bus genommen, aber heute, da sie ein so elegantes Armani-Kostüm trug, verzichtete sie darauf. Ganz abgesehen davon, dass am Lowndes Square ohnehin keine Busse hielten.

»Lowndes Square Nummer 43«, sagte sie zu dem Fahrer.

Elena war sehr bewegt gewesen, als die Gräfin ihr eine handgeschriebene Einladung zum Tee geschickt hatte, wodurch sie Gelegenheit hatte, sich die neue Wohnung anzusehen. Das Fabergé-Ei hatte das Leben aller verändert. Mike Dangerfield hatte seine Kommission mit Sascha und Charlie geteilt, wodurch sich das junge Paar eine Wohnung in der Nähe des Restaurants hatte kaufen können. Elena war zwar traurig darüber, dass die beiden nicht mehr bei ihr wohnten, aber sie verstand, dass die Eheleute ihr eigenes Heim haben wollten, besonders da sie vorhatten, die Familie zu vergrößern.

Zurzeit arbeitete Sascha sowohl tagsüber als auch mehrere Stunden am Abend, denn er musste sich nicht nur um das Restaurant kümmern, sondern besuchte auch einen Kurs an der London School of Economics, ganz zu schweigen davon – jedenfalls gegenüber Charlie und Elena –, dass er kürzlich dem lokalen Arbeiterclub beigetreten war. Für abendliche Schachpartien blieb keine Zeit mehr.

Das Elena's wurde immer erfolgreicher, nicht zuletzt deshalb, weil Elena nach der Schließung von Tremletts Restaurant in der Lage gewesen war, die besten Kellner und das beste Küchenpersonal einzustellen. Vater und Sohn Tremlett waren nach Mallorca übergesiedelt, um dort eine Immobilienagentur zu eröffnen, kurz nachdem Tremlett sich von seinem Amt zurückgezogen hatte. Er hatte gesundheitliche Gründe für diesen Schritt angegeben, während eine Untersuchungskommission sich mit der Entscheidung des Stadtrats zur Genehmigung eines neuen Wohnblocks in Stamford Place zu beschäftigen begann. Sascha brauchte bei dem Bericht einer Lokalzeitung über die Affäre nicht zwischen den Zeilen zu lesen, um zu begreifen, dass die beiden wohl nie wieder zurückkommen würden.

Während Elena sich um die Küche kümmerte und Gino um den Service im Restaurant, führte Sascha ein strenges Regiment über Einnahmen und Ausgaben, ein Gebiet, auf dem seine Mutter vollkommen verloren war, obwohl Sascha versucht hatte, ihr den Unterschied zwischen Steuervermeidung und steuerlich effizientem Wirtschaften zu erklären. Den größten Teil des Gewinns leitete Sascha sofort wieder zurück in das Unternehmen, und erst kürzlich hatten sie zwei doppelstöckige Gefriertruhen, eine industrielle Geschirrspülmaschine und sechzig neue Leinentischtücher und Leinenservietten angeschafft. Er plante, im vorderen Bereich des Restaurants eine neue Bar einzurichten, was er aber erst in Angriff nehmen würde, wenn er es sich leisten konnte.

Als Elena im Fond des Taxis saß, dachte sie über die Gräfin nach, die sie seit Längerem nicht mehr gesehen hatte. Ihre Arbeitszeiten im Restaurant gestatteten ihr nur wenig Freiraum für ein Privatleben, weshalb die Einladung zum Tee eine willkommene Abwechslung in ihren üblichen

Tagesablauf brachte. Und sie freute sich darauf, die neue Wohnung zu sehen.

Als das Taxi vor dem Haus am Lowndes Square Nummer 43 anhielt, gab Elena dem Fahrer ein ansehnliches Trinkgeld. Nie hatte sie die Worte vergessen, die Mr. Agnelli einmal zu ihr gesagt hatte: »Sie können kaum erwarten, selbst Trinkgeld zu bekommen, wenn Sie nicht Ihrerseits denjenigen, die eine Dienstleistung für Sie erbringen, ein Trinkgeld geben.«

Sie warf einen Blick auf die vier fein säuberlich gravierten Namen neben der Tür und drückte dann die Klingel, die zum obersten Stockwerk gehörte.

»Kommen Sie nur rauf«, sagte eine Stimme, deren Besitzerin Elena offensichtlich erwartete.

Ein Summen erklang. Elena öffnete die Tür und ging zum Aufzug. Als sie im vierten Stock aus dem Aufzug trat, stand ein Dienstmädchen neben der offenen Tür.

Elena versuchte, die Fotos nicht anzustarren, die den Zaren, die Zarin und ihre drei Kinder beim Urlaub mit der gräflichen Familie am Schwarzen Meer zeigten, während sie in einen Salon geführt wurde, in dem überall wunderschöne antike Möbel standen. Auf dem Kaminsims stand eine Marmorbüste von Zar Nikolaus II.

»Wie freundlich von Ihnen, sich angesichts Ihrer vielen Verpflichtungen die Zeit zu nehmen, um mich zu besuchen«, sagte die Gräfin und gab Elena mit einer Geste zu verstehen, sie möge ihr gegenüber in einem großen, bequemen Sessel Platz nehmen. »Es gibt so viel, worüber wir uns unterhalten müssen. Aber zunächst ein wenig Tee.«

Elena freute sich darüber, dass die Gräfin jetzt im Luxus leben konnte und nicht mehr in der beengten Wohnung im Untergeschoss eines Hauses in Pimlico ausharren musste.

»Wie geht es Sascha?«, lautete die erste Frage der Gräfin.

»Wenn er nicht im Restaurant arbeitet, studiert er Buchführung und Betriebswirtschaft an der LSE, was für unseren aufstrebenden Betrieb nur von Vorteil sein kann.«

»Es wird nicht mehr lange dauern, dann ist Ihr Restaurant mehr als nur ›aufstrebend‹. Als ich Sascha zum letzten Mal gesehen habe, hat er das Gerücht erwähnt, dass …«

»Es ist bisher wirklich nur ein Gerücht, Gräfin«, sagte Elena. »Obwohl Gino sich sicher ist, dass er erst kürzlich gesehen hat, wie zwei der Juroren bei uns zu Mittag gegessen haben. Aber wir haben noch nichts Definitives gehört.«

»Ich drücke Ihnen jedenfalls weiter die Daumen«, sagte die Gräfin, als die Haushälterin mit einem großen Silbertablett eintrat, auf dem sich eine Kanne Tee, Kekse und eine Schwarzwälder Kirschtorte befanden. Sie stellte alles auf einem Tischchen ab.

»Milch, kein Zucker, wenn ich mich recht erinnere«, sagte die Gräfin und schenkte ein.

»Vielen Dank.«

»Sascha hat mir ebenfalls gesagt, dass er sich um einen Sitz im Bezirksstadtrat bewerben will. Wie ich höre, hat sich da kürzlich eine Vakanz ergeben.«

»Ja, er ist in der engeren Auswahl der Kandidaten, aber er ist nicht sicher, ob man sich für ihn entscheiden wird.«

»Seien Sie versichert, Elena, dass der Fulham Council nichts weiter als eine Zwischenstation auf seinem Weg darstellt, der ihn unweigerlich ins Unterhaus führen wird.«

»Glauben Sie das wirklich?«

»O ja. Sascha verfügt über all die notwendigen Qualitäten und Schwächen, die ein vorbildlicher Abgeordneter haben muss. Er ist klug, einfallsreich, geschickt und nicht abgeneigt, gelegentlich ein Risiko einzugehen, wenn er denkt, dass die Sache es wert ist.«

»Aber vergessen Sie nicht, dass er ein Einwanderer ist«, sagte Elena.

»Was in der modernen Labour-Partei sogar von Vorteil sein könnte.«

»Verraten Sie ihm bloß nicht«, sagte Elena, »dass ich bisher immer die Konservativen gewählt habe.«

»Ich auch«, vertraute ihr die Gräfin an. »Aber in meinem Fall dürfte das wohl, so scheint mir, keine große Überraschung sein. Doch genug von Sascha. Wie kommt Charlie am Courtauld zurecht?«

»Sie hat ihre Arbeit zu *Kroyer, der unbekannte Meister* fast beendet. In ein paar Wochen dürfte sie Dr. Karpenko sein.«

»Gibt es irgendwelche Hinweise darauf, dass sie …«

»Unglücklicherweise, nein. Anscheinend ist die heutige Generation der Ansicht, dass es wichtig ist, sich eine Karriere aufzubauen, bevor man Kinder bekommt. Zu meiner Zeit …«

»Ich glaube, Elena, Sie sind noch altmodischer als ich.«

»Sascha ist jedenfalls dieser Ansicht.«

»Meine Liebe, ich kann Ihnen versichern, er bewundert Sie mehr als alle anderen Frauen«, sagte die Gräfin und reichte ihrem Gast ein Stück Schwarzwälder Kirschtorte. Sie hielt inne und nahm einen Schluck Tee, bevor sie fortfuhr. »Nun, Elena, ich muss Ihnen gestehen, dass es auch noch einen besonderen Grund gibt, warum ich Sie eingeladen habe.«

Elena legte ihre Kuchengabel beiseite und hörte aufmerksam zu.

»Ehrlich gesagt, ich habe ein Geheimnis, das ich Ihnen anvertrauen möchte.« Wieder hielt sie kurz inne, damit der

Satz seine gewünschte Wirkung entfalten konnte. »Dank Mr. Dangerfields Engagement und Fachwissen und dank der Genialität Ihres Sohnes habe ich für mein Ei sehr viel mehr bekommen, als ich ursprünglich für möglich hielt.«

»Ich hatte keine Ahnung, dass Sascha dabei irgendeinen Anteil hatte«, sagte Elena.

»O doch, er hat sogar eine ganz entscheidende Rolle dabei gespielt, wofür ich ihm ewig dankbar sein werde. Der Verkauf hat es mir nicht nur ermöglicht, kurzfristig diese bezaubernde Wohnung zu erwerben, sondern ebenso mehrere erlesene Möbelstücke von einem ganz bestimmten Antiquitätenhändler in Guilford.« Elena lächelte. »Aber ich weiß immer noch nicht, wie ich den Rest des Geldes investieren soll, denn es ist noch immer eine beträchtliche Summe übrig. Mein Vater pflegte zu sagen: ›Investiere immer in Menschen, denen du vertraust, dann kannst du nicht viel falsch machen.‹ Also habe ich mich entschlossen, in Sie zu investieren.«

»Ich bin nicht sicher, ob ich Sie verstehe«, sagte Elena.

»Im Laufe des vergangenen Monats habe ich über den Kauf eines Objekts in der Fulham Road verhandelt.«

Elenas Hand zitterte so sehr, dass sie ein wenig Tee verschüttete. »Entschuldigen Sie«, sagte sie.

»Das ist vollkommen belanglos«, erwiderte die Gräfin, »im Vergleich zu der Frage, die ich Ihnen stellen möchte: Könnten Sie sich mit der Idee anfreunden, zwei Restaurants gleichzeitig zu führen?«

»Ich müsste zuerst mit Sascha sprechen, bevor ich eine Entscheidung treffen kann.«

»Nein, ich fürchte, das dürfen Sie nicht«, sagte die Gräfin nachdrücklich. »Offen gestanden dürfen Sie unser Gespräch Sascha gegenüber niemals erwähnen, und zwar aus einem Grund, den ich Ihnen sogleich erklären will. Der Verkäufer, mit dem ich es zu tun hatte, ist ein gewisser Mr. Maurice Tremlett. Ich habe den starken Eindruck, dass dieser Herr und Ihr Sohn sich nicht gerade gut verstehen, und genau deshalb sollten Sie kein Wort davon zu Sascha sagen. Der Mann ist offensichtlich neidisch auf den Erfolg, den Sie mit dem Elena's erzielt haben.«

»Die Sache reicht viel weiter zurück«, erklärte Elena. »Nämlich bis in eine Zeit, als die beiden auf dieselbe Schule gingen und Sascha in der ersten Elf als Torwart gespielt hat.«

»Zweifellos wurde Tremlett in die zweite Elf verbannt, was mich nicht überrascht, da ich genau dasselbe mit ihm vorhabe, sobald der Vertrag unterzeichnet ist. Während unserer Verhandlungen hat mich Tremlett zwei- oder dreimal gefragt, ob ein gewisser Mr. Karpenko mich nicht nur vorgeschoben hätte, und ich konnte wahrheitsgemäß verneinen. Also bitte kein Wort zu Sascha, bis ich die Anzahlung geleistet habe. Sollte Tremlett nämlich herausfinden, was ich vorhabe, würde er das Geschäft platzen lassen. Deshalb muss ich Sie also noch einmal fragen, Elena: Glauben Sie, dass Sie zwei Häuser gleichzeitig führen könnten?«

»Ich habe jenes Restaurant schon einmal geführt, also dürfte es nicht besonders schwierig sein, es wieder auf sein altes Niveau zu bringen, besonders da ich bereits damit angefangen habe, das wenige gute Küchenpersonal und die wenigen guten Kellner einzustellen, die dort jemals gearbeitet haben.«

»Und trauen Sie sich zu, das zu schaffen, während Sie sich weiterhin um das Elena's kümmern?«

»Es wären einfach einhundertdreißig Tische anstatt siebzig. Natürlich müsste ich eine Brücke über die Fulham

Road bauen oder sie untertunneln, um Elena Eins und Elena Zwei zu verbinden.«

»Dann wäre das geklärt«, sagte die Gräfin.

»Darf ich Sie fragen, was Sie als Gegenleistung für Ihre Investition erwarten?«

»Ich wäre eine fünfzigprozentige Anteilseignerin am neuen Restaurant, die in jedem der beiden Häuser kostenlos speisen dürfte, wann immer es ihr beliebt. Es gibt zahlreiche russische Emigranten in London, die eine gute Küche zu schätzen wissen, Elena, aber nicht mehr so oft in ihren Genuss kommen wie früher. Sie haben jedoch mein Wort, dass ich jedes Mal nur einen von ihnen mitbringen würde.«

»In diesem Fall müssten Sie in beiden Restaurants Ihren eigenen Tisch haben«, sagte Elena, »den niemand sonst reservieren lassen kann. Gut. Wann kann ich Sascha davon berichten?«

»Erst wenn der Vertrag unterzeichnet und die Tinte trocken ist, denn eines muss Ihnen klar sein, Elena: Wenn Mr. Maurice Tremlett in der Sowjetunion geboren worden wäre, würde er zweifellos für den KGB arbeiten.«

Elena schauderte, konnte aber nicht widersprechen. »Vielen Dank für den Tee«, sagte sie, »und, was noch wichtiger ist, für Ihr Vertrauen in mich. Aber jetzt muss ich zurück ins Restaurant, denn ich bin gerne bereits eine Stunde in der Küche, bevor der erste Gast eintrifft.«

»Welch gute Investition werde ich in Kürze tätigen«, sagte die Gräfin. »Aber ich habe noch eine Bitte, bevor Sie gehen.«

»Alles, was Sie wünschen, Gräfin.«

»In Zukunft werden Sie mich Natascha nennen.« Elena schien unsicher. »Sollten Sie das nicht tun, werde ich das im Vertrag zur Bedingung machen.«

27

Sascha

London

Wissen wir irgendetwas über sie?«, fragte Elena. »Der Name Rycroft sagt mir überhaupt nichts.«

»Nur dass die Dame, die angerufen hat, eine gewisse Mrs. Audrey Campion, mir sagte, sie kämen zu dritt aus Surrey, um eine private Angelegenheit zu besprechen.«

»Dann ist es vielleicht ein besonderer Geburtstag oder irgendein Jahrestag, den sie feiern möchten. Wann wollten sie denn eintreffen?«

»In etwa zehn Minuten«, sagte Sascha mit einem Blick auf die Uhr. »Möchtest du bei dem Treffen dabei sein, Mutter?«

»Nein, vielen Dank«, sagte Elena. »Du bist in diesen Dingen so viel besser als ich. Du solltest nur noch einmal einen Blick auf die Reservierungen für beide Häuser werfen.«

»Das habe ich schon«, erwiderte Sascha. »Elena Eins ist bis zum 13. März komplett ausgebucht.«

»Und Elena Zwei?«

»Da haben wir höchstens noch zwanzig freie Plätze, aber es könnte sein, dass die auch noch weggehen.«

»Du hast anscheinend an alles gedacht. Dann kann ich ja wieder an die Arbeit gehen. Ich muss das Angebot des Tages mit dem Souschef besprechen.«

Sascha lächelte, denn er war sich bewusst, dass seine Mutter fast alles tun würde, um nicht direkt mit den Gästen kommunizieren zu müssen, aber andererseits wie ausgewechselt war, wenn sie die Küche betrat. Wie sehr sie sich doch von ihm unterschied. Er selbst mied die Küche um jeden Preis, weshalb es zwischen ihnen so gut mit der Arbeitsaufteilung klappte.

Sascha sah gerade die Speisekarte durch und dachte darüber nach, welches Gericht er seinen Gästen anbieten sollte, als es an der Tür klingelte.

Er setzte sich an den beliebten Tisch im Alkoven im hinteren Bereich des Restaurants, als Gino die Tür öffnete und die drei Gäste eintreten ließ. Während der Oberkellner sie zum Tisch führte, versuchte Sascha wie immer, seine möglichen Kunden einzuschätzen.

Dem Alter nach hätten sie Vater, Mutter und Sohn sein können, doch waren sie offensichtlich nicht verwandt. Er stand auf, um die drei zu begrüßen, wobei er den jungen Mann genauer musterte. Er hätte schwören können, dass er ihn schon einmal gesehen hatte.

»Guten Morgen. Ich bin Sascha Karpenko.«

»Alf Rycroft«, erwiderte der ältere Mann, indem er ihm fest die Hand drückte.

»Und ich bin Mrs. Campion«, sagte die Frau. »Sie werden sich daran erinnern, dass ich es war, die Sie angerufen hat«, fügte sie hinzu. Dabei hörte sie sich an wie jemand, der stets seinen Willen durchsetzte.

»Das tue ich in der Tat.«

»Hi«, sagte der jüngere Mann. »Ich bin …«

Und dann erinnerte sich Sascha. »Schön, dich wiederzusehen, Michael. Wie geht's dir?«

»Mir geht's gut, danke. Und ich fühle mich geschmeichelt, dass du dich an mich erinnerst. Aber ich habe Alf und Audrey auf der Fahrt nach London erzählt, wie du die Schachmannschaft aus Oxford im Alleingang vernichtet hast, weshalb ich vielleicht nicht überrascht sein sollte, dass du dich an meinen Namen erinnerst.«

»Was machst du jetzt? Hattest du nicht Jura studiert?«

Ein Kellner erschien, und nachdem sie den Kaffee bestellt hatten, beantwortete Michael Saschas Frage.

»Ich bin Anwalt in Merrifield. Aber das ist nicht der Grund, warum wir dich sprechen wollten.«

»Natürlich nicht. Dann möchte ich zuerst fragen, um welche Art von Feier es denn gehen soll.«

»Wenn wir feiern, dann die Erfolge von Labour.«

Sascha wirkte verwirrt.

»Gestatten Sie mir, dass ich es Ihnen erkläre«, sagte Mrs. Campion mit derselben sachlich-kühlen Stimme wie zuvor. »Wie Sie sicher wissen, war Sir Max Hunter bis vor Kurzem der Abgeordnete für den Bezirk Merrifield.«

»Fionas Vater«, sagte Sascha. »Wie könnte ich das je vergessen? Angeblich soll er auf der Fuchsjagd an einem Herzinfarkt gestorben sein.«

»Das ist korrekt. Aber was Sie nicht wissen, ist Folgendes: Letzte Nacht hat das örtliche Parteibüro der Konservativen seine Tochter für die Nachwahl nominiert.«

Sascha schwieg einen Augenblick, bevor er murmelte: »Dann wird Fiona also die Erste aus meiner Generation sein, die es auf die grünen Bänke des Unterhauses schafft.«

»Das kann dich doch nicht wirklich überraschen«, sagte Michael. »Wir alle sind immer davon ausgegangen, dass einer von euch beiden als Erster diesen rutschigen Pfad erklimmen würde.«

»Aber ich verstehe immer noch nicht, warum Sie einen so weiten Weg auf sich genommen haben, nur um mir etwas zu sagen, das ich morgen in der Zeitung lesen kann.«

»Ich bin der Vorsitzende der Labour-Partei für den Bezirk Merrifield«, sagte Alf Rycroft. »Und Audrey ist die Leiterin des Wahlkampfteams.«

»Unbezahlt, wie ich hinzufügen darf«, sagte sie mit fester Stimme.

»Und unser Komitee«, fuhr Alf fort, »kann sich niemanden vorstellen, der besser geeignet wäre, es mit Miss Hunter aufzunehmen, als Sie.«

»Aber es wäre doch gewiss viel vernünftiger, sich für jemanden zu entscheiden, der über mehr Erfahrung verfügt oder sich zumindest ein wenig in diesem Wahlbezirk auskennt.«

»Wir haben nicht die Zeit, den üblichen Auswahlprozess durchzuführen«, sagte Alf. »Wir hatten eigentlich erwartet, dass die Konservativen genügend Anstand besäßen, mit der Bekanntgabe des Termins für die Nachwahl wenigstens so lange zu warten, bis Sir Max beerdigt wäre, doch sie haben die Tatsache ausgenutzt, dass wir bisher keinen Kandidaten nominiert hatten.«

»Wie überaus charakteristisch für Fiona«, sagte Sascha, als der Kellner mit dem Kaffee kam, was allen eine kurze Pause verschaffte, um ihre Gedanken zu ordnen. »Ich fühle mich geschmeichelt«, sagte er, als der Kellner wieder gegangen war, »aber mein Problem ist, dass ich einfach nicht die Zeit habe.«

»Die Nachwahl ist in drei Wochen, am Donnerstag, dem 13. März«, sagte Alf. »Und da Sir Max über eine Mehrheit von 12 214 Stimmen verfügte, haben Sie absolut keine Chance auf einen Sieg.«

»Warum sollte ich dann meine Zeit verschwenden?«

»Deshalb: Falls es Ihnen gelingen würde, den Stimmenvorsprung in einer Tory-Hochburg ein wenig schrumpfen zu lassen«, sagte Mrs. Campion, »würde das in Ihrem Lebenslauf sehr gut aussehen, wenn Sie sich schließlich um die Nominierung für einen Sitz bewerben, den Sie möglicherweise tatsächlich erringen können.«

»Aber du kommst doch aus dem Bezirk, Michael, warum trittst du nicht an?«

»Weil Fiona Hunter mich schon immer furchtbar eingeschüchtert hat. Aber wenn sie erfährt, dass du der Labour-Kandidat bist, wird ausnahmsweise sie es sein, bei der die Dinge nicht so glatt laufen wie üblich. Abgesehen davon weißt du mehr über sie als wir alle zusammen.«

»Ich brauche etwas Zeit, um darüber nachzudenken«, sagte Sascha. »Wie viel würde man mir wohl zugestehen?«

»Zehn Minuten.«

»Der Antrag an die Parteikommission lautet, Sascha Karpenko zum Kandidaten der Labour-Partei für den Wahlbezirk Merrifield zu ernennen. Wer ist dafür?«, fragte der Vorsitzende und sah sich unter den versammelten lokalen Funktionären der Partei um. Dreiundzwanzig Hände schossen in die Höhe. »Und dagegen?« Keine einzige Hand hob sich. »Dann erkläre ich hiermit den Antrag als einstimmig angenommen«, verkündete Alf Rycroft unter stürmischem Beifall. Angesichts der geringen Anzahl der Anwesenden hätte er unmöglich noch lauter ausfallen können.

Als Sascha den letzten Zug nach London bestieg, kannte er alle dreiundzwanzig Namen, auch wenn keiner der Beteiligten es für möglich hielt, dass er gewinnen würde.

»Gibt es eine andere Frau?«, fragte Charlie, als er sich nach Mitternacht ins Schlafzimmer schlich und sich größte Mühe gab, sie nicht zu wecken.

»Genau genommen knapp über achtundzwanzigtausend«, sagte Sascha, als er den Kopf aufs Kissen legte und ihr erklärte, warum er an jenem Morgen nach Merrifield gefahren und am Abend als Labour-Kandidat bei einer Nachwahl zurückgekommen war. »Also wirst du mich in den nächsten drei Wochen nicht allzu oft zu Gesicht bekommen.«

»Herzlichen Glückwunsch, Liebling«, sagte Charlie. Sie schaltete die Nachttischlampe an und umarmte ihn. »Was weißt du über deinen Gegner?«

»Alles.«

»Wie das?«

»Es ist Fiona Hunter.«

Charlie setzte sich auf und holte tief Luft, bevor sie sagte: »Diesmal musst du sie schlagen.«

»Das wird nicht möglich sein, fürchte ich. In Merrifield werden die Stimmen für die Konservativen nicht gezählt, sondern gewogen.«

»Diesmal nicht. Auf gar keinen Fall«, sagte Charlie, »denn ich werde morgen mit dir zusammen in diesem Zug sitzen, und dann muss sie *uns beide* besiegen.«

»Aber du musst deine Doktorarbeit zu Ende schreiben.«

»Die habe ich schon letzte Woche eingereicht.«

»Und du hast mir nichts davon gesagt?«

»Ich wollte warten, bis das Ergebnis feststeht.« Sie beugte sich hinüber und küsste ihren Mann. »Schlaf gut, mein

Liebling«, sagte sie, bevor sie sich wieder hinlegte. »Du musst erschöpft sein.«

Aber Sascha schlief nicht, denn seine Gedanken rasten angesichts der vielen Dinge, die in so kurzer Zeit geschehen waren. Er war davon ausgegangen, jemandem einen Platz für eine Feier zu sichern, und jetzt feierten andere, dass sie ihn sich auf einem ganz anderen Platz gesichert hatten.

Am folgenden Morgen um 6:52 Uhr nahmen Sascha und Charlie den Zug, der sie von der Victoria Station nach Merrifield brachte, und kurz vor acht erreichten sie das Bezirksbüro der Labour-Partei.

Der Vorsitzende wartete bereits in seinem Ford Allegro auf sie.

»Springen Sie rein«, sagte er, nachdem Sascha seine Frau vorgestellt hatte. »Schön, Sie zu sehen, Charlie. Aber wir dürfen keine Zeit verlieren.« Er schaltete in den ersten Gang, und während sie in recht gemächlichem Tempo der Hauptstraße hinaus aufs Land folgten, beschrieb er ihnen die Verhältnisse vor Ort.

»Im Wahlbezirk Merrifield gibt es sechsundzwanzig Dörfer. Sie sind es, die den Konservativen ihre Mehrheit verschaffen, und Fiona Hunter hat in jedem von ihnen ein eigenes Parteibüro.«

»Und wir?«, fragte Charlie.

»Wir haben genau eine Zweigstelle«, sagte Alf, »und der Mann, der sie führt, ist neunundsiebzig. Aber Roxton, eine Kleinstadt mit einer Bevölkerung von sechzehntausend Einwohnern und einer Papiermühle, ist die Garantie dafür, dass wir unsere Verbindung zu den Leuten hier nie ganz verlieren.«

»Gibt es auch noch irgendwelche guten Nachrichten?«

»Nicht viele«, gestand Alf. »Obwohl Sir Max keineswegs überall im Bezirk beliebt war, ist es ihm gelungen, sich in den Ruf zu bringen, er habe das Ohr des Ministers und könne dafür sorgen, dass geplante Dinge auch tatsächlich erledigt werden. Er hatte ein Gespür für zukünftige Ereignisse, und er hat es immer wieder geschafft, die Lorbeeren dafür einzuheimsen. Ein klassisches Beispiel ist die Errichtung eines neuen Krankenhauses, das die Labour-Regierung in ihrem langfristigen Infrastrukturprogramm in Angriff genommen hatte und dessen Fertigstellung jedoch zufällig in die Zeit einer konservativen Regierung fiel. Als der Gesundheitsminister die dafür notwendig gewordene neue Umgehungsstraße eröffnete, hätte man glauben können, es sei von Anfang an Sir Max' Idee gewesen, und er habe persönlich den ersten Backstein für das Gebäude gelegt.«

»Eine Begabung, die seine Tochter geerbt hat«, sagte Charlie in recht nachdrücklichem Ton. »Wie kommt sie bei den Leuten hier an?«

»Die Leute mögen sie«, musste Alf zugeben. »Aber schließlich kennen sie sie schon, seit sie in ihrem Kinderwagen kreuz und quer durch sämtliche Dörfer geschoben wurde. Gerüchteweise lauteten ihre ersten beiden Worte auf dieser Welt: ›Wählt Hunter!‹, und es würde mich nicht überraschen, wenn Sir Max ihr den Wahlbezirk in seinem Testament als persönlichen Besitz hinterlassen hätte. Es ist für unsere Seite keine große Hilfe, dass auf dem Stimmzettel genau derselbe Name wie zuvor erscheinen wird.«

»Was soll ich den Leuten dann sagen, wenn sie mir vorwerfen, nichts weiter als ein politischer Glücksritter zu sein?«

»Labour hatte nie zuvor eine größere Chance, diesen Sitz zu erringen«, erwiderte Alf.

»Aber Sie haben mir gegenüber doch schon klar zugegeben, dass wir überhaupt keine Chance haben«, sagte Sascha.

»Willkommen in der Welt der Realpolitik«, sagte Alf. »Oder wenigstens in ihrer Merrifield-Version.«

»Wie war dein erster Eindruck?«, fragte Michael, als Sascha und Charlie sich dem Rest des Teams zum Lunch im Roxton Arms anschlossen.

»Die Konservativen mögen die besten Wahlbezirke haben, aber Labour hat immer noch die besten Menschen«, sagte er, während er ein Schinkensandwich aß, das seine Mutter niemals irgendjemandem angeboten hätte.

»Stimmt«, sagte Mrs. Campion, nachdem Sascha zusätzlich eine Schweinefleischpastete verschlungen und mit einem kleinen Farley's hinuntergespült hatte. »Die Zeit ist gekommen, Sie auf die ahnungslose Öffentlichkeit loszulassen. Unsere Plakate und Flyer sind noch nicht fertig, weshalb wir nun während der ersten paar Tage leider ohne sie auskommen müssen. Und vergessen Sie nicht, Sascha, es gibt nur einen einzigen Satz, den Sie immer wieder sagen müssen, bis Sie ihn sogar im Schlaf aufsagen könnten«, fügte Mrs. Campion hinzu, als sie ihm eine große rote Rosette an das Revers seines Jacketts heftete.

Begleitet von Charlie, dem örtlichen Parteivorsitzenden, der Leiterin seines Wahlkampfteams und mehreren Parteimitarbeitern, trat Sascha hinaus auf die Hauptstraße. Als er zum ersten Mal einen potenziellen Wähler traf, sagte Sascha: »Mein Name ist Sascha Karpenko, und ich bin der

Labour-Kandidat für die Nachwahl am Donnerstag, dem 13. März. Darf ich auf Ihre Stimme hoffen?« Er streckte die Hand aus, doch der Mann ignorierte ihn und ging einfach weiter. »Wie reizend«, murmelte Sascha.

»Psst!«, sagte Mrs. Campion. »Das bedeutet nicht unbedingt, dass er nicht für Sie stimmen wird. Er könnte taub sein oder einfach in Eile.«

Saschas zweiter Versuch war ein wenig erfolgreicher, denn eine Frau mit einer Einkaufstasche blieb wenigstens stehen, um ihm die Hand zu geben.

»Was werden Sie gegen die Schließung unseres kleinen Krankenhauses tun, in dem bisher wenigstens unsere leichten Fälle behandelt werden konnten?«

Sascha wusste nicht einmal, dass Roxton über ein solches Krankenhaus verfügte, das genau zu diesem Zweck gedacht war.

»Er wird alles in seiner Macht Stehende tun, um den Gemeinderat davon zu überzeugen, die Entscheidung rückgängig zu machen«, kam ihm Alf zu Hilfe. »Also denken Sie daran, am 13. März für Labour zu stimmen.«

»Aber Sie haben doch überhaupt keine Chance«, sagte die Frau. »In Merrifield würde selbst ein Esel mit blauer Rosette an der Brust gewinnen.«

»Labour hatte nie zuvor eine größere Chance, diesen Sitz zu erringen«, sagte Sascha, wobei er sich bemühte, so viel Zuversicht wie möglich auszustrahlen. Aber die Frau wirkte nicht überzeugt, als sie ihre Tasche wieder aufnahm und davonging.

»Hallo, ich heiße Sascha Karpenko und bin der Labour-Kandidat …«

»Tut mir leid, Mr. Karpenko, ich werde für Hunter stimmen. Das mache ich immer.«

»Aber er ist letzte Woche gestorben«, protestierte Sascha.

»Sind Sie sicher?«, fragte der Mann. »Denn meine Frau hat mir gesagt, ich soll wieder für Hunter stimmen.«

»Stimmt es, dass Sie in Russland geboren wurden?«, fragte der nächste Mann, den Sascha ansprach.

»Ja«, sagte Sascha, »aber …«

»Dann werde ich zum ersten Mal im Leben die Konservativen wählen«, sagte der Mann und ging ungerührt weiter.

»Ich wähle die Liberal Party«, sagte eine junge Frau, die einen Kinderwagen schob. »Und sogar wir werden Sie diesmal schlagen.«

»Hi, ich bin Sascha …«

»Viel Glück, Sascha. Ich werde für Sie stimmen, obwohl Sie keine Chance haben.«

»Vielen Dank«, sagte Sascha. Dann wandte er sich an Alf und fragte: »Ist es immer so schlimm?«

»Ehrlich gesagt läuft es im Vergleich zum letzten Mal ziemlich gut.«

»Wie ist es Ihrem letzten Kandidaten ergangen?«

»Unserer Kandidatin. Eine Woche vor der Wahl hatte sie einen Nervenzusammenbruch, und sie hat sich bis zum Wahltermin nicht mehr erholt.« Sascha brach in Gelächter aus. »Nein, es ist wahr«, sagte Alf. »Wir haben nie wieder von ihr gehört.«

»Und ich dachte, ich sei genau derjenige, den Sie unbedingt wollten!«, sagte Sascha.

»Sie werden uns dankbar sein, wenn Sie einen sicheren Sitz erringen und Minister werden«, sagte Mrs. Campion, indem sie seinen Sarkasmus ignorierte. Immerhin dachte Sascha jetzt zum ersten Mal darüber nach, dass er tatsächlich Minister werden könnte.

»Schau mal, wer dort drüben auf der anderen Straßenseite steht«, sagte Charlie und versetzte Sascha einen leichten Knuff in die Rippen.

Sascha sah hinüber und entdeckte Fiona, die von einem Kreis an Unterstützern umgeben war, welche Flyer verteilten und Plakate hochhielten, auf denen stand: WÄHLEN SIE HUNTER FÜR MERRIFIELD.

»Sie mussten nicht einmal neue Plakate drucken«, sagte Alf bitter.

»Es wird Zeit, dass wir uns dem Feind stellen«, erwiderte Sascha und marschierte ohne zu zögern über die Hauptstraße, wobei er geschickt dem Verkehr auswich.

»Mein Name ist Fiona Hunter, und ich bin …«

»Was gedenken Sie zu tun, nachdem man Roxtons Sportplätze zum Areal zur Errichtung eines Supermarkts erklärt hat? Das würde ich gerne mal wissen.«

»Ich habe über dieses Thema bereits mit dem Vorsitzenden des Gemeinderats gesprochen«, sagte Fiona, »und er hat versprochen, mich auf dem Laufenden zu halten.«

»Genau wie Ihr Vater. Nichts als Versprechungen, und in Wahrheit heißt es: Ihr alle seid mir scheißegal.«

Fiona lächelte, ging weiter und überließ es einem Mitglied des Gemeinderats, sich um das Problem zu kümmern.

»Werden die Tories meine Rente erhöhen?«, fragte eine alte Frau und richtete den Finger wie einen Pfeil auf sie. »Das will ich mal wissen.«

»Das haben sie bisher immer getan«, sagte Fiona ausweichend. »Also können Sie sicher sein, dass sie es diesmal wieder tun werden. Aber natürlich nur, wenn wir die nächste Wahl gewinnen.«

»*Vertröstet sie alle auf morgen* – das sollte Ihr Slogan sein«, sagte die Frau.

Fiona lächelte, als Sascha mit ausgestreckter Hand auf sie zukam.

»Wie schön, dich zu sehen, Sascha«, sagte sie. »Was machst du hier?«

»Mein Name ist Sascha Karpenko«, erwiderte er, »und ich bin der Labour-Kandidat für die Nachwahl am 13. März. Darf ich auf Ihre Stimme hoffen?«

Zum ersten Mal an diesem Tag verschwand das Lächeln aus Fionas Gesicht.

28

Alex

Brooklyn

»Wenn du das Gemälde zurückbringst und Lawrence dir dein Geld wiedergibt, wirst du dir dann wirklich immer noch sicher sein, dass du in das Elena's investieren willst?«

»Ja, Mutter«, sagte Alex. »Aber nachdem ich einen solchen Narren aus mir gemacht habe, habe ich beschlossen, wieder zu studieren.«

»Aber du hast doch schon einen Abschluss.«

»In Wirtschaftswissenschaften«, sagte Alex, »was ganz in Ordnung ist, wenn man Bankmanager werden will, aber nicht ganz so sinnvoll für einen Unternehmer. Deshalb habe ich mich für ein Abendstudium eingetragen. Ich werde Betriebswirtschaft an der Columbia studieren, damit ich nicht wieder denselben Fehler mache, wenn mir die nächste Evelyn begegnet. Gleichzeitig werde ich mir einen Job bei Lombardi's in Manhattan besorgen.«

»Warum das denn? Bei der Konkurrenz?«

»Weil Lawrence mir gesagt hat, dass sie die besten Pizzen in Amerika machen, und ich habe die Absicht herauszufinden, woran das liegt.«

Im September hatte Alex viel zu tun. Wie er seiner Mutter erklärt hatte, begann er sein Abendstudium in Betriebswirtschaft, und obwohl er tagsüber im Lombardi's arbeitete, verpasste er keine einzige Vorlesung. Stets gab er seine Hausarbeiten pünktlich ab, und er las jedes Buch auf der Leseliste und viele weitere, die nicht darauf standen. Ironischerweise hatte Evelyn erreicht, was seiner Mutter nicht gelungen war.

Sein Unterricht ging tagsüber weiter, denn Paolo, der Geschäftsführer des Lombardi's in der 12th Street, zeigte ihm, wie das Restaurant zu seinem guten Ruf gekommen war. Aufgrund der Ratschläge Paolos führte Alex zunächst ein paar kleinere Veränderungen im Elena's ein und später einige große. Er hätte gerne einen Spezialofen von Antonelli in Mailand gekauft, der es ihm ermöglicht hätte, alle vier Minuten ein Dutzend frische Pizzen fertig zu backen, doch den würde er sich erst leisten können, wenn er das Bild zurückgegeben und Lawrence ihm den entsprechenden Scheck überreicht hätte. Er würde sie vermissen. Die Dame auf dem Warhol. Nicht Evelyn.

Eines Abends, als Alex unterwegs zur Columbia war, sah er sie zum ersten Mal.

Sie stand auf dem U-Bahnsteig an der 51st Street, trug ein elegantes blaues Kostüm und hielt einen ledernen Aktenkoffer in der Hand. Das modisch kurz geschnittene kastanienbraune Haar und ihre dunkelbraunen Augen bezauberten ihn. Er versuchte, sie nicht anzustarren, und als sie sich in seine Richtung umdrehte, schaute er rasch weg.

Nachdem die U-Bahn in die Station gerollt war, ertappte er sich dabei, wie er dieser faszinierenden Erscheinung folgte und sich auf den leeren Sitz neben sie setzte, obwohl sie – was seine ursprünglichen Pläne betraf – in die falsche Richtung fuhr. Sie öffnete ihren Aktenkoffer und nahm ein Hochglanzmagazin heraus, um darin zu lesen. Alex warf einen Blick auf die Titelseite und erkannte ein Gemälde von einem Künstler namens de Kooning. Er hätte schwören können, dass er ein ähnliches Bild in Lawrence' Haus gesehen hatte, aber er kam zu dem Schluss, dass »Ich besitze einen Warhol« nicht gerade die beste Einleitung für eine erste Unterhaltung wäre.

»Hat de Kooning dasselbe Thema immer wieder gemalt?«, fragte er, die Augen auf das Bild gerichtet.

Sie sah zu Alex und dann auf das Titelbild ihres Magazins, bevor sie schließlich sagte: »Ja, das hat er. Das hier ist aus seiner *Women*-Serie.«

Ihre fast überdeutliche Aussprache erinnerte ihn an Evelyn, wenn auch nichts sonst. Er zögerte, und es dauerte einen Augenblick, bis er sagte: »Könnte ich dieses Bild schon einmal in einer Privatsammlung gesehen haben?«

»Das wäre möglich. Obwohl sich nur sehr wenige in Privatbesitz befinden. Im MoMA hängen einige seiner Arbeiten, also könnte es eher sein, dass Sie dort eines seiner Bilder gesehen haben.«

»Natürlich«, sagte Alex, obwohl er das Museum of Modern Art noch nie betreten und nur eine vage Vorstellung davon hatte, wo es lag. »Sie haben recht. Ich muss es wohl dort gesehen haben.« Als die U-Bahn in die nächste Station rollte, hoffte er, dass sie nicht aussteigen würde. Sie tat es auch tatsächlich nicht.

»Wer ist Ihr Lieblingskünstler?«, fragte er, nachdem sich die Türen wieder geschlossen hatten.

Sie antwortete nicht sofort. »Ich bin nicht sicher, ob ich einen Lieblingskünstler unter den Malern des Abstrakten Expressionismus habe, aber ich denke, Motherwell wird unterschätzt und Rothko überschätzt.«

»Ich habe immer Pollocks *Mondfrau* bewundert«, sagte Alex ziemlich ratlos. Das war das Bild, das er direkt vor sich gehabt hatte, als er sich eine halbe Stunde lang bei Lawrence' Geburtstagsfeier hinter einer Säule versteckt hielt.

»Es gilt als eines seiner besten, aber ich kenne es nur von Fotos. Nicht viele Menschen haben das Glück, sich die Lowell-Sammlung ansehen zu dürfen.«

Die U-Bahn erreichte die nächste Station, doch auch diesmal stieg die junge Frau nicht aus. Lawrence Lowell und ich sind gute Freunde. Wenn Sie also Lust haben, sich seine Sammlung anzusehen ..., hätte Alex am liebsten gesagt, doch er fürchtete, dann wäre sie davon überzeugt, neben einem Wahnsinnigen zu sitzen.

»Arbeiten Sie in der Kunstwelt?«, fragte er stattdessen.

»Ja. Ich bin Verkaufsassistentin in einer Galerie an der West Side«, sagte sie und klappte ihr Magazin zu.

»Das macht sicher Spaß.«

»O ja.« Sie legte das Magazin zurück in ihren Aktenkoffer und stand auf, als die U-Bahn in die nächste Station einfuhr.

Er sprang auf. »Ich heiße Alex.«

»Anna. Es war nett, Sie kennenzulernen, Alex.«

Während sie aus dem Waggon stieg, stand er zunächst so regungslos da wie eine Statue. Gleich darauf, als sie den Bahnsteig entlangging, winkte er ihr nach, doch sie drehte sich nicht um.

»Verdammt, verdammt, verdammt«, sagte er, als die Türen sich schlossen und sie aus seinem Blickfeld verschwand. Er würde an der nächsten Haltestelle aussteigen, auf die andere Seite wechseln und die U-Bahn in die entgegengesetzte Richtung nehmen müssen. Und zum ersten Mal würde er eine Vorlesung verpassen.

»Paolo, ich brauche deinen Rat.«

»Wenn es nur darum geht, wie man ein gutes Pizzarestaurant führt, gibt es nicht mehr viel, was ich dir beibringen kann.«

»Nein. Ich habe ein Problem mit einer Frau. Ich bin ihr nur ein Mal begegnet und habe sie dann aus den Augen verloren.«

»Du greifst viel zu weit vor, mein Junge. Am besten fängst du ganz von vorne an.«

»Ich habe sie in der U-Bahn kennengelernt. Na ja, ›kennengelernt‹ ist eine ziemliche Übertreibung, denn mein Versuch, ein Gespräch mit ihr anzufangen, war einigermaßen kläglich. Und gerade als ich halbwegs in Schwung kam, ist sie aufgestanden und gegangen. Ich weiß nicht mehr als ihren Vornamen und dass sie Verkaufsassistentin in einer Kunstgalerie an der West Side ist.«

»Okay. Dann sollten wir mit der Haltestelle anfangen, an der du sie zum ersten Mal gesehen hast.«

»51st Street.«

»Teure Geschäfte, jede Menge Galerien. Versuchen wir, das Ganze ein wenig einzugrenzen. Weißt du, auf welche Stilrichtung sich die Galerie spezialisiert hat?«

»Auf den abstrakten Expressionismus, glaube ich. Das Titelbild eines Magazins, das sie gelesen hat, gehörte jedenfalls dazu, meinte sie.«

»Es muss mindestens ein Dutzend Galerien geben, die sich auf diese Stilrichtung spezialisiert haben. Was kannst du mir noch über sie erzählen?«

»Sie ist schön, intelligent …«

»Alter?«

»Anfang zwanzig.«

»Wie ist sie gebaut? Und wie ist ihr ganzes Auftreten?«

»Schlank. Elegant und klassisch.«

»Warum glaubst du dann, dass sie irgendein Interesse an dir haben könnte?«

»Schon gut, ich weiß. Aber wenn auch nur die geringste Chance besteht, dann würde ich gerne …«

»Du bist ein viel besserer Fang, als dir selbst bewusst ist«, sagte Paolo. »Du hast etwas im Kopf, bist charmant und gut erzogen. Und vermutlich finden einige Frauen sogar, dass du gut aussiehst.«

»Was soll ich dann als Nächstes tun?«, fragte Alex und ignorierte den Sarkasmus.

»Zunächst musst du dir darüber im Klaren sein, dass die Mitglieder des Kunstbetriebs sich in einem ganz kleinen Kreis von Leuten bewegen, besonders die etwas anspruchsvolleren. Deshalb würde ich vorschlagen, dass du der Marlborough Gallery in der 57th Street einen Besuch abstattest und mit einer der dortigen Assistentinnen sprichst, die in etwa so alt ist wie die Dame, die du suchst. Es besteht durchaus die Möglichkeit, dass die beiden einander kennen oder sich wenigstens schon einmal auf irgendeiner Vernissage begegnet sind.«

»Wie kommt es, dass du so viel über Kunst weißt?«

»Italiener«, dozierte Paolo, »kennen sich deshalb mit Kunst, Speisen, Opern, Autos und Frauen aus, weil wir auf allen fünf Gebieten die Besten davon haben.«

»Na, wenn du das sagst«, erwiderte Alex. »Morgen früh fange ich als Erstes damit an.«

»Nicht als Erstes, das wäre Zeitverschwendung. Kunstgalerien öffnen üblicherweise nicht vor zehn. Kunden, die es sich leisten können, eine halbe Million Dollar für ein Bild zu bezahlen, sind keine Frühaufsteher wie du oder ich. Und noch etwas. Wenn du dort so auftauchst, wie du jetzt aussiehst, gehen die davon aus, dass du den Müll abholen willst. Du musst dich kleiden und anhören wie ein möglicher Kunde, wenn du willst, dass sie dich ernst nehmen.«

»Wo hast du das alles gelernt?«

»Mein Vater ist Portier im Plaza, und meine Mutter arbeitet bei Bloomingdale's, weshalb ich auf der Universität des Lebens war. Und das ist noch nicht alles. Wenn du diese Frau wirklich beeindrucken willst, dann solltest du vielleicht …«

Am folgenden Morgen um halb fünf war Alex längst aufgestanden, hatte sich angezogen und verhandelte bereits auf dem Großmarkt über neue Ware. Nachdem er seine Einkäufe ins Restaurant gebracht hatte, kehrte er nach Hause zurück, um mit seiner Mutter zu frühstücken.

Er verriet ihr nicht, was er für diesen Vormittag geplant hatte, und wartete, bis sie zur Arbeit gegangen war, bevor er ein zweites Mal duschte und einen neuen, dunkelgrauen Einreiher auswählte sowie ein weißes Hemd und eine Krawatte, die ihm seine Mutter zu Weihnachten geschenkt hatte. Anschließend nahm er vorsichtig den Warhol von der Wand, schlug ihn in braunes Packpapier ein und schob ihn in eine Tragetasche.

Dann nahm er ein Taxi nach Manhattan – eine notwendige Ausgabe, denn er konnte es nicht riskieren, ein so wertvolles Kunstwerk mit in die U-Bahn zu nehmen – und bat den Fahrer, ihn in die West 57th Street zu bringen.

Als er die Marlborough Gallery erreichte, wurden dort gerade die Lichter eingeschaltet. Er betrachtete das Gemälde, das im Schaufenster ausgestellt war. Es stammte von einem Künstler namens Hockney. Als eine junge Frau hinter dem Empfangstisch Platz nahm, holte er tief Luft und trat ein.

»Es darf nicht so aussehen, als ob du es eilig hättest«, hatte Paolo zu ihm gesagt. »Die Reichen haben es nie eilig, sich von ihrem Geld zu trennen.« Langsam schlenderte Alex durch die Galerie, wobei er die verschiedenen Gemälde bewunderte. Es war, als wäre er wieder zu Hause bei Lawrence.

»Kann ich Ihnen helfen, Sir?« Er wandte sich zur Seite und sah, dass die Assistentin neben ihm stand.

»Nein danke. Ich möchte mich nur umsehen.«

»Gewiss. Geben Sie mir bitte Bescheid, wenn ich Ihnen helfen kann.«

Alex verliebte sich ein zweites Mal, aber nicht in die Assistentin, sondern in die vielen Frauen, deren Darstellungen er am liebsten mit nach Hause genommen und an die Wände seines Schlafzimmers gehängt hätte. Nachdem er fasziniert ein kleinformatiges Gemälde von Renoir betrachtet hatte, fiel ihm wieder ein, dass er ursprünglich aus einem ganz bestimmten Grund gekommen war. Er ging zum Tisch der Assistentin.

»Ich habe kürzlich eine junge Frau namens Anna kennengelernt, die in einer Galerie an der West Side arbeitet, welche sich auf den abstrakten Expressionismus spezialisiert hat. Ich frage mich, ob Sie ihr vielleicht zufällig schon begegnet sind.«

Die junge Frau lächelte und schüttelte den Kopf. »Ich habe hier erst vor einer Woche angefangen. Tut mir leid.«

Alex bedankte sich bei ihr, aber bevor er die Galerie verließ, warf er erst noch einen Blick auf den Renoir. Weil er weder seine eigene noch die Zeit der Assistentin verschwenden wollte, erkundigte er sich nicht nach dem Preis. Er wusste, dass er sich die dargestellte Dame nicht leisten konnte.

Er ging in eine zweite Galerie, dann in eine dritte und verbrachte schließlich den ganzen Vormittag damit, ein Dutzend weitere Häuser aufzusuchen und einem Dutzend weiterer junger Assistentinnen dieselbe Frage zu stellen, was immer zum selben Ergebnis führte. Als die Glocken der St. Patrick's Cathedral ein Uhr läuteten, beschloss er, eine Pause einzulegen, bevor er weitersuchen würde. Er entdeckte eine kurze Schlange vor einem Sandwichladen und ging, den Warhol noch immer unter dem Arm, darauf zu. Und dann sah er sie durch ein Restaurantfenster.

Sie saß in einer Ecknische und unterhielt sich mit einem attraktiven Mann, der wirkte, als kenne er sie gut. Alex' Herz sank, als der Mann sich über den Tisch beugte und ihre Hand nahm. Alex zog sich auf eine Bank in der Nähe zurück, wo er niedergeschlagen sitzen blieb. Hunger hatte er keinen mehr. Er wollte gerade nach Hause gehen, als die beiden zusammen das Restaurant verließen. Der Mann beugte sich vor, um Anna zu küssen, doch sie wandte sich ab, ohne zu lächeln. Dann ging sie davon und ließ ihn wortlos stehen. Alex sprang von der Bank auf und begann, sie entlang der Lexington Avenue zu verfolgen, wobei er stets eine gewisse Distanz einhielt. Schließlich verschwand sie in einer eleganten Kunstgalerie. Als er an N. Rosenthal & Co. vorbeiging, warf er einen Blick hinein und sah, dass sie hinter einem Schreibtisch saß. Er wartete einige Sekunden, bevor er umkehrte. Dann schlenderte er in die Galerie, ohne auch nur einen Blick in Annas Richtung zu werfen. Eine Kundin unterhielt sich mit ihr, und Alex tat so, als sei er an einer Reihe von Kunstwerken interessiert. Nach einer Weile ging die gesprächige Besucherin, und Alex trat an den Schreibtisch. Anna sah auf und lächelte.

»Kann ich Ihnen helfen, Sir?«

»Das hoffe ich.« Er nahm den Warhol aus der Tragetasche, löste das Papier, in welches das Gemälde eingeschlagen war, und legte es auf den Tisch.

Anna sah sich das Bild sorgfältig an und wandte sich dann Alex zu. Ein kurzer Ausdruck des Wiedererkennens huschte über ihr Gesicht.

»Es würde mir helfen, wenn Sie das Bild für mich schätzen könnten.«

Wieder musterte Anna das Gemälde aufmerksam. »Gehört es Ihnen?«

»Nein. Es gehört einem Freund von mir. Er wollte, dass ich es schätzen lasse.«

Noch einmal sah sie ihn an, bevor sie sagte: »Ich habe nicht genügend Erfahrung, um eine realistische Einschätzung abzugeben, aber wenn Sie mir gestatten, es Mr. Rosenthal zu zeigen, bin ich absolut sicher, dass er Ihnen helfen könnte.«

»Natürlich.«

Anna nahm das Gemälde, ging damit zum gegenüberliegenden Ende der Galerie und verschwand in einem weiteren Raum. Alex bewunderte gerade ein Werk von Lee Krasner mit dem Titel *Das Auge ist der erste Kreis*, als ein gepflegt wirkender, grauhaariger Herr in einem dunkelblauen Zweireiher, der ein rosarotes Hemd und eine rote Krawatte mit großen Punkten trug, mit dem Gemälde aus seinem Büro kam. Er stellte es auf Annas Schreibtisch.

»Sie haben meine Assistentin gefragt, ob ich dieses Bild für Sie schätzen könnte?«, sagte er und sah sich Alex genau an. Dieser musste an die Worte »langsam« und »gemessen« denken. Der Mann hatte offensichtlich keine Eile. »Ich fürchte, Sir, ich muss Ihnen sagen, dass es sich um eine Kopie handelt. Das Original befindet sich im Besitz eines gewissen Mr. Lawrence Lowell in Boston und ist Teil der Lowell Collection.«

Dessen bin ich mir durchaus bewusst, hätte Alex am liebsten geantwortet. »Warum glauben Sie, dass es eine Kopie ist?«

»Nicht wegen des Gemäldes selbst, das, wie ich gestehen muss, auch mich für einen kurzen Moment täuschen konnte«, sagte Rosenthal. »Es ist die Leinwand, die alles verraten hat.« Er drehte das Bild um und fuhr fort: »Warhol hätte sich in seinen Anfangstagen nie so teures Leinen leisten können, das übrigens auch noch das falsche Format hat.«

»Sind Sie ganz sicher?«, fragte Alex, der zuerst wütend war und dem dann schlecht wurde.

»O ja. Dieses Bild ist einen Zoll breiter als das Original in der Lowell Collection.«

»Dann ist es also eine Fälschung?«

»Nein, Sir. Von einer Fälschung spricht man, wenn jemand versucht, die Kunstwelt zu täuschen, indem er behauptet, auf ein Originalwerk eines Künstlers gestoßen zu sein, das nicht zu dessen offiziellem Werkverzeichnis gehört. Das hier«, fügte er an, »ist eine Kopie. Wenn auch eine verdammt gute Kopie.«

»Dürfte ich Sie fragen, was das Bild wert gewesen wäre, wenn es sich um ein Original gehandelt hätte?«, fragte Alex in unsicherem Ton.

»Eine Million, möglicherweise anderthalb Millionen«, antwortete Rosenthal. »Seine Herkunftsgeschichte ist makellos. Ich glaube, Mr. Lowells Großvater hat es Anfang der Sechzigerjahre direkt vom Künstler selbst erworben, als Warhol seine Miete nicht zahlen konnte.«

»Danke«, sagte Alex, der inzwischen ganz vergessen hatte, warum er ursprünglich in die Galerie gekommen war.

»Wenn Sie mich nun entschuldigen wollen«, sagte Rosenthal. »Ich muss wieder zurück an meinen Schreibtisch.«

»Ja, natürlich. Vielen Dank.«

Rosenthal verließ die beiden, und gleich darauf bemerkte Alex, dass Anna ihn anstarrte. »Wir haben uns in der U-Bahn getroffen, stimmt's?«, sagte sie.

»Ja«, gestand er. »Warum haben Sie nichts gesagt, gleich als ich Ihnen das Gemälde gezeigt habe?«

»Weil ich mich einen Augenblick lang gefragt habe, ob Sie ein Kunstdieb sind.«

»Mit so etwas Glamourösem kann ich nicht dienen. Tagsüber arbeite ich im Lombardi's, und die meisten Abende verbringe ich an der Columbia, um Betriebswirtschaft zu studieren.«

»Bevor ich meinen Abschluss gemacht habe, habe ich mich hauptsächlich von den Margheritas im Lombardi's ernährt.«

»Meine Mutter macht eine umwerfende Calzone«, sagte Alex. »Vielleicht möchten Sie sie ja einmal versuchen?«

»Gerne«, sagte Anna. »Dann können Sie mir erklären, wie Sie in den Besitz einer so guten Kopie einer *Blauen Jackie* gekommen sind.«

»Es war nur ein Vorwand, um Sie wiederzusehen.«

29

Alex

Brooklyn

Und jetzt musst du mir verraten«, sagte Anna, »ob du mir wirklich in die U-Bahn gefolgt bist.«

»Ja, das bin ich«, gestand Alex, »obwohl sie in die falsche Richtung fuhr.«

Sie lachte. »Wie romantisch. Und was hast du getan, als ich ausgestiegen bin?«

»Ich bin bis zur nächsten Station sitzen geblieben, und da ich ohnehin zu spät zu meiner Vorlesung gekommen wäre, bin ich dann nach Hause gefahren.«

Ein Kellner kam an ihren Tisch und reichte ihnen die Speisekarte.

»Was würdest du empfehlen?«, fragte Anna. »Schließlich gehört dir dieses Restaurant.«

»Am liebsten esse ich Pizza Capricciosa, aber es ist deine Entscheidung, denn die Pizza ist so groß, dass wir sie uns teilen können.«

»Dann bestellen wir eine. Aber so schnell lasse ich dich noch nicht vom Haken, Alex. Nachdem dein Versuch, mich auf der Straße aufzugabeln, auf so beklagenswerte Weise gescheitert ist, hast du dich also wie ein zweiter Antonius auf den Weg gemacht, um mich zu suchen.«

»Ich habe den ganzen Vormittag damit zugebracht, die Hälfte der Galerien in Manhattan abzusuchen. Dann habe ich zufällig gesehen, wie du mit einem gut aussehenden, älteren Mann in einem teuren Restaurant zu Mittag gegessen hast.«

»So viel älter ist er gar nicht«, sagte Anna in neckendem Ton. »Und dann bist du mir in die Galerie gefolgt unter dem Vorwand, dein Gemälde schätzen zu lassen, obwohl du die ganze Zeit über gewusst hast, dass es sich dabei um eine Kopie handelt.«

Alex schwieg, während der Kellner eine große Pizza zwischen die beiden auf den Tisch stellte.

»Wow, die sieht großartig aus.«

»Die hier hat meine Mutter ganz sicher selbst gebacken«, sagte Alex, schnitt ein Stück ab und legte es auf Annas Teller. »Aber ich muss dich warnen. Sie wird nicht widerstehen können und an den Tisch kommen, um dich kennenzulernen. Also sag unbedingt, dass diese Pizza die beste auf der ganzen Welt ist.«

»Aber das ist sie tatsächlich«, sagte Anna, nachdem sie einen Bissen genommen hatte. »Ehrlich gesagt denke ich darüber nach, meinen Freund hierherzubringen.« Alex konnte seine Enttäuschung nicht verbergen, doch Anna grinste. »Meinen Exfreund. Du hast ihn im Restaurant gesehen.« Alex hätte gerne mehr über ihn erfahren, doch Anna wechselte das Thema. »Alex, du warst ganz offensichtlich überrascht, als Mr. Rosenthal dir gesagt hat, dass dein Bild eine Kopie ist. Deshalb bin ich neugierig und würde gerne erfahren, wie es in deinen Besitz gelangt ist.«

Alex nahm sich Zeit, ihr die ganze – oder jedenfalls fast die ganze – Geschichte zu erzählen, denn er war froh, dass es wenigstens einen Menschen gab, mit dem er sein Geheimnis teilen konnte. Als er bei ihrem Wiedersehen in der Galerie angelangt war, hatte Anna ihre Hälfte der Pizza fast vollständig aufgegessen, während seine Hälfte noch immer unberührt war.

»Und warum sollte dir dein Freund eine halbe Million für ein Gemälde geben, das nicht mehr als ein paar Hundert Dollar wert sein kann?«

»Weil auch er nicht wusste, dass es sich um eine Kopie handelt. Jetzt werde ich ihm die Wahrheit sagen müssen, und was noch schlimmer ist: Ich kann mir nicht vorstellen, dass mir Evelyn auch nur einen Cent von meinem Geld wiedergeben wird.«

Anna beugte sich über den Tisch, berührte seine Hand und sagte: »Es tut mir so leid, Alex. Würde das bedeuten, dass du kein zweites Elena's eröffnen kannst?«

»Nur sehr wenige Unternehmer erleben im Laufe ihrer Karriere keine Rückschläge«, sagte Alex. »Laut Galbraith verbuchen es die klugen unter ihnen als Erfahrung und machen einfach weiter.«

»Wäre es möglich, dass dein Freund Lawrence in den Betrug verwickelt ist und dir auf seiner Geburtstagsfeier bewusst den Platz neben seiner Schwester gegeben hat?«

»Nein«, sagte Alex entschieden. »Ich habe nie in meinem Leben einen anständigeren und ehrlicheren Menschen kennengelernt.«

»Entschuldige«, sagte Anna. »Das war grob von mir. Ich kenne deinen Freund ja nicht einmal. Aber ich muss dir gestehen, dass ich die Lowell Collection sehr gerne sehen würde.«

»Das dürfte nicht allzu schwierig sein«, sagte Alex. »Du könntest doch …«

»Sie müssen Anna sein«, sagte eine Stimme. Alex hob den Kopf und sah, dass seine Mutter neben ihnen stand.

»Du hast eine Begabung für Timing, Mutter, auf die selbst die Marx Brothers stolz wären.«

»Er spricht die ganze Zeit von Ihnen«, sagte Elena, ihren Sohn ignorierend.

»Mutter, jetzt bringst du mich in Verlegenheit.«

»Ich bin so froh, dass er Sie endlich gefunden hat. Aber finden Sie es nicht dumm von ihm, dass er Ihnen nicht schon damals gefolgt ist, als Sie aus der U-Bahn gestiegen sind?«

»Mutter!«

Anna musste schallend lachen.

»Wie war die Pizza?«, fragte Elena.

»Einfach die beste überhaupt«, sagte Anna.

»Ich habe sie gebeten, so etwas zu sagen«, bemerkte Alex.

»Ja, das hat er tatsächlich«, gestand Anna, beugte sich über den Tisch und nahm seine Hand. »Aber das wäre gar nicht nötig gewesen, denn sie ist wirklich die beste.«

»Dann dürfen wir also darauf hoffen, Sie wiederzusehen?«

»Mutter, du bist schlimmer als Mrs. Bennet.«

»Und warum hast du kaum etwas gegessen?«, fragte sie, als sei er immer noch ein Schuljunge.

»Mutter, geh einfach.«

»Hat Alex Ihnen von seinen Plänen für ein zweites Restaurant erzählt?«, fragte Elena.

»Ja, das hat er.« Alex war sich auf sehr unangenehme Weise bewusst, dass er seiner Mutter nicht die *ganze* Geschichte berichtet hatte. »Das klingt wirklich sehr aufregend, Mrs. Karpenko.«

»Mutter, bitte«, sagte Alex und stand auf, wobei er ein Messer umklammerte.

»Nun, dann gehe ich wohl besser mal wieder in die Küche, bevor der Boss mich rauswirft«, fuhr sie fort und lächelte die beiden an. »Aber ich hoffe, wir sehen uns wieder. Dann kann ich Ihnen nämlich erzählen, wie Alex den Silver Star bekommen hat.«

Alex hob das Messer hoch über seinen Kopf, doch Elena war bereits davongeeilt. »Ich muss mich entschuldigen. Normalerweise ist sie nicht so …«

»Es gibt keinen Grund, warum du dich entschuldigen müsstest, Alex. Sie ist genau wie ihre Pizzen: einfach die Beste. Aber du solltest mir wirklich erzählen, wie du einen Silver Star bekommen hast«, sagte sie in plötzlich ernstem Ton.

»Die Wahrheit ist, er hätte Big Sam verliehen werden sollen, nicht mir.«

»Big Sam?«

Alex erzählte ihr alles, was geschehen war, als seine Einheit während einer Patrouille in der Nähe von Bacon Hill auf einen Trupp Vietcong gestoßen war. Und wie Big Sam dabei nicht nur Lawrence das Leben gerettet hatte, sondern auch ihm.

»Ich hätte ihn gerne kennengelernt«, sagte Anna leise.

»Ich vermute, du würdest es nicht in Betracht ziehen …«

»Was in Betracht ziehen?«

»Mit mir nach Virginia zu kommen. Ich will schon so lange sein Grab besuchen, und …«

»Welche Frau könnte einer solchen Einladung widerstehen?« Alex schien verlegen. »Natürlich werde ich mitkommen«, fuhr sie lachend fort. »Warum nicht gleich nächsten Sonntag?«

»Lawrence ist gerade aus Europa zurückgekommen, weshalb ich dieses Wochenende nach Boston fahren und ihm berichten muss, was Mr. Rosenthal über den Warhol zu sagen hatte. Aber am Wochenende darauf bin ich frei.«

»Dann haben wir beide eine Verabredung.«

Als Alex in Boston aus dem Zug stieg, hatte er eine kleine Reise- und eine große Tragetasche dabei. Er rief ein Taxi und gab dem Fahrer Lawrence' Adresse.

Mit jeder Meile, die das Fahrzeug zurücklegte, wuchs Alex' Besorgnis. Er wusste, ihm blieb keine andere Wahl, als seinem Freund die Wahrheit zu sagen.

Lawrence stand bereits auf der obersten Stufe der Freitreppe, um seinen Gast zu begrüßen, als das Taxi der langen Auffahrt folgte und vor dem Haus anhielt.

»Wie ich sehe, bringst du das Bild zurück«, sagte er, als sie einander die Hand gaben. »Gehen wir in mein Arbeitszimmer, um den Austausch perfekt zu machen, damit wir uns für den Rest des Wochenendes nicht mehr darum kümmern müssen.«

Alex schwieg, als er Lawrence durch die Empfangshalle folgte, und auch als sie Lawrence' Arbeitszimmer betraten, sagte er zunächst kein Wort.

Fast jede Stelle der eichenverkleideten Wände war mit Gemälden und Fotos von Lawrence' Familie und Freunden bedeckt. Alex' Blick blieb an John D. Rockefeller haften, was Lawrence ein Grinsen entlockte, als er hinter seinem Schreibtisch Platz nahm und Alex mit einer Geste zu verstehen gab, er möge sich auf den Stuhl gegenüber setzen.

Als er das Bild von dem schützenden Papier befreit hatte, erschien ein breites Lächeln auf Lawrence' Gesicht. »Willkommen zu Hause, Jackie«, sagte er, zog sogleich eine Schreibtischschublade auf und holte sein Scheckbuch heraus.

»Das wirst du nicht brauchen«, sagte Alex.

»Warum nicht? Wir haben eine Abmachung.«

»Weil das hier kein Warhol ist. Es ist eine Kopie.«

»Eine Kopie?«, wiederholte Lawrence ungläubig und musterte das Bild genauer.

»Ich fürchte, ja. Und das ist nicht etwa meine Ansicht, sondern die Einschätzung von niemand Geringerem als Nathanial Rosenthal.«

Lawrence blieb ruhig, doch fast nur an sich selbst gerichtet sagte er: »Wie ist so etwas möglich?«

»Ich weiß es nicht, aber ich habe eine Vermutung«, erwiderte Alex.

»Evelyn.« Lawrence betrachtete das Bild. »Sie muss es die ganze Zeit über gewusst haben.« Er schlug sein Scheckbuch auf, schraubte den Verschluss seines Füllfederhalters auf und trug fünfhunderttausend Dollar ein.

»Ich kann diesen Scheck unmöglich einlösen«, sagte Alex. »Also kannst du dir die Mühe sparen, ihn zu unterzeichnen.«

»Aber du musst«, sagte Lawrence. »Es ist vollkommen klar, dass meine Schwester uns beide getäuscht hat.«

»Aber du hast das nicht gewusst«, sagte Alex, »und das ist das Einzige, was zählt.«

»Aber ohne das Geld wird es dir nicht möglich sein, Elena Zwei zu eröffnen.«

»Dann werde ich damit eben warten müssen. Aber wie auch immer, während eines einzigen Wochenendes mit deiner Schwester habe ich mehr gelernt als in meinen Betriebswirtschaftskursen in einem ganzen Jahr.«

»Vielleicht sollten wir über einen alternativen Plan nachdenken«, schlug Lawrence vor.

»Woran denkst du?«

»Im Austausch gegen meine fünfhunderttausend bekomme ich einen zehnprozentigen Anteil an deinem Unternehmen – jenem Unternehmen, das einst größer sein wird als das meines Großvaters.«

»Fünfzig Prozent wären fairer.«

»Dann machen wir einen Kompromiss. Ich werde fünfzig Prozent von deinem aufstrebenden Reich annehmen, aber sobald du die halbe Million zurückgezahlt hast, werde ich auf zehn Prozent fallen.«

»Fünfundzwanzig Prozent«, sagte Alex.

»Das ist mehr als großzügig von dir«, sagte Lawrence, als er den Scheck unterschrieb.

»Das ist mehr als großzügig von *dir*«, erwiderte Alex. Als Lawrence ihm den Scheck reichte, gaben sie einander das zweite Mal die Hand.

»Jetzt begreife ich auch«, sagte Lawrence, als er das Scheckbuch zurück in die Schublade legte, »warum Todd Halliday an meinem Geburtstag nach dem Dinner so plötzlich verschwunden ist. Ursprünglich war vorgesehen, dass er hier übernachtet.«

»Katharina von Medici höchstselbst wäre stolz auf deine Schwester gewesen«, sagte Alex. »Sie wusste, dass ich den Warhol nur zu Gesicht bekäme, wenn ich die Nacht mit ihr verbringen würde.«

»Fünfhunderttausend«, sagte Lawrence. »Ziemlich viel für eine einzige Nacht. Aber sei's drum. Ich habe bereits an einem Plan gearbeitet, der sicherstellen soll, dass sie mir jeden Cent zurückzahlen wird. Und jetzt sollten wir zu Abend essen.«

Lawrence wartete, bis Alex die Fragen ein zweites Mal durchgegangen war. Dieser fügte nur das Wort *Versicherungsgesell-*

schaft? ein, bevor er das Blatt zurückgab. Lawrence nickte, holte tief Luft, griff nach dem Telefonhörer und wählte eine Nummer in Europa.

Er sah die Liste mit den Stichworten durch, während er darauf wartete, dass jemand abnahm. Er hatte den Zeitpunkt sorgfältig gewählt: Zwölf Uhr mittags in Boston hieß sechs Uhr abends in Nizza. Die beiden dürften von ihrer Mahlzeit im La Colombe d'Or zwar zurück, aber noch nicht wieder zum Casino in Monte Carlo aufgebrochen sein.

»Hallo?«, sagte eine vertraute Stimme.

»Hi, Eve, ich bin's. Ich dachte, ich bringe dich auf den neuesten Stand, was den Warhol angeht.«

»Hat die Polizei das Bild gefunden?«

»Ja. Es hing über dem Kamin in Karpenkos Wohnung in Brighton Beach. Die Beamten hätten es wohl kaum übersehen können.«

»Dann ist es jetzt also wieder sicher zurück im Jefferson-Zimmer?«

»Ich fürchte, nein. Die Polizei von Boston hat entschieden, es schätzen zu lassen, bevor sie Anklage erheben würde, und überraschenderweise hat sich herausgestellt, dass es sich um eine Kopie handelt.«

»Warum bist du so überrascht?«, fragte Evelyn ein wenig zu schnell.

»Wie meinst du das?«, fragte Lawrence in unschuldigem Ton.

»Offensichtlich hat er das Original gegen eine Kopie ausgetauscht. Ich wette, das Original wurde schon längst außer Landes geschmuggelt. Wahrscheinlich ist es inzwischen irgendwo in Russland.«

Irgendwo in Südfrankreich wäre wahrscheinlicher, dachte Lawrence. »Die Versicherungsgesellschaft ist ganz deiner

Ansicht, Eve, und sie wollen wissen, wann du wieder in Boston sein wirst, da du Karpenko als Letzte gesehen hast, bevor er nach New York zurückgefahren ist.«

»Ich hatte nicht vor, während der nächsten Monate zurückzukommen«, sagte Evelyn. »Ich nehme an, die Polizei hat deinen Freund Karpenko verhaftet.«

»Ja, in der Tat, aber sie haben ihn auf Kaution wieder freigelassen. Er behauptet, er habe dir einen Scheck über fünfhunderttausend Dollar gegeben, damit du die Summe in ein aufstrebendes Unternehmen investieren kannst, und du hättest ihm das Bild als Sicherheit überlassen.«

»Das genaue Gegenteil ist wahr«, sagte Evelyn. »Er hat mich gedrängt, ein wenig Geld in sein Pizzaunternehmen zu investieren, aber ich habe mich geweigert und ihn rausgeschmissen.«

»Aber er konnte den Scheck vorlegen«, sagte Lawrence. »Deshalb wäre es vielleicht hilfreich, wenn du zurückkommen und der Polizei deine Version der Geschichte erzählen könntest.«

»Meine Version der Geschichte?«, sagte Evelyn, indem sie die Stimme hob. »Auf wessen Seite stehst du eigentlich, Lawrence?«

»Natürlich auf deiner, Eve, aber die Polizei weigert sich, eine Anklage in die Wege zu leiten, solange die Beamten nicht mit dir gesprochen haben.«

»Dann können sie lange warten, oder?«, sagte Evelyn und rammte den Hörer auf die Gabel.

Lawrence legte auf, wandte sich an Alex und sagte: »Ich habe das Gefühl, dass sie eine ganze Weile lang nicht zurückkehren wird.« Ein breites Grinsen erschien auf seinem Gesicht.

»Aber du hast deinen Warhol verloren«, sagte Alex.

»Ich muss gestehen, dass ich Jackie vermisse«, sagte Lawrence. »Aber nicht Evelyn.«

»Ich habe nur deinen Teil des Gesprächs gehört«, sagte Todd Halliday und reichte seiner Frau ein Glas Whisky, nachdem sie so energisch aufgelegt hatte. »Muss ich davon ausgehen, dass Lawrence inzwischen weiß, dass der Warhol eine Kopie ist und Karpenko den Scheck vorgelegt hat?«

»Ja«, sagte Evelyn und leerte ihr Glas. »Ich hatte vergessen, dass Schecks an die ausgebende Bank zurückgeschickt werden.«

»Aber das Geld wurde sofort weitertransferiert, weshalb niemand es bis zu dir zurückverfolgen kann.«

»Stimmt, aber sollte Lawrence jemals herausfinden …«

»Wenn er es herausfindet«, sagte Todd, »müssen wir bloß auf Plan B zurückgreifen.«

Als Alex nach New York zurückkehrte, musste er seiner Mutter erklären, warum er einen Scheck in Höhe von fünfhunderttausend Dollar bei sich trug, obwohl er Lawrence berichtet hatte, dass der Warhol eine Kopie war. Die einzige Frage, die sie ihm stellte, überraschte ihn.

»Hast du Anna schon gefragt, ob sie dich heiraten wird?«

»Mutter, ich kenne sie doch erst seit einer Woche.«

»Dein Vater hat mir zwölf Tage nach unserer ersten Begegnung einen Heiratsantrag gemacht.«

»Dann habe ich ja noch fünf Tage«, sagte Alex lächelnd.

Alex verließ die U-Bahn an der Haltestelle 14th Street und ging direkt ins Lombardi's. Er setzte sich an einen Tisch, bestellte aber nichts. Als der Manager erschien, reichte er ihm den Vertrag. Paolo setzte sich ihm gegenüber und nahm sich Zeit, jede einzelne Klausel genau durchzusehen. Es gab keine Überraschungen. Alles, was Alex versprochen hatte, fand sich auch im Vertrag wieder, und so konnte Paolo zufrieden an der vorgesehenen Stelle unterschreiben.

»Willkommen an Bord, Partner«, sagte Alex, als sie einander die Hand gaben. »Du wirst das Elena Eins leiten, während ich mich darauf konzentriere, das Elena Zwei in Schwung zu bringen. Wir sehen uns fünf vor acht am Montagmorgen, denn es ist höchste Zeit, dass du meine Mutter kennenlernst. Aber denk dran: Es ist wahrscheinlich ganz gut, dass es noch nie dazu gekommen ist, bevor du den Vertrag unterzeichnet hast. Und jetzt muss ich los. Ich bin mit jemandem zum Lunch verabredet, bei dem ich es mir nicht leisten kann, zu spät zu kommen.«

»Du hast sie also gefunden?«

»Allerdings!«

Alex erreichte das Le Bernardin nur wenige Augenblicke vor Anna.

»Wie ist es in Boston gelaufen?«, lautete ihre erste Frage.

»Es hätte nicht besser sein können«, sagte er und erklärte ihr, warum es ihm immer noch gelingen würde, das Elena Zwei zum vorgesehenen Zeitpunkt zu eröffnen.

»Welch bemerkenswerten Freund du in Lawrence hast«, sagte Anna. »Und wo ist der Warhol jetzt?«

»Der echte oder die Kopie?«

»Fangen wir mit der Kopie an.«

»Wieder im Jefferson-Zimmer.«

»Und das Original?«

»Lawrence meint, wahrscheinlich in Südfrankreich. Was ein weiterer Grund dafür ist, warum Evelyn nicht allzu schnell wieder nach Boston kommen dürfte.«

»Darauf würde ich mich nicht verlassen«, sagte Anna. »Nach allem, wie du mir Lawrence beschrieben hast, würde er niemals zulassen, dass man seine Schwester verhaftet.«

»Du weißt das, und ich weiß das. Aber kann Evelyn dieses Risiko eingehen? Sei's drum. Was hast du so getrieben, während ich weg war?«

»Bei Lombardi's gegessen.«

»Verräterin.«

»Und obwohl deine Mutter absolut überlegene Pizzen macht, hat die Gestaltung der Speisekarten im Lombardi's ein vollkommen anderes Niveau.«

»Das ist mir noch nie aufgefallen.«

»Du solltest immer daran denken, dass ein Gast die Speisekarte lange vor seinem Essen zu Gesicht bekommt. Da Design eines der Fächer war, die ich für meinen Abschluss gebraucht habe, dachte ich mir, ich könnte für das Elena's vielleicht etwas Ansprechenderes zustande bringen.« Sie nahm ein halbes Dutzend Blätter aus ihrer Tragetasche und legte sie auf den Tisch.

Alex musterte die verschiedenen Entwürfe eine Zeit lang, bevor er sagte: »Wow! Jetzt verstehe ich, was du meinst.«

»Das sind nur vorläufige Skizzen«, sagte Anna. »Bis wir nach Virginia fahren, kann ich dir eine überarbeitete Version zeigen.«

»Ich kann's gar nicht erwarten«, sagte Alex, als der Kellner ihre Teller abtrug.

»Aber du musst«, sagte Anna mit einem Blick auf die Uhr. »Ich muss los. Mr. Rosenthal würde seine kultivierte Augenbraue heben, wenn ich auch nur eine Minute zu spät komme.«

Während Anna in die Galerie zurückging, nahm Alex die U-Bahn nach Brighton Beach und sah im Elena's vorbei, um seiner Mutter davon zu berichten, dass Paolo am Montag zu ihnen stoßen würde.

»Und Anna?«, fragte Elena.

»Ihr geht es gut«, antwortete Alex und zog sich rasch in seine zweite Welt zurück, bevor sie ihn daran erinnern konnte, dass er nur noch drei Tage bis zu seinem Antrag hatte.

Nur wenige Minuten bevor Professor Donovan den Vorlesungssaal der Columbia betrat, setzte sich Alex in die erste Reihe.

»Heute Abend werden wir über die Bedeutung des Marshallplans sprechen«, sagte Donovan, »und darüber, welche Rolle Präsident Truman dabei spielte, den Europäern nach dem Zweiten Weltkrieg wieder auf die Beine zu helfen. Die finanzielle Instabilität, mit der sich Europa im Jahr 1945 konfrontiert sah, hatte solche Ausmaße angenommen ...«

Alex war erschöpft, als er kurz nach zehn nach Hause kam. Er fand seine Mutter in der Küche, wo sie sich mit Dimitri unterhielt, der gerade aus Leningrad zurückgekommen war.

Alex sank auf den nächsten Stuhl.

»Dimitri hat mir erzählt, dass Onkel Kolja gerade zum Vorsitzenden der Hafenarbeitergewerkschaft gewählt wurde«, sagte Elena. »Ist das nicht eine wunderbare Nachricht?«

Alex äußerte sich nicht dazu. Er schlief tief und fest und schnarchte leise dabei.

30

Alex

Boston

Ich würde gerne mehr über dein Leben in der Sowjetunion erfahren und darüber, wie du am Ende nach Amerika gekommen bist.«

»Die bereinigte Version, oder willst du alle blutrünstigen Einzelheiten hören?«

»Die Wahrheit.«

Alex begann mit dem Tod seines Vaters und fuhr dann fort mit allem, was er danach bis zu seinem ersten Treffen mit Anna in der U-Bahn-Station an der 51st Street erlebt hatte. Er ließ nur den wahren Grund dafür aus, warum er Major Poljakow fast umgebracht hätte, sowie die Tatsache, dass Dimitri für die CIA arbeitete. Als er geendet hatte, überraschte ihn Annas erste Frage.

»Hältst du es für möglich, dass dein ehemaliger Schulfreund für den Tod deines Vaters verantwortlich sein könnte?«, fragte sie.

»Ich habe schon oft darüber nachgedacht«, gestand Alex. »Ich zweifle nicht daran, dass Wladimir zu so einem Verrat fähig wäre, und ich hoffe um seinetwillen, dass wir uns nie wiedersehen. So, jetzt hast du meine Lebensgeschichte gehört. Nun bist du an der Reihe.«

»Ich wurde in einem Gefangenenlager in Sibirien geboren. Meinen Vater habe ich nie kennengelernt, und meine Mutter starb, bevor ich überhaupt nur …«

»Netter Versuch«, sagte Alex und legte ihr den Arm um die Schulter. Sie wandte sich ihm zu und küsste ihn zum ersten Mal. Es dauerte einige Augenblicke, bis er sich wieder gefasst hatte. Dann sagte er: »Und jetzt erzähl mir die wahre Geschichte.«

»Ich bin nicht aus Sibirien geflohen, sondern aus South Dakota, als mir ein Studienplatz an der Georgetown University angeboten wurde. Ich hatte immer auf eine Kunsthochschule gehen wollen, doch ich war nicht gut genug, also habe ich mich für Kunstgeschichte entschieden, und danach hat mir das Rosenthal's eine Stelle angeboten.«

»Du musst dich an der Georgetown ganz gut geschlagen haben«, sagte Alex, »denn ich hatte nicht den Eindruck, dass Mr. Rosenthal mit unfähigen Leuten gut zurechtkommt.«

»Er ist sehr anspruchsvoll«, sagte Anna, »aber wirklich brillant. Er ist kein Fachgelehrter, aber ein sehr kluger Händler, was auch der Grund ist, weshalb er in seinem Metier ein so hohes Ansehen genießt. Von ihm lerne ich so viel mehr als an der Universität. Und jetzt, nachdem ich dieses Energiebündel kennengelernt habe, das sich deine Mutter nennt, würde ich gerne etwas über deinen Vater erfahren.«

»Er war der beeindruckendste Mensch in meinem Leben. Hätte er länger gelebt, wäre er eines Tages zweifellos der erste Präsident eines freien Russland geworden.«

»Wohingegen sein Sohn als Präsident eines Pizzaunternehmens in Brooklyn enden wird«, neckte sie ihn.

»Nicht, wenn meine Mutter in dieser Sache ein Wort mitzureden hat. Sie würde mich gerne als Professor sehen, als Anwalt oder Arzt. Als alles Mögliche, nur nicht als Geschäftsmann. Aber ich habe keine Ahnung, was ich machen soll, wenn meine Betriebswirtschaftskurse vorbei sind. Ich muss jedoch zugeben, dass du und Lawrence mein Leben verändert habt.«

»Inwiefern?«

»Als ich nach dir gesucht habe, kam ich auch in mehrere andere Galerien. Es war, als entdeckte ich eine neue Welt, in der ich auf Schritt und Tritt schönen Frauen begegnete. Ich hoffe, dass du mir sogar noch ein paar mehr vorstellen wirst, wenn wir wieder in New York sind.«

»Dann werden wir wohl mit dem MoMA anfangen und gleich danach zur Frick übergehen müssen, und wenn die Liebesaffäre anhält, werde ich dir mehrere lässig daliegende Damen im Metropolitan vorstellen. Wie konnte ich nur glauben, dass ich es war, in die du dich verliebt hast?«

»Anna, ich habe mich in dich verliebt, als ich dich zum ersten Mal gesehen habe. Wenn du dich nur umgedreht und mir auch nur die Andeutung eines Lächelns geschenkt hättest, nachdem du aus der U-Bahn gestiegen warst, hätte ich die Waggontüren aufgebrochen und wäre dir hinterhergestürmt.«

»Meine Mutter hat mir beigebracht, niemals zurückzuschauen.«

»Deine Mutter hört sich so schlimm an wie meine. Aber bekommt sie auch eine so gute Calzone hin?«

»Nicht im Entferntesten. Sie ist Lehrerin. Für die zweite Klasse.«

»Und dein Vater?«

»Er ist der Rektor der Schule. Aber niemand muss sich fragen, wer wirklich die Hosen anhat.«

»Ich kann's gar nicht erwarten, sie kennenzulernen«, sagte Alex, als Anna ihren Kopf an seine Schulter lehnte.

Alex hatte noch nie eine Zugfahrt erlebt, die so schnell vorüberging. Sie tauschten Geschichten über ihre Kindheit aus, und Anna erzählte ihm von Angelico, Bellini und Caravaggio, während Alex über die Werke von Tolstoi, Puschkin und Lermontow sprach.

Sie waren – jedenfalls in der Malerei – erst beim siebzehnten Jahrhundert angelangt, als der Zug kurz nach halb zwölf Uhr mittags in den Bahnhof von Arlington rollte. Alex schwieg, während sie im Taxi zum National Cemetery fuhren. Als er und Anna über den sorgfältig gestutzten Rasen gingen, auf dem eine Reihe schmuckloser weißer Grabsteine auf die andere folgte, dachte er an sein Gespräch mit Captain Lowell im Schützengraben unweit der demilitarisierten Zone, und ihm fiel unweigerlich das Wort »sinnlos« ein. Kein Tag verging, an dem er nicht an Big Sam dachte. Kein Tag verging, ohne dass er welchem Gott auch immer für das außerordentliche Glück dankte, überlebt zu haben.

Sie blieben stehen, als sie den Grabstein von Private First Class Samuel T. Burrows erreicht hatten. Anna stand stumm daneben, während Alex ungehemmt weinte. Nach einer Weile zog er ein Taschentuch aus seiner Jacke, faltete es auf, kniete nieder und legte den Silver Star auf das Grab seines Freundes.

Alex wusste nicht, wie lange er so dastand. »Auf Wiedersehen, alter Freund«, sagte er schließlich, als er sich umwandte, um zu gehen. »Ich werde wiederkommen.«

Anna lächelte ihn so zärtlich an, dass er erneut zu weinen begann.

»Danke, Anna«, sagte er, als sie ihn umarmte. »Big Sam hätte dich sehr gemocht, und du wärst sicher einverstanden gewesen, dass er mein Trauzeuge wird.«

»Wenn das ein Heiratsantrag war«, sagte Anna, die ein Grinsen nicht unterdrücken konnte, »dann dürfte uns meine Mutter wahrscheinlich darauf aufmerksam machen, dass wir uns erst seit zwei Wochen kennen.«

»Meinem Vater haben zwölf Tage genügt«, sagte Alex, ließ sich auf ein Knie sinken und zog eine kleine, samtbezogene Schachtel aus einer anderen Jackentasche. Er öffnete sie, und der Verlobungsring seiner Großmutter wurde sichtbar.

Als er ihn Anna an den Ringfinger ihrer linken Hand steckte, sagte sie etwas, das er für den Rest seines Lebens nicht mehr vergessen sollte.

»Ich bin wahrscheinlich die einzige junge Frau, der man jemals einen Heiratsantrag auf dem Friedhof gemacht hat.«

»Wie gefällt dir die neue Speisekarte?«, fragte Alex.

»Sie hat Klasse, wie deine Mutter«, sagte Lawrence. »Hat sie sie selbst entworfen?«

»Nein, das war Anna. In ihrer freien Zeit.«

»Ich kann's gar nicht erwarten, diese Frau kennenzulernen. Vielleicht sollte ich sie übers Wochenende nach Boston einladen, damit sie sich meine Kunstsammlung ansehen kann.«

Alex lachte. »Ich kann dir jetzt schon garantieren, dass sie annehmen würde, denn sie kann es gar nicht erwarten, dich und die Sammlung kennenzulernen. Aber ich vermute, dass du nicht nur nach New York geflogen bist, um mir zu schmeicheln, Lawrence. Und ich hoffe, es ist auch nicht deshalb, weil du dein Geld zurückhaben willst, denn ich habe es bereits ausgegeben.«

»Wärst du darauf vorbereitet, dass ich noch mehr investieren möchte?«

»Warum solltest du so etwas tun?«

»Weil es einen einzigen Punkt gibt, bei dem Todd recht hatte: Wenn das Elena's vorhat zu expandieren, würdest du neues Kapital brauchen.«

»Und du wärst bereit, die entsprechende Summe aufzubringen?«

»Darauf kannst du wetten. Es ist in meinem eigenen Interesse, da mir die Hälfte des Unternehmens gehört.«

»Aber nur, bis ich dir dein Geld zurückgezahlt habe.«

»Was noch eine Weile dauern könnte, wenn du mit meinem Vorschlag einverstanden bist.«

Alex lachte. »Dein Patenonkel wäre gewiss nicht einverstanden.«

»Ich kann mir nicht vorstellen, warum nicht. Eine seiner ersten Investitionen galt McDonald's, obwohl er nie in seinem Leben einen Hamburger gegessen hatte. Aber wir haben tatsächlich ein Problem.«

»Und das wäre?«, fragte Alex, als Paolo ihnen die Spezialität des Tages servierte.

»Ich glaube, ich habe in Boston einen geeigneten Ort für das Elena Drei gefunden, aber wie verdoppeln wir deine Mutter?«

»Auch in Zukunft werden alle Mahlzeiten nach wie vor nur nach ihrem Rezept zubereitet«, sagte Alex, »und gnade Gott dem Koch, der hinter ihren hohen Ansprüchen zurückbleibt.«

»Was würde sie deiner Meinung nach wohl dazu sagen, wenn wir sie bitten würden, in jeder Stadt, in der wir ein neues Restaurant eröffnen, während des ersten Monats die Küche selbst zu führen?«

»Wenn sie der Ansicht ist, dass es sich dabei um eine gute Idee handelt«, antwortete Alex, »wäre sie wahrscheinlich bereit dazu.«

»Wie hat Ihnen die heutige Spezialität des Tages geschmeckt?«, fragte eine unverwechselbare Stimme.

Lawrence stand auf, um Alex' Mutter zu begrüßen. »Superb, Elena«, sagte er und führte zwei Finger an die Lippen. Alex bemerkte das besondere Lächeln, das seine Mutter für ihre Lieblingsgäste reserviert hatte. »Ich habe mich gefragt, Elena, ob wir beide uns später in Ruhe unterhalten können, am besten, wenn Alex nicht in der Nähe ist.«

Als das Elena Drei zum ersten Mal seine Tore für Gäste in Boston öffnete, war Alex überrascht von dem großen Interesse, welches dieses Ereignis nicht nur bei der Lokalpresse, sondern auch bei den überregionalen Zeitungen fand. Aber er war ja auch kein Politiker.

Ted Kennedy, der die Eröffnungszeremonie leitete, erklärte dem versammelten Publikum, dass er bereits Kliniken, Schulen, American-Football-Stadien und sogar einen Flughafen eröffnet habe, aber noch nie ein Pizzarestaurant. »Aber machen wir uns nichts vor«, fügte er hinzu, »wir sind in einem Wahljahr.« Er wartete, bis das Gelächter sich gelegt hatte, bevor er fortfuhr. »Aber wie auch immer. Das Elena's ist kein gewöhnliches Pizzarestaurant. Mein guter Freund Lawrence Lowell, Ihr demokratischer Kandidat für den Kongress, stand von Anfang an hinter diesem Projekt. Wie Sie sehen können, glaubt er an Elena Karpenko und ihren Sohn Alex, die beide vor der Tyrannei des

Kommunismus geflohen sind in der Überzeugung, sich ein neues Leben in den USA aufbauen und den amerikanischen Traum leben zu können.«

Alex wandte sich nach seiner Mutter um und sah, wie sie sich neben Anna hinter einem großen Kühlschrank versteckte. Er fragte sich, ob Anna mit ihr schon über ein ganz besonderes Thema gesprochen hatte.

»Meine sehr verehrten Damen und Herren«, sagte Kennedy, »mit großer Freude erkläre ich das Elena Drei offiziell für eröffnet.«

Nachdem sich der Applaus gelegt hatte, trat Lawrence nach vorn, um sich bei dem Senator zu bedanken, wobei er hinzufügte: »Sobald ich das heutige Spezialgericht gegessen haben werde, nämlich die Kongressabgeordnetenpizza – viel Käse, jede Menge Schinken und einen Hauch Salz –, bin ich bereit, mich in den Wahlkampf zu stürzen.«

Er wartete, bis die Jubelrufe verklungen waren, bevor er weitersprach. »Auch ich habe eine wichtige Ankündigung zu machen. Ich habe Alex Karpenko gebeten, meinen Wahlkampf zu leiten.«

»Aber er hat in seinem ganzen Leben noch nie Wahlkampf gemacht«, rief einer der Journalisten.

»Und ich habe auch noch nie Pizza gegessen, bevor ich nach Amerika kam«, erwiderte Alex, was mit erneutem Jubel aufgenommen wurde.

Sobald Lawrence seine Rede beendet hatte, sah sich Alex nach Senator Kennedy um, denn er wollte sich bei ihm bedanken. Doch Kennedy war schon zu seinem nächsten Termin aufgebrochen, was Alex einen unmittelbaren Eindruck davon gab, wie die nächsten zwölf Monate ablaufen würden.

»Glaubst du, dass er den Diebstahl der Polizei gemeldet hat?«, fragte Todd, nachdem der Butler das Zimmer verlassen hatte.

»Wie kommst du auf die Idee, dass er es nicht getan haben könnte?«, sagte Evelyn und nippte an ihrem Wein.

»Wegen einer Nachricht auf der Titelseite des *Globe*«, sagte Todd und reichte seiner Frau die Zeitung. Elena erblickte das Foto, auf dem der grinsende Ted Kennedy zwischen Lawrence Lowell und Alex Karpenko zu sehen war. »Dieser Bastard!«, kommentierte sie. »Vielleicht wird es Zeit für uns, nach Boston zurückzugehen und alle Welt wissen zu lassen, dass du zum ersten Mal in deinem Leben die Republikaner wählen wirst«, sagte Todd.

»Das würde uns mit viel Glück eine kurze Notiz auf Seite sechzehn des *Herald* einbringen und viele Menschen nicht im Geringsten überraschen. Nein«, sagte Evelyn. »Was ich für meinen Bruder geplant habe, sollte es auf die Titelseite der *New York Times* schaffen.«

Alex war überrascht, wie sehr ihn die Vorbereitungen auf die Abstimmung faszinierten und wie sehr er jeden Aspekt des Wahlkampfs genoss. Zum ersten Mal verstand er, warum sein Vater Gewerkschaftsführer hatte werden wollen.

Er liebte den direkten Kontakt zu den Wählern auf der Straße, in den Fabriken und vor ihrer Haustür. Er konnte sich für öffentliche Diskussionen begeistern, und er war immer froh, wenn er für Lawrence einspringen durfte, weil der Kandidat nicht an zwei Orten gleichzeitig sein konnte.

Am meisten aber genoss er die wöchentlichen Besuche in der Hauptstadt, bei denen er von hochrangigen Parteimitgliedern darüber informiert wurde, wie die Kampagne in anderen Landesteilen lief und wo der nächste Angriff stattfinden sollte. Washington wurde praktisch sein zweites Zuhause. Und obwohl er Anna gegenüber nichts davon erwähnte, begann er sich bereits Gedanken darüber zu machen, ob er eines Tages auf Dauer zu Lawrence nach Washington kommen würde – und zwar als Repräsentant von New Yorks achtem Kongressbezirk.

Das Einzige, was er nicht mochte, waren die langen Zeiten, in denen er von seiner Verlobten getrennt war, und er ertappte sich dabei, wie er jedes Mal ungeduldig darauf wartete, dass sie am Wochenende zu ihm nach Boston kommen würde. Doch obwohl der Wahlkampf sich endlos hinzuziehen schien, beklagte sie sich nie.

Die beiden hatten bereits ein Hochzeitsdatum festgelegt, auch wenn Alex seiner Mutter noch nicht erzählt hatte, dass Anna schwanger war. Drei Tage nachdem die letzte Stimme abgegeben wäre, würde Dimitri sein Trauzeuge werden, Lawrence würde sein führender Platzanweiser in der Kirche sein, und niemand bekäme einen Preis für die richtige Antwort auf die Frage, wer sich um das leibliche Wohl der Gäste kümmern würde.

»Haben Sie ein Foto als Beweis?«, fragte Evelyn.

»Ich habe ein Dutzend Bilder oder mehr«, sagte die Stimme am anderen Ende der Leitung.

»Und seine Geburtsurkunde?«

»Die hatten wir schon, bevor der Vertrag unterzeichnet wurde.«

»Was passiert als Nächstes?«

»Sie lehnen sich einfach zurück, entspannen sich und warten darauf, dass Ihr Bruder sich aus dem Rennen zurückzieht.«

»Das einzige Problem, das ich habe, seit du mein Wahlkampfmanager bist«, sagte Lawrence, »ist die Frage, wie viele Wähler dich für einen weitaus geeigneteren Kandidaten halten als mich. Wenn du sprichst, kommen mehr Leute, als jemals bei einer Wahlveranstaltung von mir erscheinen.«

»Aber die Familie Lowell hatte seit über einhundert Jahren stets einen Repräsentanten in Washington«, sagte Alex. »Ich bin nur ein Einwanderer der ersten Generation, der gerade eben vom Schiff gekommen ist.«

»Genau wie viele meiner Wähler, was dich zu einem idealen Kandidaten machen würde. Solltest du jemals beschließen, für welches Amt auch immer anzutreten, sei es nun Hundefänger oder Senator, würde ich dich liebend gerne unterstützen.«

An jenem Nachmittag bestiegen Evelyn und Todd ein Flugzeug nach Nizza, denn sie wollten nicht in Boston sein, wenn die Frühausgaben der Zeitungen am nächsten Morgen in den Verkauf kamen.

»Hast du das Paket an Hawksley aufgegeben?«, fragte Todd, nachdem er sich angeschnallt hatte.

»Per Kurier«, sagte Evelyn. »Nach dem, was die für die Fotos verlangt haben, konnte ich es nicht riskieren, die Sachen mit der Post zu schicken.« Sie lächelte, als die Stewardess ihr ein Glas Champagner reichte.

»Und was ist, wenn Lawrence die Wahrheit herausfindet?«

»Ich denke nicht, dass das dann noch eine Rolle spielen wird.«

»Aber ich bekomme jeden Tag Anrufe von Hunderten Irren«, sagte Blake Hawksley. »Warum sollte ich gerade den ernst nehmen?«, fragte er und deutete auf die Fotos auf seinem Schreibtisch.

»Ich selbst bekomme nicht gerade viele von Frauen mit abgehacktem Brahmanen-Akzent«, sagte Steiner, sein Wahlkampfmanager.

»Was würden Sie mir raten, in dieser Sache zu unternehmen?«, fragte der Kandidat der Republikaner.

»Gestatten Sie mir, dass ich die Informationen mit einem meiner Kontaktleute beim *Boston Globe* teile, und dann warten wir einfach ab, was er daraus macht.«

»Aber der *Globe* unterstützt doch üblicherweise die Demokraten.«

»Vielleicht werden sie das nicht mehr tun, wenn sie diese Bilder gesehen haben«, sagte Steiner, sammelte die Fotos wieder ein und schob sie zurück in den Umschlag. »Sie sind in erster Linie daran interessiert, Zeitungen zu verkaufen, und das könnte ihre Auflage verdoppeln.«

»Wenn sie die Aufnahmen sehen, werde ich der Erste sein, den sie anrufen. Was soll ich sagen?«

»Kein Kommentar.«

Alex las den Hauptartikel auf der Titelseite des *Globe* ein zweites Mal, bevor er Anna die Zeitung reichte. Als sie den Artikel beendet hatte, fragte er: »Wusstest du, dass Lawrence schwul ist?«

»Natürlich«, sagte Anna. »Jeder weiß das. Na ja, jeder außer dir anscheinend.«

»Glaubst du, er wird seine Kandidatur zurückziehen müssen?«, fragte Alex, während er die Fotos betrachtete, die über eine ganze Doppelseite in der Mitte der Zeitung verteilt waren.

»Warum sollte er? Schwul zu sein ist kein Verbrechen. Es könnte ihm sogar noch helfen, seinen Vorsprung auszubauen.«

»Aber Sex mit Minderjährigen ist ein Verbrechen.«

»Das Ganze war offensichtlich eine Falle«, sagte Anna. »Irgendein Strichjunge, der offiziell fünfzehn ist und in Wahrheit nächstes Jahr seinen dreißigsten Geburtstag feiert, legt Lawrence rein. Zweifellos wurde er für seine Rolle in diesem schmutzigen Spiel sehr gut bezahlt. Es würde mich nicht überraschen, wenn die Republikaner dahinterstecken.«

»Hast du gesehen, was Hawksley sagte, als der *Globe* ihn angerufen hat?«, fragte Alex.

»›Kein Kommentar.‹ Und du solltest Lawrence raten, genau dasselbe zu tun.«

»Ich glaube nicht, dass die Wähler ihn damit so einfach durchkommen lassen. Ich fahre wohl besser sofort nach Beacon Hill, bevor er irgendetwas zur Presse sagt, was er später bereuen könnte.« Als er vom Frühstückstisch aufstand, lächelte er zerknirscht. »Es ist auch nicht gerade eine große Hilfe, dass ich heute beim Lunch zu den Daughters of the American Revolution sprechen werde.«

»Grüß ihn von mir«, erwiderte Anna. »Und sag ihm, er soll das Ganze einfach irgendwie durchstehen. Vielleicht wird er noch überrascht feststellen, wie verständnisvoll die Leute sind. Wir leben schließlich nicht alle in einem Washingtoner Nobelviertel.«

Alex nahm Anna in die Arme und küsste sie. »Ich hatte wirklich Glück, als ich in die falsche U-Bahn gestiegen bin.«

Von Alex gedrängt, überschritt der Taxifahrer mehrmals das Tempolimit beim Versuch, Lawrence' Haus zu erreichen, bevor die Presse auf ihn einstürmen würde. Doch

Alex' Bemühungen waren umsonst, denn als er Beacon Hill erreichte, hatte eine Meute aus Reportern und Fotografen bereits ihre Zelte auf dem Bürgersteig vor Lawrence' Stadthaus aufgeschlagen und war anscheinend entschlossen, nicht von der Stelle zu weichen, bevor der Kandidat auf den Zinnen seiner Burg erschienen war und ein Statement abgegeben hatte.

Während des vergangenen Monats hatte Alex sich immer wieder darum bemüht, auch nur einen von ihnen dazu zu bringen, eine von Lawrence' Reden zu besuchen und über ihn zu berichten, doch die Antwort war immer dieselbe gewesen: »Warum sollte ich mir die Mühe machen, wenn das Ergebnis von vornherein feststeht?« Jetzt glaubten sie offensichtlich nicht mehr, dass dies der Fall war, und sie harrten geduldig aus wie Geier, die ein verletztes Tier aufgespürt hatten, das versuchte, sich im Unterholz zu verstecken.

»Wird Mr. Lowell seine Kandidatur zurückziehen?«, rief einer der Reporter, als Alex aus dem Taxi stieg.

»Werden Sie an seine Stelle treten?« Ein anderer.

»Wussten Sie, dass er Sex mit einem Minderjährigen hatte?« Ein dritter.

Schweigend schob sich Alex durch die Menge, wobei die Blitzlichter der Fotografen ihn fast blendeten. Er war erleichtert, als Caxton die Eingangstür öffnete, noch bevor er anklopfen musste.

»Wo ist er?«, fragte Alex, als der Butler die Tür hinter ihm schloss.

»Mr. Lowell ist noch immer in seinem Zimmer, Sir. Er ist nicht wieder erschienen, seit ich ihm vor über einer Stunde das Frühstück und die Morgenzeitungen gebracht habe.«

Alex eilte die Treppe hinauf und blieb erst stehen, als er Lawrence' Schlafzimmer erreicht hatte. Er hielt einen kurzen Augenblick inne, um wieder zu Atem zu kommen, und dann klopfte er leise an. Niemand reagierte. Er klopfte ein zweites Mal an, diesmal ein wenig lauter, doch noch immer kam keine Reaktion. Vorsichtig drehte er den Türknauf, schob die Tür auf und trat ein.

Lawrence hing an einem Deckenbalken, seine Harvard-Krawatte zu einer Schlaufe geknüpft.

31

Sascha

Merrifield

Die ist vom Metzger«, sagte Charlie. »Es ist die monatliche Gesamtrechnung.«

»Die muss sofort bezahlt werden«, sagte Elena. »Sascha besteht darauf, alle Lieferanten postwendend zu bezahlen. So bekommen wir das beste Fleisch, das frischeste Gemüse und Brot, das noch am selben Morgen im Ofen war. Wenn man eine Woche zu spät zahlt, bekommt man die Ware vom Vortag. Wenn man zwei Wochen zu spät zahlt, fertigen sie einen mit den Sachen ab, die sie bei ihren besseren Kunden nicht losgeworden sind. Wenn man einen Monat zu spät zahlt, stellen sie die Lieferungen ganz ein.«

»Ich werde den Scheck sofort ausstellen«, sagte Charlie. »Sascha kann ihn unterschreiben, wenn er aus seinem Wahlkreis zurückkommt, und dann können wir ihn morgen früh auf dem Weg zum Bahnhof direkt beim Metzger einwerfen.«

»Es war sehr nett von dir, dass du dir den Vormittag freigenommen hast, um mir bei diesen Sachen hier zu helfen«, sagte Elena, die verzweifelt auf den Berg an Post starrte, der vor ihr auf dem Tisch lag.

»Sascha hätte sich gerne selbst darum gekümmert, aber er kann es sich im Augenblick nicht leisten, auch nur ein paar Stunden herzukommen.«

»Soll das bedeuten, dass er gewinnen wird?«, fragte Elena.

»Nein, das bedeutet es leider nicht«, sagte Charlie nachdrücklich. »Der Sitz von Merrifield liegt unerschütterlich in der Hand der Tories. Sogar Mutter Teresa dürfte nicht auf einen Sieg hoffen, nicht einmal dann, wenn sie gegen den Teufel persönlich antreten würde.«

»Aber Sascha tritt doch wirklich gegen den Teufel an«, sagte Elena.

»Ganz so schlimm ist Fiona nicht.«

»Aber wenn er nicht gewinnen kann«, sagte Elena, als Charlie den nächsten Brief öffnete, »warum macht er sich dann all diese Mühe, wo es doch hier genügend Arbeit für ihn gibt?«

»Weil er der Ansicht ist, dass er sich so seine Sporen verdienen kann. Er will sich auf dem Schlachtfeld beweisen in der Hoffnung, irgendwann einen sicheren Sitz angeboten zu bekommen.«

»Aber die Menschen von Merrifield sind doch gewiss intelligent genug, um zu erkennen, dass Sascha ein besserer Abgeordneter wäre als Fiona Hunter?«

»Ich zweifle nicht daran, dass Sascha gewinnen würde, wenn dies ein Wahlbezirk wäre, bei dem es üblicherweise zu einem Kopf-an-Kopf-Rennen kommt«, sagte Charlie. »Aber das ist nicht der Fall, weshalb wir schlichtweg akzeptieren müssen, dass er diese Wahl verlieren wird.«

»Ich weiß nicht, ob ich die englische Politik jemals verstehen werde. In Russland wusste man immer ganz genau, wer gewinnen würde, ohne dass man sich die Mühe hätte machen müssen, eine Wahl abzuhalten.«

»Sei einfach dankbar dafür, dass Kochen eine Sprache ist, die man überall auf der Welt versteht«, sagte Charlie, »und die nicht erst übersetzt werden muss. Und jetzt zu dem hier«, fügte sie hinzu, als sie den nächsten Brief las. »Es ist eine Erinnerung daran, dass der Geschirrspüler im Elena Zwei inzwischen mehr als drei Jahre alt ist und die Firma unterdessen ein neues Modell anbietet, das in der Hälfte der Zeit doppelt so viel Geschirr reinigen kann.«

»Wann findet die Nachwahl statt?«, fragte Elena.

»In elf Tagen, und dann wird bei uns allen wieder die Normalität Einzug halten.«

»Nein, das wird nicht passieren. Denn dann wird Sascha Abgeordneter und dein Leben noch hektischer sein.«

»Elena, wie oft muss ich dir noch sagen, dass er einfach nicht gewinnen kann?«, erwiderte Charlie. Sie bemühte sich, nicht allzu entnervt zu klingen.

»Du solltest Sascha niemals unterschätzen«, sagte Elena mit zusammengebissenen Zähnen, doch obwohl Charlie sie hörte, ging sie nicht darauf ein, denn sie musste den nächsten Brief unverzüglich ein zweites Mal lesen.

»Was ist?«, fragte Elena, als sie Charlies Gesichtsausdruck sah.

Charlie schlang die Arme um ihre Schwiegermutter, reichte ihr den Brief und sagte: »Herzlichen Glückwunsch! Lies ihn einfach selbst, während ich eine Flasche Champagner aufmache.«

»FEIGLING!«, schrie die Schlagzeile auf der Titelseite der *Merrifield Gazette*.

»Aber das habe ich überhaupt nie gesagt«, protestierte Sascha.

»Ich weiß, dass Sie das nie gesagt haben«, erwiderte Alf. »Aber der Reporter meinte wohl, dass Sie das zum Ausdruck bringen wollten, als Sie ihm davon berichteten, wie enttäuscht Sie waren, weil Fiona sich nicht auf eine öffentliche Debatte mit Ihnen einlassen würde.«

»Soll ich mich beim Chefredakteur beschweren?«

»Auf gar keinen Fall«, sagte Alf. »Das ist die beste kostenlose Werbung, die wir seit Jahren bekommen haben, und, was noch wichtiger ist, Fiona wird in irgendeiner Weise reagieren müssen, was uns morgen eine weitere Schlagzeile verschafft.«

»Das sehe ich genauso«, sagte Charlie. »Soll sie sich doch mal zur Abwechslung Sorgen machen.«

»Und wie ich sehe, hat es Ihre Mutter ebenfalls in die Schlagzeilen geschafft«, fuhr Alf fort, indem er die Seite umblätterte.

»Ohne jeden Zweifel«, sagte Sascha, »und sie hat es wirklich verdient, obwohl sogar ich überrascht war, als ich hörte, dass *beide* Restaurants einen Michelin-Stern bekommen haben.«

»Wenn das alles hier vorüber ist«, sagte Alf, »habe ich vor, die ganze Mannschaft nach London mitzunehmen, damit unsere Leute einen Eindruck von den Kochkünsten Ihrer Mutter bekommen.«

»Netter Einfall«, sagte Charlie. »Aber ich muss Sie warnen, Alf. Das Einzige, was Saschas Mutter wird wissen wollen, ist, warum ihr Sohn es nicht zum Abgeordneten geschafft hat.«

»Also, was sollten wir uns heute vornehmen?«, fragte Sascha, der voller Ungeduld darauf wartete, sich wieder an die Arbeit zu machen.

»Es gibt immer noch ein paar Dörfer in unserem Bezirk, die Sie noch nicht besucht haben. Sie haben nichts weiter zu tun, als die Hauptstraße auf und ab zu gehen und wenigstens einem Einwohner die Hand zu schütteln, damit niemand behaupten kann, Sie seien sich zu fein, um die Leute aufzusuchen.«

»Ist das nicht ein wenig zynisch?«

»Und achten Sie darauf, zum Lunch in den örtlichen Pub zu gehen«, sagte Alf, indem er Saschas Frage ignorierte. »Und dort erzählen Sie dann dem Wirt, dass Sie darüber nachdenken, ein Haus in unserem Wahlbezirk zu kaufen.«

»Aber das tue ich doch gar nicht.«

»Und dann möchte ich, dass Sie wieder nach Roxton kommen, um auf einem der zentralen Plätze in der Innenstadt Straßenwahlkampf zu machen, und zwar zwischen halb sechs und halb acht, wenn die meisten Leute von der Arbeit nach Hause kommen. Aber zwischen halb acht und acht dürfen Sie eine Pause einlegen.«

»Warum gerade dann?«

»Weil Sie nur Stimmen verlieren würden, wenn Sie jemanden dabei stören, wie er sich *Coronation Street* im Fernsehen ansieht.« Sascha und Charlie lachten. »Das war kein Witz«, sagte Alf.

»Und danach? Mache ich dann weiter, indem ich von Haus zu Haus gehe?«

»Nein. Klopfen Sie niemals bei jemandem nach acht an die Tür. Ich habe für Sie eine weitere Rede organisiert, diesmal vor dem Roxton YMCA.«

»Aber bei meiner letzten Rede sind nur zwölf Leute gekommen, und dabei sind Sie, Charlie und Mrs. Campions Hund schon mitgezählt.«

»Ich weiß«, erwiderte Alf. »Aber das sind schon fünf mehr, als unsere letzte Kandidatin geschafft hat. Außerdem hat der Hund immerhin mit dem Schwanz gewedelt, als Sie wieder Platz genommen haben.«

Sascha war überrascht darüber, wie herzlich ihm die Menschen in der letzten Woche seines Wahlkampfs an ihrer Haustür und in den Straßen begegneten. Mehrere Einwohner des Bezirks sprachen darüber, dass Fiona Saschas Herausforderung zu einer öffentlichen Debatte mit der Begründung zurückgewiesen hatte, sie sehe sich nicht in der Lage, sich mit allen Kandidaten auf einen gemeinsamen Termin zu einigen, was eine weitere positive Schlagzeile für Sascha zur Folge hatte: »LABOUR-KANDIDAT: *MIR IST JEDER ZEITPUNKT RECHT.*«

»Sie können davon ausgehen, dass Sie es geschafft haben«, sagte Alf, »wenn die statt ›Labour-Kandidat‹ Ihren Namen benutzen.«

»Besonders, wenn sie ihn richtig schreiben«, sagte Mrs. Campion.

Alf nickte in Charlies Richtung, die sich vor dem örtlichen Arbeitsamt mit einem jungen Mann unterhielt. »Und was noch wichtiger ist«, sagte Alf, »wenn Ihre Frau die Kandidatin wäre und Ihre Mutter sich bereit erklären würde, in Merrifield ein Restaurant zu eröffnen, hätten wir eine viel größere Chance.«

Während der letzten Tage vor der Wahl verzichtete Sascha darauf, nach Hause zu fahren, und schlief stattdessen in Alfs Gästezimmer, wodurch er immer früh genug vor Ort war, um morgens mit den Pendlern zu sprechen.

Der Tag der Stimmabgabe verschwand für Sascha in einem einzigen Nebel, während er durch den gesamten Wahlbezirk eilte und sich bemühte, an all jene Türen zu klopfen, die in den parteiinternen Unterlagen mit einem Häkchen gekennzeichnet waren, welches darauf hinwies, dass es sich lohnen könnte, den Betreffenden an den Wahltermin zu erinnern. Er fuhr sogar einige seiner alten, gehbehinderten oder einfach nur faulen Mitbürger eigenhändig zum nächsten Wahllokal, obwohl er nicht sicher sein konnte, dass tatsächlich er es war, dem der eine oder andere am Ende seine Stimme gab.

Als die Wahllokale am Donnerstagabend um zehn Uhr schlossen, sagte Alf zu ihm: »Sie hätten nicht noch mehr tun können. Genau genommen muss ich sogar sagen, dass Sie der beste Kandidat waren, den wir je hatten.«

»Danke«, sagte Sascha und flüsterte dann Charlie zu: »Es gab ohnehin von Anfang an nur zwei Bewerber, die eine Chance hatten.«

Nach einem kleinen Bitter und einer geteilten Tüte Chips im Roxton Arms schlug Alf vor, zum Bürgermeisteramt zu gehen, wo die Stimmenauszählung bereits in vollem Gang war.

Als Alf, Sascha und Charlie den Gemeindesaal betraten, sahen sie sich mehreren langen Tischreihen gegenüber, wo ein Teil der Freiwilligen die Stimmzettel zu mehreren Stapeln sortierte, während ein anderer Teil die Stimmen zählte und zunächst zu Bündeln von jeweils zehn, danach zu Bündeln von einhundert und schließlich zu Bündeln von eintausend Stimmen zusammenstellte.

Sie verbrachten die nächsten Stunden damit, durch den Saal zu gehen und immer wieder einen diskreten Blick auf die einzelnen Bündel zu werfen. Alf gestand Sascha mehr als ein Mal, dass er kaum seinen Augen trauen könne. Als der Stadtdirektor in seiner Funktion als Wahlleiter kurz nach drei Uhr nachts das Ergebnis verkündete, rangen die

Konservativen hörbar nach Luft, während die Mitarbeiter der Labour-Partei in Beifall ausbrachen und Sascha auf die Schulter klopften.

Alf schrieb die Zahlen auf die Rückseite einer Zigarettenschachtel und starrte sie ungläubig an.

Roger Gilchrist (Lib): 2709
Fiona Hunter (Con): 14 146
Screaming Lord Sutch (Ind): 728
Sascha Karpenko (Lab): 11 365
Janet Brealey (Ind): 37

»Damit erkläre ich, dass Fiona Hunter rechtmäßig zur Abgeordneten für den Wahlbezirk Merrifield gewählt wurde«, verkündete der Stadtdirektor.

Fiona trat ans Mikrofon, um bekannt zu geben, dass sie die Wahl annahm. Sie dankte den Mitarbeitern ihrer Partei und erklärte, wie sehr sie sich darauf freue, die Bürger von Merrifield im Unterhaus zu vertreten. Die Namen ihrer Mitbewerber erwähnte sie kein einziges Mal. Als sie beiseite trat, sodass Sascha zum Mikrofon gehen konnte, fiel der Beifall nicht besonders begeistert aus.

Auch Sascha dankte seinen Mitarbeitern und gestand freimütig seine Niederlage ein. Dann gratulierte er seiner Gegnerin zu ihrem klug geführten Wahlkampf und wünschte ihr viel Erfolg als Abgeordnete. Nachdem alle fünf Kandidaten ihre Reden gehalten hatten, verließ Sascha die Bühne, um sich seinen Mitarbeitern anzuschließen, die feierten, als hätte ihr Kandidat einen Erdrutschsieg eingefahren.

»Sie haben den Vorsprung unserer Gegner von 12 214 auf unter 3000 reduziert«, sagte Alf. »Das wird sich sehr gut in Ihrem Lebenslauf machen. Möge Gott der armen Seele gnädig sein, die Ihnen als unser Kandidat bei der nächsten ordentlichen Parlamentswahl folgen wird.«

»Wollen Sie nicht, dass ich dann wieder antrete?«, fragte Sascha.

»Nein, das würden wir nie von Ihnen erwarten«, sagte Alf. »Nicht zuletzt deshalb, weil ich davon ausgehe, dass man Ihnen bis dahin mehrere Wahlbezirke anbieten wird, bei denen Sie eine echte Chance haben, und vielleicht sogar einen sicheren Labour-Sitz.«

»Ich habe jeden Augenblick in diesen letzten drei Wochen genossen«, sagte Sascha.

»Na ja, man muss nicht gerade verrückt sein, wenn man sich als Labour-Kandidat um den Sitz von Merrifield bewirbt«, sagte Alf, »aber es hilft zweifellos. Meine letzte Aufgabe als örtlicher Parteivorsitzender besteht darin, dafür zu sorgen, dass Sie den letzten Zug zur Victoria Station erwischen.«

»Ich glaube, Sie werden sehen, dass es eigentlich der erste Zug zur Victoria Station ist«, sagte Charlie.

Als sie zum letzten Mal zusammen auf den Bahnsteig gingen, küsste Alf Charlie zum Abschied auf beide Wangen und schüttelte Sascha herzlich die Hand.

»Sie waren ein feiner Kandidat, Sir«, sagte er. »Ich hoffe, ich werde noch erleben, wie Sie am Kabinettstisch Platz nehmen.«

Die vier trafen sich einmal pro Quartal. Der Termin war nicht formell genug, als dass man ihn eine Vorstandssitzung hätte nennen können, aber er war trotzdem mehr als eine unverbindliche Familienzusammenkunft. Dabei versammelten sich alle an einem Montagnachmittag um vier Uhr um den runden Tisch im Alkoven des Elena Eins. Zu diesem Zeitpunkt waren die Lunchgäste bereits gegangen, und die Dinnergäste würden erst kommen, wenn die Besprechung beendet wäre.

Sascha führte dabei den Vorsitz, während Charlie als Sekretärin fungierte: Sie bereitete die Tagesordnung vor und führte das Protokoll. Elena als Chefköchin und die Gräfin mit ihrem Anteil von fünfzig Prozent vervollständigten das Quartett.

Da sie einander ohnehin regelmäßig sahen, tauchten auf der Tagesordnung nur selten Dinge auf, die eine echte Überraschung waren: Ein Barmann hatte eine Flasche Whisky zu viel gestohlen und musste endgültig entlassen werden. Elena musste widerwillig den Bäcker wechseln, weil zu vielen Gästen der Inhalt des Brotkorbs nicht zugesagt hatte. Sie selbst hatte *Catering Monthly* gegenüber einmal erklärt, dass man sogar eine Mahlzeit, die jeder Auszeichnung wert sei, dadurch ruinieren könne, dass man ein vertrocknetes Brötchen oder eine Tasse schlechten Kaffee dazu serviere.

Wenn sie auf der Tagesordnung zum Abschnitt »Verschiedenes« gelangt waren, ging es üblicherweise nur noch darum, sich auf das Datum des nächsten Treffens zu einigen. An diesem Tag jedoch nicht.

»Ich habe gestern etwas erfahren«, sagte Sascha, »worüber ihr alle Bescheid wissen solltet.« Die drei anderen wurden ungewöhnlich aufmerksam. »Luini's wird in Kürze ankündigen, dass sie nach siebenundvierzig Jahren schließen. Anscheinend ist Tony Luini nicht aus demselben Holz wie seine Vorgänger gemacht, und seit dem Tod seines Vaters haben sie ständig Gäste verloren. Deshalb wird die Familie das Restaurant zum Kauf anbieten. Tony hat mich angesprochen und gefragt, ob wir vielleicht daran interessiert wären.«

»Was genau möchte er verkaufen?«, fragte Elena. »Denn ich sehe nur wenige oder überhaupt keine Kunden im Augenblick.«

»Eine vierzehnjährige Pacht mit der Option auf eine Verlängerung.«

»Und die Kosten für Übernahme und Pacht?«

»Die Übernahmekosten betragen zweiunddreißigtausend Pfund pro Jahr, zahlbar an Grosvenor Estate, und die Pacht um die zwanzigtausend Pfund.«

»Wie weit ist das Restaurant von Elena Eins und Elena Zwei entfernt?«, fragte die stets praktisch gesinnte Gräfin.

»Etwas mehr als eine Meile«, sagte Sascha. »Etwa zehn Minuten mit dem Taxi.«

»Wenn es nicht regnet«, fügte Charlie hinzu.

»Mein Großvater«, erwiderte die Gräfin, »hat immer gesagt: ›Verteile deine Aktiva nie über ein zu großes Gebiet.‹ Und da wir nur einen wirklich unersetzlichen Aktivposten haben, denke ich, dass Elenas Meinung den Ausschlag geben sollte. Besonders wenn wir die Absicht haben sollten, das Restaurant Elena Drei zu nennen.«

»Einverstanden«, sagte Charlie. »Aber es gibt noch einen anderen Faktor, den wir in Betracht ziehen müssen. Sollte Sascha bei der nächsten Wahl Parlamentsabgeordneter werden, wird er sich kaum um zwei Restaurants kümmern können, geschweige denn um drei.«

»Und ganz gewiss nicht, wenn man mir einen Sitz im Norden anbietet«, sagte Sascha. »Ich würde wahrscheinlich die Hälfte meiner Zeit im Zug oder im Auto verbringen. Ich wurde gerade zu einem Gespräch nach Wandsworth Central eingeladen, doch das ist ein so sicherer Labour-Sitz, dass es schon Glück wäre, wenn ich auch nur in die engere Auswahl käme.«

»Dürfte ich vorschlagen«, sagte die Gräfin, »dass wir alle irgendwann in dieser Woche zum Lunch ins Luini's gehen? Danach könnte uns Elena ja sagen, ob sie es für sinnvoll hält, die Idee weiterzuverfolgen. Denn ohne ihre besondere Magie würden wir nur unsere wertvolle Zeit verschwenden.«

»Einverstanden«, sagte Sascha. »Und damit erkläre ich unsere Sitzung für beendet.«

Die beiden gingen Hand in Hand die Stufen vor dem Bürgermeisteramt hinab.

»Immer nur lächeln«, bemerkte Sascha. »Sag nichts, bevor wir wieder im Auto sind.«

Er öffnete die Tür, sodass Charlie einsteigen konnte.

»Das hast du schon lange nicht mehr gemacht«, neckte Charlie ihn, als er auf dem Fahrersitz Platz nahm.

Sascha winkte Bill Samuel zu, dem lokalen Parteivorsitzenden, bevor er in den ersten Gang schaltete. Er sprach erst, als der Wagen vom Bürgersteig gerollt war und er sich in den frühabendlichen Verkehr eingefädelt hatte.

»Wie ist es gelaufen, was meinst du?«, fragte er, während sie in Richtung Fluss fuhren.

»Dein Auftritt hätte nicht besser sein können«, sagte Charlie. »Ich bin überzeugt davon, dass du nächste Woche um diese Zeit ihr Kandidat sein wirst.«

»Eine Woche ist eine lange Zeit in der Politik, wie uns Harold Wilson stets zu erinnern pflegt«, sagte Sascha. »Deshalb werde ich nicht so tun, als sei schon irgendetwas sicher.«

»Aber sie haben sich ja fast schon heute für dich entschieden«, sagte Charlie.

»Wie kannst du dir da so sicher sein?«

»Jackie, die Frau des Vorsitzenden, hat mir erzählt, dass du 149 Stimmen bekommen hast und die anderen beiden Kandidaten in der engeren Auswahl zusammen nur 151. Mit nur zwei Stimmen mehr, sagte sie, wärst du heute schon gewählt worden. Deshalb wird es heute in einer Woche so sein.«

»Einer der sichersten Sitze im ganzen Land«, sagte Sascha. »Weniger als zwanzig Minuten vom Unterhaus entfernt und nur fünfzehn von unserem Zuhause in Fulham. Was könnte sich ein Mann mehr wünschen.«

»Ich bin schwanger«, sagte Charlie.

Sascha trat abrupt auf die Bremse. Hinter ihm erklang wütendes Hupen, doch er ignorierte den Lärm, nahm Charlie in die Arme und sagte: »Das sind ja wunderbare Neuigkeiten, Liebling. Wir müssen unbedingt dafür sorgen, dass das Parteikomitee Bescheid weiß, bevor die Mitglieder nächste Woche zusammenkommen. Vielleicht könntest du ja deine neue Freundin Jackie Samuel anrufen.«

»Ich muss gestehen, dass das nicht ganz die Reaktion war, die ich erwartet hatte«, sagte Charlie.

»Herzlichen Glückwunsch«, sagte Elena, als sie die Neuigkeiten hörte.

»Vielen Dank«, sagte Sascha, »aber noch bin ich nicht gewählt.«

»Ich meine nicht dich, du Idiot. Ich habe Charlie gratuliert. Was wünscht ihr euch, einen Jungen oder ein Mädchen?«

»Natürlich ein Mädchen«, sagte Sascha. »Schließlich gab es in der Familie Karpenko schon seit vier Generationen keines mehr.«

»Mir ist das egal«, sagte Charlie, »solange er oder sie kein Politiker werden will.«

»Aber sie könnte die erste Labour-Premierministerin werden«, erwiderte Sascha.

»Es ist nicht natürlich, wenn eine Frau das Premierministeramt anstrebt«, sagte Elena.

»Lass das nicht Fiona Hunter hören«, sagte Sascha. »Es sei denn, du möchtest in den finsteren Tower verbannt werden.«

»Wenn diese Frau jemals Premierministerin werden sollte, würde ich ernsthaft darüber nachdenken, wieder nach Russland zurückzukehren«, sagte Elena. »Aber bis dahin sollte sich der eine oder andere von uns wieder an die Arbeit machen, besonders wenn wir bald einen Abgeordneten in der Familie haben werden. Wie ich höre, werden die nicht sehr gut bezahlt.«

»Und sie bekommen auch keine Trinkgelder«, sagte Charlie.

»Aber dafür erklärt ihnen jeder, wie sie das Land regieren sollen«, sagte Sascha und fuhr mit dem Finger über die Seite mit den abendlichen Reservierungen. Er hielt inne, als er einen vertrauten Namen sah.

»Ich wusste gar nicht, dass Alf Rycroft für heute einen Tisch reserviert hat.«

»Doch«, sagte Elena. »Er hat heute Morgen angerufen und gesagt, er hoffe, ihr beide könntet ihn hier zum Dinner treffen, da er etwas Wichtiges mit euch besprechen möchte.«

»Er hofft wahrscheinlich, dass du bei der Parlamentswahl wieder für Merrifield antrittst«, sagte Charlie, »denn natürlich kann er nicht wissen, dass man dich in Kürze zum Kandidaten für einen sicheren Sitz wählen wird.«

»Er wird sich freuen, wenn er die Nachricht hört«, sagte Elena. »Und er wird stolz darauf sein, dass sein Protegé schon bald Abgeordneter ist. Wie kommt diese Hunter eigentlich zurecht?«

»Ehrlich gesagt, ziemlich gut«, antwortete Sascha. »Nach nur einem Jahr auf der grünen Bank ist sie bereits parlamentarische Staatssekretärin des Ministers für ländliche Angelegenheiten im Schattenkabinett.«

»Wie bedeutend ist das?«, fragte Charlie.

»Es ist die erste Sprosse der Leiter für jeden Abgeordneten, der nach allgemeiner Ansicht eine vielversprechende Karriere vor sich hat.«

»Es dürfte interessant sein mitzuverfolgen, wer von euch beiden es zuerst ins Kabinett schafft«, sagte Elena.

»Wir wollen nicht vorgreifen«, sagte Charlie.

»Das sehe ich genauso«, erwiderte Sascha. »Zunächst einmal muss Wandsworth Central mich aufstellen, und da ich für die letzte Vorstellungsrunde eine völlig neue Rede vorbereiten muss, werdet ihr bis nächsten Donnerstag nicht viel von mir zu Gesicht bekommen. Übrigens, Mutter, hast du darüber nachgedacht, ob du ein drittes Restaurant führen willst?«

»Ja, das habe ich«, sagte Elena, bevor sie in der Küche verschwand.

Sascha öffnete eine Flasche Champagner und schenkte Charlie und sich ein Glas ein. »Ich muss den richtigen Augenblick abpassen«, sagte er. »Am besten, bevor Alf die Chance hat, das Thema Merrifield anzuschneiden.«

»Und wie willst du das hinbekommen?«

»Ich werde mich ausnahmsweise wie ein Engländer verhalten und über alles Mögliche plaudern, sogar über das Wetter, bevor ich mich dem einzigen Thema zuwenden werde, über das wir uns wirklich unterhalten müssen.«

»Er kommt gerade herein«, flüsterte Charlie.

Sogleich erhob sich Sascha von seinem Barhocker und ging rasch durch das Restaurant, um den Parteivorsitzenden zu begrüßen, in dessen Wahlbezirk er einmal angetreten war.

»Kommen Sie, Alf, setzen Sie sich zu uns. Ich habe gerade Ihnen zu Ehren eine Flasche Champagner aufmachen lassen.«

»Gibt es irgendetwas Besonderes zu feiern?«

»Ich werde bald Vater.«

»Und ich glaube, ich bin die Mutter«, sagte Charlie grinsend.

»Herzlichen Glückwunsch«, sagte Alf und küsste sie auf beide Wangen.

»Danke«, sagte Charlie, als ein Kellner ihnen die Speisekarten reichte.

»Was können Sie mir empfehlen?«, fragte Alf, der seine Karte gar nicht erst aufschlug.

»Elenas Moussaka ist die Spezialität des Hauses«, sagte Sascha. »Laut *Spectator* nehmen unsere Gäste einen Weg von vielen Meilen auf sich, um in ihren Genuss zu kommen.«

»Keine Zeitschrift, die ich regelmäßig lesen würde«, gestand Alf, »aber in dieser Sache verlasse ich mich auf diese Meinung. Ich bin ohnehin ein großer Verehrer Ihrer Mutter. Sie ist eine bemerkenswerte Frau.«

»Ich bin von bemerkenswerten Frauen umgeben«, sagte Sascha, »und ich freue mich auf ein Kind, das mich geradezu anbeten wird.«

»Ich glaube, es wird genau umgekehrt sein«, sagte Alf.

Nachdem sie bestellt hatten, schenkte Sascha ihnen allen noch einmal ein, und dann sprachen sie über Fernsehübertragungen aus dem Parlament, die Probleme in Nordirland und schließlich über das Wetter, bevor Sascha vorschlug, sich an ihren Tisch zu begeben.

»Ich bin schon ganz ungeduldig zu hören, was Fiona in der Zwischenzeit so alles angerichtet hat«, sagte Sascha, nachdem sie Platz genommen hatten.

»Alles zu seiner Zeit«, sagte Alf. »Zuerst würde ich gerne wissen, wie es für Sie am Courtauld so läuft, Charlie.«

»Sie sitzen neben Dr. Karpenko«, sagte Sascha und nickte in Richtung seiner Frau.

»Herzlichen Glückwunsch. Sie müssen sehr stolz sein.«

»Nicht so stolz, wie ich auf Sascha bin, der nach der nächsten Wahl gut und gerne Abgeordneter sein kann«, erwiderte Charlie wie aufs Stichwort.

Alf konnte seine Enttäuschung nicht verbergen. Es dauerte einige Zeit, bis er sich erholt hatte. »Dann hat man Ihnen also einen anderen Sitz angeboten?«

»Genau genommen noch nicht«, sagte Charlie, als Gino den ersten Gang servierte. »Aber er ist in der engeren Auswahl für Wandsworth Central, und da er nach der ersten Vorstellungsrunde mit weitem Abstand auf dem ersten Platz liegt, sind wir ziemlich zuversichtlich.«

»Auch dazu meinen herzlichen Glückwunsch«, sagte Alf. »Ich kann nicht behaupten, dass ich überrascht bin. Denn ich hatte es wirklich so gemeint, als ich sagte, ich hoffe, ich darf noch miterleben, wie Sie Ihren Platz im Kabinett einnehmen. Obwohl ich zugeben muss, dass ich mir gewünscht hätte, Sie würden das eines Tages als Abgeordneter von Merrifield tun.«

»Aber Sie haben mir doch gesagt, Sie würden gar nicht von mir erwarten, dass ich doch noch einmal in Merrifield antreten würde. Und da Fiona im Begriff ist, sich im

Unterhaus einen Namen zu machen, dürfte der Sitz für die Tories bei der nächsten Parlamentswahl wieder ungefährdet sein.«

»Normalerweise würde ich Ihnen zustimmen«, sagte Alf, »wenn nicht kürzlich die Kommission zur Festlegung der Grenzen von Wahlbezirken ihre Empfehlungen veröffentlicht hätte.«

»Geht da gerade irgendetwas an mir vorbei?«, fragte Charlie. »Ich komme mir vor wie Alice beim Tee mit dem verrückten Hutmacher.«

»Das ist kaum überraschend, denn nur wenige Menschen außerhalb der Blase von Westminster haben jemals von der Grenzkommission gehört. Es ist eine unabhängige Einrichtung, die zusammentritt, wenn es angebracht scheint, sich die parlamentarische Landschaft genauer anzusehen, damit Anomalien, die sich über die Jahre herausgebildet haben, beseitigt werden können. Die Kommission ist in ihrer unendlichen Weisheit zu dem Schluss gekommen, dass die Grenzen des Wahlbezirks Merrifield neu festzulegen sind, wodurch das ein paar Meilen abseits gelegene Blandford miteingeschlossen wäre, sodass ein neuer Wahlbezirk entstehen wird, obgleich er immer noch den Namen Merrifield tragen soll.«

»Würde Merrifield dadurch zu einem sicheren Labour-Sitz werden?«, fragte Sascha.

»Nein, das könnte man nicht gerade behaupten«, erwiderte Alf. »Aber nachdem wir alles durchgerechnet haben, sind wir sicher, dass Merrifield in Zukunft einer jener entscheidenden Bezirke sein wird, bei denen ein Kopf-an-Kopf-Rennen absehbar ist. Der *Guardian* meint sogar, dass der Sitz inzwischen zu denjenigen gehört, die über den Ausgang der nächsten Wahl entscheiden.«

Die Kellner trugen den ersten Gang ab, obwohl Sascha seine Suppe nicht angerührt hatte. »Und wie hat Fiona auf diese Bombe reagiert?«

»Sie hat natürlich Widerspruch eingelegt, sich mit Klauen und Zähnen gegen die Entscheidung der Kommission gewehrt, doch sie hat verloren und musste sich entscheiden, ob sie sich nach einem sichereren Sitz umsehen oder in Merrifield bleiben und die Herausforderung annehmen will. Wie ich höre, hat der Vorsitzende der Konservativen Partei nicht den geringsten Zweifel darüber aufkommen lassen, was man von ihr erwartet, und soeben hat sie erklärt, dass sie ihren Sitz verteidigen wird.«

Obwohl der Hauptgang serviert wurde, rührte Sascha Messer und Gabel nicht an.

»Unter diesen veränderten Umständen«, sagte Alf, »habe ich letzte Nacht eine Sitzung des Wahlausschusses einberufen, auf der einstimmig beschlossen wurde, dass wir uns nirgendwo anders umsehen würden, sollten Sie bereit sein, als unser Kandidat anzutreten.«

»Wie viel Zeit hat er, um sich zu entscheiden?«, fragte Charlie.

»Ich habe versprochen, dem Ausschuss bis Ende der Woche Bericht zu erstatten.«

»Noch bevor Wandsworth Central einen Kandidaten auswählt?«, fragte Sascha.

»Sie wissen genauso gut wie ich, Sascha, dass *jeder*, den Wandsworth Central bestimmen wird, einen Erdrutschsieg einfahren dürfte, wohingegen ich davon überzeugt bin, dass Sie unsere beste Chance sind, Merrifield zu gewinnen, wodurch Labour die Chance bekäme, auch weiterhin zu regieren.«

»Das hört sich für mich wie ein nicht besonders subtiler Manipulationsversuch an«, sagte Charlie.

»Auch bekannt unter der Bezeichnung ›Hinterzimmerpolitik‹«, sagte Alf gerade, als Elena aus der Küche geeilt kam.

Alf erhob sich sogleich. »Die Moussaka ließ mir das Wasser im Mund zusammenlaufen, meine Teuerste«, sagte er. »Und danach kommt ja auch noch Ihr berühmter Bananen-Toffee-Kuchen.«

»Ja, aber nicht, bevor wir mit einem weiteren Glas Champagner angestoßen haben«, sagte Elena. »Ich vermute, dass Sascha Ihnen die gute Nachricht schon mitgeteilt hat.«

»Wir haben kaum über etwas anderes gesprochen«, sagte Alf.

»Und ich glaube, Sie werden sehen, dass er sich bereits entschieden hat.«

Alf wirkte enttäuscht, Charlie überrascht und Sascha verwirrt.

»O ja«, sagte Elena. »Konstantin, wenn es ein Junge wird, und Natascha, wenn es ein Mädchen ist.«

Sascha, Charlie und Alf lachten.

»Was ist so komisch an dem, was ich gesagt habe?«, fragte Elena.

»Sehr geehrter Vorsitzender,
nach eingehender Selbstprüfung und mit großem Bedauern muss ich Ihnen mitteilen, dass ich beschlossen habe, meine Bewerbung als möglicher Labour-Kandidat bei der Parlamentswahl zurückzuziehen für Ihren Wahlbezirk …«

Sascha legte den Füllfederhalter auf den Schreibtisch, lehnte sich zurück und dachte noch einmal über den Entschluss nach, den er gemeinsam mit Charlie getroffen hatte.

Sogar in diesem letzten Augenblick war er versucht, sich noch einmal umzuentscheiden. Immerhin würde seine Wahl sein ganzes Leben verändern. Und er dachte an Fiona. Dann griff er nach seinem Füllfederhalter und fügte die Worte »Wandsworth Central« hinzu.

32

Alex

Boston

Die Cathedral of the Holy Cross war bei Lawrence' Beerdigung bis auf den letzten Platz belegt. Dieser sanfte, bescheidene, anständige Mann wäre sicher sehr berührt gewesen angesichts der vielen Menschen, denen er offensichtlich etwas bedeutet hatte.

Alex fühlte sich geehrt, als Lawrence' Mutter, Mrs. Rose Lowell, ihn bat, eine der drei Trauerreden zu halten, besonders da die beiden anderen Redner Senator Ted Kennedy und Bischof Lomax waren.

Nachdem der Bischof den Segen gesprochen hatte und die Trauergäste aufgebrochen waren, kamen zwei Männer auf Alex zu. Den einen kannte er gut, den anderen hatte er noch nie gesehen.

Bob Brookes, der Parteivorsitzende der Demokraten in Boston, sagte, er müsse ihn in einer vertraulichen Angelegenheit sprechen. Eigentlich hatte Alex vorgehabt, gleich am Nachmittag nach New York zurückzufahren, doch er war einverstanden, seinen Aufbruch um vierundzwanzig

Stunden zu verschieben, und sie vereinbarten, sich am folgenden Morgen um zehn Uhr in Alex' Hotel zu treffen. Der zweite Mann erwies sich als der Familienanwalt der Lowells und hatte eine ähnliche Bitte. Da Mr. Harbottle jedoch nicht gewillt war, eine so delikate Angelegenheit außerhalb seines Büros zu besprechen, erklärte Alex sich bereit, ihn gleich nach seiner Besprechung mit Brookes aufzusuchen.

Alex kehrte ins Mayflower Hotel zurück und rief Anna in der Galerie an, um ihr mitzuteilen, dass er erst am Tag darauf zurückkehren werde. Sie klang enttäuscht, gestand ihm jedoch, dass sie es gar nicht erwarten könne, endlich zu erfahren, was die beiden Männer mit ihm zu besprechen hatten.

»Übrigens«, sagte sie, »hast du es deiner Mutter schon erzählt?«

»Die Wahl war einstimmig«, sagte Brookes.

»Ich fühle mich geschmeichelt«, sagte Alex, »aber ich fürchte, die Antwort lautet trotzdem nein. Elena's hat kürzlich zwei neue Pizzarestaurants eröffnet, eins in Denver und eins in Seattle, und es wird Zeit, dass die Mitarbeiter ihren Chef kennenlernen. Deshalb werden Sie sich nach jemand anderem umsehen müssen.«

»Sie waren der einzige Kandidat, den der Parteivorstand überhaupt in Betracht gezogen hat.«

»Aber ich komme aus New York. Meine einzige Verbindung zu Boston war Lawrence.«

»Alex, ich habe gesehen, wie Sie in den letzten sechs Wochen mit Lawrence zusammengearbeitet haben, und nachdem ich mein Leben in der Politik verbracht habe, kann ich Ihnen versichern, dass Sie ein Naturtalent sind.«

»Warum treten Sie nicht selbst an, Bob? Sie wurden in Boston geboren und sind hier aufgewachsen. Jeder kennt und respektiert Sie.«

»Ich könnte Ihnen ein Dutzend Leute vorstellen, die in der Lage wären, den örtlichen Parteivorsitz zu übernehmen, aber nur ganz selten läuft man jemandem über den Weg, der geradezu dafür geboren wurde, unser Kandidat zu sein.«

»Ich muss gestehen«, sagte Alex, »dass ich schon über eine Karriere in der Politik nachgedacht habe, aber es wäre viel sinnvoller, in der Bezirksverwaltung von Brighton Beach zu beginnen, wo ich zur Schule gegangen bin und mein Unternehmen gegründet habe. Und wenn ich viel Glück habe, werde ich meine Leute dann eines Tages im Kongress vertreten. Nein, Bob, Sie müssen vor Ort einen Kandidaten finden, der gegen Blake Hawksley antritt.«

»Aber Hawksley hat doch überhaupt nicht Ihre Klasse, und die Mehrheit der Demokraten ist so groß, dass Sie ihn völlig aus dem Feld schlagen werden. Wenn wir Sie erst einmal im Kongress haben, wird Sie dort niemand je wieder rauswerfen können. Es sei denn, Sie wollen Senator werden.«

Alex zögerte. »Ich wollte, es wäre so einfach, aber das ist es nicht. Würden Sie also bitte so freundlich sein und Ihrem Parteivorstand für das Angebot danken und ihm mitteilen, dass ich vielleicht in vier oder fünf Jahren …«

»Der Sitz wird in vier oder fünf Jahren nicht mehr zur Verfügung stehen, Alex. In der Politik sind Timing und Gelegenheit alles, und diese beiden Sterne erstrahlen nicht allzu oft.«

»Ich weiß, dass Sie recht haben, Bob, aber die Antwort lautet immer noch nein. Ich muss los. Ich habe einen Termin mit Lawrence' Familienanwalt. Er hat mich gebeten, auf dem Weg zum Flughafen bei ihm vorbeizuschauen.«

»Wenn Sie sich doch noch umentscheiden sollten …«

»Mein Name ist Ed Harbottle. Ich bin der Seniorpartner von Harbottle, Harbottle & McDowell. Unsere Kanzlei hat das Privileg, seit über einhundert Jahren die Familie Lowell zu vertreten. Mein Großvater«, sagte Harbottle und sah zu einem Ölgemälde auf, das einen älteren Herrn in einem blauen, zweireihigen Nadelstreifenanzug samt Taschenuhr an einem Goldkettchen zeigte, »hat sich um den Besitz von Mr. Ernest Lowell gekümmert, den angesehenen Bankier und berühmten Kunstsammler. Mein Vater war der Rechtsberater von Mr. James Lowell, und während der letzten elf Jahre war ich selbst Mr. Lawrence Lowells Anwalt, Berater in juristischen Angelegenheiten und, so glaube ich sagen zu können, Freund.«

Alex musterte den Mann, der ihm auf der anderen Seite des Schreibtischs gegenübersaß und ebenfalls einen dunkelblauen, zweireihigen Nadelstreifenanzug samt goldener Taschenuhr trug, bei der es sich zweifellos um exakt dieselbe wie auf dem Gemälde handelte. Was den Anzug betraf, so war Alex nicht sicher.

»Wir haben uns unter traurigen Umständen kennengelernt, Mr. Karpenko.«

»Tragische Umstände, zu denen es nicht hätte kommen müssen«, sagte Alex bewegt. Mr. Harbottle hob eine Augenbraue. »Ich hoffe, dass ich jene Zeit noch miterleben werde, in der die sexuellen Neigungen eines Menschen keine Rolle mehr spielen werden, wenn es um ein Urteil über ihn geht. Auch nicht bei jenen, die ein öffentliches Amt anstreben.«

»Das ist nicht der Grund, warum Mr. Lowell sich umgebracht hat«, sagte Harbottle. »Aber dazu komme ich später«, fügte er hinzu und schob seine Brille mit den halbmondförmigen Gläsern zurecht. »Mr. Lowell hat unsere Kanzlei zu seinen einzigen Testamentsvollstreckern bestimmt, und in dieser Eigenschaft ist es meine Pflicht, Sie über eine Hinterlassenschaft zu informieren, die er Ihnen zugedacht hat.«

Alex schwieg. Er versuchte, nichts vorwegzunehmen und auf nichts zu hoffen.

»Ich werde mich bei meinen Ausführungen auf den einzigen Abschnitt des Testaments beschränken, der Sie betrifft, da es mir nicht freisteht, mit Ihnen über jegliche anderen Einzelheiten zu sprechen. Haben Sie irgendwelche Fragen, Mr. Karpenko?«

»Nein«, sagte Alex, der in Wahrheit ein Dutzend Fragen, aber ebenso das Gefühl hatte, dass alles nach und nach aufgeklärt würde. Und zwar in jenem Tempo, das Mr. Harbottle als angemessen erachtete. Wieder schob der ältere Anwalt seine Brille zurecht, bevor er mehrere Seiten des dicken Pergament-Dokumentes umblätterte, das er vor sich liegen hatte.

»Ich werde Klausel 43 des Testaments vorlesen«, erklärte er, womit er endlich zum eigentlichen Zweck des heutigen Treffens kam. »›Ich hinterlasse Alex Karpenko meine gesamten, sich auf fünfzig Prozent belaufenden Anteile an der Elena Pizza Company, in der wir gemeinsam Partner sind.‹«

Alex war einen Moment lang sprachlos angesichts der Großzügigkeit seines alten Freundes. Schließlich sagte er: »Ich kann mir nicht vorstellen, dass seine Schwester das einfach so hinnimmt.«

»Ich glaube nicht, dass Mrs. Evelyn Lowell-Halliday Ihnen oder irgendjemandem sonst Schwierigkeiten machen wird. Ganz im Gegenteil.«

»Was verschweigen Sie mir, Mr. Harbottle?«, sagte Alex und starrte sein Gegenüber an.

Der Anwalt zögerte einen Augenblick. Dann setzte er seine Brille ab und legte sie auf den Schreibtisch. »Die Gründe für Lawrence' Selbstmord sind komplexer, als es der Öffentlichkeit bewusst ist, Mr. Karpenko. Er hat sich nicht wegen der Veröffentlichungen in der Presse umgebracht.«

»Warum dann?«

»Lawrence hatte viele wertvolle Eigenschaften. Er war mit seinem Herzen ebenso großzügig wie mit seiner Geldbörse, und er besaß das aufrichtige Verlangen, der Gemeinschaft zu dienen, wodurch er ein idealer Kandidat für ein öffentliches Amt war. Ich zweifle nicht daran, dass er ein sehr guter Kongressabgeordneter geworden wäre.«

»Aber?«

»Aber«, wiederholte Harbottle, »um eine moderne Finanzinstitution zu leiten, sind andere Fertigkeiten und Erfahrungen vonnöten, und obwohl Lawrence Vorstandsvorsitzender der Lowell Bank and Trust Company war, hatte er diese Position nur dem Namen nach inne und überließ es anderen, das Tagesgeschäft zu organisieren. Menschen, die nicht aus demselben moralischen Holz geschnitzt waren.«

»Wie schlimm ist es?«, fragte Alex und beugte sich vor.

»Mit den genaueren Einzelheiten der gegenwärtigen finanziellen Situation der Bank bin ich nicht vertraut, aber ich kann Ihnen sagen, dass Douglas Ackroyd, der geschäftsführende Direktor, noch heute Nachmittag von seinem Posten zurücktreten wird. Ich bin nur froh, dass unsere

Kanzlei diesen besonderen Herrn in möglichen juristischen Auseinandersetzungen nicht vertreten muss.«

»Gibt es irgendetwas, womit ich helfen kann?«, fragte Alex.

»Ich bin nicht in der Position, Ihnen in dieser Hinsicht einen Rat zu geben, Mr. Karpenko. Aber Lawrence hat mich gebeten, Ihnen diesen Brief zu überreichen.« Er öffnete eine Schublade seines Schreibtischs, nahm einen dünnen weißen Umschlag heraus und reichte ihn Alex.

Alex riss ihn auf und zog ein einzelnes Blatt Papier heraus, das in Lawrence' kühner und unverwechselbarer Handschrift abgefasst war.

Lieber Alex,
inzwischen wirst du wissen, dass ich mich vollkommen zum Narren gemacht und, was noch wichtiger ist, den guten Namen meiner Familie ruiniert habe, den diese in über einhundert Jahren erworben hat und der nun in einer einzigen Generation verspielt wurde.

Ich entschuldige mich dafür, dass ich dich mit meinen Problemen belaste, aber wenige Tage nach meinem Tod wird die Steuerfahndung Ermittlungen gegen die Lowell Bank and Trust Company aufnehmen. Irgendjemand wird die unvermeidliche Aufgabe übernehmen müssen, sich einen abschließenden Überblick über die Aktiva der Bank zu verschaffen und gleichzeitig alles in seiner Macht Stehende zu tun, damit die loyalen Anteilseigner und Kunden einen so geringen Verlust wie möglich erleiden werden.

Zu diesem Zweck habe ich verfügt, dass der neue Vorstandsvorsitzende der Bank mit dem Familienvermögen einschließlich meiner Häuser in Boston,

Southampton und Südfrankreich sowie der Lowell'schen Kunstsammlung in einer Weise verfahren möge, wie es ihm angemessen erscheint.

Dabei bleibt jedoch die Frage, wer dieser neue Vorsitzende sein soll. Ich kann mir niemanden vorstellen, dem ich es eher zutrauen würde, eine solch schwerwiegende Verantwortung zu tragen, als dich, und falls du dich dazu in der Lage fühlst, überschreibe ich dir meinen Aktienanteil von 50 %. Ich würde es jedoch verstehen, wenn du dich nicht in der Lage siehst, eine solche Aufgabe zu übernehmen, besonders da es nicht das erste Mal wäre, dass du mir zu Hilfe kommst.

Für alles, was du in der Vergangenheit für mich getan hast, bin ich dir zutiefst dankbar.

Wie immer,
Lawrence

Alex sah den Anwalt über den Schreibtisch hinweg an und sagte: »Kennt außer mir sonst noch irgendjemand diesen Brief, Mr. Harbottle?«

»Ich habe ihn nicht einmal selbst gelesen, Sir.«

Nachdem Alex Mr. Harbottles Büro verlassen hatte, ging er unverzüglich zurück in sein Hotel und teilte der Rezeptionistin mit, dass er erst am folgenden Morgen auschecken werde. Doch zuerst musste er einige Anrufe tätigen, bevor er auch nur daran denken konnte, der Bank einen Besuch abzustatten. Sein erster Anruf galt Anna. Er teilte ihr mit, dass er zunächst nicht wie geplant nach New York zurückkommen werde. Dann informierte er sie über die

Einzelheiten aus Lawrence' Testament und fragte: »Glaubst du, dass du zusammen mit Mr. Rosenthal so schnell wie möglich nach Boston kommen könntest, um den Wert der Lowell Collection zu schätzen?«

»Ich erkundige mich, ob er frei ist, dann rufe ich dich an. Bist du während der nächsten Tage im Mayflower?«

»Nein, Mr. Harbottle hat mir geraten, so schnell wie möglich nach Beacon Hill umzuziehen, damit Evelyn sich dort nicht niederlassen und das Haus für sich beanspruchen kann.«

»Wie großzügig von Lawrence, dir seine fünfzig Prozent am Elena's zu überlassen, besonders da er nicht wusste, ob du den Posten als Vorstandsvorsitzender annehmen würdest.«

»Und er hat meine Aufgabe, die Bank über Wasser zu halten, auch dadurch ein wenig leichter gemacht, dass er mir darüber hinaus seine fünfzig Prozent Bankaktien überlassen hat, unter der Bedingung, dass ich den Posten annehme. Das bedeutet, niemand außer Evelyn kann mich überstimmen, denn ihr gehören die anderen fünfzig Prozent.«

»Evelyn? Wird die Aufgabe dadurch nicht noch schwieriger?«

»Wenn ich Lawrence' Vater gewesen wäre, hätte ich ihn zweifellos darauf hingewiesen, dass die Gerichtssäle voll von zerstrittenen Geschwistern sind, von denen jedes einen fünfzigprozentigen Anteil am Unternehmen seines Vaters besitzt. Aber Harbottle ist davon überzeugt, dass sie keine Schwierigkeiten machen wird, solange die Aktien wertlos sind.« Dann wechselte er abrupt das Thema. »Ich vermisse dich«, sagte er. »Wann kannst du zu mir kommen, was meinst du?«

»*Du* hättest eigentlich nach New York kommen sollen, nur für den Fall, dass du das vergessen hast. Ich werde am Freitagmorgen fliegen, dann können wir das Wochenende zusammen verbringen. Ich brauche den Katalog der Sammlung, bevor Mr. Rosenthal zu uns stößt. Und bevor ich's vergesse: Hast du deiner Mutter inzwischen Bescheid gesagt?«, fragte Anna.

»Noch nicht. Aber ich werde es tun, sobald ich einen freien Augenblick habe.«

Alex' zweiter Anruf galt einem örtlichen Immobilienmakler. Er beauftragte ihn, Lawrence' Besitz in Boston, Southampton und Südfrankreich zu schätzen.

Sein dritter Anruf galt Paolo. Alex fragte ihn, ob er in seiner Abwesenheit die Führung der Geschäfte übernehmen würde.

»Zwei Eier, nur auf einer Seite gebraten, Schinken und Bratkartoffeln«, sagte Alex, als die Kellnerin ihm Kaffee einschenkte. Er war froh, dass seine Mutter viele Meilen entfernt in Brooklyn war und ihn nicht sehen konnte.

Er nahm einen Schluck Kaffee und schlug die Wirtschaftsbeilage des *Globe* auf. Die Titelseite zeigte ein Foto von Douglas Ackroyd, unter dem eine Presseerklärung stand, die er am Vortag selbst herausgegeben hatte und die ihn von jeder Schuld freisprach:

> »Ich bin zu dem Schluss gekommen, dass es angebracht ist, mich als geschäftsführender Direktor aus der Lowell Bank and Trust Company zurückzuziehen, der ich die letzten zwanzig Jahre meines Lebens gedient habe. Nach dem tragischen Tod unseres allseits geschätzten Vorstandsvorsitzenden Lawrence Lowell bin ich der Ansicht, dass

> die Bank auf ihrem Weg ins einundzwanzigste Jahrhundert eine neue Führungsriege benötigt. Ich selbst würde gerne auch weiterhin dem Vorstand angehören und dem Vorsitzenden in jeder Funktion zu Diensten sein, welche dieser für angemessen hält.«

Darauf würde ich wetten, dachte Alex. Aber warum wollte Ackroyd überhaupt im Vorstand bleiben? Wollte er dafür sorgen, dass man Lawrence die alleinige Schuld geben würde, wenn die Bank unterging, sodass sein eigenes Ansehen durch das Debakel nicht beschädigt würde? Es kam Alex so vor, als durchschaue er den Mann bereits, obwohl er ihm noch nie begegnet war.

Sobald er die Gelegenheit gehabt hätte, die Bücher zu studieren, würde Alex seine eigene Presseerklärung herausgeben, damit niemand daran zweifeln könnte, bei wem die wirkliche Verantwortung gelegen hatte. Er faltete die Zeitung zusammen und betrachtete voller Bewunderung das imposante georgianische Gebäude, das die gegenüberliegende Seite der State Street beherrschte, und fragte sich, ob es möglich wäre, die Bank als gut gehendes Unternehmen zu verkaufen. Immerhin war sie schon seit einhundert Jahren im Geschäft und besaß einen makellosen Ruf. Aber derlei Fragen konnte er erst beantworten, wenn er die Bücher durchgesehen hatte, und das konnte mehrere Tage in Anspruch nehmen.

Alex warf einen Blick auf seine Uhr, als die Kellnerin mit seiner Bestellung zurückkam. Es war vierundzwanzig Minuten nach acht. Er hatte vor, das Gebäude zum ersten Mal um fünf Minuten vor neun zu betreten. Er sah sich im Diner um und fragte sich, ob irgendeiner der anderen Gäste ebenfalls in der Bank arbeitete und ob sich einer von ihnen bewusst war, dass der neue Vorstandsvorsitzende in einer der Nischen saß.

Eine der Möglichkeiten, die er bereits erwogen hatte, bestand darin, eine der größeren Bostoner Banken auf eine Fusion anzusprechen mit der Begründung, dass es keinen natürlichen Nachfolger gebe, da Lawrence keine Erben habe. Doch sollte die schwierige finanzielle Lage der Bank dies unmöglich machen, so bliebe ihm keine andere Wahl, als auf Plan B, einen Notverkauf, zurückzugreifen. In einem solchen Fall würde er Ende des Monats wieder zurück in New York sein und Pizza servieren.

Um Punkt halb neun warf er einen Blick über die Straße und sah, wie ein elegant gekleideter Mann in grünem Mantel und Schirmmütze aus der Bank trat und neben dem Haupteingang Aufstellung bezog. Nach und nach erschienen die Mitarbeiterinnen und Mitarbeiter: junge Frauen in vernünftigen weißen Blusen und dunklen Röcken, die bis unter die Knie reichten; dazu junge Männer in grauen Anzügen, weißen Hemden und Krawatten in gedeckten Farben, denen kurz darauf ältere Herren in gut geschnittenen zweireihigen Anzügen folgten, die Krawatten ihrer Clubs trugen und Zuversicht sowie Zugehörigkeit ausstrahlten. Wie lange würde diese Zuversicht anhalten, wenn sie die Wahrheit erfuhren? Würde er eine Antwort auf seine Frage bekommen, bis die Bank an diesem Abend schloss? Und würde die Bank am folgenden Morgen erneut ihre Tore öffnen, um auch weiterhin ihren Geschäften nachzugehen?

Zehn Minuten vor neun bezahlte Alex seine Rechnung, verließ die Wärme des Diners, überquerte die Straße und ging langsam über den Vorplatz der Bank. Als er sich dem Haupteingang näherte, führte der Portier eine Hand an den Schirm seiner Mütze und sagte: »Guten Morgen, Sir. Ich fürchte, die Bank wird erst in zehn Minuten öffnen.«

»Ich bin der neue Vorstandsvorsitzende«, sagte Alex und streckte seine Hand aus. Es dauerte einen Augenblick, bis der Portier sie ergriff und sagte: »Ich bin Errol, Sir.«

»Wie lange arbeiten Sie schon für die Bank, Errol?«

»Seit zwölf Jahren, Sir. Mr. Lawrence hat mich eingestellt.«

»Tatsächlich?«, sagte Alex. Er verließ den Portier, der eine besorgte Miene machte, betrat das Gebäude und ging durch die Lobby zum Empfang.

»Wie kann ich Ihnen helfen, Sir?«, fragte eine elegant gekleidete junge Frau.

»Ich bin der neue Vorstandsvorsitzende der Bank«, sagte Alex. »Könnten Sie mir sagen, wo sich mein Büro befindet?«

»Gewiss, Mr. Karpenko. Ihr Büro liegt im obersten Stock. Soll ich Sie begleiten?«

»Nein, bitte, machen Sie sich keine Mühe. Ich finde mich schon zurecht.«

Er ging zu den Aufzügen, wo bereits einige Mitarbeiter standen, die sich über alles Mögliche unterhielten, von der dritten Niederlage der Boston Red Sox in Folge bis hin zur Ernennung des neuen Vorstandsvorsitzenden. Allesamt die gleichen Verlierer, meinten sie.

»Wie ich höre, soll Karpenko nie etwas anderes geleitet haben als ein Pizzarestaurant«, sagte einer von ihnen. »Und er hat absolut keine Ahnung vom Bankgeschäft.«

»Ich werde Wetten annehmen, wie lange er durchhält«, sagte ein anderer.

»Es wäre vielleicht klug, abzuwarten und sich anzuschauen, was er tatsächlich leistet, bevor du die Gewinnquoten festlegst«, schlug ein Dritter vor. Alex lächelte stumm vor sich hin, ohne einen Kommentar abzugeben.

Der Aufzug hielt mehrere Male, sodass die Mitarbeiter auf den entsprechenden Stockwerken aussteigen konnten. Als sich die Türen schließlich im vierundzwanzigsten Stock öffneten, war Alex alleine. Er trat in einen verlassenen Flur und öffnete die erste Tür, die er vor sich sah. Sie gehörte zu einem Schrank. Hinter der zweiten Tür befand sich die Toilette, und die dritte führte in das Büro einer Sekretärin, auch wenn diese selbst nirgendwo zu sehen war. Am Ende des Flurs fand er endlich eine Tür, auf der mit verblassten Goldbuchstaben »Vorstandsvorsitzender« aufgemalt war. Er trat ein, und schon auf den ersten Blick erkannte er, dass dies einst Lawrence' Büro gewesen war. Aber Lawrence hatte es wohl nicht oft benutzt. Es war zwar gut und einladend möbliert und besaß eine kleine Auswahl beeindruckender Gemälde, zu denen die Porträts von Lawrence' Vater und Großvater gehörten, doch man bekam nicht das Gefühl, dass hier wirklich jemand gearbeitet hatte. Alex schloss die Tür hinter sich, trat ans Fenster und genoss die großartige Aussicht auf den Long Wharf.

Er sank in den bequemen roten Ledersessel hinter dem Schreibtisch aus Teakholz, auf dem sich eine Schreibunterlage, ein Telefon und das silbergerahmte Foto eines jungen Mannes befanden, den Alex nicht kannte, doch es schien ihm, als habe er ihn bei der Trauerfeier gesehen. Er hob den Telefonhörer ab und drückte auf einen Knopf, der mit »Empfang« beschriftet war. Als eine Stimme sich meldete, sagte er: »Bitten Sie Errol, zu mir ins Vorstandsbüro zu kommen.«

»Den Portier, Sir?«

»Ja, den Portier.«

Während er auf Errol wartete, notierte sich Alex eine Reihe von Fragen auf einem Blatt Papier. Er war noch nicht ganz fertig, als es leise an der Tür klopfte.

»Herein!«, sagte er. Die Tür öffnete sich langsam, und Errol erschien im Türrahmen, doch der Portier unternahm keine Anstalten, das Büro zu betreten. »Nur herein mit Ihnen«, wiederholte Alex. »Ziehen Sie Hut und Mantel aus und nehmen Sie Platz«, fügte er hinzu und deutete auf den Sessel gegenüber.

Errol zog seinen Hut, aber nicht seinen Mantel aus und setzte sich.

»Nun, Errol, Sie haben mir vorhin gesagt, dass Sie seit zwölf Jahren für die Bank arbeiten. Das bedeutet, Sie besitzen etwas, das ich dringend benötige.« Errol schien verwirrt. »Informationen«, sagte Alex. »Ich werde Ihnen einige Fragen stellen, die Ihnen vielleicht peinlich sind, mir aber helfen, meine Arbeit zu machen, weshalb ich hoffe, dass Sie sich in der Lage sehen, mich zu unterstützen.« Errol ließ sich in seinen Sessel sinken, doch er machte nicht den Eindruck, als sei er bereit, mit Alex zusammenzuarbeiten. Alex schlug einen anderen Ton an. »Sie haben mir gesagt, dass Mr. Lowell Sie eingestellt hat.«

»Aber sicher doch. Captain Lowell hat bei einem Treffen der Veterans' Association gesprochen, und als er hörte, dass ich in Nam war …«

»Welche Einheit?«

»Die fünfundzwanzigste, Sir.«

»Ich war bei der 116th.«

»Captain Lowells Division.«

»Ja, so haben wir uns kennengelernt. Und genau wie bei Ihnen war es auch bei mir Mr. Lowell, der mir diese Arbeit verschafft hat.«

Errol lächelte zum ersten Mal. »Wenn Sie an der Seite von Captain Lowell gedient haben, werde ich alles tun, um Ihnen zu helfen«, sagte er.

»Das freut mich zu hören, denn genau wie Sie bin auch ich immer gut mit Mr. Lowell ausgekommen. Wie steht es mit Mr. Ackroyd?«

Errol senkte den Kopf.

»So schlimm?«

»Ich habe ihm in den letzten zwölf Jahren an jedem Arbeitstag die Autotür aufgehalten, aber ich glaube, er kennt meinen Namen immer noch nicht.«

»Und seine Sekretärin?«, fragte Alex mit einem Blick auf seine Frageliste.

»Miss Bowers. Sie hat uns gemeinsam mit ihm verlassen. Aber machen Sie sich keine Sorgen, Sir, niemand wird sie vermissen.« Alex hob eine Augenbraue. »Sie war ein wenig mehr als seine Sekretärin, wenn Sie verstehen, was ich meine.« Alex schwieg. »Und offen gestanden hat niemand Mrs. Ackroyd einen Vorwurf gemacht, als sie sich schließlich scheiden ließ.«

»Kennen Sie Mrs. Ackroyd?«

»Eigentlich nicht, Sir. Sie hat die Bank nicht besonders oft besucht, aber wenn sie kam, wusste sie immer meinen Namen.«

»Eine letzte Frage, Errol. Hatte Mr. Lowell eine Sekretärin?«

»Ja, Sir. Miss Robbins. Ein echter Gewinn. Aber Mr. Ackroyd hat sie letzte Woche entlassen, nachdem sie zwanzig Jahre bei uns gewesen war.«

»Herein!«

»Sie wollten mich sprechen, Chairman?«

»In der Tat, Mr. Jardine. Ich möchte mir die geprüften und gebilligten Bilanzen der Bank von den letzten fünf Jahren ansehen.«

»Wünschen Sie irgendeine besondere Version, Chairman?«, sagte Jardine, dem es nicht ganz gelang, ein schiefes Lächeln zu unterdrücken.

»Was meinen Sie mit ›besondere Version‹?«

»Mr. Lowell ließ sich einmal im Jahr die Zusammenfassung vorlegen, die ich dann mit ihm durchgegangen bin.«

»Daran zweifle ich nicht. Aber ich bin nicht Mr. Lowell. Ich brauche ein paar Einzelheiten.«

»Die Zusammenfassung des jährlichen Berichts umfasst drei Seiten, und ich denke, Sie dürften ihn ziemlich umfassend finden.«

»Und wenn ich das nicht tun sollte?«

»Ich vermute, dann könnten Sie sich die detaillierten Berichte ansehen, die wir jedes Jahr für die Steuerbehörden anlegen, aber diese ziehen sich über Hunderte von Seiten, und ich würde zwei, möglicherweise auch drei Tage benötigen, alle Unterlagen zusammenzustellen.«

»Wie schon gesagt, ich möchte mir die Bilanzen der letzten fünf Jahre ansehen, Mr. Jardine, nicht die von nächstem Jahr. Also sorgen Sie dafür, dass die *vollständige*, bei den Steuerbehörden eingereichte Version in einer Stunde auf meinem Schreibtisch liegt.«

»Es könnte ein wenig länger dauern, Sir.«

»Dann werde ich wohl jemanden suchen müssen, der weiß, wie viele Minuten eine Stunde hat, Mr. Jardine.«

Alex hatte noch nie jemanden gesehen, der so schnell ein Büro verließ. Er wollte gerade Mr. Harbottle anrufen, als das Telefon auf seinem Schreibtisch klingelte.

»Ich habe Miss Robbins aufgespürt, Chairman«, sagte eine Dame aus der Telefonzentrale, »und ich habe sie in der Leitung. Soll ich sie durchstellen?«

»Bitte, ja.«

»Guten Morgen, Miss Robbins. Mein Name ist Karpenko. Ich bin der neue Vorstandsvorsitzende von Lowell's.«

»Ja, ich weiß, Mr. Karpenko. Ich habe heute Morgen die Ankündigung im *Globe* gelesen, und natürlich habe ich Ihre Trauerrede bei Mr. Lowells Beerdigung gehört. Wie kann ich Ihnen helfen?«

»Wie ich höre, hat Mr. Ackroyd Sie letzten Freitag entlassen.«

»Ja, das hat er allerdings. Er hat mich aufgefordert, meinen Schreibtisch bis zum Geschäftsschluss zu räumen.«

»Nun, dazu war er nicht berechtigt. Sie waren die persönliche Assistentin von Lawrence, nicht von ihm. Deshalb habe ich mich gefragt, ob Sie vielleicht in Erwägung ziehen würden, zurückzukommen und dieselbe Arbeit wie früher zu machen, nur diesmal für mich.«

»Das ist überaus großzügig von Ihnen, Mr. Karpenko, aber sind Sie sicher, dass Sie nicht lieber eine jüngere Dame einstellen möchten, zum Zeichen des Beginns einer neuen Ära in der Bank?«

»Das ist das Letzte, was ich vorhaben könnte. Ich ertrinke in einem Meer von Papier, und ich habe das Gefühl, dass Sie der einzige Mensch sein könnten, der weiß, wo sich das Rettungsboot befindet.«

Miss Robbins musste ein Lachen unterdrücken. »Wann soll ich anfangen, Chairman?«

»Punkt neun, Miss Robbins.«

»Morgen früh?«

»Nein, heute Morgen.«

»Aber es ist doch schon halb zwölf, Chairman.«

»Wirklich?«

»Hi, Alex. Ich bin Ray Fowler, der Vorstandssekretär. Was kann ich für Sie tun?«

»Guten Morgen, Mr. Fowler«, sagte Alex, der keine Anstalten machte, sich zu erheben oder die ausgestreckte Hand seines Gegenübers zu schütteln. »Ich möchte eine Kopie der Protokolle sämtlicher Vorstandssitzungen der letzten fünf Jahre.«

»Kein Problem. Ich lasse sie Ihnen sofort hochschicken.«

»Nein, Sie werden sie mir selbst bringen, zusammen mit sämtlichen Notizen, die Sie sich während der Sitzungen gemacht haben, um auf deren Grundlage die Protokolle erstellen zu können.«

»Aber es könnte sein, dass ich sie nach so langer Zeit verlegt oder gar vernichtet habe.«

»Ich bin sicher, dass ich Sie nicht daran erinnern muss, Mr. Fowler, dass es gegen das Gesellschaftsrecht verstößt, irgendwelches Material zu vernichten, das sich im Laufe einer späteren staatsanwaltlichen Untersuchung als relevant erweisen könnte.«

»Ich werde mein Bestes tun, sie aufzuspüren, Chairman.«

»Ich glaube, mich daran zu erinnern, dass Präsident Nixon etwas Ähnliches gesagt hat, als er aufgefordert wurde, die Watergate-Bänder zur Verfügung zu stellen.«

»Ich finde nicht, dass das ein fairer Vergleich ist, Chairman.«

»Ich werde Ihnen mitteilen, wie ich dazu stehe, Mr. Fowler. Aber erst, nachdem ich die Protokolle gelesen habe.«

»Er hat *was* getan?«, fragte Ackroyd.

»Er hat sich die geprüften und gebilligten Bilanzen der letzten fünf Jahre sowie die Protokolle sämtlicher Sitzungen des Vorstands einschließlich etwaiger handschriftlicher Notizen vorlegen lassen«, sagte Fowler.

»Das hat er wirklich getan? Dann werden wir ihn loswerden müssen, bevor er die Beine unter den Tisch steckt und anfängt, echte Probleme zu machen.«

»Es könnte sich herausstellen, dass das leichter gesagt als getan ist«, erwiderte Fowler. »Wir haben es hier nicht mehr mit Lawrence Lowell zu tun. Der Kerl ist gerissen, zäh und rücksichtslos. Und vergiss nicht, er kontrolliert fünfzig Prozent der Aktien der Bank.«

»Und Evelyn gehören die anderen fünfzig Prozent«, sagte Ackroyd. »Also kann er ohne unsere Unterstützung überhaupt nichts machen, besonders nicht, solange wir die Mehrheit im Vorstand haben.«

»Aber was ist, wenn er jemals herausfindet, dass …«

»Ray, sollte die Steuerfahndung jemals herausfinden, was du in den letzten zehn Jahren so getrieben hast, kann ich dir ganz genau sagen, bei wem der Schwarze Peter landen wird, nämlich – im Gegensatz zur Sache mit Präsident Truman – nicht bei mir.«

An der Tür erklang ein Klopfen.

Alex sah auf seine Uhr. Achtundfünfzig Minuten und zwanzig Sekunden. Er lächelte und sagte: »Herein, Mr. Jardine!«

Die Tür ging auf, und der Finanzdirektor der Bank führte sechs seiner Mitarbeiter in das Büro des Vorstandsvorsitzenden. Jeder von ihnen trug einen großen Karton.

»Hier sind schon mal ein paar, mit denen Sie anfangen können, Chairman«, sagte Jardine, der sich nicht bemühte, seinen Sarkasmus zu verbergen.

»Stellen Sie sie dort drüben hin«, sagte Alex und deutete auf einen langen Tisch an der gegenüberliegenden Wand.

Die sechs Assistenten führten seine Anweisung sofort aus, während Jardine daneben stand und zusah.

»Wäre das dann alles, Chairman?«, fragte er, wobei er sich der Antwort sicher war.

»Nein, nicht ganz, Mr. Jardine. Sie sagten, das seien die paar, mit denen ich anfangen kann. Wann darf ich also mit den übrigen rechnen?«

»Ich fürchte, das war ein schwacher Versuch, etwas Humor in die ganze Angelegenheit zu bringen, Chairman.«

»Er ist auf taube Ohren gestoßen, Mr. Jardine. Könnten Sie bitte dafür sorgen, dass heute Abend niemand aus Ihrer Abteilung vor mir das Gebäude verlässt? Mir scheint«, sagte Alex und warf einen Blick in Richtung der Akten, »dass ich erst noch Antworten auf mehrere Fragen bekommen muss, bevor ich nach Hause gehe.«

»Evelyn, wir haben ein Problem.«

»Douglas, ich erwarte, dass Sie sich um sämtliche Probleme der Bank kümmern, besonders da Sie nun der neue Vorstandsvorsitzende sind.«

»Aber ich bin nicht der Vorstandsvorsitzende«, sagte Ackroyd. »Kurz vor seinem Tod hat Lawrence einen Typen namens Alex Karpenko auf seinen Posten berufen.«

»Nicht er schon wieder.«

»Sie kennen ihn?«

»Unsere Wege haben sich schon einmal gekreuzt«, sagte Evelyn, »und ich kann Ihnen versichern, er macht keine

Gefangenen. Doch da ich nun über einhundert Prozent der Bankaktien verfüge, kann ich ihn entlassen, wann immer …«

»Lawrence hat Karpenko ebenfalls seinen fünfzigprozentigen Anteil an der Bank hinterlassen. Der Kerl hat angefangen zu graben, und wenn er herausfindet …«

»Haben wir immer noch die Mehrheit im Vorstand?«, fragte Evelyn.

»Sofern Sie zur nächsten Abstimmung erscheinen, ja.«

»Dann werde ich wohl zur nächsten Sitzung rüberfliegen müssen, nicht wahr? Und, Douglas, der erste Punkt auf der Tagesordnung wird darum gehen, Karpenko aus dem Sessel des Vorsitzenden zu beseitigen und Sie an seine Stelle zu setzen. Ich erwarte nichts weiter von Ihnen, als dass Sie die Sitzung organisieren, ohne dass er herausfindet, was wir vorhaben.«

»Es könnte sein, dass das nicht ganz einfach wird«, sagte Ackroyd. »Er hat bereits das Haus Ihres Bruders in Besitz genommen, und ich vermute, Ihre Villa in Südfrankreich steht als Nächstes auf seiner Liste.«

»Nur über meine Leiche.«

»Und er hat Anweisung gegeben, die gesamte Lowell Collection der Bank als Sicherheit zu übertragen, sollte die Steuerfahndung sie in die Bewertung des Unternehmens miteinbeziehen wollen.«

»Das könnte zum Problem werden«, gab Evelyn zu.

»Ich muss schon sagen, dieser Karpenko ist ein verdammt zäher Bastard«, sagte Ackroyd. »Es ist offensichtlich, dass Sie den Mann nicht kennen.«

Evelyn kommentierte seine Bemerkung nicht.

Alex verbrachte den Rest der Woche damit, die Bilanzen einschließlich der Dividendenabrechnungen, Steuerzahlungen und sogar der Gehaltslisten der Mitarbeiter durchzusehen, aber erst am Mittwochnachmittag stieß er auf einen Eintrag, den er drei Mal überprüfen musste, bevor er akzeptieren konnte, dass kein verantwortungsbewusstes Vorstandsmitglied ihn jemals genehmigt hätte.

Immer wieder starrte er den Posten an, und immer wieder dachte er, dass er eine Null zu viel vor sich hatte. Die Zahl war zwischen zwei anderen Beträgen in ähnlicher Höhe versteckt, sodass sie nicht besonders auffiel. Er überprüfte die Summe noch einmal und schrieb die Zahl dann auf einen Block, den er neben sich liegen hatte. Alex fürchtete, dass er noch viele weitere Einträge dieser Art finden würde, bevor er in den Aufzeichnungen den heutigen Tag erreicht hätte.

Am folgenden Morgen fand Alex eine ähnlich große Entnahme an Mitteln in der Bilanz, die dort nicht erklärt wurde. Auch diesmal notierte Alex die Zahl. Es war bereits dunkel, als er auf den dritten Eintrag stieß, der auf einen noch weitaus höheren Betrag lautete. Er notierte die Zahl auf seiner immer länger werdenden Liste und fragte sich, wie es *ihr* nur möglich gewesen war, damit durchzukommen.

Am Freitag kam Alex zu dem Schluss, dass Lowell's seine Geschäfte fortführte, obwohl die Bank längst insolvent war, doch er wollte die Bankenaufsicht erst informieren, nachdem Mr. Rosenthal den Wert der Kunstsammlung geschätzt und er selbst sich einen Überblick über andere mögliche Aktiva der Bank verschafft hätte.

Als die Straßenlaternen angingen, entschied Alex, dass es Zeit war, nach Hause zu gehen. Er konnte es gar nicht erwarten, Anna wiederzusehen. Er warf einen Blick auf den langsam kleiner werdenden Stapel Bilanzen, die immer noch überprüft werden mussten, und fragte sich, wie lange es noch dauern würde, bis er sie vollständig durchgesehen hätte.

Dass Lawrence zwei Jahre in Vietnam gedient hatte, war für das Unternehmen keine große Hilfe gewesen, denn Douglas Ackroyd hatte in dieser Zeit der Wendung *Ist die Katze aus dem Haus* eine ganz neue Dimension gegeben. Er hatte sich selbst nicht nur ein Gehalt von fünfhunderttausend Dollar ausbezahlt, sondern zusätzlich dreihunderttausend Dollar als Spesen in Anspruch genommen, während seine beiden Vertrauten Jardine und Fowler die Bank ebenfalls als Selbstbedienungsladen betrachtet hatten. Doch es war eindeutig Evelyn, die am Schalthebel saß. Da sie im Besitz von fünfzig Prozent der Bankaktien war, hatte sie Ackroyd freie Hand gelassen, und nun musste dieser feststellen, wie viel sie tatsächlich als Gegenleistung erwartete.

Alex freute sich darauf, das Wochenende mit Anna zu verbringen, die aus New York anreisen würde, doch das hinderte ihn nicht daran, ein weiteres halbes Dutzend Akten mitzunehmen, bevor er das Büro verließ. Als er an Miss Robbins' Büro vorbeikam, sah er, dass dort noch Licht brannte. Er schob seinen Kopf durch den Türspalt und sagte: »Gute Nacht. Ich wünsche Ihnen ein schönes Wochenende.«

»Wir sehen uns am Montagmorgen um sechs Uhr, Chairman«, erwiderte sie, ohne von einem Stapel Korrespondenz aufzublicken.

Alex hatte sehr schnell herausgefunden, warum Douglas Ackroyd sie entlassen hatte. Sie war die Einzige, die wusste, wo all die Leichen begraben waren.

Als Alex das Gebäude verließ, hatte er das untrügliche Gefühl, dass er beobachtet wurde – ein Überbleibsel aus seiner Zeit in Leningrad. Er dachte an Wladimir und fragte sich, wie hoch sein ehemaliger Schulfreund die Karriereleiter des KGB inzwischen wohl erklommen hatte. Ich sollte ihn anrufen und fragen, ob er dem Vorstand von Lowell's beitreten möchte, dachte er. Alex war sicher, dass Wladimir über Mittel verfügte, Ackroyd, Fowler und Jardine davon zu überzeugen, ihm die Akten zu nennen, bei denen sich ein zweiter Blick lohnen würde.

Alex ließ sich in den Sitz des Taxis sinken und nannte dem Fahrer die Adresse, bevor er eine weitere Akte aufschlug. Wenn er nicht jede einzelne Ausgabe genau studiert hätte, hätte er möglicherweise eine weitere Geldentnahme übersehen, die nur eine einzige Person hatte genehmigen können. Obwohl er die Zahl drei Mal überprüfte, konnte er es immer noch nicht glauben. Der letzte Scheck war zwei Tage nach Lawrence' Tod und einen Tag vor Ackroyds Rücktritt als Vorstandsvorsitzender akzeptiert worden, und er lautete auf die bisher bei Weitem höchste Summe.

Alex trug die letzte Zahl auf seiner Liste ein und addierte dann alle Geldentnahmen, die Evelyn nach dem Tod ihres Vaters in der Zeit getätigt hatte, in der ihr Bruder Vorstandsvorsitzender von Lowell's gewesen war. Die endgültige Summe betrug einundzwanzig Millionen Dollar, und nirgendwo fand sich ein Hinweis darauf, dass es irgendwelche Rückzahlungen gegeben hätte. Wenn man ihre Verschwendungssucht und das maßlos übertriebene Gehalt einschließlich der exorbitanten Spesen zusammenzählte, das Ackroyd sich selbst und seinen engsten Verbündeten genehmigt hatte, war es kein Wunder, dass Lowell's vor dem Bankrott stand. Alex fragte sich, ob er die Lowell Collection würde verkaufen müssen, um die Bank so solvent zu halten, dass sie ihre Geschäfte weiterführen konnte.

Er dachte gerade über die Folgen nach, als das Taxi vor Lawrence' Haus anhielt. In seinen Augen wäre das Gebäude immer »Lawrence' Haus«.

Er stieg aus, und ein breites Lächeln erschien auf seinem Gesicht, als er Anna in der Tür stehen sah. Doch genauso rasch verschwand es wieder, als er ihren Gesichtsausdruck erkannte.

»Was ist los, Liebling?«, fragte er und nahm sie in die Arme.

»Du solltest dir vielleicht besser einen großen Wodka genehmigen, bevor ich dir das sage.« Sie nahm ihn bei der Hand und führte ihn ohne ein weiteres Wort ins Haus. Dort schenkte sie ihm und sich selbst einen Drink ein und wartete, bis er sich gesetzt hatte. Dann sagte sie: »Nicht nur der Warhol ist eine Kopie.«

Alex leerte sein Glas, bevor er fragte: »Wie viele?«

»Bevor Mr. Rosenthal seine Ansicht dazu geäußert hat, kann ich das nicht mit Sicherheit sagen, aber ich vermute, dass mindestens die Hälfte der Sammlung aus Kopien besteht.«

Alex blieb stumm, während sie ihm nachschenkte. Nach einem weiteren großen Schluck gestand er: »Der Wert der Lowell Collection ist das Einzige, das die Bank vor dem Untergang bewahren kann. Ich glaube nicht, dass ich werde schlafen können, bevor Mr. Rosenthal eintrifft.«

»Ich habe ihn vor ein paar Stunden angerufen, und er ist bereits unterwegs.«

»Gibt es auch irgendwelche guten Neuigkeiten?«, fragte Alex.

»Deine Mutter fragt mich immer wieder, warum wir ständig das Datum für unsere Hochzeit verschieben«, antwortete Anna.

»Und was hast du ihr gesagt?«

»Dass wir immer noch nach einem Termin suchen, den wir irgendwo zwischen der Rettung einer Bank und der Eröffnung des neuesten Elena's einschieben können, wobei wir möglichst zur selben Zeit am selben Ort sein sollten.«

»Bis dahin könnten wir Enkel haben«, sagte Alex.

33

Sascha

Merrifield

Sascha hatten schon immer sechs Stunden Schlaf pro Nacht genügt, doch nachdem der Premierminister im Buckingham Palace vorstellig geworden war und um die Auflösung des Parlaments nachgesucht hatte, musste er lernen, mit vier Stunden zurechtzukommen.

Wieder hielt er sich an einen strengen Tagesablauf, der sogar einen Ballettlehrer am Bolschoi-Theater beeindruckt hätte, auch wenn es diesmal nur um einen Zeitraum von drei Wochen ging. Er stand jeden Morgen um fünf auf und war zusammen mit einer kleinen Gruppe freiwilliger Helfer vor dem Bahnhof von Roxton zu finden, bevor die ersten Pendler eintrafen. Er begrüßte sie mit einem: »Hi, ich bin Sascha Karpenko, und ich bin …«

Punkt acht nahm er, jedes Mal in einem anderen Café, ein kleines Frühstück zu sich, und zwanzig Minuten später ging er zur Parteizentrale in der Hauptstraße – drei Räume, die für einen Monat angemietet worden waren –, wo er die Morgenzeitungen las. Inzwischen hatte die *Merrifield*

Gazette eine ganze Reihe von Ausdrücken gefunden, mit denen sie ihren Lesern erklärte, dass es knapp werden würde, es sich bei der Wahl um ein Kopf-an-Kopf-Rennen handelte, der Sieger wahrscheinlich nur einen hauchdünnen Vorsprung einfahren könne und dass für alle Beteiligten immer noch alles drin sei. Doch die Überschrift auf der Titelseite an diesem Morgen überraschte ihn: »HUNTER FORDERT KARPENKO ZU ÖFFENTLICHER DEBATTE HERAUS.«

»Ein gerissener Zug«, sagte Alf. »Diesmal hat sie nicht darauf gewartet, dass Sie den ersten Schritt tun würden. Sie müssen sofort akzeptieren. Den Tag, die Uhrzeit und den Ort können wir später noch festlegen.«

»Egal wann, egal wo«, sagte Sascha.

»Nein, nein!«, widersprach Alf. »Wir sind nicht in Eile. Die Debatte sollte in Roxton stattfinden, und zwar so kurz vor der Wahl wie möglich.«

»Warum Roxton?«

»Weil dort wahrscheinlich mehr unserer Anhänger auftauchen werden als in jedem anderen Ort im Wahlbezirk.«

»Und warum sollen wir damit bis zum letzten Augenblick warten?«

»Dadurch bekommen Sie mehr Zeit, sich vorzubereiten. Sie sollten nicht vergessen, dass Sie hier nicht mehr gegen eine Studentin antreten, sondern eine Parlamentarierin, die ihr ganzes Leben in dieser Gegend verbracht hat. Aber vorerst müssen Sie wieder raus auf die Straße und können uns die Sorgen über irgendwelche Einzelheiten überlassen.«

Nachdem Sascha den Chefredakteur der *Gazette* angerufen und ihm gesagt hatte, dass er Ms. Hunters Herausforderung gerne annehmen werde und es gar nicht erwarten könne, mit ihr zu diskutieren, verließ er die Parteizentrale, um sich unter die Menschen zu mischen, die am frühen Morgen einkauften; bei ihnen handelte es sich zumeist um Frauen mit kleinen Kindern sowie einige Rentner. Während der nächsten drei Stunden schüttelte er so vielen Wählern wie möglich die Hand, während er immer wieder dieselbe einfache Botschaft verkündete: seinen Namen, seine Partei, das Datum der Wahl und eine Erinnerung daran, dass es sich bei Merrifield jetzt um einen entscheidenden Bezirk handelte, bei dem das Ergebnis keineswegs von vornherein feststand.

Danach folgte eine vierzigminütige Mittagspause, die um Punkt eins begann und zu der ihn Alf in einem der Pubs vor Ort aufsuchte, um ihn auf den neuesten Stand zu bringen, was Fionas Aktivitäten anging. Mit jedem Wirt sprach Sascha über Ausschankzeiten und die Alkoholsteuer, während er stets ein einzelnes Gericht aß und ein kleines Glas des örtlichen Bieres trank.

»Achten Sie immer darauf, für Ihre Mahlzeiten und Ihre Getränke selbst zu bezahlen«, sagte Alf, »und spendieren Sie keinem Wahlberechtigten irgendetwas.«

»Warum nicht?«, fragte Charlie, die an einem Glas Orangensaft nippte. Inzwischen war ihre Schwangerschaft deutlich zu sehen.

»Weil Sie darauf wetten können, dass die Tories versuchen würden, Ihnen das als Wählerbestechung und somit als Bruch der Wahlgesetze auszulegen.«

Nachdem Sascha an jenem Tag jedem im Pub die Hand geschüttelt hatte, stand der Besuch einer Fabrik auf dem Programm, wo er öfter ein freundliches »Hallo« zu hören bekam als »Verschwinde von hier«. Dann folgten zwischen halb vier und halb fünf drei Schulen – eine Grund- und eine Mittelschule sowie das örtliche Gymnasium. Hierbei war Charlie ganz in ihrem Element, und viele Mütter vertrauten ihr an, dass sie, im Gegensatz zu ihren Männern, für Sascha stimmen würden.

»Sie ist Ihre Geheimwaffe«, sagte der örtliche Parteivorsitzende mehr als ein Mal zu seinem Kandidaten. »Besonders, da Fiona zwar behauptet, verlobt zu sein, aber noch niemand diesen Herrn zu Gesicht bekommen hat. Was ich natürlich niemandem gegenüber erwähnen würde«, fügte er mit einem Grinsen hinzu.

Um fünf Uhr nachmittags waren sie alle zurück in der Parteizentrale, wo die neuesten Informationen ausgetauscht wurden, bevor Sascha dann am Abend zwei oder vielleicht sogar drei Reden hielt.

»Machen Sie sich keine Sorgen, wenn nur wenige Leute kommen«, sagte Alf. »So bekommen Sie nämlich die Chance, die entscheidenden Punkte und wichtigsten Wendungen einzuüben, damit Sie sie in der Debatte mit Fiona möglichst lässig aus dem Ärmel schütteln können.«

Um Mitternacht war er wieder zu Hause, und um eins würde er hoffentlich schlafen. Das war jedoch nicht immer möglich, denn es erging ihm wie einem Theaterschauspieler, dessen Körper auch nicht schlagartig aufhört, Adrenalin auszuschütten, sobald sich der Vorhang senkt. Nach vier Stunden Schlaf klingelte bereits der Wecker, und die ganzen Abläufe begannen von Neuem. Nur eines gab es, wofür man dankbar sein durfte: Bis zur Wahl lag ein Tag weniger vor einem.

Am Morgen der Debatte verkündete eine örtliche Umfrage einen zweiprozentigen Vorsprung für Fiona, während eine andere die Kandidaten gleichauf sah. Es war keine besondere Hilfe für den Zustand von Saschas Nerven, als der lokale Fernsehsender erklärte, dass die Verantwortlichen aufgrund des großen Interesses beschlossen hätten, die Debatte zur besten Sendezeit live zu übertragen.

Charlie suchte den Anzug aus (ein grauer Einreiher) und die Krawatte (grün), die er an jenem Abend tragen würde. Sie unterbrach ihn nicht, als er jedes Mal, wenn sie alleine waren, die Hauptpunkte seiner Argumentation einübte. Wenn er sie jedoch um ihre Meinung bat, zögerte sie nicht, ihm eine ehrliche Antwort zu geben, auch wenn es nicht immer das war, was er hören wollte.

»Es wird Zeit aufzubrechen«, sagte Charlie mit einem Blick auf ihre Uhr.

Sascha folgte ihr aus der Parteizentrale und setzte sich neben sie in den Fond eines Fahrzeugs, das die beiden bereits erwartete.

»Du siehst gut aus«, sagte sie, als der Wagen anrollte. Sascha reagierte nicht. »Vergiss nie, dass sie einfach nicht deine Klasse hat.« Noch immer keine Antwort. »Heute in einer Woche wirst du es sein, nicht sie, der im Unterhaus sitzt.« Noch immer nichts. »Und übrigens«, fügte sie hinzu, »das ist jetzt vielleicht nicht der beste Zeitpunkt, um dir so etwas zu sagen, aber ich glaube, ich werde für die Konservativen stimmen.«

»Dann sollten wir dafür dankbar sein, dass du in diesem Bezirk nicht wahlberechtigt bist«, sagte Sascha, als ihr Fahrzeug vor dem Rathaus von Roxton hielt.

»Guten Abend, meine Damen und Herren«, sagte Chester Munro, der langjährige Nachrichtensprecher von Southern News, und sah hinab in den gut besuchten Gemeindesaal. »Willkommen bei der Debatte zwischen den beiden

Hauptkandidaten um den Parlamentssitz von Merrifield. Ms. Hunter, die gegenwärtige Abgeordnete, vertritt die Konservativen, während Mr. Karpenko als Kandidat der Labour-Partei antritt. Jeder Kandidat wird einleitend eine dreiminütige Erklärung abgeben, woraufhin Fragen aus dem Publikum gestellt werden können, und danach wird jeder der beiden Kandidaten eine zweiminütige Schlussrede halten. Ich möchte nun beide Kandidaten zu mir bitten.«

Unter heftigem Beifall ihrer jeweiligen Anhänger traten Sascha und Fiona von verschiedenen Seiten auf die Bühne. Sascha wäre am liebsten wieder in der Fulham Road gewesen und hätte ein Glas Rotwein und eine Moussaka seiner Mutter genossen, doch dann sah er Charlie und Elena in der ersten Reihe sitzen und zu ihm hinauflächeln. Er erwiderte ihr Lächeln, und Munro sagte: »Ich möchte nun Mr. Karpenko bitten, seine einführende Erklärung abzugeben.«

Sascha ging langsam nach vorn, legte seine Notizen auf das Rednerpult und wartete, bis im Publikum Ruhe eingekehrt war. Er warf einen Blick auf seinen ersten Satz, obwohl er die gesamte Rede auswendig konnte. Dann sah er auf. Er war sich bewusst, dass ihm nur drei Minuten zur Verfügung standen, um einen nachhaltigen Eindruck zu hinterlassen. »Nein«, hatte Alf zu ihm gesagt, »betrachten Sie diesen Zeitraum als hundertachtzig Sekunden, dann wird es Ihnen leichter möglich sein, dafür zu sorgen, dass jede Sekunde zählt.« Zum ersten Mal fragte er sich, ob Alf möglicherweise recht gehabt hatte, als er andeutete, dass der erste Redner im Nachteil war.

»Ladys und Gentlemen«, begann Sascha, indem er seinen Blick auf die zehnte Reihe des Publikums richtete. »Vor Ihnen steht ein politischer Abenteurer.«

Überall im Saal schnappten die Besucher hörbar nach Luft. Nur Charlie sah nicht überrascht aus. Aber schließlich hatte sie die Rede schon mehrmals gehört.

»Und als sei das nicht schon schlimm genug«, fuhr Sascha fort, »bin ich auch noch ein Einwanderer der ersten Generation. Und wenn Sie jetzt immer noch nach einem Grund suchen, mich nicht zu wählen, so sage ich Ihnen, dass ich in Leningrad geboren wurde und nicht in Merrifield.«

Alf spähte nervös aus den Kulissen und sah, dass die Besucher vor Verblüffung schwiegen.

»Doch bitte gestatten Sie mir, Ihnen etwas über diesen ganz speziellen politischen Abenteurer zu erzählen. Ich wurde, wie gesagt, in Leningrad geboren. Mein Vater war ein tapferer Mann, dem in Anerkennung seiner Verdienste bei der Verteidigung seiner Heimatstadt während der Belagerung durch die Nazis im Zweiten Weltkrieg der Leninorden verliehen wurde. Danach hat er seinen Weg vom einfachen Hafenarbeiter zum Hafenverwalter gemacht, der am Ende für achthundert Mitarbeiter verantwortlich war. Diese Position hatte er inne, als er ein Verbrechen beging, für das er zum Tode verurteilt wurde.«

Jetzt hingen die Zuhörer an seinen Lippen und ließen sich kein Wort entgehen.

»Natürlich werden Sie wissen wollen, worin dieses Verbrechen bestand. Vielleicht Mord? Bewaffneter Raubüberfall? Betrug? Oder noch schlimmer, war er vielleicht jemand, der sein Heimatland verraten hat? Nein. Das Verbrechen meines Vaters bestand darin, dass er eine Hafenarbeitergewerkschaft gründen wollte, damit seine Kameraden dieselben Vorteile würden genießen können, die jeder in diesem Land hier als selbstverständlich erachtet. Doch dem KGB gefiel das nicht, und deshalb wurde er umgebracht.

Um weiteren Repressalien zu entgehen, riskierte meine tapfere Mutter, die heute Abend ebenfalls unter uns ist, ihr Leben, damit sie und ich der Tyrannei des Kommunismus entfliehen und uns eine neue Existenz in diesem großartigen Land aufbauen konnten. Ich ging in London zur Schule, und wie Ms. Hunter erhielt ich ein Stipendium für Cambridge, wo ich, wiederum wie Ms. Hunter, Vorsitzender der Studentenunion wurde und mein Studium mit ›sehr gut‹ abschloss.«

Eine erste Runde Applaus folgte, was Sascha die Gelegenheit gab, sich ein wenig zu entspannen, einen Blick auf sein Manuskript zu werfen und sich den nächsten Satz noch einmal anzusehen.

»Nach meinem Abschluss in Cambridge begann ich, im Restaurant meiner Mutter zu arbeiten, während ich gleichzeitig in Abendkursen Betriebswirtschaft studierte. Als eine der besten Köchinnen in diesem Land hat meine Mutter zwar zwei Michelin-Sterne bekommen, doch wenn es um Buchführung geht, ist sie verloren.«

Seine Bemerkung löste Gelächter und herzlichen Beifall aus.

»Ich verliebte mich in eine junge Engländerin, die ich schließlich heiratete und die heute wissenschaftliche Mitarbeiterin am Courtauld Institute ist. Unser erstes Kind dürfte wahrscheinlich am Wahltag auf die Welt kommen.« Sascha sah nach oben und sagte: »Oder könntest du vielleicht dafür sorgen, dass es einen Tag später kommt?«

Diesmal war der Applaus spontan, als Sascha zu seiner Frau sah. Ein Summer erklang, der ihm zeigte, dass er nur noch dreißig Sekunden hatte. Weil Sascha nicht mit so langem Beifall gerechnet hatte, musste er sich jetzt beeilen.

»Als ich vor geraumer Zeit zum ersten Mal nach Merrifield kam, um bei der Nachwahl zu kandidieren, habe ich mich ein zweites Mal verliebt. Aber Sie haben diesen Bewerber abgewiesen und den Preis meiner Rivalin zuerkannt, obwohl der Abstand zwischen uns so klein war, dass Sie, so hoffe ich, damit vielleicht andeuten wollten, ich solle es noch einmal versuchen. Und jetzt bitte ich Sie, dass Sie sich anders entscheiden mögen als damals.« Er senkte seine Stimme fast bis zum Flüstern. »Ich möchte Ihnen ein Geheimnis verraten, das Ihnen hoffentlich beweist, wie sehr mir Merrifield am Herzen liegt. Bevor der Wahltermin bekannt gegeben wurde, hat man mir angeboten, mich um einen Londoner Sitz zu bewerben, bei dem Labour über eine Mehrheit von mehr als zehntausend Stimmen verfügt. Ich habe das Angebot abgelehnt, denn es gibt noch etwas, das ich mit Ms. Hunter gemeinsam habe. Genau wie sie möchte ich Merrifield als Abgeordneter im Parlament vertreten. Mag sein, ich bin ein politischer Abenteurer. Aber ich möchte *Ihr* Abenteurer sein.«

Die Hälfte des Publikums erhob sich, um ihrem Standartenträger zuzujubeln, während die andere zwar sitzen blieb, ihm jedoch ebenso vereinzelt Beifall spendete.

Munro wartete, bis Sascha sich gesetzt und der Beifall sich gelegt hatte. Dann sagte er: »Und jetzt möchte ich Ms. Hunter um ihre Erklärung bitten.«

Sascha wandte sich in Fionas Richtung und sah, dass seine Konkurrentin hektisch damit beschäftigt war, ganze Abschnitte aus ihrer Rede zu streichen. Anschließend stand sie auf und ging langsam zum Rednerpult. Nervös lächelte sie dem Publikum zu.

»Mein Name ist Fiona Hunter, und ich hatte das Privileg, Sie während der letzten Jahre als Abgeordnete zu vertreten. Ich hoffe, Sie sind der Ansicht, dass ich Ihre Unterstützung verdient habe.« Sie sah auf, und ihre eifrigsten Anhänger spendeten ihr hier und da Beifall.

»Ich bin in Merrifield geboren und aufgewachsen. England ist meine Heimat. Das war sie schon immer, und das wird sie auch immer sein.« Kaum dass sie den Satz ausgesprochen hatte, wurde ihr klar, dass sie ihn besser weggelassen hätte. Rasch schlug sie eine Seite um, und dann noch eine. Sascha musste sich unweigerlich fragen, wie oft sie die Worte »politischer Abenteurer«, »Eindringling«, »Außenseiter« und sogar »Einwanderer« aus ihrem Manuskript gestrichen hatte.

Fiona stolperte weiter durch ihren Text, wobei sie über ihren Vater, Cambridge und die Studentenunion sprach, wobei ihr nur allzu bewusst war, dass sie, weil sie sich einverstanden erklärt hatte, als Zweite zu sprechen, ihrem Gegner die besten Zeilen überlassen hatte. Als der Summer erklang, der sie darauf aufmerksam machte, dass sie nur noch dreißig Sekunden zur Verfügung hatte, schlug sie rasch die letzte Seite ihrer Rede auf und sagte: »Ich kann nur hoffen, dass Sie diesem Mädchen aus dem Ort eine zweite Chance geben werden, Ihnen auch weiterhin zu dienen.«

Sie ging zu ihrem Platz zurück, doch der Beifall war längst verklungen, als sie sich setzte.

Niemand konnte daran zweifeln, wer die erste Runde für sich entschieden hatte, doch als die zweite Runde eingeläutet wurde, wusste Sascha, dass er keinen einzigen Moment lang unkonzentriert sein durfte.

»Die Kandidaten werden nun Ihre Fragen beantworten«, sagte Munro. »Bitte fassen Sie sich kurz und beschränken Sie sich ausschließlich auf das jeweilige Thema.«

Sofort schossen ein Dutzend Hände in die Höhe. Munro deutete auf eine Frau in der fünften Reihe.

»Wie stehen die beiden Kandidaten dazu, dass der Gemeinderat die Absicht hat, Roxtons Sportplätze zu verkaufen, weil dort ein Supermarkt entstehen soll?«

Fiona war aufgesprungen, noch bevor Munro entschieden hatte, wer sich zuerst dazu äußern sollte.

»Ich habe auf diesen Sportplätzen Hockey und Tennis spielen gelernt«, begann sie. »Und genau das ist der Grund, warum ich das Thema bei der Fragestunde des Premierministers im Unterhaus angesprochen habe. Ich habe den Vorschlag entschieden zurückgewiesen, und ich werde das auch weiterhin tun, sollte ich wiedergewählt werden. Hoffen wir, dass auch dies eines der Dinge ist, die Mr. Karpenko und ich gemeinsam haben, obwohl das unwahrscheinlich sein dürfte, denn es war ein Labour-Gemeinderat, der die Planungsgenehmigung für einen Supermarkt überhaupt erst zugelassen hat.«

Diesmal erhielt sie lang anhaltenden Applaus.

Sascha wartete, bis es wieder vollkommen still geworden war, bevor er antwortete. »Es ist korrekt, dass Ms. Hunter sich gegen den Vorschlag des Gemeinderats zur Errichtung eines Supermarkts auf dem Grundstück der Roxton-Sportplätze ausgesprochen hat, als sie das Thema im Unterhaus vorbrachte. Was sie allerdings nicht erwähnt hat, ist Folgendes. Sie ist parlamentarische Staatssekretärin des Ministers für ländliche Angelegenheiten im Schattenkabinett, und dieser hat sich im Parlament kein einziges Mal gegen ein solches Vorhaben gewandt. Warum nicht? Vielleicht weil der Schattenminister, hätte Ms. Hunter ihm gegenüber ein solches Ansinnen vorgebracht, sie darauf hingewiesen hätte, dass drei Meilen entfernt in Richtung Blanford ein noch größeres Sportzentrum gebaut werden soll, und zwar mit den entsprechenden Einrichtungen für Fußball, Rugby, Kricket, Hockey und Tennis sowie einem Schwimmbad, und das alles dank der Labour-Regierung. Wenn Sie mich zu Ihrem Abgeordneten wählen, werde ich die Pläne des Gemeinderats unterstützen, denn dessen Mitglieder waren zu klug, sich in ihrer vernünftigen Entscheidung von zufälligen politischen Grenzen beeinflussen zu lassen. Seien Sie versichert, dass ich mich immer für das einsetzen werde, was meiner Ansicht nach im Interesse aller Bürger von Merrifield liegt. Vielleicht sollte Ms. Hunter ja tatsächlich ins Parlament gewählt werden, nämlich als Präsidentin der Bloß-nicht-in-meinem-Stadtteil-Gesellschaft. Verzeihen Sie mir, wenn ich versuche, die Dinge in einem etwas größeren Rahmen zu sehen.«

Als Sascha sich setzte, applaudierten die Besucher immer noch.

Als Nächstes rief Munro einen großen, eleganten Mann auf, der einen Tweedanzug und eine gestreifte Krawatte trug.

»Wie stehen die Konservativen zu den Einschnitten im Verteidigungshaushalt, die Mr. Healey vorgeschlagen hat, als er vor zwei Wochen in unseren Wahlbezirk gekommen ist?«

Fiona lächelte. Es war offensichtlich, dass man Major Bennett genau instruiert hatte, wie er diese Frage formulieren sollte.

»Vielleicht könnten Sie als Erster auf diese Frage antworten, Mr. Karpenko?«, schlug Munro vor.

»Einschnitte in den Verteidigungshaushalt sind im Parlament immer heftig umstritten«, sagte Sascha. »Doch wenn wir mehr Schulen, Universitäten, Kliniken und, ja, auch Sportstätten bauen wollen, muss es entweder anderswo

Einschnitte geben, oder die Steuern müssen erhöht werden, was nie eine leichte Entscheidung ist. Doch es ist unmöglich, ihr auszuweichen. Ich kann Ihnen nur versprechen, dass ich als Ihr Repräsentant die Argumente zugunsten von Einschnitten im Verteidigungshaushalt immer sorgfältig abwägen werde, bevor ich mich dafür oder dagegen entscheide.« Er setzte sich, während spärlicher Beifall erklang.

»Wenn man eine Schlacht gewinnen könnte, indem man seinem Gegner heiße Luft um die Ohren bläst, dann wäre Mr. Karpenko gewiss Oberkommandierender unserer Streitkräfte«, sagte Fiona. Sie musste warten, bis sich das Gelächter und der Beifall gelegt hatten, bevor sie weitersprechen konnte. »Haben wir nach zwei Weltkriegen denn immer noch nicht begriffen, dass wir in unserer Wachsamkeit niemals nachlassen dürfen? Nein, die Verteidigung des Königreichs sollte für jeden Abgeordneten immer alleroberste Priorität haben, und für mich wird es gewiss so sein, wenn Sie mich wieder nach Westminster entsenden.«

Fiona aalte sich in dem lang anhaltenden Applaus, bevor sie wieder zu ihrem Platz zurückkehrte, was Sascha unmissverständlich deutlich machte, wer diese Runde gewonnen hatte. Die nächste Frage kam von einer Frau im hinteren Bereich des Saals.

»Wie lange werden wir noch darauf warten müssen, bis die Roxton-Umfahrung grünes Licht bekommt?«

Sascha begriff, dass es sich auch hierbei um eine zuvor abgesprochene Frage handelte, als ein Lächeln auf Fionas Gesicht erschien und sie nicht einmal einen Blick in ihre Notizen werfen musste.

»Die Umgehungsstraße würde schon morgen genehmigt werden«, sagte Fiona, »wenn die gegenwärtige Labour-

Regierung, welche, und daran muss ich Sie gewiss nicht erinnern, der Kontrolle der Sozialisten unterliegt, die Erteilung der Planungsgenehmigung nicht hinauszögern würde. Ich frage mich, warum. Vielleicht wäre es Mr. Karpenko möglich, uns darüber aufzuklären. Ich kann Ihnen jedoch versichern, dass die Umgehungsstraße eine unserer Prioritäten sein wird, wenn die Konservativen gewählt werden.«

Fiona lächelte Sascha triumphierend zu, als sie wieder Platz nahm. Der Applaus fiel diesmal noch herzlicher aus als zuvor. Sie wusste, dass, sollte die Umfahrung genehmigt werden, mehrere Sozialwohnungen abgerissen werden müssten, wodurch Merrifield wieder ein sicherer Sitz für die Konservativen würde. Sie wusste außerdem, dass Sascha nicht zugeben konnte, dass dies der wahre Grund dafür war, warum er in dieser Sache die Gegenseite unterstützte.

»Ich zweifle nicht daran, dass Roxton eine Umgehungsstraße braucht«, begann er. »Aber die Frage ist, wo sie verlaufen soll.«

»Bloß nicht in Ihrem Stadtteil!«, rief Fiona, begleitet von Pfiffen und Jubelrufen.

»Ich kann Ihnen versprechen«, fuhr Sascha fort, »dass ich als Ihr Abgeordneter alles in meiner Macht Stehende tun werde, um diesen Prozess zu beschleunigen.«

Der Beifall – oder genauer gesagt die Tatsache, dass dieser weitgehend ausblieb – machte jedem klar, dass Fiona eine weitere Runde für sich entschieden hatte.

Munro gab schließlich nach und deutete auf eine schon etwas ältere Frau, die bei jeder neuen Fragemöglichkeit mit erhobener Hand aufgesprungen war.

»Welche Pläne haben die Kandidaten hinsichtlich einer möglichen Rentenerhöhung?«

»Jede konservative Regierung hat bisher die Renten mindestens im Rahmen der Inflationsrate erhöht«, sagte Fiona. »Labour-Regierungen hingegen haben dies immer wieder versäumt, was möglicherweise daran lag, dass unter ihnen die Inflation durchschnittlich um vierzehn Prozent pro Jahr gestiegen ist. Deshalb sage ich zu jedem im Rentenalter: Wenn Sie darauf hoffen, Ihren Lebensstandard zu bewahren und sogar noch zu verbessern, dann vergessen Sie nicht, die Konservativen zu wählen. Genau genommen würde ich das sogar zu jedem sagen, der das Rentenalter noch nicht erreicht hat, denn irgendwann wird es für uns alle einmal so weit sein.« Diese Bemerkung brachte ihr den lauten Jubel der Tory-Anhänger ein, welche offensichtlich den Eindruck hatten, dass es Fiona gelungen war, das zunächst verlorene Terrain zurückzuerobern und inzwischen sogar nach Punkten zu führen.

»Manchmal würde ich mir wünschen«, sagte Sascha, als er sich erhob, um seinerseits auf die Frage zu antworten, »dass Ms. Hunter in der Lage wäre, die Dinge wenigstens ein einziges Mal über die Wahl nächste Woche hinaus auf lange Sicht hin zu betrachten. In unserem Land beträgt die gegenwärtige Lebenserwartung dreiundsiebzig Jahre. Im Jahr 2000 wird sie bei einundachtzig Jahren liegen, und im Jahr 2020, wenn ich achtundsechzig bin und wahrscheinlich selbst in Rente gehen werde, wird sie voraussichtlich siebenundachtzig Jahre betragen. Keine Regierung, gleichgültig welcher Couleur, wird über die Mittel verfügen, Jahr für Jahr die Renten zu erhöhen. Sollte es nicht an der Zeit sein, dass Abgeordnete die Wahrheit über so schwierige und wichtige Dinge sagen, anstatt mit Plattitüden um sich zu werfen in der Hoffnung, dass sie irgendwie die nächste Wahl gewinnen? Ich bin von meiner

Ausbildung her Wirtschaftswissenschaftler, kein Anwalt wie Ms. Hunter. Ich werde Ihnen immer die Fakten nennen, während sie Ihnen sagen wird, was Sie ihrer Ansicht nach hören wollen.«

Als er sich setzte, schien der Applaus anzudeuten, dass es in dieser Runde keinen eindeutigen Gewinner gab.

»Wir haben nur noch Zeit für eine einzige Frage«, sagte Munro und deutete auf einen jungen Mann, der direkt am Gang saß.

»Glaubt einer von Ihnen, dass Merrifield United jemals den Pokal holen wird?«

Der ganze Saal brach in lautes Gelächter aus.

»Ich war schon als kleines Kind Fan der ›Merries‹«, sagte Fiona, »und mein Vater hat mir in seinem Testament seine Dauerkarte hinterlassen. Aber um zu verhindern, dass mein Herausforderer mir vorwerfen wird, ich würde auf billige Tour auf Stimmenfang gehen, so muss ich gestehen, ich halte es für unwahrscheinlich, dass wir den Pokal gewinnen werden. Aber ich werde weiterhin hoffen.«

Sascha erhob sich. »Es war eine großartige Leistung für Merrifield, letztes Jahr die dritte Runde zu erreichen«, sagte er. »Joey Butlers Tor gegen Arsenal war eine echte Augenweide, und niemand konnte wirklich überrascht sein, als die Gunners ihm einen Vertrag angeboten haben. Ebenso sehr habe ich mich darüber gefreut, dass der Verein angesichts des finanziellen Aufwinds, den die Meisterschaftsspiele mit sich brachten, beschlossen hat, eine neue, überdachte Tribüne zu errichten. Aber auch wenn ich das Glück haben sollte, Ihr Abgeordneter zu werden, möchte ich Sie bitten, nicht überrascht zu sein, wenn Sie sehen, wie ich nach wie vor von einem einfachen Stehplatz aus unsere Mannschaft anfeuere.«

Die Miene des jungen Mannes, der die Frage gestellt hatte, ließ keinen Zweifel daran aufkommen, wem er seine Stimme geben würde, und Sascha hatte den Eindruck, er liege wieder gleichauf mit seiner Mitbewerberin. Jetzt ruhte alles auf den abschließenden Reden der beiden.

»Da Mr. Karpenko zu Anfang unserer Veranstaltung als Erster gesprochen hat«, sagte Munro, »möchte ich jetzt Ms. Hunter bitten, ihre Schlussrede zuerst zu halten.«

Fiona legte ihre Notizen beiseite und wandte sich direkt an das Publikum.

»Anscheinend ist es mir nicht gestattet, die Tatsache zu erwähnen, dass ich ein Mädchen aus unserem Ort bin und mein Gegner nicht aus dieser Ecke der Welt stammt. Ebenso wenig darf ich erwähnen, dass ich Mr. Karpenko bei der Wahl um den Vorsitz der Students' Union in Cambridge geschlagen habe und bei der Nachwahl, die durch den Tod meines Vaters nötig wurde. Und dass ich, als es für meine Partei schwieriger wurde, diesen Wahlbezirk zu behaupten, nicht einfach davongelaufen bin. Aber was ich Ihnen sagen darf, ist dies: Wenn Mr. Karpenko diese Wahl verliert, werden Sie ihn nie wiedersehen. Er wird sich auf die Suche nach einem sicheren Sitz begeben, wohingegen Sie sicher sein können, dass ich für den Rest meines Lebens hierbleiben werde. Die Entscheidung liegt ganz bei Ihnen.«

Die eine Hälfte des Publikums erhob sich, um ihr zuzujubeln, während die andere Hälfte sitzen blieb, um zu hören, ob ihr Kandidat noch irgendwelche Pfeile im Köcher hatte.

Sascha blieben nur wenige Augenblicke, um zu entscheiden, wie er auf eine so brillante und gleichzeitig so simple Botschaft reagieren wollte, obwohl er nicht daran zweifelte, dass Fiona sich im Falle einer Niederlage anderswo nach einem sicheren Sitz umsehen würde. Doch das durfte er nicht sagen, denn er konnte es nicht beweisen. Der gut besuchte Saal wartete auf seine Reaktion; die einen hofften, dass er mit seiner Rede Erfolg haben, die anderen, dass er ins Straucheln kommen würde.

»Wie mein Vater«, begann er, »habe ich schon immer an die Demokratie geglaubt, obwohl ich in einem totalitären Staat aufgewachsen bin. Deshalb bin ich froh, dass ich den Wählern aus Merrifield die Entscheidung darüber überlassen darf, wen sie als den besten Vertreter ihrer Interessen im Unterhaus betrachten. Ich möchte Sie nur darum bitten, Ihre Wahl von der Frage abhängig zu machen, welcher Kandidat Ihrer Ansicht nach diese Aufgabe besser wahrnehmen wird, und nicht davon, wer hier am längsten gelebt hat. Natürlich glaube ich, dass ich selbst dieser Mensch bin. Aber wenn die Tatsache, in Merrifield zu leben, der Beweis für mein Engagement sein sollte, so möchte ich Ihnen allen sagen, dass ich letzte Woche den Kauf eines Hauses in der Farndale Avenue abgeschlossen habe und mich, genau wie Ms. Hunter, darauf freue, den Rest meines Lebens in unserem Bezirk zu verbringen.«

Chester Munro wartete, bis der Beifall sich gelegt hatte. Dann bedankte er sich bei den beiden Kandidaten. »Und ich möchte mich auch bei Ihnen, unserem Publikum, bedanken«, begann er, doch er wurde von einer jungen Frau unterbrochen, die aus den Kulissen kam und ihm ein Blatt Papier reichte. Er faltete es auseinander, las den Inhalt und sagte: »Ich bin mir sicher, es interessiert Sie zu hören, dass eine Fernsehumfrage, die unmittelbar nach unserer Debatte durchgeführt wurde, Ms. Hunter bei zweiundvierzig Prozent sieht und Mr. Karpenko ebenfalls bei zweiundvierzig Prozent. Die übrigen sechzehn Prozent haben sich entweder noch nicht entschieden oder werden für eine andere Partei stimmen.«

Die beiden Kandidaten erhoben sich, gingen langsam aufeinander zu und gaben einander die Hand. Sie akzeptierten, dass die Debatte mit einem Unentschieden geendet hatte und ihnen jetzt nur noch eine Woche blieb, um ihren Gegner zu schlagen.

Während der nächsten sieben Tage schien Sascha keine ruhige Minute mehr zu finden, denn Alf erinnerte ihn immer wieder daran, dass das Ergebnis möglicherweise nur von einer Handvoll Stimmen abhängen würde. Er zweifelte nicht daran, dass es jemanden gab, der Fiona ebenso beständig dieselben Worte ins Ohr flüsterte.

Am Wahltag stand Sascha bereits um zwei Uhr morgens auf, denn er konnte nicht mehr schlafen. Als er zum Frühstück nach unten kam, hatte er bereits alle Morgenzeitungen gelesen. Um sechs stand er wieder vor dem Bahnhof Merrifield und beschwor die Pendler: WÄHLEN SIE KARPENKO – HEUTE.

Kaum dass die Wahllokale um sieben öffneten, eilte er von einer Zweigstelle seiner Partei zur nächsten, um sich bei seinen engagierten Mitarbeitern zu bedanken, die nicht eine Minute freinehmen würden, bevor die letzte Stimme abgegeben war.

»Komm, gehen wir mit unseren Leuten etwas trinken«, sagte er um zehn Uhr abends zu Charlie, nachdem die BBC die Wahl für beendet erklärt hatte und überall im Land die Stimmenauszählung begann.

Langsam gingen sie die Hauptstraße hinauf, während ihnen die Leute »Viel Glück«, »Bis dann« und manchmal auch »Haben wir uns nicht schon irgendwo gesehen?«

zuriefen. Als sie das Roxton Arms betraten, standen Alf und die übrigen Mitarbeiter bereits an der Bar und gaben ihre Bestellungen auf.

»Diesmal gehen alle Getränke ausnahmsweise auf Sie«, sagte Alf, »denn jetzt können Sie uns nicht mehr bestechen.«

Das Team jubelte.

»Sie beide hätten unmöglich noch mehr tun können«, sagte Mrs. Campion, als sie Charlie ein Glas Tomatensaft und Sascha sein erstes *großes* Bier seit drei Wochen reichte.

»Der Meinung bin ich auch«, sagte Alf. »Ich würde jedoch vorschlagen, dass wir alle etwas essen, bevor wir rüber ins Rathaus gehen und einen Blick auf die Stimmenauszählung werfen, denn vor zwei werden wir wohl kaum ein Ergebnis bekommen.«

»Möchten Sie eine Vorhersage wagen, wie es ausgehen wird?«, fragte Sascha.

»Vorhersagen sind etwas für Spieler und Narren«, erwiderte Alf. »Die Wähler haben eine Entscheidung getroffen. Uns bleibt nichts anderes übrig, als abzuwarten, ob es die richtige war. Nichts von dem, was man jetzt noch sagen könnte, würde auch nur das Geringste daran ändern.«

»Ich würde das Krankenhaus, das den leichteren Fällen gewidmet ist, schließen, unverzüglich mit dem Bau der Umgehungsstraße beginnen und den Verteidigungshaushalt um mindestens zehn Prozent kürzen«, sagte Sascha.

Alle lachten, außer Charlie, die nach vorn sackte und sich an der Bar festklammerte.

»Was ist los?«, fragte Sascha und legte den Arm um sie.

»Was glauben Sie denn, Sie Idiot?«, sagte Mrs. Campion.

»Und es ist niemand da, dem Sie die Schuld geben könnten, außer sich selbst«, sagte Alf, »denn Sie waren es, der den Allmächtigen beschworen hat, bis nach der Wahl zu warten.«

»Hör auf rumzuquatschen, Alf«, erwiderte Mrs. Campion, »und ruf das Krankenhaus an. Sag denen, dass eine Schwangere zu ihnen unterwegs ist, die in Kürze ihr Kind bekommen wird. Michael, geh los und hol ein Taxi.«

Alf eilte zum Telefon am anderen Ende der Bar, während Sascha und Mrs. Campion Charlie stützten und langsam den Pub verließen. Michael hatte bereits ein vorbeikommendes Taxi herangewinkt und dem Fahrer genaue Anweisungen bezüglich der Route gegeben, als Charlie sich auf die Rückbank sinken ließ.

»Halte durch, Liebling«, sagte Sascha, als sich das Taxi in Bewegung setzte. »Es ist nicht weit«, fügte er hinzu, dankbar dafür, dass das örtliche Krankenhaus noch nicht geschlossen worden war.

Mit eingeschaltetem Fernlicht schlängelte sich der Taxifahrer durch den nächtlichen Verkehr. Alf hatte seinen Auftrag anscheinend vorbildlich erfüllt, denn als der Wagen vor dem Klinikeingang hielt, wurden sie bereits von zwei Krankenhauspflegern und einem Arzt erwartet. Der Arzt half Charlie aus dem Taxi, während Sascha nach seiner Brieftasche griff, um die Fahrt zu bezahlen.

»Die geht auf mich, Chef«, sagte der Fahrer. »Als Ausgleich dafür, dass ich vergessen habe, wählen zu gehen.«

Sascha dankte ihm, stieß aber gleichzeitig einen stummen Fluch aus, während die Pfleger Charlie in einen Rollstuhl hoben. Wenn er wegen einer einzigen Stimme verlieren würde … Er hielt die Hand seiner Frau, während der Arzt ihr mit ruhiger Stimme einige Fragen stellte. Dann schob einer der Pfleger den Rollstuhl durch einen leeren Flur in den Kreißsaal, wo ein Geburtshilfeteam Charlie bereits erwartete. Sascha ließ ihre Hand erst los, als sie im Kreißsaal verschwand.

Er begann, im Flur auf und ab zu gehen, während er sich Vorwürfe machte, dass er Charlie während der letzten Tage des Wahlkampfs so sehr zugesetzt hatte. Alf hatte recht, das Leben eines Kindes war so viel mehr wert als jede verdammte Wahl.

Er war sich nicht sicher, wie viel Zeit vergangen war, als schließlich eine Schwester aus dem Kreißsaal kam, ihn warmherzig anlächelte und sagte: »Herzlichen Glückwunsch, Mr. Karpenko. Es ist ein Mädchen.«

»Und meine Frau?«

»Es ist alles in Ordnung mit ihr. Sie ist erschöpft und muss sich ausruhen, aber Sie dürfen die beiden ein paar Minuten lang sehen.« Sascha folgte der Schwester in den Kreißsaal, wo Charlie das Neugeborene zärtlich in den Armen hielt. Ein runzliges kleines Etwas mit blauen Augen sah zu ihm hoch. Er umarmte Charlie, dankte jedweden Göttern, die auch immer für dieses Wunder verantwortlich sein mochten, und betrachtete seine Tochter, als sei sie das erste Kind, das jemals auf die Welt gekommen war.

»Wie schade, dass das nicht eine Woche vorher passiert ist«, sagte Charlie.

»Warum, mein Liebling?«

»Stell dir vor, wie viele Stimmen du bekommen hättest, wenn du dem Publikum bei der Debatte hättest sagen können, dass deine Tochter in ihrem Wahlbezirk geboren wurde.«

Sascha lachte, als eine Schwester ihm die Hand auf die Schulter legte und sagte: »Wir sollten jetzt gehen, damit Ihre Frau sich ausruhen kann.«

»Natürlich«, sagte Sascha, während eine zweite Schwester das Kind vorsichtig hochhob und in ein Gitterbettchen legte.

Obwohl Charlie bereits eingeschlafen war, verließ Sascha nur zögernd den Kreißsaal. Sobald er wieder auf dem Flur war, blieb er stehen und betrachtete seine Tochter durch das Fenster in der Tür. Er winkte ihr, was einigermaßen unsinnig war, denn er wusste, dass sie ihn nicht sehen konnte. Dann drehte er sich um und ging in Richtung Aufnahmebereich, und zum ersten Mal seit mehreren Stunden kehrten seine Gedanken zu dem zurück, was unterdessen im Rathaus stattgefunden hatte. Die Erinnerung ließ ihn durch den Flur eilen, wobei er sich fragte, ob er so spät in der Nacht noch ein Taxi bekommen würde. Er durchquerte den Aufnahmebereich, und als er gerade die Tür öffnen wollte, sagte eine Stimme hinter ihm: »Mr. Karpenko?«

Er drehte sich um und sah, dass eine Schwester hinter dem Aufnahmetresen stand. »Herzlichen Glückwunsch«, sagte sie.

»Danke. Ich freue mich so sehr, dass es ein Mädchen ist.«

»Ich habe Ihnen nicht deswegen gratuliert, Mr. Karpenko.« Sascha wirkte verwirrt. »Ich wollte Ihnen nur sagen, wie sehr es mich freut, dass Sie unser nächster Abgeordneter sind.«

»Sie kennen das Ergebnis?«

»Es wurde gerade im Radio bekannt gegeben. Es waren drei Auszählungen nötig, aber Sie haben mit einem Vorsprung von siebenundzwanzig Stimmen gewonnen.«

34

Alex

Boston

Es tut mir leid, aber ich muss sagen, dass Anna recht hat«, erklärte Mr. Rosenthal. »Mehr als fünfzig der Bilder sind Kopien, und wenn man an Ihre eigene Erfahrung mit dem Warhol denkt, dann ist es nicht schwierig, sich vorzustellen, wer die Originale hat.«

»Und sie hat inzwischen wahrscheinlich alle verkauft«, sagte Alex. »Was bedeutet, dass die Bank ihre Verluste niemals auffangen kann.«

»Da wäre ich mir nicht so sicher«, sagte Rosenthal. »Die Kunstwelt ist eine kleine, verschworene Gemeinschaft, und sollte ein Bild der Lowell Collection auf den Markt kommen, würde man es mit großer Sicherheit sofort zuordnen können. Und bedenken Sie, wir reden hier nicht nur über ein einziges Bild, sondern über mehr als fünfzig. Doch angesichts des Todes von Mr. Lowell könnte seine Schwester tatsächlich versucht sein, die Werke sehr rasch abzustoßen, besonders wenn sie den Eindruck haben muss, dass ihre einzige andere Verdienstquelle in Kürze versiegen wird.«

»Was durchaus der Fall sein wird«, sagte Alex mit einigem Nachdruck.

»Dann müssen wir zunächst herausfinden, wo sich die Gemälde befinden.«

»Sicher versteckt in Evelyns Villa in Südfrankreich, würde ich wetten«, sagte Alex.

»Das sehe ich genauso«, sagte Anna. »Sie besitzt zwar eine Wohnung in New York. Aber wenn sie die Bilder dort aufbewahrt hätte, wären sie Lawrence sicher irgendwann aufgefallen.«

Rosenthals nächste Frage überraschte beide. »Wie gut kennen Sie Mr. Lowells Butler?«

»Nicht besonders gut«, antwortete Alex. »Warum fragen Sie?«

»Haben Sie irgendeine Ahnung, wem gegenüber er loyal ist?«

»Wenn es um die Familie Lowell geht«, sagte Alex, »bleibt einem nichts anderes übrig, als sich auf die eine oder die andere Seite zu schlagen, wie ich zu meinem eigenen Schaden sehr früh erfahren habe. Aber es gibt keinen Grund, warum ich glauben sollte, dass er sozusagen nicht für uns, die Heimmannschaft, spielt.«

»Dann werde ich«, sagte Rosenthal, »ihm mit Ihrer Erlaubnis ein paar Fragen stellen.«

»Ich wüsste nicht, was dagegen spricht«, erwiderte Alex und drückte auf eine Klingel.

Caxton erschien wenige Augenblicke später. »Sie haben gerufen, Sir?«

»Genau genommen bin ich es, der sich gerne mit Ihnen unterhalten würde, Caxton«, sagte Rosenthal. »Ich würde gerne wissen, ob Mr. Lowells Schwester jemals hier übernachtet hat, während er in Vietnam war.«

»Regelmäßig«, antwortete Caxton. »Sie hat es wie ihr zweites Zuhause behandelt.«

»Und Sie selbst waren während ihrer Besuche immer anwesend?«

»Nein, Sir, nicht immer. Einmal im Monat besuchen meine Frau und ich unsere Tochter und unseren Enkel übers Wochenende in Chicago. Manchmal, wenn wir am Sonntagabend zurückkamen, war es offensichtlich, dass Mr. und Mrs. Lowell-Halliday in unserer Abwesenheit im Haus gewesen waren.«

»Wie können Sie sich dessen so sicher sein?«, fragte Alex.

»Die Betten waren zu machen, die Tische abzudecken, die Gläser zu waschen und jede Menge Aschenbecher zu leeren.«

»Dann hätten die beiden also mindestens achtundvierzig Stunden hier ganz alleine sein können?«

»Bei mehreren Gelegenheiten.«

»Das ist überaus hilfreich, Caxton«, sagte Rosenthal. »Vielen Dank.«

»Darüber hinaus ist es ganz besonders wichtig, Caxton«, sagte Alex, »dass diese Unterhaltung vertraulich bleibt. Verstehen wir uns?«

»In den zwölf Jahren, die ich Mr. Lowell gedient habe«, sagte Caxton, »hat er es nicht ein einziges Mal als nötig empfunden, meine Diskretion infrage zu stellen.«

»Ich entschuldige mich«, sagte Alex. »Das war taktlos von mir.«

Niemand sprach, bis der Butler das Zimmer verlassen hatte. Dann sagte Anna: »Nun, das hat dir auf jeden Fall gezeigt, wo dein Platz ist.«

»Eigentlich war es ziemlich beruhigend«, sagte Rosenthal. »Er hätte nie eine solche Erwiderung geäußert, wenn er die Absicht hätte, Kontakt zu Mrs. Lowell-Halliday aufzunehmen.«

»Das meine ich auch«, sagte Anna. »Aber wenn sie mehrere Bilder nach Südfrankreich geschafft hat, wie können wir das dann beweisen?«

»Das dürfte nicht allzu schwierig sein«, sagte Rosenthal. »Eines der Bilder, die sie gestohlen hat, ist ein Rothko, der einen Meter achtzig auf einen Meter zwanzig misst. So etwas nimmt man nicht als Handgepäck mit.«

Rosenthal erhob sich aus seinem Stuhl und begann, langsam im Zimmer auf und ab zu gehen. Anna, die seine Gewohnheiten inzwischen gut kannte, warf Alex einen kurzen Blick zu und legte einen Finger an ihre Lippen.

»Meiner Ansicht nach«, sagte Rosenthal nach einer Weile, »kann man ein Gemälde von dieser Größe nicht ohne die Hilfe eines professionellen Kuriers für Kunstgegenstände transportieren, besonders wenn man es nach Übersee verschickt, weil man irgendjemanden benötigt, der sich um die Exportpapiere und alle möglichen anderen Dokumente kümmert. Es gibt nur eine Handvoll solcher Spezialisten an der Ostküste, und nur einer von ihnen hat sein Büro in Boston.«

»Kennen Sie ihn?«, fragte Alex hoffnungsvoll.

»Das will ich doch meinen, aber ich habe nicht die Absicht, ihn zu kontaktieren, denn nach unserem Gespräch würde er sofort seine Kundin anrufen, um sie darüber zu informieren, dass ich Erkundigungen über sie einziehe.«

»Aber er könnte unsere einzige Spur sein«, sagte Alex.

»Nicht unbedingt, denn eine andere Firma würde die Lieferungen nach ihrer Ankunft in Nizza in Empfang nehmen müssen, um sie zu Mrs. Lowell-Hallidays Villa in Saint-Paul-de-Vence zu transportieren. Es würde mich nicht überraschen, wenn der Betreffende keine Ahnung vom Inhalt der Kisten hätte, da es sich dabei um ein Geheimnis handelt, das Mrs. Lowell-Halliday nur ungerne mit jemandem teilen würde, nicht einmal mit den zuständigen Steuerbehörden.«

»Aber wie finden wir heraus, wer die Bilder transportiert hat, ohne die halbe Kunstwelt aufzuscheuchen?«

»Indem wir darauf achten, immer eine gewisse Distanz zu den eigentlichen Akteuren zu wahren«, sagte Rosenthal. »Und ich glaube, ich weiß genau, welcher Pariser Händler uns dabei behilflich sein kann. Dürfte ich das Telefon in Ihrem Arbeitszimmer benutzen?«

»Ja, natürlich«, sagte Alex, worauf sich Rosenthal einen großen Whisky einschenkte und das Zimmer ohne ein weiteres Wort verließ.

»Was hat er vor?«, fragte Alex.

»Ich bin mir nicht sicher«, antwortete Anna. »Aber ich vermute, dass er ein paar Leute unter Druck setzen wird, weshalb er nicht möchte, dass wir ihm dabei zuhören.«

Es dauerte vierzig Minuten, bis Rosenthal wiederkam, und obwohl er sich nachschenken musste, schien es Anna, als entdecke sie die Andeutung eines Lächelns in seinem Gesicht.

»Pierre Gerand wird mich zurückrufen, sobald er den Kurier in Nizza aufgespürt hat. Er sagt, es könne sich dabei höchstwahrscheinlich nur um einen von dreien handeln, und jeder von ihnen würde gerne weiter im Geschäft bleiben. In der Zwischenzeit wird Monty Kessler morgen den ersten Flug aus New York hierher nehmen. Er denkt, dass er gegen Mittag bei uns sein kann.«

Alex nickte. Er hätte gerne gefragt, wer Monty Kessler war, doch inzwischen hatte er begriffen, wann es sinnvoll sein konnte, Rosenthal eine Frage zu stellen und wann nicht.

Als Alex am folgenden Morgen zum Frühstück nach unten kam, begegnete er Rosenthal auf halber Höhe der Treppe; der ältere Mann war damit beschäftigt, auf jedem Gemälde, das an den Wänden hing, kleine rote oder gelbe Aufkleber anzubringen.

»Es wird Sie freuen zu hören, Alex, dass die Sammlung immer noch einundsiebzig Originale umfasst, einschließlich einiger der besten Werke des Abstrakten Expressionismus, die ich je zu Gesicht bekommen habe. Andererseits zweifle ich nicht daran, dass hier auch dreiundfünfzig Kopien hängen«, sagte er gerade, als das Telefon klingelte.

»Ein Ferngespräch aus Paris für Mr. Rosenthal«, sagte Caxton.

Rasch ging Rosenthal die Treppe hinab und griff nach dem Telefonhörer. »Guten Tag, Pierre.« Während der nächsten Minuten sagte er kaum etwas, doch er machte sich fleißig Notizen auf dem Block, der neben dem Telefon lag. »Ich bin Ihnen überaus dankbar«, bemerkte er schließlich. »Ich schulde Ihnen einen Gefallen.« Er lachte. »Na schön, meinetwegen auch zwei. Ich werde Sie informieren, sobald unsere Fracht New York verlassen hat«, fügte er hinzu, bevor er auflegte. »Ich habe den Namen des französischen Kuriers«, erklärte er. »Ein gewisser Monsieur Dominic Duval. Während der letzten fünf Jahre hat er zahlreiche Kisten verschiedener Größe an die Adresse von Mrs. Lowell-Hallidays Residenz in Saint-Paul-de-Vence geliefert.«

»Aber wenn Pierre Monsieur Duval anruft«, sagte Alex, »wird der sich dann nicht unverzüglich mit Evelyn in Verbindung setzen?«

»Gewiss nicht, wenn er die Absicht hat, auch in Zukunft für Pierre zu arbeiten. Aber wie auch immer, Pierre hat ihm bereits gesagt, dass er mit einem noch größeren Auftrag rechnen darf, sofern er den Mund hält.«

»Da kommt ein großer, weißer Van die Auffahrt herauf. Er hat keinerlei Firmenaufschrift«, sagte Anna, als sie aus dem vorderen Fenster sah.

»Das wird Monty sein«, sagte Rosenthal. »Caxton, wären Sie bitte so freundlich, Mr. Kessler die Eingangstür zu öffnen. Und bereiten Sie sich auf eine Invasion professioneller Kunstdiebe vor.«

»Gewiss, Sir.«

Kurz darauf betrat ein kleiner, dicker Mann mit Glatze die Eingangshalle. Sechs Mitarbeiter begleiteten ihn. Sie alle trugen schwarze Trainingsanzüge ohne Markenlogo, und keiner von ihnen hätte in einem Boxring fehl am Platz gewirkt. Jeder trug eine Tasche bei sich, in der er eine Reihe von Werkzeugen transportierte, die keinem Einbrecher, der etwas auf sich hält, fehlen durften.

»Guten Morgen, Monty«, sagte Rosenthal. »Ich weiß es wirklich zu schätzen, dass Sie so kurzfristig Zeit für uns hatten.«

»Kein Problem, Mr. Rosenthal. Aber ich möchte Sie daran erinnern, dass heute Samstag ist und wir alle den doppelten Stundenlohn berechnen müssen. Wo sollen wir anfangen?«, fragte er, während er, die Hände in die Hüften gestemmt, mitten in der Eingangshalle stand und sich mit der wohlwollenden Aufmerksamkeit eines liebevollen Vaters die Gemälde ansah.

»Ich möchte, dass Sie nur diejenigen mitnehmen, die einen gelben Aufkleber auf dem Rahmen tragen. Wenn Sie fertig sind, werde ich Ihnen sagen, wohin die Bilder geliefert werden sollen.«

Alex beobachtete voller Bewunderung, wie die sieben Männer ausschwärmten und sich effizient und geschickt an die Arbeit machten. Jeweils einer von ihnen löste ein Bild von der Wand, woraufhin ein zweiter es in Luftpolsterfolie einschlug und ein dritter es in einer Kiste platzierte, die im Lieferwagen verstaut werden würde. Am Abend zuvor hatte Mr. Rosenthal die exakten Maße an Monty gefaxt, und ein weiteres Team hatte die Nacht über gearbeitet, um die Kisten pünktlich fertigzustellen. Bei doppeltem Stundenlohn für alle.

»Es sieht so aus, als hätten sie das schon früher getan«, sagte Alex.

»Ja. Monty hat sich auf Scheidungen und Tod spezialisiert. Auf Ehefrauen, die Wertgegenstände beiseiteschaffen wollen, während ihre Männer bei der Arbeit sind, bis sie am Abend wieder zurückkehren.«

Alex lachte. »Und was ist mit dem Tod?«

»Kinder, die Gemälde und Möbel außer Haus bringen möchten, nachdem sie zuvor mit ihren Eltern vereinbart haben, dass diese Stücke nicht im Testament auftauchen. Es ist ein florierendes Geschäft, und Monty arbeitet fast ständig zum doppelten Stundenlohn.«

»Kann ich ihnen irgendwie helfen?«

»Sie sollten in die Bank gehen und dafür sorgen, dass alles bereit ist, wenn Monty und sein Team auftauchen, was so gegen vier Uhr nachmittags sein dürfte. Es muss jemand da sein, der die Männer an der Hintertür in Empfang nimmt und Monty in einen sicheren Tresorraum begleitet, der so groß ist, dass man einundsiebzig Gemälde darin unterbringen kann. Nachdem das erledigt ist, kommen Sie bitte auf direktem Weg wieder hierher.«

»Wird der Van auch nach Beacon Hill zurückkehren?«

»O ja, denn bis dahin haben die Männer erst die Hälfte ihrer Arbeit erledigt.«

»Dann mache ich mich wohl besser mal auf den Weg.« Es gab eine ganze Reihe von Dingen, die Alex Mr. Rosenthal gerne gefragt hätte, doch er wusste, dass er sich diese Mühe gar nicht erst zu machen brauchte. Als er das Haus verließ, wurde das erste Bild gerade in den Lieferwagen geladen.

»Und was soll ich tun, Mr. Rosenthal?«, fragte Anna.

»Überprüfen Sie noch einmal die Inventarliste und achten Sie darauf, dass nur diejenigen Gemälde eingepackt werden, die einen gelben Aufkleber tragen. Unsere eigentliche Arbeit beginnt erst dann, wenn die Männer aus der Bank zurück sind. Dann werden die übrigen dreiundfünfzig Bilder in den Van geladen und nach New York gebracht.«

»Aber das sind doch nur Kopien«, sagte Anna.

»Stimmt«, erwiderte Rosenthal. »Aber trotzdem müssen sie ihrer rechtmäßigen Besitzerin zurückgegeben werden.«

»Der Warhol wurde inzwischen im Frachtraum verstaut«, sagte Anna, als das Flugzeug abhob. »Ist der Rest der Sammlung sicher in Nizza angekommen?«

»Ja«, antwortete Rosenthal. »Ich habe Pierre Gerand noch einmal angerufen, sobald ich Samstagnacht wieder zurück in New York war. Er ist einer der führenden Händler in Paris, die sich auf den Abstrakten Expressionismus spezialisiert haben, und außerdem ist er ein alter Freund, der die Lowell Collection gut kennt, denn sein Großvater war es, der Mr. Lowells Vater drei Bilder verkauft hat, als dieser sich im Jahr 1947 auf Rundreise in Europa befand. Ich habe ihn darüber informiert, dass eine große Gemäldelieferung auf dem Weg nach Nizza ist, und ihn gebeten, dafür zu sorgen, dass Monsieur Duval sie in Empfang nimmt und einlagert, bis wir eintreffen. Er hat gestern zurückgerufen und mir mitgeteilt, dass Evelyn und Mr. Halliday dabei gesehen wurden, wie sie an jenem Morgen einen Air-France-Flug nach Boston genommen haben. Ich hatte dann sogleich Sie angerufen, um Sie daran zu erinnern, den Warhol nicht zu vergessen. Somit wird alles vorbereitet sein, wenn wir in Nizza landen. Pierre und Monsieur Duval werden uns vom Flughafen abholen.«

»Dann müssen wir also jetzt nur noch den Rest der Sammlung zurückbekommen«, sagte Anna.

»Was keine Kleinigkeit ist. Wenigstens sind wir in den Händen von Profis. Aber wenn wir es vermasseln …«

»Alex meint, dann wird die Bank untergehen, und wir sind bankrott.«

»Also bloß kein Druck«, erwiderte Rosenthal. »Vergessen Sie nicht, ich könnte Alex immer noch eine Stelle als Bote in der Galerie anbieten. Er ist ziemlich gut darin.«

»Oder er könnte meine Stelle haben, denn Sie werden jemanden als Vertretung brauchen, wenn ich mein Baby bekomme.«

»Nein, so gut ist er dann auch wieder nicht«, sagte Rosenthal, als das Flugzeug eine Höhe von gut zwölftausend Metern erreicht hatte und einen weiten Bogen in Richtung Osten einschlug.

»Wie lange vorher muss die Benachrichtigung rausgehen?«, fragte Ackroyd.

»Laut den Statuten der Bank vierzehn Tage«, sagte Fowler. »Deshalb wollte ich die Briefe an die Direktoren noch heute Morgen losschicken.«

»Aber sobald Miss Robbins die Post öffnet, wird sie gewarnt sein und Karpenko über die außerordentliche Vorstandssitzung informieren, und wenn er nur halb so viel im Kopf hat, wie du behauptest, wird er nicht lange brauchen, um herauszufinden, was wir vorhaben.«

»Daran habe ich auch schon gedacht«, sagte Fowler. »Deshalb habe ich vor, Karpenkos Brief an seine Adresse in Brooklyn zu schicken. Da er selbst hier in Boston Quartier bezogen hat, wird das Schreiben vor seiner Tür liegen, bis er wieder zurückkehrt.«

»Und der Antrag, ihn als Vorsitzenden abzulösen, wird angenommen sein, bevor er die Möglichkeit hat, irgendetwas dagegen zu unternehmen. Dann solltest du wohl die Briefe gleich aufgeben, Ray.«

Als Anna nach der Landung in Nizza aus dem Flugzeug stieg, wurde sie sogleich von einer warmen Abendbrise umfangen. Es wäre ihr lieber gewesen, sie hätte ihren ersten Besuch in Frankreich gemeinsam mit Alex unternommen, doch sie wusste, dass er nicht riskieren konnte, seinen Schreibtisch auch nur für wenige Stunden zu verlassen.

Nachdem sie den Zoll hinter sich gebracht und die Ankunftshalle erreicht hatten, kam ein Mann, der ein kragenloses Hemd mit Blumenmuster trug, auf Mr. Rosenthal zugeeilt und küsste ihn auf beide Wangen.

»Willkommen, *mon ami*«, sagte Pierre Gerand. »Gestatten Sie mir, Ihnen Dominic Duval vorzustellen, dem ich die Leitung unserer Operation übertragen habe.«

Als der Citroën des Franzosen umgeben vom abendlichen Verkehr in Richtung Nizza rollte, informierte Duval seine Mitverschwörer über das, was sich bisher ereignet hatte.

»Sobald Mr. und Mrs. Lowell-Halliday die Villa verlassen hatten, habe ich Pierre in Paris angerufen und ihm mitgeteilt, dass sie auf dem Weg nach Boston sind.«

»Wie konnten Sie so sicher sein, dass die beiden zum Flughafen fahren würden?«, fragte Anna.

»Drei Koffer waren ein deutlicher Hinweis«, sagte Duval.

»Und diese Koffer legen auch nahe«, sagte Rosenthal, »dass Evelyn die Absicht hat, eine Zeit lang in Boston zu bleiben.«

»Dann habe ich Nathanial in New York angerufen«, sagte Pierre. »Ich habe ihm gesagt, dass die beiden unterwegs sind, und bin sofort nach Nizza geflogen, um alles für den morgigen Austausch vorzubereiten.«

»Warum so früh?«, fragte Rosenthal.

»Wir sollten die Tatsache nutzen, dass der Butler am Donnerstag freihat. Sonst müssten wir eine weitere Woche warten. Und bis dahin könnte Mrs. Lowell-Halliday wieder zurück sein.«

»Sind Ihre Mitarbeiter bereit?«

»Sie warten nur noch auf ihren Einsatz«, sagte Duval. »Morgen früh werde ich in der Villa anrufen und der Hausangestellten mitteilen, dass ich ein Paket abliefern muss.«

»Wissen wir etwas über diese Frau?«, fragte Rosenthal.

»Sie heißt Maria«, sagte Duval. »Sie arbeitet schon seit mehreren Jahren für das Paar, und sie ist als Einzige vor Ort, während der Butler freihat. Sie ist nicht besonders aufgeweckt, aber sie hat ein Herz aus Gold.«

»Da wir eine vollständige Liste der Gemälde haben, die ausgetauscht werden müssen, sollten wir in der Lage sein, die ganze Aktion in weniger als einer Stunde durchzuführen«, sagte Pierre.

»Aber man kann dreiundfünfzig wertvolle Gemälde nicht in weniger als einer Stunde in Kisten packen«, sagte Rosenthal. »Das sind keine Dosen mit gebackenen Bohnen. So etwas dauert eher drei bis vier Stunden.«

»Wir können nicht einmal eine volle Stunde riskieren«, sagte Duval. »Wir werden sie so schnell wie möglich aus der Villa schaffen und sie in unser Lagerhaus bringen, das nur sieben Kilometer entfernt liegt. Dort können wir sie dann ordentlich für den Flug verpacken. Vergessen Sie nicht, dass wir die Kisten mit den Kopien bereits vor Ort haben.«

»Beeindruckend«, sagte Rosenthal. »Aber ich mache mir immer noch Sorgen darüber, dass die Hausangestellte ein Problem werden könnte.«

»Da habe ich eine Idee«, sagte Anna.

»Anscheinend kann ich nicht einmal in meinem eigenen Haus wohnen«, sagte Evelyn. »Wir mussten eine Suite im Fairmont nehmen, die nicht gerade billig ist. Deswegen kann ich nur hoffen, Douglas, dass Sie für nächsten Montag alles vorbereitet haben.«

»Es läuft alles nach Plan«, sagte Ackroyd. »Und obwohl die Ansichten im Vorstand geteilt sind, haben wir mit Ihrer Stimme die Mehrheit. Nächste Woche um diese Zeit dürfte Karpenko also wieder auf dem Weg nach New York sein, wo er sich um seine Pizzen kümmern kann, während ich Vorstandsvorsitzender der Bank bin.«

»Und ich kann in unser Haus am Beacon Hill zurückkehren und mir den Rest der Bilder sichern, bevor die Steuerfahndung herausfindet, dass Lowell's nicht einmal eine Spardose wert ist.«

Am folgenden Morgen um zehn nach acht rief Duval in der Villa an.

»Hallo, Maria, hier ist Dominic Duval«, sagte er. »Ich habe eine Lieferung für Mrs. Lowell, die in der Villa abgegeben werden soll.«

»Aber Mrs. Lowell ist nicht hier, und der Butler hat heute seinen freien Tag.«

»Meine Anweisungen hätten nicht eindeutiger sein können«, sagte Duval. »Mrs. Lowell hat darauf bestanden, dass das Paket vor ihrer Rückkehr aus Amerika geliefert wird. Wenn Sie irgendwelche Zweifel haben, rufen Sie sie bitte in Boston an, aber ich muss Sie warnen. Es ist dort zwei Uhr nachts.« Das erste Risiko.

»Nein, nein«, sagte Maria. »Wann kann ich mit Ihnen rechnen?«

»In etwa einer Stunde.« Duval legte auf und ging zum Rest seiner Mannschaft, die bereits im Lieferwagen wartete.

»Und, wie geht's meiner Frau?«, fragte er, als er sich neben Anna setzte. Sie schenkte ihm schließlich ein mattes Lächeln.

Duval fuhr den Lieferwagen aus dem Lagerhaus und bog auf die Hauptstraße ein. Er blieb auf der rechten Spur und hielt sich strikt an alle Geschwindigkeitsbeschränkungen. Während der Fahrt ging jedes Mitglied der Truppe seine Rolle noch ein letztes Mal durch, besonders Anna, Pierre und Rosenthal.

»Und dass mir das keiner vergisst«, sagte Duval. »Wenn wir ankommen, steigen nur Anna und ich aus dem Van.«

Vierzig Minuten später fuhren sie durch das Tor, folgten der Auffahrt und hielten schließlich vor einer beeindruckenden Villa. Anna wäre gerne durch die bunten, sorgfältig gepflegten Gärten geschlendert, aber nicht heute.

Sie und Duval gingen Hand in Hand zur Eingangstür. Duval läutete, und nur wenige Augenblicke später erschien die Hausangestellte. Sie lächelte, als sie den Lieferwagen erkannte.

»Ein Paket für Mrs. Lowell«, sagte Duval. »Wenn Sie bitte hier unterschreiben wollen, Maria. Ich hole die Kiste.«

Maria lächelte noch immer, doch plötzlich verriet ihre Miene große Besorgnis, denn Anna, die ihren Bauch umklammert hielt, brach plötzlich zusammen.

»Ah, *ma pauvre femme*«, sagte Duval. »Meine Frau ist schwanger, Maria. Könnte sie sich vielleicht irgendwo ein paar Minuten lang hinlegen?«

»Aber sicher, Monsieur. Kommen Sie mit.«

Duval half Anna auf die Beine, und gemeinsam folgten sie Maria ins Haus. Über eine breite Treppe gingen sie hinauf in ein Gästeschlafzimmer im ersten Obergeschoss.

»Es tut mir leid, Ihnen solche Mühe zu machen«, sagte Anna, während Duval ihr half, sich aufs Bett zu legen.

»Das ist wirklich kein Problem, meine Liebe«, sagte Maria. »Soll ich einen Arzt rufen?«

»Nein, ich bin sicher, es ist alles wieder in Ordnung, wenn ich mich ein paar Minuten ausruhen darf. Aber Liebling«, sagte sie an Duval gewandt, »könntest du mir bitte meine Tasche aus dem Wagen holen? Da sind ein paar Tabletten drin, die ich nehmen sollte.«

»Natürlich, Liebling. Ich bin sofort wieder zurück«, sagte er, indem er sich das Bild über dem Bett genauer ansah.

»Sie sind so freundlich«, sagte Anna und nahm Marias Hand.

»Nein, nein, Madame. Ich habe selbst Kinder, und Männer sind in solchen Situationen so völlig nutzlos«, fügte sie hinzu, als Duval aus dem Zimmer eilte.

Er rannte die Treppe hinab und sah, dass seine Truppe die Arbeit bereits aufgenommen hatte. Dabei fungierte Rosenthal gleichsam als Zirkusdirektor, während Pierre die Peitsche schwang. Ein Meisterwerk nach dem anderen verschwand von den Wänden und wurde nur wenige Augenblicke später durch die entsprechende Kopie ersetzt.

»Der Matisse hängt im Salon über dem Kamin«, sagte Rosenthal zu einem der Männer, und einen anderen wies er an: »Der Picasso gehört ins Schlafzimmer.« Und indem er auf einen großen, freien Platz an der Wand direkt vor sich deutete, sagte er zu einem dritten: »Der Rauschenberg gehört genau hierher.«

»Ich suche einen Dalí«, sagte Duval. »Er soll in das Gästeschlafzimmer kommen«, fügte er hinzu, als ein de Kooning durch die Eingangstür verschwand.

»Es gibt drei Dalís«, sagte Pierre nach einem Blick auf die Liste. »Was ist das Thema?«

»Eine gelbe Uhr, die über einem Tisch schmilzt.«

»Öl oder Aquarell?«

»Öl«, sagte Duval, während er die Treppe hinaufging.

»Ich habe ihn. Und vergessen Sie die Handtasche Ihrer Ehefrau nicht«, sagte Rosenthal.

»Merde!«, sagte Duval und stürmte aus dem Haus, wobei er fast mit zwei Kurieren zusammengestoßen wäre, die ihm entgegenkamen.

Er öffnete die Beifahrertür des Lieferwagens, griff nach Annas Handtasche, rannte zurück ins Haus und die Treppe hinauf, wobei er zwei Stufen auf einmal nahm. Pierre, der den Dalí in den Händen hielt, folgte ihm auf dem Fuße. Duval blieb kurz stehen, um wieder zu Atem zu kommen, öffnete dann die Tür und trat mit besorgter Miene ein, während Pierre draußen auf dem Flur wartete.

»Und das Problem mit Béatrice«, sagte Maria gerade, »ist ihr Alter. Sie ist erst vierzehn, aber sie benimmt sich, als sei sie dreiundzwanzig.«

Anna lachte, als Duval ihr die Tasche reichte. »Vielen Dank, Liebling«, sagte sie, öffnete den Verschluss und nahm ein Fläschchen Aspirin heraus. »Es tut mir leid, Ihnen schon wieder Mühe machen zu müssen, aber könnte ich vielleicht ein Glas Wasser haben?«

»Natürlich«, sagte Maria und ging ins Bad.

Anna sprang hoch, stellte sich aufs Bett und nahm den Dalí von der Wand. Sie reichte ihn Duval, der zur Tür rannte und ihn gegen Pierres Kopie austauschte, die er nur Sekunden später an Anna weiterreichte. Das zweite Risiko. Es gelang ihr gerade noch, das Bild an den Haken zu hängen und sich aufs Bett fallen zu lassen, bevor Maria mit einem Glas Wasser zurückkehrte. Die Hausangestellte sah, wie Gatte und Gattin einander bei den Händen hielten.

Anna nahm sich Zeit, die beiden Tabletten zu sich zu nehmen. Schließlich sagte sie zu ihrem Mann: »Es tut mir so leid, dich aufzuhalten.«

Ihr überaus korrekter Gatte antwortete wie aufs Stichwort: »Maria, wo soll ich das Paket für Mrs. Lowell abstellen?«

»Lassen Sie es in der Eingangshalle. Der Butler kann sich darum kümmern, wenn er morgen zurückkommt.«

»Gewiss«, sagte Duval. »Und wenn ich wieder nach oben komme, Liebling, hast du dich vielleicht so weit erholt, dass ich dich nach Hause bringen kann.«

»Ich hoffe es«, sagte Anna.

»Machen Sie sich keine Sorgen«, sagte Maria zu Duval. »Ich werde hierbleiben, bis Sie wieder zurück sind.«

»Das ist sehr freundlich von Ihnen«, sagte Duval. Als er die Treppe hinabeilte, sah er, wie Pierre den Dalí an einen

Kurier weitergab. »Wie lange noch?«, fragte er und trat neben Rosenthal, der in der Eingangshalle stand.

»Fünf Minuten, höchstens zehn«, antwortete Rosenthal, als ein Kurier ihm einen Pollock zeigte. »An die gegenüberliegende Wand im Salon«, sagte er, ohne zu zögern.

Duval behielt die Tür des Gästeschlafzimmers unverwandt im Blick. Er fragte: »Gibt es irgendwelche Probleme?«

»Ich kann den Warhol mit der blauen Jackie nicht finden. Er ist so bedeutend, dass er in einem der größeren Zimmer sein *muss*. Aber Sie gehen jetzt wohl besser wieder nach oben, bevor die Hausangestellte misstrauisch wird.«

Duval ging nach oben ins Gästeschlafzimmer, wo Maria Anna noch immer von ihren Kindern erzählte. Er hielt fünf Finger hoch, und als Anna nickte, sah er, dass der Dalí schief hing.

»Liebling, Maria hat mir gerade erzählt, wie viele Probleme sie mit ihrer Tochter Béatrice hat.«

»Sie kann unmöglich schlimmer sein als Marcel«, sagte Duval und setzte sich auf die Bettkante.

»Aber hatten Sie mir nicht gesagt, dass das Ihr erstes Kind ist?«, fragte Maria verwirrt.

»Dominic hat einen Sohn von seiner ersten Frau«, erwiderte Anna rasch. »Sie starb tragischerweise an Krebs. Ich glaube, das ist auch der Grund für Marcels Probleme.«

»Oh, das tut mir so leid«, sagte Maria.

»Ich glaube, ich fühle mich jetzt ein wenig besser«, sagte Anna, setzte sich langsam auf und senkte die Füße auf den Teppich. »Sie waren so freundlich. Ich weiß gar nicht, wie ich Ihnen danken soll.« Sie erhob sich unsicher und ging mit Marias Hilfe langsam zur Tür, während sich Duval auf das Bett kniete und den Dalí zurechtrückte. Das dritte

Risiko. Er holte die beiden gerade noch rechtzeitig ein, um ihnen die Tür zu öffnen.

»Ich werde vorausgehen und dir die Tür zum Lieferwagen aufmachen«, sagte er, was nicht zu dem Drehbuch gehörte, das sie eingeübt hatten. Er erreichte gerade die halbe Höhe der Treppe, als er sah, dass Rosenthal und Pierre noch immer in der Eingangshalle waren.

»Wo ist der Warhol?«, fragte Pierre.

»Zur Hölle mit dem Warhol«, erwiderte Duval. »Wir sind raus.«

Pierre fluchte stumm vor sich hin, während er, gefolgt von Rosenthal, rasch die Villa verließ.

Als Anna und Maria nur wenige Augenblicke später die Eingangshalle erreichten, wartete Duval neben der Tür auf sie, seine Hand lag auf einer Kiste.

»Vielen Dank, dass Sie eine so große Hilfe für meine Frau waren«, sagte er. »Hier ist das Paket, das ich abliefern sollte, zusammen mit einem Brief an Mrs. Lowell.«

»Ich werde dafür sorgen, dass Madame beides unverzüglich nach ihrer Rückkehr bekommt«, sagte Maria.

Duval nahm Anna sanft beim Arm und führte sie nach draußen, wo die Beifahrertür des Lieferwagens bereits offen stand. Es war eines jener kleinen Details, auf die Rosenthal ganz besonders achtete.

Als der Lieferwagen langsam die Auffahrt hinabrollte, fragte sich Duval, ob Maria es nicht seltsam finden würde, dass sie für die Lieferung eines einzigen Bildes ein so großes Fahrzeug benutzt hatten.

»Irgendwelche Probleme, Anna?«, fragte Rosenthal aus dem hinteren Bereich des Vans.

»Abgesehen davon, dass ich schwanger bin, zwei Ehemänner habe, ohne auch nur mit einem von ihnen verheiratet zu sein, und dazu zwei Stiefkinder, die ich nie kennengelernt habe, gibt es keine Probleme, nein.«

»Denken Sie immer daran, langsam zu fahren, Dominic«, sagte Rosenthal. »Wir sollten nicht vergessen, welch kostbare Fracht wir an Bord haben.«

»Wie überaus aufmerksam von Ihnen«, sagte Anna und legte die Hand auf ihren Bauch.

Rosenthal besaß die Höflichkeit zu lächeln, als Anna sich aus dem Fenster lehnte und Maria zum Abschied zuwinkte. Diese winkte mit verwirrter Miene zurück.

35

Alex

Boston

Am folgenden Morgen kam Alex so früh in die Bank, dass Errol noch gar nicht auf seinem Posten war und der Sicherheitsbeamte, der Nachtdienst hatte, ihm den Zutritt zum Gebäude verschaffen musste. Auch ihm hatte Alex zu erklären, dass er in der Tat der neue Vorstandsvorsitzende war.

Ohne jemandem zu begegnen, ging er zum Aufzug, und als er im vierundzwanzigsten Stock wieder auf den Flur trat, stellte er amüsiert fest, dass Miss Robbins das Licht hatte brennen lassen. *Welch Narr, der seine Lampe immer brennen lässt,* würde er sie necken. Doch als er die Tür öffnete, um das Licht auszuschalten, wurde er mit einem »Guten Morgen, Chairman« begrüßt.

»Guten Morgen«, sagte Alex, ohne sich etwas anmerken zu lassen. »Waren Sie die ganze Nacht hier?«

»Nein, Sir, aber ich wollte die Post auf den neuesten Stand bringen, bevor Sie heute kommen würden.«

»Ist irgendetwas Interessantes dabei?«

»Es gibt da einen Brief und ein Paket, die Sie sich meiner Meinung nach unbedingt sofort ansehen sollten. Beides liegt ganz oben auf dem Stapel auf Ihrem Schreibtisch.«

»Danke«, sagte Alex, der sich neugierig fragte, was nach Miss Robbins' Maßstab wohl als interessant gelten konnte. Er ging in sein Büro, wo ihn der erwähnte Berg an Post erwartete.

Er nahm den Brief vom oberen Ende des Stapels und las ihn sorgfältig. Dann öffnete er das Paket und starrte ungläubig auf den Gegenstand, den er vor sich hatte. Seine Hände zitterten noch immer, als er das Objekt zurück in seine Verpackung schob. Er musste Miss Robbins zustimmen, der Brief war tatsächlich interessant, und was das Paket anging, so hatte sie ihre Meinung dazu geäußert, ohne dass sie wusste, was es enthielt.

Der zweite Brief auf dem Stapel stammte von Bob Underwood, einem der Direktoren der Bank. Underwood erklärte, dass für ihn die Zeit gekommen sei, sich von seinem Posten zurückzuziehen, und zwar nicht zuletzt deshalb, weil er inzwischen siebzig Jahre alt war. Die außerordentliche Sitzung am Montagvormittag, so erklärte er, erscheine ihm geeignet, den Vorstand von seiner Absicht in Kenntnis zu setzen. Alex stieß einen Fluch aus, denn Underwood war einer der wenigen Menschen, deren Verbleib im Vorstand er sich gewünscht hätte. Underwood schienen die zehntausend Dollar, die er pro Jahr als Direktor ohne Exekutivgewalt erhielt, vollkommen zu genügen. Er machte nur selten irgendwelche Spesen geltend, und man musste bei den Protokollen nicht zwischen den Zeilen lesen, um zu erkennen, dass er eines der wenigen Vorstandsmitglieder war, die bereit waren, sich gegen Ackroyd und dessen

Verbündete zu behaupten. Alex würde versuchen müssen, ihn umzustimmen.

Und dann kehrte sein Blick zu den Worten *die außerordentliche Sitzung am Montagvormittag* zurück. Warum hatte Miss Robbins ihn nicht darüber informiert?

An der Tür erklang ein leises Klopfen, und Miss Robbins erschien mit dem Kaffee – schwarz, ohne Zucker – und einem kleinen Teller mit Roggenkeksen. Woher wusste sie nur, dass das seine Lieblingskekse waren?

»Vielen Dank«, sagte Alex, als sie das Silbertablett, bei dem es sich um eines der Familienerbstücke von Lawrence handeln musste, vor ihn auf den Schreibtisch stellte. »Dürfte ich Ihnen eine etwas heikle Frage stellen, Miss Robbins? Sie haben doch gewiss einen Vornamen?«

»Pamela.«

»Und ich bin Alex.«

»Dessen bin ich mir durchaus bewusst, Chairman.«

»Ich bin ganz Ihrer Ansicht, Pamela, dass es sich bei Mrs. Ackroyds Brief um ein sehr interessantes Schreiben handelt. Da ich die Dame jedoch nicht kenne, möchte ich Sie fragen, wie ich Ihrer Meinung nach auf das Angebot von Mrs. Ackroyd reagieren soll.«

»Sie sollten ihr vertrauen und es annehmen. Es ist schließlich allgemein bekannt, dass die Scheidung verbittert ausgefochten wurde …« Miss Robbins zögerte.

»Ich glaube nicht, dass wir Zeit haben, um uns an all die gesellschaftlich erwünschten Nettigkeiten zu halten. Also raus mit der Sprache, Pamela.«

»Ich war nur überrascht, dass offiziell so wenige Frauen als Scheidungsgrund angegeben wurden.«

»Das nenne ich mal die Fakten brutal auf den Tisch bringen«, sagte Alex. »Erzählen Sie weiter.«

»Seine letzte Sekretärin, eine gewisse Miss Burrell, mag durchaus verborgene Talente besessen haben, deren ich mir nicht bewusst bin, aber Rechtschreibung war eindeutig nicht ihre starke Seite.«

»Dann haben Sie also den Eindruck, ich sollte Mrs. Ackroyds Worte genau so auffassen, wie sie dastehen?«

»Allerdings, Chairman, und der letzte Abschnitt des Briefs hat mir sogar besonders gut gefallen.«

Alex las diesen noch einmal, und jetzt erschien tatsächlich ein Lächeln auf seinem Gesicht.

»Sonst noch etwas, Chairman?«

»Ja«, sagte Alex. »Bevor Sie gehen, Pamela: Ich habe Mr. Underwoods Brief entnommen, dass er davon ausgeht, nächsten Montag finde eine Vorstandssitzung statt. Ist dies tatsächlich so? Denn ich habe nichts davon gewusst.«

»So wenig wie ich«, sagte Miss Robbins. »Deshalb habe ich diskret Erkundigungen eingezogen, und dabei hat sich herausgestellt, dass Mr. Fowler die Einladungen zur Sitzung vor ein paar Tagen losgeschickt hat.«

»Mir nicht.«

»Doch. Aber er hat den Brief an Ihre Wohnung in New York geschickt, die in den Unterlagen der Bank als Ihre Privatadresse geführt wird.«

»Aber Fowler weiß doch genau, dass ich im Augenblick in Mr. Lowells Haus wohne und das auch noch eine ganze Weile tun werde. Was hat er vor?«

»Ich habe keine Ahnung, Chairman, aber ich könnte versuchen, es herauszufinden.«

»Bitte tun Sie das. Und versuchen Sie, sich die Tagesordnung zu verschaffen, ohne dass Fowler davon Wind bekommt.«

»Gewiss, Chairman.«

»In der Zwischenzeit werde ich diese Akten durchgehen, bis Mr. Harbottle zu seinem Termin um elf eintrifft.« Gerade als sie sich umdrehen und gehen wollte, konnte Alex nicht widerstehen, ihr noch eine Frage zu stellen. »Was halten Sie eigentlich von Mr. Harbottle, Pamela?«

»Er ist ein langweiliger alter Bussard und wirkt, als sei er direkt aus einem Roman von Dickens spaziert, aber wir sollten dankbar dafür sein, dass er auf unserer Seite ist, denn seine Feinde fürchten ihn. Und was vielleicht noch wichtiger ist: Er ist wie Caesars Frau.«

»Caesars Frau?«

»Wenn Sie mal mehr Zeit haben, Chairman.«

»Und da wäre noch eine letzte Sache, Pamela. Wenn ich Sie bitten würde, mir nur einen einzigen Rat zu geben, um dieses Schiff über Wasser zu halten, auf was sollte ich mich dann konzentrieren?«

»Nicht auf was, auf *wen*. Ich würde ein vertrauliches, ein *sehr* vertrauliches Gespräch mit Jake Coleman führen, der bis vor sechs Monaten Finanzchef unserer Bank war.«

»Warum kommt mir sein Name nur so bekannt vor?«, sagte Alex. »Habe ich etwas über ihn in den Sitzungsprotokollen gelesen?«

»Er hat nach einer heftigen Auseinandersetzung mit Mr. Ackroyd gekündigt, und genau wie mir wurde ihm gesagt, er hätte seinen Schreibtisch noch bis zum selben Abend zu räumen.«

»Worum ging es bei dieser Auseinandersetzung?«

»Ich habe keine Ahnung. Mr. Coleman war viel zu professionell, um so etwas mit einer einfachen Mitarbeiterin zu diskutieren.«

»Für wen arbeitet er jetzt?«

»Er hat bisher noch keine neue Stelle gefunden, Chairman, weil jeder mögliche Arbeitgeber, bei dem er für eine bedeutende Position in die engere Auswahl kommt, Mr. Ackroyd anruft. Und der rammt ihm nicht nur ein Messer in den Rücken, sondern dreht es auch noch um.«

»Machen Sie so schnell wie möglich einen Termin mit ihm aus.«

»Ich werde ihn unverzüglich anrufen, Chairman«, sagte Miss Robbins und zog die Tür hinter sich zu.

Als Alex die Protokolle der letztjährigen Vorstandssitzungen durchlas, wurde ihm immer klarer, dass Lawrence zwar an den Sitzungen teilgenommen und diese sogar offiziell geleitet hatte; der unheiligen Dreieinigkeit von Ackroyd, Jardine und Fowler war es jedoch stets gelungen, ihm bei allen wichtigen Dingen Sand in die Augen zu streuen. Er hatte das Protokoll der Septembersitzung erreicht, als es an der Tür klopfte. Konnte es tatsächlich schon elf Uhr sein?

Die Tür ging auf, und die unverwechselbare Gestalt von Mr. Harbottle erschien. »Guten Morgen, Mr. Karpenko«, sagte der alte Anwalt.

»Guten Morgen, Sir«, sagte Alex, stand auf und wartete, bis Harbottle Platz genommen hatte, bevor er sich selbst wieder setzte. Dann hielt er inne, um Mr. Harbottle Gelegenheit zu geben, ihm vielleicht das Du anzubieten, doch das Angebot kam nicht.

»Zunächst möchte ich Ihnen für den ausgezeichneten Rat danken, den Sie mir gestern gegeben haben«, begann Alex schließlich. »Dadurch hatte ich immer die Nase vorn, was Ackroyd und Jardine angeht, aber nur knapp, denn soeben habe ich erfahren, dass Fowler für nächsten Montag eine außerordentliche Vorstandssitzung einberufen hat.«

»Tatsächlich?«, sagte Harbottle und schob seine Brille zurecht, bevor er fortfuhr. »Dann, so denke ich, haben die Herren wohl die Absicht, Sie als Vorsitzenden abzulösen. Und sie hätten die Sitzung nicht einberufen, wenn sie nicht überzeugt davon wären, im Vorstand über die Mehrheit zu verfügen.«

»Wenn sie die tatsächlich haben, gibt es dann irgendetwas, das ich tun kann?«

»Bevor ich mir die Bankstatuten nicht ein weiteres Mal angesehen habe, weiß ich keine Antwort darauf, Chairman.«

»Ein weiteres Mal?«

»Ja, denn es könnte sein, dass ich bereits etwas gefunden habe, das Ihnen bei Ihren Bemühungen hilft.«

Alex ließ sich in seinen Sessel zurücksinken, denn er wusste genau, dass Harbottle sich Zeit lassen würde.

»Während Sie sich mit den Protokollen der Vorstandssitzungen und den jährlichen Bilanzen vertraut gemacht haben, habe ich mir die Statuten des Unternehmens genauer angesehen – übrigens eine faszinierende Bettlektüre –, und ich glaube, ich bin da auf etwas gestoßen, das Sie interessieren könnte.« Er nahm eine Akte aus seiner Gladstone-Tasche.

»Zweifellos Paragraf 33d.«

Harbottle gestattete sich die Andeutung eines Lächelns. »Nein. Eigentlich«, sagte er und schlug die Akte auf, »geht es um Statut neun, Unterklausel zwei. Gestatten Sie mir, Sie aufzuklären, Chairman«, fuhr er fort und begann, einen Abschnitt vorzulesen, den er unterstrichen hatte: »Kein Angestellter und kein Direktor des Unternehmens sollen ein höheres Gehalt bekommen als der Vorstandsvorsitzende.«

Alex' Gedanken rasten, doch zeigte sich sogleich, dass Harbottle sich noch viel gründlicher mit der Materie beschäftigt hatte.

»Ackroyd hat sich als Vorstandsvorsitzender die exorbitante Summe von fünfhunderttausend Dollar im Jahr ausbezahlt, wodurch es ihm möglich wurde, seinen engsten Gefolgsleuten ebenfalls absolut übertriebene Gehälter zuzugestehen, was ihm bisher die Mehrheit im Vorstand gesichert hat.«

»Wenn ich also bereit wäre, ein realistischeres Gehalt zu akzeptieren«, erwiderte Alex, »sagen wir ...«

»Sechzigtausend Dollar im Jahr«, warf Harbottle ein, »während Sie gleichzeitig darauf bestehen, dass alle Spesenanträge in Zukunft von Ihnen persönlich abgezeichnet werden müssen, dann, so vermute ich, würden die anderen sehr schnell kündigen.«

»Aber nur, wenn wir davon ausgehen, dass weiterhin *ich* der Vorsitzende dieses Unternehmens bin.«

»Allerdings«, sagte Harbottle. »Und nach dem, was ich Ihnen zu sagen habe, könnte es durchaus sein, dass Sie gar nicht mehr auf diesem Posten bleiben wollen.« Wieder lehnte sich Alex zurück. »Sie haben mich gebeten, den Vorsitzenden der Bankenaufsicht aufzusuchen, was ich gestern Nachmittag getan habe. Ich kann nicht behaupten, dass er besonders entgegenkommend war. Genau genommen hat er sogar erklärt, dass es nach Durchsicht der letzten Bilanz erforderlich ist, die gesamte Lowell Collection von einem anerkannten Händler schätzen zu lassen und in den Tresorräumen der Bank einzulagern, bevor er bereit wäre, diese als Teil unserer Habenseite anzuerkennen. Er ist bereit, uns achtundzwanzig Tage zuzugestehen, um diese Verpflichtung zu erfüllen, und er hat mich verpflichtet, ihm persönlich Bericht zu erstatten, sollten Sie dieser Forderung nicht nachkommen.«

Alex holte tief Luft. »Sonst noch etwas?«

»Ich fürchte, ja. Er hat mir überdies versichert, dass Mr. Lowell gar nicht das Recht hatte, Ihnen seinen fünfzigprozentigen Anteil an den Bankaktien zu hinterlassen und ebenso wenig seine fünfzig Prozent an Elena's Pizza Company. Er bestand darauf, dass beide Anteile ebenfalls als Sicherheit in der Bank hinterlegt werden. Und er schlug vor, Sie sollten vielleicht Ihren eigenen fünfzigprozentigen Anteil am Elena's ebenfalls hinterlegen, um Ihrem Engagement für die Bank Nachdruck zu verleihen. Er hat jedoch hinzugefügt, dass Sie dazu nicht verpflichtet sind.«

»Wie überaus großzügig von ihm«, sagte Alex. »Gibt es sonst noch etwas auf unserer Habenseite?«

»Ja. Ich habe mir seine genauen Worte aufgeschrieben.« Harbottle schlug eine Seite seines Notizblocks um. »Ich glaube zuversichtlich, dass jemand, der in einer Kiste mit nichts als einem halben Dutzend Flaschen Wodka zur Begleichung der Schiffspassage vor dem KGB fliehen konnte und der später mit dem Silver Star ausgezeichnet wurde, zweifellos die gegenwärtigen Probleme der Bank überwinden kann.«

»Woher weiß er das alles?«, fragte Alex.

»Sie hatten offensichtlich noch keine Gelegenheit, den heutigen *Boston Globe* zu lesen. Die Zeitung hat ein geradezu hymnisches Porträt von Ihnen veröffentlicht, in dem Sie wie eine Mischung aus Abraham Lincoln und James Bond dastehen.«

Zum ersten Mal an diesem Tag musste Alex lachen.

»Aber ich muss Sie warnen. Ackroyd ist genauso gewissenlos und einfallsreich wie Blofeld, und es würde mich überhaupt nicht wundern, wenn er seine Katze mit lebenden Goldfischen füttern würde.«

»Ich kann nicht glauben, dass Sie …«

»Ah, ich gestehe, dass ich zu den Bewunderern von Mr. Fleming gehöre. Ich habe alle seine Bücher gelesen, obwohl ich mir nie einen der Filme angesehen habe.«

Er setzte die Brille ab, legte seine Unterlagen in seine Gladstone-Tasche zurück und verschränkte die Arme zum Zeichen, dass er sogleich etwas Inoffizielles sagen würde.

»Dürfte ich Sie fragen, ob Mr. Rosenthals Reise nach Nizza erfolgreich gewesen ist?«

»Es hätte nicht besser laufen können«, antwortete Alex. »Mit Ausnahme eines einzigen Gemäldes wird die gesamte Lowell Collection schon bald sicher in einem unserer Tresorräume untergebracht sein, dessen Zugangscode nur ich und der Sicherheitschef der Bank kennen und der nur in unser beider Gegenwart mit unseren Schlüsseln geöffnet werden kann.«

»Das sind in der Tat gute Neuigkeiten«, sagte Harbottle. »Aber Sie sagten, es gebe da eine Ausnahme?«

»Und sogar die befindet sich jetzt in meinem Besitz«, sagte Alex und reichte Harbottle den Brief von Mrs. Ackroyd. Nachdem der Anwalt den Brief gelesen hatte, reichte Alex ihm ein kleines Gemälde.

»Eine *Blaue Jackie* von Warhol«, sagte Harbottle. »Ich muss sagen, das gibt einem ein wenig den Glauben an seine Mitmenschen wieder.«

»Und ganz besonders an die Frauen«, erwiderte Alex grinsend.

»Aber wie ist Mrs. Ackroyd an das Bild gekommen?«, fragte Harbottle.

»Sie sagt, Ackroyd habe es ihr als Teil der Scheidungsvereinbarung überlassen.«

»Und wie ist *er* an das Bild gekommen?«

»Durch Evelyn Lowell-Halliday, würde ich vermuten«, antwortete Alex. »Höchstwahrscheinlich als Lohn für seine Dienste.«

»Was mich auf eine Idee bringt«, sagte Harbottle. Er hielt einen kurzen Augenblick inne, dann fuhr er fort: »Aber wenn ich das über die Bühne bringen soll, dann muss ich mir Jackie für ein paar Tage ausleihen.«

»Natürlich«, sagte Alex, dem bewusst war, dass es keinen Sinn hatte, den Anwalt nach dem Grund zu fragen.

Harbottle verpackte das Bild und schob es vorsichtig in seine Gladstone-Tasche. »Ich habe schon genug von Ihrer Zeit verschwendet, Chairman«, sagte er und stand auf. »Ich sollte dann besser mal aufbrechen.«

Als er Mr. Harbottle zur Tür brachte, konnte Alex ein Lächeln nicht unterdrücken. Doch der alte Herr überraschte ihn ein weiteres Mal.

»Nun, da wir uns ein wenig besser kennen, können Sie mich Harbottle nennen.«

Es war nicht schwierig für Alex herauszufinden, warum Jake Coleman und Douglas Ackroyd auf Dauer nicht hatten zusammenarbeiten können. Coleman war ein ehrlicher, anständiger Mann, der sich nicht verstellte und das Team für wichtiger hielt als den Einzelnen. Während Ackroyd …

Die beiden trafen sich zum Lunch im Elena Drei, denn Alex war sicher, dass es sich bei diesem Restaurant um den einzigen Ort in Boston handelte, wo Ackroyd und seine Kumpane ganz gewiss nie zu finden wären.

»Warum haben Sie Lowell's verlassen?«, fragte Alex, nachdem sie beide das Congressman Special bestellt hatten.

»Ich habe die Bank nicht verlassen«, sagte Coleman. »Ich wurde gefeuert.«

»Darf ich fragen, warum?«

»Ich hatte den Eindruck, jemand müsse den Vorstandsvorsitzenden darüber in Kenntnis setzen, dass die Spielsucht seiner Schwester völlig außer Kontrolle geraten war und die Bank untergehen würde, sollte man ihr weiterhin gestatten, wahllos große Beträge von der Bank zu leihen.«

»Wie hat Ackroyd reagiert?«, fragte Alex, als ihnen zwei dampfend heiße Pizzen serviert wurden.

»Er hat mir gesagt, ich solle mich um meine eigenen Angelegenheiten kümmern, wenn ich wüsste, was gut für mich ist.«

»Und das haben Sie ganz offensichtlich nicht getan.«

»Nein. Ich habe Ackroyd davor gewarnt, dass ich den Vorsitzenden darüber informieren würde, was hinter seinem Rücken vorging, sollte er es nicht selbst tun. Womit ich mein eigenes Todesurteil unterzeichnet hatte, denn am nächsten Tag wurde ich gefeuert.«

»Und haben Sie Lawrence die Wahrheit gesagt?«

»Ich habe ihm sofort geschrieben«, antwortete Coleman. »Ich wollte sogar einen Termin mit ihm vereinbaren. Aber er fragte mich, ob das nicht bis nach der Wahl warten könne, und da es bis dahin nur noch wenige Wochen waren, habe ich mich gerne dazu bereit erklärt.«

»Und es ist Ihnen in der Zwischenzeit nicht gelungen, eine angemessene Position zu finden?«

»Nein. Jedenfalls nicht auf dem Niveau, das meiner Stelle bei Lowell's entsprochen hätte. Dafür hat Ackroyd gesorgt.«

»Ich bin überrascht, dass er in Bankkreisen immer noch einen so großen Einfluss hat.«

»Sicher, er hat Feinde, aber jedes Mal, wenn ich mich um eine Stelle beworben habe, war der erste Mensch, den mein potenzieller Arbeitgeber anrief, der Vorstandsvorsitzende der Bank, für die ich bisher gearbeitet habe.«

Alex konnte geradezu hören, wie Ackroyd in vertraulichem Flüsterton erklärte: »Unter uns, dem Mann ist nicht zu trauen.« Eine Aussage, die einem im Bankgeschäft jede Tür verschloss.

»Bedeutet das, wenn ich Ihnen eine Stelle anbieten würde, könnten Sie es vielleicht in Erwägung ziehen zurückzukommen?«

»Nein. Wenigstens nicht, solange Ackroyd noch im Vorstand sitzt. Es fehlt mir gerade noch, zwei Mal entlassen zu werden.«

»Aber wenn sich Ackroyd aus dem Vorstand zurückziehen würde?«

»Solange er im Vorstand noch über die Mehrheit verfügt, könnten ihn keine zehn Pferde dazu bringen. Und da Evelyn fünfzig Prozent der Aktien besitzt, scheint mir eine solche Diskussion fruchtlos.«

»Da mögen Sie recht haben«, sagte Alex, »denn ich kann nicht behaupten, dass meine eigene Position besonders gefestigt wäre. Und sogar wenn sich das ändern sollte, kann ich Ihnen nicht garantieren, dass die Bank überleben wird. Ich bin jedoch davon überzeugt, dass wir eine viel größere Chance hätten, wenn Sie mit an Bord kämen.«

»Was macht Sie so zuversichtlich, da Sie mich doch nicht einmal kennen?«

»Aber ich kenne Bob Underwood und Pamela Robbins. Die beiden haben für Sie gebürgt, und das genügt mir.«

»Das ist in der Tat ein Kompliment. Nun gut, wenn es Ihnen gelingen würde, Ackroyd und seine Verbündeten loszuwerden, wäre ich gerne bereit, die Arbeit auf meinem alten Posten als Finanzchef der Bank wiederaufzunehmen.«

»Ich hatte mir etwas anderes vorgestellt«, sagte Alex. Coleman schien enttäuscht. »Ich hatte eigentlich gehofft, Sie wären gewillt, Ackroyds Position zu übernehmen und als geschäftsführender Direktor zu Lowell's zurückzukehren.«

»Guten Morgen, meine Herren«, sagte Alex. Er sah sich am Tisch um. Nur ein Platz war unbesetzt. »Ich möchte Mr. Fowler bitten, das Protokoll der letzten Sitzung vorzulesen.«

Der Vorstandssekretär erhob sich und schlug die entsprechenden Unterlagen auf. »Der Vorstand trat am 18. März zusammen«, begann er, »und zu den Themen, über die gesprochen wurde, gehörte …«

Alex' Gedanken wanderten zurück zu der eilends anberaumten Besprechung, die am Abend zuvor in Mr. Harbottles Büro stattgefunden und sich bis in die frühen Morgenstunden hingezogen hatte. Nur zögernd waren die beiden zu dem Schluss gekommen, dass die Zahlen gegen Alex sprachen, denn sie waren sich bewusst, dass Evelyn sich zurzeit in Boston aufhielt. Er sah hinüber zu dem leeren Stuhl. Aber was wäre, wenn Evelyn nicht erscheinen würde? Dann hätte er immer noch eine Chance.

Als Alex nach Hause gekommen war, hatte Anna schon längst geschlafen. Er beschloss, sie nicht zu wecken und mit den neuesten Nachrichten zu belasten. Er legte die Hand auf seinen zukünftigen Sohn oder seine zukünftige Tochter und ließ sie auf jenem Etwas ruhen, das die kleine

Wölbung des Lebens schon bald verlassen und Teil einer neuen Welt werden würde. Dann sank er ins Bett, denn er brauchte dringend Schlaf, doch seine Gedanken fanden keinen Augenblick Ruhe, als sei er ein verurteilter Mörder in der Nacht, bevor man ihn auf den elektrischen Stuhl schnallen würde.

Jetzt fand er schlagartig zurück in die reale Welt, als Fowler sagte: »Und damit ist das Protokoll der letzten Sitzung abgeschlossen. Gibt es irgendwelche Fragen?«

Immer noch keine Spur von Evelyn.

Es gab keine Fragen, was nicht zuletzt daran lag, dass jeder am Tisch nur zu gut wusste, welcher Punkt ganz oben auf der Tagesordnung stand.

»Tagesordnungspunkt Nummer eins betrifft die Wahl eines neuen Vorsitzenden«, sagte Alex gerade, als sich die Tür öffnete und Evelyn in den Sitzungssaal stürmte. Er stieß einen lautlosen Fluch aus, während er die Frau betrachtete, die bei ihrer ersten Begegnung so anziehend auf ihn gewirkt hatte. Er konnte gut verstehen, warum viele Männer ihrem Zauber verfielen, wenn auch nur für kurze Zeit. Jardine und Ackroyd standen auf, um sie zu begrüßen, und sie setzte sich auf den freien Platz zwischen ihnen.

»Ich entschuldige mich für mein Zuspätkommen«, sagte Evelyn, »aber ich musste unbedingt in einer persönlichen Angelegenheit mit meinem Anwalt sprechen, bevor ich an dieser Sitzung teilnehmen konnte.«

Welcher Anwalt, fragte sich Alex, und welche persönliche Angelegenheit?

»Ich wollte gerade um Nominierungen für den Posten des Vorsitzenden bitten«, sagte Fowler. »Für die Zeit nach dem tragischen Tod Ihres Bruders.«

Evelyn nickte. »Bitte, lassen Sie sich von mir nicht aufhalten«, sagte sie und lächelte den Vorstandssekretär warmherzig an.

Mr. Jardine erhob sich sogleich wieder. »Ich möchte meine Bewunderung zu Protokoll geben für die Art, wie Mr. Karpenko vorübergehend in die Bresche gesprungen ist, während wir uns nach einem passenderen Kandidaten für die Stelle unseres nächsten Vorsitzenden umgesehen haben. Ich glaube, angesichts einer langfristigen Perspektive für unser Unternehmen sollte dieser Mensch Douglas Ackroyd sein. Wir alle dürften noch gut im Gedächtnis haben, welche außerordentlichen Leistungen er als früherer Vorstandsvorsitzender dieser Bank erbracht hat.«

»Er hat das Unternehmen fast ruiniert«, murmelte Bob Underwood gerade laut genug, sodass seine Vorstandskollegen ihn hören konnten.

Jardine ignorierte die mit leiser Stimme vorgetragene Unterbrechung und sprach unbeirrt weiter. »Deshalb zögere ich nicht, unseren früheren Vorsitzenden Douglas Ackroyd auch zum nächsten Vorsitzenden der Lowell Bank vorzuschlagen.«

»Gibt es jemanden, der diesen Vorschlag unterstützt?«, fragte Fowler.

»Nur zu gerne möchte ich mich für diese Nominierung aussprechen«, meldete sich Alan Gates wie aufs Stichwort.

»Noch einer von der Fünfzigtausend-Dollar-Spesenbrigade, der dafür sorgt, auch in Zukunft ein Stück vom Kuchen abzubekommen«, sagte Underwood.

»Vielen Dank«, sagte Fowler. »Wenn es keine weiteren Nominierungen gibt, bleibt mir nur noch, Sie zur Abstimmung aufzufordern. Wer dafür ist, dass Mr. Douglas Ackroyd zu unserem nächsten Vorsitzenden gewählt wird, hebe bitte die Hand.«

Sechs Hände wurden gehoben.

»Da gäbe es im Hinblick auf die korrekte Durchführung der Wahl noch einen Punkt, Mr. Chairman.« Der Schnellzug, der bisher so problemlos alle Hindernisse genommen hatte, musste plötzlich einen unvorhergesehenen Stopp einlegen. »Ich fühle mich verpflichtet, darauf hinzuweisen«, sagte Underwood, »dass die Statuten unserer Bank unter Abschnitt 7.9 zwingend vorschreiben, dass niemand, der für die Position des Vorsitzenden kandidiert, für sich selbst stimmen kann.«

Alex lächelte. Offensichtlich war Harbottle nicht der Einzige, der sich in den letzten Tagen bis tief in die Nacht mit dem Thema beschäftigt hatte. Unter den Direktoren gab es einiges Gemurmel, während Fowler die entsprechende Vorschrift nachschlug.

»Das scheint korrekt zu sein«, brachte er schließlich mühsam heraus.

»Nun, wissen Sie was?«, sagte Underwood. »Die Gründer unseres Unternehmens waren wohl doch nicht so dumm.«

»Und doch«, sagte Fowler, »hat Mr. Ackroyd immer noch fünf Stimmen. Ich möchte Sie nun fragen, wer gegen seine Wahl ist.«

Sofort hoben fünf Direktoren die Hand.

»Irgendwelche Enthaltungen?«

»Nur ich«, sagte Evelyn mit ihrer allerunschuldigsten Stimme.

Ackroyd war verblüfft, und auch Alex konnte seine Überraschung nicht verbergen.

»Dann haben wir fünf Stimmen dafür, fünf Stimmen dagegen und eine Enthaltung«, sagte Fowler.

»Und was machen wir nun?«, fragte Tom Rhodes, ein Direktor, der sich nur selten zu Wort meldete.

»Ich würde vorschlagen, dass Mr. Fowler Abschnitt 10 vorliest«, sagte Underwood. »Dann dürften wir es wahrscheinlich herausfinden.«

Widerwillig schlug Fowler eine Seite um und las die entsprechende Passage vor. »Bei Stimmengleichheit kommt dem Vorsitzenden die entscheidende Stimme zu.«

Alle wandten sich in Alex' Richtung, der ohne zu zögern sagte: »Dagegen.« Jetzt war das Gemurmel unter den Vorstandsmitgliedern sogar noch lauter.

Es dauerte eine gewisse Zeit, bis Fowler nach einem erneuten Blick in die Statuten sagte: »Gibt es irgendwelche anderen Nominierungen?«

»Ja«, sagte Bob Underwood. »Ich möchte vorschlagen, dass Mr. Alex Karpenko auch weiterhin unser Vorsitzender bleibt, da niemand ernsthaft an seinen außerordentlichen Leistungen zweifeln kann, die er für das Unternehmen erbracht hat, seit er diesen Posten innehat.«

»Ich unterstütze die Nominierung«, sagte Rhodes.

Fowler rettete sich in seine Rolle als Schiedsrichter. »Diejenigen, die dafür sind, heben bitte die Hand.« Fünf Hände schossen nach oben, da Alex nicht für sich selbst stimmen konnte.

Gerade als Fowler nach den Gegenstimmen fragen wollte, hob Evelyn langsam die Hand und schloss sich so den fünf Befürwortern an. Fowler hätte nicht noch verärgerter klingen können, als er zu Protokoll geben musste: »Hiermit erkläre ich, dass Alex Karpenko zum Vorstandsvorsitzenden der Lowell Bank and Trust Company gewählt wurde.«

Mehrere Vorstandsmitglieder brachen in spontanen Beifall aus, während es Ackroyd nicht gelang, seine Fassungslosigkeit und seine Wut zu verbergen. Zusammen mit vier anderen Direktoren stand er unverzüglich auf und verließ den Sitzungssaal.

»Judas«, sagte Ackroyd, als er an Evelyn vorbeikam.

»Eher eine gute Samariterin«, rief Underwood ihm dröhnend nach, bevor die Tür mit einem lauten Knall zugeworfen wurde.

»Sie werden wiederkommen«, seufzte Alex.

»Ich glaube nicht«, sagte Evelyn leise. Sie sprach erst weiter, als sie sich der Aufmerksamkeit aller sicher sein konnte.

»Der Grund dafür, Gentlemen, warum ich ein wenig zu spät zu unserer heutigen Sitzung gekommen bin«, sagte sie, »besteht darin, dass ich kurz zuvor Besuch von einem hohen Beamten des Boston Police Departments bekommen habe.«

Alle Blicke waren auf sie gerichtet.

»Anscheinend wurde eine *Blaue Jackie* von Andy Warhol aus der Lowell Collection gestohlen, als Lawrence in Vietnam war.« Sie hielt inne, um einen Schluck Wasser zu trinken, und ihre zitternde Hand schien zu verraten, unter welch großer Anspannung sie stand.

»Als der Beamte mir den Namen des Schuldigen nannte, war ich so schockiert, dass ich unverzüglich meinen Anwalt konsultiert habe, der mir riet, an dieser Sitzung teilzunehmen und sicherzustellen, dass Mr. Karpenko auch weiterhin den Vorsitz der Bank führen kann. Darüber hinaus empfand ich es als meine Pflicht, dem Polizeichef zu versichern, dass ich gerne bereit bin, mich als Zeugin der Anklage zur Verfügung zu stellen, wenn Mr. Ackroyd vor Gericht kommt.«

Einige Direktoren nickten, doch Alex sah verwirrt aus.

»Herzlichen Glückwunsch«, sagte Underwood. »Sie haben es eigenhändig geschafft, mit einem einzigen großen Besenstreich fünf Scheißkerle nach draußen zu fegen.«

»Aber ich verstehe nicht«, sagte Alex an Evelyn gewandt, nachdem sich das Gelächter gelegt hatte, »warum Sie gewillt sein sollten, mich zu unterstützen.«

»Aus einem ganz simplen Grund: Wer bin ich schon, dass ich der Entscheidung meines Bruders, wer der nächste Vorsitzende sein soll, widersprechen würde?« Keines der verbliebenen Vorstandsmitglieder glaubte ihr auch nur einen Moment lang, aber noch überraschter waren alle über Evelyns nächste Erklärung. »Zu diesem Zweck möchte ich zu Protokoll geben, dass ich die Absicht habe, meinen fünfzigprozentigen Anteil an unserem Unternehmen für eine Million Dollar zu verkaufen.«

Jetzt begriff Alex, warum sie Ackroyd hatte aus dem Weg schaffen müssen. Er wollte sich gerade zu ihrem Angebot äußern, als Miss Robbins in den Sitzungssaal geeilt kam und ihm ein Blatt Papier reichte. Er faltete es auseinander, las die Nachricht, lächelte und stand auf.

»Keine zehn Pferde hätten mich aus dieser Sitzung schleppen können«, sagte er, »aber die Worte ›bei Ihrer Frau haben die Wehen eingesetzt‹ sind durchaus dazu in der Lage.« Unverzüglich brach er auf.

Eine zweite Runde Beifall folgte, und als Alex die Tür erreicht hatte, drehte er sich noch einmal um und sagte: »Bob, würden Sie bitte so freundlich sein und den Rest der Sitzung leiten? Ich glaube nicht, dass ich heute noch zurückkomme.«

»Es wartet bereits ein Taxi auf Sie«, sagte Miss Robbins, während sie zum Aufzug gingen.

Der Taxifahrer trat aufs Gas, als stünde er beim Rennen von Daytona in der ersten Startreihe. Alex musste sich an seinem Sitz festhalten, während der Fahrer sich auf die Jagd nach jeder sich bietenden Lücke im Verkehr machte. Es war, als hätten die Worte »ihre Wehen haben eingesetzt« einen zusätzlichen Gang geschaffen.

Als das Taxi schließlich fünfzehn Minuten später mit quietschenden Bremsen vor der Klinik zum Stehen kam, hatten zwei Polizisten auf Motorrädern die Verfolgung aufgenommen. Alex konnte nur hoffen, dass beide Väter waren. Er zog seine Brieftasche, reichte dem Fahrer einen Einhundert-Dollar-Schein und rannte in das Gebäude.

»Ihr Wechselgeld!«, rief der Fahrer, doch da war Alex schon längst verschwunden.

Er eilte durch die Lobby zur Aufnahme und nannte der zuständigen Schwester seinen Namen.

»Entbindungsstation, 6B, vierter Stock«, sagte diese mit einem Blick auf ihre Liste und grinste. »Ihre Frau hat es gerade noch bis zu uns geschafft.«

Alex rannte zum Aufzug, sprang hinein und drückte mehrmals auf den Knopf mit der Nummer 4, wodurch der Aufzug allerdings nicht schneller fuhr. Als sich die Türen endlich im vierten Stock öffneten, ging er rasch durch den Flur bis zu einer Tür mit der Aufschrift 6B. Er trat ein und sah, dass Anna sich im Bett aufgesetzt hatte und ein kleines Bündel in den Armen hielt. Sie sah ihn an und lächelte.

»Schau, das ist dein Vater. Was ihn nur so lange aufgehalten hat?«

»Es tut mir leid, dass ich nicht rechtzeitig hier sein konnte«, sagte Alex und umarmte sie. »Es ist mir im Büro etwas dazwischengekommen. Das ist zwar keine besonders gute Entschuldigung, aber es stimmt wenigstens.«

»Lerne deinen Sohn und Erben kennen«, sagte Anna und reichte ihm das Kind.

»Hallo, kleiner Kerl. War dein Tag bisher so weit in Ordnung?«

»Es geht ihm gut«, sagte Anna. »Aber er möchte unbedingt wissen, wie die Vorstandssitzung gelaufen ist.«

»Es gibt keinen Grund, sich Sorgen zu machen. Sein Vater ist immer noch Vorstandsvorsitzender der Lowell Bank.«

»Wie hast du denn das geschafft?«

»Evelyn hat mir die entscheidende Stimme gegeben.«

»Warum sollte sie denn so etwas tun?«

»Weil sie akzeptieren musste, dass die Bank es sich nicht mehr leisten kann, ihr weiterhin irgendwelche Zahlungen zukommen zu lassen, und, was vielleicht noch wichtiger ist, dass sie keine Chance hat, an die Lowell Collection heranzukommen.«

»Aber warum hat sie dann so problemlos die Seiten gewechselt?«

»Jackie Kennedy hat uns gerettet«, sagte Alex.

»Das verstehe ich nicht.«

»Anscheinend blieb der Polizei nach dem Diebstahl des Warhol nur die Wahl, entweder sie oder Ackroyd zu verhaften, während derjenige der beiden, der nicht verhaftet würde, die Möglichkeit bekäme, für die Anklage auszusagen. Und es gibt selbstverständlich keinen Preis für die Antwort auf die Frage, für welche Rolle Evelyn sich entschieden hat. Ehrlich gesagt ist sie so verzweifelt, dass sie angeboten hat, ihre Bankaktien zu verkaufen.«

»Für welche Summe?«

»Eine Million Dollar. Nur schade, dass ich im Augenblick nicht so viel Geld habe.«

»Dann wollen wir hoffen, dass du das nicht noch bereuen wirst«, sagte Anna.

An der Tür erklang ein Klopfen, und eine Schwester schob ihren Kopf ins Zimmer. »Es tut mir leid, Sie belästigen zu müssen, Mr. Karpenko, aber da draußen steht ein Verkehrspolizist, der sagt, er müsse sich das Beweismittel ansehen.«

VIERTES BUCH

36

Sascha

Westminster: 1980

Es wäre besser gewesen, wenn der Abgeordnete Mr. Sascha Karpenko die Sowjetunion niemals verlassen hätte, lautete der erste Satz des Leitartikels der *Times* an jenem Morgen.

Sascha verliebte sich in den Palace of Westminster im ersten Augenblick, in dem er das Gebäude durch den St.-Stephen's-Eingang betrat und zu seinen neuen Kollegen in der Abgeordnetenlobby ging. Seine Mutter brach in Tränen aus, als er den Eid ablegte und auf einer der hinteren Oppositionsbänke Platz nahm. Während er eine Bibel in Händen hielt und seine Kollegen rechts und links von ihm ihn anstarrten, als käme er von einem anderen Planeten, fühlte sich Sascha wie ein neuer Schüler in einer fremden Klasse.

Michael Cocks, der Fraktionsführer von Labour, wies ihn an, sich während der ersten Jahre möglichst unauffällig zu verhalten. Es dauerte jedoch nicht lange, bis seine Kollegen begriffen, welches Naturtalent sie in ihren Reihen hatten, auch wenn ein solcher Mann gewiss nicht einfach zu lenken war. Als Sascha sich daher erhob, um seine erste

Rede zu halten, blieben sogar die Abgeordneten in den beiden vorderen Bankreihen sitzen, um sich den »Mann aus Moskau« anzuhören, wie die Konservativen ihn nannten. Doch Sascha hatte bereits beschlossen, das Problem von Anfang an direkt anzugehen.

»Mr. Sascha Karpenko«, rief Mr. Speaker Thomas ihn auf. Das Haus schwieg, wie es Tradition war, wenn ein Abgeordneter seine erste Rede hielt.

»Mr. Speaker, gestatten Sie mir zuerst die Bemerkung, welche Ehre es für mich als einen russischen Einwanderer darstellt, Mitglied des britischen Unterhauses geworden zu sein. Wenn Sie mir vor zwanzig Jahren, als ich noch in Leningrad zur Schule ging, prophezeit hätten, dass ich noch vor meinem dreißigsten Geburtstag auf diesen Bänken sitzen würde, hätte Ihnen nur meine Mutter geglaubt, besonders weil ich damals bereits meinem besten Schulfreund versichert hatte, ich würde einst der erste demokratisch gewählte Präsident Russlands werden.«

Seine Bemerkung löste auf beiden Seiten des Hauses laute Jubelrufe aus.

»Mr. Speaker, ich habe das Privileg, die Wähler von Merrifield in der Grafschaft Kent zu vertreten, die in ihrer unergründlichen Weisheit beschlossen haben, eine Frau der Konservativen durch einen Mann von Labour zu ersetzen.« Er sah zur Premierministerin, die ihm auf der Regierungsbank gegenübersaß, und sagte: »Das ist etwas, das meine Partei bei der nächsten Wahl zu wiederholen gedenkt.«

Margaret Thatcher deutete eine Verbeugung an, während die Abgeordneten auf den Oppositionsbänken lauthals ihre Zustimmung bekundeten.

»Meine direkte Mitbewerberin, Ms. Fiona Hunter, hat diesem Haus drei Jahre lang gedient und wird in Merrifield schmerzlich vermisst werden – von den Konservativen. Ich selbst zweifle nicht im Geringsten daran, dass sie einst auf eine der Bänke mir gegenüber zurückkehren wird, allerdings nicht als Vertreterin meines Wahlbezirks.« Überall um ihn herum waren »Hört, hört!«-Rufe zu vernehmen, und als Sascha von seinen Notizen aufblickte, sah er, dass er die Aufmerksamkeit des gesamten Hauses errungen hatte.

»Einige Abgeordnete zu beiden Seiten des Hauses werden sich fragen, welchem Ort ich mich in Wahrheit am meisten verbunden fühle. Westminster? Leningrad? Merrifield? Oder Moskau? Ich werde Ihnen sagen, wem meine Verbundenheit gilt. Sie gilt jedem Bürger jedweden Landes, der an die heilige Macht der Demokratie glaubt und an das Recht, überall auf der Welt in einer freien Gesellschaft zu leben.

Mr. Speaker, ich habe keine Zeit für oberflächliche politische Zuschreibungen wie ›links‹ oder ›rechts‹. Ich bewundere sowohl Winston Churchill als auch Clement Attlee, und die Heroen meiner Universitätsjahre waren Aneurin Bevan und Iain Macleod. Ihrem Beispiel folgend, werde ich immer versuchen, jedes Argument auf seine objektiven Verdienste hin zu prüfen und jede Abgeordnete und jeden Abgeordneten auf die Ernsthaftigkeit ihrer oder seiner Sicht der Dinge, selbst wenn ich entschieden anderer Ansicht bin. Mag sein, dass ich gelegentlich meine Überzeugungen von den höchsten Bergen aus in die Welt rufe, aber ich hoffe, dass ich ebenfalls vernünftig genug bin, um mich bei anderen Gelegenheiten in den Tälern aufzuhalten und zuzuhören.

Die ersten Worte meines Fraktionsführers bei der Ankunft in diesem Haus gaben mir das Gefühl, Shakespeares klagender Schuljunge mit seinem Ranzen und schimmernden Morgengesicht zu sein, der wie eine Schnecke unwillig zur Schule kriecht.« Von beiden Seiten des Hauses erklang Gelächter. »Ah, wie ich sehe, bin ich nicht der Erste«, sagte er, woraufhin zahlreiche ermunternde Rufe erklangen und nur der Fraktionsführer von Labour stumm blieb. »Er wies mich an, nur über Themen zu sprechen, von denen ich wirklich eine Menge verstehe. Sie werden also in Zukunft nicht viel von mir zu hören bekommen.«

Sascha wartete, bis das Gelächter sich gelegt hatte, bevor er zum Schlussabschnitt seiner Rede kam.

»Für die Bürger von Merrifield stellt es ein außerordentliches Kompliment dar, dass sie sich mit ihrer Wahl für einen russischen Einwanderer entscheiden konnten, der für sie auf diesen heiligen Bänken sitzen darf, wo er das Recht hat, ohne Furcht und Schmeichelei zu jeglichem Thema seine Ansichten zum Ausdruck zu bringen. Glaubt jemand in dieser Kammer allen Ernstes, dass ein Engländer unter solchen Bedingungen einen vergleichbaren Platz im Kreml einnehmen könnte? Nein, natürlich glaubt das niemand. Aber ich hoffe, dass ich es noch erleben werde, wie die Zeit uns eines Besseren belehrt.«

Unter dem lauten Beifall beider Seiten des Hauses nahm er wieder Platz. Zur allgemeinen Überraschung erhob sich ein Mann mit dichtem, weißem Haar, der eine Brille trug, von seinem Platz in der vordersten Bank.

»Der Oppositionsführer«, sagte der Speaker.

»Mr. Speaker, ich erhebe mich, um dem geschätzten Abgeordneten für Merrifield zu seiner bemerkenswerten Jungfernrede zu gratulieren.« Überall in der Kammer erklangen »Hört, hört!«-Rufe. »Mir scheint jedoch, ich muss ihn darauf hinweisen, dass viele Damen und Herren auf den Bänken mir gegenüber bereits *mich* für den Abgeordneten für Moskau halten.« Applaus und Jubelrufe erfüllten den Saal.

»Trotzdem bin ich sicher, im Namen des ganzen Hauses zu sprechen, wenn ich sage, dass wir uns alle bereits auf den nächsten Beitrag des geschätzten Abgeordneten freuen.«

Sascha sah auf zur Besuchergalerie, wo Charlie, seine Mutter, Alf und die Gräfin saßen und mit unverhohlenem Stolz zu ihm herabblickten. Aber erst als er am folgenden Morgen den Leitartikel der *Times* las, begriff er, welch großen Eindruck er mit seiner wenige Minuten dauernden Rede gemacht hatte.

Es wäre besser gewesen, wenn der Abgeordnete Mr. Sascha Karpenko die Sowjetunion niemals verlassen hätte, denn er hätte in seinem Land eine wichtige Rolle bei der Vermittlung der Werte der Demokratie spielen können.

»Das ist ganz allein meine Schuld«, sagte Sascha. »Mir hätte klar sein müssen, dass das einen Schritt zu weit geht.«

»Niemand hat Schuld«, erwiderte Elena. »Wir haben abgestimmt, und nur die Gräfin hat irgendwelche Bedenken geäußert.«

»Ich dachte nur, dass es Elena vielleicht ein wenig zu viel werden könnte«, sagte die Gräfin.

»Und Sie hatten recht«, sagte Sascha, »denn ich muss Sie warnen. Die neuesten Zahlen sind keine angenehme Lektüre.«

Die übrigen Mitglieder der Geschäftsführung wappneten sich.

»Das Elena Drei hat im siebten Quartal in Folge Verlust gemacht. Obwohl ich ein geborener Optimist bin, sehe ich nicht, wie wir diesen Trend umkehren könnten.«

»Welche finanziellen Auswirkungen hat das für das Gesamtgeschäft?«, fragte die Gräfin.

»Wenn wir den ursprünglichen Preis für die Pacht und alle notwendigen Gebühren mit einrechnen«, sagte Sascha, indem er kurz innehielt und die Zahlen addierte, »dann belaufen sich unsere Verluste auf knapp über 183 000 Pfund.«

Charlie meldete sich als Erste zu Wort. »Können wir diesen Rückschlag überstehen?«

»Ja, ich denke, das können wir«, antwortete Sascha, »aber es wird knapp.«

»Was meint die Bank?«, fragte Elena.

»Sie sind bereit, uns auch weiterhin zu unterstützen, wenn wir das Elena Drei sofort schließen und unsere Aktivitäten auf das Elena Eins und das Elena Zwei konzentrieren. Und obwohl die beiden noch immer Gewinn abwerfen, fällt auch der inzwischen als Folge meiner Entscheidung geringer aus.«

»Nun, vielleicht sollten wir das alles von der positiven Seite aus betrachten«, sagte Elena. »Du hast wenigstens deine Diäten, auf die du zurückgreifen kannst.«

»Nicht mehr lange, fürchte ich«, sagte Sascha. »Denn wenn Margaret Thatcher auch weiterhin so in den Umfragen führt, wird es sehr schwierig für mich werden, Merrifield bei der nächsten Wahl zu behaupten.«

»Werden die Leute nicht Sie persönlich wählen wollen, wenn sie den Eindruck haben, dass Sie gute Arbeit leisten?«, fragte die Gräfin.

»Es sind in der Regel kaum mehr als ein paar Hundert Stimmen, die man deswegen erhält, und meistens schaffen das nur Rebellen, die sich gegen den Kurs der eigenen Partei gestellt haben. Und wenn unsere Restaurants bankrottgehen, werde ich mein Mandat aufgeben und einer triumphierenden Fiona das Feld überlassen müssen.«

»Wir sollten nie vergessen«, sagte die Gräfin, »dass es Erfolgs*leiter* heißt, und eine Leiter muss man hinaufklettern. Hinab geht es dann mit dem Lift.«

»Dann werden wir eben wieder klettern müssen«, sagte Elena.

Wenn das Elena's überleben sollte, so begriff Sascha, wäre das größte Problem die Steuer. Sollte diese ihr metaphorisches Pfund Fleisch verlangen, würde das Unternehmen in Konkurs gehen und alle Aktiva veräußern müssen. Und sollten Elena Eins und Zwei auf den Markt kommen, wäre jedem in der Branche klar, dass es sich um einen Notverkauf handeln würde.

Sascha hatte sich bereits damit abgefunden, dass er in einem solchen Fall seine politische Karriere aufgeben und sich nach einer Stelle würde umsehen müssen. Wie sehr hätte er sich dann zum Narren gemacht – und das ausgerechnet zu einem Zeitpunkt, an dem er davon überzeugt war, dass nichts ihn aus der Bahn werfen könnte.

Es gab niemanden, dem er die Schuld hätte zuschieben können, weshalb er beschloss, das Problem direkt anzugehen. Er rief das Finanzamt an und vereinbarte einen Termin mit dem für ihn zuständigen Beamten, Mr. Dark. Sogar der Name des Mannes weckte düstere Vorahnungen in ihm. Er konnte sich diesen verdammten Kerl geradezu vorstellen. Klein, mit Glatze, übergewichtig und am Ende einer farblosen Karriere als unbedeutender Schreiberling, der nichts mehr genoss, als das Leben anderer in den »Ausgang«-Korb zu verfrachten. Wahrscheinlich stimmte er für die Konservativen und könnte der Bemerkung nicht widerstehen, wie leid es ihm tue, aber er mache nur seine Arbeit, und Ausnahmen dürfe es nicht geben.

Fünfzehn Minuten vor dem vereinbarten Termin parkte Sascha seinen Mini in der Tynsdale Street. Dann überquerte er die Straße und betrat ein seelenlos wirkendes Gebäude aus rotem Backstein. Über dem Eingang hing zwar das königliche Wappen, aber die Inschrift hätte genauso gut lauten können: *Ihr, die ihr eintretet, lasst alle Hoffnung fahren.* Er nannte der Dame am Empfang seinen Namen.

»Mr. Dark erwartet Sie«, sagte die Frau in, wie ihm schien, düsterem Ton. »Sein Büro befindet sich im dreizehnten Stock.«

Wo sonst?, dachte Sascha.

Selbst der Aufzug schien seine Fahrt nach oben nur zögernd anzutreten und ließ sich Zeit, bis er seinen einzigen Gast wieder entließ. Sascha trat hinaus auf einen grauen Flur, in dem kein einziges Bild hing, und machte sich auf die Suche nach Mr. Darks Büro.

Er klopfte an die Tür und betrat einen fensterlosen Raum mit einem Schreibtisch, der von roten Akten bedeckt war. Hinter dem Schreibtisch – erste Überraschung – saß ein Mann seines Alters, der ihn – zweite Überraschung – mit einem warmherzigen Lächeln begrüßte. Er stand auf und gab Sascha die Hand.

»Hätten Sie gerne eine Tasse Tee, Mr. Karpenko?«

Die typische Vorstellung eines Engländers, wie man eine entspannte Atmosphäre schafft, bevor man einen Teelöffel Zyanid hinzufügt.

»Nein, vielen Dank«, sagte Sascha, dem es lieber war, wenn sich sein Henker sogleich an die Arbeit machte.

»Das kann ich verstehen«, sagte Dark und setzte sich wieder. »Ich weiß, Sie sind ein vielbeschäftigter Mann, Mr. Karpenko, weshalb ich versuchen werde, nicht zu viel von Ihrer Zeit zu beanspruchen.« Er schlug die oberste Akte auf und studierte kurz den Inhalt, um sich die entscheidenden Punkte zu vergegenwärtigen. »Ich habe mir Ihre Steuererklärungen der vergangenen fünf Jahre angesehen«, fuhr Dark fort, »und nach einer langen Unterhaltung mit dem Abteilungsleiter Ihrer Bank, den Sie dazu autorisiert hatten« – Sascha nickte –, »denke ich, dass wir möglicherweise eine Lösung für Ihr Problem gefunden haben.«

Sascha starrte sein Gegenüber unverwandt an und fragte sich, was die nächste Überraschung sein würde.

»Gegenwärtig schulden Sie dem Finanzamt 126 000 Pfund, die Ihr Unternehmen im Moment eindeutig nicht aufbringen kann. Doch entgegen der allgemeinen Ansicht ist es für einen Steuerbeamten faszinierend zu erleben, wie er ein Unternehmen retten, und nicht, wie er es vernichten kann. Immerhin ist das unsere einzige Hoffnung, irgendetwas von unserem Geld zurückzubekommen.«

Sascha hätte am liebsten gelacht, doch es gelang ihm, der Versuchung zu widerstehen.

»Angesichts dieser Tatsache, Mr. Karpenko, gewähren wir Ihnen ein Jahr Aufschub. In dieser Zeit haben Sie keinerlei Steuern zu bezahlen. Danach werden wir von Ihnen den vollen Betrag von«, er warf noch einmal einen Blick auf die Summe, »126 000 Pfund fordern, und zwar über eine Periode von vier Jahren hinweg. Sollte Ihr Unternehmen jedoch während dieser Zeit Gewinn machen, wird jeder Penny davon an das Finanzamt gehen.« Er hielt inne, sah Sascha über seinen Schreibtisch hinweg an und fügte in nachdrücklichem Ton hinzu: »Mir ist klar, dass die nächsten fünf Jahre für Sie und Ihre Familie nicht einfach werden dürften, aber wenn Sie sich nicht in der Lage sehen sollten, dieses Angebot zu akzeptieren, bliebe uns keine andere Möglichkeit, als Ihre sämtlichen Aktiva zu beschlagnahmen, denn das Finanzamt wird stets vor allen anderen Gläubigern bezahlt.« Er unterbrach sich kurz und fuhr dann, wiederum direkt an seinen Besucher gewandt, fort. »Vielleicht möchten Sie ein paar Tage über Ihre Position nachdenken, Mr. Karpenko, bevor Sie eine endgültige Entscheidung treffen.«

»Das wird nicht nötig sein, Mr. Dark«, sagte Sascha. »Ich akzeptiere Ihre Bedingungen und bin Ihnen überaus dankbar dafür, dass Sie mir eine zweite Chance geben.«

»Ich begrüße Ihre Entscheidung. So viele meiner Klienten gehen bankrott und eröffnen einen Tag später ein neues Geschäft, ohne sich um ihre Schulden bei uns oder bei irgendjemandem sonst zu kümmern.« Mr. Dark öffnete eine zweite Akte und nahm ein weiteres Dokument heraus. »Dann müssen Sie nur noch hier, hier und hier unterschreiben, Mr. Karpenko.« Er reichte Sascha einen Kugelschreiber.

»Vielen Dank«, sagte Sascha und fragte sich, wann er wohl aufwachen würde.

Nachdem Sascha die Vereinbarung unterzeichnet hatte, erhob sich Mr. Dark hinter seinem Schreibtisch und reichte ihm ein zweites Mal die Hand.

»Ich bin üblicherweise gehalten, mich nicht politisch zu äußern, Mr. Karpenko«, sagte Dark, als er Sascha auf den Flur begleitete, »aber wenn ich in Merrifield leben würde, würde ich für Sie stimmen, und obwohl ich bisher nur ein einziges Mal im Elena's zu Gast war, habe ich die Erfahrung außerordentlich genossen.«

»Dann müssen Sie wiederkommen«, sagte Sascha, während sich die Aufzugtür öffnete und er eintrat.

»Erst wenn Sie Ihre Schulden vollständig beglichen haben, Mr. Karpenko.«

Die Aufzugtür schloss sich.

Saschas Aussichten, seinen Sitz im Unterhaus zu behaupten, besserten sich nicht gerade nach Mrs. Thatchers gefeiertem Sieg auf den Falklandinseln und Michael Foots hartnäckiger Weigerung, politisch mehr in die Mitte zu rücken.

Doch dann hatte er eine Glückssträhne jener Art, welche die Karriere eines jeden Politikers fundamental ändern kann. Sir Michael Forrester starb an einem Herzanfall, was im angrenzenden Wahlbezirk Endlesby eine Nachwahl erforderlich machte. Die Chance, für den Rest ihres Lebens einen Tory-Sitz zu behaupten, war für Fiona einfach zu verführerisch, und nur wenige Menschen waren überrascht, dass sie sich darum bewarb, für ihre Partei kandidieren zu dürfen. Immerhin, so erklärte sie, entsprach Endlesby inzwischen zur Hälfte ihrem alten Wahlbezirk.

Fiona gewann die Nachwahl mit einem Vorsprung von über zehntausend Stimmen und kehrte auf die grünen Bänke des Unterhauses zurück, wo, wie Sascha annahm, ihre alte Rivalität sich fortsetzen würde. Der zweite Glücksfall für Sascha bestand darin, dass die Merrifield Conservative Association sich in der Frage, wer als ihr Kandidat bei der nächsten Parlamentswahl antreten sollte, heillos zerstritt und sich am Ende für ein Mitglied des Gemeinderats entschied, über das sich nicht einmal die eigene Partei einig war.

Nach der Wahl zog Margaret Thatcher mit überwältigender Mehrheit wieder ins Unterhaus ein, obwohl sie von den Einwohnern von Merrifield verschmäht wurde, denn diese hielten an ihrem bisherigen Abgeordneten fest – wenn auch nur mit einer Mehrheit von einundneunzig Stimmen. Doch Alf wies Sascha darauf hin, dass es immerhin Winston Churchill gewesen war, der gesagt hatte: »Eine Stimme genügt vollkommen, alter Junge.«

Neil Kinnock, der neue Führer der Labour-Partei, bot Sascha die Möglichkeit, als Juniorsprecher seines Außenpolitik-Teams mit besonderer Verantwortung für die Länder des Ostblocks auf die erste Bank der Opposition vorzurücken.

Saschas Ansehen innerhalb wie außerhalb des Parlaments wuchs, und Abgeordnete auf beiden Seiten des Hauses wurden sich nach und nach bewusst, dass jeder, der schlecht vorbereitet war, es bereuen würde, wenn Sascha sich zu einer Rede erhob.

Fiona wurde Staatssekretärin im Außenministerium und durfte sich auf den Beginn einer langen parlamentarischen Karriere einstellen. Es war jedoch ein anderer neu gewählter Abgeordneter der Konservativen, der Sascha vor Freude in die Luft springen ließ – wenn auch nur insgeheim in seiner eigenen Wohnung.

Sascha wusste, dass keiner dem anderen irgendetwas schuldig bleiben würde, wenn sie sich im Unterhaus gegenübersaßen, aber das würde ihn nicht daran hindern, in Annie's Bar gelegentlich ein kleines Glas Bier mit dem ehrenwerten Abgeordneten Ben Goldsmith zu trinken.

37

Sascha

London und Moskau

Als die Regierung erklärte, sie würde eine Allparteiendelegation nach Russland schicken, um nach der Wahl von Michael Gorbatschow zum Präsidenten über die anglorussischen Beziehungen zu diskutieren, war niemand überrascht, dass die Labour-Partei sich für Sascha als ihren Repräsentanten entschied.

Sascha war jedoch nicht begeistert, als er erfuhr, dass die Konservativen Fiona Hunter zur Leiterin der Delegation bestimmt hatten. War dies etwa nur deshalb geschehen, weil es nichts gab, das ihr größeres Vergnügen bereitet hätte, als Sascha bei jeder sich bietenden Gelegenheit zu widersprechen?

»Wie lange wirst du fort sein, zusammen mit dieser schrecklichen Frau?«, fragte Charlie, als Sascha ihr die Neuigkeit berichtete.

»Drei, höchstens vier Tage. Und wir werden nicht gerade besonders viel Zeit für irgendein geselliges Beisammensein haben.«

»Du musst ständig auf der Hut sein, denn nichts würde Fiona mehr genießen, als deine politische Karriere aus der Bahn zu werfen.«

»Ich denke, im Moment ist sie eher daran interessiert, ihre eigene Karriere voranzubringen. Sie hofft, bei der nächsten Regierungsumbildung Ministerin zu werden«, sagte Sascha, als er aus dem Bad kam.

»Glaub das bloß nicht«, sagte Charlie. »Und bevor du mich verlässt: Hast du eigentlich überhaupt schon über einen Namen für unser Kind nachgedacht, das wir in etwa sechs Wochen bekommen werden?«

»Wenn es ein Junge wird, dann weiß ich schon, wie er heißen soll«, sagte Sascha und legte sein Ohr an Charlies Bauch.

»Habe ich in dieser Sache auch noch etwas zu sagen, oder herrscht dabei Fraktionszwang?«, fragte sie.

»Nicht so ganz. Du hast die Wahl zwischen Konstantin, Sergej und Nikolaus.«

»Konstantin«, sagte Charlie, ohne zu zögern.

Von mehreren Beamten begleitet, betrat Fiona die British-Airways-Maschine nach Moskau. Die Gruppe nahm im vorderen Teil des Flugzeugs Platz, während Sascha alleine im hinteren Teil saß. Er hätte sich gewünscht, die Delegation anzuführen und nicht nur eine Art Schattengestalt zu sein.

Nachdem das Lämpchen für die Sitzgurte erloschen war, lehnte er sich zurück, schloss die Augen und dachte über seine erste Rückkehr in die Sowjetunion nach fast zwanzig Jahren nach. Wie mochte sich das Land wohl verändert haben? War Wladimir jetzt leitender Offizier beim KGB? War Poljakow immer noch in Leningrad stationiert? Führte sein Onkel Kolja die Gewerkschaft der Hafenarbeiter, und würde man es ihm, Sascha, gestatten, sich mit ihm zu treffen?

Als die Maschine vier Stunden später auf dem Flughafen Scheremetjewo landete, warf Sascha einen Blick aus dem Fenster und sah, dass auf dem Rollfeld eine kleine Delegation wartete, die sie begrüßen würde. Fiona stieg als Erste aus dem Flugzeug, um so viel wie möglich für sich selbst aus dem Fototermin herauszuschlagen, denn die dabei entstehenden Bilder, so hoffte sie, würden von der Presse zu Hause gerne übernommen werden.

Langsam ging sie die Stufen hinab und winkte einer kleinen Gruppe von Besuchern zu, die sich hinter einer Metallabsperrung versammelt hatten, von denen jedoch keiner zurückwinkte. Erst als Sascha erschien, brachen sie in spontanen Beifall aus und rissen die Arme hoch. Unsicher ging er auf die Menschen zu, denn er konnte nicht glauben, dass dieser Willkommensgruß ihm galt. Das änderte sich erst, als jemand ein Plakat hochhielt, auf das der Name KARPENKO gekritzelt war. Fiona konnte ihren Missmut nicht verbergen, als ein Vertreter der Botschaft sie begrüßte.

Mehrere Blumensträuße wurden Sascha in die Arme gedrückt, als er vor die Menschen trat. Er versuchte, die zahlreichen Fragen zu beantworten, die ihm in seiner Muttersprache entgegengerufen wurden.

»Wann werden Sie zurückkommen und unser Land führen?«

»Wann wird es bei uns echte Wahlen geben?«

»Werden wir bereits das nächste Mal eine freie und faire Wahl bekommen?«

»Ich fühle mich geschmeichelt, dass Sie überhaupt meinen Namen kennen«, sagte Sascha zu einer jungen Frau, die noch nicht auf der Welt gewesen sein konnte, als er aus der Sowjetunion geflohen war.

Er warf einen Blick in Richtung Fiona, die in der Limousine des Botschafters mit flatternder englischer Fahne über einem der vorderen Kotflügel davongefahren wurde.

»Wo kann ich einen Bus finden, der mich in die Stadt bringt?«, fragte er.

»Jeder von uns wäre stolz darauf, Sie zu Ihrem Hotel zu fahren«, sagte ein junger Mann, der in der vordersten Reihe der Gruppe stand. »Ich heiße Fjodor«, fügte er hinzu. »Wir haben uns gefragt, ob Sie vielleicht bereit wären, heute Abend bei unserer Versammlung zu sprechen. Das scheint der einzige Zeitpunkt zu sein, an dem Sie freihaben, bevor morgen die Konferenz beginnt.«

»Es wäre mir eine Ehre«, sagte Sascha, der sich fragte, ob es ihm möglich wäre, in Moskau eine größere Menge anzulocken als im Arbeiterclub von Roxton.

Auf der Fahrt in die Stadt in einem Auto, das weder so aussah noch sich so anhörte, als würde es jemals sein Ziel erreichen, erfuhr Sascha von Fjodor, dass die *Prawda* oft über seine Reden berichtete und er sogar gelegentlich im sowjetischen Fernsehen erschien, was zur neuen Politik der Öffnung gehörte, welche die Regierung verfolgte.

Sascha war überrascht, obwohl er nur zu gut wusste, dass dieser Informationsfluss unverzüglich zum Erliegen käme, sollten die Behörden auch nur das kleinste Anzeichen dafür entdecken, dass er nach Russland zurückkehren und bei einer Wahl antreten würde. Immerhin schien Gorbatschow seine Sache nicht schlecht zu machen. Solange Sascha eine Neuigkeit blieb, die von der Kommunistischen Partei als Propagandawerkzeug genutzt werden konnte, um zu zeigen, dass ihre sogenannte Philosophie sich über den ganzen Globus verbreitete, bestand für ihn keine Gefahr. Er konnte geradezu hören, wie führende Parteivertreter erklärten: *Wir sollten nie vergessen, dass Karpenko von den Docks von Leningrad kommt, ein Stipendium der Cambridge University gewonnen hat und Abgeordneter im englischen Parlament geworden ist. Ist das etwa nicht Beweis genug, dass unser System funktioniert?*

Als sie das Hotel erreicht hatten, stand draußen in der Kälte bereits eine weitere Gruppe. Sascha schüttelte noch mehr Hände, die ihm entgegengereckt wurden, und beantwortete mehrere Fragen. Schließlich checkte er ein und nahm den Aufzug zu seinem Zimmer. Das Haus war zwar nicht gerade das Savoy, aber Saschas Landsleute hatten inzwischen offensichtlich begriffen, dass man Ausländern, die man zu einem Aufenthalt in Moskau verlocken wollte, wenigstens einige jener Einrichtungen zur Verfügung stellen musste, die im Westen als selbstverständlich galten. Er duschte, zog einen neuen Anzug, ein frisches Hemd und eine rote Krawatte an, bevor er wieder nach unten ging, wo dasselbe Auto und derselbe Fahrer auf ihn warteten.

Sascha nahm auf dem Beifahrersitz Platz und fragte sich wie zuvor, ob sie jemals ankommen würden. Er sah aus dem Fenster, als sie am Kreml vorbeikamen.

»Sie werden eines Tages dort leben«, sagte Fjodor, als der Rote Platz hinter ihnen lag und sie durch leere Straßen fuhren.

»Mit wie vielen Menschen rechnen Sie heute Abend?«, fragte Sascha.

»Das lässt sich unmöglich sagen, weil wir so etwas noch nie gemacht haben.«

Sascha fragte sich unwillkürlich, ob ein russisches Pendant von Alf mehr auf die Beine brächte als ein Dutzend

Interessenten und einen schlafenden Hund. Er konzentrierte sich darauf, was er seinem Publikum sagen wollte. Wenn nur wenige Menschen kämen, würde er nach einer kurzen Einleitung vor allem Fragen beantworten, sodass er zum Abendessen wieder im Hotel wäre.

Als der Wagen vor dem Arbeitersaal hielt, hatte Sascha ein paar Bemerkungen vorbereitet. Er trat auf den Bürgersteig, wo ihn eine Russin in traditioneller Kleidung begrüßte und ihm einen Korb mit Brot und Salz reichte. Er dankte ihr und verbeugte sich, bevor er Fjodor durch eine schmale Gasse zur Hintertür des Gebäudes folgte. Kaum war er eingetreten, hörte er bereits die Rufe »Kar-pen-ko, Kar-pen-ko!«. Fjodor führte ihn auf die Bühne, und dreitausend Menschen erhoben sich wie *ein* Mann und wiederholten ihren Sprechgesang: »Kar-pen-ko, Kar-pen-ko!«

Sascha sah hinab auf die dicht an dicht sitzende Menge, und ihm wurde klar, dass die überschwänglichen Bemerkungen in seiner Jugend, die nur für die Ohren seines damaligen Freundes Wladimir bestimmt gewesen waren, inzwischen für zahlreiche, ihm vollkommen unbekannte Menschen zu einem Schlachtruf geworden waren – Menschen, deren Vorfahren seit Generationen nie darüber gesprochen hatten, wie sie sich wirklich fühlten.

Seine Rede dauerte über eine Stunde, aber weil sie so oft von Sprechchören und Beifall unterbrochen wurde, sprach er in Wahrheit kaum mehr als fünfzehn Minuten. Als er schließlich die Bühne verließ, hallten die Rufe »Kar-pen-ko, Kar-pen-ko!« im ganzen Gebäude wider.

Auf der Straße begleitete die Menge zu Fuß seinen Wagen, und erst nach ein paar Hundert Metern war es Fjodor möglich, in den zweiten Gang zu schalten. Würde er versuchen, das, was sich gerade ereignet hatte, Charlie oder

Elena zu beschreiben, würden sie ihm nicht glauben, vermutete er.

Sascha hatte immer gehofft, dass er einen – und sei es auch noch so kleinen – Beitrag zur Überwindung des Kommunismus und der Förderung der Perestroika leisten könne, doch nun hatte er zum ersten Mal den Eindruck, dass dieses Ziel auch tatsächlich zu seinen Lebzeiten zu erreichen war. Würde er es bedauern, nicht in seiner Heimat geblieben zu sein und sich nicht um einen Sitz in der Duma bewerben zu können? Er war noch immer ganz versunken in diesen Gedanken, als er die Lobby des Hotels betrat, wo er sogleich ungewollt in seine gewohnte Welt zurückkehrte, denn der erste Mensch, den er dort sah, war Fiona.

»Hattest du einen netten Abend?«, fragte er.

»Die Botschaft hat uns Karten für das Bolschoi besorgt. Wir haben in deinem Zimmer angerufen, konnten dich aber nirgendwo finden. Wo warst du?«

Noch eine Frau, die ihm nicht glauben würde, sollte er ihr die Wahrheit sagen, aber das wollte er auch gar nicht.

»Ich habe ein paar alte Freunde besucht«, sagte er, ließ sich seinen Schlüssel geben und ging mit Fiona zum Aufzug.

»Welches Stockwerk?«, fragte er, als sie in die Kabine traten.

»Das oberste.«

Er war versucht, ihr zu sagen, dass das in der Sowjetunion immer das schlechteste war, doch es schien ihm, auch das hätte sie nicht verstanden. Er drückte die entsprechenden Knöpfe, und beide schwiegen, bis sie den vierten Stock erreicht hatten, wo er sich verabschiedete.

»Komm morgen nicht zu spät zum Bus. Punkt Viertel nach neun«, sagte Fiona, als sich die Aufzugtür öffnete. Sascha lächelte. Einmal eine Anführerin, immer eine Anführerin.

»Die Russen sind bekannt dafür, dass sie einen warten lassen«, sagte er und trat auf den Flur.

Er schloss die Tür zu seinem Zimmer auf, das vermutlich halb so groß war wie dasjenige Fionas. Der einzige Ausgleich bestand darin, dass es wahrscheinlich auch nur halb so viele Wanzen hatte. Plötzlich wurde ihm klar, dass er noch nichts gegessen hatte, und einen Augenblick lang – aber eben auch nur einen Augenblick lang – dachte er daran, den Zimmerservice zu rufen. Dann zog er seinen Pyjama an und ging zu Bett, und noch immer hatte er die Sprechchöre im Ohr, die »Kar-pen-ko!« riefen, als er seinen Kopf auf das Kissen legte, die Decke über sich zog und fast sofort in einen tiefen Schlaf fiel.

Gehörte das hartnäckige Hämmern an seiner Tür zu seinem Traum?, fragte er sich. Doch es hörte nicht auf und weckte ihn schließlich. Er warf einen Blick auf seine Uhr. Sieben Minuten nach drei. Das konnte doch unmöglich Fiona sein, oder? Er schleppte sich aus dem Bett, streifte seinen Morgenmantel über und schlurfte widerwillig zur Tür.

»Wer ist da?«

»Zimmerservice«, sagte eine verführerische Stimme.

»Ich habe keinen Zimmerservice bestellt«, sagte Sascha und öffnete die Tür.

»Ich stehe auch nicht auf der Speisekarte, Liebling«, sagte eine langbeinige Rothaarige, die, wie er, einen Pyjama und einen Morgenmantel trug, im Gegensatz zu ihm jedoch aus schimmernder schwarzer Seide, und die Knöpfe ihres Pyjamas standen offen. »Ich bin heute Nacht die Spezialität«, sagte sie und hielt mit der einen Hand eine Flasche Wodka hoch und mit der anderen zwei Gläser. »Ich habe doch gewiss das richtige Zimmer gefunden, Liebling?«, schnurrte sie in perfektem Englisch.

»Nein, ich fürchte, das haben Sie nicht«, erwiderte Sascha in perfektem Russisch. »Aber kommen Sie doch um halb acht wieder, denn ich habe vergessen, die Rezeption zu bitten, dass man mich um diese Zeit weckt.« Er schenkte ihr ein warmherziges Lächeln und sagte: »Gute Nacht, Liebling.« Dann schloss er leise die Tür.

Er ging wieder zu Bett und dachte, dass die Recherchen des KGB zu wünschen übrig ließen. Jemand hätte ihnen sagen sollen, dass er noch nie eine besondere Vorliebe für Rothaarige gehabt hatte. Nur das mit dem Wodka hatten sie richtig hinbekommen.

Am folgenden Morgen war Sascha einer der Ersten, die im Bus saßen, und zu seiner Überraschung hatte Fiona ihre Aufpasser abgeschüttelt und setzte sich neben ihn, als sie in den Bus kam.

»Guten Morgen, Genossin Staatssekretärin«, neckte er sie. »Ich hoffe, du hast gut geschlafen.«

»Ehrlich gesagt, ist es gestern ein wenig spät geworden«, flüsterte Fiona. »Ich habe in der Lounge einen bezaubernden jungen Mann kennengelernt, der mir erzählt hat, dass er in der Botschaft arbeitet. Es war noch nicht ganz Mitternacht, da stand er vor meinem Zimmer. Ich hätte ihm die Tür vor der Nase zuschlagen sollen, aber ich fürchte, ich hatte ein wenig zu viel Champagner getrunken.«

»Das ist doch kein Problem«, sagte Sascha. »Du bist attraktiv und Single. Warum solltest du außerhalb der Arbeit nicht das Zusammensein mit einem deiner Kollegen genießen? Ich kann mir nicht vorstellen, dass das irgendjemanden interessiert – außer ein paar Perverse in der Abhörzentrale des Kreml, versteht sich.«

»Es ist nicht der Sex, über den ich mir Sorgen mache«, sagte Fiona. »Es ist das, was ich nach dem Sex möglicherweise gesagt habe.«

»Und das wäre?«, fragte Sascha, der jeden Moment genoss.

Fiona senkte den Kopf in die Hände und flüsterte: »Thatcher ist eine Diktatorin ohne Sinn für Humor. Geoffrey Howe ist ein solcher Waschlappen, dass man ihn auswringen könnte. Und vielleicht habe ich Gerald auch die Namen von zwei, drei Abgeordneten verraten, die Affären mit ihren Sekretärinnen haben.«

»Diese Indiskretionen klingen so gar nicht nach dir, Fiona. Aber ich kann mir nicht vorstellen, dass es irgendetwas davon auf irgendeine Titelseite schaffen könnte.«

»Doch. Wenn man betrunken in den Armen eines KGB-Offiziers liegt.«

»Das weißt du nicht.«

»Aber ich weiß, dass es niemanden namens Gerald gibt, der in der britischen Botschaft arbeitet. Wenn diese Geschichte in die Hände der Presse gelangt, bin ich erledigt.«

»Vielleicht nicht gerade erledigt«, erwiderte Sascha. »Aber es könnte die Beförderung verzögern, auf welche die Presse in letzter Zeit ständig anspielt. Aber erst, wenn die gebenedeite Margaret aus dem Weg geschafft ist, doch das, so muss ich gestehen, scheint nicht gerade unmittelbar bevorzustehen. Aber warum erzählst du mir das alles?«

»Oh, bitte, Sascha. Jeder weiß, dass du in der Sowjetunion ausgezeichnete Kontakte hast. Ich bin mir sicher, du kannst nicht einmal einen Augenblick daran glauben, dass dein Auftritt letzte Nacht von niemandem bemerkt wurde. Du musst einige einflussreiche Freunde beim KGB haben.«

»Leider nein. Und für den Fall, dass du es noch nicht bemerkt hast, Fiona: Sie sind die Bösen.«

»Madam«, sagte ein Beamter, der an die beiden herangetreten war.

»Nur noch eine Minute, Gus«, erwiderte Fiona. Sie beugte sich wieder zu Sascha und flüsterte: »Wenn du mir irgendwie helfen könntest, wäre ich dir ewig dankbar.«

Und wir alle wissen, wie deine Vorstellung von Ewigkeit aussieht, dachte Sascha, als der Bus auf dem Roten Platz anhielt.

Fiona führte ihre kleine Gruppe nach draußen, wo sie von ihrem russischen Amtskollegen in Empfang genommen wurde, der aus dem Auftreten der Staatssekretärin niemals hätte schließen können, dass irgendetwas nicht in Ordnung war. Beeindruckend, dachte Sascha und folgte ihr.

Die Delegation wurde durch die gewaltigen Eisentore geführt, welche Szenen aus der Belagerung Moskaus darstellten. Zwei uniformierte Wachen nahmen Haltung an, als die Besucher vorbeikamen. Dann begleitete man die Briten über eine breite, mit einem roten Teppich bespannte Treppe hinauf in den zweiten Stock, wo die ausländischen Gäste einen gewaltigen, reich geschmückten Saal betraten, der von einem langen Eichentisch beherrscht wurde, an dem mit rotem Leder bezogene Stühle standen, die einem Palast Ehre gemacht hätten und wohl tatsächlich aus einem solchen stammten. Die Gäste wurden aufgefordert, an einer der Längsseiten des Tisches Platz zu nehmen; Sascha fand sein Namensschild vor dem drittletzten Stuhl. Nachdem sich die Briten gesetzt hatten, ließ man sie eine Weile warten, bis die Russen eintraten, die sich ihnen gegenübersetzten.

Der Leiter der gastgebenden Delegation hielt eine lange und vorhersehbare Rede, die nicht übersetzt werden musste. Sascha hatte den Eindruck, Fionas Entgegnung entspreche nicht ihrem üblichen Niveau, was jedoch keine große Rolle spielte. Hochrangige Beamte hatten die Abschlusskommuniqués schon längst aufgesetzt; vollkommen unabhängig von allem, was irgendjemand während der nächsten Tage äußern sollte, würden diese am letzten Nachmittag der Konferenz bekannt gegeben werden.

Während der vormittäglichen Sitzung bildeten die beiden Delegationen mehrere kleine Gruppen, um über Möglichkeiten des Studentenaustausches, Visabeschränkungen und die Walpole-Sammlung zu diskutieren, die von der Eremitage ausgeliehen und in der Houghton Hall gezeigt werden sollte. Die Russen schienen sich nur darüber Sorgen zu machen, die Gemälde auch tatsächlich wieder zurückzubekommen.

Es war während der Mittagspause, dass Sascha Wladimir sah, der alleine am anderen Ende des Saals stand. Er trug eine flaschengrüne Uniform mit mehreren militärischen Auszeichnungen, und seine goldenen Epauletten verrieten, dass er schnell Karriere gemacht hatte. Sascha hätte die berechnenden blauen Augen überall wiedererkannt. Wladimir lächelte und ging zielbewusst auf Sascha zu, doch als er nur noch wenige Meter entfernt war, blieb er abrupt stehen. Er wirkte wie ein Boxer, der von der Mitte des Rings aus seinen Gegner fixiert und zu erkennen versucht, wer von ihnen beiden zum ersten Schlag ausholen würde.

Sascha hatte seinen Eröffnungszug bereits vorbereitet, obwohl er davon ausgehen musste, dass auch Wladimir schon eine ganze Weile an seinem ersten Zug gearbeitet hatte, denn es war offensichtlich, dass es sich bei diesem Treffen um keinen Zufall handelte.

»Wladimir, ich muss gestehen, es überrascht mich, dass du die Zeit gefunden hast, bei einem so bedeutungslosen Ereignis zugegen zu sein.«

»Normalerweise würde ich mir die Mühe sparen«, sagte Wladimir, »aber ich freue mich schon seit einiger Zeit darauf, dich wiederzusehen, Sascha.«

»Ich finde es bewegend zu sehen, dass Apollo sich entschlossen hat, von seinem Berg zu steigen.«

»Zunächst möchte ich dir zu den vielen Erfolgen gratulieren, die du gehabt hast, seit du aus unserem Land geflohen bist«, sagte Wladimir, indem er die Anspielung ignorierte. »Ich möchte dir jedoch davon abraten, Leningrad zu besuchen. Es könnte sein, dass dein alter Freund Oberst Poljakow dich bereits erwartet. Er ist niemand, der an das Motto ›Vergeben und vergessen‹ glaubt.«

»Welch schwindelerregende Höhen hast du denn erreicht, Wladimir?«, fragte Sascha, der versuchte, seinerseits einen Treffer zu landen.

»Ich bin nur ein bescheidener KGB-Oberst, der in Dresden stationiert ist.«

»Zweifellos ein Posten, der dir nur als erste Stufe zu Höherem dienen wird.«

»Was genau der Grund ist, warum ich dich sprechen wollte. Einige meiner Männer waren gestern Abend bei deiner Veranstaltung. Man hat den Eindruck, dass du ein aussichtsreicher Kandidat werden könntest, solltest du zurückkommen und dich ernsthaft um die Präsidentschaft bewerben. Immerhin hast du das immer gewollt.«

»Aber Gorbatschow hat mich bereits geschlagen, bevor ich überhaupt nur angetreten bin, weshalb ich keinen Grund mehr für eine Rückkehr sehe. Außerdem bin ich jetzt Engländer.«

Wladimir lachte. »Du bist Russe, Alexander, und das wirst du auch immer bleiben. Nichts anderes hast du selbst deinen begeisterten Zuhörern letzte Nacht versichert. Außerdem wird Gorbatschow nicht bis in alle Ewigkeit an der Macht bleiben. Es könnte sein, dass er schon sehr viel früher gehen muss, als ihm selbst klar ist.«

»Was willst du damit sagen?«

»Dass wir in Kontakt bleiben sollten. Niemand weiß besser als du, dass in der Politik alles auf das Timing ankommt. Ich selbst würde nichts weiter beanspruchen als die Leitung des KGB – und damit nicht mehr, als du mir vor so vielen Jahren versprochen hast.«

»So ein Versprechen habe ich dir nie gegeben, Wladimir, wie du sehr wohl weißt. Außerdem hat sich meine Einstellung gegenüber Vetternwirtschaft nicht geändert, seit wir uns zum letzten Mal über dieses Thema unterhalten haben«, sagte Sascha. »Und das geschah zu einer Zeit, als wir noch Freunde waren.«

»Mag sein, dass wir keine Freunde mehr sind, Alexander, aber das hindert uns nicht daran, gemeinsame Interessen zu haben.«

»Ich nehme dich beim Wort«, sagte Sascha, »und ich gebe dir sogar eine Chance, es zu beweisen.«

»Was schwebt dir vor?«

»Deine Jungs haben letzte Nacht meine Staatssekretärin abgehört.«

»Ja, diese dumme Schlampe war überaus indiskret.«

»Sie ist, wie gesagt, bisher nur Staatssekretärin. Sie könnte zu einem späteren Zeitpunkt sehr viel nützlicher sein.«

»Aber sie ist nicht einmal in deiner Partei.«

»Mir ist klar, Wladimir, dass es sehr schwer für dich sein muss, dir meine Haltung überhaupt nur vorzustellen.«

Wladimir antwortete nicht sofort. Nach einer Weile zuckte er mit den Schultern. »Das Band wird in einer Stunde in deinem Hotelzimmer sein.«

»Danke. Und sag deinen Leuten, sie sollten etwas sorgfältiger damit sein, was sie in ihre Akten eintragen. Ich hatte noch nie eine besondere Vorliebe für Rothaarige.«

»Ich habe ihnen gesagt, dass sie mit dir ihre Zeit verschwenden. Du bist unkorrumpierbar, was meine Arbeit außerordentlich erleichtern wird, wenn du mich zum Leiter des KGB ernannt hast.« Wladimir ging davon, ohne sich zu verabschieden, und Sascha wäre gerne zu seiner kleinen Gruppe zurückgekehrt, wenn nicht ein anderer Mann, der ihm zuvor nicht aufgefallen war, in diesem Augenblick auf ihn zugekommen wäre.

»Sie kennen mich nicht«, sagte der Mann, der etwa in Saschas Alter war und einen Anzug trug, den niemand in Moskau geschneidert hatte. »Aber ich verfolge Ihre Karriere schon seit einiger Zeit mit beträchtlichem Interesse.«

In England hätte Sascha gelächelt und den Mann beim Wort genommen, doch in Russland … Sascha schwieg misstrauisch.

»Mein Name ist Boris Nemtsow, und ich glaube, wir haben einiges gemeinsam.« Sascha schwieg noch immer. »Ich bin Mitglied der Duma, und ich denke, wir beide haben von einem ganz gewissen Menschen dieselbe hohe Meinung«, sagte Nemtsow und warf einen Blick in Wladimirs Richtung.

»Der Feind meines Feindes ist mein Freund«, sagte Sascha und gab Nemtsow die Hand.

»Ich hoffe, dass wir mit der Zeit wirklich Freunde werden, immerhin wird es noch andere Konferenzen und offizielle

Begegnungen geben, bei denen wir informell zusammenkommen und uns im Vertrauen austauschen können, ohne dass jemand eine Akte aufschlägt.«

»Ich glaube, jemand hat bereits eine Akte aufgeschlagen«, sagte Sascha. »Dann wollen wir mal dafür sorgen, dass er zu seinem ersten Eintrag kommt.« Er hielt kurz inne und rief dann so laut, dass alle in ihrer Nähe sich umdrehten, um sich ihren Wortwechsel anzuhören: »Ich bin überhaupt nicht Ihrer Ansicht!«

»Dann gibt es nichts mehr zu sagen«, erwiderte Nemtsow ebenso laut und stürmte danach ohne ein weiteres Wort davon.

Sascha hätte gerne gelächelt, während Nemtsow sich zurückzog, doch er widerstand der Versuchung.

Wladimir starrte die beiden an, doch Sascha bezweifelte, dass er sich hatte täuschen lassen.

38

Alex

Boston: 1988

Als Alex am Montagmorgen die Bank betrat, bemerkte er den Mann, der in der Ecke der Lobby saß, überhaupt nicht. Am Dienstag fiel ihm die einsame Gestalt für einen kurzen Augenblick auf, doch er beachtete sie nicht weiter, weil er einen Termin mit Alan Greenspan hatte, dem Vorsitzenden der amerikanischen Zentralbank, mit dem er über die neuen Ölpreisforderungen der OPEC und das Erstarken des Dollars gegenüber dem britischen Pfund sprechen wollte. Am Mittwoch sah er sich den Mann genauer an, bevor er in den Aufzug stieg. Konnte es tatsächlich sein, dass dieser Besucher an drei Tagen hintereinander im Foyer gesessen hatte? Miss Robbins würde es wissen.

»Wer ist heute mein erster Termin, Pamela?«, fragte er, noch bevor er seinen Mantel ausgezogen hatte.

»Sheldon Woods, der neue lokale Vorsitzende der Demokraten.«

»Wie viel haben wir letztes Jahr gespendet?«

»Fünfzigtausend Dollar, Chairman, aber inzwischen haben wir ein Wahljahr.«

»Wahlen erinnern mich immer an Lawrence. Also setzen Sie dieses Jahr den Betrag bitte auf einhunderttausend hoch.«

»Gewiss, Chairman.«

»Sonst noch jemand heute Morgen?«

»Nein. Aber Sie treffen sich mit Bob Underwood zum Lunch im Algonquin, und vergessen Sie nicht: Er ist immer pünktlich.«

Alex nickte. »Wissen Sie, was er will?«

»Sich aus dem Vorstand zurückziehen. ›Es wird Zeit, dass ich meine Stiefel an den Nagel hänge‹, waren seine genauen Worte.«

»Niemals. Er bleibt im Vorstand, bis er tot umfällt.«

»Ich fürchte, genau davor hat er Angst, Chairman.«

»Und am Nachmittag?«

»Keine Termine bis zu Ihrer Stunde im Fitnessstudio um fünf. Ihr Trainer hat mir gesagt, dass Sie bereits die letzten beiden Stunden verpasst haben.«

»Aber er berechnet sie mir, auch wenn ich nicht auftauche.«

»Darum geht's nicht, Chairman.«

»Sonst noch etwas?«

»Ich sollte Sie nur noch daran erinnern, dass heute Ihr Hochzeitstag ist und Sie Ihre Frau heute Abend zum Dinner ausführen.«

»Natürlich, der ist heute. Dann sehe ich mich wohl nach dem Lunch ein wenig in der Stadt um und besorge ihr ein Geschenk.«

»Anna hat ihr Geschenk bereits ausgesucht.«

»Dürfte ich erfahren, was es ist?«

»Eine Chloé-Handtasche von Bonwit Teller's.«

»Okay. Ich hole sie heute Nachmittag ab. Welche Farbe?«

»Grau. Sie wurde bereits als Geschenk verpackt und gestern in meinem Büro abgegeben. Sie müssen nur noch das hier unterschreiben.« Sie legte eine Karte zum Hochzeitstag auf seinen Schreibtisch.

»Manchmal glaube ich, dass Sie unseren Vorstand besser führen könnten als ich, Pamela.«

»Wenn Sie das sagen, Chairman. Aber bis es so weit ist, könnten Sie vielleicht darauf achten, alle Briefe in Ihrem Korrespondenz-Ordner zu unterschreiben, bevor Mr. Woods eintrifft?«

Pamela davon zu überzeugen, wieder auf ihren alten Posten zu kommen, war die klügste Entscheidung, die ich jemals getroffen habe, dachte Alex, als er den Ordner mit seiner Korrespondenz öffnete. Er las jeden Brief sorgfältig, brachte gelegentlich kleine Änderungen an und fügte manchmal ein handschriftliches Postskriptum hinzu. Er beschäftigte sich gerade mit einem Schreiben des Präsidenten der Harvard Business School, der ihn einlud, in diesem Jahr eine Rede vor den Studenten des Abschlussjahrgangs zu halten, als an die Tür geklopft wurde.

»Mr. Woods«, sagte Miss Robbins.

»Sheldon«, sagte Alex und erhob sich hinter seinem Schreibtisch. »Ist wirklich schon wieder ein Jahr vergangen? Kann ich Ihnen einen Kaffee anbieten?«

»Nein danke«, antwortete Woods.

»Bevor Sie irgendetwas sagen: Ja, ich bin mir bewusst, dass wir ein Wahljahr haben, und ich habe bereits beschlossen, im Gedenken an Lawrence die Spende für Ihre Partei zu verdoppeln.«

»Das ist überaus großzügig von Ihnen, Alex. Er wäre ein wirklich guter Congressman geworden.«

»Ja, in der Tat«, sagte Alex. »Ehrlich gesagt, gibt es keinen einzigen Tag, an dem ich nicht über seinen Tod trauere. Dieser Mensch hat buchstäblich mein Leben verändert, und ich hatte nie wirklich eine Gelegenheit, ihm dafür zu danken.«

»Wenn Lawrence noch am Leben wäre, würde er *Ihnen* danken«, erwiderte Woods. »Jeder in Boston wusste, dass die Bank in ernsthaften Schwierigkeiten war, bevor Sie die Geschäfte übernommen haben. Und heute liegen die Dinge so völlig anders. Wie ich höre, hat man Sie zum Banker des Jahres ernannt.«

»Das geht hauptsächlich auf Jake Coleman zurück. Er und sein Vorgänger unterscheiden sich wie Tag und Nacht.«

»Ja, das war ein ganz schöner Coup. Ich vermute, Sie haben schon gehört, dass Ackroyd letzte Woche aus dem Gefängnis entlassen wurde?«

»Allerdings. Und ich hätte keinen Gedanken daran verschwendet, wenn man ihn nicht dabei gesehen hätte, wie er schon einen Tag später ein Flugzeug nach Nizza bestiegen hat.«

»Ich verstehe nicht«, sagte Woods.

»Das ist vielleicht auch besser so«, sagte Alex, als er einen Scheck über einhunderttausend Dollar unterschrieb und ihn Woods reichte.

»Ich bin Ihnen außerordentlich dankbar«, sagte Woods. »Aber das war nicht der Grund, warum ich Sie sprechen wollte.«

»Sind einhunderttausend nicht genug?«

»Sie sind mehr als das. Es ist nur so, dass wir, das heißt unser Wahlausschuss, gehofft hatte, Sie würden sich als Kandidat der Demokraten für das Amt des Junior Senator für Massachusetts zur Verfügung stellen.«

Alex konnte seine Überraschung nicht verbergen. »Als Sie mich nach Lawrence' Tod gefragt haben, ob ich um einen Platz im Kongress kandidieren möchte«, sagte er schließlich, »habe ich nach langem Zögern Ihr Angebot abgelehnt, da es mir nur auf diese Weise möglich war, den Vorsitz von Lowell's zu übernehmen. Ich muss jedoch gestehen, dass ich mich oft gefragt habe, ob das die richtige Entscheidung war und nicht vielmehr die Politik meine eigentliche Berufung darstellt.«

»Dann wäre es vielleicht an der Zeit für eine noch größere Herausforderung.«

»Unglücklicherweise nein«, erwiderte Alex. »Obwohl die Bank nun endlich wieder festen Boden unter den Füßen hat, möchte ich, dass sie die nächste Hürde nimmt und in Zukunft im Kreis der wirklich Großen mitspielt. Was glauben Sie, mit welcher Summe wird die Bank of America die Sache der Demokraten unterstützen?«

»Sie haben bereits eine Viertelmillion für unseren Wahlkampf gespendet.«

»Dann werde ich wissen, dass wir unser Ziel erreicht haben, wenn Sie mich um denselben Betrag bitten, oder besser noch, wenn ich dann keinen einzigen Augenblick mehr darüber nachdenken muss.«

»Ich hätte lieber die einhunderttausend und Sie als unseren Kandidaten.«

»Ich fühle mich wirklich geschmeichelt, Sheldon, aber die Antwort lautet immer noch nein. Trotzdem danke ich Ihnen dafür, dass Sie mich gefragt haben.« Alex drückte einen Knopf unter seinem Schreibtisch.

»Schade. Sie wären ein wirklich ganz hervorragender Politiker geworden.«

»Das ist ein großes Kompliment, Sheldon. Vielleicht in einem anderen Leben.« Beide reichten einander gerade die

Hand, als Miss Robbins ins Büro kam, um Mr. Woods zum Fahrstuhl zu begleiten.

Alex setzte sich wieder und dachte darüber nach, wie anders sein Leben hätte verlaufen können, wenn Lawrence nicht gestorben wäre – oder er und seine Mutter in die andere Kiste gestiegen wären. Doch schon bald schob er den Gedanken an das, was hätte sein können, beiseite und kehrte in die reale Welt zurück, indem er einen Haken oben auf den Brief des Präsidenten der Harvard Business School machte.

Miss Robbins hatte eben erst die Tür geschlossen, als das Telefon klingelte. Alex nahm ab. Die Stimme am anderen Ende der Leitung erkannte er sofort.

»Hi, Dimitri«, sagte er. »Das ist lange her. Wie geht's dir?«

»Mir geht's gut, Alex, danke«, sagte Dimitri. »Und dir?«

»Es ging mir nie besser.«

»Das hört man gerne, Alex, aber ich dachte, du solltest wissen, dass Iwan Donokow aus dem Gefängnis entlassen wurde und sich zurück auf dem Weg nach Moskau befindet.«

»Wie ist so etwas nur möglich?«, fragte Alex mit eisiger Stimme. »Ich dachte, man hätte ihn zu neunundneunzig Jahren ohne Bewährung verurteilt.«

»Die CIA hat ihn gegen zwei unserer Agenten ausgetauscht, die seit über zehn Jahren in irgendeinem Drecksloch in Moskau gefangen waren.«

»Dann hoffen wir mal, dass die CIA das nicht bereuen wird. Aber danke, dass du mir Bescheid gesagt hast.«

»Ich kann nur hoffen, dass *du* das nicht bereuen wirst«, sagte Dimitri. Aber erst, nachdem er aufgelegt hatte.

Alex versuchte, nicht mehr an Donokow zu denken, während er damit fortfuhr, Briefe zu unterschreiben. Er wurde aus seinen Überlegungen gerissen, als Miss Robbins wieder in sein Büro kam, um den Ordner mit der Korrespondenz abzuholen. »Bevor ich es vergesse, Pamela. Da sitzt schon seit drei Tagen ein Mann unten im Empfang. Haben Sie irgendeine Ahnung, wer er ist?«

»Ein gewisser Mr. Puschkin. Er ist aus Leningrad herübergeflogen in der Hoffnung, Sie würden mit ihm sprechen. Er behauptet, er sei mit Ihnen zur Schule gegangen.«

»Puschkin«, wiederholte Alex. »Ein großer Künstler, aber ich erinnere mich an niemanden dieses Namens an unserer Schule. Doch wenn er schon so entschlossen ist, sich mit mir zu unterhalten, dann sollte ich ihm vielleicht ein paar Minuten zugestehen.«

»Er sagt, er braucht mehrere Stunden. Ich habe versucht, ihm zu erklären, dass Sie bis Weihnachten an keinem einzigen Tag mehrere Stunden haben, aber das konnte ihn nicht abschrecken. Weshalb ich mich gefragt habe, ob er für den KGB arbeitet.«

»Leute vom KGB sitzen nicht drei Tage lang in irgendwelchen Empfangsbereichen rum und schonen ihre Absätze, besonders wenn jeder sie sehen kann. Also sollten wir uns das Kaninchen vielleicht erst ansehen, bevor wir es erschießen. Aber retten Sie mich auf jeden Fall nach fünfzehn Minuten. Sagen Sie ihm, ich habe noch einen anderen Termin.«

»Ja, Chairman«, sagte Miss Robbins. Sie wirkte nicht überzeugt.

Alex war immer noch damit beschäftigt, Briefe zu unterschreiben, als leise an seine Tür geklopft wurde. Miss Robbins betrat das Büro, gefolgt von einem Mann, der Alex irgendwie vertraut schien, und plötzlich erinnerte er sich.

»Wie nett, dich nach so langer Zeit wiederzusehen, Mischa«, sagte Alex, als Miss Robbins das Büro verließ.

»Ich freue mich auch, dich wiederzusehen, Alexander. Ich bin nur überrascht, dass du dich an mich erinnerst.«

»Du warst immerhin Kapitän unserer Juniorschachmannschaft. Spielst du immer noch?«

»Ja, aber ich habe niemals deine schwindelerregenden Höhen erreicht, also brauchst du dir gar nicht erst die Mühe zu machen, mich herauszufordern.«

»Ich kann mich gar nicht daran erinnern, wann ich das letzte Mal gespielt habe«, gestand Alex, doch seine Bemerkung führte nur dazu, dass er wieder an Donokow denken musste. »Bevor du mir erzählst, was dich nach Boston führt, sag mir, wie geht es meiner Geburtsstadt?«

»Leningrad ist um diese Jahreszeit immer besonders schön, aber daran erinnerst du dich sicher noch«, antwortete Puschkin in Alex' Muttersprache. »Es gibt sogar Gerüchte, dass es nicht mehr allzu lange dauern wird, bis man den Namen wieder in St. Petersburg ändert. Noch ein Symbol, das den Mythos bekräftigen soll, das alte System sei überwunden.«

Als Alex Puschkin Russisch sprechen hörte, wurde er plötzlich traurig und fühlte sich sogar ein wenig schuldig, weil er seinen eigenen Akzent verloren hatte und sich inzwischen so anhörte wie jeder beliebige Angehörige der weißen amerikanischen Mittelschicht. Er musterte seinen Besucher genauer. Puschkin war knapp über eins siebzig groß und hatte einen dichten, braunen Schnurrbart, der Alex an den seines Vaters erinnerte. Er trug einen schweren Tweedanzug mit breitem Revers, was darauf hindeutete, dass er entweder an Mode nicht interessiert war oder sich zum ersten Mal außerhalb der Sowjetunion aufhielt.

»Mein Vater war Dockarbeiter, als dein Vater Hafenverwalter war«, sagte Puschkin. »Viele der Jungs erinnern sich noch voller Respekt und Zuneigung an ihn.«

»Und mein Onkel Kolja?«

»Jetzt ist *er* Hafenverwalter. Er hat mich gebeten, dir und deiner Mutter Grüße auszurichten.«

Ich verdanke ihm mein Leben, wollte Alex gerade sagen, doch er schwieg, denn wenn Major Poljakow noch am Leben war, dann stellte eine solche Bemerkung ein Risiko dar, das er nicht gerne einging.

»Bitte grüß ihn von mir und sag ihm, ich hoffe, wir werden uns schon bald wiedersehen.«

»Vielleicht wird es ja noch früher geschehen, als du denkst«, erwiderte Puschkin. »Ich sehe ihn gelegentlich. Meistens jeden zweiten Samstag beim Fußball.«

»Ihr beide habt sicher Stehplätze und feuert die Zenit Leningrad an.«

»Es gibt keine Stehplätze mehr. Inzwischen hat jeder einen Sitzplatz.«

»Zweifellos hat mein alter Freund Wladimir es in die Loge des Vereinsvorstands geschafft.«

»Ich habe ihn schon seit Jahren nicht mehr gesehen«, sagte Puschkin. »Als ich das letzte Mal von ihm gehört habe, war er KGB-Oberst, irgendwo in Ostdeutschland.«

»Ich kann mir nicht vorstellen, dass das zu seinen langfristigen Zielen gehört«, sagte Alex. »Aber wie auch immer, ich vermute, du bist nicht nur nach Boston gekommen, um irgendwelchen Erinnerungen nachzuhängen. Was hast du gemeint, als du gesagt hast, dass ich meinen Onkel vielleicht früher sehen werde, als ich denke?«

»Du wirst sicher mitbekommen haben, dass sich das neue Sowjetregime stark vom bisherigen unterscheidet. Schon bald werden Hammer und Sichel aus unserer Fahne verschwinden und durch das Dollarzeichen ersetzt werden. Das einzige Problem besteht darin, dass wir Russen nach so vielen Jahrhunderten der Unterdrückung – zuerst durch die Zaren und dann durch die Kommunisten – keine Tradition des freien Unternehmertums besitzen.« Alex nickte, unterbrach seinen Besucher jedoch nicht. »Also hat sich auf diesem Gebiet eigentlich nichts geändert. Als die Regierung beschlossen hatte, einige der profitableren staatlichen Unternehmen zu verkaufen, stellte sich heraus, dass niemand qualifiziert war, einen so dramatischen Wandel zu steuern, was kaum eine Überraschung sein dürfte. Und dramatisch ist dieser Wandel tatsächlich, wie ich selbst herausfand, als mein eigenes Unternehmen zum Verkauf angeboten wurde«, sagte Puschkin und reichte Alex seine Visitenkarte.

»Leningrader Erdöl- und Erdgasgesellschaft«, las Alex.

»Die neuen Besitzer der LEE werden über Nacht Milliardäre sein.«

»Und du wärst gerne einer davon?«

»Nein. Wie dein Vater bin ich davon überzeugt, dass der Reichtum unter denjenigen verteilt werden sollte, die für den Erfolg des Unternehmens verantwortlich sind, und nicht in die Hände von jemandem fallen darf, der zufällig der Freund eines Freundes des Präsidenten ist.«

»Welche Summe soll eine Übernahme denn kosten?«

»Fünfundzwanzig Millionen Dollar.«

»Und wie hoch war der Umsatz der LEE im letzten Jahr?«

Puschkin zog den Reißverschluss einer alten Kunststofftasche auf, nahm einige Papiere heraus und legte sie auf den Schreibtisch. »Knapp über vierhundert Millionen Dollar«, sagte er, ohne einen Blick in seine Unterlagen werfen zu müssen.

»Und der Gewinn?«

»38 640 000 Dollar.«

»Übersehe ich irgendetwas?«, fragte Alex. »Bei einem solchen Gewinn müsste das Unternehmen über vier- oder fünfhundert Millionen wert sein.«

»Du übersiehst überhaupt nichts, Chairman. Es ist nur so, dass man den Kommunismus nicht über Nacht durch den Kapitalismus ersetzen kann, indem man den Blaumann ablegt und einen schicken Smoking der Brooks Brothers anzieht. Die Sowjetunion mag einige der besten Universitäten der Welt haben, wenn man Philosophie oder meinetwegen auch Sanskrit studieren will, aber nur wenige bieten fundierte Kurse in Wirtschaftswissenschaften an.«

»Wenn du Umsätze in solcher Höhe garantieren kannst, würde dir doch jede größere russische Bank problemlos das Geld leihen«, sagte Alex und sah seinem Landsmann über den Schreibtisch hinweg direkt ins Gesicht.

»Die Wahrheit ist, dass die Banken im Moment genauso den Boden unter den Füßen verloren haben wie jeder andere auch. Trotzdem werden sie niemandem, der ein Gehalt von umgerechnet fünftausend Dollar pro Jahr bezieht und auf seinem Sparbuch weniger als eintausend Dollar vorweisen kann, fünfundzwanzig Millionen leihen.«

»Wie viel Zeit bleibt dir noch, bevor ich eine Entscheidung treffen muss?«, fragte Alex.

»Die Sperrfrist für andere Anbieter gilt bis zum 31. Oktober. Danach könnte das Unternehmen an jeden fallen, der das Geld aufbringt.«

»Aber das ist ja schon in einem Monat«, sagte Alex gerade, als Miss Robbins das Büro betrat, um Mr. Puschkin zum Aufzug zu begleiten.

»Was dem KGB nur recht sein kann, der, wie ich weiß, bereits ein Auge darauf geworfen hat.«

»Sagen Sie meinen Lunch ab, Pamela, und kontaktieren Sie die Verantwortlichen unserer Investitionsabteilung. Sie sollen alles stehen und liegen lassen und sich unverzüglich in meinem Büro melden.«

»Gewiss, Chairman«, sagte Miss Robbins, als sei an seiner Bitte nichts Ungewöhnliches.

»Außerdem sollen Punkt eins ein halbes Dutzend Pizzen geliefert werden. Und bevor Sie fragen: Welche Art von Pizzen, bleibt meiner Mutter überlassen.«

Miss Robbins betrat das Büro des Vorstandsvorsitzenden erst wieder, nachdem die Besprechung etwa fünf Stunden später zu Ende war.

»Sie haben Ihren Termin im Fitnessstudio schon wieder verpasst, Chairman.«

»Ich weiß. Aber unsere Besprechung hatte Vorrang.«

»Werden Sie trotzdem noch mit Ihrer Frau zum Dinner gehen?«, fragte Miss Robbins und stellte das Geschenk zum Hochzeitstag auf seinen Schreibtisch.

»Verdammt«, sagte Alex. »Informieren Sie Jake darüber, dass ich nun doch nicht mit ihm und Mr. Puschkin essen gehen kann. Erklären Sie ihnen, dass etwas noch Wichtigeres dazwischengekommen ist.«

39

Alex

Boston

Evelyn griff nach dem Telefonhörer, aus dem eine vertraute Stimme erklang, mit deren Besitzer sie schon seit einiger Zeit nicht mehr gesprochen hatte.

»Ich muss Sie sprechen.«

»Welches Interesse könnte *ich* daran haben, *Sie* zu sprechen?«, fragte Evelyn.

»Weil Sie verdammt genau wissen, dass ich den Warhol nicht gestohlen habe«, erwiderte Ackroyd.

»Nimmt irgendjemand diese Unterhaltung auf?«

»Nein, denn ich will ganz sicher nicht, dass sonst noch jemand mitbekommt, was ich Ihnen zu sagen habe.«

»Ich höre.«

»Ich habe meine Zeit nicht verschwendet, als ich im Gefängnis war, sondern einen Weg gefunden, wie Sie eine halbe Milliarde Dollar machen und gleichzeitig Karpenko in große Verlegenheit bringen können.«

Eine kurze Pause entstand. Dann sagte Evelyn: »Und was hätte ich zu tun?«

»Bestätigen Sie mir einfach, dass ich zehn Prozent des Deals bekommen werde, wenn wir die Sache durchziehen.«

»Ich höre noch immer.«

»Und ich sage kein Wort mehr, Evelyn, bevor ich nicht Ihre Unterschrift auf dem entsprechenden Papier vor mir liegen habe. Ich habe nicht vergessen, dass unsere letzte Abmachung damit geendet hat, dass ich ins Gefängnis gewandert bin.«

»In diesem Fall, Douglas, werden Sie nach Südfrankreich fliegen und den Vertrag mitbringen müssen.«

Alex war zehn Minuten zu früh im Marliave und notierte gerade einige Berechnungen auf der Rückseite seiner Speisekarte, als Anna eintraf.

»Alles Gute zum Hochzeitstag«, sagte er, stand auf und küsste sie.

»Danke. Und hier kommt eine richtig heikle Frage für dich«, sagte Anna, als sie sich an den Lieblingstisch der beiden setzte, der in einer besonderen Ecke des Restaurants stand. »Wie viele Jahre sind wir schon verheiratet – oder was hast du versucht, auf der Rückseite deiner Speisekarte auszurechnen?« Zum Glück hatte Miss Robbins ihn kurz vor dem Aufbruch daran erinnert.

»Dreizehn, aber es wären schon vierzehn, wenn Lawrence mir nicht fünfzig Prozent der Bank hinterlassen hätte.«

»Dann wirst du ein weiteres Jahr in den Kampf ziehen müssen. Was ist das?«, fragte Anna in kokettem Ton.

»Mach es auf, dann wirst du es sehen.«

»Ich vermute, es wird für dich eine größere Überraschung sein als für mich.«

Alex lachte. »Ich werde so tun, als hätte ich es zuvor schon gesehen.«

Langsam löste Anna die rote Schleife und streifte das Geschenkpapier ab. Dann öffnete sie den Deckel der Schachtel, und zum Vorschein kam eine kleine, elegante, hellgraue Chloé-Handtasche, die zugleich praktisch und elegant war.

»Sofort, als ich sie gesehen habe, dachte ich, sie passt so gut zu dir«, sagte Alex.

»Was vor gerade mal einem Augenblick war«, erwiderte Anna, beugte sich über den Tisch und küsste ihn noch einmal. »Vielleicht könntest du daran denken, dich in meinem Namen bei Pamela zu bedanken«, fügte sie hinzu, als der Oberkellner an ihren Tisch trat.

»Ich weiß genau, was ich möchte, François«, sagte sie. »Salade niçoise und Seezunge.«

»Ich nehme dasselbe«, sagte Alex. »Ich habe für heute schon genügend Entscheidungen getroffen.«

»Darf ich fragen, welche?«

»Ich kann im Moment noch nicht allzu viel sagen, denn das alles könnte sich als reine Zeitverschwendung erweisen – oder als der größte Abschluss, der jemals über meinen Schreibtisch gegangen ist.«

»Wann wirst du wissen, welches von beidem es sein wird?«

»Genau in einer Woche, denke ich. Dann sollte ich auch wieder aus Leningrad zurück sein.«

»Aber hast du nicht immer gesagt, du würdest unter keinen Umständen nach Russland zurückkehren, und ganz besonders nicht nach Leningrad?«

»Es ist ein kalkuliertes Risiko«, sagte Alex. »Aber ich glaube, wir können ohnehin davon ausgehen, dass Major Poljakow nach so vielen Jahren inzwischen in Pension ist.«

»Deine Mutter hat mir erzählt, dass KGB-Offiziere nie in den Ruhestand gehen. Was sagt sie dazu?«

»Sie wird erst dann völlig beruhigt sein, wenn sie an seiner Beerdigung teilgenommen hat. Aber sie war schließlich einverstanden, nachdem ich ihr versprochen hatte, mit ihrem Bruder Kolja zu sprechen, herauszufinden, wie es dem Rest der Familie geht, und das Grab meines Vaters zu besuchen.«

»Ich will nicht, dass du gehst«, sagte Anna leise. »Lass Jake Coleman an deiner Stelle fliegen. Er verhandelt genauso geschickt wie du.«

»Mag sein, aber die Russen erwarten immer, mit dem Chef eines Unternehmens zu sprechen. Es gibt übrigens noch einen freien Platz im Flugzeug, wenn du mitkommen willst.«

»Nein danke. Nicht zuletzt, weil ich am Mittwoch eine Ausstellungseröffnung habe.«

»Jemand, den ich kenne?«, fragte Alex, der glücklich war, das Thema wechseln zu können.

»Robert Indiana.«

»Oh ja. Ich mag seine Arbeit. Es tut mir leid, dass ich die Eröffnung verpasse.«

»Die Ausstellung läuft noch, wenn du wiederkommst. *Falls* du wiederkommst.«

»So schlimm ist es nicht, mein Liebling. Sagst du mir jetzt, was *mein* Geschenk zum Hochzeitstag ist?«, fragte Alex, bemüht, die Stimmung ein wenig aufzuhellen. »Denn ich sehe nirgendwo ein Päckchen.«

»Es ist so groß, dass ich es nicht mitbringen konnte«, antwortete Anna. »Es ist eine ein Meter achtzig große Bronzeskulptur von Indiana mit dem Titel *Liebe*.« Sie zeichnete eine Skizze auf die Rückseite ihrer Speisekarte.

»Wie viel wird mich das kosten?«

»Mit dem üblichen Nachlass um die sechzigtausend. Aber wenn du sie Konstantin schenkst, muss er keine Steuern dafür bezahlen.«

»Nur dass ich das richtig verstehe, meine teure Geliebte«, sagte Alex. »Mein Geschenk zum Hochzeitstag wird mich sechzigtausend Dollar kosten, aber es wird Konstantin sein, dem es tatsächlich gehört?«

»Ja, mein Liebling, ich glaube, jetzt hast du es begriffen. Aber die gute Nachricht ist, dass eine wenn auch geringe Chance besteht, dass du in den Himmel kommst. Obwohl es dir dort nicht unbedingt gefallen wird.«

»Warum nicht?«, fragte Alex.

»Weil du dort niemanden kennen wirst«, sagte sie, als der Kellner mit dem ersten Gang zurückkehrte.

»Was bekomme ich wirklich?«

»Die Möglichkeit, dir die Skulptur für den Rest deines Lebens anzusehen.«

»Danke«, sagte Alex. »Und darf ich auch erfahren, wo der Nutznießer dieser ganzen Angelegenheit heute Abend ist?«

»Er übernachtet bei seiner Großmutter.«

»Soll das etwa heißen, dass Elena sich einen Abend freigenommen hat?«, fragte Alex, als der Kellner die leeren Teller abtrug.

»Den halben Abend. Konstantin mag Elenas Pizza Margherita lieber als alles, was ich jemals für ihn koche. Und schau mich bloß nicht mit diesem ›Ich auch‹-Blick an. Aber was hast du heute noch so gemacht?«

»Sheldon Woods ist heute Vormittag vorbeigekommen und hat mich gefragt, ob ich für den Senat kandidieren will.«

»Wie lange hast du gebraucht, um dieses attraktive Angebot abzulehnen?«

»Ich habe etwa zwanzig Sekunden lang wirklich gründlich darüber nachgedacht.«

»Ich kann mich an eine Zeit erinnern, die übrigens noch gar nicht so lange zurückliegt, in der Politik dich fasziniert hat«, sagte Anna. »Das Einzige, was du jemals wolltest, war, zum ersten Präsidenten eines freien Russland gewählt zu werden.«

»Und ich muss gestehen, das wäre weitaus attraktiver als der Senat«, erwiderte Alex. »Aber all das hat sich schlagartig an dem Tag geändert, an dem Lawrence starb«, fügte er hinzu, als der Kellner mit den beiden Seezungen zurückkam.

»Soll ich die Gräten entfernen, Madam?«

»Ja, bitte, François. Für uns beide. Mein Mann trifft heute keine schwerwiegenden Entscheidungen mehr.«

»Und unser Haus möchte Sie angesichts Ihres besonderen Tages gerne zu einer Flasche Chablis Beauregard einladen.«

»Ich hätte Sie heiraten sollen, François, denn offensichtlich hätten Sie unseren Hochzeitstag nie vergessen und wüssten immer das passende Geschenk für mich.«

François verbeugte sich und zog sich zurück.

»Aber als Lawrence dir seine fünfzig Prozent der Bankaktien hinterlassen hat, waren sie wertlos«, sagte Anna. »Jetzt müssen sie ein Vermögen wert sein.«

»Mag sein, aber ich kann mir nicht erlauben, auch nur eine einzige Aktie zu verkaufen, solange Evelyn über die anderen fünfzig Prozent verfügt, denn dann hätte sie die uneingeschränkte Kontrolle über die Bank.«

»Vielleicht wäre sie ja wieder bereit, ihre Aktien zu verkaufen? Immerhin scheint bei ihr das Geld immer knapp zu sein.«

»Gut möglich, aber so viel freies Kapital habe ich immer noch nicht«, sagte Alex, »und ich bin sicher, du erinnerst dich noch, dass sie mir an jenem Tag, an dem unser Sohn geboren wurde, ihre Anteile für eine Million Dollar angeboten hat und du meintest, ich würde es vielleicht bereuen, wenn ich sie nicht kaufe.«

»›Im Nachhinein.‹ Ein Ausdruck, der Bankern Albträume verursacht«, sagte Anna.

»Damals habe ich sogar daran gedacht, das Elena's zu verkaufen, um die Aktien selbst zu erwerben, aber das wäre ein unglaubliches Risiko gewesen, denn wenn die Bank untergegangen wäre, hätten wir am Ende überhaupt nichts mehr gehabt.«

»Möchtest du mir sagen, was diese Aktien jetzt wert sind?«

»Etwa dreihundert Millionen Dollar.«

Anna schnappte nach Luft. »Wird die Bank ihr irgendwann den vollen Betrag auszahlen müssen?«

»Vielleicht. Denn wir können es uns nicht leisten, dass eine andere Bank fünfzig Prozent unserer Aktien übernimmt. Wenn doch, würden wir unablässig auf der Hut sein müssen, besonders wenn Douglas Ackroyd in ihrem Vorstand sitzen würde.«

»Vielleicht hättest du doch als Senator kandidieren sollen. Weniger Mühe und ein festes Einkommen«, sagte Anna.

»Nur dass man auf eine Viertelmillion Wähler hören muss anstatt auf ein Dutzend Vorstandsmitglieder.«

»Es wären sogar noch mehr Wähler, wenn du dir deinen lebenslangen Traum erfüllen und als Präsident kandidieren würdest.«

»Von Amerika?«

»Nein, Russland.«

Alex antwortete nicht sofort.

»Ah«, sagte Anna, »du denkst immer noch über die Möglichkeit nach.«

»Und ich bin mir bewusst, dass ich irgendwann aufwachen werde, wie aus jedem anderen Traum auch«, sagte Alex, als François wieder an ihren Tisch trat.

»Könnte ich Sie vielleicht von einem Dessert überzeugen, Madam?«, fragte er.

»Auf keinen Fall«, erwiderte Anna. »Wir beide haben wirklich genug gegessen. Hochzeitstage sollten keine Entschuldigung dafür sein, dass man zunimmt. Und er«, fuhr sie fort und deutete auf ihren Mann, »hat heute schon wieder seinen Termin im Fitnessstudio verpasst. Deshalb bekommt er definitiv nichts mehr.«

François füllte ihre Gläser und nahm dann die leere Flasche mit.

»Auf ein weiteres denkwürdiges Jahr miteinander, Mrs. Karpenko«, sagte Alex und hob sein Glas.

»Ich wünschte, du würdest nicht nach Russland gehen.«

»Entschuldigen Sie die Störung, Mr. Karpenko«, sagte der Kellner, »aber Ihre Sekretärin hat gerade angerufen und mitgeteilt, dass es ein Problem mit den Visa gibt, und darum gebeten, dass Sie so schnell wie möglich ins Büro kommen.«

»Dann werde ich mich wohl besser auf den Weg machen und herausfinden, wo das Problem liegt«, sagte Alex. »Ich mache, so schnell ich kann.«

Er überließ seine Mutter und einen besorgt wirkenden Nesterow ihrem Essen und ging rasch zurück ins Büro, wo Miss Robbins ihn bereits erwartete.

»Läuft alles nach Plan?«, fragte sie.

»Ja. Mischa und meine Mutter haben sich gerade eine Pizza geteilt. Sie versteht zwar nicht viel von Banken oder wirtschaftlichen Transaktionen, aber wenn man so lange im Restaurantgeschäft war wie sie, gibt es kaum noch etwas, das einem an Menschen entgeht. Irgendetwas Wichtiges, bevor ich wieder zurückgehe?«

»Ted Kennedys persönliche Assistentin hat angerufen und bestätigt, dass Sie alle fünf Visa heute Nachmittag um fünf auf Ihrem Schreibtisch haben werden. Und sie hat mich daran erinnert, dass sich der Senator nächstes Jahr zur Wiederwahl stellt.«

»Das wird mich noch einmal einhunderttausend kosten.«

»Außerdem habe ich Ihnen eintausend Dollar in bar und dieselbe Summe in Rubel besorgt, da man mit Schecks und Kreditkarten in der Sowjetunion anscheinend immer noch nicht sehr weit kommt. Und für unser ganzes Team sind Zimmer für fünf Nächte im Hotel Astoria gebucht.«

»Es könnte sich zeigen, dass eine Nacht bereits ausreicht.«

»Und Kapitän Harrison erwartet Sie gegen elf am Flughafen Logan. Er hat sich einen freien Abflugtermin um halb zwölf gesichert. Sie werden in London auftanken, bevor Sie weiter nach Leningrad fliegen. Das bedeutet, Sie können jetzt wieder zurückgehen und herausfinden, was Ihre Mutter von Mr. Nesterow hält.«

Alex ließ sich Zeit auf seinem Weg ins Elena Drei, und als er ankam, konnte er sehen, wie aufmerksam sich seine Mutter alles anhörte, was Nesterow zu sagen hatte. Wieder machte der Russe ein besorgtes Gesicht, als Alex sich zu ihnen setzte.

»Es gab ein Problem mit den Visa?«, fragte Nesterow.

»Nein, es hat sich alles geklärt. Ich hoffe, die Pizza hat dir geschmeckt.«

»Ich habe so etwas noch nie zuvor gegessen«, gestand Nesterow, »und ich habe deiner Mutter bereits gesagt, dass ich den idealen Ort kenne, wo sie das erste Elena's in Leningrad eröffnen könnte. Wenn du mich kurz entschuldigen würdest. Ich denke, ich sollte jetzt das tun, was Amerikaner ›sich frisch machen‹ nennen.«

Sobald er auf der Treppe nach unten verschwunden war, fragte Alex: »Wie lautet dein Urteil, Mutter?«

»Er ist pures Gold«, antwortete Elena. »Nicht nur mit Gold überzogen. Ich weiß zwar nichts über Gas, außer wie man den Hahn ein- und ausschaltet, und mir ist durchaus klar, dass ich Mischa bisher nur ein einziges Mal getroffen habe, aber ich würde ihn, ohne zu zögern, neben einer offenen Kasse stehen lassen.«

»Familie?«, fragte Alex knapp, der keinen Augenblick verschwenden wollte, bevor Nesterow wieder zurückkäme.

»Er hat eine Frau, Olga, und zwei Kinder, Juri und Tatjana, die beide gerne an einer Universität studieren würden, aber er meint, dass seine Tochter bessere Aussichten hat als sein Sohn, dessen einziges echtes Interesse anscheinend Motorräder sind. Ehrlich gesagt, Alex, glaube ich nicht, dass er dir Sand in die Augen streuen könnte. Nicht einmal, wenn du schläfst.«

Nesterow kam wieder die Treppe herauf.

»Danke, Mutter. Dann sieht es wohl so aus, dass ich nach Leningrad fliegen werde.«

»Bitte vergiss nicht, das Grab deines Vaters zu besuchen, und lass dich von Onkel Kolja auf den neuesten Stand bringen. Ich bin schon ganz neugierig darauf, was er uns zu erzählen hat.«

40

Alex

Boston und Leningrad

Alex hatte vier Abteilungsleiter unter der Führung von Jake Coleman gebeten, ihn nach Russland zu begleiten. Sie alle waren auf ihrem jeweiligen Gebiet Experten: Bankwesen, Energie, Vertragsrecht und Rechnungsprüfung. Dick Barrett, der Leiter der Energieabteilung der Bank, hatte bereits mehrere Stunden mit Nesterow verbracht und sich danach tief beeindruckt gezeigt.

»Dieser Mann weiß mehr über die Ölindustrie als viele angebliche Experten, die als Berater auftreten, und doch hat er noch nie mehr als ein paar Tausend Dollar im Jahr verdient. Für ihn ist das Ganze buchstäblich eine Gelegenheit, wie man sie nur ein Mal im Leben bekommt. Er hat mich darauf hingewiesen, dass Russland vierundzwanzig Prozent der weltweiten Erdgasvorräte besitzt sowie zehn Prozent der Ölvorräte. Ich werde im Flugzeug neben ihm sitzen müssen, wenn ich es schaffen soll, mich bis zur Landung in Leningrad in seiner Gegenwart zu behaupten.«

Es war Andy Harbottle, der neue Justiziar der Bank, auch bekannt unter dem Namen »Mr. Kehrseite«, der den abschließenden Vertrag entwerfen würde. Aber natürlich erst, nachdem sein Vater dem Dokument seinen Segen gegeben hätte.

Jake Coleman bestätigte, dass Nesterow sich in finanziellen Dingen nicht besonders gut auskannte, und er warnte Alex davor, dass die Zahlen, die ihnen bisher zur Verfügung standen, geschönt sein konnten; dies ließe sich erst klären, wenn sie in der Zentrale der LEE Gelegenheit hätten, einen genaueren Blick in die Bücher zu werfen.

»Man darf in der Tat nicht davon ausgehen, dass er etwas so Komplexes problemlos meistern würde«, sagte Alex. »Schließlich hat man noch nie zuvor jemandem einen Vertrag angeboten, bei dem der Betreffende praktisch über Nacht einen Gewinn von eintausend Prozent machen kann. In Russland erleben wir gerade das, was der Goldrausch im Kalifornien der Fünfzigerjahre des neunzehnten Jahrhunderts war, und wir müssen unseren Vorteil nutzen, bevor das unsere Konkurrenten machen.«

»Sicher«, sagte Harbottle. »Und obwohl ich von Natur aus vorsichtig bin …«

»Ganz der Sohn seines Vaters«, warf Alex ein.

»… kenne ich niemanden, der eine Gelegenheit so zu nutzen versteht wie Sie. Eine Gelegenheit, die sich sogar als jener Durchbruch erweisen könnte, von dem Sie so oft sprechen, und die es uns ermöglichen könnte, bei den ganz Großen mitzumischen.«

»Oder die uns ruinieren wird.«

»Unwahrscheinlich«, sagte Harbottle. »Vergessen Sie nicht, wir haben einen großen Vorteil gegenüber unseren Konkurrenten. Unser Vorstandsvorsitzender ist Russe und wurde in Leningrad geboren.«

Alex fügte nicht hinzu: und der geflohen ist, nachdem er fast einen führenden KGB-Offizier umgebracht hätte.

Die sechs Passagiere an Bord des Gulfstream-Jets nach Leningrad jagten dem hinterher, was Jake Coleman inzwischen den »Erdgas-Rausch« nannte. Keiner von ihnen wusste, was sie erwartete. Während das Flugzeug in Heathrow aufgetankt wurde, stiegen die Männer aus, um sich die Beine zu vertreten und im Terminal etwas zu essen. Alex wäre gerne in die Stadt gefahren und hätte sich die Tate, das National Theatre und sogar das Unterhaus angesehen, doch dafür war keine Zeit.

Nur wenige Stunden später erwachte Alex mit einem Ruck, als der Kapitän erklärte, dass sie sich im Landeanflug auf den Flughafen Pulkowo befänden, und seine Passagiere bat, sich anzuschnallen. Er dachte über die Stadt nach, die er vor so vielen Jahren verlassen hatte – eine Gelegenheit, bei der er ebenfalls, wenn auch nur für wenige Augenblicke, durch die Luft geschwebt war. Und er dachte an seinen Vater, seinen Onkel und sogar an Wladimir, der sich inzwischen wahrscheinlich eher in Moskau als in Leningrad aufhielt. Er bemühte sich, sämtliche Überlegungen in Bezug auf Major Poljakow beiseitezuschieben und sich auf die Verhandlungen zu konzentrieren, die der Bank möglicherweise einen ganz anderen Rang verschaffen konnten. Oder würde man ihn festnehmen, bevor er auch nur die Zollformalitäten hinter sich gebracht hatte?

Er warf einen Blick aus dem Fenster, konnte aber kaum mehr erkennen als die Lichter des Terminals und einen Himmel voller Sterne, den er nicht mehr gesehen hatte, seit er ein Junge gewesen war.

Er war hin- und hergerissen. Er hätte nicht sagen können, ob er sich freute, wieder zurück zu sein, doch immerhin spürte er sofort wieder den alten Rhythmus, in dem die Dinge in Russland abliefen, sobald er aus dem Flugzeug gestiegen war. Alles ging langsam und immer langsamer, und wenn man dumm genug war, sich zu beschweren, ging es noch langsamer. Sie warteten mehr als zwei Stunden, bis ihre Pässe überprüft wurden, und Alex wurde klar, wie viele Dinge er als selbstverständlich betrachtete, seit er in den USA lebte. Schien es ihm nur so, oder nahm sich der Beamte tatsächlich länger Zeit, als er den Namen Karpenko sah?

Dann mussten sie eine weitere Stunde warten, bevor ihre Taschen freigegeben wurden und man es ihnen endlich gestattete, den Flughafen zu verlassen.

Nesterow führte sie aus dem Gebäude nach draußen auf den Bürgersteig. Er hob die Hand, und sofort hielten fünf Autos am Straßenrand. Alex und seine Mitarbeiter sahen Nesterow ungläubig an, während dieser drei der Fahrzeuge für sie aussuchte. »Alles, was vier Räder hat, ist in Leningrad ein Taxi«, erklärte er.

»Zum Astoria«, sagte er zu jedem der drei Fahrer, für die er sich entschieden hatte. »Und dass Sie mir nicht mehr als zehntausend Rubel berechnen«, fügte er, noch immer an die Fahrer gewandt, hinzu, als seine neuen Geschäftspartner in die wartenden Autos stiegen.

»Aber das entspricht nur etwa einem Dollar«, sagte Alex, als Nesterow sich zu ihm auf die Rückbank setzte.

»Das ist mehr als genug«, erwiderte der Russe, als das Fahrzeug mit Vollgas in Richtung Stadtzentrum raste. Es wurde eine weitere lange Reise.

Nachdem sie alle im Hotel eingecheckt hatten, waren sie erschöpft.

»Achten Sie darauf«, sagte Jake, »so viel Schlaf wie möglich zu bekommen, denn morgen sollten Sie alle absolut fit sein.«

Am folgenden Morgen trafen sie sich im Speisesaal zum Frühstück, und obwohl der eine oder andere wirkte, als habe er mit dem Jetlag zu kämpfen, waren sie, nachdem sie mehrere Tassen Kaffee und damit genügend Koffein zu sich genommen hatten, bereit für den ersten Verhandlungstermin.

Jake und Alex machten sich auf zur Bank für Überseehandel, um zu klären, ob es möglich wäre, kurzfristig einen Transfer von fünfundzwanzig Millionen Dollar nach Leningrad in die Wege zu leiten. Nach den Erfahrungen im Flughafen vom Tag zuvor war Alex unweigerlich ein wenig pessimistisch. Dick Barrett begleitete Mischa zur Fabrik der LEE, die am Stadtrand lag, während Andy Harbottle sich mit den Anwälten des Unternehmens traf, um den Vertrag für den größten und kompliziertesten Abschluss zu besprechen, an dem er bisher beteiligt war. Sein Vater war der Ansicht, dass sich in den bisher vorliegenden Dokumenten zu viele Nullen fanden, als dass sie hätten glaubwürdig sein können.

Harbottle hatte den ersten Vertragsentwurf bereits vorbereitet, doch er hatte Alex gewarnt: »Selbst wenn die Russen unterschreiben, welche Garantien haben wir, dass wir jemals irgendwelche Zahlungen erhalten? Mag sein, das ist der neue Goldrausch, aber schon beim alten waren ziemlich zwielichtige Cowboys beteiligt, und das hier sind nicht einmal unsere Cowboys.«

Die einzige Statistik, die er zu diesem Thema finden konnte, besagte, dass ein Amerikaner, der einen Russen vor einem russischen Gericht verklagte, eine Chance von vier Prozent hatte, recht zu bekommen.

Um sechs Uhr an jenem Abend kam das Team in Jakes Hotelzimmer wieder zusammen. Jake und Alex berichteten, dass die russischen Banken von der jüngsten radikalen Kehrtwende der Regierung zwar völlig überrumpelt worden waren, es jedoch eindeutig den allgemeinen Wünschen entsprach, ausländische Investoren willkommen zu heißen, und dass Interessenten geradezu ermutigt wurden, gleichsam um Nachschlag zu bitten – ganz im Gegensatz zu Oliver Twist in Dickens' Roman.

Barrett bestätigte, dass alle Angaben Nesterows zum Zustand der Firma korrekt waren, obwohl er der Ansicht war, dass die Sicherheitsvorkehrungen verbessert werden mussten. Alex machte sich unablässig Notizen.

»Und die Bilanz?«, fragte Jake, indem er sich an den Mann wandte, der gelegentlich als »Zahlenfresser« bezeichnet wurde.

»Es sieht so aus, als seien ihnen die Leitlinien moderner Buchführung nicht besonders klar«, sagte Mitch Blake, »was nicht überraschend ist, da ihre Wirtschaft über Jahrzehnte hinweg von irgendwelchen Dilettanten in der Partei geführt wurde. Aber unterm Strich habe ich noch nie so gute Zahlen gesehen.«

»Dann sollten wir mal für einen Augenblick den *advocatus diaboli* spielen«, sagte Alex. »Was ist die Kehrseite?«

»Sie könnten unsere fünfundzwanzig Millionen einfach stehlen«, sagte Harbottle. »Aber ich denke, wir sollten trotzdem nicht gleich unsere Sachen packen.«

Beim Abendessen im Restaurant ihres Hotels konnte Alex erfreut feststellen, dass sich sein Team zum ersten Mal entspannte.

»Werden Sie Ihren Onkel immer noch morgen zum Lunch treffen?«, fragte Jake.

»Aber sicher. Ich hoffe, er kann mir ein paar Informationen aus erster Hand darüber geben, wie man am besten mit dem neuen Regime umgeht.«

»Wissen Sie, was dieses Land braucht?«, fragte Jake und schnitt in sein zähes Steak.

»Dass meine Mutter ein Pizzarestaurant auf dem Newski-Prospekt eröffnet. Das Elena 37.«

»Das zuerst. Aber gleich danach sollten Sie bei der Präsidentenwahl antreten. Einen ehrlichen Russen, der etwas von Freihandel versteht, ist genau das, was dieses Land im Augenblick braucht.«

»Das war immer mein großer Traum, als ich noch ein Junge war«, sagte Alex. »Wenn mein Vater nicht umgebracht worden wäre, dann vielleicht ...«

»Vielleicht was?«, fragte Jake, aber Alex antwortete nicht, denn er starrte unverwandt geradeaus. Eben erst hatte er drei Männer bemerkt, die sich an einen Tisch am anderen Ende des Restaurants gesetzt hatten. Die eine Angst, die er immer so weit wie möglich von sich geschoben hatte, starrte ihm jetzt gleichsam plötzlich ins Gesicht. Er zweifelte nicht im Geringsten daran, um wen es sich bei dem älteren Mann in der Mitte handelte und warum er von zwei Gangstertypen begleitet wurde, die rechts und links von ihm saßen.

Die hässliche Narbe, die sich links über Gesicht und Hals des Mannes zog, war eine unmissverständliche Erinnerung daran, wo er und Alex sich das letzte Mal begegnet waren. Poljakows Worte »Dafür wirst du hängen« dröhnten in seinen Ohren. Anna hatte recht gehabt. Er hätte diese Reise nie machen sollen. Jake und seine Mitarbeiter waren absolut in der Lage, die Verhandlungen auch ohne ihn zu einem guten Abschluss zu bringen. Aber er hatte zugelassen, dass sein Jagdinstinkt seinen gesunden Menschenverstand beiseite fegte.

Auch der Mann starrte Alex unverwandt an und ließ ihn keinen Moment lang aus den Augen. Alex zweifelte nicht an seinen Absichten. Während das übrige Team die Taktik für den nächsten Tag besprach, saß Alex angespannt und wachsam auf seinem Stuhl und wartete darauf, dass der Major seinen ersten Schachzug in einem Spiel machen würde, das wohl kaum mit einem Remis enden konnte.

Alex berührte Jake vorsichtig am Arm. »Hören Sie genau zu«, flüsterte er. »Der Mann, den ich am Tag meiner Flucht aus Leningrad beinahe umgebracht hätte, sitzt uns direkt gegenüber, und ich glaube nicht an Zufälle.«

Jake sah zu den drei Männern hinüber und sagte: »Aber Alex, das war vor zwanzig Jahren.«

»Sehen Sie sich seine Wunde an, Jake. Würden Sie so etwas vergessen?«

»Und wer sind die beiden Männer bei ihm?«

»Sie sind vom KGB, weshalb sie über dem Gesetz stehen. Es ist ihnen egal, wie ich sterbe. Aber nicht, wann.«

»Wir müssen Sie so rasch wie möglich in die amerikanische Botschaft bringen.«

»Ich würde es nicht einmal bis zum Tor zu deren Grundstück schaffen«, sagte Alex. »Wichtig ist jetzt, dass Sie alle so tun, als sei nichts geschehen. Wenn irgendjemand fragt, sagen Sie ihm, dass ich in einer Besprechung aufgehalten wurde oder meinen Onkel Kolja besuche. Schinden Sie Zeit. Ich lasse Sie wissen, wenn ich in Sicherheit bin.«

»Sollten wir nicht wenigstens die Botschaft anrufen und uns von den Leuten dort beraten lassen?«

»Sehen Sie sich die drei Männer noch einmal an, Jake, und fragen Sie sich, ob Sie solche Leute auf eine Gartenparty einladen würden. Wir haben nicht die Zeit für diplomatische Plänkeleien.«

»Was haben Sie dann vor?«

»Wieder leben wie die Menschen hier. Vergessen Sie nicht, dass ich in dieser Stadt geboren wurde und aufgewachsen bin. Konzentrieren Sie sich auf den Abschluss der Verhandlungen. Ich kann für mich selbst sorgen.«

Noch während Alex sprach, wurden sechs Gäste durch das Restaurant zu ihrem Tisch geführt. Als sich die Gruppe zwischen ihm und Poljakow befand wie eine Wolke, die die Sonne verdeckt, huschte Alex davon. Jake wandte sich an ihn und sagte: »Haben Sie bemerkt …« Doch er war schon nicht mehr da.

Alex verschwendete keine Zeit damit, auf den Aufzug zu warten, sondern ging direkt zur Treppe. Er eilte hinauf, wobei er drei Stufen auf einmal nahm und sich immer wieder umsah. Als er den sechsten Stock erreicht hatte, schloss er rasch die Tür zu seinem Zimmer auf, ging hinein und verriegelte sie, ohne sich die Mühe zu machen, das »Bitte nicht stören«-Schild aufzuhängen. Er tippte sechs Zahlen in das entsprechende Feld seines kleinen, im Schrank untergebrachten Safes, öffnete ihn und nahm seinen Pass und etwas Bargeld heraus. Er klopfte gegen die Tasche seines Jacketts, um sich davon zu überzeugen, dass seine Brieftasche mit den Rubeln, die Miss Robbins besorgt hatte, noch immer darin war.

Plötzlich hörte er Stimmen auf dem Flur. Er eilte zum Fenster und schob es auf. Als er die Feuerleiter betrat, hämmerte jemand gegen seine Tür. Er kletterte hinab und sah dabei immer wieder nach unten und oben, da er nicht wusste, von wo die Gefahr eher kommen würde. Als er die unterste Sprosse erreicht hatte, warf er noch einmal einen

Blick nach oben und erkannte einen der Gangstertypen, der aus dem Fenster seines Zimmers nach unten starrte.

»Da ist er!«, rief der Mann, als Alex sich auf den Bürgersteig fallen ließ.

Drei andere Männer standen vor dem Eingang des Hotels und hielten nach ihm Ausschau, weshalb er rasch in die entgegengesetzte Richtung ging. Er sah sich um und erkannte, dass einer der Männer auf ihn deutete und die Hoteltreppe hinabzurennen begann.

Alex bog in eine Seitenstraße ein und begann, ebenfalls zu rennen. Er war sich bewusst, dass sein Verfolger nicht weit hinter ihm sein konnte. Dann sah er eine der Hauptstraßen vor sich, doch er hörte nicht auf zu rennen, wobei es ihm gerade noch gelang, einer Straßenbahn auszuweichen. Er sprintete der Bahn hinterher und betete darum, dass sie anhalten würde. Das tat sie gleich darauf tatsächlich: Etwa einhundert Meter vor ihm kam sie mit kreischenden und funkensprühenden Rädern zum Stehen. Jetzt wünschte er sich, er hätte nicht so viele Trainingsstunden verpasst.

Alex warf einen Blick zurück und sah, wie seine Verfolger um die Ecke kamen. Nur wenige Augenblicke bevor sich die Türen wieder schlossen, sprang er in die Bahn, warf dem Fahrer eine Kopeke zu – schließlich wusste er noch, wie wenig er für die Fahrt vom Flughafen bezahlt hatte – und ließ sich auf einen freien Platz im hinteren Bereich der Bahn sinken. Er starrte aus dem Fenster auf seine Verfolger, die mit gesenktem Kopf, die Hände auf die Knie gestützt, nach Luft rangen. Alex wusste nur zu gut, dass in wenigen Minuten das wie ein Spinnennetz über ganz Leningrad ausgebreitete Netz des KGB aktiv werden und Agenten aussenden würde, um nach einem Amerikaner zu suchen, der einen Anzug von Brooks Brothers, ein weißes Hemd, eine blaue Krawatte und Slipper trug. So viel zum Thema »Wieder leben wie die Menschen hier«.

Er sank noch ein wenig tiefer in seinen Sitz und war sich deutlich der verstohlenen Blicke der anderen Passagiere bewusst – in Russland ist jeder ein Spion –, während mehrere auffällige historische Bauten, die ihm noch aus seiner Jugend vertraut waren, draußen vorüberzogen. Und dann fiel ihm ein, dass es nur noch wenige Haltestellen bis zur Endstation waren, die in einem Teil des Hauptbahnhofs lag.

Als die Straßenbahn haltmachte, stieg er zusammen mit den wenigen Passagieren aus, die bis zum Ende mitgefahren waren. Vorsichtig ging er auf den Ausgang zu, wobei er aufmerksam nach Männern in Uniform oder Menschen, die irgendwo unbeweglich herumstanden, Ausschau hielt. Kurz bevor er einen großen Strebebogen erreicht hatte, duckte er sich rasch in eine Nische, wo er auf ein paar ruhige Minuten hoffte, um sich irgendeinen Plan einfallen zu lassen.

»Sind Sie auf der Suche nach jemandem?«

Panisch drehte sich Alex um und sah einen mageren Jungen, der ihn anlächelte.

»Wie viel?«, fragte Alex.

»Zehn Dollar.«

»Wo?«

»Ich habe ein eigenes Zimmer um die Ecke. Wenn Sie interessiert sind, kommen Sie mit.«

Alex nickte, achtete aber darauf, sich stets ein paar Schritte hinter dem Jungen zu halten, während sie durch eine spärlich beleuchtete Gasse gingen. Und dann verschwand der Junge ohne Vorwarnung in der Ruine eines Wohnblocks aus der Vorkriegszeit, der demjenigen nicht unähnlich war, in dem Alex selbst gewohnt hatte. Alex stieg drei Stockwerke in einem mit Graffiti beschmierten Treppenhaus hinauf. Schließlich öffnete der Junge eine Tür und winkte ihn ins Zimmer.

Der Junge hielt die Hand auf, und Alex gab ihm zehn Dollar.

»Möchten Sie irgendetwas Besonderes?«, fragte der Junge, als biete er ihm etwas auf einer Speisekarte an.

»Nein. Zieh dich einfach nur aus.«

Der Junge schien überrascht, folgte jedoch der Bitte dieses Gentlemans und stand kurz darauf erwartungsvoll in seiner Unterwäsche da. Alex zog Jackett, Hose und Krawatte aus und die Jeans des Jungen an. Sie passte, auch wenn er den obersten Knopf nicht schließen konnte.

»Hast du irgendeine Art Mantel?«

Jetzt wirkte der Junge noch verwirrter, doch er führte seinen Kunden in ein Schlafzimmer, öffnete einen Schrank und trat beiseite. Alex wählte eine weite Trainingsjacke, die nach Marihuana stank, verzichtete aber auf eine Baseballmütze der New York Yankees. Es gab keinen Spiegel, in dem er hätte überprüfen können, wie er aussah, aber alles war besser als ein Brooks-Brothers-Anzug.

»Hör gut zu«, sagte Alex und zog einen Einhundert-Dollar-Schein aus seiner Brieftasche. Der Junge konnte seinen Blick nicht von dem Geld lösen. »Keine Jobs mehr heute Nacht. Sobald ich gegangen bin, schließt du die Tür ab und wartest, bis ich wiederkomme. Dann bekommst du noch einen von denen hier.« Er winkte mit dem Geldschein vor dem Jungen hin und her. »Hast du verstanden?«

»Absolut.«

»Du musst einfach nur da sein, wenn ich wiederkomme.«

»Das werde ich ganz bestimmt.«

Alex reichte ihm den Geldschein, und ohne ein weiteres Wort zu verlieren, ließ er den Jungen in Unterwäsche dastehen, der wirkte, als habe er im Lotto gewonnen. Er wartete, bis er hörte, wie der Schlüssel im Schloss umgedreht wurde, dann ging er vorsichtig die Treppe hinab und auf die Straße hinaus, wo er kurz darauf zusammen mit zahllosen Einheimischen in Richtung Bahnhof ging. Alex war nur noch wenige Meter vom Eingang des Gebäudes entfernt, als er einen Polizisten sah, der in alle Richtungen Ausschau hielt. Es war leicht zu erraten, wen er suchte. Alex drehte sich um und ging langsam zur Hauptstraße. Der Polizist war an niemandem interessiert, der den Bahnhof verließ.

In der Ferne entdeckte er ein Taxi, das in seine Richtung fuhr. Er hob die Hand, denn im Augenblick dachte er nicht mehr an das, was am Flughafen bei seiner Ankunft in Leningrad geschehen war. Das Taxi, drei weitere Autos und ein Krankenwagen, von denen jeder ihn mitnehmen wollte, hielten vor ihm. Alex schien der Krankenwagen am sichersten. Er öffnete die Beifahrertür und setzte sich neben den Fahrer.

»Wohin wollen Sie?«, fragte der junge Mann auf Russisch.

»Zum Flughafen.«

»Das wird nicht billig.«

Alex zückte einen weiteren Einhundert-Dollar-Schein.

»Das dürfte reichen«, sagte der Fahrer, schaltete in den ersten Gang, wendete, wobei er das laute Hupen ignorierte, und raste dann in entgegengesetzter Richtung davon.

Alex dachte über sein nächstes Problem nach. Zweifellos wäre der Flughafen ein genauso hohes Riskio wie der Bahnhof, doch er wurde in seinen Überlegungen unterbrochen, als er vor ihnen an einer Straßensperre ein Polizeifahrzeug stehen sah. Zwei Beamte waren damit beschäftigt, Nummernschilder zu überprüfen.

»Stopp!«, rief Alex.

»Irgendwelche Probleme?«, fragte der junge Mann und fuhr an den Straßenrand.

»Das wollen Sie lieber nicht wissen. Besser, ich verschwinde einfach.«

Der Fahrer gab keinen Kommentar dazu ab, doch als Alex aus dem Krankenwagen sprang, sah er, dass die Hecktür offen stand und ein Arm ihn heranwinkte. Er kletterte hinten in das Fahrzeug und gesellte sich zu einem zweiten Mann, der grüne Sanitäterkleidung trug und die linke Hand ausstreckte. Alex kannte den Blick und zog einen weiteren Einhundert-Dollar-Schein hervor.

»Wer ist hinter Ihnen her?«

»Der KGB«, sagte Alex, der wusste, dass seine Chancen fünfzig zu fünfzig standen. Entweder hasste der Mann den KGB, oder er arbeitete für ihn.

»Legen Sie sich hin«, sagte der Sanitäter und deutete auf eine Trage. Alex tat es, und rasch zog der Mann eine Decke über ihn. Dann wandte er sich dem Fahrer zu und sagte: »Schalte die Sirene ein, Leonid, und bleib auf keinen Fall stehen. Fahr einfach immer weiter.«

Der Fahrer folgte der Anweisung seines Kollegen und sah erleichtert, wie die Polizeibeamten die Straßensperre öffneten und seinen Wagen durchwinkten. Hätten sie das Fahrzeug angehalten, hätten sie den Patienten auf einer Trage vorgefunden, den Kopf so dicht mit einem Verband umwickelt, dass nur ein Auge frei blieb.

»Wo wollen Sie hin«, fragte der Sanitäter, »wenn wir am Flughafen sind?«

Alex hatte sich noch nicht entschieden, doch der Mann beantwortete seine Frage selbst. »Helsinki wäre am sinnvollsten«, sagte er. »Sie werden wahrscheinlich vor allem Flüge in den Westen überprüfen. Ihr Russisch ist gut, aber ich vermute, es ist schon eine Weile her, seit Sie das letzte Mal in Leningrad waren.«

»Dann soll's Helsinki sein«, sagte Alex, während der Krankenwagen weiter in Richtung Flughafen raste. »Wie bekomme ich ein Flugticket?«

»Lassen Sie das meine Sorge sein«, sagte der Sanitäter. Wieder erschien die offene Hand … und ebenso ein weiterer Einhundert-Dollar-Schein. »Haben Sie irgendwelche Rubel?«, fragte der Mann. »Wir wollen doch nicht, dass jemand misstrauisch wird.«

Alex lächelte und holte sämtliche Rubel, die Miss Robbins besorgt hatte, aus seiner Brieftasche, was ein noch breiteres Lächeln seines Gegenübers zur Folge hatte. Bis sie den Flughafen erreichten, fiel kein Wort mehr. Der Fahrer parkte den Wagen am Straßenrand, ließ jedoch den Motor laufen.

»Ich erledige alles, so schnell ich kann«, sagte der Sanitäter, öffnete die Hecktür und sprang nach draußen. Für Alex fühlte es sich wie eine Stunde an, bis die Hecktür wieder geöffnet wurde, obwohl nur wenige Minuten vergangen sein konnten. »Ich habe Ihnen einen Flug nach Helsinki verschafft«, sagte der Sanitäter und wedelte triumphierend mit dem Flugticket. »Ich weiß sogar, von welchem Gate aus das Flugzeug startet.« Er wandte sich an Leonid und sagte: »Nimm die Notzufahrt und lass das Blaulicht eingeschaltet.«

Wieder gab Leonid Vollgas, doch Alex konnte unmöglich sehen, wohin sie fuhren. Es dauerte nur ein paar Minuten, bis sie erneut anhielten und ein Wachmann in einer silbergrauen Uniform die Hecktür öffnete. Er warf einen Blick ins Innere, nickte und schloss die Tür wieder. Dann hob der Wachmann die Schranke, und der Krankenwagen durfte weiterfahren.

»Es ist die Aeroflot-Maschine, die an Gate zweiundvierzig steht«, sagte der Sanitäter im Heck zu seinem Kollegen.

Das Wort »Aeroflot« gefiel Alex gar nicht, und er fragte sich, ob die beiden Russen ihm eine Falle gestellt hatten, doch er rührte sich nicht von der Stelle, bis die Hecktür erneut geöffnet wurde. Voller Sorge, Unruhe und Angst setzte er sich auf, doch der Sanitäter grinste ihn einfach nur an und reichte ihm ein Paar Krücken.

»Die werde ich ersetzen müssen«, sagte der Sanitäter und ließ die Krücken erst los, nachdem Alex ihm noch einen Einhundert-Dollar-Schein gegeben hatte. Es war fast, als wisse er, wie viel Geld Alex noch besaß.

Dann begleitete der Sanitäter seinen Patienten die Stufen zum Flugzeug hinauf. Er reichte dem Steward das Ticket und ein Bündel Rubelscheine. Der Steward zählte das Geld, bevor er auch nur einen Blick auf das Ticket warf. Dann deutete er auf einen Platz in der vordersten Sitzreihe.

Der Sanitäter half Alex zu dessen Platz und gab ihm einen letzten Rat. Dann verließ er die Maschine, bevor Alex ihm danken konnte. Alex sah, wie der Krankenwagen ohne Blaulicht und ohne Sirene langsam in Richtung Notzufahrt zurückrollte. Er starrte die offene Tür des Flugzeugs an und hätte sie am liebsten mit bloßer Willenskraft geschlossen. Erst als das Flugzeug abhob, konnte Alex endlich einen Seufzer der Erleichterung ausstoßen.

Bei der Landung in Helsinki schlug Alex' Herz fast schon wieder normal, und er hatte sogar einen Plan.

Er beschloss, dem Rat des Sanitäters zu folgen, und als er die Spitze der Schlange der Ankommenden erreicht hatte und dem Beamten seinen Pass reichte, lag dort, wo sich das Visum hätte befinden müssen, ein Einhundert-Dollar-Schein. Der Beamte rührte keine Miene, als das kleine Stück Papier mit dem Porträt Benjamin Franklins den Besitzer wechselte und er seinen Stempel auf die leere Seite drückte.

Nachdem er den Zoll hinter sich hatte, ging Alex in den nächstgelegenen Waschraum, wo er seinen Verband löste und in den Abfalleimer warf. Nachdem er sich aus einem Spender die entsprechenden Utensilien besorgt hatte, rasierte er sich und nahm eine lange, heiße Dusche, und sobald er sich abgetrocknet hatte, zog er widerwillig noch einmal die Kleider des Jungen aus Leningrad an und machte sich auf die Suche nach einem Laden, wo er dieses besondere Problem lösen konnte. Dreißig Minuten später kam er in neuer Hose, neuem weißem Hemd und neuem Blazer aus einem Kleidergeschäft. Nur seine Slipper hatten sein Abenteuer überlebt.

Eine Stunde später nahm Alex einen American-Airways-Flug nach New York und genoss einen Wodka-Tonic, während eine Verkäuferin auf eine alte Jeans, ein T-Shirt und ein Paar Krücken stieß, die jemand in der Umkleidekabine gelassen hatte. Als das Flugzeug abhob, fragte die Stewardess ihren Passagier in der ersten Klasse nicht, was er essen oder welchen Film er sehen wollte, denn Alex schlief tief und fest. Vorsichtig ließ sie die Lehne seines Sitzes zurückgleiten und deckte ihn zu.

Nachdem Alex am folgenden Morgen auf dem Flughafen JFK gelandet war, rief er Miss Robbins an und bat darum, dass sein Fahrer ihn abholen würde, sobald er auf dem Flughafen Logan gelandet wäre.

Während des kurzen Fluges nach Boston beschloss er, sich direkt nach Hause fahren zu lassen und Anna und Konstantin zu erklären, warum er nie wieder in die Sowjetunion zurückkehren würde.

Nach der Landung bemerkte er erfreut, dass Miss Robbins im Ankunftsbereich auf ihn wartete. Ihre Miene verriet, wie verwirrt sie war.

»Es ist wunderbar, zu Hause zu sein«, sagte er und ließ sich auf die Rückbank seiner Limousine sinken. »Sie werden nie glauben, was ich durchgemacht habe, Pamela, und wie viel Glück ich hatte zu entkommen.«

»Einen Teil der Geschichte habe ich schon gehört, Chairman, aber ich kann es gar nicht erwarten, Ihre Version zu hören.«

»Dann wissen Sie also schon, dass Major Poljakow und seine Gangstertypen mich im Hotelrestaurant abgepasst haben?«

»Könnte es sich dabei vielleicht um denselben Oberst Poljakow gehandelt haben, der vor drei Jahren gestorben ist?«, fragte Miss Robbins in ihrem allerunschuldigsten Ton.

»Poljakow ist tot?«, fragte Alex ungläubig. »Wer war dann der Mann, der zusammen mit zwei KGB-Schlägern im Restaurant saß?«

»Ein Blinder, sein Bruder und ein Freund. Sie haben an einer Konferenz in Leningrad teilgenommen. Mr. Coleman wollte Ihnen gerade sagen, dass er den weißen Stock gesehen hatte, aber da waren Sie bereits auf der Flucht.«

»Aber die Narbe? Die war unverwechselbar.«

»Ein Muttermal.«

»Aber sie sind in mein Zimmer eingebrochen. Ich habe jemanden ›Da ist er!‹ rufen gehört.«

»Das war der Nachtportier, und er ist auch nicht in Ihr Zimmer eingebrochen, denn er hatte einen Generalschlüssel. Mr. Coleman stand unmittelbar hinter ihm, und so konnte er Sie identifizieren.«

»Aber jemand hat mich verfolgt, und es ist mir gerade noch gelungen, auf eine Straßenbahn aufzuspringen.«

»Dick Barrett sagt, er habe keine Ahnung gehabt, dass Sie so schnell rennen können.«

»Und der Krankenwagen und die Straßensperre, ganz zu schweigen von …?«

»Ich kann es gar nicht erwarten, Chairman, alles über den Krankenwagen, die Straßensperre und die Gründe zu erfahren, warum Sie nicht Ihr eigenes Flugzeug genommen haben, wo eine Nachricht von Mr. Coleman für Sie bereitlag, die alles erklärt hätte«, sagte Miss Robbins, als die Limousine von der Straße abbog und durch ein Tor mit der Aufschrift »Privat« fuhr. »Aber das wird warten müssen, bis Sie wieder zurück sind.«

»Wo fahren wir hin?«

»Nicht wir, Chairman, Sie. Mr. Coleman hat heute Morgen angerufen und gesagt, dass er den Vertrag mit Nesterow abschließen konnte, doch dabei ist leider ein Problem aufgetaucht. Sie haben dem Direktor der Bank für Überseehandel in Leningrad gesagt, der Vertrag sei nur mit Ihrer Unterschrift gültig.«

Die Limousine hielt neben der Treppe zum Privatjet der Bank, der seinen einzigen Passagier bereits erwartete.

»Ich wünsche Ihnen einen guten Flug, Chairman«, sagte Miss Robbins.

FÜNFTES BUCH

41

Sascha

London: 1994

Ruhe!«, sagte der Speaker. »Fragen an den Außenminister. Bitte, Mr. Sascha Karpenko.«

Sascha erhob sich langsam von seinem Platz auf der vordersten Bank der Opposition und sagte: »Kann der Außenminister bestätigen, dass Großbritannien endlich das Fünfte Protokoll der Genfer Konvention ratifizieren wird, nachdem wir dies als einziges europäisches Land bisher nicht getan haben?«

Mr. Douglas Hurd stand auf, um die Frage zu beantworten, als ein Parlamentsbote neben den Stuhl des Speakers trat und dem gegenwärtigen Fraktionsführer von Labour ein Blatt Papier reichte. Dieser las den Namen, bevor er das Papier an den Minister des Schattenkabinetts in der ersten Bankreihe weitergab. Sascha entfaltete das Blatt, las die Nachricht und ging sogleich mit unsicheren Schritten die vorderste Bank der Opposition entlang, wobei er über die Beine mancher seiner Kollegen hinwegschritt und anderen auf die Füße trat wie jemand, der ein gut besuchtes

Theater mitten während der Vorstellung verlässt. Er blieb kurz stehen, um dem Speaker sein Verhalten zu erklären. Der Speaker lächelte.

»Nur der Ordnung halber, Mr. Speaker«, sagte der Außenminister und reckte sich zu seiner vollen Größe, »sollte der ehrenwerte Abgeordnete nicht wenigstens so viel Anstand besitzen, um sich die Antwort auf seine eigene Frage anzuhören?«

»Hört, hört!«, riefen mehrere Abgeordnete auf der Regierungsbank.

»Nicht in diesem Fall«, sagte der Speaker, ohne eine Erklärung hinzuzufügen. Abgeordnete auf beiden Seiten des Hauses begannen, untereinander zu tuscheln. Sie hätten gerne gewusst, warum Sascha die Kammer so abrupt verlassen hatte.

»Frage Nummer zwei«, sagte der Speaker und lächelte dann still vor sich hin.

Robin Cook sprang gerade auf, als Sascha den Abgeordneteneingang erreichte.

»Taxi, Sir?«, fragte der Portier.

»Nein, vielen Dank«, antwortete Sascha, der bereits beschlossen hatte, lieber den ganzen Weg bis zum St. Thomas Hospital zu rennen, als auf ein Taxi zu warten, das den Parliament Square umrunden und mit einem halben Dutzend Ampeln würde zurechtkommen müssen, bevor es die Klinik erreichen konnte. Doch auf halber Höhe der Westminster Bridge, wo er kamerabewehrten Touristen ausweichen musste, war er bereits außer Atem. Mit jedem Schritt wurde ihm schmerzlich bewusst, wie sehr er seine Fitness in den letzten Jahren vernachlässigt hatte.

Seit ihre Tochter auf die Welt gekommen war, hatte Charlie zwei Fehlgeburten gehabt, und Dr. Radley hatte den beiden erklärt, dass dies vielleicht die letzte Möglichkeit sein könnte, ein weiteres Kind zu bekommen.

Als Sascha das Südende der Brücke erreicht hatte, eilte er die Treppe hinab und folgte dem Lauf der Themse, bis er den Eingang der Klinik erreicht hatte. Er fragte die Mitarbeiterin am Empfang nicht, auf welchem Stock seine Frau lag, denn beide hatten erst eine Woche zuvor Dr. Radley aufgesucht. Er mied den überfüllten Aufzug und sprintete stattdessen die Treppe zur Entbindungsstation hinauf. Diesmal allerdings blieb er vor dem offenen Schwesternbereich stehen, um einer der Mitarbeiterinnen seinen Namen zu geben. Sie sah im Computer nach, während er sich darum bemühte, wieder zu Atem zu kommen.

»Mrs. Karpenko ist bereits im Kreißsaal. Wenn Sie vielleicht Platz nehmen möchten. Es kann nicht mehr lange dauern.«

Sascha sah sich erst gar nicht nach einem Stuhl um, sondern ging unruhig den Flur auf und ab, während er für seinen ungeborenen Sohn ein Gebet zum Himmel schickte. Elena war gar nicht damit einverstanden gewesen, dass Sascha und Charlie schon vor der Geburt das Geschlecht des Kindes hatten erfahren wollen, und jetzt fragte er sich, warum es immer Situationen wie diese waren, in denen er den Drang zu beten verspürte, und keine anderen. Es sei denn vielleicht noch an Weihnachten. Wenn die Dinge jedoch gut liefen, vergaß er immer wieder, dem Allmächtigen dafür zu danken. Und im Augenblick hätten sie nicht besser laufen können. Natascha, die er geradezu anbetete, hatte es geschafft, dass er in den letzten fünfzehn Jahren jeden ihrer Wünsche erfüllte.

»Wozu sind Väter denn sonst gut?«, hatte sie, wie Charlie zufällig hörte, zu einer Freundin gesagt.

Obwohl sie nach der Schließung des Elena Drei den Gürtel enger geschnallt hatten – noch so ein Ausdruck seiner Mutter –, hatte es weitere vier Jahre gedauert, bis das Unternehmen wieder aus den roten Zahlen war und sämtliche Steuern bezahlen konnte. Elena Eins und Elena Zwei warfen einen ordentlichen Gewinn ab, wobei Sascha sich inzwischen eingestand, dass er viel mehr Geld hätte verdienen können, wenn er keine Karriere in der Politik verfolgt hätte. Da nun ein zweites Kind kommen würde, dachte er unweigerlich über seine Zukunft nach. Würde er Minister werden? Oder würden die Wähler sich von ihm abwenden? Immerhin war Merrifield ein Sitz, bei dem es auch bei der nächsten Wahl wahrscheinlich ein Kopf-an-Kopf-Rennen zwischen den beiden führenden Parteien geben würde, und nur ein Narr konnte davon überzeugt sein, dass er die Stimmen des Bezirks von vornherein in der Tasche hatte. Vielleicht würden sie nie wirklich reich werden, doch sie führten ein gutes und komfortables Leben, und es gab wenig, worüber sie sich beklagen konnten. Sascha hatte längst akzeptiert, dass man nicht damit rechnen konnte, immer erster Klasse zu fahren, wenn man sich entschloss, eine politische Karriere anzustreben.

Er hatte sich über seine Beförderung zum Staatssekretär im Außenministerium im Schattenkabinett von Tony Blair gefreut, als dieser Oppositionsführer geworden war. Blair schien ein Mensch zu sein, der zu den wenigen Labour-Politikern gehörte, die eine ungewöhnliche Schwäche besaßen: Er wollte tatsächlich regieren.

Robin Cook, der Außenminister des Schattenkabinetts, bemühte sich um eine ethisch verantwortliche Außenpolitik und forderte Sascha auf, seinen russischen Gesprächspartnern immer wieder deutlich zu machen, dass der neu erworbene Reichtum ihres Landes allen Russen und nicht nur einer Gruppe von Oligarchen zugutekommen sollte, die keinerlei Anspruch darauf hatten und von denen nicht nur viele in Mayfair residierten, sondern die überdies keinen Penny Steuern bezahlten.

Sascha gestand Cook im Vertrauen, dass er diese Ansichten nicht nur teilte, sondern auch bereits darüber nachgedacht hatte, in sein Heimatland zurückzukehren und bei den nächsten Präsidentschaftswahlen anzutreten, sollten sich die Dinge nicht bessern. Obwohl er das Ende des Kommunismus nachdrücklich begrüßt hatte, war er kaum begeistert von dem, was an dessen Stelle getreten war.

Zuverlässige Informationen aus Russland zu bekommen war selbst unter den günstigsten Bedingungen nicht einfach, doch inzwischen hatte sich Sascha mit Boris Nemtsow angefreundet, der jetzt als Staatssekretär der Duma angehörte, und er war Teil eines Freundeskreises junger Diplomaten in der Botschaft. Sie trafen einander regelmäßig bei offiziellen Gesprächen, Konferenzen und Empfängen in anderen Botschaften, und Sascha fand schnell heraus, dass ein junger Staatssekretär namens Ilja Resinjew ihm Informationen über seinen Onkel Kolja besorgen konnte.

Als Boris Jelzin Präsident Gorbatschow im Amt ablöste, teilte Ilja Sascha mit, dass dessen alter Schulfreund Wladimir zum inneren Zirkel des neuen Präsidenten gehörte und damit rechnete, schon bald befördert zu werden. Wladimir hatte erst vor Kurzem nach der Auflösung des KGB seinen Rang als Oberst verloren und sich mit seinem alten Universitätsprofessor Anatoli Sobchak zusammengetan, der der erste demokratisch gewählte Bürgermeister von Sankt Petersburg geworden war. Kurz darauf ernannte Sobchak Wladimir zum Vorsitzenden des städtischen Komitees für ausländische Handelsbeziehungen. Ilja berichtete Sascha, dass kein Öl- oder Gasgeschäft in der Provinz ohne Wladimirs Zustimmung abgeschlossen werden konnte, obwohl er nur selten seine Unterschrift unter einen Vertrag setzte, und dass niemand überrascht war, als er innerhalb von drei Jahren drei Mal in immer prächtigere Häuser umzog, obwohl er offiziell nach wie vor nur auf der Gehaltsliste der städtischen Verwaltung stand.

Sollte Sobchak wiedergewählt werden, so erklärte Ilja, gebe es gewiss keinen Preis für denjenigen, der erraten könne, wer wohl sein Nachfolger als Bürgermeister von Sankt Petersburg würde. »Und wer kann wissen, wie weit Wladimir *danach* noch kommen kann?«

Sascha blieb stehen und sah in Richtung Kreißsaal, doch die Türen blieben nach wie vor geschlossen. Wieder kehrten seine Gedanken nach Russland und zu Boris Nemtsow zurück, dessen politische Karriere Fahrt aufgenommen und der die Absicht hatte, im Herbst nach London zu kommen, um mit ihm darüber zu sprechen, ob es überhaupt sinnvoll wäre, eine Bewerbung bei den Präsidentschaftswahlen ernsthaft in Erwägung zu ziehen. Jelzin hatte sogar seine eigenen Anhänger enttäuscht, denn sie hatten den Eindruck, er lasse es an jenem Reformeifer mangeln, auf den sie gehofft hatten. Und zu viele ausländische Staatsoberhäupter beklagten sich hinter vorgehaltener Hand darüber, dass es unmöglich war, ab vier Uhr nachmittags ein sinnvolles Gespräch mit dem russischen Präsidenten zu führen, da er sich zu diesem Zeitpunkt in keiner Sprache mehr zusammenhängend ausdrücken konnte. Während einer erst kürzlich erfolgten Stippvisite in Dublin war Jelzin nicht einmal in der Lage gewesen, aus dem Flugzeug zu steigen, und hatte den irischen Taoiseach, der angetreten war, um ihn zu begrüßen, auf dem Rollfeld stehen lassen.

Sascha warf einen Blick auf seine Uhr – er wusste gar nicht, wie oft er das in den letzten Minuten getan hatte – und fragte sich gerade, was hinter den geschlossenen Türen vor sich ging, als diese plötzlich aufschwangen und Dr. Radley, noch immer in Chirurgenkleidung, auf den Flur trat. Rasch eilte Sascha auf ihn zu, doch als der Arzt die Maske abnahm, musste ihm niemand sagen, dass er nie einen Sohn haben würde.

Sascha fragte sich, ob er jemals über den Tod seines Sohnes Konstantin hinwegkommen würde. Er hatte den Jungen wenige Augenblicke lang in den Armen gehalten, bevor das Kind weggebracht worden war.

Seine Kollegen im Unterhaus waren überaus verständnisvoll und einfühlsam. Doch selbst sie begannen sich zu fragen, ob er seinen Hunger auf Politik verloren hatte, nachdem er bei mehreren Abstimmungen der Fraktion abwesend geblieben und bei einer ganzen Reihe von Gelegenheiten nicht erschienen war, um seine Pflichten auf der vordersten Oppositionsbank wahrzunehmen.

Der Oppositionsführer führte daraufhin eine Unterhaltung mit dem Außenminister seines Schattenkabinetts, und die beiden kamen überein, Sascha bis zur erneuten Zusammenkunft des Hauses im Herbst nach der langen Sommerpause nicht darauf anzusprechen.

Elena erklärte, dass Sascha und Charlie unbedingt Urlaub machen sollten, und zwar so weit wie möglich von Westminster entfernt.

»Sie könnten Rom, Florenz und Mailand besuchen«, schlug Gino vor. »Dort kann man sich in aller Muße den besten Opernhäusern, Kunstgalerien und Restaurants der ganzen Welt widmen. Pavarotti und Bernini, begleitet von Bergen von Pasta und Strömen von sizilianischem Rotwein. Was könnte man sich Besseres wünschen?«

»New York, New York«, schlug ein anderer Herr italienischer Abstammung vor, dessen Stimme aus ihrem Autoradio erklang. Charlie und Sascha beschlossen, Sinatras Rat zu folgen.

»Aber was machen wir mit Natascha?«

»Sie kann es gar nicht erwarten, euch beide eine Zeit lang los zu sein«, versicherte ihnen Elena. »Sie hatte ohnehin vor, mit einigen Schulfreundinnen zum Edinburgh Festival zu fahren und sich Bon Jovi anzuhören.«

»Dann wäre das geklärt.«

Sascha machte sich daran, einen Urlaub zu planen, den Charlie nie vergessen würde. Die ersten fünf Tage würden sie auf der *Queen Elizabeth 2* verbringen und bei der Ankunft in New York eine Suite im Plaza nehmen. Dann würden sie das Metropolitan, das MoMA und die Frick besuchen, und es war ihm sogar gelungen, Karten für Liza Minnelli zu besorgen, die in der Carnegie Hall auftrat.

»Und dann fliegen wir mit der Concorde nach Hause.«

»Du treibst uns in den Ruin«, sagte Charlie.

»Mach dir keine Sorgen. Noch haben die Konservativen die Schuldgefängnisse nicht wieder eingeführt.«

»Aber wahrscheinlich steht etwas in ihrem Parteiprogramm darüber«, gab Chalie zu bedenken.

Ihre fünftägige Reise auf der *QE2* war eine einzige Idylle, und sie fanden viele neue Freunde, von denen der eine oder andere sogar daran glaubte, dass Labour die nächste Wahl gewinnen könnte. Jeder Morgen begann mit einer

Stunde im Fitnessstudio, doch die beiden nahmen trotzdem ein Pfund pro Tag zu. Am letzten Morgen standen sie vor Sonnenaufgang auf, traten hinaus aufs Deck und begrüßten die Freiheitsstatue, während die Wolkenkratzer Manhattans von Minute zu Minute größer wurden.

Nachdem sie in ihr Hotel eingecheckt hatten – Charlie hatte Sascha die Präsidentensuite zugunsten eines Doppelzimmers mehrere Stockwerke tiefer ausgeredet –, verloren sie keine Zeit.

Das Metropolitan Museum faszinierte Charlie durch die enorme Bandbreite seiner Werke, die aus den verschiedensten Kulturen stammten – vom byzantinischen Griechenland über Italiens Caravaggio und die niederländischen Meister Rembrandt und Vermeer bis hin zu den französischen Impressionisten; für Letztere wurde übrigens ein zweiter Besuch nötig. Auch das Museum of Modern Art gefiel ihr – und es überraschte Sascha, dem es nicht immer gelang, einen Picasso von einem Braque zu unterscheiden, wenn das entsprechende Werk aus der kubistischen Periode der beiden stammte. Doch es war erst die Frick Collection, die zu ihrer wahren zweiten Heimat wurde, und Bellini, Holbein und Mary Cassatt sorgten dafür, dass Charlie und Sascha immer wiederkamen. Und Liza Minnelli riss sie von ihren Sitzen und ließ sie »Encore!« rufen, nachdem die Künstlerin »Maybe This Time« gesungen hatte.

»Was sollen wir an unserem letzten Tag unternehmen?«, fragte Sascha, nachdem sie ein spätes Frühstück im Garden Room genossen hatten.

»Machen wir einen Schaufensterbummel.«

»Warum gehen wir nicht einfach zu Tiffany und kaufen alles, was uns vor die Augen kommt?«

»Weil wir kein Geld mehr haben.«

»Wir haben noch genug, um etwas für unsere beiden Mütter und Natascha zu besorgen.«

»Dann werden wir auf der Fifth Avenue zwar einen Schaufensterbummel machen, aber etwas kaufen werden wir bei Macy's.«

»Kompromissvorschlag«, sagte Sascha. »Bloomingdale's.«

Charlie wählte ein paar Lederhandschuhe für ihre Mutter, während Sascha eine Swatch für Elena besorgte, welche diese schon mehr als ein Mal wie nebenbei erwähnt hatte. »Und der Preis ist wirklich vernünftig«, pflegte sie stets hinzuzufügen.

»Und für Natascha?«

»Eine von diesen Levi's. Ihre Freundinnen werden sie beneiden.«

»Aber sie werden schon ausgebleicht und zerrissen angeboten«, sagte Sascha, als er die Jeans sah.

»Und du behauptest, ein Mann des Volkes zu sein.«

Mit Einkaufstaschen beladen, befanden sie sich auf dem Weg zurück ins Plaza, als Charlie vor dem Schaufenster einer Galerie in der Lexington Avenue stehen blieb, um ein Gemälde zu bewundern. »Das möchte ich«, sagte sie, voller Bewunderung für die hinreißende Farbkombination und die exquisite Pinselführung.

»Dann hast du den Falschen geheiratet.«

»Da bin ich mir nicht so sicher«, sagte Charlie. »Aber ich habe trotzdem vor herauszufinden, wie viel dich das kosten wird«, fügte sie hinzu, bevor sie die Galerie betrat.

Überall an den Wänden hingen abstrakte Werke, und Charlie bewunderte gerade einen Jackson Pollock, als ein älterer Herr sie ansprach.

»Ein wunderbares Gemälde, Madam.«

»Ja, aber so traurig.«

»Traurig, Madam?«

»Dass er so jung gestorben ist. Sein Leben war ein großes Versprechen, aber nicht alles davon ist in Erfüllung gegangen.«

»Wir hatten das Privileg, ihn zu vertreten, als er noch unter uns weilte, und dieses Gemälde durfte ich meinen Kunden in den letzten dreißig Jahren schon drei Mal anbieten.«

»Tod, Scheidung und Steuern?«

Der alte Herr lächelte. »Sie sind nicht zufällig selbst in der Kunstwelt tätig?«

»Ich arbeite als Konservatorin für die Turner Collection.«

»Ah, dann grüßen Sie bitte Nicholas Serota von mir. Sie haben da wirklich eine interessante Aufgabe.«

Sascha trat zu den beiden. »Dürfte ich Sie vielleicht nach dem Preis des Gemäldes im Fenster fragen?«

»Der Rothko?«, sagte Mr. Rosenthal und wandte sich seinem Kunden zu. »Alex, ich hatte keine Ahnung, dass Sie in der Stadt sind. Aber Sie müssten doch eigentlich wissen, dass Ihre Frau das Gemälde bereits für die Sammlung erworben hat.«

»Meine Frau hat es bereits gekauft?«

»Vor ein paar Wochen.«

»Aber sicherlich nicht vom Gehalt eines Abgeordneten.«

Rosenthal schob seine Brille zurecht, sah sich seinen Kunden genauer an und sagte: »Ich muss mich entschuldigen. Ich hätte schon bei Ihren ersten Worten meinen Irrtum erkennen müssen.«

»Sie sagten *die Sammlung*«, bemerkte Charlie.

»Ja, die Lowell Collection in Boston.«

»*Das* ist eine Sammlung, die ich schon immer mal sehen wollte«, sagte Charlie. »aber soweit ich gehört habe, befindet sie sich im Tresorraum einer Bank.«

»Nicht mehr«, erwiderte Rosenthal. »Sämtliche Gemälde wurden vor einiger Zeit in das Haus ihres Besitzers zurücktransferiert. Ich würde gerne eine private Besichtigung für Sie organisieren, Madam. Die Kuratorin der Sammlung hat früher einmal hier gearbeitet, und ich bin mir sicher, dass sie Sie gerne kennenlernen würde.«

»Ich fürchte, unser Rückflug nach London geht noch heute Abend«, sagte Charlie.

»Wie schade. Dann vielleicht das nächste Mal«, sagte Rosenthal und reichte ihr seine Karte. »Ich hoffe, wir sehen uns wieder.«

»Wie merkwürdig«, sagte Charlie, als sie wieder auf der Lexington Avenue standen. »Er hat dich offensichtlich mit jemandem verwechselt.«

»Und zwar mit jemandem, der sich einen Rothko leisten kann.«

»Komm, wir sollten dann besser mal los, wenn wir es noch bis fünf zum JFK schaffen wollen«, sagte Charlie. Sie warf einen letzten Blick auf das Gemälde im Fenster. »Kannst du dir vorstellen, wie es ist, einen Rothko zu besitzen?«

»Ich weiß, ich weiß«, sagte Sascha. »Wenn Gott gewollt hätte, dass wir fliegen, hätte er uns Flügel gegeben.«

»Mach dich ja nicht über mich lustig«, sagte Charlie. »Dieses Flugzeug fliegt viel zu schnell.«

»Es wurde ausdrücklich dafür gebaut, mit einer solchen Geschwindigkeit zu fliegen. Also solltest du dich einfach zurücklehnen und den Champagner genießen.«

»Aber das ganze Flugzeug vibriert, spürst du das nicht?«

»Das wird aufhören, wenn wir die Schallmauer durchbrochen haben. Danach fühlt es sich so an wie in jedem anderen Flugzeug, nur dass wir mit über eintausend Meilen pro Stunde reisen.«

»Das will ich mir gar nicht erst vorstellen«, sagte Charlie und schloss die Augen.

»Schlaf bloß nicht ein.«

»Warum nicht?«

»Weil dies das erste und letzte Mal sein wird, dass wir mit der Concorde fliegen.«

»Es sei denn, du wirst Premierminister.«

»Dazu wird es nicht kommen, aber …«

Charlie nahm seine Hand. »Vielen Dank für den wunderbarsten Urlaub, den ich je hatte, Liebling. Doch ich muss gestehen, ich kann es gar nicht erwarten, wieder zu Hause zu sein.«

»Ich auch«, gab Sascha zu. »Hast du heute Morgen den Leitartikel in der *New York Times* gelesen? Anscheinend glauben die Amerikaner so langsam, dass wir die nächste Wahl gewinnen werden.« Sascha wandte sich Charlie zu und sah, dass sie eingeschlafen war. Er hätte sich gewünscht, er könne das auch. Er drehte sich um und sah in Richtung Gang, wo er jemanden entdeckte, den er sofort erkannte. Er hätte sich gerne vorgestellt, aber er wollte den Mann nicht stören. Dann wandte dieser sich ebenfalls um und sah zu Sascha hinüber.

»Na, das ist mal ein Zufall«, sagte David Frost. »Erst heute Morgen habe ich noch zu meinem Produzenten gesagt, wir sollten Sie so schnell wie möglich ins Frühstücksfernsehen bekommen. Ich interessiere mich besonders für Ihre Ansichten zu Russland und der Frage, wie lange sich Jelzin Ihrer Meinung nach wohl noch halten wird.«

Zum ersten Mal war Sascha davon überzeugt, dass es vielleicht wirklich nur noch eine Frage der Zeit war, bis er Minister würde.

Sascha genoss den Parteitag in Blackpool wie seit Jahren nicht mehr. Es gab keine endlose Folge von Reden mehr, in denen Reformen gefordert wurden, welche die Regierung auf den Weg zu bringen hätte. Denn diesmal waren die Minister des Schattenkabinetts damit beschäftigt, sich die Chancen auszurechnen, die sie haben würden, sobald die Tories den Mumm hätten, den Wahltermin festzulegen.

Jedes Mal, wenn er sein Hotel verließ und zum Konferenzzentrum schlenderte, winkten ihm Passanten zu und riefen: »Viel Glück, Sascha!« Mehrere Journalisten, die früher keine Zeit für einen Drink in Annie's Bar gehabt hatten, luden ihn jetzt zum Lunch oder Dinner ein; nicht immer fand er dafür eine Lücke in seinem Terminplan. Die Botschaft in der Abschlussrede des Labour-Parteiführers hätte nicht deutlicher ausfallen können: Stellen Sie sich auf eine Regierung unter New Labour ein. Wie jeder im überfüllten Saal konnte auch Sascha gar nicht erwarten, dass John Major das Parlament auflösen und um Neuwahlen ersuchen würde.

Sascha fühlte sich schuldig, weil er die Gräfin schon seit einiger Zeit nicht mehr besucht hatte. Seine Mutter ging einmal in der Woche zum Tee zu ihr, und die beiden waren mit den Jahren gute Freundinnen geworden. Elena erinnerte Sascha immer wieder daran, dass es schließlich das Fabergé-Ei der Gräfin gewesen war, das eine dramatische Wendung zum Besseren in ihrer aller Leben gebracht hatte. Doch inzwischen war es bereits Monate her, dass die alte Dame an einem Treffen der Eigentümer und Geschäftsführer des Elena's teilgenommen hatte, obwohl ihr immer noch fünfzig Prozent des Unternehmens gehörten.

Als Sascha an die Tür ihrer Wohnung in Lowndes Square klopfte, war es wie immer die treue, alte Bedienstete, die ihm öffnete, doch diesmal führte sie ihn in das Schlafzimmer ihrer Herrin, was zuvor noch nie geschehen war. Schockiert musste Sascha feststellen, wie sehr die Gräfin seit ihrer letzten Begegnung gealtert war. Ihr dünnes weißes Haar und die tiefen Falten in ihrem Gesicht erschienen ihm wie Vorboten des Todes. Sie schenkte ihm ein schwaches Lächeln.

»Kommen Sie, Sascha, setzen Sie sich neben mich«, sagte sie und klopfte auf die Bettkante. »Es gibt da etwas, das ich mit Ihnen besprechen muss. Ich kann mir vorstellen, wie beschäftigt Sie sind, weshalb ich versuchen werde, nicht allzu viel von Ihrer Zeit zu beanspruchen.«

»Ich bin nicht in Eile«, sagte Sascha, als er sich neben sie setzte. »Also besteht kein Grund zur Eile. Es tut mir nur leid, dass wir uns so lange nicht mehr gesehen haben.«

»Das macht nichts. Ihre Mutter hält mich über alle Ihre Unternehmungen auf dem Laufenden. Das Unternehmen macht ordentlich Gewinn, und ich hoffe nur, dass ich noch miterleben werde, wie man Sie zum Minister der Krone ernennt.«

»Natürlich werden Sie das.«

»Mein lieber Sascha, ich habe ein Alter erreicht, in dem der Tod einem bereits sehr nahe rückt, was auch der Grund ist, warum ich Sie sprechen wollte. Sie und ich haben so viele Dinge gemeinsam, nicht zuletzt die Liebe zum Land unserer Geburt. Wir stehen tief in der Schuld der Briten, die uns so zivilisiert und tolerant aufgenommen haben, doch es ist noch immer russisches Blut, das durch unsere Adern fließt. Wenn ich sterbe …«

»Was hoffentlich noch lange Zeit nicht der Fall sein wird«, warf Sascha ein und nahm ihre Hand.

»... dann ist mein einziger Wunsch«, sagte sie, indem sie seine Bemerkung ignorierte, »neben meinem Vater und meinem Großvater in der Kirche des Heiligen Nikolai in Sankt Petersburg begraben zu werden.«

»Ihr Wunsch wird erfüllt werden. Bitte denken Sie nicht mehr daran.«

»Das ist sehr freundlich von Ihnen. Ich werde Ihnen ewig dankbar sein. Doch nun, um unserem Gespräch eine etwas leichtere Note zu geben, mein guter Junge, möchte ich Ihnen etwas aus unserer Geschichte erzählen, das Sie vielleicht amüsieren wird. Als ich noch ein kleines Mädchen war, hat mich Zar Nikolaus II. in meinem Kinderzimmer besucht, wo er, genau wie jetzt Sie, auf meinem Bett saß.« Sascha lächelte. Noch immer hielt er ihre Hand. »Ich vermute, ich bin der einzige Mensch in der Geschichte unseres Landes, auf dessen Bett sowohl ein Zar als auch ein zukünftiger Präsident von Russland gesessen sind.«

42

Sascha

Westminster: 1997

John Major wartete bis zum letzten Augenblick, bevor er am letzten Tag des fünften Parlamentsjahres Neuwahlen ausschrieb. Doch zu diesem Zeitpunkt diskutierte niemand mehr darüber, ob Labour die Wahl gewinnen würde, sondern nur noch, wie hoch die Mehrheit ausfiele.

Da Saschas Sitz in Merrifield nicht mehr als bedroht galt, wurde er darum gebeten, in verschiedenen Bezirken im ganzen Land Reden zu halten, deren Wähler zuvor nur selten jemanden gesehen hatten, der eine rote Rosette auf der Brust trug. Sogar Fiona Hunter, die im Nachbarbezirk bisher über eine satte Mehrheit von 11 328 Stimmen verfügt hatte, machte Wahlkampf von Tür zu Tür und trat bei zahlreichen Veranstaltungen ihrer Partei auf, als ginge es darum, einen für das Königreich entscheidenden Sitz zu verteidigen.

Sascha verbrachte die letzte Woche des Wahlkampfs bei Freunden und Anhängern in Merrifield, wo er auch das abschließende Urteil der Wähler erwartete. Am Freitag, den

2. Mai, erklärte der Wahlleiter für den Bezirk Merrifield, dass es Mr. Sascha Karpenko gelungen sei, seinen Sitz mit einer Mehrheit von 9741 Stimmen zu behaupten. Alf erinnerte ihn an die Tage, in denen Saschas Vorsprung im zweistelligen Bereich gelegen hatte – und auch das nur nach dreimaliger Auszählung.

An jenem Morgen las er auf jeder Titelseite der überregionalen Zeitungen dasselbe Wort: »ERDRUTSCHSIEG.«

Als die Entscheidung über den letzten Sitz in Nordirland gefallen war, hatte die Labour-Partei landesweit eine Mehrheit von 179 Sitzen errungen. Sascha war enttäuscht, dass Ben Goldsmith in seinem Wahlbezirk verloren hatte, doch er musste, wenn auch nur im Stillen, zugeben, wie sehr es ihm gefiel, dass Fiona sich mit ein paar Tausend Stimmen Vorsprung behauptet hatte. Er würde Ben später am Tag anrufen und ihm sein Mitgefühl aussprechen.

Er schaltete den Fernseher ein, während Charlie ein paar Eier kochte.

»Kein Fernsehen, bevor du deine Hausaufgaben gemacht hast«, wies Natascha ihn zurecht und drohte ihm mit dem Finger.

»Genau das sind meine Hausaufgaben, junge Dame«, sagte ihr Vater, während sie zusahen, wie ein schwarzer Jaguar langsam die Mall entlang in Richtung Buckingham Palace fuhr. Nur ein Passagier saß darin, und der hatte einen Termin bei der Monarchin. Jeder wusste, dass Ihre Majestät Mr. Blair fragen würde, ob er sich in der Lage sehe, eine Regierung zu bilden, und er ihr seinerseits versichern würde, dass dies der Fall sei.

Als der Wagen etwa vierzig Minuten später wieder zwischen den Palasttoren auftauchte, fuhr er direkt in Richtung Downing Street Nummer 10, wo der erwähnte Passagier für die nächsten fünf Jahre Quartier beziehen und die Titel Premierminister und Erster Lord des Schatzamts tragen würde.

»Und was passiert jetzt?«, fragte Charlie.

»Wie so viele meiner Kollegen werde ich neben dem Telefon sitzen und hoffen, dass mich der neue PM anruft.«

»Und wenn er nicht anruft?«, fragte Natascha.

»Dann werde ich während der nächsten fünf Jahre meine Zeit auf einer der hinteren Bänke verbringen.«

»Ich glaube nicht, dass das geschehen wird«, sagte Charlie. »Und währenddessen müssen einige von uns zur Arbeit. Ruf mich sofort an, sobald du irgendetwas hörst. Und vergiss nicht, dass du es bist, der Natascha heute zur Schule bringt«, fügte sie hinzu, bevor sie aufbrach, um noch die U-Bahn zur Victoria Station zu erwischen.

Sascha köpfte sein Ei und sah, dass es bereits hart geworden war. Als Natascha das Zimmer verließ, um ihre Schultasche zu holen, versuchte er, die Morgenzeitungen zu lesen. Aber das alles war Geschichte. Viel lieber hätte er schon jetzt die Zeitung des nächsten Tages gelesen, um zu sehen, ob man ihm ein Amt angeboten hatte.

Natascha schob ihren Kopf hinter der Tür hervor. »Komm schon, Dad, wir müssen los. Ich kann mir nicht erlauben, zu spät zu kommen.«

Sascha ließ sein nur zur Hälfte aufgegessenes Ei liegen, nahm die Schlüssel vom Sideboard in der Diele und folgte seiner Tochter rasch hinaus auf die Straße.

»Habe ich dir schon gesagt, dass ich dieses Jahr in unserer Schulaufführung die Portia spielen werde?«, fragte Natascha und legte den Sicherheitsgurt an.

»Welche Portia?«, fragte Sascha und fuhr los.

»*Julius Caesar.*«

»Ihr seid ein echtes, ehrenwertes Weib, so teuer mir als wie die Purpurtropfen, die um mein ratlos' Herz sich drängen.«

Natascha hielt kurz inne, bevor sie die nächste Zeile sprach:

»Wenn dem so wär', so wüsst ich dies Geheimnis. Ich bin ein Weib, gesteh' ich, aber doch ein Weib, das Brutus zur Gemahlin nahm.«

»Nicht schlecht«, sagte Sascha.

»Wir suchen noch immer einen Brutus, Papa. Nur für den Fall, dass du nichts Besseres zu tun hast«, erwiderte Natascha, als sie vor dem Schultor vorfuhren.

»Kein schlechtes Angebot. Ich werde dir heute Abend mitteilen, ob ich ein noch besseres bekommen habe.«

»Übrigens«, sagte Natascha, als sie aus dem Auto stieg, »bei einem Wort hast du einen Fehler gemacht.«

»Bei welchem Wort?«

»Hast du mir nicht immer gesagt: ›Sei nicht faul, Kind, schlag's nach!‹? Schönen Tag noch, Papa, und viel Glück!«

Sascha ließ das Telefon dreimal klingeln, bevor er abnahm.

»Hallo, Sascha, hier ist Ben. Ich wollte nur anrufen, um dir zu gratulieren.«

»Es tut mir wirklich leid, dass du deinen Sitz verloren hast, alter Freund. Aber ich bin sicher, dass du es schaffen wirst, noch einmal zurückzukommen.«

»Das glaube ich nicht. Ich habe so das Gefühl, dass deine Partei für eine ziemlich lange Zeit auf der Regierungsbank sitzen wird.«

»Vielleicht schicken sie dich ja ins Oberhaus?«

»Dazu bin ich zu jung. Und ganz abgesehen von meinem Alter wartet sicher schon eine lange Schlange vor mir.«

»Wir sollten trotzdem in Verbindung bleiben«, sagte Sascha, obwohl er wusste, dass das in Zukunft nicht mehr so einfach sein würde.

»Dann werde ich jetzt die Leitung frei machen«, erwiderte Ben. »Ich weiß, dass du sicher schon auf einen Anruf aus Downing Street wartest. Viel Glück.«

Sascha hatte noch nicht einmal Gelegenheit, sich in seinem Stuhl zurückzulehnen, als das Telefon erneut klingelte. Noch vor dem zweiten Läuten nahm er ab.

»Hier ist Nummer zehn«, sagte eine Dame aus der Telefonzentrale des Regierungssitzes. »Der Premierminister lässt anfragen, ob Sie ihn heute um zwanzig nach drei aufsuchen könnten.«

Ich werde in meinem Terminkalender nachsehen, ob es passt, hätte Sascha am liebsten geantwortet, doch stattdessen antwortete er nur: »Gewiss.«

Während der nächsten Stunde tat er so, als sehe er sich im Fernsehen die Nachrichten an, lese Zeitung und bereite sich sogar einen Lunch zu. Er nahm die Anrufe mehrerer Kollegen entgegen, die der Premierminister bereits zu sich gebeten hatte oder die immer noch unruhig auf einen Anruf warteten; und er telefonierte mit vielen anderen Menschen, darunter auch Alf Rycroft, die ihm Glück wünschten. Dazwischen stellte er der Katze ihr Futter hin, die allerdings tief und fest schlief, und er las den zweiten Akt von *Julius Caesar*, wo er auf das Wort stieß, das er falsch zitiert hatte.

Kurz nach halb drei fuhr er zum Unterhaus, wo er sein Auto auf dem Abgeordnetenparkplatz abstellte. Der Polizist am Tor grüßte ihn, kaum dass er ihn bemerkt hatte. Wusste der Mann etwas, das Sascha nicht wusste? Wenige Minuten nach drei verließ er den Palace of Westminster und ging langsam über den Parliament Square in Richtung

Whitehall, wobei er am Außenministerium vorbeikam. Erwarteten ihn die dortigen Beamten bereits? Der diensthabende Polizist in der Downing Street musste nicht erst einen Blick auf sein Klemmbrett werfen.

»Guten Tag, Mr. Karpenko«, sagte er und öffnete das Tor, damit Sascha den Bereich vor dem Regierungsgebäude betreten konnte.

»Guten Tag«, erwiderte Sascha, als er den Weg zu seiner metaphorischen Richtstätte antrat, wo er sein Schicksal erfahren würde.

Überrascht sah er, dass sich die Tür des Gebäudes mit der Nummer 10 bereits öffnete, als er noch einige Schritte entfernt war. Zum ersten Mal betrat er den Regierungssitz. Dort erwartete ihn bereits eine junge Frau.

»Guten Tag, Mr. Karpenko. Wenn Sie mir bitte folgen wollen.« Sie führte ihn an den Porträts früherer Premierminister vorbei und eine Treppe hinauf. Auch das Bild John Majors hing schon an seinem Platz.

Als sie das erste Obergeschoss erreicht hatten, blieb sie vor einer Tür stehen, klopfte leise an, öffnete sie und machte einen Schritt zur Seite. Sascha betrat das Zimmer und sah, dass der Premierminister einem leeren Stuhl gegenübersaß, der so wirkte, als hätten darauf schon mehrere Leute Platz genommen. Ein Sekretär saß mit erhobenem Stift hinter dem neuen Regierungschef.

»Ich bin sicher, dass das keine große Überraschung für Sie ist«, sagte der Premierminister, nachdem Sascha sich gesetzt hatte. »Ich möchte, dass Sie als Staatssekretär zu Robin ins Außenministerium kommen. Ich hoffe, Sie sehen sich in der Lage, diesen Posten zu akzeptieren.«

»Es wäre mir eine Ehre«, sagte Sascha. »Ich freue mich, in Ihrer ersten Regierung mitarbeiten zu dürfen.«

»Darüber hinaus möchte ich Sie bitten, mich stets auf dem Laufenden zu halten über das, was in Russland vor sich geht«, sagte der Premierminister. »Besonders, wenn sich Ihre persönliche Situation ändern sollte.«

»Meine persönliche Situation, Prime Minister?«

»Unser Botschafter in Moskau hat mich darüber informiert, dass Sie mit einer noch größeren Mehrheit als ich gewinnen würden, sollten Sie sich entschließen, nach Russland zurückzukehren und bei der nächsten Wahl gegen Jelzin anzutreten. In einem solchen Fall wäre es dann *ich*, der sich um einen Termin bei *Ihnen* bemühen müsste.«

»Aber Jelzin wird sich erst in drei Jahren zur Wiederwahl stellen.«

»Gewiss, aber die Umfragen zeigen, dass sich die Zustimmungsrate zu seiner Politik zurzeit im einstelligen Bereich bewegt und immer noch weiter fällt.«

»Umfragen sind bedeutungslos, Prime Minister. Worauf es in Russland wirklich ankommt, ist die Frage, wie viele Stimmzettel tatsächlich in der Wahlurne landen, wer sie dort eingeworfen hat und, wichtiger noch, wer sie auszählt.«

»So viel zu Glasnost«, sagte Blair. »Trotzdem habe ich den Eindruck, dass Ihre Zeit schon bald kommen könnte, Sascha, also halten Sie mich, wie gesagt, bitte stets auf dem Laufenden. Und bis dahin viel Glück bei Ihrer neuen Aufgabe.«

Der Sekretär beugte sich nach vorn und flüsterte dem Premierminister etwas ins Ohr. Man musste Sascha nicht ausdrücklich darauf hinweisen, dass das Gespräch zu Ende war, und er wollte gerade gehen, als Blair hinzufügte: »Ihr Name steht auch auf der Liste derjenigen Staatssekretäre, die dem Privy Council angehören und der Regierung beratend zur Seite stehen sollen.«

»Vielen Dank, Prime Minister«, sagte Sascha und stand auf. Die beiden Männer gaben sich die Hand.

Als Sascha das Büro des Premierministers verließ, sah er, dass die junge Frau noch immer im Flur auf ihn wartete. »Wenn Sie mit mir kommen wollen, *Minister*, draußen finden Sie einen Wagen, der Sie ins Außenministerium bringen wird.«

Denis Healy hatte Sascha schon vor langer Zeit gesagt, dass man niemals denjenigen Menschen vergisst, der einen zum ersten Mal *Minister* nennt. Dass man aber bereits nach einer Woche glaubt, es sei der neue Vorname, den man in Zukunft für immer tragen würde.

Als Sascha das Gebäude mit der Nummer 10 verließ, begegnete er Chris Smith, der gerade den Regierungssitz betreten wollte, und er fragte sich, welchen Posten man Smith wohl anbieten würde. Er trat auf den Bürgersteig, wo sich ihm ein stämmiger Mann vorstellte, der aussah, als spiele er bei sich zu Hause in der vordersten Linie seiner Rugbymannschaft. »Guten Tag, *Minister*, mein Name ist Arthur. Ich bin Ihr Fahrer«, sagte er und öffnete ihm die hintere Tür eines wartenden Fahrzeugs.

»Ich würde gerne vorne sitzen«, sagte Sascha.

»Ich fürchte, das geht nicht, Sir. Aus Sicherheitsgründen.«

Sascha nahm auf der Rückbank Platz. Er musste sich unweigerlich fragen, warum er überhaupt einen Wagen brauchte, denn das Außenministerium lag nur wenige Hundert Meter entfernt. Er konnte geradezu hören, wie Arthur ihm erklärte: »Aus Sicherheitsgründen.«

»Kann ich einen Anruf erledigen?«

»Das Telefon befindet sich in der Armlehne, Sir. Nehmen Sie einfach ab, und Sie sind sofort in der Telefonzentrale des Außenministeriums. Sagen Sie denen, wen Sie sprechen wollen, und die verbinden Sie sofort.«

»Ich vermute, ich sollte ihnen erst die Nummer geben.«

»Das wird nicht nötig sein, Sir.«

Sascha klappte die Abdeckung der Armlehne hoch und hob den Hörer ab. »Guten Tag, *Minister*«, meldete sich eine Stimme. »Wie kann ich Ihnen helfen?«

»Ich würde gerne meine Frau sprechen.«

»Gewiss, Sir. Ich stelle Sie durch.«

Fiona hatte ihm einmal anvertraut, dass es einige Zeit dauert, bis man sich an den neuen Lebensstil gewöhnt, wenn man aus der Opposition in die Regierung wechselt.

»Hallo?«, sagte eine Stimme am anderen Ende der Leitung.

»Guten Tag. Hier ist der *Right Honourable* Sascha Karpenko, *Her Majesty's Minister of State at the Foreign and Commonwealth Office.*«

Er rechnete damit, dass Charlie in Gelächter ausbrechen würde, doch die Stimme sagte: »Es tut mir leid, *Minister*, aber Ihre Frau ist gerade nicht an ihrem Platz. Ich werde ihr ausrichten, dass Sie angerufen haben.«

»Ich muss mich entschuldigen«, begann Sascha, doch die Leitung war bereits tot.

»Ich habe gerade meinen ersten Fauxpas begangen, Arthur.«

»Ich bin sicher, dass es nicht Ihr letzter bleiben wird. Aber ich muss zugeben, Sie sind der erste Staatssekretär, dem das gelungen ist, bevor er überhaupt das Außenministerium erreicht hat.«

43

Alex

Boston und Davos: 1999

Die Vorstandssitzung war ohne Probleme über die Bühne gegangen, bis Jake Coleman den letzten Punkt der Tagesordnung – »Sonstiges« – ansprach.

»Evelyn will *was*?«, fragte der Vorsitzende und starrte seinen geschäftsführenden Direktor ungläubig an.

»Ihren fünfzigprozentigen Anteil an der Bank verkaufen. Sie bietet uns das Vorkaufsrecht an.«

»Wie viel würden ihre Aktien auf dem freien Markt bringen?«, fragte Bob Underwood.

»Vierhundert bis fünfhundert Millionen.«

»Und wie viel verlangt sie von uns?«, fragte Mitch Blake.

»Eine Milliarde.«

Die Männer, denen es gelang, stundenlang zu pokern, ohne auch nur eine Miene zu verziehen, schnappten fassungslos nach Luft.

»Sie ist sich anscheinend bewusst, dass sie uns allen eine Pistole an den Kopf halten kann, solange sie ihre fünfzig Prozent besitzt.«

»Dann kann sie genauso gut abdrücken«, sagte Alex, »denn eine solche Summe steht uns nicht zur Verfügung.«

»Wie George Soros einmal sagte: ›Wenn man einundfünfzig Prozent eines Unternehmens besitzt, ist man dessen Herr; wenn man neunundvierzig oder weniger besitzt, ist man dessen Diener.‹«

»Hat irgendjemand eine Idee?«, fragte Alex und sah sich am Tisch im Vorstandssaal um.

»Man könnte sie umbringen«, sagte Bob Underwood.

»Das würde das Problem nicht lösen«, sagte Jake in sachlichem Ton, »denn ihr Mann, Todd Halliday, würde ihren Besitz erben, und dann müssten wir uns mit ihm herumschlagen.«

»Wir könnten es darauf ankommen lassen«, sagte Underwood. »Sie dürfte schon bald herausfinden, dass niemand bereit ist, ihr eine solch aberwitzige Summe zu bezahlen.«

»Da wäre ich mir gar nicht so sicher«, sagte Jake. »Die Bank of Boston würde sich nur zu gerne unser russisches Portfolio sichern, das mehr abwirft als alles Vergleichbare unserer Konkurrenten, und deshalb, so vermute ich, wären sie bereit, weit mehr als den geforderten Preis zu bezahlen.«

»Warum ignorieren wir diese verdammte Frau nicht einfach?«, sagte Blake. »Vielleicht verschwindet sie ja von selbst.«

»Mit einer solchen Reaktion hat sie selbst schon gerechnet«, sagte Jake, »weshalb sie sich dazu entschlossen hat, ihre Panzer in unserem Vorgarten zu parken.«

»Und was will sie als Munition verwenden?«, fragte Alex.

»Die Statuten der Bank.«

»Welche genau?«, fragte Andy Harbottle, der sicher war, jede einzelne davon auswendig zu kennen.

»Nummer 92.«

Der übrige Vorstand wartete, bis Harbottle die entsprechende Seite in einem abgenutzten Lederband aufgeschlagen hatte. Als er das relevante Statut gefunden hatte, las er es den anderen vor. »Wenn einer oder mehrere Anteilseigner über fünfzig oder mehr Prozent der Unternehmensaktien verfügen, können sie bei jeglicher Entscheidung des Vorstands einen Aufschub von bis zu sechs Monaten bewirken.«

»Sie hat elf Entscheidungen aufgelistet, welche wir im letzten Jahr getroffen haben und die sie infrage zu stellen gedenkt«, sagte Jake. »Das würde die Bank in einen sechsmonatigen Stillstand stürzen, und Evelyn sagt, wenn wir nicht zahlen, wird sie nächsten Monat zur Vorstandssitzung kommen und ihre Drohung persönlich wahr machen.«

»Wer hat sie wohl auf diese Idee gebracht?«, sagte Underwood.

»Ich würde auf Ackroyd tippen«, sagte Jake. »Aber da er inzwischen vorbestraft ist, kann er es nicht wagen, seinen Kopf aus der Deckung zu schieben. Deshalb werden wir uns mit Evelyn persönlich auseinandersetzen müssen.«

»Aber sollten wir ihr«, sagte Underwood, »angesichts ihres früheren Verhaltens gegenüber Ackroyd nicht einfach vierhundert Millionen anbieten und abwarten, wie sie reagiert?«

»Das könnten wir versuchen«, sagte Jake. »Wie weit dürfte ich dabei gehen, Chairman?«

»Sechshundert, und selbst das ist eine horrende Summe«, sagte Alex.

»Ich glaube, wir als Vorstand sollten davon ausgehen, dass sie ihre Drohung wahr machen wird«, sagte Jake. »In einem solchen Fall dürfte Ackroyd ihr dann raten, die Aktien für siebenhundert Millionen der Bank of Boston anzubieten.«

»Sie sollte am nächsten Galgen aufgehängt werden, genau wie viele ihrer englischen Vorfahren«, sagte Underwood.

»Ich sollte gehängt werden«, sagte Alex. »Vergessen wir nicht, dass sie mir einst ihre fünfzig Prozent für eine Million Dollar angeboten hat, und ich habe abgelehnt.«

»Strecken und vierteilen«, sagte Underwood.

»Noch nicht«, sagte Jake. »Wir haben immer noch ein Ass im Ärmel.«

»Herzlichen Glückwunsch«, sagte Anna. »Es ist immer etwas Besonderes, wenn man endlich von Leuten anerkannt wird, mit denen man sich eigentlich schon längst auf Augenhöhe bewegt.«

»Vielen Dank«, sagte Alex, »besonders da dieses Jahr Leute nach Davos kommen, die in der Finanzwelt wirklich wichtig sind.«

»Was sagen sie, worüber sollst du sprechen?«

»Über Russlands Rolle in der neuen Weltordnung. Das einzige Problem ist, dass der Zeitpunkt für die Bank nicht ungünstiger hätte kommen können.«

»Macht Evelyn wieder Schwierigkeiten?«

»Sie droht, die Vorstandssitzung zu torpedieren, wenn wir nicht auf ihre Forderungen eingehen.«

»Vielleicht sollten wir auf unser Wochenende in London verzichten und direkt nach Davos fliegen.«

»Nein, wir beide brauchen eine Pause, und du freust dich schon seit Monaten darauf.«

»Seit Jahren«, sagte Anna. »Seit Mr. Rosenthal mir gesagt hat, dass man die Werke von Turner in der Tate gesehen haben muss, wenn man die Bedeutung englischer Aquarelle wirklich verstehen will.«

Nachdem er Bostons exklusivstem Perückenmacher einen diskreten Besuch abgestattet hatte, buchte er einen Flug nach Nizza, den er bar bezahlte. Das Reisebüro besorgte ihm darüber hinaus für unbefristete Zeit eine Suite im Hotel de Paris, denn er wusste noch nicht, wie lange es dauern würde, seinen Plan in die Tat umzusetzen.

Von seiner ursprünglichen Ausbildung her war er Rechnungsprüfer und von Details geradezu besessen. Sein Held General Eisenhower hatte in seinen Memoiren geschrieben, dass, waren alle sonstigen Bedingungen für beide Seiten gleich, Planung und Vorbereitung über den Sieg in einer Schlacht entschieden. Als er das Flugzeug nach Nizza bestieg, war er mehr als bereit, *ihr* auf jedem Schlachtfeld gegenüberzutreten, das sie wählen mochte.

Miss Robbins hatte Zimmer für sie im Connaught besorgt, Lawrence' Lieblingshotel in London. Da sie vor ihrem Weiterflug nach Davos nur ein langes Wochenende für sich hatten, wollten sie in jeder Minute ihres Aufenthalts etwas unternehmen.

Die National Gallery, die Wallace Collection und die Royal Academy waren ein Muss, und keines der Häuser enttäuschte sie. Nach Henry Goodmans eindringlicher Shylock-Darstellung hätten sie ihren Aufenthalt am liebsten verlängert, um sich auch noch alle anderen aktuellen Aufführungen des National Theatre anzusehen. Und wie sollte man sich nur entscheiden zwischen dem Natural History Museum, dem Victoria and Albert und dem Science Museum, es sei denn, man wollte im Laufschritt durch alle drei stürmen?

Anna hob sich die Turner Collection in der Tate für den letzten Vormittag auf, und noch bevor die Galerie ihre Tore öffnete, warteten die beiden vor dem Eingang. *Ein Blick auf den erzbischöflichen Palast*, ein Bild, das der Künstler mit nur fünfzehn Jahren gemalt hatte, konnte niemanden über sein Genie im Zweifel lassen. Doch nachdem Anna *Der Schiffbruch* und *Venedig* gesehen hatte, hätte sie am liebsten zu Alex gesagt: »Warum fliegst du nicht einfach ohne mich nach Davos?«

Sie drehte sich um und sah, wie er mit einer Frau sprach, die, nach dem Anstecker auf dem Revers ihrer Jacke zu urteilen, für die Tate arbeitete. Schon lange hatte Anna jemandem Fragen bezüglich Turners angespanntem Verhältnis zu Constable stellen wollen, seinem großen Zeitgenossen und Rivalen, und so ging sie zu den beiden hinüber.

»Bitte entschuldigen Sie«, sagte die Frau gerade. »Ich dachte für einen Augenblick, Sie seien mein … wie dumm von mir.« Sie eilte mit verlegener Miene davon.

»Was war das denn?«, fragte Anna.

»Ich bin nicht sicher, aber ich glaube, sie hat mich verwechselt.«

»Führst du etwa ein Doppelleben, Liebling?«, neckte sie ihn. »Denn sie ist genau dein Typ. Dunkles Haar, dunkle Augen, und sie sah hochintelligent aus.«

»So jemanden habe ich schon vor langer Zeit gefunden«, sagte Alex, indem er den Arm um seine Frau legte. »Und ehrlich gesagt, eine solche Dame genügt mir.«

»Spüre ich bei dir da gerade eine gewisse Nervosität wegen deiner Rede?«

»Da könntest du recht haben.«

»Dann sollten wir vielleicht zurück ins Hotel gehen und sie noch einmal durchsehen.«

Keiner von ihnen bemerkte, dass die leitende Konservatorin sie vom Fenster in ihrem Büro aus beobachtete, während sie den Ausgang in Richtung Millbank nahmen und ein schwarzes Taxi riefen. Wären da nicht der Anzug von Brooks Brothers und der amerikanische Akzent gewesen, Charlie hätte geschworen … und dann fiel es ihr ein. Konnte das vielleicht die Frau sein, die in der Rosenthal Gallery gearbeitet hatte und jetzt Kuratorin der Lowell Collection war?

Als er sich auf seinen Platz in der ersten Klasse setzte, stellte er erleichtert fest, dass er keinen der anderen Passagiere kannte. Er nutzte den langen Flug über den Atlantik, um seine Strategie wieder und wieder durchzugehen, obwohl er wusste, dass er überrascht wirken musste, wenn sie sich das erste Mal begegneten. Und wie jeder erfahrene Redner übte er auch mögliche Improvisationen ein.

Dann wandte er sich ihrem persönlichen Dossier zu. Inzwischen, so kam es ihm vor, wusste er bereits mehr über sie als ihre engsten Freunde. Als das Flugzeug landete, fragte er sich, was schiefgehen konnte. Denn wie Eisenhower sagte: Es gab immer etwas, womit man nicht gerechnet hatte.

Nachdem er die Passkontrolle hinter sich gebracht hatte, holte er seine beiden großen Lederkoffer ab und nahm ein Taxi ins Hotel de Paris. Er checkte ein, und man führte ihn in seine Suite. Wie es zu seinem Plan gehörte, gab er dem Pagen ein besonders großes Trinkgeld. Man musste sich an ihn erinnern. Da er im Flugzeug nie schlafen konnte, ging er sogleich zu Bett und wachte erst um acht am folgenden Morgen wieder auf.

Er verbrachte den Tag damit, sich mit dem Hotel und dem Casino auf der anderen Seite des Platzes vertraut zu machen, obwohl er nicht spielte. Es war wichtig, dass er vor ihrer ersten Begegnung wie ein Stammgast wirkte. Und noch wichtiger waren die Abende, deren Verlauf bis fast auf die Minute genau durchgeplant sein musste.

Am Montagabend speiste er alleine im Hotelrestaurant und nahm sich Zeit, das Vertrauen von Jacques, dem Oberkellner, zu gewinnen, wobei ihm ein außerordentlich üppiges Trinkgeld gute Dienste leistete, das er Jacques zukommen ließ, bevor er wieder in seine Suite ging. Am Dienstag bestätigte Jacques, dass *sie* und ihr Ehemann jeden Freitag im Hotelrestaurant speisten, bevor die beiden den Platz überquerten und bis in die frühen Morgenstunden an den Spieltischen saßen.

Am Mittwoch gab Jacques ihm einen Platz am Tisch direkt neben dem, an dem das Paar immer saß, und er wählte eine Position, bei der er ihr den Rücken zuwandte. Am Donnerstag wusste Jacques genau, welche Rolle er zu spielen hatte. Bis dahin hatte Monsieur ihm schließlich viele großzügige finanzielle Anreize gegeben, und er konnte davon ausgehen, dass noch weitere folgen würden, sollte er seinen Auftritt gut hinter sich bringen.

Am Freitagabend saß er dreißig Minuten, bevor der Vorhang sich heben würde, an seinem Platz. Er gab seine Bestellung auf, sagte Jacques jedoch, er habe keine Eile.

Kurz nach acht betrat das Paar den Speisesaal, und Jacques warf nicht einmal einen Blick in die Richtung des großzügigen Monsieur, als er seine Gäste zu ihrem üblichen Tisch begleitete. Der großzügige Herr setzte seine Lektüre der internationalen Ausgabe des *Wall Street Journal* fort, als wolle er *ihr* unmissverständlich klarmachen, dass er alleine war.

Der zweite Akt begann, als das Geschirr des Hauptgangs abgetragen worden war. Zu diesem Zeitpunkt erschien Jacques erneut auf der Bühne, um seinen Cameo-Auftritt zu absolvieren. Er beugte sich vor und flüsterte der Dame, um die es ging, etwas ins Ohr.

»Haben Sie bemerkt, wer am Nebentisch sitzt, Madam?«

»Könnte ich nicht behaupten, sofern Sie den älteren Gentleman meinen, der mir den Rücken zudreht.«

»Das ist George Soros. Jedes Mal, wenn er bei uns ist, gibt er mir einen Tipp in Bezug auf meine Aktien, und bis er wiederkommt, sind sie meistens das Doppelte wert.«

»Dann ist er also ein Stammgast?«

»Einmal im Jahr besucht er uns für eine Woche. Es ist eine Möglichkeit für ihn, sich irgendwo zu entspannen, wo ihn niemand erkennt.«

»Ich nehme heute Abend kein Dessert, Jacques«, sagte sie. »Und mein Mann auch nicht.«

Todd schien enttäuscht, denn er liebte seine Schoko-Biskuitrolle, doch er kannte ihren Blick.

»Wie Sie wünschen, Madam«, sagte Jacques. Dann trat er an den nächsten Tisch und schenkte dem einsamen Gast Wasser nach – das Zeichen, dass seine Rolle beendet war und er von der Bühne abgehen würde. Wenige Augenblicke später stand Todd auf und verließ diskret den Speisesaal. Der Gast am Nebentisch schlug eine Seite seiner Zeitung um und las weiter. Evelyn stand auf und schob dabei ihren Stuhl so weit zurück, bis er gegen den Stuhl am Nebentisch stieß.

»Entschuldigen Sie«, sagte sie und drehte sich um.

»Kein Problem«, erwiderte er, stand auf und deutete eine Verbeugung an.

»Mein Gott, sind Sie der, für den ich Sie halte?«

»Das kommt darauf an, wer ich Ihrer Meinung nach bin«, sagte er und schenkte ihr ein warmherziges Lächeln.

»Mr. Soros?«

»Dann ist meine Tarnung aufgeflogen, Madam.«

»Evelyn Lowell«, sagte sie und erwiderte sein Lächeln.

Wieder deutete er eine Verbeugung an. »Ich hatte das Privileg, Ihren Vater zu kennen«, sagte er. »Ein feiner Mensch. Ich habe viel von ihm gelernt.«

»Ich wünschte mir, er wäre noch am Leben, dann könnte ich ihn bei einem Problem, das ich habe, um Rat bitten.«

»Vielleicht kann ich Ihnen ja eine Hilfe sein.«

»O nein, ich möchte mich niemandem aufdrängen ...«

»Teuerste Dame, es wäre mir eine Ehre, der Tochter von James Lowell einen Rat zu geben und so vielleicht ein wenig von der Freundlichkeit zurückzugeben, die er mir all die Jahre über erwiesen hat. Bitte, setzen Sie sich zu mir«, sagte er und zog einen Stuhl neben dem seinen zurück.

»Das ist sehr freundlich von Ihnen«, sagte Evelyn und nahm Platz.

»Jacques, ein Glas Champagner für die Dame. Ich selbst nehme das Übliche.« Der Oberkellner eilte davon. »Nun, wie kann ich Ihnen helfen, Ms. Lowell?«

»Evelyn, bitte.«

»George«, sagte er. Dann lehnte er sich zurück, genoss seinen Brandy und ließ sich von Evelyn, die zwischendurch zweimal an ihrem Champagner nippte, alles erzählen, was er schon wusste.

»Dieses Problem ist in Bankkreisen nicht ungewöhnlich«, sagte er, nachdem sie ihre Geschichte beendet hatte. »Besonders wenn konkurrierende Geschwister beteiligt sind. Es ist auch als das ›Fünfzig-fünfzig-Dilemma‹ bekannt.«

»Wie interessant«, sagte sie und hing an jedem seiner Worte.

»Aber es gibt natürlich eine einfache Lösung.«

»Und wie könnte die aussehen?«

»Zunächst, Evelyn, muss ich Sie fragen, ob Sie ein Geheimnis bewahren können.«

»Das kann ich ganz gewiss«, sagte sie und legte ihm eine Hand auf den Oberschenkel.

»Denn wir werden während der nächsten Tage eng zusammenarbeiten müssen, und ich möchte nicht, dass irgendwer – und zwar wer auch immer – weiß, aus welcher Quelle Sie die Informationen haben, die ich Ihnen zukommen lassen werde. Nicht einmal Ihr Gatte.«

»Dann wäre es vielleicht klüger, Ihr Zimmer aufzusuchen, damit niemand uns belauschen kann«, sagte sie und schob ihre Hand ein wenig höher.

So etwas hatte Bob zweifellos nicht erwartet. Aber wenn es denn sein musste …

Das letzte Mal war Alex bei seinem Einsatz in Vietnam so nervös gewesen. Und genau wie damals war das Warten am schlimmsten.

Anfangs war er besorgt gewesen, dass niemand sich seine Rede würde anhören wollen. Wenn Nelson Mandela, George Soros und Henry Kissinger ebenfalls auf der Speisekarte standen, dann musste man akzeptieren, dass man bestenfalls als das Dessert gelten konnte. Die Organisatoren hatten ihm jedoch versichert, dass »Russlands Rolle in der neuen Weltordnung« das Tagesgericht war und die meisten Delegierten es bestellt hatten.

Als ein Mitarbeiter des Veranstalters an die Tür des Rednerzimmers klopfte und ihm mitteilte, dass es an der Zeit war, sich hinter die Bühne zu begeben, hatte Alex nicht einmal den Mut, ihn zu fragen, wie viele Zuhörer erschienen waren. Erst als er die Ungewissheit nicht mehr ertragen konnte, spähte er durch einen Spalt im Vorhang und sah, dass die Organisatoren nicht übertrieben hatten. Der Saal war so gut besucht, dass einige Delegierte sogar zwischen den Stuhlreihen auf dem Boden saßen.

Klaus Schwab erhob sich, um ihn vorzustellen. Er eröffnete seine einleitenden Bemerkungen, indem er den Delegierten erklärte, dass Alex Karpenko seit etwa einem Jahrzehnt einer der führenden Investmentbanker in der aufstrebenden Russischen Republik war und während dieser Zeit Geschäfte abgeschlossen hatte, mit denen er seine vorsichtigeren Konkurrenten weit überflügelt hatte. Lowell's habe, so sagte er, dem Verhältnis von Risiko und Gewinnmöglichkeit eine neue Bedeutung gegeben, denn die Bank habe mindestens einen Abschluss getätigt, der ihr im ersten Jahr eintausend Prozent Gewinn einbrachte, woraufhin jeder einzelne Mitarbeiter des Unternehmens eine deutliche Lohnerhöhung erhalten hatte.

»In den Tagen des Goldrauschs«, sagte Schwab, »musste man in den fahrenden Zug nach Westen aufspringen. Heute ist Russland das Ziel, und man fliegt im Privatjet nach Osten.«

Alex nahm mit Erleichterung zur Kenntnis, dass Schwab nicht ebenfalls erwähnte, dass er bei einer Gelegenheit in einem Krankenwagen aus Sankt Petersburg geflohen war, nachdem er für einen Strichjungen und zwei Sanitäter außer Dienst seine Brieftasche geleert hatte.

Als er hinter dem Vorhang hervortrat und Schwabs Platz auf dem Podium einnahm, erklang freundlicher Applaus. Es war jene Art von Empfang, die zu besagen schien: Wir wollen erst die Rede abwarten, bevor wir unser Urteil abgeben.

Alex sah hinab auf die vielen Reihen erwartungsvoller Gesichter und ließ seine Zuhörer dann einen kurzen Augenblick warten, bevor er zu sprechen begann.

»Wenn ich zu Hause vor dem Lions Club, vor Studenten oder sogar vor Geschäftsleuten bei einer Konferenz eine Rede halte, gehe ich in der Regel davon aus, dass ich besser informiert bin als jeder andere im Saal. Die heutige Einladung jedoch habe ich akzeptiert, ohne dass mir bewusst war, dass jeder andere im Saal bei Weitem besser informiert ist als ich.«

Das Gelächter, das seinen Worten folgte, half ihm, sich ein wenig zu entspannen.

»Lowell's arbeitet inzwischen seit zehn Jahren mit Partnern in Russland zusammen, und Mr. Schwab war so freundlich, uns als einen der führenden Anbieter auf unserem Gebiet zu bezeichnen. Doch in Boston führt die Bank ihre Geschäfte seit über einhundert Jahren, und dort gelten wir immer noch als Emporkömmlinge. Aber wie auch immer, wenn es um das Investmentbanking in Russland geht, betrachtet man uns nach nur einem Jahrzehnt als Teil des Establishments. Wie ist so etwas möglich?

Es ist noch nicht einmal fünfzig Jahre her, dass Stalin über eines der größten Imperien der Welt herrschte. Als er 1953 starb, wurde er als Nationalheld betrauert, und überall im Land, sogar in den kleinsten Städten, wurden Statuen von ihm errichtet. Die Menschen nannten ihn ›Onkel Joe‹, und fast überall auf der Welt wurde sein Name in einem Atemzug mit denen Roosevelts und Churchills genannt. Aber heute hätte man große Mühe, irgendwo in der ehemaligen Sowjetunion eine Statue von Stalin zu finden, von seiner Heimatstadt abgesehen.

Auf Stalin folgte eine Reihe von Despoten, die niemals von ihrem Volk gewählt und über Jahre hinweg in seinem Schatten groß geworden waren: Chruschtschow, Breschnew, Andropow und Tschernenko. Sie alle klebten an der

Macht bis zum Tod oder zur Entfernung aus dem Amt. Und plötzlich, fast ohne jede Vorwarnung, änderte sich alles über Nacht, als Michail Gorbatschow auf der Bühne erschien und die Geburt von Glasnost verkündete. Ein scheinbar simpler Wandel, durch den Politik und Regierungshandeln sich öffneten und Informationen für viel mehr Menschen zugänglich gemacht wurden.

Ab März 1990, als Gorbatschow zum ersten frei gewählten Präsidenten der Sowjetunion wurde, begann sich das Land rapide zu verändern, und zum ersten Mal waren Unternehmer in der Lage, ihre Geschäfte ohne die Einschränkungen planwirtschaftlicher Vorgaben zu führen.

Doch diejenigen, die diese Veränderungen steuern sollten, gehörten derselben Gangsterbande an, die für das alte Regime verantwortlich gewesen war. Was würden Sie davon halten, wenn man dem Führer der Kommunistischen Partei Amerikas die Schlüssel zu Fort Knox übergeben würde? Dabei hatte die Sowjetunion zwar eines der besten Schul- und Universitätssysteme der Welt besessen – aber eben nur, wenn man Philosoph oder Dichter werden wollte, jedoch nicht, wenn man die Absicht hatte, Volkswirtschaft zu studieren. In jenen Tagen war es leichter, an der Universität Moskau jemanden zu finden, der einem Sanskrit beibrachte, als jemanden, der einem erklärte, wie man eine Tabellenkalkulation las.

Russland besitzt vierundzwanzig Prozent der weltweiten Gasreserven, sechs Prozent des Öls und mehr Nutzholz als jede andere Nation der Welt. Doch obwohl der gewöhnliche Arbeiter sich vielleicht nicht mehr als Genosse betrachtet, verdient er immer noch weniger als umgerechnet fünfzehn Dollar am Tag, und nur wenige Menschen bekommen ein Gehalt von mehr als fünfzigtausend Dollar im

Jahr. Das ist weniger als meine Sekretärin. Deshalb konnte der Übergang vom Kommunismus zum Kapitalismus nicht problemlos ablaufen.

Wir alle wissen, wie lange erste Eindrücke haften bleiben, weshalb es mich eigentlich nicht hätte überraschen dürfen, wie sehr ich wieder mit einigen Problemen Russlands konfrontiert wurde, kaum dass ich ein paar Stunden zurück in meinem Heimatland war. Während ich an einer Straßenecke stand und versuchte, ein Taxi zu bekommen, fiel mir unweigerlich auf, dass es zwar keinen Mangel an BMWs, Mercedes-Benz und Jaguars gab, aber fast keinen Ford Fiesta oder VW Polo. Die Diskrepanz zwischen Arm und Reich ist in Russland viel deutlicher ausgeprägt als in fast jedem anderen Land auf der Welt. Zwei Prozent der Russen besitzen achtundneunzig Prozent des staatlichen Vermögens. Wer kann da den einfachen Bürgern vorwerfen, dass sie den Kapitalismus ablehnen und sich nach dem zurücksehnen, was ihnen jetzt als die gute alte Zeit des Kommunismus erscheint? Wenn die Werte des Westens allgemeine Anerkennung finden sollen, dann braucht Russland jetzt vor allem eine Mittelklasse, deren Mitglieder durch Fleiß und harte Arbeit am atemberaubenden Reichtum ihres Landes und dessen natürlichen Ressourcen teilhaben können.

Das bedeutet nicht, dass es in Russland keine hervorragenden Möglichkeiten gibt, Geschäfte zu machen. Natürlich gibt es die. Doch wenn Sie die Absicht haben, dem Motto ›Auf nach Osten, junger Mann!‹ zu folgen, dann sollten Sie gewarnt sein: Das ist nichts für ängstliche Gemüter.

Mr. Schwab hat Ihnen gegenüber erklärt, dass der Lowell's Bank ein Abschluss mit einem Gewinn von eintausend Prozent innerhalb eines Jahres gelungen ist. Er hat Ihnen jedoch nicht erzählt, dass wir bei drei anderen Verträgen zur Unterschrift gelangt sind, bei denen wir jeden Cent unserer Investition verloren haben, und in einem Fall sogar, bevor die Tinte auf dem Papier trocken war. Deshalb kann die goldene Regel für jedes Unternehmen, das die Absicht hat, sich in Russland zu engagieren, nur lauten: Seien Sie vorsichtig mit der Wahl Ihrer Partner. Wenn die Möglichkeit besteht, eintausend Prozent Gewinn in nur einem Jahr zu machen, kommen die Dummen, die Gierigen und die pathologischen Lügner wie Schaben zwischen den Fliesen des Küchenbodens hervor. Und wenn Ihr Partner den Vertrag bricht, dann sollten Sie sich am besten die Mühe sparen, ihn zu verklagen, denn Sie können fast mit Sicherheit davon ausgehen, dass der Richter auf seiner Gehaltsliste steht.

Könnte sich das alles zum Besseren wenden? Ja. Im Jahr 2000 wird das russische Volk über einen neuen Präsidenten abstimmen. Wir können nur hoffen, dass die Menschen sich nicht für die Wiederwahl Boris Jelzins entscheiden, den man in Washington längst seines Amtes enthoben und in London in den Tower geworfen hätte.«

Die Zuhörer lachten. Oft kann Humor dabei helfen, eine Wahrheit auszusprechen. Alex schlug die Seite um.

»Die Kommunistische Partei, die vor zehn Jahren tot und begraben schien, hat erneut ihr Haupt erhoben und führt in den Umfragen mit beträchtlichem Vorsprung. Doch sollte sich ein Kandidat zur Wahl stellen, dessen oberstes Interesse der Demokratie gilt und nicht irgendwelchen Möglichkeiten, sich die eigenen Taschen zu füllen – wer weiß, was dann erreicht werden könnte.

Sie sehen heute einen Russen vor sich, der zwar vor etwa dreißig Jahren nach Amerika geflohen ist, in den letzten Jahren aber immer wieder sein Heimatland besucht hat, denn bei der Lowell's Bank bemühen wir uns um eine langfristige Perspektive. Ich hoffe, dass auch in einhundert Jahren Amerika noch Russlands größter Rivale sein wird. Aber nicht auf dem Schlachtfeld, sondern in den Vorstandssälen. Nicht in einem atomaren Wettrüsten, sondern in einem Wettlauf um die Bekämpfung von Krankheiten. Nicht auf den Straßen, sondern in den Klassenzimmern. Aber das kann nur erreicht werden, wenn jede russische Stimme bei der Wahl dasselbe Gewicht bekommt.«

Langer Beifall folgte, als Alex die nächste Seite aufschlug.

»Vor zweihundert Jahren führte Amerika Krieg gegen Großbritannien. In unserem Jahrhundert haben die beiden Nationen sich zweimal verbündet, um einen gemeinsamen Feind zu bekämpfen. Warum sollten Amerika und Russland nicht ein ähnliches Ziel verfolgen?« Alex senkte seine Stimme, bis er fast im Flüsterton sprach. »Ich hoffe, es gibt Menschen unter Ihnen, die sich meinem Ziel anschließen und versuchen, dieses Ideal zu verwirklichen, indem sie Brücken bauen und nicht einreißen, und die davon überzeugt sind – wie das jedes Mitglied einer zivilisierten Gesellschaft sein sollte –, dass alle Männer und Frauen gleich geboren sind, unabhängig davon, in welchem Land sie zur Welt kommen. Ich kann nur hoffen, dass die nächste Generation Russen das als genauso selbstverständlich erachten wird wie die nächste Generation Amerikaner.«

Das Publikum, das sich zuerst Alex' Worte hatte anhören wollen, bis es ein Urteil fällen würde, erhob sich wie *ein* Mann, und Alex fragte sich nicht zum ersten Mal, ob er nicht im Vorstand der Bank, sondern in der politischen Arena an Lawrence' Stelle hätte treten sollen.

»Du warst großartig, Liebling«, sagte Anna, als er das Podium verließ. »Aber ich erinnere mich nicht daran, dass ich die letzten Abschnitte gehört hätte, als du die Rede heute Morgen im Bad eingeübt hast.«

Alex äußerte sich nicht dazu. Und es war auch keine große Hilfe, dass er während der nächsten Tage immer wieder im Konferenzsaal, im Hotel, auf der Straße und sogar im Flughafen von Delegierten angesprochen wurde, die sagten: »Vielleicht sind Sie ja der Mann, der sich um die Präsidentschaft in seinem Land bewerben sollte.« Und damit meinten sie nicht Amerika.

»Sie haben *was* getan?«, fragte Douglas Ackroyd.

»Ich habe ein Prozent meiner Aktien von Lowell's für zwanzig Millionen Dollar verkauft«, sagte Evelyn.

»Wie sind Sie nur auf die Idee gekommen, so etwas Dummes zu tun?«

»Indem ich ein Prozent für zwanzig Millionen verkauft habe, konnte ich unmissverständlich deutlich machen, dass der wahre Wert meiner fünfzig Prozent bei einer Milliarde liegt.«

»Während Sie gleichzeitig Karpenko die Kontrolle der Bank überlassen haben«, sagte Ackroyd, indem er die Worte geradezu ausspuckte. »Jetzt besitzt die Gegenseite einundfünfzig Prozent des Unternehmens und Sie nur noch neunundvierzig.«

»Nein«, protestierte Evelyn. »Ich habe dieses Prozent nicht an die Bank verkauft.«

»An wen dann, wenn ich fragen darf?«

»An George Soros, der, wie Sie mir sicher zustimmen werden, verdammt viel mehr vom Bank- und Investmentgeschäft versteht als Sie.«

»Das tut er allerdings«, erwiderte Ackroyd. »Aber dürfte ich vielleicht erfahren, wie Sie diesem großen Mann einfach so über den Weg gelaufen sind?«

»Ich habe ihn vor zwei Wochen in Monte Carlo getroffen. Ein glücklicher Zufall, finden Sie nicht?«

»Nein, ich glaube nicht, dass das ein glücklicher Zufall war, Evelyn. Es war eine sorgfältig inszenierte Falle, und Sie sind hineingetappt.«

»Wie können Sie nur so etwas sagen?«

»Weil George Soros vor zwei Wochen in Davos war und einen Vortrag über Anpassungsmechanismen von Wechselkursen gehalten hat. Ich weiß das, weil ich im Publikum gesessen bin.«

Evelyn sackten die Beine weg, und sie sank auf den nächsten Stuhl. Sie schwieg lange. Schließlich sagte sie: »Und was mache ich jetzt?«

»Akzeptieren Sie das Angebot der Bank über sechshundert Millionen Dollar, bevor die ihr Angebot zurückziehen.«

»Mrs. Lowell-Halliday hat das Angebot der Bank in Höhe von sechshundert Millionen Dollar für ihre Aktien akzeptiert«, sagte der Vorstandssekretär. »Aber ich benötige die Zustimmung des Vorstands, bevor ich den Betrag freigebe.«

»Das Angebot galt, als sie noch fünfzig Prozent der Bankaktien besaß«, sagte Jake. »Dank Bobs brillanter Aktion gehören ihr jetzt nur noch neunundvierzig Prozent, und wir haben das Sagen.«

»Bieten Sie ihr dreihundert Millionen an«, sagte Alex, »und gehen Sie notfalls hoch bis auf vier.«

»Denken Sie, dass sie sich darauf einlassen wird?«, fragte Mitch Blake.

»Ich zweifle nicht im Geringsten daran«, sagte Alex. »Ackroyd wird ihr klarmachen, dass sie nirgendwo ein besseres Angebot bekommt, und wenn sie sich darauf einlässt, lautet die gute Nachricht für uns, dass die Bank am Ende keinen einzigen Cent bezahlen muss.«

»Inwiefern?«, fragte Cliff Nesbitt.

»Es ist alles ganz einfach. Aber vielleicht wäre es sinnvoll, dass Jake dem Vorstand ein wenig mehr von dem Ass erzählt, das wir die ganze Zeit über im Ärmel hatten.«

Jake öffnete einen Ordner, der vor ihm lag, und schlug mehrere Seiten um, bis er die unterzeichnete Vereinbarung gefunden hatte. »Mrs. Lowell-Halliday hat während der Jahre, in denen ihr Bruder Lawrence Vorstandsvorsitzender der Bank war, mehrere Kredite unseres Hauses in Anspruch genommen. Als geschäftsführender Direktor hat Ackroyd die Transaktionen bestätigt, und um dabei den Anschein einer gewissen Legitimität zu erwecken, hat Evelyn sich bereit erklärt, bis zur vollständigen Begleichung der Kreditsumme einen jährlichen Zinssatz von fünf Prozent zu bezahlen. Zu ihrem eigenen Schaden – aber zum Vorteil der Bank – hat sie bisher noch keinen einzigen Cent zurückgezahlt. Aber das war auch nie ihre Absicht.« Jake schlug eine Seite um und fuhr dann fort: »Im Ergebnis bedeutet das, dass sie nach zwanzig Jahren ständig neuer Kredite und aufgelaufener Zinsen der Bank knapp über 451 Millionen Dollar schuldet.« Er schloss den Ordner. Zuerst herrschte Schweigen, doch kurz darauf erklang Applaus.

»Aber selbst wenn sie das Angebot der Bank annimmt«, sagte Bob, »schuldet sie uns noch immer mehr als fünfzig Millionen.«

»Auf die wir im Austausch gegen ihre neunundvierzig Prozent an Aktien gerne bereit sind, zu verzichten«, erwiderte Jake.

»Bravo«, sagte Alex und sah sich dann am Vorstandstisch um. »Trotzdem warte ich immer noch ungeduldig darauf, dass Bob uns erklärt, wie er das alles geschafft hat.«

Auch die übrigen Direktoren wandten sich dem dienstältesten Vorstandsmitglied zu, dessen Kopf inzwischen kein dichtes, weißes Haar mehr zierte.

»Ein Gentleman sollte niemals indiskret sein, wenn es um eine Dame geht«, sagte Bob. »Aber ich kann dem Vorstand Folgendes berichten: Mrs. Evelyn Lowell-Halliday lässt sich von manchem Herrn gerne ins Bett, aber gewiss nicht reinlegen. Nur scheint ihr manchmal der Unterschied nicht klar zu sein. Übrigens, Chairman, darf ich nun endlich meinen Ruhestand antreten?«

44

Sascha

London: 1999

»Hat der ehrenwerte Gentleman die Absicht, in naher Zukunft seinen *anderen* Wahlkreis zu besuchen?«

Sascha lächelte, während einige seiner Kollegen über die spitze Bemerkung lachten, doch er hatte bereits eine Erwiderung parat.

»Ich kann dem ehrenwerten Abgeordneten versichern, dass ich nicht die Absicht habe, in naher Zukunft Russland zu besuchen. Doch ich freue mich schon darauf, mir die Premiere von *Schwanensee* im Royal Opera House anzusehen, die dort vom Bolschoi-Ballett aufgeführt werden wird.« Dem besten Ballett der Welt, hätte er am liebsten hinzugefügt, doch er besann sich eines Besseren.

»Mr. Kenneth Clarke«, sagte der Speaker.

»Könnte der ehrenwerte Gentleman bei seinem nächsten Besuch in Moskau Präsident Jelzin darauf hinweisen, dass sein Land, das sich immerhin offiziell als Demokratie versteht, im Hinblick auf die Menschenrechte noch sehr viel zu wünschen übrig lässt?«

Diesmal waren die »Hört, hört!«-Rufe sehr laut, und es war den Abgeordneten ernst mit ihrem Einwurf.

Sascha erhob sich erneut. »Wenn der ehrenwerte Gentleman so freundlich wäre, mir die besonderen Beispiele, die er im Sinn hat, zur Kenntnis zu bringen, kann ich ihm versichern, dass ich mich darum kümmern werde. Ich darf die Mitglieder dieses Hauses jedoch darauf aufmerksam machen, dass Mr. Boris Nemtsow, ein früherer Vizepremier Russlands, heute auf unserer Besuchergalerie sitzt, und ich bin sicher, dass er die Frage des ehrenwerten Gentlemans gehört hat.«

Sascha sah auf zur Galerie und lächelte seinen Freund an, der diesen besonderen Augenblick seines Ruhms selbst ein wenig seltsam finden mochte.

Als die Stunde mit den Fragen an den Außenminister zu Ende war, wandte sich der Speaker der aktuellen Tagesordnung zu. Sascha verließ rasch die Kammer und ging in die zentrale Lobby, wo er sich mit Nemtsow verabredet hatte.

»Willkommen in Westminster, Boris«, sagte er und schüttelte seinem Gast herzlich die Hand.

»Danke«, sagte Nemtsow. »Es hat mir gefallen, wie du dich gegen die Meute behauptet hast, obwohl ich zugeben muss, dass man unsere Bilanz bei den Menschenrechten wirklich nicht genauer unter die Lupe nehmen sollte. Ich werde es genießen, meinen Kollegen zu Hause davon zu berichten, wie sogar im britischen Unterhaus über das Thema gesprochen wurde.«

»Hast du Zeit für einen Tee auf der Terrasse?«, fragte Sascha in seiner Muttersprache.

»Ich freue mich schon den ganzen Tag darauf«, sagte Nemtsow. Sascha führte seinen Gast die mit einem grünen Teppich bespannte Treppe hinab und hinaus auf die

Terrasse, wo sie sich an einen Tisch mit Blick auf die Themse setzten.

»Was führt dich nach London?«, fragte Sascha, als der Kellner an ihren Tisch trat. »Nur Tee für zwei Personen, danke.«

»Offiziell bin ich hier, um mit dem Bürgermeister von London über Umweltprobleme in übervölkerten Städten zu sprechen, doch eigentlich bin ich gekommen, um dich zu sehen und dich auf den neuesten Stand zu bringen, was die Politik zu Hause angeht.«

Sascha lehnte sich zurück und hörte aufmerksam zu.

»Wie du weißt, werden nächstes Jahr Präsidentschaftswahlen stattfinden.«

»Und damit nicht allzu lange vor der nächsten Wahl in England«, erwiderte Sascha.

Der Kellner erschien und stellte ein Tablett mit Tee und Keksen auf den Tisch.

»Jelzin hat bereits angekündigt, dass er bei der nächsten Wahl nicht wieder antreten wird, was möglicherweise etwas mit seinen aktuellen Umfragewerten zu tun hat. Sie liegen etwa bei mageren vier Prozent.«

»Ein so niedriger Wert ist kaum möglich«, sagte Sascha und schenkte ihnen beiden Tee ein.

»Doch. Wenn man jeden Morgen mit einem Kater aufwacht und vor dem Mittagessen schon wieder betrunken ist.«

»Gibt es bereits jemanden, der Jelzin offiziell folgen soll?«

»Nicht dass ich wüsste. Doch selbst wenn, wäre das ein Todeskuss. Nein, der einzige Name, der gelegentlich fällt, ist Gennadi Sjuganow, der Führer der Kommunistischen Partei. Doch die meisten Menschen sind davon überzeugt, dass es eine Katastrophe wäre, wenn wir versuchen würden,

den Weg in die Vergangenheit einzuschlagen. Ehrlich gesagt, Sascha, dürfte es für dich nie eine größere Chance geben, unser nächster Präsident zu werden.«

»Aber vielleicht würde meine Zustimmungsrate ebenfalls um die vier Prozent liegen.«

»Ich bin froh, dass du das ansprichst«, sagte Nemtsow und nahm ein Blatt Papier aus der Innentasche seiner Jacke, »denn wir haben eine Art inoffizielle Umfrage durchgeführt, und die besagt, dass du gegenwärtig bei vierzehn Prozent liegst. Dabei kannten jedoch sechsundzwanzig Prozent der Befragten nicht einmal deinen Namen, und einunddreißig Prozent wissen noch nicht, wen sie wählen wollen. Also dürfen wir das durchaus als Ermutigung verstehen. Wenn du nach Sankt Petersburg kommen und offiziell deine Absicht verkünden würdest, bei der Wahl zu kandidieren, zweifle ich nicht daran, dass sich die Werte über Nacht ändern würden.«

»Ich muss gestehen, dass ich hin- und hergerissen bin«, sagte Sascha. »Erst letzte Woche hat die *Times* in einem Leitartikel erklärt, dass ich möglicherweise Außenminister werden würde, sollte Labour die nächste Wahl gewinnen – was übrigens überaus wahrscheinlich ist.«

»Nachdem ich dich heute Nachmittag im Haus gehört und miterlebt habe, mit wie vielen Themen du dich auskennst, muss ich sagen, dass ich nicht überrascht bin. Ich denke jedoch, dass es für jemanden, der in Sankt Petersburg geboren und aufgewachsen ist, eine viel größere Errungenschaft darstellen würde, russischer Präsident zu werden.«

»Das sehe ich genauso«, flüsterte Sascha, »doch ich kann es mir nicht leisten, dass meine Kollegen von dieser Einstellung erfahren. Ganz abgesehen davon müsste ich zunächst überzeugt davon sein, dass ich realistische Aussichten auf einen Sieg habe, bevor ich bereit wäre, alles aufzugeben, wofür ich so hart gearbeitet habe.«

»Das verstehe ich gut«, sagte Nemtsow, »aber wir können deine Chancen nicht wirklich abschätzen, solange wir nicht wissen, wer dein Hauptkonkurrent ist.«

»Aber du selbst warst Vizepremier«, sagte Sascha. »Warum trittst du nicht an?«

»Weil meine Umfragewerte nicht viel besser sind als die von Jelzin. Aber ich bin überzeugt, dass du mit meiner Unterstützung gewinnen kannst.«

»Es freut mich, dass du das sagst. Aber Wladimir könnte immer noch ein Problem werden. Immerhin war er stellvertretender Bürgermeister von Sankt Petersburg, und es wird ihm gar nicht gefallen, wenn ich bei den Präsidentschaftswahlen antrete.«

»Über Wladimir brauchst du dir keine Sorgen zu machen. Er hat Sankt Petersburg im letzten Augenblick verlassen, bevor er wegen Veruntreuung öffentlicher Gelder verhaftet worden wäre. Er ist nach Moskau verschwunden und wurde zuletzt im Kreml gesichtet.«

»Wo er *was* tat?«

»Gerüchteweise arbeitet er eng mit Jelzin zusammen, aber niemand weiß, in welcher Funktion.«

»Wladimir ist nur an einem interessiert: Er will Direktor des FSB werden.«

»Wen wollte man eigentlich damit täuschen, als der KGB abgeschafft wurde, nur um wenig später als Föderaler Sicherheitsdienst wiederaufzuerstehen? Dieselbe Gangsterbande macht dasselbe wie früher, und das sogar im selben Gebäude«, sagte Nemtsow nachdenklich. »Aber wenn Wladimir das schafft, wäre es klug, sich ihn nicht zum Feind zu machen. Es könnte deiner Sache sogar helfen, wenn er auf deiner Seite wäre.«

»Nein. Wenn er auf meiner Seite wäre«, sagte Sascha, »könnte es meiner Sache nur schaden. Ich dürfte niemals darauf hoffen, irgendetwas Wertvolles zu schaffen, wenn er mir ständig über die Schulter sehen würde. Ehrlich gesagt, wäre er ein vehementer Gegner genau derjenigen Änderungen, die ich als Präsident auf den Weg bringen würde.«

»Aber in der Politik«, sagte Nemtsow, »muss man gelegentlich Kompromisse eingehen.«

»Kompromisse sind etwas für Menschen, die keinen Mut, keine Moral und keine Prinzipien haben.«

»Du musst mich nicht davon überzeugen, dass du der geeignete Mann für diese Aufgabe bist, Sascha. Aber zunächst müssen wir dafür sorgen, dass du überhaupt gewählt wirst.«

»Es tut mir leid, so negativ zu sein, aber ich würde nicht Präsident werden wollen, nur um herauszufinden, dass ein anderer die Fäden zieht.«

»Das verstehe ich. Aber sobald du den Posten hast, kannst du diese Fäden durchschneiden. Denk immer daran: Ohne ein Amt gibt es keine wirkliche Macht.«

»Natürlich hast du recht«, sagte Sascha, »und ich werde dir sofort Bescheid geben, sobald ich eine Entscheidung getroffen habe.«

»Hast du irgendeine Ahnung, wann das sein wird?«

»Es wird nicht mehr lange dauern, Boris. Aber es gibt noch ein, zwei Menschen, mit denen ich mich erst noch beraten muss, bevor ich mich endgültig entscheiden kann.«

»Ich nehme an, deine Mutter würde es sehr gerne sehen, wenn du kandidierst. Immerhin wollte schon dein Vater, dass du Präsident wirst.«

»Sie ist als Einzige in unserer Familie zu einhundert Prozent gegen diese Idee«, erwiderte Sascha. »Sie glaubt felsenfest an das Sprichwort: ›Der Spatz in der Hand …‹«

»Diesen Ausdruck kenne ich nicht«, sagte Nemtsow. »Aber was ist mit deiner Frau?«

»Charlie sitzt gleichsam zwischen allen Stühlen.«

»Nun, das ist ein Ausdruck, der jedem Politiker auf der ganzen Welt vertraut ist.«

Sascha lachte. »Aber sie würde mich unterstützen, wenn sie den Eindruck hätte, dass ich diese Aufgabe wirklich übernehmen möchte und eine echte Chance auf den Sieg hätte.«

»Und was ist mit deiner Tochter?«

»Natascha ist im Augenblick nur an jemandem interessiert, der Brad Pitt heißt.«

»Ein aufstrebender Politiker?«

»Nein, ein amerikanischer Schauspieler. Natascha ist überzeugt davon, dass er sich in sie verlieben würde, wenn die beiden nur Gelegenheit hätten, einander kennenzulernen. Und sie versteht nicht, warum ein Staatssekretär im Außenministerium das nicht arrangieren kann. Sie fragt ständig: *Wie wichtig bist du eigentlich, Dad?*«

Nemtsow lachte. »Bei uns zu Hause ist das auch nicht anders. Mein Sohn möchte Schlagzeuger in einer Jazzband aus unserer Stadt werden, und er hat absolut kein Interesse daran, auf eine Universität zu gehen.«

Im Hintergrund schlug Big Ben vier Mal.

»Ich sollte nun wohl besser wieder zu meinen Kollegen gehen«, sagte Nemtsow, »bevor sie herausfinden, warum ich wirklich nach London gekommen bin.«

»Danke, dass du mir so viel von deiner Zeit gewidmet hast, Boris. Und für deine unerschütterliche Unterstützung«, sagte Sascha, als sie zurück in die zentrale Lobby gingen.

»Jedes Mal, wenn ich dich sehe, Sascha, bin ich von Neuem davon überzeugt, dass du als unser nächster Präsident der Richtige wärst.«

»Ich bin dir wirklich dankbar für deine Hilfe, und wie gesagt, ich werde dir sofort Bescheid geben, sobald ich eine Entscheidung getroffen habe.«

»Wenn du zurück nach Sankt Petersburg kommen würdest, wärst du überrascht, welchen Empfang man dir bereiten würde.«

»Ich bin froh, dass nicht ich diese Entscheidung treffen muss«, sagte Charlie.

»Doch, genau das musst du, mein Liebling«, erwiderte Sascha. »Denn ich würde nicht einmal daran denken, mich ohne deinen Segen auf ein so riskantes Unternehmen einzulassen.«

»Hast du dir klargemacht, wie viel du verlieren könntest?«

»Natürlich habe ich das. Und da Labour höchstwahrscheinlich die nächste Wahl gewinnen wird, könnte ich mich einfach zurücklehnen und darauf hoffen, Außenminister zu werden. Es wäre ein viel größeres Risiko, meinen Sitz im Unterhaus aufzugeben, nach Russland zurückzukehren und mich ein ganzes Jahr lang dem Kampf um die Präsidentschaft zu widmen, nur um am Ende miterleben zu müssen, wie mir ein anderer das Amt wegschnappt.«

»Besonders, wenn sich dieser andere als dein alter Freund Wladimir erweisen sollte.«

»Solange er Jelzins Kofferträger ist, wird er wahrscheinlich eher im Gefängnis enden als im Kreml.«

»Dann möchte ich dir eine einfache Frage stellen«, sagte Charlie. »Wenn ich dir beide Ämter – Präsident von Russland oder britischer Außenminister – auf einem Silbertablett servieren würde, für welches würdest du dich entscheiden?«

»Präsident von Russland«, antwortete Sascha, ohne zu zögern.

»Dann hast du deine Antwort«, sagte Charlie. »Und meine. Denn sonst würdest du dich für den Rest deines Lebens fragen: *Was wäre gewesen, wenn?*«

»Aber meinst du nicht, dass ich mit noch jemandem sprechen sollte, bevor ich eine so unwiderrufliche Entscheidung treffe?«

Charlie dachte lange und gründlich nach, bevor sie sagte: »Es hat keinen Sinn, deine Mutter zu fragen, da wir beide ganz genau wissen, wie sie dazu steht. Oder deine Tochter, die vollkommen andere Dinge im Kopf hat. Aber es wäre faszinierend zu erfahren, was Alf Rycroft davon hält. Er ist ein gerissener alter Bussard, der dich nun schon seit zwanzig Jahren kennt, und er hat die seltene Fähigkeit, außerhalb jeglicher Schubladen zu denken. Und was wahrscheinlich noch wichtiger ist: Es würde ihm nur darum gehen, was in *deinem* Interesse ist.«

»Und welchem Umstand verdanke ich diese außerordentliche Ehre?«, fragte Alf, als er Sascha ins Wohnzimmer führte.

»Ich brauche Ihren Rat, Alf.«

»Dann sollten wir uns vielleicht setzen. Es ist kaum zu erwarten, dass uns jemand stören wird, da Millicent einer ihrer ehrenamtlichen Beschäftigungen nachgeht. Ich glaube, heute ist der Tag, an dem sie sich immer um die Klinikbibliothek kümmert.«

»Sie ist eine Heilige.«

»Genau wie Charlie. In der Ehelotterie haben wir beide wirklich Glück gehabt. Also, wie kann ich Ihnen helfen, junger Mann?«

»Ich bin sechsundvierzig«, sagte Sascha. »Einen jungen Mann nannten Sie mich schon, als ich vor zwanzig Jahren zum ersten Mal in unseren Wahlbezirk kam. Jetzt tut das niemand mehr.«

»Warten Sie, bis Sie mein Alter erreicht haben«, erwiderte Alf. »Wenn Sie dann noch jemand einen jungen Mann nennt, werden Sie ihm außerordentlich dankbar sein. Nun gut. Als Sie angerufen haben und meinten, Sie wollten mich in einer vertraulichen Angelegenheit sprechen, war es nicht schwierig herauszufinden, was Ihnen Probleme macht.«

»Und zu welchem Schluss sind Sie gekommen?«

»Natürlich würde es mich freuen, wenn Sie Außenminister würden. Dann könnte ich den Rest meiner Tage damit verbringen, den Jungs im Kegelclub zu erzählen, dass ich der Erste war, der Ihr Potenzial erkannt hat.«

»Was die reine Wahrheit wäre«, sagte Sascha.

»Ich wusste schon an dem Tag, als ich mit Ihnen zum ersten Mal über Merrifield sprach, dass Sie etwas Besonderes sind. Deshalb mögen Sie vielleicht überrascht sein über das, was ich Ihnen sagen werde. Ich denke, Sie sollten Ihren Sitz im Unterhaus aufgeben, nach Russland zurückkehren und, wenn diese Wortwahl nicht zu pathetisch ist, Ihr Schicksal erfüllen.«

»Aber das würde bedeuten, alles aufs Spiel zu setzen, wo mir doch eine bequeme Option offensteht.«

»Durchaus. Aber es war noch nie Ihre Art, die bequeme Option zu wählen. Als Sie die Chance hatten, sich um einen sicheren Sitz in London zu bewerben, haben Sie sich dafür entschieden, nach Merrifield zurückzukehren und sich auf ein Kopf-an-Kopf-Rennen einzulassen.«

»Diesmal steht viel mehr auf dem Spiel«, sagte Sascha.

»Das war bei Winston Churchill genauso, als er im Unterhaus auf die andere Seite wechselte und sich den Konservativen anschloss, denn er wäre nie Premierminister geworden, wenn er bei den Liberalen geblieben wäre.«

»Aber ich habe die letzten dreißig Jahre in diesem Land verbracht«, sagte Sascha. »Der Weg nach Moskau wäre wirklich sehr weit, wenn man die Strecke vom einen Ende des Unterhauses zum anderen zugrunde legt.«

»Lenin war nicht dieser Ansicht, und vergessen Sie nicht: Er saß in der Schweiz fest, als die Revolution begann.«

»Können Sie kein besseres Beispiel finden?«, sagte Sascha lachend.

»Gandhi hat als Anwalt in Südafrika gearbeitet, als er spürte, dass eine Revolution in der Luft lag, und er ist nach Indien zurückgekehrt, um der spirituelle Führer seines Landes zu werden. Deshalb, Sascha, lautet mein Rat: Gehen Sie nach Hause zurück, denn Ihr Volk wird in Ihnen sehen, was ich vor über zwanzig Jahren in Ihnen gesehen habe: einen anständigen, aufrichtigen Menschen mit unerschütterlichen Überzeugungen. Und die Leute werden diese Überzeugungen mit Erleichterung und Begeisterung willkommen heißen. Aber vielleicht sind das ja auch nur die Faseleien eines alten Mannes.«

»Die umso überzeugender klingen«, sagte Sascha, »weil ich nicht mit ihnen gerechnet habe.«

Sascha hatte seine Besuche in der russischen Botschaft immer genossen, was nicht zuletzt daran lag, dass niemand bessere Partys zu veranstalten wusste als der Botschafter

Juri Fokin. Die Tage, als undurchdringliche Mauern das Gebäude umgaben und nur wenige Menschen wussten, was hinter den geschlossenen Toren vor sich ging, waren vorüber.

Sascha erinnerte sich noch daran, dass russische Diplomaten einem früher die Moskauer Uhrzeit nannten, wenn man sie fragte, wie spät es war. Jetzt war der Botschafter gerne bereit, jede Frage zu beantworten, die man ihm stellte. Man musste nur noch herausfinden, wann er einem die Wahrheit sagte.

Bei dieser Gelegenheit jedoch suchte Sascha die Botschaft nicht auf, um einen entspannten Abend mit allerlei Schlemmereien zu verbringen. Sein Besuch war vielmehr die letzte Gelegenheit, um herauszufinden, wie seine Chancen tatsächlich standen, wenn er sich um die Wahl zum Präsidenten bewerben würde. Unter den Gästen wären ein halbes Dutzend Russen, die seine Entscheidung in die eine oder andere Richtung beeinflussen konnten, und er musste sich darum bemühen, mit jedem Einzelnen von ihnen zu sprechen. Bei den anderen Gästen würde es sich um die übliche Mischung aus Politikern, Geschäftsleuten und Schnorrern handeln, wobei Letztere auf jeder Party erschienen, solange die Getränke in Strömen flossen und es genügend Kanapees gab, wodurch sie ein selbst finanziertes Dinner einsparen konnten.

Saschas Fahrer bog von der Kensington High Street ab und hielt vor einer Schranke; dahinter lagen die Kensington Palace Gardens, auch bekannt als Embassy Row: eine lange, gerade Straße, an der elegante Stadthäuser standen, von denen nur äußerst selten eines auf den Markt kam.

Ein Wachsoldat salutierte, und die Schranke hob sich, sobald er den Wagen des Staatssekretärs erkannte. Sie kamen an den Vertretungen von Indien, Nepal und Frankreich vorbei, bevor sie die Vertretung Russlands erreichten. Ein Bediensteter eilte auf sie zu, um die Hecktür der Limousine zu öffnen. Der Staatssekretär stieg aus, bedankte sich und ging in Richtung Botschaft.

Das Gebäude hätte ein englisches Landhaus vom Ende des vorigen Jahrhunderts sein können, denn es besaß eine vergleichbare eichengetäfelte Empfangshalle, und ebenso fanden sich darin eine Standuhr und die Porträts historischer Gestalten an den Wänden. Stets nahm Sascha amüsiert zur Kenntnis, dass es im Gebäude keine Hinweise auf den Zaren und nicht einmal auf Lenin oder Stalin gab. Für eines der ältesten Reiche der Welt schien die Geschichte im Jahr 1991 begonnen zu haben.

Als Sascha den Salon betrat, bemerkte er, dass einige Gäste ihre Unterhaltungen abbrachen und sich nach ihm umwandten. Er hatte sich immer noch nicht daran gewöhnt, und er fragte sich, ob ihm das jemals gelingen würde.

Er sah sich in dem gut besuchten Saal um und entdeckte sogleich vier seiner Ziele. Einer der Männer, Anatoli Sawinkow, bei dem es sich offiziell um einen Botschaftsattaché handelte und der in Wahrheit Chef des russischen Geheimdienstes in London war, plauderte gerade mit Fiona. Hätte dieses Zusammentreffen nicht in der russischen Botschaft stattgefunden, hätte Sascha vermutet, dass Sawinkow versuchte, sich an sie heranzumachen. Zweifellos waren ein Dutzend weiterer Spione anwesend, deren wahre Beschäftigung zu erkennen viel mühsamer wäre. Die Regel im Außenministerium war denkbar einfach: Rechnen Sie damit, dass jeder ein Spion ist.

Als Sascha sich umwandte, sah er, dass der Botschafter ins Gespräch mit Charles Moore, dem Chefredakteur des *Daily Telegraph*, vertieft war. Sascha würde einige Zeit warten müssen, bis er Gelegenheit hätte, sich mit Juri zu unterhalten; was er sagen wollte, hatte er jedoch längst sorgfältig vorbereitet.

Er ging durch den Saal, um mit Leonid Bubka zu sprechen. Er hoffte, dass der Handelsminister seine Karten offen auf den Tisch legen würde, doch jedes Mal, wenn im Gespräch das Wort »Präsidentschaftswahlen« fiel, wechselte dieser sofort das Thema. Sascha gab nicht so schnell auf, doch Bubka blockte jeden seiner Versuche mit dem Geschick eines Lew Jaschin ab. Als der zweite Botschaftssekretär Ilja Resinjew ihm die Hand auf den Arm legte, zog sich Sascha diskret zurück und hörte sich an, was sein alter Freund zu sagen hatte.

»Hast du gehört, wer zum Direktor des FSB ernannt wurde?«, flüsterte Ilja.

»Sag nur, Wladimir hat es endlich geschafft?«

»Ich fürchte, ja«, antwortete Ilja.

»Der alte KGB unter neuem Namen«, sagte Sascha, »der von derselben Gangsterbande geführt wird. Nur dass deren Mitglieder jetzt Anzüge anstatt Uniformen tragen. Wen musste er diesmal erpressen?«

»Anscheinend Jelzin«, sagte Ilja. »Wladimir hat ihm versprochen, er würde dafür sorgen, dass weder er noch irgendjemand aus seiner Familie sich wegen Korruption oder Unterschlagung zu verantworten hätte, gleichgültig, wer bei der nächsten Wahl Präsident würde.«

»Dann würde meine erste Amtshandlung als Präsident darin bestehen«, sagte Sascha, »Wladimir zu entlassen und dafür zu sorgen, dass niemand, der ein Verbrechen zum Schaden des Staates begangen hat, Immunität erhält.«

»Wenn du das tust, Sascha, wirst du sehr viel mehr Gefängnisse bauen müssen.«

»Dann baue ich eben mehr Gefängnisse.«

»Und sei vorsichtig damit, zu wem du das sagst, denn sein Stellvertreter ist heute Abend hier.«

»Wer ist es?«

»Der große, stämmige Mann, der sich mit Fiona Hunter unterhält.«

Sascha warf einen Blick über Iljas Schulter und sah, wie ein Mann Fiona seine Karte reichte. Jemand, dem er würde aus dem Weg gehen müssen. Als er sich wieder umdrehte, bemerkte er, dass der Botschafter alleine am Kamin stand und sich eine Zigarre anzündete.

»Entschuldige, Ilja, ich muss mit deinem Chef ein paar vertrauliche Worte reden. Aber vielen Dank für deine Information. Sie ist überaus wertvoll.« Rasch ging Sascha durch den Saal.

»Guten Abend, Juri«, sagte er. »Das ist wieder eine von Ihren höchst bemerkenswerten Partys.« Sascha stellte sich mit dem Rücken zur Wand, sodass der Botschafter sich von seinen Gästen abwenden musste. Nur jemand, der absolut hartnäckig oder taktlos wäre, würde sie jetzt noch unterbrechen.

»Ich habe Sie letzte Woche bei der Aufführung des Bolschoi gesehen«, sagte der Botschafter. »Die Truppe ist immer noch einer unserer Exportschlager.«

»Gudanow war großartig«, sagte Sascha.

»Wir haben ein Problem mit ihm, über das ich möglicherweise bei Gelegenheit mit Ihnen sprechen muss. Aber heute ist nicht der richtige Zeitpunkt. Vielmehr würde ich gerne wissen, ob Sie schon eine Entscheidung getroffen haben, Sascha.«

»Bevor ich diese Frage beantworten kann, Juri, würde ich sehr gerne hören, wie Sie über meine Chancen denken.«

»Wie Sie sehr wohl wissen, ist es mir nicht gestattet, irgendeine Meinung zu äußern. Ich bin nichts weiter als die bescheidene Stimme der Regierung, der ich diene. Aber«, sagte Fokin, indem er die Sprache wechselte, »wenn ich wetten würde, was ich natürlich nicht tue, würde ich eine kleine Summe darauf setzen, dass Sie nächstes Jahr um diese Zeit mein Chef sind.«

»Nur eine *kleine* Summe?«

»Botschafter müssen sich immer absichern«, sagte Fokin ohne die geringste Andeutung eines Lächelns.

Sascha lachte und fragte sich, wie vielen anderen Politikern er in den letzten sechs Monaten genau dasselbe gesagt hatte.

»Und dürfte ich eine kleine Bitte vorbringen?«, fuhr Fokin fort. »Es wäre hilfreich, wenn Sie mich informieren könnten, bevor Sie eine offizielle Erklärung abgeben.«

»Wenn ich wirklich bei der Wahl antrete, werde ich dafür sorgen, dass Sie jedwede Erklärung zu Gesicht bekommen, lange bevor ich sie der Presse übergebe.«

»Vielen Dank«, sagte Fokin. »Da wäre allerdings noch eine Sache, die ich Sie fragen möchte, bevor …«

»Botschafter, welch fantastische Party!«, sagte ein Mann, der nicht bemerkt zu haben schien, dass sie sich unterhielten und wahrscheinlich nicht gestört werden wollten.

»Vielen Dank, Piers«, sagte der Botschafter. »Es ist schön, dass Sie kommen konnten.« Der günstige Augenblick war vorüber, und Sascha zog sich zurück, denn der Chefredakteur des *Daily Mirror* war keiner der vier Menschen, mit denen er sprechen wollte. Langsam ging er in Richtung Ausgang, wobei er immer wieder stehen blieb, um mit dem einen oder anderen Gast ein paar Worte zu wechseln, wobei er jenen besonders genau zuhörte, die Russisch mit ihm sprachen, da die Grenzen seines Wahlbezirks sich vielleicht dramatisch erweitern würden. Als er einen Blick zurück in den Salon warf, sah er, wie der Mann, dem er aus dem Weg gehen sollte, ihn anstarrte.

Die Uhr in der Empfangshalle schlug eins, was Sascha daran erinnerte, dass er in dreißig Minuten eine Abstimmung im Unterhaus hatte. In wenigen Minuten wäre kein britischer Politiker, gleich welcher Couleur, mehr auf der Party zu finden, sondern unterwegs zu seiner Fraktion. Sascha hatte jedoch keine Ahnung, über welches Gesetz heute abgestimmt wurde.

Als er aus dem Botschaftsgebäude trat, erschien sein Wagen wie aus dem Nichts, und Arthur sprang aus dem Fahrzeug, um ihm die hintere Tür zu öffnen. Sascha wollte gerade einsteigen, als er hörte, wie eine Stimme, die er kannte, seinen Namen rief.

»Sascha!« Er drehte sich um und sah, wie Fiona die Stufen hinabeilte. »Kann ich eine Fahrt bei dir schnorren?«

»Sicher«, sagte Sascha und trat beiseite, damit seine alte Nemesis auf der Rückbank Platz nehmen konnte.

»Guten Abend, Arthur.«

»Guten Abend, Miss Hunter.«

»Ich wäre gerne noch ein wenig länger geblieben«, sagte Fiona, als der Wagen anrollte, »doch unser Fraktionsvorsitzender sieht es gar nicht gerne, wenn wir eine Abstimmung verpassen. Aber was noch wichtiger ist, Sascha: Wann wirst du die einzige Frage beantworten, die jeder bei der Party auf den Lippen hatte?«

»Was haben die Leute über meine Chancen gesagt?«, fragte Sascha, indem er den alten Politikertrick anwandte, eine Frage mit einer Gegenfrage zu beantworten, obwohl er wusste, dass Fiona sich nicht würde täuschen lassen.

»Jeder, der Englisch sprach, war für deine Kandidatur, und ebenso die Hälfte der Russen, obwohl einer von ihnen«, sagte sie und nahm eine Karte aus ihrer Handtasche, »nämlich Iwan Donokow, ganz offensichtlich kein Freund von dir ist. Er hat mir eine absolut seltsame Frage gestellt. Er wollte wissen, ob du jemals in Amerika gelebt hast.« Sascha schien verwirrt. »Ich habe ihm gesagt, nicht dass ich wüsste. Dann habe ich ein wenig Druck gemacht und ihn gefragt, wie er deine Chancen sieht, wenn du deinen Hut in den Ring werfen würdest.«

»Und wie hat er geantwortet?«

»Er gab zu, dass du wahrscheinlich in der vordersten Reihe laufen würdest. Es gebe jedoch, so meinte er, ein dunkles Pferd, das auf der Rennbahn erschienen sei.«

»Hat er auch den Namen dieses Pferdes genannt?«, fragte Sascha, der sich bemühte, nicht allzu besorgt zu klingen.

»Er war der Ansicht, dass Wladimir, ein alter Freund von dir …«

»Er ist nicht mein Freund«, sagte Sascha. »Aber wie auch immer. Wladimir war immer nur daran interessiert, Chef des FSB zu werden. Das hat er inzwischen geschafft, und eine größere Perspektive hat er nie gehabt. Er wird nur dafür sorgen, dass er seinen Posten behält.«

»Donokow ist nicht dieser Ansicht. Er ist sogar ziemlich sicher, dass Wladimir auch Blicke über den Roten Platz hinweg auf den Kreml geworfen hat.«

»Aber das ist nicht realistisch.«

»Warum nicht, wenn Jelzin ihn unterstützt?«

»Warum sollte Jelzin überhaupt auf die Idee kommen, einen Menschen mit so vielen charakterlichen Mängeln zu unterstützen?«

»Anscheinend standen Jelzins Tochter und sein Schwiegersohn kurz davor, verhaftet und wegen Betrugs angeklagt zu werden, und es ist ihm irgendwie gelungen, das Problem zum Verschwinden zu bringen. Er sagte mir, es gebe ein Video, in dem ein Callgirl seine ganz besonderen Dienste im Büro des Generalstaatsanwalts zur Anwendung bringt, und dass es wirklich lohnend sei, sich dieses Video anzusehen.«

»Aber das ist doch kein Grund, jemanden bei seiner Wahl zum Präsidenten zu unterstützen, der für diese Aufgabe vollkommen ungeeignet ist.«

»Wie würdest du dich fühlen, Sascha, wenn du Präsident wärst und deine Tochter höchstwahrscheinlich für mehrere Jahre ins Gefängnis müsste?«

»Ich würde zulassen, dass das Gesetz seinen Gang geht.«

»Ich glaube, das würdest du tatsächlich«, sagte Fiona, »was nur zeigt, wie viel Glück die Russen hätten, wenn sie dich bekommen würden. Aber bist du auch bereit, das Außenministerium zu opfern, wenn du am Ende vielleicht mit überhaupt nichts dastehen würdest?«

»Hat Donokow dir gegenüber angedeutet, wo er in dieser Sache steht?«, sagte Sascha, ohne ihre Frage zu beantworten.

»Nein. Aber da er der stellvertretende Direktor des FSB ist, wird er zweifellos seinen Chef unterstützen.«

»So funktioniert das in Russland nicht immer. Na schön. Hat er dir dann vielleicht verraten, wie er meine Chancen sieht?«, wiederholte Sascha, der nicht von dem Thema lassen konnte.

»Nein, aber er meinte, wenn du nicht antrittst, zweifle er nicht daran, wer der nächste Präsident würde.«

»Ich kann mir keinen besseren Grund denken, mich um das Amt zu bewerben«, sagte Sacha, womit er jede Deckung fallen ließ. Nie hätte er es auch nur einen einzigen Augenblick lang für möglich gehalten, dass Wladimir allen Ernstes kandidieren würde. Doch er wusste, dass bei diesem Kampf jeder Griff zum Einsatz käme, sollte er, Sascha, tatsächlich antreten, denn Ringen war der einzige Sport, in dem Wladimir sich jemals ausgezeichnet hatte.

»Wenn du kandidierst«, sagte Fiona und riss ihn aus seinen Grübeleien, »kann ich nur hoffen, dass du gewinnst. Man würde dich im Unterhaus schmerzlich vermissen, und du wärst ein verdammt guter Außenminister geworden. Aber Russland ist die bei Weitem größere Herausforderung. Und wenn du Präsident werden solltest, würden sich die Beziehungen zum Westen über Nacht verbessern, was für alle Beteiligten nur von Vorteil sein kann, nicht zuletzt für die russische Bevölkerung.«

»Das ist sehr freundlich von dir, Fiona. Und jetzt, wo ich weiß, mit wem ich es wahrscheinlich zu tun bekomme, könnte mir die eine oder andere deiner ganz speziellen politischen Fertigkeiten von großem Nutzen sein.«

»Ich nehme das mal als Kompliment«, sagte Fiona, während der Wagen durch das Tor zum Abgeordnetenzugang fuhr und auf den Old Palace Yard rollte. Als Sascha ausstieg, erklang bereits die Glocke, die sie in die verschiedenen Lobbys zur Abstimmung rief, weshalb sie sich sogleich trennten.

Wie ironisch war es doch, dachte Sascha und betrat die »Ayes«-Lobby, dass er nicht durch diejenigen Dinge zu einem Entschluss gefunden hatte, die ihm selbst bei der Botschaftsparty zugetragen worden waren, sondern durch eine Information, welche aus der allerunwahrscheinlichsten Quelle stammte und die er auf der Rückbank seines Dienstwagens erfahren hatte.

Als Sascha Elena gegenüber erklärte, er werde zurück in sein Heimatland gehen, um dort bei der Präsidentschaftswahl zu kandidieren, war es, als hätte sie keines seiner Worte gehört.

»Natürlich würde ich es verstehen, wenn du nicht mitkommen möchtest, Mutter.«

»Ich werde mit dir gehen«, sagte sie leise.

Sascha war zunächst überrascht, dann erfreut und schließlich traurig, nachdem sie ihm den Grund für ihren Sinneswandel genannt hatte. »Es tut mir leid«, sagte er. »Onkel Kolja war so ein feiner Mensch, und wir beide verdanken ihm so viel.«

»Die Familie hat mich gebeten, dich zu fragen, ob du als einer der Redner auf seiner Beerdigung sprechen würdest.«

»Natürlich werde ich das. Bitte sag ihnen, dass es mir eine Ehre ist.«

»Koljas Frau hat mir gesagt, was seine letzten Worte waren: ›Sag Sascha, dass er ganz der Sohn seines Vaters ist und ein großartiger Präsident werden wird.‹«

Um zehn Uhr am folgenden Vormittag wurde gegenüber den ständigen Journalisten im Unterhaus eine kurze Presseerklärung abgegeben.

> »Der Rt. Hon. Sascha Karpenko ist heute Morgen von seinem Amt als Staatssekretär im Außenministerium zurückgetreten. Überdies wird er mit sofortiger Wirkung sein Mandat als Abgeordneter für den Bezirk Merrifield zur Verfügung stellen, da er die Absicht hat, in seine Heimat Russland zurückzukehren und sich dort bei der bevorstehenden Wahl um das Amt des Präsidenten zu bewerben.«

Der Premierminister äußerte sich dazu in seinem Amtssitz. »Die Regierung hat einen wirklich hervorragenden Staatssekretär und beeindruckenden Parlamentarier verloren. Ich bin überzeugt davon, dass er auch weiterhin von seinen bisher gezeigten hohen Gaben guten Gebrauch machen wird, wenn er in das Land seiner Geburt zurückkehrt. Und wenn man ihn in das hohe Amt wählen wird, das er anstrebt, so dürfen wir alle voller Zuversicht auf eine positive neue Ära in den anglo-russischen Beziehungen hoffen.«

Lord Goldsmith war einer der Ersten, die anriefen. »Wenn du jemanden suchst, der deinen Wahlkampf organisiert, stehe ich gerne zur Verfügung.«

»Ich würde nie einen Besseren als dich bekommen, Ben, so viel steht fest.«

Am Morgen darauf rief der ehemalige stellvertretende russische Ministerpräsident an, als Sascha sich gerade rasierte.

»Keine Nachricht hätte mich mehr freuen können«, sagte Nemtsow. »Bei den Medien hat bereits die Kernschmelze eingesetzt, und die erste Umfrage, die in den Morgenzeitungen veröffentlicht wurde, sieht dich bei neunundzwanzig Prozent.«

»Und wo steht Wladimir?«, fragte Sascha.

»Bei zwei Prozent, und vor einer Woche war er noch bei vier.«

Der vielleicht größte Schock für Sascha bestand darin, zu hören, wie viele Staatsoberhäupter und Premierminister, die ihn während der nächsten achtundvierzig Stunden anriefen, ihm ohne irgendwelche diplomatischen Verklausulierungen versicherten, wie gerne sie bei dieser Wahl eine Stimme gehabt hätten.

Am Abend bevor Sascha nach Sankt Petersburg fliegen würde, rief ihn der russische Botschafter an.

»Sascha, in den letzten Tagen habe ich mehrmals versucht, mich bei Ihnen zu melden, doch Ihr Telefon war immer besetzt. Habe ich irgendetwas verpasst?« Sascha lachte. »Meine Vorgesetzten haben mich angewiesen, dafür zu sorgen, dass Ihre Rückreise nach Sankt Petersburg so problemlos wie möglich verlaufen wird. Wir werden Sie und Ihre Familie mit einem unserer Fahrzeuge zum Flughafen bringen, und ich habe Aeroflot angewiesen, dass die übrigen Passagiere keinen Zugang zu Ihrem Erster-Klasse-Abteil erhalten sollen, damit Sie ungestört sind.«

»Danke, Juri. Das ist außerordentlich aufmerksam von Ihnen, denn ich habe in der Tat an zwei wichtigen Reden zu arbeiten.«

»Möchten Sie dann zuerst die gute oder die schlechte Nachricht hören?«

»Die gute«, sagte Sascha, indem er sich auf das kleine Spiel einließ.

»Über fünfzig Prozent der russischen Frauen finden, dass Sie besser aussehen als George Clooney.«

Sascha lachte. »Und die schlechte?«

»Es wird Ihnen gar nicht gefallen, wenn Sie hören, wen Jelzin zu seinem neuen Premierminister ernannt hat.«

SECHSTES BUCH

45

Alex und Sascha

Unterwegs nach Amsterdam: 1999

Alex nahm den Hörer des Telefons auf seinem Schreibtisch ab.

»Da ist jemand namens Dimitri in der Leitung«, erklärte Miss Robbins. »Er sagt, er sei ein alter Freund und würde Sie nicht stören, wenn es nicht wirklich wichtig wäre.«

»Ich kenne ihn tatsächlich schon länger als Sie, Pamela, und er ist tatsächlich ein alter Freund. Stellen Sie ihn bitte durch.«

»Bist du das, Alex?«

»Dimitri, wie schön, nach so langer Zeit wieder von dir zu hören. Rufst du von New York aus an?«

»Nein, aus Sankt Petersburg. Ich dachte, du solltest die traurige Nachricht erfahren, dass dein Onkel Kolja gestorben ist.« Alex war sprachlos. Er fühlte sich schuldig, weil er es bei seinem letzten Besuch in Sankt Petersburg nicht geschafft hatte, ihn zu treffen. »Ich hätte Elena angerufen und nicht dich«, fuhr Dimitri fort, »doch ich wusste nicht, wie ich sie bei der Arbeit erreiche.«

»Du kannst mich jederzeit anrufen, Dimitri. Ich werde meiner Mutter Bescheid sagen, denn sie wird sicher zur Beerdigung gehen wollen. Weißt du, wo und wann sie stattfindet?«

»Nächsten Freitag, in der Kirche des Apostels Andreas. Ich weiß, es ist ein wenig kurzfristig, aber wenn du kommen könntest, würde es die Familie freuen, wenn du eine der Reden halten würdest.«

»Für jemanden, der mir das Leben gerettet hat, ist das nicht kurzfristig«, erwiderte Alex. »Richte der Familie bitte aus, dass es mir eine Ehre ist.«

»Sie werden sich freuen. Du bist in dieser Stadt so eine Art Held, also mach dich auf einen großen Empfang gefasst.«

»Danke, Dimitri. Ich freue mich schon darauf, dich zu sehen.«

Alex legte auf und drückte den Knopf unter seinem Schreibtisch. Nur wenige Augenblicke später erschien Miss Robbins mit erhobenem Kugelschreiber und einem Notizblock in der Hand.

»Streichen Sie meine Termine zusammen. Ich fliege nach Sankt Petersburg.«

»Es sind Gelegenheiten wie diese«, sagte Charlie mit einem übertriebenen Seufzer, »bei denen ich am liebsten einen Privatjet hätte, dann könnten wir uns das ewige Schlangestehen und die endlosen Verzögerungen ersparen.«

»Würden Sie bitte Ihre Tasche öffnen, Madam?«

»Musstest du dieses Theater jedes Mal durchmachen, als du noch Staatssekretär warst, Dad?«, fragte Natascha und zog den Reißverschluss ihrer Handtasche auf.

»Nein, aber man hat immer im Hinterkopf, dass man der Regierung nur für eine begrenzte Zeit angehören wird.

Margaret Thatcher hat einmal gesagt: ›Nur die Queen kann sich erlauben, sich daran zu gewöhnen.‹«

»Aber wenn du Präsident wirst …«

»Sogar dann haben die Statuten eine Grenze von acht Jahren vorgesehen«, sagte Sascha, als er seine Tasche wieder in Empfang nahm. »Erst kürzlich hat die Duma entschieden, dass ein Präsident nur zwei aufeinanderfolgende Amtszeiten wahrnehmen kann, und wer wollte den Russen nach so vielen Jahrhunderten der Diktatur deswegen einen Vorwurf machen? Ganz abgesehen davon, dass acht Jahre, ehrlich gesagt, für jeden, der noch bei klarem Verstand ist, wirklich mehr als genug sind.«

»Grandma sieht ein wenig niedergeschlagen aus«, sagte Natascha, als sie durch den Duty-Free-Bereich schlenderten. »Ich hatte gar nicht daran gedacht, dass sie noch nie zuvor geflogen ist.«

Sascha wandte sich um, und seine Mutter schenkte ihm ein mattes Lächeln. »Ich glaube nicht, dass sie deswegen so nervös ist«, sagte er. »Du solltest nicht vergessen, dass sie seit über dreißig Jahren nicht mehr in Russland war und wir nur wegen ihres Bruders die Chance hatten, zu fliehen und ein neues Leben in England zu beginnen.«

»Wünschst du dir manchmal, du wärst in die andere Kiste gestiegen und hättest in Amerika gelebt, Dad?«, fragte Natascha.

»Überhaupt nicht«, sagte Sascha und legte ihr den Arm um die Schulter. »Wenn das passiert wäre, hätte ich nicht dich, um Freude in mein Leben zu bringen. Obwohl ich zugeben muss, dass ich gelegentlich schon darüber nachgedacht habe.«

»Du könntest inzwischen Kongressabgeordneter sein. Oder sogar Senator.«

»Oder mein Leben hätte genauso gut eine völlig andere Wendung nehmen können, und ich hätte mit Politik überhaupt nichts zu tun, wer weiß?«

»Vielleicht hättest du einen Privatjet, nach dem Mum sich so sehnt.«

»Ich beklage mich nicht«, sagte Charlie und schob ihre Hand unter Saschas Arm. »Dass er gerade in *diese* Kiste gestiegen ist, hat auch mein ganzes Leben verändert.«

»Wir bitten alle Passagiere des BA-Fluges 017 nach Amsterdam, sich zu Flugsteig Nummer vierzehn zu begeben, wo wir in Kürze mit dem Boarding beginnen werden.«

Anna warf einen Blick aus dem kleinen Kabinenfenster und sah, dass Alex, das unverzichtbare Telefon wie einen dritten Arm zwischen Schulter und Ohr geklemmt, über den Asphalt auf sie zukam.

»Tut mir leid, entschuldige«, sagte er, als er ins Flugzeug stieg. »Manchmal wünschte ich mir, das Handy wäre nie erfunden worden.«

»Aber nicht allzu oft«, sagte Anna, als er sich neben sie setzte. Kaum hatte er den Sicherheitsgurt umgelegt, als sich auch schon die schwere Tür schloss, und wenige Augenblicke später rollte das Flugzeug in Richtung der südlichen Startbahn, die ausschließlich für Privatmaschinen reserviert war.

»Deine Mutter hat kaum ein Wort gesagt, seit wir eingestiegen sind«, flüsterte Anna.

Alex drehte sich um und sah zu Elena, die neben Konstantin saß, der ihre Hand hielt. Sie schenkte ihm ein mattes Lächeln, als die Gulfstream auf der Startbahn zu beschleunigen begann.

»Du darfst nicht vergessen, dass sie keine anderen Geschwister außer Kolja hatte und sie ihn schon längst besucht hätte, wenn sie nicht hätte fürchten müssen, dass Major Poljakow auf dem Rollfeld steht, um sie in Empfang zu nehmen.«

»Aber es muss doch aufregend für sie sein, nach so vielen Jahren wieder nach Russland zurückzukehren.«

»Und gleichzeitig macht sie sich Sorgen, denke ich. Wahrscheinlich ist sie zwischen Angst und Aufregung hin- und hergerissen. Eine wirklich üble Kombination.«

»Wie anders dein Leben wohl verlaufen wäre, wenn Poljakow an jenem Nachmittag das Fußballspiel besucht hätte«, sagte Anna, »und du beschlossen hättest, in Sankt Petersburg zu bleiben.«

»Jeder von uns kennt ganz genau jenen Augenblick, in dem etwas geschieht, das seinem Leben eine vollkommen neue Richtung gibt. Dabei kann es sich um etwas ganz Einfaches handeln, wie damals, als du in eine U-Bahn gestiegen bist und beschlossen hast, dich neben mich zu setzen.«

»Eigentlich warst *du* es, der in die U-Bahn gestiegen ist und beschlossen hat, sich neben *mich* zu setzen«, sagte Anna gerade, als das Flugzeug abhob.

»Oder wenn man sich entscheidet, in welche Kiste man steigen möchte«, sagte Alex. »Ich frage mich oft …«

»Dad, wo werden wir landen, um aufzutanken?«, fragte Konstantin.

Alex warf einen Blick über seine Schulter und sagte zu seinem Sohn: »In Amsterdam. Wir legen dort einen kurzen Zwischenstopp ein, bevor wir nach Sankt Petersburg weiterfliegen.«

»Wie lange werden wir in Amsterdam bleiben?«, fragte Natascha, als sie die Transitlounge betraten.

»Ein paar Stunden, bis wir unseren Aeroflot-Anschlussflug nehmen können.«

»Haben wir genügend Zeit, um ein Taxi zum Rijksmuseum zu nehmen?«, fragte Charlie. »Ich wollte schon immer die *Nachtwache* sehen.«

»Das würde ich lieber nicht riskieren«, antwortete Sascha. »Der Gouverneur von Sankt Petersburg rechnet damit, dass eine riesige Menschenmenge am Flughafen erscheinen wird, und wenn wir das Flugzeug verpassen …«

»Sicher«, sagte Charlie und musste ein weiteres Mal einsehen, wie nervös ihr Mann war. »Immerhin kann ich die Eremitage besuchen, während du noch auf Wahlkampftour bist, und das Rijks heben wir uns für ein andermal auf.«

»Vielleicht für den Heimweg«, sagte Natascha grinsend.

»Du meinst wahrscheinlich, in acht Jahren«, sagte Charlie.

»Ich sage euch, was wir machen«, sagte Sascha. »Wenn ich Präsident werde, machen wir alle zusammen Urlaub in Amsterdam. Dann können wir in das Van-Gogh-Museum gehen *und* ins Rijks.«

»Russische Präsidenten machen keinen Urlaub«, sagte Elena. »Denn wenn sie das tun sollten, würden sie bei ihrer Rückkehr jemand anderen hinter ihrem Schreibtisch vorfinden, und man würde sie in den ›Erledigt‹-Korb verfrachten.«

Sascha lachte. »Ich glaube, du wirst sehen, dass sich alles geändert hat, Mutter.«

»Darauf würde ich mich nicht verlassen, solange dein alter Freund Wladimir noch immer sein Unwesen treibt.«

»Wie geht es Elena?«, fragte Anna, als Alex zu seinem Platz zurückkehrte.

»Sie wünscht sich, sie wäre schon vor Jahren nach Sankt Petersburg gereist und hätte Gelegenheit gehabt, Kolja in angemessener Weise dafür zu danken, dass er für unsere Flucht sein Leben riskiert hat.«

»Sie hat ihn mehrmals eingeladen, uns in Boston zu besuchen«, erinnerte Anna ihren Mann. »Aber er hat das Angebot nie angenommen.«

»Ich vermute, Poljakow hat dafür gesorgt, dass er kein Visum bekam«, sagte Alex. »Elena hat immer wieder erklärt, wie gerne sie nach Hause zurückkehren würde, um an der Beerdigung dieses Menschen teilzunehmen.«

»Nach all den Jahren empfindet sie immer noch Sankt Petersburg als ihr Zuhause«, sagte Anna. »Geht es dir genauso?«

Alex schwieg.

»Bitte legen Sie die Sicherheitsgurte an«, sagte der Kapitän. »Wir werden in etwa zwanzig Minuten in Amsterdam landen.«

»Wie schade, dass wir nicht genügend Zeit für einen Besuch im Rijksmuseum haben«, sagte Anna, als das Flugzeug seinen Sinkflug durch die Wolken begann.

»Das letzte Mal, dass wir so etwas gemacht haben«, sagte Alex, »war auf dem Rückflug von Davos. Da haben wir die Tate besucht.«

»Das war *vor* Davos, nicht danach«, erinnerte Anna ihren Mann. »Am deutlichsten erinnere ich mich daran, wie du in der Badewanne des Hotels gelegen bist und deine Rede geprobt hast.«

»Und weil ich das Manuskript ins Wasser hatte fallen lassen, musstest du es noch einmal abtippen.«

»Und während ich getippt habe«, neckte ihn Anna, »bist du eingeschlafen.«

»Hört sich für mich nach einer gerechten Arbeitsteilung an«, sagte Alex.

»Und was möchte der Meister jetzt gerne erledigt haben?«, fragte Anna, als das Flugzeug aufsetzte. »Soll ich mir die Flughafenpizzeria anschauen, um herauszufinden, was unsere Konkurrenten im Angebot haben?«

»Nein. Ich weiß bereits, dass es in Amsterdam nichts gibt, das mit dem Elena's konkurrieren könnte. Doch wenn wir aus dem Flugzeug steigen, wird uns eine Limousine erwarten, die uns ins Rijks und dann ins Van-Gogh-Museum bringt. Auch wenn wir in jedem der beiden Häuser nur eine Stunde haben, denn wir können es nicht riskieren, unseren vorgesehenen Abflugtermin zu verpassen.«

Anna umarmte ihn. »Vielen Dank, Liebling. Das sind laut Rosenthal zwei Galerien, die man gesehen haben muss, bevor man stirbt.«

»Ich habe noch nicht vor, in absehbarer Zeit zu sterben«, sagte Alex, als das Flugzeug neben der wartenden Limousine ausrollte.

Am Mittag nahmen Sascha und seine Familie den Aeroflot-Flug 109 nach Sankt Petersburg. Der Kapitän kam aus dem Cockpit, um sie zu begrüßen.

»Ich wollte Ihnen nur sagen, welche Ehre es für mich ist, Sie an Bord zu haben, Mr. Karpenko. Meine Crew und ich wünschen Ihnen viel Erfolg bei der Wahl. Meine Stimme haben Sie jedenfalls.«

»Vielen Dank«, sagte Sascha, als eine aufmerksame Stewardess sie zu ihren Plätzen führte und ihnen Getränke anbot. Sogar Elena war beeindruckt.

Das Flugzeug hob um 12:21 Uhr ab, und während der Rest der Familie vor sich hindöste, ging Sascha die Rede durch, die er bei der Ankunft im Flughafen halten wollte. Außerdem musste er die Grabrede für Kolja vorbereiten, doch das würde warten müssen, bis sie im Hotel waren.

»Zunächst möchte ich Ihnen allen für diesen überwältigenden Empfang danken.« Sascha lehnte sich in seinem Sitz zurück und fragte sich, was Nemtsow wohl unter einer »riesigen Menschenmenge« verstand. Er warf einen Blick auf seine Notizen.

»Ich mag einige Zeit fort gewesen sein, doch in meinem Herzen war ich immer …«

Kurz nach halb zwölf Uhr vormittags wurden Alex und seine Familie zurück zum Flughafen gefahren, nachdem sie das Rijks und das Van-Gogh-Museum besucht hatten.

»*Die Nachtwache* und die *Sonnenblumen* in weniger als zwei Stunden«, sagte Anna, während sie all die Postkarten durchblätterte, die sie gekauft hatte.

Kapitän Fullerton hatte ihnen einen Abflugtermin gesichert, bei dem sie gegen halb sechs Uhr abends Ortszeit in Sankt Petersburg landen würden. Als er die Limousine von Mr. Karpenko die Sicherheitsschranke passieren sah, stellte er erleichtert fest, dass ihm noch ein paar zusätzliche Minuten bleiben würden.

Sobald die Familie sicher an Bord war, ließ der Kapitän das Flugzeug langsam in Richtung der östlichen Startbahn rollen, wo er anhielt und wartete, bis die Aeroflot-Maschine vor ihm aufgestiegen wäre und er selbst vom Tower die Starterlaubnis erhalten würde.

SIEBTES BUCH

46

Alexander

Unterwegs nach St. Petersburg: 1999

Sie waren noch etwa einhundert Kilometer von ihrem Ziel entfernt, als ein Zittern durch das Flugzeug ging. Es begann schwach, wurde dann aber immer heftiger. Zunächst nahm Alexander an, dass es sich nur um eine schwere Turbulenz handelte, doch als er aus dem Kabinenfenster sah, erkannte er, dass sie rasch an Höhe verloren. Er wandte sich zur Seite, um zu sehen, wie die anderen Mitglieder seiner Familie damit zurechtkamen, und erkannte, dass sie allesamt schliefen und offensichtlich nichts von dem Problem mitbekamen. Er wäre gerne nach vorne gegangen, um mit dem Kapitän zu sprechen, doch stattdessen hielt er sich an seiner Armlehne fest und betete.

»Mayday, mayday, mayday. Alpha Foxtrott four zero nine. Triebwerk Nummer zwei ausgefallen. Kann Höhe nicht halten, sinken auf dreitausend Meter, erbitten Radarvektoren nach Pulkowo. Wir haben sieben Seelen an Bord.«

»Roger, Alpha Foxtrott four zero nine. Gehen Sie auf einen Anflugwinkel von drei drei null Grad. Das Flugfeld liegt sechs Kilometer vor Ihnen, wir machen Landebahn zehn für Sie frei, dreitausend Meter verfügbar. Brauchen Sie Einsatzkräfte für einen Notfall?«

»Standby. Ich kann weder die Höhe noch den Anflugwinkel halten. Ich sehe eine Hügelkette vor mir.«

»Sie sind nur noch zweiundvierzig Kilometer entfernt. Landebahn zehn links ist für Sie geräumt. Ostwind über dem Boden bei fünf Metern pro Sekunde.«

»Four zero nine, Triebwerk Nummer eins ausgefallen«, sagte der Kapitän und bemühte sich, nicht verzweifelt zu klingen. »Keines der Triebwerke lässt sich mehr zünden. Sind jetzt im Gleitflug.«

»Sie sind noch dreißig Kilometer vom Flugfeld entfernt. Sobald Sie die Hügel überflogen haben, liegt nur noch flaches Grasland vor Ihnen. Notfalleinsatzkräfte auf Standby.«

»Roger. Ich kann eine Lücke zwischen den Hügeln erkennen. Wenn ich es nicht schaffe, die Landebahn zu erreichen, werde ich eine Notlandung durchführen.« Er drückte einen Knopf, um das Fahrwerk auszufahren, doch die Räder reagierten nicht. Er drückte noch einmal auf den Knopf, doch auch jetzt bewegte sich das Fahrwerk nicht. Während das Flugzeug immer tiefer sank, legte er einen weiteren Schalter um.

»Achtung, hier spricht der Kapitän. Wir bereiten uns auf eine Notlandung vor. Legen Sie die Sicherheitsgurte an und nehmen Sie unverzüglich eine kauernde Position ein.«

Wieder sah Alexander zu seiner Familie, und er fühlte sich schuldig, weil sein Ehrgeiz sie in Gefahr gebracht hatte. Aber nicht einmal er hatte sich vorstellen können, wie weit Wladimir gehen würde, um jeden ernsthaften Konkurrenten bei den Präsidentschaftswahlen auszuschalten.

In immer engeren Kreisen sank das Flugzeug unkontrolliert tiefer und tiefer und tiefer, bis es schließlich ungebremst auf dem Boden aufschlug und in Flammen aufging, wobei sämtliche Mitglieder der Besatzung sowie alle Passagiere augenblicklich getötet wurden.

Eine russische Fallschirmjägereinheit war innerhalb weniger Minuten vor Ort, was kaum überraschend war, da die Männer schon seit mehreren Stunden auf genau diesen Einsatz gewartet hatten. Sobald sie die Blackbox ausfindig gemacht hatten, verschwand diese, als löse sie sich gleichsam in der Dunkelheit auf.

Ohne etwas von dieser Tragödie mitzubekommen, setzte ein anderes Flugzeug seinen Weg nach Sankt Petersburg fort.

Als das Flugzeug auf dem Flughafen Pulkowo landete, sah Alexander aus dem Kabinenfenster, vor dem sich kilometerweit flaches Grasland dahinzog. In der Ferne beherrschten graue Hochhäuser die Skyline.

Das Flugzeug rollte in einem Bogen aus und kam vor dem Terminal zum Stehen. Doch erst, als die Triebwerke abgeschaltet wurden, hörte Alexander die Rufe »Kar-pen-ko! Kar-pen-ko! Kar-pen-ko!«.

Er wandte sich seiner Familie zu und lächelte sie aufmunternd an, doch Elena erwiderte sein Lächeln nicht. Die Kabinentür öffnete sich, die Treppe glitt heran, und Alexander trat in das fahle Licht der Nachmittagssonne hinaus. Nichts hätte ihn auf das vorbereiten können, was er dann vor sich sah.

So weit das Auge reichte, standen die Menschen dicht an dicht, und alle riefen noch immer: »Kar-pen-ko! Kar-pen-ko!« Instinktiv hob er einen Arm, um sie zu grüßen, und ein Meer von Händen winkte zurück.

Am Fuß der Treppe stand das Empfangskomitee, angeführt vom Bürgermeister und den hochrangigen Beamten.

Als Alexander die Treppe hinabzusteigen begann, erreichte der Lärm geradezu ohrenbetäubende Dimensionen, und er war nicht sicher, wie er auf diese hemmungslose Begeisterung reagieren sollte. Er wandte sich kurz um und sah, dass seine Familie ihm folgte. Seine Mutter wirkte besorgt und seine Frau amüsiert, während seine Tochter jeden Augenblick zu genießen schien.

Als er seinen Fuß auf den Asphalt setzte, umbrandeten ihn die Jubelrufe in einer Weise, wie sie nicht einmal ein russischer Präsident erlebt hatte. Der Bürgermeister trat nach vorn und schüttelte dem verlorenen Sohn herzlich die Hand.

»Willkommen zurück in Sankt Petersburg, Alexander. Selbst in unseren wildesten Träumen hätten wir das nicht vorhersehen können. Der Polizeichef schätzt, dass mehr als einhunderttausend Menschen gekommen sind, um Sie in Ihrem Heimatland willkommen zu heißen. Diese so deutlich zum Ausdruck gebrachte Unterstützung sollte Ihnen unmissverständlich klarmachen, wie viele Menschen sich wünschen, dass Sie unser nächster Präsident werden.«

»Vielen Dank«, sagte Alexander, der keine Worte fand, um auszudrücken, wie er sich in diesem Augenblick fühlte.

»Vielleicht möchten Sie einige Worte zu Ihren Anhängern in unserer Stadt sagen«, schlug der Bürgermeister vor. »Die meisten von ihnen warten schon seit mehreren Stunden.«

»Auf einen solchen Empfang war ich nicht vorbereitet«, gestand Alexander, doch niemand hörte seine Worte, da die Rufe »Kar-pen-ko! Kar-pen-ko!« alles übertönten.

Der Bürgermeister führte ihn zu einem kleinen Podium, das am Rand des Rollfelds errichtet worden war. Obwohl Alexander von mehr als einhunderttausend Menschen umgeben war, die alle seinen Namen riefen, hatte er sich in seinem ganzen Leben noch nie so alleine gefühlt. Er musste mehrere Minuten warten, bis die Menge sich so weit beruhigt hatte, dass er sich an sie wenden konnte, was ihm wenigstens Gelegenheit gab, seine Gedanken zu sammeln.

»Meine Landsleute«, begann er, »wie kann ich Ihnen nur für einen so überwältigenden Empfang danken? Ein Empfang, der mich dazu inspiriert hat, einen Traum für Sie zu träumen. Doch damit dieser Traum Wirklichkeit wird, brauche ich Sie ebenfalls, und es ist notwendig, dass jeder Einzelne von Ihnen sich für mich einsetzt.«

Wieder erhoben sich Sprechgesänge und Jubelrufe, die zeigten, dass die Menge dazu bereit war. Alexander wartete, bis es stiller geworden war. Erst dann fuhr er fort.

»Ich bin schon lange davon überzeugt, dass Russland in der Lage ist, einen angemessenen Platz unter den führenden Nationen der Welt zu übernehmen, doch um dies zu erreichen, müssen wir endlich die Fesseln der Diktatur abwerfen und dafür sorgen, dass Russlands großer Reichtum vielen Menschen zugutekommt, anstatt zuzulassen, dass sich wenige die Taschen füllen. Wir sollten endlich dem Genius Russlands zur Wirkung verhelfen, damit die Welt sich nicht länger vor unserer militärischen Macht fürchtet, sondern unsere Leistungen in Friedenszeiten bewundert. Warum gelten die Briten als eine der führenden Nationen der Welt, obwohl sie doch auf einer Insel leben, die kleiner als der kleinste Staat unserer Föderation ist? Weil sie, wie man dort sagt, oberhalb ihrer eigenen Gewichtsklasse boxen. Warum wird Amerika immer als Führer der freien Welt bezeichnet? Weil *wir nicht* frei sind. Diese Freiheit ist nun zum Greifen nah. Also wollen wir sie mit aller Kraft in unsere Arme schließen.« Er hob die Arme, und wieder dauerte es mehrere Minuten, bis er weitersprechen konnte.

Als er in die erwartungsvollen Gesichter blickte, die zu ihm aufsahen, bemühte er sich, sein Urteil nicht von dieser maßlosen Bewunderung trüben zu lassen, obwohl ihm bewusst war, dass ein solcher Moment vielleicht nie wiederkommen würde und er ihn nutzen musste. Er beugte sich vor, bis seine Lippen das Mikrofon fast berührten, und er zweifelte nicht daran, dass die Stille, die daraufhin folgte, nur wenige Augenblicke andauern würde; danach wäre der Zauber gebrochen.

»Es ist mein Vater, nicht ich, der heute hier stehen und diesen gewaltigen Zuspruch erfahren sollte. Er hat sein Leben riskiert, um diese Stadt gegen unseren gemeinsamen Feind zu verteidigen, und dafür hat ihm eine dankbare Nation den Leninorden verliehen. Doch jetzt sehen wir uns einem viel heimtückischeren Feind gegenüber, der keine Moral und keine Skrupel, sondern nur sein eigenes Interesse kennt. Solche Menschen haben meinen Vater ermordet, weil er eine Gewerkschaft gründen wollte, um die Rechte seiner Arbeitskollegen zu schützen. Gierige, selbstsüchtige Menschen, die niemandes Ziele vertreten außer ihren eigenen.«

Das Schweigen, das sich in der Menge breitmachte, war geradezu mit Händen zu greifen.

»Meine lieben Landsleute, ich bin nicht in das Land meiner Geburt zurückgekehrt, um Rache zu suchen, sondern um in die Fußstapfen meines Vaters zu treten. Angefeuert durch Ihren Glauben an mich, ist es mein einziger Wunsch, Ihnen zu dienen. Deshalb werde ich als einer der Mitbewerber um das höchste Amt in diesem Land antreten, und ich werde darum kämpfen, Ihr Präsident zu werden.«

Der Beifall und der Jubel, die seinen Worten folgten, waren wohl bis ins Zentrum von Sankt Petersburg zu hören. Wie Marcus Antonius wusste Alexander, dass es nichts mehr zu sagen gab, denn jetzt war auch für ihn die Zeit gekommen, in die Schlacht zu ziehen. Er hatte die Saat der Revolution gesät und würde nun zunächst abwarten müssen, ob sie Wurzeln schlug. Als er schweigend das Podium verließ, riefen seine Anhänger immer noch »Kar-pen-ko! Kar-pen-ko!«

Am anderen Ende der Menge stand ein stämmiger, elegant gekleideter Mann, der nicht in den Applaus einfiel. Der erst kürzlich ernannte Chef des Geheimdienstes wählte eine Nummer in seinem Handy, doch er musste eine Weile warten, bis er am anderen Ende der Leitung eine Stimme hörte.

Donokow hielt sein Handy hoch in die Luft, damit sein Vorgesetzter den Jubel der Menge besser hören konnte.

»Ich wollte gerade eine Pressemitteilung herausgeben«, sagte der Ministerpräsident, »in der ich meine tiefe Trauer über den tragischen Tod von Alexander Karpenko und seiner Familie zum Ausdruck bringe. ›Eine heldenhafte Gestalt, die gewiss unser nächster Präsident geworden wäre und eine große Rolle beim Aufbau des neuen Russland gespielt hätte‹, das wären, glaube ich, meine genauen Worte gewesen.«

»Ein wenig verfrüht, würde ich sagen«, erwiderte Donokow. »Aber ich kann Ihnen versichern, dass alles unter Kontrolle ist. Ich werde denselben Fehler nicht zweimal machen.«

»Dann wollen wir das um Ihretwillen hoffen«, sagte der Ministerpräsident, während er sich weiter den überschwänglichen Jubel im Hintergrund anhörte.

»Ich bin mir sicher«, sagte Donokow, »dass es nicht mehr lange dauert, bis es uns möglich sein wird, eine aktualisierte Pressemitteilung herauszugeben.«

»Das höre ich gerne. Aber ich werde trotzdem warten, bis ich die Rede bei der Beerdigung meines alten Schulfreundes gehalten habe, bevor ich ankündige, dass ich bei den Präsidentschaftswahlen antreten werde«, sagte Wladimir Putin.